Princesse Daisy

Traduit de l'américain par Jean Rosenthal

JUDITH KRANTZ

Princesse Daisy

ROMAN   **ALBIN MICHEL**

Édition originale américaine
PRINCESS DAISY
*Copyright © 1980 Steve Krantz Productions
Crown Publishers, Inc. New York*

*Traduction française
Copyright © 1980 Éditions Albin Michel
22, rue Huyghens, 75014 Paris*

ISBN 2-226-00977-9

A Steve—
mon mari, mon amour, mon meilleur ami——pour toujours.

Que soient remerciés ici tous les bons amis qui m'ont apporté le concours de leur expérience en répondant à mes questions
Bernie Owett
Steve Elliot
Dan Dorman
Aaron Shikler
et, particulièrement, Rosemary de Courcy et son brave chien, Jake.

Princesse Daisy

1

On pourrait toujours filmer ça en haut du R.C.A. Building, fit Daisy, franchissant le parapet au-dessus duquel s'élevait une haute grille métallique destinée à tenir en échec les candidats au suicide. Ils ne sont quand même pas aussi cardiaques que vous autres de l'Empire State Building. » Elle eut un geste méprisant vers la corniche derrière elle. « Mais, monsieur Jones, si je n'ai pas exactement la vue qu'on a d'ici, ce ne sera plus New York. »

L'homme en uniforme, pétrifié de surprise, regarda Daisy faire un bond soudain pour s'accrocher d'une main ferme à un barreau de la grille. De l'autre main, elle ôta le canotier sous lequel elle avait emprisonné ses cheveux et les laissa flotter au vent. La brise aussitôt joua avec la cascade dorée aux reflets d'argent, la sépara en myriades de fils d'or.

« Descendez, mademoiselle, supplia le gardien de la terrasse panoramique. Je vous l'ai dit, c'est interdit.

— Ecoutez, insista Daisy, j'essaie de vous montrer ce que nous recherchons. Il s'agit d'un film publicitaire pour une laque coiffante et, d'un point de vue artistique, qu'est-ce qu'une publicité pour une laque sans le vent qui vous souffle dans les cheveux ?... Pouvez-vous me le dire ? Rien que des tas de poils, des paquets de mèches sans intérêt... Le vent est *indispensable*, monsieur Jones. »

Le gardien leva vers Daisy un regard où l'admiration se mêlait à la consternation. Il ne comprenait rien à cette fille. Elle était jeune, et d'aussi belle, il n'en avait jamais vu ; elle portait un vieux blouson de base-ball avec, sur le dos, l'inscription aujourd'hui rétro de BROOKLYN DODGERS, un pantalon de matelot de la marine américaine et des chaussures de tennis sales. Il n'était pas enclin au romanesque, mais tout en elle exerçait sur lui une extraordinaire fascination. Il n'arrivait pas à en détacher ses yeux. Daisy était aussi grande que lui, au moins un mètre soixante-dix-huit, et il y avait dans sa façon de marcher quelque chose qui évoquait l'équilibre de l'athlète bien entraîné, et cela, bien avant son numéro sur la terrasse où elle gesticulait maintenant, intrépide et légère, comme si elle s'efforçait de saisir un rayon de soleil. Le gardien avait remarqué dans sa façon de parler une précision et un débit qui lui donnaient à penser qu'elle n'était peut-être pas américaine ; pourtant qui, sauf les Américaines, s'habillerait comme ça ? Lorsqu'il l'avait vue pour la première fois, tout ce qu'elle avait demandé, c'était l'autorisation de tourner un film publicitaire sur sa terrasse et maintenant elle s'accrochait là comme un ange sur un arbre de Noël. Heureusement l'Empire State Building était pour l'heure fermé au public.

« Vous ne pouvez pas aller là-haut. Vous ne m'en avez pas parlé la dernière fois que vous êtes venue, lui reprocha-t-il en s'approchant avec prudence. Ça n'est jamais autorisé. Ça pourrait être dangereux.

— Mais tout grand art doit enfreindre les règles », lui lança Daisy avec entrain. Elle se souvenait que lorsqu'elle était venue pour le premier repérage une semaine plus tôt, deux billets de vingt dollars lui avaient assuré la coopération de Mr. Jones. Elle en avait encore pas mal dans sa poche. Quelques années comme productrice de films publicitaires lui avaient enseigné à n'emporter dans ses déplacements que de **petites** coupures.

Daisy grimpa un peu plus haut et prit une profonde inspiration. C'était une belle journée ensoleillée du printemps 1975, et le vent avait balayé toute la suie qui flottait sur la ville ; les deux fleuves qui encerclaient l'île de Manhattan étaient aussi bleus et animés que l'océan lui-même, et Central Park semblait un grand tapis d'Orient jeté au pied des gris immeubles résidentiels de la Cinquième Avenue.

Elle sourit à l'homme inquiet qui levait les yeux vers elle. « Ecoutez, monsieur Jones, je connais les trois mannequins que nous allons utiliser ; l'une d'elles suit un régime à base de légumes crus et prend des leçons pour décrocher sa ceinture noire de karaté, la seconde vient de signer un contrat pour son premier film et la troisième est une parapsychologue fiancée à un homme qui possède des puits de pétrole : alors, croyez-vous que trois saines filles d'Amérique comme elles aient la moindre intention de sauter dans le vide ? Nous allons aménager une solide plate-forme, tout à fait sûre, pour qu'elles s'installent dessus. Je vous le garantis personnellement.

— Une plate-forme ! vous n'avez jamais dit... »

Daisy sauta sur la terrasse et vint se planter près de lui. Ses yeux bruns, pas tout à fait noirs, mais irisés comme un cœur de violette, reflétaient la lumière déclinante qui s'y attardait. D'un geste habile Daisy glissait dans le creux de la main le billet plié. « Monsieur Jones, je suis désolée de vous avoir alarmé. Franchement, on ne risque pas plus ici que dans une maison... Vous devriez essayer.

— Ma foi, mademoiselle, je ne sais pas...

— Allons, allons, fit Daisy d'un ton cajoleur. Est-ce que vous n'aviez pas promis que tout serait prêt pour nous lundi ? Est-ce que vous n'aviez pas promis de me réserver un monte-charge pour six heures du matin ?

— Mais vous ne m'aviez jamais parlé de monter *au-dessus* du niveau de la terrasse, marmonna-t-il.

— Le niveau de la terrasse ! fit Daisy indignée. Si nous voulions tout simplement une vue un peu élevée, une douzaine d'immeubles dans cette ville pourraient faire l'affaire... Mais c'est le vôtre qu'il nous faut, monsieur Jones, pas un autre. » Le contrat pour le film publicitaire précisait bien : Empire State Building. On pouvait faire confiance à Revlon pour vous compliquer l'existence. Plongeant la main dans sa poche revolver pour y trouver un autre billet de vingt, Daisy se rappela que, trois ans plus tôt, lorsqu'elle avait commencé à travailler comme assistante de production, elle avait vu pour la première fois un chauffeur de taxi accepter avec entrain quarante dollars pour arrêter son compteur et laisser son taxi faire de la figuration pendant les six heures de tournage d'une scène de rue. « Mais c'est acheter les gens », avait protesté Daisy. « Considère ça comme de la location, si tu veux rester dans le métier. » On l'avait prévenue, et elle avait enregistré le conseil. Aujourd'hui, productrice d'un grand nombre des meilleurs films publicitaires jamais tournés — pour ceux qui aiment les films publicitaires —, Daisy était endurcie aux objections des pékins, et si Mr. Jones se montrait plus difficile que beaucoup, il l'était moins que certains. Sa botte suivante allait être celle qui en général réglait le problème.

« Oh, j'oubliais ! dit-elle en s'approchant de lui. Le metteur en scène voudrait savoir si vous accepteriez de paraître dans le film, debout là au fond, comme le gardien des clés du royaume. Nous ne payons pas le minimum imposé par le Syndicat des acteurs, alors vous n'êtes pas obligé de le faire si vous n'en avez pas envie... Nous pourrions engager un comédien pour tenir votre rôle, mais ce serait loin d'être aussi authentique.

— Ma foi...

— Et, bien entendu, il faudrait vous maquiller, dit-elle, abattant sa meilleure carte.

— Oh, je pense que ça ira. C'est vrai... Sans vent dans les cheveux, pourquoi aurait-on besoin d'une laque ? Je comprends votre point de vue. Vous disiez : me maquiller ? Et est-ce qu'il va falloir que j'aie un costume ?

— Votre uniforme sera parfait comme il est. Au revoir, monsieur Jones... A lundi matin. » Daisy lui fit un petit geste joyeux tout en regagnant la partie couverte au centre de l'immeuble. En attendant que l'ascenseur atteigne le quatre-vingt-sixième étage, la jeune femme blonde en blouson de base-ball, née princesse Marguerite Alexandrovna Valenski, songea qu'heureusement il y avait quelque chose de sûr en ce bas monde : tous les gens, mais tous, avaient envie d'appartenir au monde du spectacle.

Mr. Jones n'était qu'un de plus dans la longue kyrielle d'hommes qui avaient trouvé quelque chose de fascinant chez Daisy Valenski. Parmi les premiers, il y avait eu le célèbre photographe

Philip Halsman, l'homme qui avait fait plus de photos pour la couverture de *Life* que personne d'autre dans l'histoire du magazine. L'été 1952, on l'avait chargé de prendre les premiers clichés officiels de Daisy, encore pour la couverture de *Life* : tout le monde, absolument tout le monde, du moins de l'avis des rédacteurs du magazine, voulait savoir à quoi ressemblait l'enfant du prince Stach Valenski et de Francesca Vernon. Le mariage soudain du grand héros de guerre et incomparable joueur de polo avec la vedette de cinéma américaine au charme romantique sans pareil avait intrigué le monde entier et suscité des rumeurs, rumeurs exagérées encore par l'isolement dans lequel vivaient le prince et la princesse Valenski avec leur premier enfant né en avril.

Maintenant, en août, Francesca Vernon Valenski était assise au milieu de hautes herbes dans une prairie de Suisse, Daisy dans ses bras. Halsman trouva l'actrice un peu pensive, voire distante, bien qu'il l'eût déjà photographiée à deux reprises, la seconde fois lorsqu'elle avait remporté un Oscar pour son interprétation de Juliette. Mais c'était l'enfant rieuse qui l'intéressait encore plus que l'humeur mystérieuse de sa mère. La toute petite fille était comme une nouvelle espèce de rose hybride. En toute justice, se dit-il, seules des générations d'élevage sélectif auraient dû donner ces yeux sombres et ces traits classiques hérités de sa mère, cette peau qui évoquait toute la chaleur de la Toscane, cette carnation comme celle d'un morceau de pêche où l'on commence par mordre parce qu'on sait que ce sera le plus mûr. Et en même temps, ces mèches d'un blond scandinave qui s'ébouriffaient comme la corolle d'une fleur autour de son visage animé. La vieille nourrice de Stach Valenski, Macha, qui faisait encore partie de la maison, avait, avec les airs importants qu'elle aimait à se donner, annoncé au photographe que les cheveux de la princesse Daisy étaient exactement comme ceux de son père enfant. C'étaient de vrais cheveux blonds, expliqua-t-elle avec fierté, qui peuvent dorer avec le temps mais qui, jamais, ne tourneraient avec l'âge au brun cendré. Elle se vantait de ces cheveux Valenski qu'on retrouvait à chaque génération aussi loin qu'on remonte l'arbre généalogique de la famille : mais oui, jusqu'aux premiers ancêtres nobles des boyards, compagnons des tsars, mille ans avant Pierre le Grand. Après tout, poursuivit-elle presque avec indignation, son maître n'était-il pas un descendant direct de Rourik, le prince scandinave qui avait fondé la monarchie russe dans les années 800 ? Halsman s'empressa de reconnaître avec elle que les cheveux de la petite Daisy resteraient toujours blonds. Se souvenant des façons autoritaires de Macha et se rendant compte qu'elle n'allait pas tarder à venir reprendre le bébé pour lui donner son biberon, il travailla vite pour tirer le maximum de profit du temps qui lui restait.

Avec tact, il décida de ne pas demander à Francesca de sauter en l'air pour une photo, son truc favori après une séance de pose, et qu'il avait pratiqué avec succès sur bien des célébrités et de hauts dignitaires. Le photographe, au contraire, utilisa son charme pour persuader Stach Valenski, qui se tenait derrière lui à observer la scène, de venir poser avec sa femme et sa fille. Mais, malgré toute son assurance et sa vibrante autorité, Valenski n'était pas à l'aise devant un objectif. Il avait vécu le plus clair de ses quarante et une années d'existence en respectant deux phrases ancrées dans son esprit. L'une d'elles était de Tolstoï : « ... Vivre comme un noble est l'affaire d'un noble, seul un noble en est capable. » L'autre venait d'un texte en lambeaux sur les croyances de l'hindouisme — il lui était tombé entre les mains lors d'une brève période de convalescence à l'hôpital après qu'il eut sauté de son premier chasseur Hurricane au cours de la bataille d'Angleterre : « Sois comme l'aigle lorsqu'il plane au-dessus de l'abîme. L'aigle ne pense pas à voler, il a simplement l'impression de voler. »

Aucun de ces deux principes ne lui permettait de se sentir à l'aise devant un photographe. Il était si crispé que Halsman, saisi d'une brusque inspiration, proposa de se rendre aux écuries où les neuf poneys de polo du prince étaient soignés par trois palefreniers.

Francesca berça Daisy dans ses bras pendant que Valenski soulignait la beauté de ses bêtes. Emporté par son enthousiasme, le prince venait d'inviter le photographe à inspecter la bouche de son poney favori, Merlin. C'est alors qu'Halsman demanda tout haut si le poney accepterait qu'on pose Daisy sur son dos.

« Pourquoi pas ? Merlin a un tempérament calme.

— Mais il n'est pas sellé, protesta Francesca.

— Raison de plus. Il faudra que Daisy apprenne un jour à monter à cru.

— Elle ne sait pas encore s'asseoir toute seule, dit Francesca, nerveuse.

— Je n'ai pas l'intention de la lâcher. » Le prince se mit à rire, prenant le bébé d'une main ferme et l'installant à califourchon au creux de la croupe du poney, entre les reins et le garrot. Francesca leva les bras pour assurer l'enfant et Halsman finit par avoir sa photo de couverture : cet homme superbe et cette femme superbe, mains nouées autour du petit corps, visages radieux levés vers ce petit lutin en robe de linon à fleurs et qui battait des mains avec jubilation.

« Elle n'a pas peur, Francesca, s'exclama Stach avec fierté. Je savais qu'elle n'aurait pas peur. Les femmes Valenski sont de rudes cavalières depuis une centaine d'années... Est-ce que je ne te l'ai pas dit ?

— Plus d'une fois, chéri », répondit Francesca avec un rire qui gardait comme un écho de tristesse dans sa tendre raillerie, un rire qui ne retentit qu'un bref moment. Ce fut à cet instant qu'Halsman jugea le moment propice pour prendre une photo du prince en train de sauter. Lorsqu'il lui suggéra l'idée, ce fut à peine si Valenski hésita. Soulevant Daisy du dos de Merlin, il la prit sous les bras, la hissa bien haut au-dessus de sa tête et sauta en l'air, d'un grand bond. L'enfant poussa un cri de plaisir et Francesca Valenski frissonna, elle qui jadis était si téméraire. Qu'est-ce que ce mariage lui avait donc fait ? se demanda Halsman.

2

*E*n temps normal, le *Queen Mary* fait la traversée de New York à Southampton sans escale. Mais lors de ce voyage-là, en juin 1951, les énormes machines stoppèrent alors que le paquebot arrivait à Cherbourg. Il attendit devant la rade cependant qu'un canot approchait pour venir s'amarrer à un sabord de charge. Une douzaine de matelots poussèrent par la passerelle de grands chariots sur lesquels s'entassaient des bagages, qu'ils vinrent déposer en deux monticules, l'un gigantesque et l'autre relativement modeste. Le temps de disposer toutes les malles et toutes les valises, des milliers de passagers curieux se pressaient le long des bastingages pour découvrir la raison de ce retard inexpliqué. Après une brève attente, trois personnes empruntèrent la passerelle : un homme mince, qui tenait à son bras une femme élégante, précédée de quatre petits chiens nerveux, et enfin une autre femme que les étudiants qui voyageaient en troisième classe reconnurent aussitôt et accueillirent par des vivats et des applaudissements. Tandis que Francesca Vernon, juchée sur l'une de ses valises, faisait des signes joyeux à ses admirateurs, le duc et la duchesse de Windsor, debout, très dignes auprès de douzaines de malles-cabines qui renfermaient leur garde-robe d'été, ne voyaient aucune raison de répondre à ce brouhaha plébéien, pas plus qu'ils ne daignèrent saluer de la tête la comédienne dont le visage était aussi célèbre que le leur. Comme ils ne mettaient jamais les pieds en Angleterre, mais qu'ils voyageaient régulièrement avec la Cunard Line, leur arrivée annuelle sur le continent était toujours accompagnée de cette publicité regrettable. A bord du *Queen Mary*, ils prenaient tous leurs repas dans leur appartement, ne sortant que pour promener leur meute de carlins. Endurcis par l'habitude, ils n'accordaient résolument pas la moindre attention aux spectateurs, mais pour Francesca la présence du public ne faisait qu'accroître l'excitation qu'elle éprouvait tandis que le canot se dirigeait vers le bâtiment des douanes où son agent, Matty Firestone, et sa femme, Margo, l'attendaient.

Les Firestone étaient arrivés en Europe plusieurs semaines avant elle. Ils avaient loué une énorme Delahaye d'avant-guerre et engagé un chauffeur qui parlait anglais. Francesca était assise, muette et pleine d'espoir, tandis que la voiture filait vers Paris sur les routes bordées de peupliers. Sa beauté sombre, qui rappelait le XVe siècle italien, était illuminée d'une impatience bien peu classique tandis que la jeune femme se penchait en avant sur les coussins de la voiture. Il y avait dans la composition du triangle formé par les yeux et la bouche un mélange de tranquillité et de pure sensualité. Ses yeux noirs étaient en amande et bien écartés, sa bouche, même au repos, avait une grâce spirituelle, sa lèvre supérieure incurvée en un arc délicat. Margo l'observait avec une émotion toute maternelle. Elle trouvait que jamais Francesca n'avait été aussi touchante dans aucun de ses rôles qu'en ce moment, son être tout entier enflammé par l'excitation des premières heures passées sur le continent européen. Peu de gens, en dehors de Margo, qui depuis six ans était son amie, sa confidente et sa protectrice, savaient quelle influence, malgré ses vingt-quatre ans, exerçaient encore sur la vedette de cinéma les contes de fées et les récits romanesques.

« Nous allons passer une semaine à Paris, mon chou, annonça Matty à sa cliente, et puis le grand tour. Nous descendons la France jusqu'à la Côte d'Azur, puis la Riviera jusqu'en Italie. Nous verrons Florence, Rome et Venise et rentrerons à Paris par la Suisse. Deux mois de voyage. Ça te plaît ? »

Francesca était trop bouleversée pour répondre.

A la fin août les Firestone et Francesca regagnèrent Paris, où Margo devait s'occuper un peu sérieusement de ses courses avant que leur navire n'appareillât à la fin du mois. Ils étaient descendus au George-V, qui était et qui est encore l'hôtel des riches touristes qui se moquent bien de rencontrer d'autres riches touristes, mais qui attachent de l'importance aux lits confortables, au service impeccable et au bon fonctionnement des installations sanitaires.

Dans le bar de l'hôtel, le premier soir de leur retour, Matty fut accueilli par David Fox, le vice-président d'une compagnie cinématographique avec lequel il déjeunait au moins une fois par mois lorsqu'il était à Hollywood.

« Il faut que vous veniez tous à Deauville pour le match de polo la semaine prochaine, insista David. C'est le plus grand match depuis la guerre.

— Du polo ? demanda Matty indigné. Une bande de snobinards bons à rien sur des petits poneys nerveux ? Quel intérêt ?

— Mais ils en sont arrivés aux finales ! Tout le monde sera là-bas, insista David.

— Comment s'habille-t-on à Deauville ? interrompit Margo avec curiosité.

— Exactement comme vous vous habilleriez pour une croisière sur le plus grand yacht du monde, lui répondit-il d'un air entendu. Et, bien sûr, tout le monde se change trois fois par jour. »

Margo réussit à grand-peine à rester calme. La mode « petit matelot » lui allait particulièrement bien.

« Matty, chéri, il faut absolument aller à Deauville », annonça-t-elle d'un ton qui indiquait à son mari qu'il était inutile de discuter davantage.

Fondée sur la côte normande par le duc de Morny en 1860, Deauville, station au chic sans âge, fut conçue dès les premiers jours pour être le paradis des riches aristocrates, passionnés de courses, de jeu et de golf. Cette même herbe de Normandie qui produit à profusion fromage, crème et beurre n'a pas manqué d'attirer les gens de cheval ; l'élevage et l'entraînement se font dans les grands haras de la campagne environnante. Deauville proprement dit ne comprend guère que des hôtels, des magasins, des cafés et des restaurants, mais l'air vif de la mer permet aux foules animées qui arpentent les célèbres planches d'imaginer que la nuit précédente, passée au Casino, a dû être d'une certaine façon bonne pour la santé.

L'hôtel Normandy, où Matty avait réussi en dernière minute à trouver des chambres, est bâti dans le style anglais à colombages, un peu comme si quelqu'un avait fait d'un manoir de campagne une construction géante au bord de la mer. Au mois d'août, le Normandy, le Royal et l'hôtel du Golf abritent une vaste proportion des gens que l'on retrouvera inévitablement à Paris en octobre, à Saint-Moritz en février et à Londres en juin.

En 1951, cette société constituait l'élégance internationale. Faute d'avions à réaction, l'expression « jet set » n'existait pas, mais déjà les journaux et les magazines, tout en s'en préoccupant moins qu'aujourd'hui, étaient fascinés par les allées et venues de cette cohorte dorée qui avait, on ne sait comment, échappé à l'existence prosaïque et terre à terre du commun des mortels.

Le premier impératif était l'argent, encore que l'argent seul ne suffît pas pour en faire partie. Le charme, la beauté, le talent — aucun de ces attributs, même s'ajoutant à l'argent, ne pouvait assurer quiconque d'être introduit dans cette élite internationale. L'essentiel, c'était la volonté, l'intention profonde de mener une vie d'un certain style, une vie où la poursuite du plaisir et des loisirs pouvait se prolonger des années sans le moindre remords, une vie où le travail ne signifiait pas grand-chose et où la réussite, sauf dans le sport et le jeu, n'occupait pas une place d'honneur. C'était une vie consacrée à soigner l'extérieur et le décor, à prendre soin de sa personne, à être élégant, à vivre dans des cadres luxueux et exotiques et à voyager sans cesse, à se divertir et à connaître un peu tout le monde plutôt que d'avoir des amitiés réelles.

Membre à part entière de cette élite internationale, le play-boy n'avait pas en général une grande fortune personnelle, mais on ne le trouvait que là où il y avait de l'argent. Il avait de la bonne humeur, un charme sûr, le don de pratiquer à peu près bien n'importe quel jeu, le tact de boire comme un gentleman, d'éviter les dettes de jeu et

de donner aux femmes tant de plaisir qu'elles ne pouvaient s'empêcher de parler de lui à leurs amies.

Le prince Alexandre Vassilievitch Valenski n'était pas parmi les
play-boys. Mais, comme on le trouvait si souvent là où ils se
rassemblaient, la presse avec négligence avait accolé à Stach
Valenski l'étiquette de play-boy.

Son énorme fortune personnelle le mettait tout à fait à part.
Jamais sa richesse ne lui avait fait défaut, même lors de ses périodes
de plus folle extravagance. En fait, il n'avait jamais eu à se taxer lui-
même d'extravagant puisqu'il pouvait se permettre de dépenser à sa
guise. Ses ancêtres en ligne directe jusqu'à son père, feu le prince
Vassili Alexandrovitch Valenski lui avaient transmis ces rapports
faciles à la richesse. Stach Valenski n'avait rien d'un homme
d'affaires. Jusqu'en 1939, date à laquelle les rencontres de polo
cessèrent pour la durée de la Seconde Guerre mondiale, il avait
consacré le plus clair de la vie adulte à ce sport. Depuis 1935, il avait
un handicap de neuf buts, ce qui faisait de lui un des dix meilleurs
joueurs dans un sport où il n'y eut jamais plus de neuf mille joueurs
au monde tant il était cher à pratiquer.

Valenski avait la présence physique d'un grand athlète qui a
mené sans pitié son corps tout au long de sa vie, et les yeux vigilants
et impitoyables d'un prédateur-né. Il avait le regard hardi et ses
sourcils drus étaient beaucoup plus foncés que ses cheveux blonds,
taillés en brosse et aussi rudes que la robe d'un chien hâtivement
brossée. Jamais Valenski n'avait eu à demander. Ce qui ne lui avait
pas été donné, il l'avait pris. Son nez, cassé bien des fois, lui faisait
l'air d'un bagarreur. Il avait la peau bien tannée d'un homme qui vit
au grand air et des traits énergiques, taillés à coups de serpe et
presque brutaux, mais sa démarche rapide et gracieuse révélait un
homme qui sait en toutes circonstances se dominer. On considérait
dans le monde du polo international qu'il avait une main « exceptionnelle ». Non seulement Valenski ne forçait pas inutilement sur le
mors et sur les rênes, mais comme certains hommes, il communiquait d'instinct avec son poney ; on avait l'impression que l'animal
n'était qu'une extension de son esprit et non une bête avec une
volonté propre.

Le prince Valenski, néanmoins, possédait neuf poneys alors que
cinq ou six constituaient l'écurie habituelle, car il montait comme
un barbare. Il n'est pas prudent de conserver un poney de polo qui
galope et qui virevolte à toute allure pendant plus de deux périodes
par partie. Stach était un cavalier si agressif qu'il préférait avoir un
poney frais pour chacune des six périodes, et il ne voulait jamais
avoir moins de trois bêtes de réserve.

D'après le règlement de l'Association de polo de Hurlingham,
qu'il est censé respecter, un joueur n'a pas le droit de « charger un

adversaire de façon à l'intimider et à le faire tomber de sa selle ». Stach s'arrêtait au seuil de cette limite ambiguë, mais jamais il ne chargeait un adversaire sans l'intention bien arrêtée de le désarçonner. Il y avait de nombreux joueurs qui estimaient que le règlement de la H.P.H. aurait dû prévoir une pénalité spéciale permettant de disqualifier Valenski ; aucun arbitre cependant ne lui avait encore donné l'ordre de quitter le terrain.

C'était jour de gala à Deauville, et la foule s'entassait avec politesse dans les tribunes pour la finale du polo. Lorsque le maire de la ville eut été informé par la direction de l'hôtel Normandy que Francesca Vernon était descendue dans leur établissement, il s'était rendu en personne à l'hôtel et lui avait demandé très officiellement si elle accepterait de remettre la coupe au vainqueur du match de la journée.

« C'est un honneur qui devait me revenir, mademoiselle, lui dit-il, mais ce serait un grand jour pour Deauville si vous acceptiez. » Le maire comprenait fort bien que la participation d'une vedette de cinéma assurerait au match plus de place dans la presse que s'il s'agissait d'une simple manifestation sportive.

« Ma foi... » commença Francesca, hésitant pour la forme, mais déjà elle se voyait clairement au centre de la compétition.

« Elle en serait ravie », assura Margo au maire. La jeune femme portait un tailleur de soie blanche bordé d'un galon bleu marine qu'elle n'avait pas encore mis durant ce voyage. Elle s'était dit qu'il serait peut-être trop habillé pour le polo, mais si Francesca participait aux cérémonies, la tenue serait parfaite. Margo adorait les photos de personnalités royales remettant des cadeaux à leurs hôtes, ce qu'elle n'aurait jamais osé avouer, pas même à Matty. Margo parfois s'imaginait gracieuse, souriante, plus grande d'une douzaine de centimètres, acceptant un énorme bouquet de roses que lui tendait une petite fille faisant la révérence. Cela ne lui arriverait jamais, mais pourquoi pas à Francesca ?

Les Firestone et Francesca assistèrent au match d'abord avec intérêt, puis dépassés par les événements. Le jeu était vraiment trop rapide pour qu'on pût le suivre sans en connaître les règles subtiles. Mais l'atmosphère était électrisante. Les spectateurs de polo sont vêtus avec élégance, parfumés avec soin et enclins à une sorte d'hystérie distinguée qui mêle le côté « aficionado » des arènes de Madrid à l'excitation polie et snob d'Ascot. Ils eurent tôt fait tous les trois de renoncer à comprendre ce qui déclenchait les aplauddissements ou les lamentations et se donnèrent tout entiers au spectacle de ces huit superbes athlètes montés sur leurs chevaux rapides

Un tonnerre d'acclamations signala la fin du match. Le maire de Deauville s'approcha d'eux et tendit la main à Francesca.

« Vite, mademoiselle Vernon, dit-il. Les poneys sont en sueur... il ne faut pas les garder sur le terrain. »

Francesca, au bras du maire, se fraya un chemin jusqu'à la pelouse, parsemée maintenant de mottes de gazon arrachées par les sabots de chevaux. Son ample jupe de soie verte, imprimée de fleurs bleues et blanches, claquait comme une voile dans la brise. Elle portait un grand chapeau de paille blanc au bord relevé orné d'un galon et d'un ruban de même soie que sa robe. Comme d'une main elle s'efforçait de le maintenir sur sa tête, Francesca se rendit compte que pendant le match elle avait dû perdre les épingles qui le fixaient.

L'actrice et le maire s'approchèrent de l'endroit où les huit joueurs, encore tous en selle, l'attendaient. Le maire dit quelques mots, d'abord en français, puis en anglais. Brusquement il remit à Francesca un lourd trophée en argent. Pour le prendre, elle eut le réflexe de tendre la main qui tenait son chapeau : le vent aussitôt l'emporta et il s'envola sur le terrain, bondissant d'une touffe d'herbe à une autre.

« Oh non ! » s'exclama-t-elle consternée. Mais au moment même où elle parlait, Stach Valenski se pencha du haut de son poney et la prit sous son bras. La maintenant sans peine contre sa poitrine, il lança sa monture au galop à la poursuite du chapeau vagabond. A deux cents mètres de là, Valenski, tenant toujours Francesca serrée contre lui, se pencha de sa selle, ramassa le chapeau par ses rubans et le reposa avec soin sur la tête de la jeune femme. Des rires et des applaudissements montèrent des tribunes.

Francesca n'entendit rien du bruit que faisaient les spectateurs. Le temps pour elle s'était arrêté. Instinctivement, elle restait silencieuse et immobile, abandonnée contre la chemise de polo trempée de Stach. Elle sentait l'odeur de sa sueur et s'en trouvait éperdue de désir. Elle avait envie d'enfoncer ses dents dans ce cou hâlé, de le mordre jusqu'au goût de son sang, de lécher les filets de sueur qui ruisselaient sous son col ouvert. Elle aurait voulu qu'il roule à terre en la tenant dans ses bras, comme maintenant, tout rouge et en nage, encore essoufflé par le match, pour venir s'enfoncer en elle.

Se reprenant, Stach ramena au petit trot son cheval auprès des autres cavaliers. Il glissa à terre, Francesca toujours dans ses bras, et la déposa doucement sur ses pieds. Dieu sait comment, elle tenait encore le trophée, et manqua de trébucher sur l'herbe. Il saisit la coupe, la laissa tomber et lui prit les deux mains pour la retenir. Un instant, ils restèrent immobiles l'un en face de l'autre, comme liés. Puis il s'inclina et posa un baiser sur une de ses mains. Non un baiser mondain qui effleure à peine l'air au-dessus des doigts, mais l'empreinte ferme et brûlante de ses lèvres.

« Maintenant, dit-il, en la regardant droit dans ses yeux stupéfaits, vous êtes censée me remettre la coupe. » Il se pencha pour la ramasser et la lui tendit. Elle la lui rendit sans un mot. La foule éclata de nouveau en applaudissements et, au milieu de ce fracas, elle prononça d'une voix à peine audible : « Tenez-moi encore.

— Plus tard.

— Quand ? » Francesca entendait avec stupeur le ton abrupt et sans détour qu'elle employait.

« Ce soir. Où êtes-vous descendue ?

— Au Normandy.

— Venez. Je vais vous raccompagner à votre place. » Il lui offrit son bras. Ils n'échangèrent plus un mot jusqu'au moment où elle rejoignit Matty et Margo. L'essentiel avait été dit. Tout le reste était impossible à exprimer.

« Huit heures ? » demanda-t-il.

Elle acquiesça de la tête. Il ne lui baisa pas la main une nouvelle fois mais se contenta de s'incliner légèrement et repartit à grands pas vers le terrain.

« Seigneur, qu'est-ce que c'était que tout ça ? » demanda Matty. Francesca ne lui répondit pas. Margo se tut, car sur le visage ravissant et familier de Francesca, elle voyait une expression abasourdie qu'elle reconnut aussitôt pour une expression nouvelle due à quelque chose qui dépassait ce qu'avait jusque-là connu Francesca.

« Viens, chérie, dit-elle à la comédienne, tout le monde s'en va. » Francesca restait plantée où elle était, sans entendre. « Qu'est-ce que tu vas te mettre ? » lui chuchota Margo à l'oreille. Cette fois Francesca répondit.

« Peu importe ce que je vais mettre !

— Quoi ? » Margo était choquée, sincèrement scandalisée, pour la première fois en vingt ans. « Viens, Matty. Il faut rentrer à l'hôtel », ordonna-t-elle et, le laissant escorter Francesca, elle les précéda en murmurant d'un ton incrédule : « Ça n'a pas d'importance ! Ça n'a pas d'importance ? Elle est devenue folle ? »

Francesca Vernon était la fille unique du professeur Guido della Orso et de sa femme Claudia. Son père était directeur du département des langues étrangères à l'université de Californie, à Berkeley, où il avait émigré après avoir quitté Florence dans les années 20. Tous deux étaient issus de familles installées depuis des siècles dans la ville aux tours innombrables de San Gimignano, non loin de Florence. Dans chacune de leurs lignées, il y avait eu des femmes d'une frappante beauté, qui avaient été trop nombreuses à connaître le déshonneur, flétries par les sévères lois de leur époque. Pendant des centaines d'années, nombre de nobles gentilshommes toscans s'en étaient venus à San Gimignano, attirés par la légende des glorieuses filles des familles della Orso et Veronese. Souvent, trop souvent, leur attente n'avait pas été déçue. Très vite, Guido et Claudia Orso virent les traits héréditaires se dessiner chez leur fille : elle allait être belle et d'une beauté peut-être à problèmes. Ils gardèrent donc comme un trésor leur précieuse fille unique, la tenant le plus possible à l'écart du monde, alors que Francesca aurait eu besoin de la compagnie d'enfants de son âge. Des années passées à batailler sur les tas de sable des jardins publics, à se bagarrer au jardin d'enfants, à lancer des objets, à en construire, à jouer avec toutes sortes de garçons et de filles, tout cela aurait été beaucoup plus sain pour cette fille héritière du sang indomptable de toutes ces femmes brunes et captivantes de San Gimignano, plutôt que les centaines d'heures passées à nourrir ses fantasmes avec une mère qui lui lisait inlassablement tout haut des contes de fées.

Dans leur effort pour sauvegarder Francesca, ses parents la gavaient des vieilles histoires de vaillants exploits accomplis par amour, de héros et d'héroïnes dont l'existence n'était que risque et honneur. Ils constituaient un auditoire bienveillant pour les douzaines de pièces qu'elle ne tarda pas à inventer sur les intrigues empruntées aux contes qui avaient été sa pâture quotidienne. Ses parents, innocents et fiers, ne comprirent jamais qu'ils avaient encouragé Francesca à s'observer de l'extérieur, à se regarder *être quelqu'un qu'elle n'était pas* et à y prendre un profond plaisir, à trouver le rôle qu'elle jouait plus réel que tout ce que la vie avait d'autre à lui offrir.

Lorsque à six ans Francesca alla à l'école, elle trouva pour la première fois un public plus large. Quand la classe de onzième produisit *Ali Baba et les Quarante Voleurs*, alors qu'elle tenait le rôle de la rusée Morgiane, le mot « Sésame ouvre-toi ! », qui révélait la caverne aux trésors, lui donna la certitude de son avenir : elle serait comédienne. Dès ce moment, bien qu'elle parût à tous suivre le cours normal de ses études, elle jouait dans sa tête. Lorsqu'elle ne participait pas à la pièce que chaque année montait sa classe, elle arrivait à l'école, incarnant l'héroïne du livre qu'elle était en train de lire ; tel était son talent qu'elle parvenait à passer toute une journée sans se trahir auprès de ses camarades. Elles la trouvaient pleine de réactions inattendues, d'humeurs inexplicables, mais c'était tout Francesca qui, inaccessible, en était arrivée à occuper une position élevée dans la hiérarchie de ses condisciples. Tout le monde voulait être son amie, car c'était un privilège qu'elle accordait à bien peu.

Année après année, c'était à Francesca qu'on confiait le premier rôle dans les pièces jouées à l'école et personne, pas même les autres mères, ne se plaignit jamais, puisque de toute évidence elle était meilleure que toutes les autres. Une production dans laquelle elle ne jouait pas le principal rôle aurait été déséquilibrée. Elle n'avait qu'à entrer en scène pour répondre à toutes les attentes. Dans ses moindres gestes il y avait une indéniable présence. Francesca n'apprit pas à jouer la comédie : elle se contentait d'orienter sa fantaisie vers le personnage qu'elle incarnait et de le devenir avec un si grand naturel qu'on avait l'impression qu'elle déballait ses propres émotions en les laissant se manifester sur son visage.

« Il y a des risques dans le métier d'imprésario, mais assister à des pièces de collège, c'est ce que je redoute le plus, gémit Matty Firestone.

— Et les histoires d'amour des comédiennes ? demanda sa femme Margo. La semaine dernière, tu disais que tu préférais encore négocier avec un Daryl Zanuch.

— Exact. Du moins une pièce ne dure pas longtemps », reconnut Matty. Il n'en était pas moins profondément consterné à l'idée d'être condamné à voir au collège de Berkeley une représentation de *Milestones* d'Arnold Bennett ; cette pièce était la favorite de nombreux étudiants.

« Ne t'avise pas encore de t'endormir les yeux ouverts, le prévint affectueusement Margo. Ça me rend nerveuse... et d'ailleurs, les Helman sont de vieux amis à toi, pas à moi.

— Mais c'est toi qui leur as appris que nous étions à San Francisco. Tu aurais dû te souvenir qu'on est en juin... le mois des distributions de prix », grommela Matty. Il comptait toujours sur Margo pour lui organiser sa vie privée avec les mêmes qualités qu'elle employait pour son énorme garde-robe. Elle était la femme idéale pour un imprésario : cynique, mais pleine de braves illusions, chaleureuse, impossible à surprendre et d'une bonté sans bornes — tout comme Matty était l'imprésario idéal : audacieux et loyal, sentant avec précision jusqu'où aller dans une négociation ; sachant reconnaître le trop et le trop peu, tout en répugnant scrupuleusement à mentir sans pour autant être affligé d'une dangereuse tendance à toujours révéler la vérité. Ni lui ni Margo ne pouvaient jamais tomber victimes de la flatterie, mais ils étaient incapables de résister à la séduction du talent.

Dans le premier acte de *Milestones* Francesca della Orso apparaissait en jeune femme sur le point de se marier ; la même que l'on verrait au dernier acte célébrer son cinquantième anniversaire de mariage.

« Oh, cette brune ! » dit Matty à l'oreille de Margo d'un ton qu'elle connaissait bien. Il annonçait de bonnes nouvelles. C'était une voix lourde d'or massif. Ils regardèrent tous les deux Francesca, scrutant l'ovale exquis de son visage, le petit menton arrondi avec sa fossette, le nez droit, les sourcils haut placés donnant aux paupières une importance étrange et touchante. Matty n'avait jamais vu qu'une seule femme aussi belle que cette fille et c'était elle qui l'avait fait débuter dans sa carrière, assuré sa fortune. En écoutant Francesca réciter son texte, il sentit la sueur perler soudain au-dessus de sa lèvre supérieure. Il avait la chair de poule, ses sinus se contractaient. Margo, pour sa part, avait pleinement conscience de tout ce que promettaient les grands yeux calmes et impérieux de la jeune fille, de l'esprit passionné qu'on percevait en dépit de son front lisse et son long cou de cygne. Ni l'un ni l'autre pourtant ne pouvaient comprendre la force du monde intérieur de Francesca, l'intensité de ses désirs, la fureur incontrôlée des émotions capables de la submerger.

Dès que ce fut décemment possible, une fois le rideau tombé, Matty et Margo abandonnèrent la terne fille de leurs amis pour se mettre en quête de Francesca della Orso. Ils la découvrirent en coulisses, avec encore le maquillage d'une femme de près de soixante-dix ans, entourée d'une foule admirative. Matty ne prit pas la peine de se présenter à elle. C'étaient ses parents qui l'intéressaient.

Le siège qu'il fit de Claudia et de Ricardo della Orso dura des semaines. Bien qu'ils eussent toujours été pénétrés de joie et d'émerveillement devant les apparitions de leur fille dans les pièces montées par l'école, ils furent abasourdis et scandalisés par la proposition de l'imprésario de faire signer à Francesca un contrat d'exclusivité et de l'emmener à Los Angeles sous la stricte surveillance de sa femme. Mais, à leur propre stupéfaction, ils finirent par surmonter la profonde méfiance que leur inspirait Hollywood, conquis par les excellentes intentions de Matty Firestone et par les qualités éminemment protectrices qu'ils percevaient chez Margo.

Si les événements qui suivirent la représentation de *Milestones* surprirent Ricardo et Claudia, il n'en fut pas de même pour Francesca. Elle avait longtemps vécu dans le monde des rêves où des événements merveilleux se produisaient de façon prévisible, et son imagination vagabonde lui avait toujours chuchoté qu'elle n'était pas destinée à mener la même existence que ses amies. Rien n'aurait pu l'empêcher de chercher à obtenir tout ce que la vie offrait.

Francesca Vernon, née della Orso, devint une vedette dès son premier film. Sa réputation grandit à une vitesse stupéfiante en ces jours fastes où les studios pouvaient utiliser la même comédienne dans trois ou quatre grands films par an. De dix-huit à vingt-quatre ans, Francesca passa tout droit d'un film à un autre, car elle était née pour jouer les grands rôles romantiques. De dix ans plus jeune qu'Ingrid Bergman, Bette Davis, Ava Gardner ou Rita Hayworth, elle régnait auprès d'elles ; elle obtenait des rôles qui normalement auraient dû aller à des comédiennes anglaises, parce qu'il n'y avait personne à Hollywood à lui comparer, personne qui incarnât comme elle l'essence même de la tragédie.

Francesca vécut un an avec les Firestone avant de s'acheter une petite maison tout près de chez eux. Elle profitait de ses rares et brèves vacances pour aller à San Francisco rendre visite à ses parents, mais tous deux moururent en 1949. Comme Francesca ne se mêlait pas à la vie mondaine de Hollywood, elle fut bientôt classée par les magazines de cinéma comme une femme mystérieuse, vision que le rusé Matty encourageait, sachant à quel point cela excitait la presse. Le service de publicité du studio prêta son concours total pour édifier le mur de secret qui entourait Francesca : ces gens se rendaient compte, tout aussi bien que Matty, que la vérité sur elle aurait été tout à fait inacceptable pour le public prude des années 1950. Francesca tombait dangereusement amoureuse de presque tous ses partenaires masculins et ses liaisons discrètes mais passionnées ne se terminaient qu'avec le tournage de la dernière scène de chaque film. Elle n'avait jamais aimé un homme, un personnage réel. Elle avait aimé le prince de Danemark, Roméo, et Heathcliff, et Marc-Antoine, et lord Nelson, et une douzaine d'autres, mais dès l'instant où le mortel ordinaire qu'était le comédien se tenait devant elle, elle devenait de glace. Francesca, en matière d'émotions, ne connaissait que la passion folle et théâtrale, ou bien le froid total.

Margo Firestone, préoccupée par cette succession d'aventures passionnées, souvent avec des hommes mariés, finit par demander à Francesca pourquoi elle n'essayait pas plutôt de s'amuser comme les autres jeunes comédiennes de son âge.

Francesca se tourna vers elle, indignée. « Mon Dieu, Margo, mais pour qui me prends-tu... Pour une Janet Leigh, une Debbie Reynolds, avec leurs petites aventures gentillettes style magazine de cinéma ? Et qui donc a envie de s'amuser — quel mot stupide ! Je tiens à avoir *plus*, et je sais parfaitement combien c'est mélo, alors tu n'as pas besoin de me faire la leçon. Oh ! j'en ai assez des acteurs ! Mais je ne rencontre jamais personne d'autre.

Elle venait d'avoir vingt-quatre ans lorsqu'elle dit cela et, le soir même, Margo Fireston décida que Francesca avait besoin d'un changement de décor. Elle était trop prise dans le monde artificiel des plateaux, trop nerveuse, trop vulnérable. Et la mort de ses parents l'avait laissée déprimée.

« Si c'était ma fille, dit Margo d'un ton songeur, je serais fichtrement inquiète.

— Quand même, fit Matty, rêveur, elle a eu un Oscar l'an dernier.

« — Je m'inquiéterais encore plus. Tu te souviens de Luise Rainer ?

— Je t'en prie ! Ne m'en parle pas. » Matty toucha du bois pour conjurer le souvenir de la carrière qu'il considérait comme mal conduite : la fragile actrice autrichienne, avait remporté deux Oscars de suite avant de disparaître des écrans vers la fin des années 1930. A Dieu ne plaise qu'une chose pareille arrive à Francesca, ou à lui.

« Demandons-lui de venir avec nous en Europe le mois prochain, suggéra Margo.

— Je croyais que tu voulais une seconde lune de miel ? protesta Matty.

— Je ne crois pas vraiment aux lunes de miel, les premières ou les secondes, répliqua Margo d'un ton ferme. Dès que Francesca aura terminé *Anna Karénine,* que ton bureau s'arrange pour l'embarquer sur le prochain bateau... Nous pourrons la retrouver là-bas. »

A sept heures et demie du soir, après le match de polo, selon les instructions fébriles de Margo, Francesca était prête. Elle portait une longue robe du soir en mousseline de soie blanc et rose signée Jean-Louis, le grand couturier de Hollywood. Le corsage sans épaulettes était retenu par de minuscules baleines et drapé avec douceur sur sa poitrine. La première couche de mousseline était rose sombre, la suivante d'un rose plus pâle, jusqu'à la cinquième et dernière, d'un blanc pur. Sur ses épaules nues elle jeta une étole de mousseline formée de cinq épaisseurs de tissu comme la jupe. Longue de plusieurs mètres, elle était ornée çà et là de délicats rameaux de fleurs du rose le plus pâle. La tenue faisait très XVIIIe siècle et on l'aurait dite sortie d'un portrait de Gainsborough. Les longs cheveux de Francesca, qu'elle avait refusé de sacrifier à la nouvelle coupe en caniche, étaient rassemblés en un gros chignon sur sa nuque et de petites mèches s'en échappaient pour aller se poser sur son front lisse.

Margo la toisa d'un air admiratif et envieux. Matty venait d'entrer dans le salon de Francesca pour inspecter sa cliente. « Mon chou, j'espère que ce type s'est habillé aussi.

— Matty, à Deauville, pas question de mettre les pieds dans une salle de casino si tu n'es pas en tenue de soirée », dit Margo d'un ton sans réplique. Elle savait ce qui convenait à un premier rendez-vous avec un prince. Elle s'y préparait elle-même depuis l'âge de quinze ans.

« Ecoute, mon chou, poursuivit Matty sans se démonter, ce type est un vrai prince. J'ai vérifié ça. Mais il a une sacrée réputation de coureur. Il a déjà divorcé. Alors n'oublie pas ça. Tu es une grande fille maintenant... Je sais, je sais, alors ne me le répète pas. »

Comme ils étaient assis à attendre, on frappa. Matty ouvrit et trouva un chasseur planté devant la porte avec une boîte de carton blanc dans les mains.

« Des fleurs pour miss Vernon », annonça-t-il. Matty prit la boîte et donna un pourboire au chasseur. « En tout cas, observa-t-il d'un ton aigre, il connaît tous les trucs. » Francesca ouvrit le carton et découvrit qu'il contenait un triple cercle de boutons de roses blanches qu'elle pouvait passer à son poignet. Puis Margo, qui n'avait pas les yeux dans sa poche, repéra une autre boîte plus petite, en velours noir, nouée d'un ruban bleu, et qu'on avait glissé sous les roses. Francesca l'ouvrit aussitôt et resta le souffle coupé. Ajusté avec précision dans le capitonnage de velours se trouvait un vase de cristal empli d'eau aux trois quarts ; dans le vase trois branches de fleurs étroitement serrées sur des tiges d'or. Chaque fleur était faite de cinq pétales ronds en turquoise avec un centre en diamant coupé en rosace, et de feuilles de jade. Elle prit le vase et le posa sur la table. L'objet magique n'avait pas dix centimètres de haut et la pureté du cristal de roche donnait l'illusion de l'eau.

« Qu'est-ce...? Qu'est-ce que c'est ? demanda-t-elle.

— Des fleurs artificielles, dit Matty.

— Fabergé... C'est un Fabergé... Ça ne peut rien être d'autre, murmura Margo. Lis la carte ! »

Ce fut alors seulement que Francesca ouvrit l'enveloppe dissimulée dans la boîte de velours frappée de l'aigle à deux têtes : la marque du brevet de fournisseur du Roi.

Ces myosotis appartenaient à ma mère. Jusqu'à cet après-midi j'avais perdu l'espoir de trouver quelqu'un à qui ils puissent appartenir.

Stach Valenski

« Il connaît même des trucs qu'on n'a pas encore inventés », dit Matty, l'air buté. Même pour un œil aussi peu sentimental que le sien, le petit vase était un objet extraordinairement précieux. Ce prince avait beau être ce qu'il était, il ne devait pas distribuer ce genre d'objet à tout vent.

Francesca achevait d'enrouler les boutons de roses autour de son poignet quand la réception annonça le prince Valenski. « Ecoute, mon petit, rappelle-toi seulement qu'une citrouille peut se transformer en carrosse », s'empressa de dire Matty, mais Francesca avait quitté la pièce si rapidement qu'elle ne l'entendit pas. Il se tourna vers Margo, l'air consterné. « Bon sang, je voulais dire le carrosse en citrouille... Tu crois qu'elle a compris ?

— Tu aurais aussi bien pu parler chinois », dit Margo.

D'un accord tacite, Valenski et Francesca Vernon traversèrent d'un pas vif le hall encombré du Normandy où des gens s'étaient arrêtés pour les regarder dès l'instant où elle était sortie de l'ascenseur, dans sa beauté triomphante. La Rolls Royce blanche décapotable du prince attendait à la porte et, quelques secondes plus tard, ils roulaient dans les rues presques désertes, la plupart des gens étant occupés soit à boire soit encore à s'habiller pour la soirée.

« Vous rendez-vous compte que nous voilà dehors de bonne heure comme des plouc ? demanda-t-il.

— Mais vous aviez bien dit huit heures.

— Je ne crois pas que mes nerfs auraient pu tenir jusqu'à neuf heures.

— Parce que vous souffrez des nerfs ? » Sa voix célèbre, basse et douce, sortait avec difficulté d'entre des lèvres soudain sèches.

« Depuis cet après-midi, oui. » Le ton n'avait plus rien de badin. Il ôta une main du volant pour la poser sur la sienne. Ce brusque et simple contact la laissa incapable de réagir. Aucun de ses nombreux amants, même dans les instants de plus grande intimité, ne l'avait touchée de cette façon. Il y avait dans les doigts du prince quelque chose de possessif.

Après une minute de silence il reprit : « Je comptais vous emmener dîner au casino... Il y a le bal du polo ce soir, c'est le couronnement de la saison. Ça vous ennuierait de manquer cela ? Nous pourrions aller à un restaurant que je connais sur la route de Honfleur... Chez Mahu. C'est bon et c'est calme, du moins ce le sera ce soir où tout le monde est à Deauville.

— Oh oui... avec plaisir. »

Le silence retomba entre eux cependant qu'ils roulaient dans la douceur normande, par un soir d'immenses cieux gris-bleu déployés au-dessus d'un paysage vallonné avec ses champs, ses vergers et ses fermes, qu'ils voyaient dans les dernières lueurs du jour, moment où, pendant dix minutes, tout paraît plus vert qu'en réalité.

Chez Mahu ils découvrirent qu'ils ne pouvaient parler que de choses sans importance. Stach essayait d'expliquer le polo à Francesca, mais c'était à peine si elle écoutait, hypnotisée par les brusques mouvements de ses mains halées couvertes de poils blond clair, des mains puissantes et viriles. Stach, quant à lui, savait à peine ce qu'il disait. Francesca éveillait son rêve le plus profond, le plus soigneusement dissimulé. Depuis des années il avait eu toutes les femmes qu'il avait convoitées, des femmes sophistiquées, habiles, rompues aux jeux de l'amour et de l'élégance, des femmes d'une grande beauté, qui toutes appartenaient à l'élite internationale. Et voilà que cet homme du monde endurci ressentait enfin le coup de foudre, qu'il était frappé par le tonnerre d'un engouement instantané et qui ne se raisonnait pas.

Elle est si jeune, songea-t-il, et si lumineuse dans sa majesté. Sa beauté brune et rougissante aurait aussi bien pu être russe qu'italienne. Elle lui rappelait les miniatures de jeunes princesses, encadrées de joyaux et d'or, les princesses de Saint-Pétersbourg qu'il avait vues lorsqu'il était enfant, dans des douzaines de cadres disposés avec une profusion nostalgique sur les tables autour de la cheminée de sa mère. Ses épaules, lorsqu'elle rejeta son étole, étaient d'une fraîcheur et d'un éclat à peine croyables. La courbe de sa mâchoire, là où elle rejoignait l'oreille, était d'une pureté à vous briser le cœur et il savait que son dessin en resterait à jamais gravé dans sa mémoire.

Francesca écoutait la voix basse de Valenski, où l'on retrouvait des traces d'accent anglais, la voix d'un homme brutal qui semblait vibrer d'une tendresse latente, comme s'il s'adressait à un poulain nouveau-né ; elle songea que cet homme était aussi éloigné qu'un Martien de tous ceux qu'elle connaissait. Chaque fois qu'elle osait affronter l'éclat combatif de ses yeux gris, elle avait le sentiment de faire un pas de plus sur une terre étrangère. Il lui confia qu'il avait quarante ans, mais elle sentait chez lui une force et une volonté encore témoins de la brutale gaucherie de la jeunesse. Matty avait quarante-cinq ans. Auprès de Stach on lui en aurait donné soixante-quinze.

Comme ils terminaient leur café, il lui demanda si elle voulait l'accompagner pour voir ses chevaux.

« Je ne vais jamais me coucher sans les inspecter, expliqua-t-il. Ils s'attendent à me voir.

— Et aiment-ils avoir des visiteuses ?

— Ils n'en ont encore jamais eu.

— Ah ! » Elle frissonna devant la simplicité du compliment. « Oui, je vais venir. »

Ils repartirent vers Deauville et, jusqu'à la limite de Trouville, ils prirent une route qui se transformait en chemin de campagne serpentant sur près d'un kilomètre au milieu de vieux pommiers. Il s'interrompait devant une barrière entre deux murs de pierres sèches. Au coup de klaxon de la voiture, un homme apparut aussitôt et ouvrit la barrière. Dans la cour se dressaient une grosse ferme en pierres du pays et un certain nombre de bâtiments.

« Mon régisseur, Jean, habite ici avec sa famille, dit Valenski. Les palefreniers habitent le village et viennent tous les matins à bicyclette. »

Il prit le bras de Francesca pour la guider vers les écuries, à une certaine distance de la ferme. Au bruit de leurs pas, certains des chevaux se mirent aussitôt à hennir et à s'agiter dans leurs stalles.

« Les pauvres bêtes, fit Valenski en riant, elles n'ont pas grand-chose à regarder. C'est moi qui chaque soir constitue leur spectacle. » Il passa lentement d'une stalle à l'autre, s'arrêtant pour donner à Francesca le nom de chaque cheval, pour lui expliquer quelques-unes des particularités de l'animal cependant que d'un œil vif et aigu il observait la santé et l'humeur de chacun d'eux.

« Tiger Moth que voici passe la semaine au vert. Il a une coupure à la bouche — rien de grave, mais je ne le monterai pas avant qu'il ne soit complètement rétabli. Gloster Gladiator a la mauvaise habitude de manger sa litière, alors, au lieu de paille, je lui ai fait mettre de la tourbe. Bon, Bristol Beaufighter dort. Il a eu une rude journée.

— Bristol Beaufighter, Gloster Gladiator ?

— Je sais, ce sont de drôles de noms pour des chevaux. Ce sont des noms d'avions... De grands avions. Un jour je vous en dirai plus là-dessus.

— Dites-moi maintenant », demanda-t-elle, sans vraiment s'en soucier. Tout ce qu'elle avait entendu, c'était la phrase qu'il avait lâchée en passant : « Un jour je vous en parlerai. »

« Le Tiger Moth était un appareil d'entraînement... Un de Havilland. Le Gladiator était un chasseur, le Bristol un chasseur de nuit ; il y en avait beaucoup, qu'on a oubliés aujourd'hui, à moins d'en avoir piloté un. Alors on n'oublie jamais. »

Voyant qu'elle n'écoutait pas, il ne poursuivit pas. Le clair de lune sur sa robe de bal avait fait d'elle une masse sculpturale de marbre blanc.

« Venez, dit-il à regret, il faut que je vous raccompagne. Le gala n'est pas encore fini et nous pouvons être au casino dans moins d'un quart d'heure.

— Le casino ? Certainement pas. Je veux en entendre davantage sur le Tiger Moth.

— Mais non.

— Oh ! mais si ! » Francesca entra dans une stalle vide où s'entassaient du fourrage et des couvertures et s'assit sur une botte de paille propre adossée contre un mur. Elle renversa la tête en arrière contre la cloison et laissa son étole tomber nonchalamment de ses épaules, sachant fort bien quel effet aurait sur lui la promesse contenue dans ce geste. Il vit aussitôt qu'elle ne jouait pas à la coquette. Le regard qu'elle lui lança était si profond qu'on y percevait toute l'ardeur de sa nature et elle la lui offrait avec un art consommé. D'une enjambée, Valenski vint la rejoindre, passa un bras autour de sa taille et la tourna vers lui. Il lui murmura à l'oreille : « Le Tiger Moth était un appareil d'entraînement fondamental pour la R.A.F.

— Fondamental... fit Francesca dans un souffle.

— Très, très fondamental... » Valenski couvrait de baisers la courbe de sa joue, près de son oreille, avançant la bouche avec douceur jusqu'au moment où leurs lèvres se trouvèrent. A cet instant quelque chose changea à jamais en eux. Ils avaient franchi une barrière invisible et se retrouvaient bien installés de l'autre côté de leur existence. Ils ne connaissaient rien l'un de l'autre, mais ils avaient déjà dépassé le stade des questions, des phrases rassurantes ou des conditions préalables. C'était comme si ces deux êtres séparés, en s'unissant, en avaient formé un troisième, une entité toute différente dont on ne retrouverait plus jamais les composants.

Francesca s'arracha à ses lèvres et, levant les deux bras, ôta les épingles qui retenaient son chignon ; toute sa chevelure brune tomba sur ses épaules. Elle la secoua d'un geste impatient puis, le regardant droit dans les yeux, elle réussit habilement à dégrafer sa robe sans épaulettes et ses jupons, s'en débarrassant avec autant de hâte que si c'était de vieilles guenilles. Elle se dépouilla avec insouciance des nuages de mousseline qui l'entouraient pour révéler sa chair resplendissante, puis elle s'allongea totalement nue sur une pile de couvertures de cheval, riant doucement en regardant Stach Valenski, un instant déconcerté et pris au dépourvu, se dégager, non sans mal, de son smoking. Bientôt, très bientôt, il fut aussi nu qu'elle. Il s'attaqua à sa chair abandonnée avec une violence presque cannibale comme il n'en avait pas connu depuis des années. Cette créature de roses et de perles était devenue, comme d'un coup de baguette magique, une mortelle qui le suppliait d'une voix rauque et avide de la prendre le plus vite possible. Elle ne voulait pas le laisser s'attarder ; le souci de son seul plaisir cédait à l'envie qu'elle avait de le sentir en elle pleinement, profondément, de le posséder. Lorsqu'il la monta et qu'elle s'ouvrit pour lui, comme une reine gaspillant avec bonheur tous ses trésors, ce fut un acte de primitifs. Comme il s'abandonnait à son orgasme, Francesca leva la tête vers son visage baigné par le clair de lune, et elle vit ses yeux étroitement fermés, l'expression de concentration intense, presque d'angoisse, qui creusait ses traits, et elle sourit comme jamais encore elle n'avait souri. Ensuite ils restèrent serrés l'un contre l'autre sous les couvertures de cheval, leurs corps rayonnant d'une chaleur triomphale, et ils pouvaient se toucher avec tendresse, explorer plutôt que piller, caresser plutôt que dévorer. Ils firent encore l'amour et cette fois Stach ne laissa pas Francesca lui imposer son rythme, mais l'amena avec une adresse infinie jusqu'à un orgasme si lancinant, si victorieux qu'elle en eut peur. Ils dormirent un moment et s'éveillèrent pour voir que la lumière avait changé et percevoir les signes incontestables de l'aube proche dans ce petit coin de ciel qu'ils entrevoyaient de leur coin de la stalle.

« Tes amis... Mon Dieu, que vont-ils penser ? dit Stach se rappelant soudain les Firestone.

— Matty va grogner comme un père scandalisé dans un mélodrame victorien et Margo sera excitée, curieuse et ravie. A moins qu'ils ne se soient couchés de bonne heure et qu'ils ne sachent même pas que je suis encore dehors... ce qui serait bien improbable. Dans deux heures Matty va songer à appeler la police, mais il y renoncera à cause de la publicité.

— Je ferais mieux de leur annoncer que tu es saine et sauve.

— Mais il est trop tôt pour téléphoner... Regarde, le soleil se lève à peine.

— Je vais aller dire à Jean d'appeler l'hôtel pour annoncer que tu ne vas pas tarder. Ne bouge pas. »

Quelques minutes plus tard il était de retour. « Voilà qui est fait. Maintenant nous allons dresser nos plans et puis nous allons prendre un petit déjeuner.

— Nos plans ?

— Pour le mariage. Le plus tôt possible, et sans tralala... Ou avec toutes sortes de tralalas, si c'est ce que tu préfères. Dès l'instant que c'est pour bientôt. »

Francesca se leva à demi de la pile de couvertures, stupéfaite, ses boutons de seins encore tendres et endoloris par les assauts des lèvres et des dents de Stach, des brins de paille parsemant ses cheveux en désordre. Elle resta bouche bée devant cet homme qui la regardait d'un air profondément convaincu.

« Nous marier ?

— Y a-t-il une autre solution ? » Il s'assit et la prit dans ses bras, posant le front de la jeune femme à l'endroit où la peau hâlée de son cou pâlissait, en haut de la poitrine. Elle souleva la tête et répéta : « Nous marier ? »

Stach drapa une couverture autour de ses épaules pour la protéger de l'humidité matinale. Ses mains robustes, habituées à l'obéissance, lui serrèrent les bras et, lorsqu'il parla, sa voix, même s'il n'élevait pas le ton, sonnait comme une charge de cavalerie.

« J'ai l'âge de savoir que ce genre de choses ne vous arrive pas deux fois dans une vie. A mon âge, on n'a plus de béguin. C'est l'amour et, bon sang, je ne m'y connais pas en amour... Je ne sais pas les mots qu'il faut, je ne peux pas te dire ce que j'éprouve parce que ça ne m'est encore jamais arrivé. Je n'ai jamais utilisé les vrais mots, mais d'autres, pour jouer à l'amour, pour séduire...

— Mais moi j'ai utilisé tous les vrais mots, les plus beaux qu'on ait jamais écrits... et je n'ai jamais rien connu à l'amour non plus. Alors nous sommes à égalité, répondit lentement Francesca, prenant conscience d'une vérité qu'elle n'avait pas encore exprimée tout haut.

36

« — T'es-tu jamais sentie comme ça ? Peux-tu t'imaginer éprouvant cela de nouveau ? » interrogea Stach.

Francesca secoua la tête. Il était plus facile de tourner le dos à tout ce qui jusqu'à hier constituait sa vie que d'envisager une existence loin de Stach.

« Mais... est-ce que nous de devrions pas apprendre à nous connaître ? dit-elle, puis elle éclata de rire devant ce que sa question avait de conventionnel.

— Nous connaître... Oh ! mon Dieu... Nous nous retrouverions au même point. Non, nous allons leur annoncer que nous avons décidé de nous marier et voilà tout. Francesca, dis oui ! »

Tout ce qu'il y avait de romanesque en Francesca déferla comme une vague. Elle ne dit pas oui mais elle inclina sa tête de reine et couvrit de baisers passionnés les mains de Stach dans une fureur de soumission et de possession. Elle se mit à pleurer et il embrassa ses yeux humides.

Le soleil était levé et ils entendirent soudain toutes les rumeurs de la ferme.

« Tu ferais mieux de t'habiller, dit Stach en souriant comme un collégien.

— M'habiller ? As-tu idée... ? » Francesca désigna un tas de mousseline chiffonnée et de fleurs de soie qui gisaient sur le sol en terre battue de l'écurie. « Sans parler de ça ! » Elle brandit un sous-vêtement de dentelle blanche qui s'était glissé sous les couvertures. Cela s'appelait une « veuve joyeuse » : c'était un corselet qui commençait comme un soutien-gorge sans bretelles, continuait pour mouler une taille mince comme il convenait et arrivait jusqu'à mi-hanches où pendaient des jarretelles pour retenir ses bas.

« Je t'aiderais bien... mais tu t'en es débarrassée si vite !

— Ça, c'est toujours facile... mais rentrer dedans est une autre histoire. Non, Stach, je ne peux pas remettre tout ça, fit-elle d'un ton suppliant. Regarde, j'ai les doigts qui tremblent. »

Ils s'immobilisèrent tous deux, surpris par un garçon d'écurie qui approchait en sifflotant.

« Je vais l'éloigner, murmura Stach en essayant de ne pas rire. Rentre là-dedans. » Francesca plongea sous les couvertures en pouffant. Voilà qu'ils passaient des sommets du romantisme à la farce de boulevard tandis que, d'un œil, elle voyait le cheval dans la stalle voisine tendre la tête vers elle et s'ébrouer comme s'il était indigné, et s'efforçant sans nul doute, songea-t-elle, de dénoncer à toute l'écurie leur coupable conduite. Stach revint bientôt tenant sur ses bras une pile de vêtements.

« J'ai fait un marché avec ce garçon », dit-il en lui tendant une vieille paire de bottes bien cirées, une chemise bleue un peu effilochée et une culotte de cheval usée jusqu'à la corde. « Il a à peu près ta taille et je pense qu'il a pris un bain ce matin... mais je ne te le garantis pas. »

Francesca parvint à passer les vêtements du jeune homme, fort heureusement propres et qui n'avaient que deux tailles en trop pour elle. Stach alla lui chercher dans la voiture son sac du soir. Elle s'inspecta dans le miroir de son poudrier et vit qu'elle n'avait plus aucune trace de maquillage. Elle décida de ne pas s'embarrasser de raccords. Francesca aimait sa peau rougie et éraflée, ses lèvres meurtries, la lueur d'excitation nouvelle qui faisait briller ses yeux.

« Il me faut une ceinture », découvrit-elle.

Stach inspecta les divers articles de sellerie accrochés au mur.

« Une martingale, c'est trop long. La bride ? Non, ça ne marchera pas, ni la gourmette. Je te donnerais bien ma cravate si je pouvais la trouver, mais ce serait trop court. Tiens, ça devrait faire l'affaire. » Il lui tendit une bande de tissu pliée en deux.

« Qu'est-ce que c'est ?

— Un bandage de queue... Ça empêche la queue du cheval de se prendre dans le maillet de polo.

— Qui donc a dit que le romanesque était mort ? » demanda-t-elle.

« Dis-leur que c'est un cas de force majeure. » Francesca se mit à rire devant un Matty stupéfait.

« Il faudrait que tu sois enceinte ! tonna l'agent. Tu n'as même pas une excuse convenable ! Tu sacrifies une grande carrière pour épouser un joueur de polo russe qui sort on ne sait d'où et, ma parole, tu as l'air d'être contente. »

Francesca, déchaînée, balaya sa logique.

« Matty, combien d'années quelqu'un doit donc vivre à son apogée ? Les années où on monte comme une fusée, Matty ? Les années de feu d'artifice ? Pour une fois que je suis amoureuse d'un homme véritable, alors sois heureux pour moi ! » Elle formulait ses exigences avec un sourire exaspérant d'insouciance. « Nous voulons tout, Matty... Tout ce qui existe, nous le voulons maintenant. Pourquoi ne l'aurions-nous pas ? Peux-tu me donner une seule raison valable ? lui lança-t-elle.

— Très bien, je suis heureux, je suis ravi, je déborde de joie : ma meilleure cliente, qui est comme une fille pour moi, va épouser je ne sais quelle cloche dont elle a fait la connaissance hier... Est-ce qu'on pourrait demander de meilleures raisons d'être heureux ? Et qu'est-ce qu'elle répond quand je lui demande pourquoi il faut que ce soit aussi brusque, pourquoi elle ne peut pas rentrer et tourner d'abord *Robin des bois* et se marier ensuite ? Qu'est-ce qu'elle répond quand je lui dis que personne ne veut l'empêcher d'épouser son prince, mais que peut-être elle devrait le connaître mieux ?

— J'ai répondu, dit Francesca d'un ton rêveur, que ça me semblait bien. J'ai dit que je n'avais jamais été vraiment sûre de rien auparavant... Que je l'avais attendu toute ma vie et que maintenant que je l'avais trouvé, je n'allais jamais le laisser partir. »

Margo perçut dans la voix de Francesca un accent qui lui fit comprendre que, quoi que la jeune femme fût en train de faire, cela ne saurait souffrir ni retard ni refus.

Matty leva les bras. « Je renonce. De toute façon, ta décision était prise. Très bien, tu vas le faire, voilà tout, et je vais envoyer un câble aux studios. Comme ça ils vont te faire un procès... Ils sont tout à fait dans leur droit. Et ils vont le gagner d'ailleurs. Je savais que nous n'aurions jamais dû venir en Europe. C'est un pays qui rend les gens *fous* ! »

3

$\mathcal{C}$ela faisait des années que Francesca ne pratiquait plus sa religion, mais, comme tous les catholiques, elle restait fidèle aux rites de l'Eglise. Auprès des séances de catéchisme qu'elle avait connues à Berkeley, le service pour son mariage à l'église russe orthodoxe de Paris lui fit l'effet d'une superproduction hollywoodienne, d'une cérémonie byzantine et baroque. Elle s'attendait presque à entendre la voix du metteur en scène crier « Coupez ! » lorsque, après un cérémonial interminable, Stach et elle burent à trois reprises dans une coupe de vin rouge et firent, guidés par le pope, trois fois le tour du lutrin. Des nuages d'encens tourbillonnaient autour d'eux à la lueur de centaines de cierges, et cette impression d'irréalité était encore soulignée par les majestueux accents de basse du chœur des hommes qui chantaient sans accompagnement, avec pour tout contrepoint les échos célestes d'un chœur d'enfants. Deux des amis de Stach tenaient des couronnes d'or au-dessus de leurs têtes tandis qu'ils marchaient et Francesca avait l'impression que le cercle de spectateurs fascinés était une foule de figurants.

Bien qu'ils eussent essayé de garder secrète la date de la cérémonie et qu'ils n'eussent invité qu'un petit groupe d'amis, la nouvelle s'était répandue et l'église tout entière était bourrée de curieux qui assistèrent debout, comme le voulait la coutume, à tout le service, se tenant tout juste tranquilles, tant ils avaient envie de voir quelque chose. Stach, qui au début pourtant ne souhaitait guère les « tralalas », avait tenu à ce service, avec toute sa grandeur et son rituel interminable, se rappelant la précipitation anonyme de son premier mariage dans un bureau d'état civil de Londres en pleine guerre. Il voulait voir Francesca doublement couronnée, d'abord avec des fleurs dans les cheveux, puis avec la lourde couronne nuptiale maintenue au-dessus de sa tête. Lui, qui n'avait passé en Russie que la première année de son existence, tenait à tout ce symbolisme somptueux, atavique, mais encore bien vivant. Il avait même demandé au pope superbement barbu, vêtu d'une chasuble d'argent et coiffé de sa mitre sacerdotale, de lui nouer le poignet à celui de Francesca avec un mouchoir de soie tout en leur faisant faire le tour de l'autel, plutôt que de simplement les prendre par la main.

Francesca consentit à tout. Depuis l'instant où elle avait pris sa décision dans l'écurie, aucun détail ne lui semblait avoir la moindre importance. Elle vivait avec une sublime indifférence à tout ce qui n'était pas Stach et la vision qu'elle avait de leurs deux êtres réunis à jamais.

Margo nageait dans son élément, prenant des dispositions dont personne d'autre n'aurait été capable. Elle était fière du mariage triomphal de Francesca et c'était son heure de gloire : elle s'avouait au fond du cœur qu'elle avait une horreur profonde de la simplicité.

La réception de mariage au Ritz fut assurément la plus somptueuse production de Margo Firestone. Après cela, le prince Stach Valenski et sa nouvelle princesse disparurent. Même les Firestone ne savaient pas qu'ils s'étaient installés dans la grande villa de Stach à la campagne, non loin de Lausanne, où, enfin, ils pouvaient commencer leur inlassable et patiente exploration l'un de l'autre. A cheval, à pied ou allongés l'un près de l'autre, ils se racontaient longuement leur enfance ; ils s'émerveillaient que, sans la remarque lancée au hasard par un homme qu'aucun d'eux ne connaissait, au bar d'un hôtel de Paris, ils auraient pu ne jamais se rencontrer.

Francesca restait souvent éveillée la nuit, malgré l'apaisement d'une passion comblée. Elle préférait observer Stach, scrutant ses traits à la lueur vacillante de la petite lampe allumée sous une icône accrochée au mur, à l'autre bout de leur chambre. Il était, se dit-elle, le héros de toutes les histoires qu'elle avait lues. Hardi, vaillant, sans peur... Il était tout cela et plus encore. Elle cherchait le mot et finit par le trouver : immortel.

S'il avait vécu assez longtemps pour qu'elle pût le connaître, Francesca aurait sans doute utilisé le même mot pour décrire le père de Stach, le prince Vassili Alexandrovitch Valenski. Cet homme à la présence imposante et d'une force physique considérable avait été le héros d'une cinquantaine de liaisons avec les ravissantes ballerines du théâtre Marinski jusqu'au jour où, à l'âge de quarante ans, il décida qu'il était temps de prendre femme. Sans la moindre passion il avait choisi de demander la main de la princesse Tatiana Nikolaievna Stargardova car, de toutes les débutantes de 1909, elle était celle qui par sa naissance convenait le mieux à la position qu'il occupait. Et voilà que durant l'hiver de 1910, il s'aperçut sans vouloir y croire que, de la façon la plus inattendue, la plus indigne et la plus irrévocable, il était tombé totalement amoureux de sa prorpe épouse.

Avant leurs fiançailles, Tatiana était d'une beauté séduisante, bien qu'elle eût toujours gardé ses grands yeux bleus baissés chaque fois qu'ils se rencontraient à une soirée ou à l'opéra. Elle portait alors des robes de bal modestes et montantes, et elle parlait de la voix la plus douce que seule animait une gaieté virginale. A ses cheveux blonds coiffes avec simplicité et à son habitude de rougir lorsqu'elle lui parlait, Vassili Valenski s'attendait à une femme placide, correcte et assurément d'humeur conservatrice. Et presque à coup sûr aussi assommante que les épouses de la plupart de ses amis. Mais leur lune de miel n'était pas terminée que Tatiana, aussi passionnée qu'intelligente, avait fait la conquête de son mari, lequel découvrait qu'il avait épousé une maîtresse impérieuse et exigeante.

Ce jour-là, moins d'un an après son mariage, alors que le prince Valenski quittait son palais aux colonnes de marbre sur le canal Moika, il nota avec un amusement à peine teinté de résignation qu'une fois de plus on mettait le palais sens dessus dessous car Tatiana préparait un nouveau bal. Elle adorait son nouvel état et se réjouissait d'être une des premières hôtesses de Saint-Pétersbourg. Libérée par le mariage du décorum splendide, mais aussi des inévitables chaperons, des bals blancs, où les jeunes filles dansaient un cotillon bien sage, la jeune princesse de dix-neuf ans dont le caractère venait de se révéler ne perdit pas de temps à s'installer au cœur de la haute société de la ville impériale.

« Chez Denisov-Ouralski », ordonna le prince Vassili au portier en uniforme constellé de décorations qui gardait l'entrée du palais en ébullition. Deux laquais refermèrent derrière lui la lourde porte et il monta d'un pas léger dans le magnifique traîneau en ébène sculpté, capitonné de daim.

Boris, le cocher, portait sa tenue d'hiver, un manteau de velours rouge sombre, entièrement doublé d'épaisse fourrure et bordé d'un galon d'or, avec un tricorne assorti. Comme tous les autres cochers de la noblesse, c'était un immense gaillard barbu qui n'aimait rien tant que de mener son attelage de quatre grands chevaux noirs, aussi vite que s'il était seul, dans les rues encombrées de Saint-Pétersbourg. Boris, d'ailleurs, qui n'accordait aux grands ducs qu'un rôle purement décoratif, était convaincu que son maître, qui arborait les croix d'Alexandre Nevski, de Vladimir et de Saint-André, ne le cédait qu'au tsar en personne. Il se vantait d'avoir parcouru la distance séparant le palais de la boutique de Denisov-Ouralski sans s'arrêter ni même ralentir pour laisser passer un autre traîneau. Ç'aurait été insulter le prince.

En ce jour de décembre, Vassili Valenski s'en allait faire l'acquisition d'une véritable ménagerie. Sa femme avait encore un amour enfantin des figurines animales et il avait décidé ce Noël-ci de la combler — si tant est, songea-t-il en souriant tout seul à ce souvenir, si tant est qu'elle pût jamais être satisfaite. En une demi-heure il avait choisi une collection d'animaux précieux, par paire, pour que Tatiana pût avoir une arche de Noé. Il y avait des éléphants sculptés dans du jade impérial avec des yeux en saphir de Ceylan, des lions de topaze avec des yeux de rubis et des queues de diamants enchâssés sur de l'or, et aussi des girafes en améthyste dont les yeux étaient des cabochons d'émeraude avec des pupilles en diamant. Le prince se rendit ensuite à pied chez Fabergé pour ajouter des animaux plus petits à la collection : des tortues taillées dans l'agate rose avec des têtes, des pieds et des queues en argent et en or, leurs carapaces incrustées de perles ; des perroquets en corail blanc ; et tout un banc de poissons d'ornement taillés dans du jade vert, rose, mauve et brun, et tous avaient les yeux en diamants taillés en roses.

S'étant acquitté de cette agréable tâche, il donna l'ordre à Boris de le conduire à son bureau. Depuis onze cents ans que sa famille était noble, les domaines s'étendaient aux quatre coins de la Russie et il fallait au prince Vassili une cohorte de régisseurs, dont bon nombre étaient allemands ou suisses, pour parvenir à maintenir ses affaires en ordre. Dans l'Oural, ses terres rapportaient un quart de la production mondiale de platine. A Koursk, il possédait des centaines de kilomètres de plantations de sucre et des douzaines de scieries alimentées par des centaines de kilomètres de forêts. En Ukraine, il était propriétaire d'immenses plantations de tabac. Mais c'était dans une province fertile de Crimée que se trouvait son domaine favori. Là, sur une terre où fleurissaient les vergers et parsemée de fermes, il élevait ses chevaux de course victorieux et invitait des groupes d'une centaine de nobles à tirer ses cerfs, ses ours sauvages et ses milliers de faisans et de perdrix.

C'était là aussi que sa femme et lui montaient à cheval dans les allées de la forêt et le prince Vassili était encore tout surpris à ce souvenir. C'était là qu'ils avaient souvent fait l'amour l'été dernier, se dissimulant dans des cachettes au fond des bois, comme de vulgaires paysans. Il n'était pas facile de concilier la fille ardente qu'il avait prise avec une telle fougue dans leur nid improvisé de mousse et de feuillages avec la grande dame, couronnée de la tiare de diamants et d'émeraudes de sa mère, qui ce soir recevrait huit cents invités, tous nobles et tous vêtus à sa demande de tissus d'or ou d'argent. Ils danseraient au son de six orchestres et à minuit on leur offrirait dans de la vaisselle d'or et d'argent un souper servi par cent laquais en livrée, cependant que des orchestres de gitans leur joueraient la sérénade. En quittant le palais, Valenski avait vu des chariots chauffés arriver avec les fleurs que Tatiana avait commandées sur la Riviera. On avait envoyé leur train privé à Nice pour le charger de bouquets encore en boutons. Elles avaient traversé ensuite toute l'Europe enneigée pour être déchargées à la gare de Saint-Pétersbourg au moment où elles commençaient à s'épanouir. La moitié des fleurs de France, lilas, roses, hyacinthes, jonquilles et violettes de Parme, s'ouvraient juste une nuit dans cette ville du golfe de Finlande où les hivers étaient sans fin et les vents humides et glacés.

En novembre de l'année suivante, en 1911, naquit le fils de

Vassili et de Tatiana. Ils le prénommèrent Alexandre en souvenir de son grand-père paternel, et la jeune mère qui avait manqué tant de réceptions pendant sa grossesse était déterminée plus que jamais à danser tous les soirs. Valenski ne fit rien pour détourner sa femme de la poursuite du plaisir et la laissa donc orner de sa présence les bals donnés par les Cheremetev et les Youssoupov, par les Saltykov et les Vassilchikov. Elle entraînait toutes les autres dames de Saint-Pétersbourg dans l'élan de ses valses et les stupéfiait par son génie inventif aux bals costumés que donnait la comtesse Marie Kleinmichel.

L'approche du Carême qui commençait le dimanche précédant le mercredi des Cendres marquait la fin des danses. Durant le Carême, les concerts et les dîners remplaçaient les bals, et, selon Macha, la nourrice d'Alexandre, c'était une bonne chose que sa maîtresse fût contrainte d'aller se coucher plus tôt. Bien que la princesse ne fît que passer de temps en temps pour regarder Macha nourrir le bébé, la jeune paysanne robuste, simple et raisonnable, trouvait que malgré sa beauté la princesse semblait lasse et trop maigre. Macha n'avait que dix-sept ans. Elle avait passé toute sa vie dans le domaine que les Valenski possédaient en Crimée où elle avait eu la malchance d'avoir un enfant naturel la veille de la naissance d'Alexandre. Mais le bébé de Macha n'avait pas vécu et le régisseur de la propriété l'avait aussitôt envoyée à Saint-Pétersbourg pour nourrir l'héritier nouveau-né. Son mal du pays avait disparu aussitôt que le prince Alexandre s'était mis à réclamer son lait.

En ce dernier dimanche, les Valenski se rendirent à un déjeuner à la campagne. Ils participèrent ensuite à un défilé de troïkas au galop et terminèrent l'après-midi sur une bataille de boules de neige particulièrement animée. Lorsque la dernière danse de la saison s'arrêta au son de la grande horloge du hall sonnant minuit, Vassili trouva Tatiana étrangement disposée à rentrer à la maison. Il pensait la trouver désespérée à la perspective de voir interrompus pour un temps ces amusements, mais en fait elle se sentait si lasse qu'elle s'endormit contre son épaule dans leur voiture chauffée, le lendemain matin, elle dormit tard et ne s'éveilla pas plus reposée qu'elle ne s'était couchée la veille. Elle se plaignait d'un ton maussade de devenir vieille. Vassili fit aussitôt venir le médecin. Il n'avait jamais vu Tatiana irritable et apathique, et cela l'effrayait. Le docteur passa un temps interminable dans la chambre rose damassée d'argent de Tatiana. Lorsque enfin il en ressortit, il parla d'une petite congestion des bronches, d'une tendance au surmenage nerveux, d'un état fébrile.

« Quel est le traitement ? demanda Vassili avec impatience, interrompant les discours interminables et obscurs du praticien.

— Voyons, prince, je pensais que vous aviez tout de suite

compris. C'est peut-être une affection pulmonaire. En fait, bien que je ne sois pas spécialiste, c'est peut-être la tuberculose. »

Valenski s'immobilisa comme s'il venait d'être foudroyé par une balle. Tatiana *tuberculeuse ?* Tatiana qui galopait en culotte de cheval comme au temps de la Grande Catherine ? Tatiana qu'une chute de troïka lancée en pleine course faisait rire aux éclats ; Tatiana, qui dévalait sans crainte les pentes dangereuses de collines de glace ; qui avait mis au monde leur fils en six heures sans un gémissement ; Tatiana, qui se laissait prendre même au milieu d'un champ où les moissonneurs risquaient de les découvrir ?

« Impossible ! s'écria-t-il.

— Prince, je ne suis pas un spécialiste. Vous devriez appeler le Dr Zevgod et le Dr Kouskof. Je ne peux pas prendre la responsabilité seul. » Le médecin se glissa vers la porte, ayant hâte de s'en aller avant que le prince eût compris qu'il venait de prononcer ce qui à l'époque équivalait souvent à un arrêt de mort.

Zevgod et Kouskof se mirent d'accord sur les mesures à prendre. La princesse Valenski leur avait avoué que, depuis ces derniers mois, elle souffrait de suées nocturnes et de manque d'appétit, mais elle avait stupidement refusé de s'en inquiéter. Son manque de précaution et sa vie épuisante avaient aggravé son état et il ne fallait plus maintenant perdre de temps. La princesse devait partir sans tarder pour Davos, en Suisse, où de toute évidence on traitait mieux la maladie qu'ailleurs.

« Pour combien de temps ? » demanda Vassili consterné.

Les deux médecins hésitaient, aucun d'eux ne voulant s'engager. Ce fut Zevgod qui finit par parler.

« Il n'y a aucun moyen de le savoir. Si la princesse réagit au traitement, elle peut être de retour d'ici un an... ou deux. Peut-être un peu plus. Mais elle ne doit pas revenir dans cette ville humide avant d'être complètement rétablie. Comme vous le savez, Saint-Pétersbourg est construite sur des marais et des prés inondés. Revenir serait un suicide pour quiconque est faible de la poitrine.

— Un an !

— Ce serait un miracle, dit gravement Kouskof.

— Alors, vous voulez vraiment dire que cela pourrait durer des années... N'est-ce pas ce que vous êtes en train d'essayer de m'expliquer, messieurs ?

— Malheureusement oui, prince. Mais la princesse est jeune et vigoureuse... Nous devons espérer un prompt rétablissement. »

Valenski congédia les médecins, gagna son bureau et s'y enferma. Il ne pouvait tout de même pas dire à sa pétillante épouse, courageuse et chérie, qu'elle devait s'éloigner ne serait-ce que trois mois ou trois semaines. Il n'y avait rien au monde qui l'amènerait à la condamner à vivre dans un sanatorium. Le mot même l'emplissait d'horreur. Non ! Elle irait à Davos, c'était indispensable, mais ils emporteraient la Russie avec eux.

Le prince Vassili dépêcha son secrétaire particulier à Davos pour louer le plus beau chalet possible. Trois femmes de chambre françaises se mirent aussitôt au travail pour préparer les malles de Tatiana. Il y en avait une qui ne contenait que des gants et des éventails, trois où s'entassaient uniquement d'étroites mules de satin brodé, douze pour ses robes, quatre pour ses fourrures et cinq pour son linge. Contemplant avec une moue ravie les toilettes qu'elle devait laisser derrière elle, elle dit à Vassili que c'était une bonne chose qu'elle ne fût pas trop attachée à sa garde-robe, comme l'impératrice Elizabeth qui possédait quinze mille toilettes.

Pendant ce temps, les autres domestiques mettaient en caisse les plus beaux meubles du palais, sous la direction d'un autre des secrétaires du prince, qui ne choisit que les plus belles pièces françaises de style Louis XV et Louis XVI. Ce fut Valenski lui-même qui décida quelles œuvres d'art emporter. C'était un collectionneur acharné, mais comme il ne connaissait pas les dimensions du chalet qu'ils allaient occuper, il ne prit que des œuvres de chevalet de Rembrandt, de Boucher, de Watteau, de Greuze et de Fragonard, sans emporter les grandes toiles de Raphaël, de Rubens, de Delacroix et de Van Eyck.

Malgré leur style d'existence moderne, les Valenski, comme tous les Russes, n'avaient jamais cessé de vénérer des icônes, et le prince dépouilla les pièces qui faisaient office d'oratoires. Là se trouvaient des rangées et des rangées d'icônes éclairées de lampes qui brûlaient jour et nuit devant elles. Beaucoup étaient à ce point ornées d'or et de joyaux qu'elles étaient littéralement sans prix. On retira les rideaux qui les protégeaient, on les rangea dans leurs coffres capitonnés de velours ; après quoi on les emballa avec soin dans des caisses spéciales. Certaines icônes, d'un caractère particulièrement personnel et que l'on considérait comme les protectrices de la maison, voyageaient en train avec la famille dans leurs compartiments.

On ne laissa rien qui fût indispensable pour reproduire le palais sur la Moïka que l'on abandonnait, depuis les casseroles et les marmites de la cuisine jusqu'aux trois lustres en cristal de roche qui avaient jadis appartenu à Mme de Pompadour.

Dix jours plus tard, quarante serviteurs, ce qui aux yeux de Vassili n'était qu'un embryon de maison mais pouvait suffire, se réunirent à la gare de Saint-Pétersbourg. Pour les loger tous, on avait ajouté au train du prince des wagons-lits supplémentaires. Tous les fourgons à bagages étaient remplis et dans les deux voitures-cuisines s'entassaient des provisions en quantités telles que les chefs avaient du mal à vaquer à leurs tâches.

Le prince et la princesse Valenski. avec Macha portant le petit Alexandre, se rendirent à la gare dans une voiture fermée accompagnés d'un domestique au rôle capital, Zacharie, le chasseur, sanglé dans son uniforme bleu foncé avec des épaulettes d'or et coiffé de son chapeau à cornes orné de plumes blanches. Zacharie était responsable de la logistique du voyage ; c'était à lui de s'assurer qu'il n'y aurait pas de retard à la frontière, qu'on ne manquerait pas de provisions fraîches, qu'aucun bagage ne serait perdu, qu'aucun autre problème ne risquerait de troubler la progression sans heurt du train dans son long cheminement vers le sud-ouest.

A Landquart, en Suisse, il fallut abandonner le train privé puisqu'il ne pouvait rouler sur les voies alpines à écartement étroit. Les Valenski y restèrent plusieurs jours en attendant qu'un train plus modeste eût transporté laborieusement toute leur domesticité et tous leurs biens jusque sur les hauteurs de Davos-Dorf. Puis ils firent à leur tour le trajet sur la pente abrupte qui sinuait entre les cascades gelées et les sapins couverts de neige. Tatiana frissonnait, bien que le compartiment fût chauffé et elle enveloppée de fourrure. Elle détournait les yeux de l'à-pic qui bordait la voie d'un côté mais ne trouvait aucun point où reposer son regard parmi les sommets vers lesquels ils grimpaient. Sa petite main gantée étreignait le bras de son mari tandis qu'ils poursuivaient leur ascension et que la nuit commençait à tomber. Il faisait déjà noir lorsqu'ils parvinrent à l'endroit où la vallée commençait et où la voie cessait de monter.

« Nous y sommes presque, ma chérie, dit Vassili. Boris nous attend à la gare avec la Rolls-Royce.

— Quoi ? demanda Tatiana, sa terreur un instant remplacée par la surprise.

— Bien sûr. Croyais-tu que nous allions circuler dans un cabriolet de louage comme un couple de bons bourgeois en route pour un baptême ? J'ai commandé pour te l'offrir la nouvelle Silver Ghost de l'an dernier. Elle était prête il y a deux semaines, alors j'ai simplement télégraphié à Mr. Royce à Manchester en lui demandant de la faire envoyer ici.

— Mais Boris ne sait pas conduire une automobile, protesta Tatiana.

— J'ai demandé à Royce de faire venir un de ses chauffeurs mécaniciens anglais avec la voiture. Il peut donner des leçons à Boris — sinon nous garderons le chauffeur.

— Même le tsar n'a pas une voiture comme ça ! » Tatiana en battait des mains de joie. « Elle va vite ?

— L'an dernier un modèle spécial a dépassé cent soixante kilomètres à l'heure — mais je crois que nous nous en tiendrons à des vitesses plus modestes, je ne veux pas faire peur à Boris. » Vassili était ravi du succès de sa surprise. C'était exactement ce qu'il fallait pour faire oublier à Tatiana son arrivée dans un pays étranger où elle aurait enfin à affronter sa maladie. Cela valait bien tous les efforts et les milliers de livres dépensés pour s'assurer que l'automobile serait à Davos à temps pour leur arrivée.

Tatiana Valenski trouva tout naturel que son chalet de Davos fût une réplique en miniature de son palais de Saint-Pétersbourg et de disposer du service auquel elle était habituée, un service si complet que, elle, qui sans hésitation risquait sa vie à cheval, n'avait jamais enfilé ses bas toute seule. Les femmes de sa classe ne savaient jamais le prix de rien, ni celui de leurs bijoux, ni de leurs chaussures, ni de leurs fourrures. Si jamais elles avaient l'occasion d'en voir, elles ne reconnaîtraient pas ce bout de papier qu'on appelait une facture. Elles choisissaient tout ce qu'elles voulaient sans demander le prix, sans même y réfléchir. Les dépenses n'existaient pas pour elles, même en tant que concepts abstraits, elles n'auraient pas non plus eu l'idée d'aller inspecter les cuisines de leur propre palais.

Maintenant que Tatiana était confinée à Davos, elle entreprit de se refaire une santé avec la même détermination absolue qu'elle avait mise à la ruiner.

Vassili, perdu comme au faîte d'une montagne, gardait cependant un contact presque quotidien avec les événements en Russie grâce au courrier et au télégraphe ; des journaux russes, français et anglais lui arrivaient deux fois par semaine par courrier spécial de Zurich. En 1912, lorsque cinq mille ouvriers des mines d'or de Léna se mirent en grève et, chose incroyable, tinrent tout un mois, il nota le fait. Cette grève en amena d'autres, bien plus étendues, si bien qu'en 1912, il y eut plus de deux mille grèves. Les derniers troubles aussi graves dataient de 1905, lorsque les troupes avaient ouvert le feu sur des ouvriers devant le Palais d'Hiver, un jour qui resterait sous le nom de Dimanche sanglant.

Vassili méditait de longues heures dans sa bibliothèque de Davos. D'après les rapports des médecins, il avait bien compris que sa famille et ses domestiques ne devraient pas quitter la Suisse avant plusieurs années. Si l'état de sa femme n'avait pas dangereusement empiré, il ne donnait néanmoins aucun signe d'amélioration. La volonté était impuissante devant la fièvre, le courage ne pouvait vaincre un bacille. La courbe de sa température le soir était un peu plus haute que quelques mois auparavant lorsqu'ils étaient arrivés, et les râles dans le lobe droit de son poumon étaient plus rauques que jamais. Les médecins ne parlaient jamais de temps ; toute question concernant l'avenir restait sans réponse, comme si on ne l'avait pas posée, comme si c'était une question oiseuse.

Le prince Vassili Valenski serra les dents et décida que, si sa famille devait vivre en exil des années, du moins fallait-il éviter la complication de faire venir de l'argent de Saint-Pétersbourg. Il prit donc la décision de vendre ses mines de platine de l'Oural et ses plantations de sucre ainsi que ses forêts et ses scieries de Koursk. Il plaça l'immense fortune ainsi réalisée dans des banques suisses où il pourrait en disposer à sa guise.

Tattersal, l'Anglais de Manchester qui avait connu un échec total en cherchant à initier Boris aux mystères de la Rolls-Royce, apprenait maintenant à Vassili à piloter la Silver Ghost. Le prince découvrit que la grande machine, le plus célèbre modèle jamais conçu par la maison Rolls-Royce, pouvait s'adapter à n'importe quelle route de montagne ; mais il n'y avait pas autour de Davos de réseau routier suffisant pour un voyage en voiture d'une journée. Ce fut alors qu'il fit venir de Russie la grande troïka de bois. Dès que la neige eut couvert le sol, Vassili prit les rênes de trois vigoureux chevaux et attacha solidement le petit Alexandre à la banquette près de lui. Le père et le fils devinrent un spectacle familier et admiré dans les rues de Davos lorsqu'ils traversaient la ville pour gagner les clairières enneigées.

Il y avait d'autres Russes d'origine noble parmi les malades de Davos, ainsi qu'un bon nombre d'aristocrates anglais et français, et bientôt l'on ne tarda pas à retrouver chez la princesse Tatiana ceux qui pouvaient se déplacer. L'idée n'était jamais venue à personne de la famille d'essayer même de s'adapter à ce pays étranger : la confortable, pittoresque, douillette, sûre, morne, morne Suisse. Pénétrer dans le chalet, c'était mettre le pied à Saint-Pétersbourg où tous les éléments du décor distillaient la nostalgie profonde de la profusion, de l'abondance nonchalante et raffinée et de la chaleur de leur palais abandonné. Certains réfugiés qui arrivaient au chalet pour la première fois, regardaient autour d'eux avec de grands yeux, respiraient le parfum des cigarettes russes avec leur bout doré, écoutaient les accents d'un français parlé rapidement et éclataient en sanglots.

Ces habitués élégamment vêtus, les joues un rien trop rouges, les yeux un soupçon trop brillants, avaient un appétit insatiable. Çà et là, dans les pièces de réception, étaient dressées de longues tables chargées de victuailles. Les Valenski tenaient table ouverte, aussi bien pour le thé que pour le dîner ; des douzaines de serviteurs russes s'affairaient à remplir les coupes et les assiettes et à faire circuler des boîtes de cigarettes et de cigares d'importation. Les soirs où la princesse ne se sentait pas assez bien pour faire une apparition, aucun de ses hôtes n'avait le manque de tact de commenter son absence. Les jours où elle se sentait assez forte, ses femmes de chambre lui passaient l'une ou l'autre de ses deux cents robes de thé.

D'un air languissant, Tatiana décidait si elle allait porter son collier de saphir birman aux reflets de bleuet assorti à ses yeux, ou bien son triple rang de perles noires avant de descendre au bras de Vassili régner sur ses invités. L'atmosphère de fête du chalet des Valenski aurait pu tromper un étranger, mais tout le monde dans l'énorme maison était habitué à voir les activités tourner autour d'une chambre de malade. Le climat de la famille variait selon que la princesse avait passé une nuit calme ou agitée. Des cuisines au bureau de Vassili, des chambres des paysans à la nursery d'Alexandre, le moral montait ou chutait en fonction de la feuille de température de Tatiana ou selon qu'on lui avait permis de faire une promenade ou qu'elle était confinée sur son balcon. Chaque jour deux docteurs la visitaient et deux infirmières diplômées travaillaient en permanence à la maison.

Même dans ses plus lointains souvenirs, le petit Alexandre n'avait jamais su ce que c'était d'avoir une mère en bonne santé. Ses jeux de bébé avec elle étaient toujours écourtés par quelqu'un qui craignait qu'il ne la fatiguât. Si Tatiana lui faisait la lecture, une infirmière venait toujours fermer le livre bien trop tôt. Lorsque Alexandre fut assez grand pour jouer avec sa mère à des jeux de cartes simples, un de ses médecins attitrés le prit à part et le mit gravement en garde contre la dangereuse excitation provoquée par les jeux de hasard. Dès son plus jeune âge, l'amour qu'il portait à sa mère se trouva marqué par la terrible tension qui sépare les malades des bien-portants. Depuis sa plus tendre enfance il fut affligé à jamais d'une rancœur, d'une haine muette et de la crainte profonde et totalement superstitieuse que lui inspirait le moindre signe de maladie. Même une faiblesse normale lui répugnait, bien que son amour d'enfant frustré pour sa mère lui fît dissimuler cette horreur.

De 1912 à 1914, cette vie de vacances à demi forcées et de routine monotone qu'imposait la cure, se prolongea sans répit. En ce jour du 28 juin 1914, où l'archiduc autrichien François-Ferdinand fut assassiné à Sarajevo, la famille Valenski, escortée de dix domestiques, pique-niquait — ce qui arrivait rarement — dans un pré d'où l'on entendait distinctement les cloches des vaches. Tatiana profitait d'une de ses brèves et trompeuses périodes de bien-être. Leur monde venait tout juste de mourir mais tous l'ignoraient encore.

Deux mois après ce joyeux pique-nique dans les Alpes, c'était la défaite de Tannenberg où tomba l'élite de l'armée russe. En un an, plus d'un million de soldats russes étaient morts tandis qu'à Davos, loin du son du canon, Alexandre se voyait offrir son premier poney pour son quatrième anniversaire. En 1916, l'année de Verdun, l'année où dix-neuf mille soldats britanniques furent tués en un seul jour à la bataille de la Somme, le principal intérêt d'Alexandre, c'étaient les heures qu'il passait dans le garage à se faire enseigner subrepticement le fonctionnement d'un moteur Rolls-Royce.

Le 12 mars 1917, après un autre long hiver pendant lequel son père n'avait guère souri, Alexandre, âgé de six ans et déjà skieur audacieux, s'en était allé sur les pentes couvertes de neige printanière avec ses camarades d'école. Ce jour-là, à Saint-Pétersbourg, qu'on appelait maintenant Pétrograd et qu'on appellerait bientôt Leningrad, une foule affamée, arborant les drapeaux rouges de la révolution, se porta près du pont Alexandre. En face, de l'autre côté du pont, se tenait un régiment de la garde, la terreur des émeutiers. Toutefois la foule continua d'avancer et les gardes n'ouvrirent pas le feu. Puis, moment qui devait changer l'histoire du monde, les deux groupes se fondirent en un seul. Comme deux gouttes d'eau, les masses et l'armée ne firent plus qu'un. Tandis qu'Alexandre, pour la dernière descente de la journée, remontait les pentes où tombait l'ombre tandis que Tatiana inclinait le samovar pour offrir une tasse de thé à un comte français, tandis que Vassili, triste et égaré par ces années d'internement involontaire en Suisse, se penchait sur des journaux vieux de trois jours, la révolution russe commençait.

La Première Guerre mondiale était terminée depuis près de trois ans lorsque la décision fut prise d'envoyer Alexandre en pension. Il n'avait que neuf ans et Tatiana l'aurait volontiers laissé poursuivre ses études à l'école de Davos où il était le chef incontesté de la bande des garçons du village, volontaire, plus grand, plus brutal, plus fort et plus disposé à relever un défi téméraire qu'aucun d'eux. Mais Vassili voyait bien que leur fils devenait sauvage. Il était né prince mais il risquait de devenir paysan. Même dans un monde où l'on tenait les princes pour démodés, surtout quand ils étaient russes — ceux du moins qui avaient réussi à survivre —, il y avait la tradition Valenski à respecter et la fortune des Valenski à transmettre. Il devait donc recevoir l'éducation du noble gentilhomme qu'il deviendrait.

« Nous allons l'envoyer au Rosey, dit-il à sa femme. Je me suis déjà renseigné. Il peut commencer à l'automne, juste avant son prochain anniversaire. Allons, ma très chère, n'aie pas l'air triste... Rolle, ce n'est pas loin d'ici, et en hiver toute l'école vient s'installer à Gstaad. C'est si près qu'Alexandre n'aura aucun mal à venir à la maison pour les vacances. »

Tatiana finit par accepter l'idée, tout comme, avec son égoïsme de grande malade, elle avait accepté le fait que sa famille serait condamnée à l'exil éternel ; elle savait que le monde qu'elle avait connu jeune fille n'existait plus et que sa maladie ne s'endormait jamais pour longtemps. L'espoir, dans son âme, avait cédé la place à la résignation.

Chaque fois qu'Alexandre venait à la maison pour les vacances, ses parents voyaient combien sa vie nouvelle dans le collège le plus fermé et le plus cher du monde l'avait changé. Ils remarquèrent peu à peu comment ses manières, à la façon de la petite coterie internationale de ses camarades — jeunes potentats, héritiers de dynasties — dénotaient maintenant son aisance partout où il se trouvait. Il était à l'aise à leur façon à eux, une façon fondée sur un sentiment de grandeur tournant à une sorte d'amusement hautain, marque de l'élite des étudiants du Rosey, sorte de sourire secret, intérieur. Il acquit même un nouveau prénom — Stach — que ni l'un ni l'autre de ses parents n'aimait parce que c'était un diminutif polonais et non russe, mais qui, ils durent en convenir, lui allait mieux au fond qu'Alexandre.

4

*S*tach venait d'avoir quatorze ans lorsqu'il rentra à la maison, comme d'habitude, pour les vacances de Noël 1925. Il avait atteint cet âge où l'esquisse de l'homme qu'il deviendrait apparaissait sans équivoque à un œil attentif. Il s'était pour la première fois fait casser le nez dans une bagarre avec l'héritier d'un marquis français, on lui avait coupé ses boucles et, bien qu'il fût encore loin d'achever sa croissance, il mesurait près d'un mètre quatre-vingts. Ses lèvres, rouges de la turbulente vitalité de la jeunesse, étaient perpétuellement gercées par la faute des sports de plein air qu'il pratiquait. Ses yeux avaient troqué leur innocence pour un regard où apparaissait déjà un peu du caractère inflexible qu'il aurait plus tard.

Comme il le faisait toujours après une journée de sport, Stach laissa à la porte du chalet ses chaussures de ski pour les faire nettoyer par un des domestiques. Il passa une paire d'après-ski et se glissa dans le salon en quête de quelque chose à manger. Il excellait à circuler parmi l'entourage de sa mère avec une sorte de politesse défensive qui empêchait les invités de le retenir avec des questions inopportunes. Pour sa part il les trouvait tous indignes de sa mère, toute cette bande de tuberculeux titrés que seul rassemblait le mal dont ils souffraient. Sa terreur de la maladie s'exprimait sous forme de mépris pour les malades eux-mêmes. Avec une arrogance qui ne trouvait d'exception que devant sa mère, il dédaignait même le courage et la résignation avec lesquels ils affrontaient leur existence et se disait qu'il préférerait mourir proprement que de vivre avec des poumons pourris.

En quelques gestes il se servit une grande tasse de chocolat chaud, entassa quelques gâteaux sur une assiette et entreprit de s'éclipser dans sa chambre. Mais une main alanguie se levant à l'autre bout de la pièce lui fit comprendre que c'était un jour où sa mère avait rejoint ses invités et il fit aussitôt demi-tour pour traverser le salon et venir les saluer.

La princesse Tatiana était en conversation avec son amie intime, la marquise Claire de Champery. La Française aux cheveux roux avait beau gainer sévèrement son corps plantureux, retenir avec soin ses cheveux ardents, rien ne parvenait à dissimuler l'expression féline de ses yeux verts un peu boudeurs, ni celle de sa petite bouche avide, pas plus que son demi-sourire malicieux. Elle se maquillait fort peu et s'habillait en noir presque de la tête aux pieds avec une élégance sévère et sans compromis. A sa rencontre, les hommes éprouvaient un véritable choc érotique.

Bien que la marquise vécût depuis sept ans à Davos, elle n'était pas le moins du monde malade. A l'origine, elle était venue dans les Alpes avec son mari, Pierre de Champery, escomptant que quelques mois d'air de la montagne le débarrasseraient de cette toux agaçante qu'il avait contractée durant ses brillantes campagnes dans l'armée. Cette Parisienne accomplie et raffinée n'avait jamais envisagé de passer sept ans à attendre de regagner la civilisation, mais elle était prisonnière à Davos, attachée à un homme qu'elle n'avait jamais aimé, même avant son mariage, par un des liens les plus forts qui existent : la perspective d'un héritage. Afin de conserver sa position dans les salons de la princesse Tatiana, elle s'affairait habilement devant son miroir pour masquer toute trace de sensualité, pour conserver son masque de dame de la plus haute société.

Le mari de Claire de Champery se cramponnait à elle avec toute la détermination permise à un homme riche qui avait épousé une femme sans le sou, de vingt ans sa cadette. Il vivait dans un sanatorium parce qu'il était trop malade pour vivre ailleurs, mais il avait loué pour sa femme un charmant petit chalet. Les médecins disaient à cette dernière que la fin ne tarderait pas... mais ils le lui disaient depuis des années.

Stach s'approcha des deux femmes, embrassa sa mère sur les cheveux et s'inclina pour effleurer l'air au-dessus de la main de la marquise.

« Alors, mon petit Stach rentre de l'école ? fit d'un ton railleur l'élégante rousse, assise dans un profond fauteuil avec toute la dignité possible. Dis-moi, mon cher enfant, as-tu réussi enfin à avoir de bonnes notes à tes examens ? Et appartiens-tu toujours à cette fascinante élite dont tu parlais l'été dernier : les petits milliardaires américains parvenus et les petits lords anglais aux dents abîmées, les vilains rejetons des rois du bétail argentins et tous les autres grands personnages de ton école ? »

Stach serra les lèvres avec rage. Un jour de l'été dernier, alors qu'il n'avait que treize ans, il avait commis l'erreur de lui parler de ses meilleurs amis. Elle semblait s'intéresser sincèrement à sa vie scolaire. La plupart des amies intimes de sa mère, occupées aux mille intrigues de leur monde hermétiquement clos et fondé sur la maladie et les commérages, avaient appris à n'accorder aucune attention à ce garçon difficile et peu liant, mais la marquise l'avait fait sortir de sa réserve et il lui avait donné un petit aperçu de sa vie au collège.

« Et vous, madame la marquise, répliqua-t-il sans répondre à ses questions, êtes-vous toujours la célèbre vamp de ce vaste centre cosmopolite ? Ou bien avez-vous été remplacée par quelqu'un que je ne connais pas encore ?

— Alexandre, lança sa mère, voilà qui suffit ! Claire, il faut lui pardonner... Il n'a que quatorze ans, vous savez, cet âge impossible où l'on croit l'insolence plaisante. Alexandre, présente toute de suite tes excuses !

— Non, Tatiana, ma chérie, ne soyez pas sotte... Je le taquinais et le petit s'est mis en colère. » Claire de Champery était de la meilleure humeur du monde. Elle sentait une sourde chaleur entre ses cuisses dûment serrées, ce qui prouvait bien qu'elle avait eu raison de provoquer le jeune garçon. Dès l'instant où elle l'avait vu traverser la pièce, elle avait remarqué que le beau petit garçon qui la réjouissait en secret depuis des années était devenu un charmant jeune homme. Elle percevait l'ombre naissante d'une moustache sur sa lèvre supérieure, elle jaugeait des yeux les transformations qui avaient donné à ce garçon de quatorze ans la musculature d'un jeune homme. Ce n'était plus un enfant, pas encore un homme : l'âge le plus délectable, le plus tentant, le plus éphémère. Un moment dans la vie d'un homme, se rappela-t-elle, qui ne durait pas longtemps. Un adolescent — un pur et parfait adolescent — un morceau de choix. Il ne savait rien encore, elle en était certaine. Enfermé toute l'année dans un collège de garçons, qu'aurait-il pu apprendre hormis sans doute les petits jeux auxquels ils se livraient entre eux ? Mais la fougue avec laquelle il avait réagi à sa moquerie lui confirmait qu'il était prêt à être initié.

« Claire, insista Tatiana, je tiens à ce qu'il vous fasse des excuses. Je ne peux pas lui permettre de se comporter de cette façon.

— Infligeons-lui plutôt une pénitence, Tatiana chérie. Des excuses, c'est trop facile. Ah ! j'ai trouvé... il va m'emmener faire une promenade en troïka... Enfin, s'il a l'âge de maîtriser les chevaux ?

— Cela fait plus de quatre ans que je conduis la troïka, fit Stach d'un ton méprisant.

— Tant mieux. Alors, je n'ai rien à craindre. Sois à mon chalet demain à trois heures de l'après-midi et je serai prête à sortir. Maintenant, mon chou, va manger tes pâtisseries... Tu as l'air d'en mourir d'envie. »

Ayant ainsi congédié le jeune homme maussade, elle se tourna de nouveau vers Tatiana et reprit leur conversation avec ce charme facile qui lui avait valu de prime abord l'amitié de la princesse.

Le lendemain de la scène que Stach avait eue avec la marquise de Champery, il arriva à l'heure pour emmener la Française faire une promenade en troïka puisque sa mère n'avait cessé d'insister là-dessus.

La domestique qui le fit entrer dans le chalet lui annonça que sa maîtresse n'était pas tout à fait prête. Elle le débarrassa de son manteau et l'introduisit dans un petit salon attenant à la chambre de la marquise. Un feu avait été allumé dans la cheminée et il faisait très chaud dans la pièce. La femme de chambre lui montra un plateau où s'alignaient des bouteilles de différentes liqueurs et un assortiment de boîtes de diverses sortes de cigarettes, puis l'abandonna. Stach serra les lèvres avec agacement. Il n'était pas assez grand pour boire ou fumer et il savait que la marquise ne l'ignorait pas. Ce n'était qu'une taquinerie de plus, une autre façon de lui rappeler qu'il était encore un enfant. Il était toujours planté, plein de rancœur, au milieu de cette pièce douillette quand la marquise entra. Elle portait une robe d'intérieur flottante en mousseline noire bordée de dentelle.

« Oh ! alors vous ne venez pas vous promener ? s'exclama Stach, soulagé, en voyant sa toilette qui ne convenait guère à leur excursion.

— Non, j'ai simplement changé ta pénitence, mon garçon.

— Pénitence ! Voyons, tout cela est absurde. Je ne suis pas un enfant pour être traité ainsi. Je pars... Assez de tout cela !

— Je ne pense pas, fit doucement la marquise. Tu m'as parlé très grossièrement et ton adorable maman est encore très en colère contre toi. » Elle savait bien que la seule influence que Stach acceptât, c'était celle de sa mère.

« Viens t'asseoir sur ce canapé avec moi, et je vais te dire ce que c'est. »

Le jeune garçon réprima un soupir de colère et obéit sans rien dire.

« Je réfléchissais, fit-elle d'un ton songeur. Nous nous connaissons depuis longtemps, n'est-ce pas ? Tu n'avais que sept ans quand je t'ai vu pour la première fois... un petit garçon. Et voilà maintenant que tu es presque un homme. As-tu la moindre idée de l'âge que j'ai ? »

Stach fut stupéfait et profondément reconnaissant de s'entendre dire qu'il était presque un homme. Sa colère oubliée, il répondit d'un ton timide : « Vous n'êtes pas aussi vieille que ma mère... j'en suis sûr, mais je ne sais pas deviner l'âge des femmes.

— J'ai vingt-neuf ans, dit-elle, ne mentant que de trois ans. Ça ne te paraît pas très vieux ? Sûrement que si. Non, ne proteste pas, ne cherche pas à être poli, ça ne te va pas. Lorsque j'avais ton âge, vingt-neuf ans me semblait incroyablement vieux. Alors j'ai décidé, pour ta pénitence, de te donner une leçon... une leçon de relativité. »

La petite bouche gonflée de la marquise était épanouie comme un fruit et elle s'humecta les lèvres d'un air pensif. Elle s'approcha plus près de l'endroit où Stach était assis, tout guindé, sur le capitonnage de satin rose qu'elle savait être de mauvais goût mais qu'elle se permettait néanmoins dans ses appartements privés. Un de ses bras ronds et dodus se tendit, la dentelle noire s'écarta, et elle posa une main sur la tête de Stach. « Je regrette tes boucles », murmura-t-elle, en ébouriffant ses cheveux drus. Il était assis tout raide et immobile, ses narines humant le parfum, nouveau pour lui, d'une femme en robe décolletée. A la lueur du feu, du coin de l'œil, il apercevait l'ombre bleutée à la naissance de ses seins. La main de la marquise quitta ses cheveux et se mit à lui caresser le cou à petites touches infiniment neutres, comme si elle caressait distraitement un animal familier. Stach sentit, avec une gêne horrifiée, son sexe se raidir dans son pantalon. Il ne remarqua pas le coup d'œil que Claire jeta dans cette direction, ses sourcils se haussant à peine lorsque son œil exercé lui eut révélé ce qu'elle voulait. D'un geste nonchalant, elle jouait avec le lobe de son oreille, sans s'approcher davantage.

« Alors, qu'est-ce que la relativité ? Peux-tu me le dire ? Non... je le pensais bien. La leçon de relativité commence par la prise de conscience que ma main et ton cou n'ont pas d'âge. Ce n'est que de la chair qui rencontre de la chair. Mais pour appréhender le vrai sens de la relativité, il faut aller plus loin... beaucoup plus loin. » Elle laissa ses doigts vagabonds effleurer le tendre creux à la base de sa gorge, exposé par sa chemise au col ouvert, puis elle plongea sa main tout entière dans la chemise du jeune garçon. Elle rencontra une de ses pointes de sein dont elle se mit à faire le tour d'un doigt. Stach poussa un petit gémissement et elle savoura cette plainte d'un air gourmand : c'était son premier gémissement d'homme, songea-t-elle en sentant le bout du sein se durcir. Maintenant il ne l'oublierait jamais. « Ah, petit homme, tu commences à comprendre la relativité », murmura-t-elle au jeune garçon qui regardait toujours droit devant lui, ses pensées prises dans un tourbillon. Que faisait-elle... l'amie de sa mère... C'était impossible, elle se moquait encore de lui. Il crut dans sa confusion — mais il ne pouvait en être certain — que la main qu'elle avait retirée de sa chemise était un instant tombée plus bas, entre ses jambes, et qu'elle effleurait comme une plume la masse raidie de son sexe. Mais voilà que cette même main, remontant en hâte, entreprenait maintenant de déboutonner avec douceur sa chemise, révélant une poitrine de robuste jeune homme, où de fins poils blonds formaient au milieu une ombre légère. Elle s'approcha encore de lui, repoussa sa chemise et fit courir les doigts de ses deux mains le long des bras demi nus et déjà bien musclés en murmurant : « Comme tu es grand, après tout, mon Stach. » Le garçon était pétrifié tandis qu'elle le caressait sous les bras, palpant les petites touffes de poils soyeux qui venaient depuis si peu d'y jaillir. Il avait honte de la douloureuse tumescence de son sexe, c'était pour lui un aveu de faiblesse devant cette femme dominatrice. Il la connaissait, la sournoise, elle voulait l'amener à essayer de la toucher, et puis elle lui rappellerait qu'il était un enfant. Il empoigna les coussins sur lesquels il était assis afin de ne pas bouger, de ne pas lui donner cette satisfaction.

Là-dessus, il la sentit qui débouclait sa ceinture et déboutonnait sa braguette. Un moment elle parut hésiter, la tête baissée à la lueur du feu, fascinée à la vue du contour qui se dessinait sous son slip. Son ampleur même parut la décider. Elle se laissa couler sur l'épais tapis et leva les yeux vers lui ; il était assis au bord du canapé, se mordant la lèvre inférieure en une grimace qui donnait à son visage un regard dur qui ne lui serait naturel que dix ans plus tard.

« Maintenant... maintenant, Stach, nous en arrivons à la pénitence. Il faut que tu te mettes debout. » Elle restait immobile, attendant patiemment, sans cesser de l'observer, sans répéter son ordre. Il se leva avec lenteur, son pantalon tombant sur ses chevilles. Maîtrisant son souffle avec difficulté, la femme regardait le frêle jeune homme planté devant elle et qui n'osait pas soutenir son regard. Par l'ouverture de son caleçon, la colonne dardée de son sexe était bien visible.

« Ote ton slip », murmura-t-elle. Il obéit. Son corps était merveilleusement fait, pâle sauf là où le soleil hivernal avait hâlé ses grandes mains et son cou robuste. Toutes ses articulations, tous ses tendons jouaient sous une peau fine, et pourtant ferme. Un peu de duvet blond poussait sur ses jambes et une ombre marquée de poils drus apparaissait à la base des testicules. « Ote ton pantalon et allonge-toi sur le divan, ordonna-t-elle. Ne me touche pas, Stach, ou bien j'arrêterai ce que je suis en train de te faire. C'est moi le professeur ici et tu subis ta pénitence, alors sois obéissant. Si tu bouges, même d'un centimètre, j'arrête la leçon. Je le jure. » La menace dans sa voix était réelle. Elle tira sur sa robe d'intérieur qui tomba de ses épaules. Ses seins jaillirent de la dentelle qui les abritait. Elle en prit un dans chaque main, se penchant sur lui pour lui faire voir leur somptueuse rondeur, ses aréoles d'un brun clair de vraie rousse. Il était allongé, immobile, sur le satin rose, n'osant pas cambrer le dos et darder son sexe douloureusement raide. D'un geste provocant, elle effleura de ses seins les lèvres gercées de l'adolescent. « Ne bouge pas ! » répéta-t-elle, ravie par la sensation rugueuse de cette jeune bouche ouverte sur sa chair. Lorsqu'il poussa un gémissement de désir et voulut les toucher avec sa langue, elle s'éloigna aussitôt. « Ah non ! Je viens de commencer... » Très délicatement, en ne faisant que l'effleurer, elle promena sa bouche pleine et succulente sur ce corps tout juste émergé de l'enfance ; s'arrêtant pour sucer chacun de ses boutons de seins d'une langue affairée. Elle finit par s'arrêter un long moment au-dessus de son sexe tandis qu'il retenait son souffle. Sa tête mince se figea, dans une attitude presque de méditation, tandis qu'elle observait comme il se dressait, tout raide vers sa bouche. Mais, sans même le toucher, elle alla plus bas, pour venir lécher le creux de ses cuisses musclées. Agenouillée sur le canapé, elle s'était peu à peu débarrassée de sa robe, son corps plantureux était maintenant entièrement dénudé dans toute la richesse de sa chair parfumée. Dans la position où il était sur le divan, il ne pouvait bien distinguer sa nudité sans lever la tête. Elle ne l'avait pas encore touché avec d'autre chose que ses boutons de seins et ses lèvres, et lui ne l'avait pas caressée du tout. Il grinça des dents et serra les poings dans une folle impatience et il entendit son rire sourd et satisfait, le rire de la vraie gourmande.

« Oh, mais oui, mais oui, tu fais des progrès. Tu commences à comprendre la relativité. Tu es presque prêt pour la fin de la leçon. » La langue de la marquise se promenait nonchalamment des cuisses de Stach à ses testicules. Elle souffla tout doucement sur sa toison et une fois de plus il ne put empêcher un gémissement d'échapper à ses lèvres sèches. Comme une traînée de feu, la jeune femme fit courir la pointe de sa langue expérimentée à la base de son sexe puis s'attarda pendant un instant étourdissant sur son extrémité. « Non, fit-elle d'un ton pensif. Non, tu ne sais pas encore assez bien te contrôler. » D'un petit mouvement, elle s'installa à califourchon sur le corps de Stach, un genou de chaque côté des cuisses tendues du jeune homme. Lentement, avec le soin nonchalant d'une femme de trente-deux ans, elle écarta les poils drus de sa toison et d'une main ouvrit les lèvres de son sexe tandis que de l'autre elle tirait avec douceur le pénis de Stach jusqu'à ce qu'il se dressât bien droit. Il était si dur qu'elle dut le tenir d'une main ferme pendant que, prenant bien son temps, elle se laissait peu à peu descendre sur le dard dressé. Tout son corps épanoui n'était plus qu'un doux pilier de chair et elle se laissa glisser sur lui. Lorsqu'il fut complètement enfermé en elle, elle se pencha et chuchota contre ses lèvres crispées : « Maintenant, maintenant... »

Stach, libéré soudain, saisit de ses deux bras la femme agenouillée par la taille et, sans ôter son sexe du fourreau serré qu'elle lui offrait, la souleva et la retourna pour l'installer sous lui. D'une gigantesque poussée il se déversa en elle tout en lui mordant sans pitié les lèvres et en lui pétrissant les seins à deux mains. Dès qu'il eut retrouvé son souffle, il dit : « Ne vous avisez plus jamais de me monter ! Désormais, c'est moi qui serai en selle !

— Oh, oh, murmura-t-elle dans un souffle, c'est toi maintenant qui donnes les ordres ? Mais, mon ami, un seul de nous deux est satisfait... Alors sur le plan de la relativité, la leçon n'est pas apprise.

— Ah non ? » Elle se rendit compte qu'il était toujours en elle. Son sexe grossissait de nouveau, plus énorme qu'avant. Il plongea à coups incertains dans son corps qui attendait, jusqu'au moment où elle connut un violent orgasme. Et il la montait toujours, tout gonflé, ne s'arrêtant qu'un instant pour essuyer avec son déshabillé de dentelle noire le sperme qui trempait sa toison. La seconde fois, il avait appris tout ce qu'il avait besoin de savoir et il prit le temps de son plaisir, sans l'écouter protester qu'il lui faisait mal, qu'il devait s'arrêter une minute, qu'il était trop gros. Son second orgasme fut bien plus intense que le premier, venant, lui sembla-t-il, non pas simplement de son sexe mais de toute sa colonne vertébrale. Le garçon de quatorze ans gisait, momentanément épuisé, auprès des formes voluptueuses et repues de sa compagne. Le seul bruit qu'on entendait, c'était le feu qui craquait dans la cheminée. Dehors il faisait nuit.

« Claire, dit Stach. Je vais prendre un bain dans votre baignoire. Sonnez la femme de chambre pour qu'elle prépare du chocolat chaud et apportez-le-moi là-bas. Et puis...

— Et puis ? l'interrompit-elle, stupéfaite par le ton de commandement que prenait ce jeune homme à qui elle venait tout juste de donner sa première leçon d'amour.

— Et puis nous aurons une autre leçon de relativité. Dans la chambre. Votre canapé est trop glissant pour moi. » Sa voix vibrait d'une autorité toute neuve.

« Mais... Tu es fou ! »

Il lui prit la main et la posa sur son sexe. Tout brûlant il commençait déjà à se gonfler et à se dresser. Il palpitait sous ses doigts comme un animal. « Vous ne voulez pas que je prenne un bain ? demanda-t-il. Voulez-vous que nous passions dans la chambre tout de suite ?

— Non, Stach... non... Va prendre ton bain. Je vais sonner pour le chocolat. » Elle s'empressa de se couvrir du chiffon de sa robe.

« N'oubliez pas les pâtisseries. »

Chaque jour des vacances de ce Noël-là, Stach écourta ses descentes à ski pour passer tout l'après-midi dans le boudoir rose ou dans la chambre lavande de la marquise de Champery, ne partant que lorsqu'il était l'heure de rentrer à la maison pour dîner. Elle écrivit un mot à Tatiana pour lui dire qu'un rhume l'empêchait de participer aux réunions habituelles au chalet et elle renonça avec joie à ses invitations à dîner pour accréditer cette fable.

Stach apprit à connaître les poussées longues et lentes, les assauts brefs, les pauses suppliciantes qui ne faisaient que renforcer leur ardeur, les frémissements, le plaisir que l'on retient, le pouls qui bat à l'unisson — tout le flux et reflux de l'art de l'amour. La Française lui enseigna les moyens de lui donner du plaisir à elle, et à toutes les autres femmes qu'il posséderait, avec une sensualité qui ne négligeait aucun détail. Elle lui apprit à ignorer comme elle la honte, si bien que tous les interdits de la sexualité conventionnelle n'eurent jamais l'occasion de le marquer. Elle lui enseigna les nombreux usages délicats de sa bouche, de sa langue, de ses dents et de ses doigts et comment les faire mouvoir avec insistance entre ses jambes à elle. Elle lui enseigna l'importance de la patience et de la douceur furtive. Elle ne lui apprit rien de la tendresse ni du sentiment... Entre eux, il n'y avait rien de tout cela, quoi qu'elle pût être, elle ne simulait jamais. Lorsqu'ils se séparèrent quand il dut regagner son collège, il n'y eut pas de promesses échangées ni de regards en arrière. C'était un jeune homme, elle était une femme qui ne se permettait pas le luxe de croire un instant qu'il lui reviendrait pour autre chose que pour son corps... et encore seulement s'il ne trouvait pas mieux ailleurs. Mais elle savait que pour le restant de la vie de Stach Valenski, elle occuperait une place qu'aucune femme ne lui ravirait jamais. Lorsqu'il serait un vieil homme et qu'il aurait oublié cent autres femmes, il se rappellerait encore le satin rose, le feu dans la cheminée et la leçon de relativité.

Après le départ du jeune garçon, le rhume de Madame la marquise disparut. Elle décida toutefois de ne pas s'en aller retrouver chaque jour ce groupe déprimant au possible qui se réunissait à l'heure du thé chez la princesse Tatiana. Au lieu de cela, elle se mit au ski. Durant la décennie suivante, comme son mari persistait impardonnablement à hésiter au bord de la tombe, Claire de Champery eut le mérite de servir d'instructrice à toute une légion de jeunes gens du village, ces moniteurs de ski alpin qui sont aujourd'hui des bêtes de plaisir légendaires. Même s'ils n'ont jamais entendu parler d'elle, ils doivent beaucoup à son enseignement, à des leçons qui se sont transmises d'une génération de héros du ski à l'autre.

En 1929, Stach Valenski termina ses études au Rosey. Il passa cet été-là dans un immense ranch d'Argentine appartenant au père d'un de ses camarades de classe. C'était en Amérique du Sud qu'on élevait les plus beaux chevaux de polo, et nombre des meilleurs joueurs vivaient là-bas aussi. Ils venaient d'Argentine pour affronter les équipes américaines ou britanniques, amenant parfois avec eux une quarantaine de chevaux qu'ils vendaient à grand prix à la fin de la saison. L'âge d'or du polo dura de 1929 à 1939 ; pendant ces années, Tommy Hitchcock, Winston Guest, Cecil Smith, Pat et Aiden Rourk, les frères irlandais, Jai, le maharajah de Jaipur, et Rick Pedley de Santa Barbara, d'autres grands joueurs encore se retrouvaient tous, tous avec d'admirables montures, tous consacrant leur vie au polo.

A Rolle, le campus du Rosey, au printemps et à l'automne, et lors de ses vacances d'été à Davos, Stach était devenu un cavalier consommé. En Argentine, il découvrit pourquoi le polo aurait pu être inventé pour lui. S'il avait eu une autre existence à vivre, il aurait choisi d'être Akbar, le grand Moghol qui régna sur l'Inde dans les années 1500 et qui aimait tant le polo qu'il y jouait dans le noir, avec des balles de bois qui se consumaient lentement, en galopant après la traînée d'étincelles qu'elles laissaient. Après trois mois d'entraînement constant au manège et sur le terrain, ses hôtes estimèrent pouvoir sans risque faire à Stach l'honneur de l'inviter à participer à un match d'entraînement. Plein de jubilation, il écrivit chez lui pour expliquer qu'il devait absolument prolonger son séjour de trois mois encore, puisque la saison de polo en Amérique du Sud commençait tout juste.

La princesse Tatiana était navrée de voir son fils rester absent si longtemps, mais le prince Vassili accepta cette requête avec calme. Après tout, qu'y avait-il d'autre à faire pour un garçon ? « Ma très chère, s'il n'y avait pas eu la révolution russe ni la Grande Guerre, ton Alexandre aurait fait un magnifique officier de cavalerie. Le polo au moins convient à un prince. » Il vira une importante somme d'argent au compte de Stach dans une banque de Buenos Aires et lui écrivit qu'il devait acheter ses propres chevaux et ne plus compter sur des montures d'emprunt.

La qualité essentielle d'un grand joueur de polo, dès l'instant où il est devenu un cavalier accompli possédant une parfaite coordination de ses mouvements, c'est le courage. Stach Valenski, qui mesurait maintenant un mètre quatre-vingt-cinq, était admirablement entraîné pour le sport mais, plus important, il avait besoin d'un exutoire pour son esprit guerrier.

A partir de cet été 1929 où il eut dix-huit ans, Stach se mit à parcourir le monde en suivant les saisons de polo. L'Angleterre en été, Deauville en août, l'automne en Amérique du Sud, l'hiver en Inde, le printemps aux Etats-Unis. Sa domesticité se déplaçait avec lui. Son valet, un Anglais du nom de Mump, ses palefreniers, son entraîneur et, bien sûr, ce qui comptait plus que tout, ses chevaux.

Mump n'avait pas qu'à veiller sur la garde-robe du prince. Il passait autant de temps chez le fleuriste ou à porter des messages qu'à cirer les bottes de son maître. Stach, dont l'initiation à l'amour charnel avait été si précoce, ne perdait pas son temps à faire le siège de vierges à marier ni même de jeunes personnes de bonne réputation, vierges ou non. Il avait de bonne heure pris le goût d'un autre genre de femmes, et ces femmes-là étaient inévitablement les épouses d'autres hommes. C'était certes une complication, mais pas insurmontable, surtout avec la participation de Mump : il s'assurait que les lettres étaient acheminées et reçues avec discrétion ; que les fleurs n'arrivaient qu'avant ou après une soirée, de façon à n'éveiller aucun soupçon ; qu'aucune dame qui se trouvait seule une minute dans les appartements de Stach ne tomberait jamais sur les preuves de la présence d'une autre.

Stach s'aperçut que le polo était une façon de le confiner à une seule aventure à la fois, puisque la dame en question considérait invariablement comme sa précieuse prérogative de le conduire en voiture sur le terrain et d'assister à l'entraînement des équipes. Les convenances exigeaient que l'on ne vît pas deux femmes, chacune installée dans une grande voiture décapotable, en train de l'acclamer en même temps. En revanche, les équipes ne s'attardaient jamais longtemps dans le même pays, et la radieuse femme du général brésilien n'entendait jamais parler de la jeune maharanée de Delhi ; l'exquise comtesse anglaise n'avait jamais rien su de la ravissante jeune femme de San Francisco qui venait tous les jours au Club de Polo d'Old Monterey.

Après être sorti du Rasey, Stach ne connut qu'une seule interruption dans ces années dorées de plaisir : quand la princesse Tatiana, minée par la maladie et pourtant luttant jusqu'au bout, mourut en 1934. Stach était toujours allé voir ses parents à Davos deux fois par an et aucun d'eux ne s'était jamais résolu à faire des commentaires sur la vie brillante et insouciante qu'il menait. Ils étaient tous les deux trop heureux de le voir plein de santé et d'allant. Stach cette fois prit le temps de se rendre compte que son père avait soixante-cinq ans, que c'était un homme usé dont la raison de vivre avait disparu. Les quelques mois suivants, Stach resta à Davos avec le prince Vassili, refrénant son impatience à reprendre sa vie d'antan. Il ne tarda pas à constater que son père déclinait, qu'il renonçait, qu'il arrivait au terme de son exil volontaire, un exil qui avait sauvé sa fortune mais qui n'avait fait de lui qu'un homme mutilé, capable seulement d'être spectateur, jamais acteur des grands événements de l'histoire, prisonnier volontaire sur les hauteurs de Davos-Dorf.

Après la mort du prince Valenski, le nouvel héritier découvrit que, outre la quantité bien diminuée mais encore considérable d'or russe qui avait été déposée dans les banques suisses vingt-deux ans auparavant, il avait hérité d'une énorme maisonnée de domestiques terrifiés qui tous étaient venus de Russie avec ses parents et qui avaient atteint maintenant un âge avancé. Aucun d'eux ne savait rien faire d'autre que de servir les Valenski. Ils étaient affolés à l'idée de ce qu'allait être leur sort. Stach était leur suzerain, en quelque sorte. Jamais ils n'acceptèrent, pas plus qu'ils ne souhaitèrent, d'autre condition.

Leurs enfants avaient été élevés comme des citoyens suisses, mais rien ne pouvait ébranler le besoin que ces vieux Russes avaient de se rassembler dans une atmosphère qui leur rappelait un pays aussi éloigné que l'Altantide engloutie.

Ces gens étaient maintenant sous sa responsabilité, comprit Stach avec une grimace d'étonnement. Il n'avait jamais songé à ce qu'il ferait d'eux à la mort de ses parents ; il n'avait jamais d'ailleurs considéré l'avenir de façon réaliste. Il fit donc venir leurs chefs. Zacharie, l'ancien chasseur, et Boris, l'ancien conducteur de traîneaux.

« J'ai horreur de Davos, leur annonçait-il. Trop de tristes souvenirs s'y attachent. Certains de vous pourtant ont des enfants dans des écoles suisses. Que diriez-vous si j'allais m'installer dans une partie moins montagneuse de la Suisse et que je vous emmène tous avec moi ? Voudriez-vous venir ou préféreriez-vous rester ici ? Dans un cas comme dans l'autre vous continuerez tous à être payés durant toute ma vie.

— Prince Alexandre, répondit Zacharie, nous n'avons pas de foyer si ce n'est le vôtre. Nous ne sommes pas trop vieux pour déménager, mais nous sommes bien trop vieux pour changer. »

Stach trouva bientôt une villa dans les environs de Lausanne et en peu de temps il avait recréé là l'intérieur du palais de Saint-Pétersbourg qu'il n'avait jamais vu, intérieur que son père avait déjà transporté intact jusqu'à Davos. Mais à Lausanne, pas de trace de chambre de malade, finis les commérages de gens mal portants, balayée toute nostalgie sauf celle qui pouvait encore s'attacher aux toiles et au mobilier dont la valeur ne cessait de croître. Les précieuses icônes restèrent dans leurs écrins de velours, à l'exception de celle que sa mère avait toujours préférée, et que Stach installa dans sa chambre, ou de celles plus modestes que les domestiques accrochèrent dans leurs chambres à eux. Stach ne passait qu'un mois ou deux par an à Lausanne, juste assez pour rassurer les serviteurs, mais ils entretenaient l'énorme maison comme si chaque soir on attendait son retour.

En 1934, une nouvelle passion vint presque éclipser le polo et les femmes. Le plaisir de voler le prit, une fois la saison sportive d'été en Angleterre terminée. Une vilaine fracture à la jambe, souvenir d'un match joué en septembre, avait empêché cette année-là Stach de partir pour l'Amérique du Sud et, le 20 octobre 1934, il était à l'aube sur le terrain de Mildenhall, dans le Suffolk, pour assister au départ de la Course MacRobertson, d'Angleterre en Australie, le plus grand événement sportif dans la courte histoire de l'aviation. Il se trouva pris aussitôt par l'atmosphère, il vibra, exulta à l'unisson des seize mille spectateurs, qui regardaient vingt des plus beaux appareils de l'époque décoller vers l'Orient et Bagdad, première escale. Le jour même, toujours appuyé sur ses béquilles, Stach s'inscrivit à l'Aéroclub de Londres, une branche du Royal Aéroclub. La semaine suivante il avait convaincu son docteur qu'il n'avait plus besoin de béquilles, et il se rendit aussitôt en voiture à l'Aéroclub pour prendre des leçons. Après six heures passées dans un petit biplan d'entraînement, le *Moth de Havilland*, il volait tout seul, et après encore trois heures de vol sans moniteur, suivies d'un examen, il décrocha son brevet de pilote.

Stach fit l'achat d'un monoplan, le *Miles Hawk*, et se lança dans cette poursuite de la vitesse qui devait l'obséder au cours des six années à venir. Il s'inscrivit l'année suivante à sa première course en France, la coupe Deutsch de la Meurthe, aux commandes d'un appareil de course Caudron, un appareil effilé aux ailes courtes, et bâti en bois, avec un moteur Renault surcompressé qui lui permettait d'atteindre en pointe la vitesse record de cinq cent vingt kilomètres à l'heure. En 1937, il se rendit aux Etats-Unis pour participer à la course du Trophée Bendix et y retourna en 1938 ; il fut l'un des dix hommes à devoir s'incliner devant Jacqueline Cochrane, une femme qui amena le record d'endurance d'une côte à l'autre à dix heures vingt-sept minutes cinquante-cinq secondes. Il pilota des Severskys ; il pilota le minuscule *Pou du Ciel* de Mignet, un appareil follement dangereux. Il pilota tout ce qui avait des ailes, et toujours seul. Il manquait ainsi de nombreuses compétitions de distance qui nécessitaient la présence d'un copilote, mais être seul dans les airs constituait pour Stach plus de la moitié du plaisir de voler. C'était un tel contraste avec le jeu d'équipe que représentait le polo. Le ciel, c'était la solitude, une solitude qu'il n'arrivait presque plus à trouver sur terre.

Les quatre années suivantes se déroulèrent continuellement sans presque y penser, en poursuites folles des records de vitesse en vol, en courses effrénées aux femmes et en matches de polo.

Puis, un jour de septembre 1938, Stach lut que Chamberlain était rentré de Munich en promettant « la paix pour notre époque ».

En mars suivant, dès qu'il apprit que les Allemands avaient mis la main sur la Tchécoslovaquie, Stach comprit alors sans équivoque que la guerre était inévitable et quitta aussitôt Bombay pour l'Angleterre. Dès son arrivée il se rendit au quartier général de la réserve de volontaires de la Royal Air Force pour y déposer sa candidature comme officier. En juin, l'officier aviateur A.V. Valenski participait à l'entraînement intensif des jeunes pilotes (des étudiants et des universitaires) à Duxford, dans le Cambridgeshire.

Lorsque la Grande-Bretagne et la France déclarèrent la guerre à l'Allemagne le 3 septembre 1939, à deux mois du vingt-huitième anniversaire de Stach, il avait terminé son entraînement de pilote de chasse et appartenait à la 249e escadrille, où il pilotait un Hurricane, à moteur Rolls-Royce Merlin, ce qu'il constata avec ravissement. Mais lorsqu'en juillet on déclara son escadrille opérationnelle et qualifiée pour les combats de nuit, Stach, à sa grande rage, fut promu capitaine et envoyé à Aston Down ; là il fut condamné à rester toute une année pour enseigner aux jeunes pilotes la technique du pilotage de chasse.

Rien de ce qu'il avait jamais connu dans sa vie d'homme d'action ne l'avait préparé à ces douze mois exaspérants au cours desquels des hommes qu'il avait formés étaient envoyés par fournées « corriger des salopards », comme ils le disaient joyeusement, l'abandonnant à ses leçons. Chaque fois qu'il le pouvait, Stach se rendait à Londres pour harceler les patrons de la R.A.F. afin de se faire affecter à une escadrille de chasse.

« Soyez raisonnable, Valenski, lui répondait-on avec une immuable régularité. Vous êtes fichtrement plus utile pour nous là où vous êtes que si vous vous faisiez canarder quelque part... Il faut bien que quelqu'un instruise ces gosses, après tout. »

Plein d'une frustration refoulée et avec le sentiment d'être totalement inutile, Stach pour la première fois de sa vie se mit à boire. Lorsqu'il fit la connaissance de Victoria Woodhill, une W.A.A.F., il mit tous ses espoirs déçus à faire la conquête de cette jeune femme plutôt sèche et hautaine, qui l'attirait, surtout parce qu'elle ne s'intéressait pas à lui. Tout ce à quoi il pouvait s'attaquer, tout ce contre quoi il pouvait lutter et dont il pouvait triompher fut pour Stach une cible idéale durant ces mois qui virent les Allemands s'enfoncer plus profondément au cœur de l'Europe. Ils se marièrent en juin 1940 et presque aussitôt, lorsque Victoria fut affectée en Écosse, se perdirent de vue.

Officiellement, la bataille d'Angleterre dura près de quatre mois, du 10 juillet 1940 au 31 octobre. Ce fut en fait une série de batailles, livrées par six cents appareils de la R.A.F. contre la puissante Luftwaffe qui entendait anéantir la Grande-Bretagne avec ses trois mille bombardiers et ses douze cents chasseurs. Si la R.A.F. avait perdu, l'Angleterre à coup sûr aurait été envahie.

Pour Stach, la bataille d'Angleterre ne dura que trois mois ; elle débuta en août 1940, date à laquelle en haut lieu on parvint enfin à la conclusion désespérée qu'on ne pouvait plus se permettre le luxe d'unités d'entraînement ; maintenant il fallait envoyer les aviateurs fraîchement émoulus dans les escadrilles opérationnelles où leur formation se poursuivraient entre et pendant les véritables combats.

Stach fut enfin affecté à Westhampnett, près de Portsmouth, où il arriva un jour qui allait passer dans l'histoire sous le surnom de « Jeudi noir » ; le 15 août 1940 Goering lâcha tous ses « aigles » de réserve dans une gigantesque attaque aérienne. Une vaste armada de Dornier 17 et de Junker 88, escortés de chasseurs, venaient de franchir la côte anglaise lorsqu'on donna l'alerte à la nouvelle escadrille de Stach. Dans le ciel bleu d'Angleterre, sa première bataille aérienne fut un tourbillon de piqués, d'esquives, de vrilles, d'avions qui mitraillaient, attaquaient et canonnaient encore lorsqu'ils s'abattaient en flammes.

Le combat terminé, les Renseignements confirmèrent que Valenski avait abattu deux bombardiers allemands et trois chasseurs. Il n'avait même pas entendu les cris qui emplissaient les écouteurs de son casque tandis que les autres pilotes se prévenaient de l'arrivée d'un adversaire ou hurlaient de joie lorsqu'ils avaient fait mouche : la rage froide, concentrée, du tueur qui l'habitait aux commandes lui rendait tout cela inaudible. Il ne se rendait pas mieux compte que chaque fois qu'il descendait un ennemi, il poussait un cri de guerre rauque qui résonnait aux oreilles des autres membres de son escadrille. Une fois les Allemands repoussés, les commentaires allaient bon train.

« Seigneur, qu'est-ce que c'était donc ?

— Le nouveau... Je ne vois pas qui ça peut être d'autre...

— Eh bien, on aurait dit un vrai condor ! »

Ce fut avec le surnom de Valenski le Condor que Stach livra la bataille d'Angleterre ; et plus tard, muté aux forces qui opéraient en Afrique du Nord, il pilota jour et nuit lors de l'opération « Croisé » qui dégagea le port de Tobrouk en novembre 1941. Ce fut sous le nom de Valenski le Condor qu'il pilota un « chasseur de chars » Hurricane contre Rommel à El Alamein ; et sous le même sobriquet qu'il se vit décerner la D.F.C. et la D.F.O. et qu'il devint chef d'escadrille en 1942. On ne l'appela plus Stach jusqu'à la fin de la guerre. Jusqu'à la victoire.

5

*C*omme l'automne approchait, Francesca et Stach, encore plongés dans les premières semaines de leur lune de miel, commencèrent à faire des projets d'avenir. Ils discutèrent l'idée de se rendre en Inde vers la fin novembre, afin d'être à Calcutta pour la saison de polo de décembre et janvier à laquelle succéderaient les compétitions de Delhi en février et en mars. Mais un jour de la mi-octobre, Francesca fut soudain certaine qu'elle était enceinte.

« Cela a dû se passer cette première nuit dans les écuries, dit-elle à Stach. Je m'en suis doutée trois semaines après notre mariage, mais je voulais en être absolument sûre avant de t'en parler. » Elle était resplendissante.

« Cette fois-là ? Dans les écuries ? Tu es sûre ? demanda-t-il, transporté de joie.

— Oui, cette fois-là. Je ne sais pas comment je le sais, mais j'en suis certaine.

— Et sais-tu aussi si ce sera un garçon ? Parce que ça, moi je le sais. »

Francesca se contenta de murmurer : « Peut-être. » Elle savait pourquoi Stach tenait tellement à un fils. Il avait un fils de son premier et bref mariage, un garçon qui avait maintenant près de six ans. Il était né alors que Stach et Victoria Woodhill étaient déjà séparés. Ce mariage précipité, fruit de frustrations de l'esprit guerrier de Stach, avait fait long feu en temps de paix. Stach n'avait attendu que la naissance de l'enfant pour demander le divorce. La mère n'avait pas l'intention d'en rajouter dans le style exotique, Valenski suffisait, aussi fut-il prénommé George Edward Woodhill. Lorsqu'il était bébé, elle l'avait surnommé Ram, qui veut dire bélier, à cause de l'habitude qu'il avait de donner des coups de tête contre les bords de son berceau, et depuis Ram lui était resté. Il vivait en Ecosse avec sa mère et son beau-père et ne voyait que rarement Stach. L'espoir qu'avait Stach, si fort qu'il l'exprimait comme une certitude, de voir Francesca mettre au monde un garçon était une façon de s'assurer d'un autre fils, cette fois bien à lui.

Francesca avait vu des photos de Ram, un garçon droit comme un i, et qui, les sourcils froncés, regardait l'objectif d'un air de défi avec sur son beau visage une expression sévère et bien peu enfantine. Elle ne retrouvait pas grand-chose de Stach chez ce fils d'une froideur aristocratique, avec son visage tendu, presque amer, qui indiquait déjà qu'il n'aurait jamais l'aisance de son père.

« C'est un vrai cavalier, même maintenant, même à cet âge, dit Stach. Ram est parfaitement réussi sur le plan physique, élevé comme un petit soldat... Dans cette fichue tradition de la grande bourgeoisie britannique. » Il regarda de nouveau la photo en secouant la tête. « Quand même, il est intelligent et aussi coriace qu'il est possible. Il y a quelque chose... de fermé chez lui... comme dans toute la famille de sa mère. Ou peut-être était-ce le divorce. Quoi qu'il en soit, on n'y peut rien. » Il haussa les épaules, rangea les photos du geste d'un homme qui n'a pas l'intention de les regarder de sitôt, et serra Francesca contre lui. Ses yeux scrutaient son visage, et, un moment, son regard d'oiseau de proie s'adoucit et elle eut le sentiment que c'était elle qui était son havre dans une mer démontée.

La villa des environs de Lausanne était si confortable et si spacieuse que les Valenski décidèrent de rester là jusqu'à la naissance de l'enfant. Lausanne, avec ses excellents médecins, n'était qu'à quelques minutes de voiture et, puisqu'il n'était plus question d'aller en Inde, Stach envoya ses poneys se mettre au vert en Angleterre. Après la guerre, il avait fait sortir de Suisse la plus grande partie de sa fortune pour l'investir dans la société Rolls-Royce. Né en Russie, élevé dans les Alpes, nomade qui suivait les saisons de polo, il découvrit que sa nationalité était une question de cœur, qu'elle ne s'attachait pas à un pays mais à un moteur, le moteur Rolls-Royce qui, selon lui, avait sauvé l'Angleterre et décidé du sort de la guerre.

Stach promit à Francesca qu'ils iraient acheter une maison à Londres, l'été de l'année suivante, quand le bébé aurait quelques mois, qu'ils s'y installeraient convenablement et qu'ils en feraient leur base pour l'avenir ; en attendant, ils vivaient ces premiers mois de leur mariage dans un état incroyable d'adoration mutuelle : chacun était si passionnément absorbé par le corps de l'autre qu'aucun d'eux n'avait envie d'aller plus loin qu'Evian, juste de l'autre côté du lac Léman, où ils se rendaient de temps en temps pour jouer au casino. La traversée du lac par vapeur, en début de soirée, était un enchantement et tous deux, accoudés au bastingage, regardaient les petites embarcations avec leurs voiles jaunes, rouges et bleues, comme de grands papillons, rentrer au port dans le soleil couchant. Lorsqu'ils prenaient le vapeur de minuit pour rentrer au débarcadère d'Ouchy, ils ne savaient jamais très bien s'ils avaient gagné ou perdu au chemin de fer, et peu leur importait d'ailleurs.

Pour marquer le passage des semaines, Stach fit cadeau à Francesca d'autres vases en cristal de roche de Fabergé provenant de la collection de sa mère. Chacun d'eux contenait quelques brins de fleurs ou quelques branches de fruits taillés dans des pierres précieuses, des diamants et de l'émail : fleur de cognassier, airelles ou framboises, muguets, jonquilles, roses sauvages et violettes, tout cela façonné avec l'art le plus imaginatif et le plus délicat, si bien que la richesse de la matière n'écrasait jamais la réalité des formes de la fleur ou du fruit. Francesca eut bientôt tout un jardin de Fabergé en fleurs près de son lit et, lorsqu'il apprit qu'elle attendait un enfant, Stach lui offrit un œuf de Fabergé en lapis-lazuli monté sur or. L'œuf contenait un jaune en émail et lorsqu'on ouvrait ce jaune, cela déclenchait un mécanisme qui faisait jaillir du cœur de l'œuf une couronne miniature, réplique parfaite de la couronne en forme de dôme de la Grande Catherine, incrustée de diamants et surmontée d'un cabochon de rubis. Dans la couronne était encore suspendu un autre œuf formé d'un gros rubis accroché à une minuscule chaîne d'or.

« Ma mère n'a jamais su si c'était un œuf de Pâques impérial ou non, lui dit Stach tandis qu'elle l'admirait. Mon père l'a acheté après la Révolution à un réfugié qui jurait que c'était l'un de ceux offerts à la tsarine douairière Marie, mais il était incapable d'expliquer comment l'objet se trouvait en sa possession et mon père connaissait trop bien le monde pour insister... Quoi qu'il en soit, l'œuf porte la marque de Fabergé.

— Je n'ai jamais rien vu d'aussi parfait, dit Francesca en le tenant dans le creux d'une main.

— Moi, si », répondit Stach, ses mains descendant le long du cou de Francesca jusqu'au moment où elles rencontrèrent ses seins qui chaque jour devenaient plus pleins et plus épanouis. L'œuf tomba sur le tapis tandis qu'il collait ses lèvres sur les boutons sombres de ses seins en les suçant avec l'avidité d'un enfant.

A Lausanne, comme l'hiver tombait sur la grande villa, l'après-midi, Stach donnait de l'exercice aux grands bais de son écurie et Francesca faisait la sieste sous un léger édredon de soie mauve, ne s'éveillant que lorsque, à l'odeur subtile de neige qui envahissait leur chambre, elle devinait qu'il était rentré.

Après le thé, si le début de soirée n'était pas trop venteux, Stach emmenait Francesca faire une promenade en traîneau ; souvent, en voyant la lune se lever lorsqu'ils regagnaient la grande villa, accueillante, gaie et brillamment éclairée comme un paquebot, en écoutant le reniflement des chevaux et la douce musique des clochettes du traîneau, bien au chaud sous sa couverture de fourrure, emmitouflée, encapuchonnée dans son long manteau de zibeline, Francesca sentait des larmes sur ses joues. Pas des larmes de bonheur, mais plutôt des larmes de cette brusque tristesse qui survient en ces rares moments de joie parfaite que l'on ressent pleinement à l'instant précis où on les découvre. Une telle conscience va toujours de pair avec le pressentiment d'une perte, un pressentiment qui n'a besoin ni de raison ni d'explication.

Francesca devenait experte dans le maniement du grand samovar d'argent qui occupait sa place d'honneur traditionnelle sur une table ronde recouverte de dentelle dans le salon. En même temps elle s'habituait aux façons de la foule des serviteurs de Stach qui traitaient Francesca avec un mélange de tendre sollicitude et d'accablante curiosité. Elle se trouva pratiquement engloutie par — non pas les « gens », se dit-elle, rien d'aussi guindé, ni le « personnel », rien d'aussi désinvolte, certes pas les « domestiques », rien d'aussi lointain, mais plutôt par une tribu de ce qu'elle ne pouvait considérer que comme une quasi-belle-famille.

Elle avait épousé un mode de vie, une vie qui comprenait Macha, laquelle, le plus naturellement du monde, ouvrait les tiroirs de lingerie de Francesca afin de plier chaque pièce avec un soin exquis, Macha qui accrochait ses peignoirs de bain et qui ensuite nouait les ceintures et boutonnait les boutons, si bien qu'il n'était plus possible de passer un peignoir rapidement, Macha qui avait sa façon à elle de ranger les foulards, les disposant d'après leur couleur plutôt que d'après leur utilité ou leur taille, si bien que ses vieilles écharpes favorites disparaissaient dans ce spectre de couleurs, Macha qui surgissait dans la salle de bains de Francesca lorsqu'elle sortait de sa baignoire, avec une énorme serviette chaude dépliée et prête à l'envelopper.

Au bout de quelques semaines, Francesca se sentait parfaitement à l'aise au milieu des soins que lui prodiguait Macha et la laissait lui brosser les cheveux et même l'aider à s'habiller, tout à fait, lui confia Macha, comme elle le faisait avec la mère de Stach, la princesse Tatiana, lorsque pour une raison ou pour une autre les femmes de chambre de la princesse n'étaient pas disponibles.

« C'est vrai, Macha ? » disait Francesca avec un intérêt nonchalant, mais tout en se détendant et en s'abandonnant aux doux coups de brosse ; elle s'imaginait fort bien, allongée là sur l'entassement des oreillers aux taies de dentelle, vêtue d'un peignoir de velours tandis qu'on s'occupait avec dévotion de ses cheveux. Elle n'avait qu'à demander pour se le voir aussitôt accordé — ou bien, comme avec ces hommes qui venaient de chez Cartier pour montrer au prince Valenski des bijoux pour sa femme, elle n'avait qu'à indiquer lequel lui plaisait pour en devenir propriétaire. Oui, maintenant lorsqu'elle marchait, elle marchait comme une princesse, se dit Francesca, et elle ne se demandait même pas ce que cela voulait dire

Renseignements pris par Stach auprès de ses amis de Lausanne, le Dr René Allard était le spécialiste le plus estimé de la ville. Il dirigeait une clinique privée qui était en fait un petit hôpital moderne extrêmement bien tenu, et fréquenté par des femmes riches des quatre coins du monde.

Le Dr Allard était un homme trapu, rayonnant, compétent et énergique qui faisait pousser les tulipes presque aussi bien que les bébés. Il expliqua à Francesca qu'elle pouvait attendre la naissance vers la fin mai. Jusqu'en février, ses visites mensuelles à Allard constituaient une brève et légèrement agaçante interruption au grand dialogue dans lequel Stach et elle étaient lancés. Puis, un jour, le Dr Allard resta penché sur le ventre de Francesca avec son stéthoscope pendant un temps anormalement long. Après cela, dans son cabinet de consultation, il se montra plus joyeux qu'elle ne l'avait jamais vu.

« Je crois que nous avons une surprise pour le prince, annonça-t-il en sautillant presque dans son fauteuil. Le mois dernier je n'étais pas tout à fait sûr, alors je n'ai rien dit, mais maintenant je suis certain. Il y a deux battements de cœur distincts, avec une différence de dix pulsations à la minute. Vous portez des jumeaux, ma chère princesse !

— Une surprise pour le prince ? dit Francesca, stupéfaite.

— Alors, demanda-t-il, il n'y a pas déjà eu des jumeaux dans votre famille ?

— Des jumeaux ? Je ne crois pas... Non, non. Docteur, y a-t-il rien de spécial... est-ce plus dur d'avoir des jumeaux ? Je ne peux pas y croire... Des jumeaux ? Vous êtes sûr ? Vous n'êtes pas obligé de faire une radio ?

— Pas encore. Peut-être le mois prochain. Mais les deux pulsations sont là, bien séparées, il ne peut y avoir aucun doute. » Il la regardait en rayonnant comme si elle venait de gagner une médaille d'or. Francesca ne parvenait pas à mettre de l'ordre dans ses sentiments. C'était presque impossible d'imaginer la réalité d'un bébé, encore moins de deux. Récemment elle avait rêvé d'un bébé, toujours un garçon, qui dans ses bras ressemblait beaucoup à une poupée de ventriloque et lui parlait comme s'il était un adulte : des rêves heureux, drôles. Mais deux bébés !

« Alors, chère petite madame, reprit le docteur, vous allez maintenant venir me voir tous les quinze jours le mois suivant ; puis, par surcroît de précaution, une fois par semaine jusqu'à ce que les bébés commencent à manifester le désir de venir au monde. D'accord ?

— Bien sûr. » Francesca savait à peine ce qu'elle disait. Voilà soudain que le rêve enchanté de son univers se trouvait anéanti aussi facilement qu'une bulle de savon irisée. Tout ce qu'elle voulait, c'était partir, rentrer à la villa et essayer d'absorber le choc de cette invasion, de cette réalité nouvelle.

Tout le chalet se mit à battre avec ravissement au rythme de la nouvelle. Des jumeaux ! Stach, dans sa joie incrédule, n'avait pas pu résister à l'annoncer presque aussitôt à son valet Mump. Mump l'avait dit à la gouvernante, la gouvernante l'avait dit au chef, le chef l'avait dit à Macha qui, débordant d'excitation, s'en vint trouver Francesca dans la bibliothèque pour reprocher à sa maîtresse de ne pas lui avoir annoncé la nouvelle elle-même.

« J'aurais dû être la première à savoir, princesse. Quand même... Et voilà maintenant que tout le monde est au courant, jusqu'aux vieilles lingères et aux palefreniers.

— Oh, bonté divine, Macha, même moi encore je ne le savais pas hier. Pourquoi, mais enfin, pourquoi tous ces commérages ?

— Des commérages ? Mais princesse, nous ne faisons jamais de commérages. Nous ne disons que ce que nous avons par hasard entendu, observé ou qu'on nous a dit... Ce n'est pas du commérage !

— Bien sûr que non. Maintenant, Macha, nous allons avoir besoin de deux fois plus de choses. Deux layettes, Seigneur, quand une seule me semble trop ! Apporte-moi du papier, veux-tu, et je vais commencer à faire les listes.

— Je crois que la princesse devrait s'allonger, insista Macha.

— Macha, la princesse a du travail ! »

Février et mars se passèrent dans la gaieté, à part l'inconfort croissant dans lequel vivait Francesca. La nuit, allongée sur le côté, elle laissait Stach entourer la forme parfumée de son corps, qu'il enserrait pendant des heures pour sentir les mouvements de son ventre gonflé.

« Ils te poussent comme deux petits chevaux, murmura fièrement Stach. Quand j'étais bébé, Macha racontait à ma mère qu'elle n'avait jamais vu un enfant téter avec autant d'énergie. Elle disait qu'aucun homme n'avait osé la traiter avec autant d'impudence, pas même celui qui lui avait donné un bâtard. Mon Dieu, imagines-en deux comme moi ! » Il eut un grand rire.

Francesca sourit toute seule de le voir ainsi persuadé qu'il allait se trouver reproduit en miniature, et pas une fois, mais deux.

Il estimait qu'un bébé n'est rien d'autre que le prolongement de soi-même. Il avait déjà fait des plans pour enseigner à ses fils l'équitation et le ski, comme s'ils allaient naître forts comme des enfants de quatre ans, des champions précoces.

Dans la troisième semaine d'avril, Francesca eut très mal au dos. Une nuit, elle s'éveilla comme si on l'avait heurtée dans le noir. « Qui est-ce ? » murmura-t-elle, pas vraiment éveillée. Et puis elle comprit. « Eh bien... nous y voilà », se dit-elle dans un murmure Elle attendit tranquillement. Une demi-heure plus tard, après deux nouvelles contractions, elle éveilla doucement Stach.

« Ce n'est probablement rien, chéri, mais le Dr Allard a dit de lui téléphoner à la première alerte. Il n'y a sans doute pas de quoi s'inquiéter, mais voudrais-tu quand même l'appeler pour moi, je te prie ? » Elle appréhendait de réveiller le médecin au milieu de la nuit.

Tiré des profondeurs du sommeil, Stach sauta hors du lit. La R.A.F. lui avait appris les réflexes rapides.

« Il n'y a rien d'imminent... Ne te précipite pas », dit Francesca qui se sentait très bien.

Stach revint une minute plus tard.

« Le docteur a dit de venir tout de suite à la clinique. Voici ton manteau et ton sac. — Oh ! tes bottes !

— Je vais me brosser les dents, prendre une chemise de nuit et...

— Non, ordonna Stach, en l'enveloppant dans son manteau et se penchant pour introduire ses pieds nus dans des bottes fourrées.

— Réveille au moins quelqu'un pour dire que nous sommes partis, dit Francesca.

— Pourquoi ? Les domestiques comprendront bien tout seuls.

— J'ai l'impression que nous faisons une fugue. » Francesca éclata de rire en voyant Stach plonger dans ses vêtements. Elle souriait encore tandis qu'il la guidait à travers la villa silencieuse jusqu'au garage, s'efforçant avec maladresse de soutenir sa femme qui était parfaitement capable de marcher toute seule.

A la clinique, le Dr Allard et son principal assistant, le Dr Rombais, les attendaient derrière la porte. Francesca fut surprise de voir son obstétricien, habituellement tiré à quatre épingles, vêtu cette fois d'un pantalon blanc flottant et d'une sorte de tunique assortie. Elle n'avait jamais vu le Dr Allard sans un gilet impeccablement gansé de blanc sous une veste de grand tailleur.

« Alors, princesse, nous avons peut-être moins à attendre que nous ne le pensions ? lui dit-il en l'accueillant avec son entrain habituel.

— Mais c'est trop tôt, docteur. Ce doit être une fausse alerte. Vous aviez dit : pas avant mai, protesta-t-elle.

— Peut-être bien, reconnut-il, mais il faut s'en assurer, n'est-ce pas ? »

Dès lors, ne compta plus que Francesca, qu'on installait dans un lit entouré de barreaux. Dès qu'elle fut installée confortablement, Allard referma la porte derrière lui.

Le médecin connaissait les statistiques. Toute femme qui va mettre au monde des jumeaux voit augmenter de deux à trois fois le risque d'un accouchement difficile. Toutefois, là n'était pas sa principale préoccupation : son personnel opératoire était préparé à toute éventualité ; Francesca n'avait pas d'hypertension, elle ne présentait aucun symptôme d'intoxication. Cependant, d'après ses calculs, le travail commençait avec cinq, peut-être six semaines d'avance et, dans ces conditions, ajoutées à la présence de jumeaux, il avait toute raison d'être prudent.

« Eh bien, maman, dit-il après l'avoir examinée, le grand jour est arrivé. » Allard appelait toujours les femmes en travail « maman », estimant que cela concentrait leur attention sur l'avenir plutôt que sur le présent.

« Ce n'est pas une fausse alerte ?

— Absolument pas. Le travail a commencé, mais nous devons nous attendre à le voir durer plusieurs heures. Après tout, c'est votre premier accouchement ! »

Une demi-heure de contractions ébranla le calme avec lequel Francesca acceptait son inconfort physique. Tout était-il bien normal ? Elle n'avait aucun talent pour s'imaginer dans le rôle d'une femme en travail. Plongée dans la réalité, elle avait envie d'en sortir, et vite.

« Docteur Allard, est-ce que je pourrais prendre quelque chose contre la douleur, je vous prie ? J'ai bien peur d'en avoir besoin maintenant.

— Hélas, non, maman. Dans votre cas nous devons éviter les médicaments.

— Quoi ? »

Rayonnant comme s'il lui annonçait une bonne nouvelle, il poursuivit : « Tout ce que je vous donnerais maintenant affecterait les bébés à naître. Le produit leur serait transmis par votre sang. A plus d'un mois d'avance, ils n'ont pas atteint leur poids normal. Si bien que pour être franc, je ne peux rien vous donner du tout...

— *Pas de médicament !* » Francesca était pâle de terreur. Comme des générations d'Américaines, l'idée qu'elle se faisait de l'accouchement sans anesthésie reposait sur la longue et fatale agonie de Melanie Wilkes dans *Autant en emporte le vent*.

« Tout va bien, maman, je vous assure.

— Mais, mon Dieu, ça va durer combien de temps ? demanda-t-elle.

— Jusqu'à ce que vous soyez prête à mettre au monde les petits. A ce moment-là, je pourrai vous faire une péridurale et vous ne sentirez plus aucune douleur.

— Une péridurale ? Qu'est-ce que c'est ? fit-elle, haletante d'appréhension.

— Une simple injection d'anesthésique », expliqua-t-il jugeant préférable de ne pas préciser qu'elle se fait entre la quatrième et la cinquième vertèbre lombaire. La princesse était bien assez agitée.

« Mais, docteur, vous ne pouvez pas faire une péridurale maintenant ? supplia Francesca.

— Hélas non ! Cela risquerait d'arrêter le travail et vos bébés veulent venir au monde, maman. » Il était la gentillesse même, mais intraitable : rien ne le ferait changer d'avis.

« Docteur, pourquoi ne m'avez-vous pas renseignée plus tôt ? Je ne comprends pas qu'avec la médecine moderne... » Francesca s'arrêta, incapable d'exprimer comme il fallait son incrédulité scandalisée et sa peur.

« Mais vous avez des jumeaux prématurés, maman. La médecine moderne exige précisément de telles mesures. » Le docteur lui prit la main et la caressa d'un geste paternel. « Je vais vous laisser maintenant avec mon infirmière-chef, mais je serai dans la pièce voisine. Si vous avez besoin de moi, vous n'avez qu'à l'avertir et je viendrai tout de suite.

— La pièce voisine ? Pourquoi ne pouvez-vous pas rester ici ? supplia Francesca, terrifiée à l'idée qu'il la quitte un instant.

— Je vais faire ma sieste, maman. Ce soir j'ai déjà mis au monde deux bébés. Il faut que vous tâchiez de vous détendre complètement entre les contractions... Je vous conseille vivement de faire une sieste aussi. »

Les huit heures suivantes se passèrent dans un kaléidoscope d'émotions : à une douleur physique comme elle n'en avait jamais connu ni imaginé, une douleur qui ne lui laissait pas le temps de penser, se mêlaient la colère d'être victime d'une épreuve pire que ce qu'elle appréhendait, une euphorie débordante, gâtée par l'imminence de la prochaine contraction, la peur, comme celle d'une nageuse qui se rend compte que le courant est trop fort, que tout espoir de le combattre est vain, et, coiffant toutes les autres émotions, une impression de *triomphe* qui donnait à ces heures leur éclairage inoubliable — triomphe d'être bien en vie, triomphe de savoir chaque atome de ses ressources mentales, morales et physiques engagé dans le travail le plus important de sa vie.

Francesca supporta tout sans médicament, aidée par les seuls et constants encouragements des deux médecins et des nombreuses infirmières qui allaient et venaient, procédant à des examens dont elle finit par se désintéresser totalement. Lorsqu'elle vit les deux infirmiers arriver avec le chariot qui devait l'emmener dans la salle d'accouchement, elle était hébétée.

Près de la table de travail le Dr Allard attendait un répit entre deux contractions. Il l'aida alors à s'asseoir pour procéder à l'injection péridurale. Après quoi, on l'allongea bien à plat sur le dos, un coussin sous la tête. La disparition totale de la douleur, aussi brutale qu'un coup de tonnerre, stupéfia Francesca abasourdie et inquiète.

« Je ne suis pas paralysée, n'est-ce pas, docteur... Ce n'est pas ça ?

— Bien sûr que non, maman... Vous vous en tirez merveilleusement. Tout va comme il faut. Détendez-vous, détendez-vous... Nous sommes tous ici avec vous. » Il se pencha vers elle pour la centième fois avec son stéthoscope, auscultant son ventre.

« Oh, c'est merveilleux... » soupira Francesca.

Bien qu'il y eût dans la salle le Dr Allard, le Dr Rombais, trois infirmières et un anesthésiste, le silence était de règle pour les quarante minutes suivantes. Sauf le Dr Allard qui donnait ses instructions à Francesca, les membres de l'équipe étaient habitués à travailler ensemble sans parler, communiquant par un coup d'œil ou un geste de la main, pour ménager les femmes à l'affût de toute parole prononcée et susceptibles presque à coup sûr de les mal interpréter. « Rappelez-vous, disait-il à son équipe, une maman peut avoir l'air inconsciente sous l'effet de l'anesthésique, mais le sens de l'ouïe est le dernier à disparaître... alors ne dites rien. »

Au bout de quarante minutes, Francesca sentait de nouveau la douleur, mais à un bien moindre degré.

« Docteur, docteur, murmura-t-elle, je crois que l'effet de la piqûre commence à se dissiper.

— Mais non... Nous arrivons tout simplement au bout, la rassura-t-il de son ton le plus jovial. Maintenant, quand je vous dirai poussez, allez-y aussi fort que vous pouvez. Vous ne sentirez pas les contractions, mais moi, je les vois. Alors vous devez suivre mes conseils. »

Dix minutes plus tard, Francesca entendit un grognement de satisfaction et, presque aussitôt, le cri d'un bébé.

« C'est un garçon ? murmura-t-elle.

— Vous avez une ravissante fille, maman », répondit Allard, s'empressant de tendre le bébé au Dr Rombais qui pinça avec soin le cordon ombilical. Allard s'occupait déjà du deuxième bébé. L'infirmière qui contrôlait les pulsations cardiaques du fœtus venait de lui indiquer d'un geste pressant que les battements ralentissaient. Consterné, il observa que le liquide amniotique, au lieu d'être limpide, présentait un aspect vert jaunâtre. Le pouls du second jumeau s'affaiblissait. Allard palpa l'utérus de Francesca qu'il trouva totalement inerte. Toute contraction avait cessé. Il fit un signe véhément au Dr Rombais qui exerça aussitôt une pression sur le fond de l'utérus, cependant que lui-même appuyait de toutes ses forces sur la partie médiane, maintenant rigide comme du bois. De toute sa force, il manipula le second jumeau pour l'amener dans une position qui lui permettrait d'utiliser les forceps.

En quelques minutes, pas moins de quatre et pas plus de cinq, la seconde jumelle fut mise au monde. Elle ne commença pas à respirer spontanément comme la première, il fallut la frictionner vigoureusement avec une serviette pour qu'un faible cri sortît de sa bouche. Tandis que le Dr Allard coupait le cordon ombilical, il nota que l'enfant, bien que parfaitement formée, ne pouvait peser plus de quatre livres, hypothèse que vint confirmer la balance. Mais le pire, comme il l'avait craint, c'était qu'en raison de la présence du méconium verdâtre dans le flux amniotique, Francesca avait été victime d'une hémorragie interne massive due à un brusque décollement du placenta quelques minutes avant la deuxième naissance.

« Docteur ? fit la voix implorante de Francesca. Qu'est-ce qui se passe ? C'est un garçon ou une fille ?

— Une autre fille », répondit-il brièvement. A la sécheresse de sa réponse, au ton neutre de sa voix d'habitude joyeuse les membres de l'équipe comprirent que leur patron était profondément inquiet. Quelque chose ne tournait pas rond.

Au même instant l'anesthésiste qui surveillait Francesca s'aperçut que sa tension venait de chuter brusquement et que son pouls s'était accéléré. La jeune femme oublia l'élan d'amère déception qu'elle avait ressenti en entendant le Dr Allard annoncer une deuxième fille, car elle se trouva soudain en proie à des nausées et à des vertiges. Ruisselante de sueur, elle insista pourtant : « Montrez-les-moi... Je vous en prie, montrez-les-moi.

— Dans une minute, maman. Vous devez essayer de vous détendre maintenant. » Allard fit signe aux deux infirmières de procéder à des transfusions simultanées dans les deux bras de Francesca, au bord de l'état de choc. Très vite les transfusions et l'injection de fibrinogène ramenèrent son pouls et sa tension à un niveau normal. Dès qu'il vit sa patiente tirée d'affaire, Allard dit au Dr Rombais d'amener les bébés de la table d'accouchement. Semblablement les jumelles avaient les yeux hermétiquement fermés, serraient les poings, mais l'une avait des cheveux d'un blond scandinave qui commençaient déjà à boucler, tandis que le duvet pâle de l'autre était encore un peu humide.

On enveloppa les deux bébés dans des langes de douce flanelle blanche et comme Francesca, affaiblie mais bien réveillée, les examinait, elle éprouva soudain un sentiment qu'elle n'avait jamais connu : ces créatures avec lesquelles elle avait vécu une si longue symbiose étaient maintenant des êtres humains distincts d'elle, et possédant assez d'autonomie pour décider de fermer les yeux ou de serrer les poings. Francesca n'arrivait pas à appréhender intellectuellement un tel changement mais seulement à le ressentir sur le plan affectif.

« Elles sont tout à fait pareilles, docteur ?

— Oui, mais votre seconde fille pèse moins que la première. Celle-ci, précisa-t-il en désignant le plus petit des deux bébés, ira tout droit à la couveuse pour prendre le poids qui lui manque. Mais, rassurez-vous, nous les avons examinées : elles ont toutes les deux leur compte de doigts et d'orteils.

— Dieu soit loué, murmura Francesca.

— Maintenant, maman, il faut vous reposer.

— Prévenez mon mari.

— Il va devoir attendre encore un moment. » Le docteur n'avait pas l'intention de quitter Francesca avant d'avoir constaté que le sang nouveau qui coulait dans ses veines avait l'effet escompté. Il la surveilla jusqu'au moment où elle fut prête à être transportée dans la salle de repos. Il quitta alors la salle vide en dénouant d'un geste las les cordons de sa calotte blanche.

Lorsque le docteur, épuisé, rentra dans la pièce où l'attendait Stach, il le découvrit endormi dans son fauteuil, le front appuyé contre la fenêtre au travers de laquelle, toute cette longue nuit, il avait regardé sans rien voir. Le Dr Allard resta une bonne minute derrière l'homme endormi. Puis il poussa un soupir et posa une main légère sur l'épaule de Stach. Le prince s'éveilla aussitôt.

« Alors ?

— Vous avez des jumelles. Votre femme va bien mais est très fatiguée. »

Stach le regarda d'un air affolé, comme s'il pouvait y avoir une autre nouvelle. Ce brusque réveil coupant une telle attente le rendait incapable de dire un mot. Le médecin, après une brève pause, continua calmement à répondre aux questions qu'il ne lui posait pas et dont d'autres hommes à sa place l'auraient assailli.

« Une de vos filles est en excellent état, monsieur. Quant à l'autre... »

Stach finit par retrouver sa voix. « L'autre... qu'est-ce qu'elle a, dites-moi ?

— Il y a eu un problème, une complication clinique avant la naissance du second enfant. Le placenta s'est séparé de la matrice juste avant la naissance et votre femme a été victime d'une hémorragie interne. »

Stach s'adossa au mur. « Alors, l'enfant est mort ?... Vous pouvez me le dire, docteur.

— Non, l'enfant vit, mais je dois vous avertir qu'elle a de graves problèmes. Elle est très petite, elle ne pèse que 1 870 grammes, à cause de la *placentae abruptio* — la séparation — qui s'est mal faite, d'où la présence de méconium dans le liquide amniotique. Il y a eu une période au cours de laquelle l'oxygène n'a pas irrigué le cerveau. Nous avons agi le plus vite possible, prince, mais il s'est écoulé quatre minutes, peut-être quatre et demie, avant que nous parvenions à intervenir sans risque pour le bébé.

— Que voulez-vous dire ? Dites-le, docteur !

— Il y a une probabilité, voire une certitude de lésion cérébrale.

— De lésion cérébrale ! Qu'est-ce que ça signifie ?... Que me racontez-vous ? » Stach prit le docteur par les épaules comme pour le secouer, puis il baissa les bras. « Pardonnez-moi.

— Il est beaucoup trop tôt pour se prononcer. Je connaîtrai l'étendue des lésions quand j'aurai examiné de près le bébé.

— Dans combien de temps le saurez-vous ?

— Dès que je le jugerai assez fort. En attendant, à titre de précaution, il faudrait baptiser cette enfant. Quel prénom comptez-vous lui donner, prince ?

— Je m'en fous.

— Prince Valenski ! Calmez-vous. Il n'y a absolument aucune raison de perdre espoir. Et vous avez une autre petite fille en parfaite santé. Vous ne voulez pas la voir ? Elle est à la maternité. Elle pesait 2,550 kg si bien qu'il n'y a pas eu besoin de couveuse. Vous devriez la voir maintenant.

— Non ! » répondit Stach, sans réfléchir. Il savait simplement qu'il lui serait impossible de regarder un bébé. Le docteur l'observait du coin de l'œil. Ce n'était pas la première fois qu'il était témoin d'une pareille réaction.

« Je vous conseille, dit-il avec bonté, de rentrer chez vous, de dormir et de revenir ensuite voir la princesse. Vous avez veillé toute la nuit dans un état de grande tension. A votre retour, les enfants seront sans doute réveillées.

— Sans doute. » Stach tourna les talons pour partir, puis il revint sur ses pas. Une question le préoccupait. Il fallait qu'il la pose : « Je suis sûr que vous avez fait de votre mieux ?

— En effet, prince. Mais il est certains incidents contre lesquels nous ne pouvons rien. »

Stach le foudroya du regard. Le petit médecin se redressa, offensé. « L'homme est impuissant devant certains effets de la nature, quelle que soit sa compétence ; il ne lui reste alors qu'à sauver ce qu'il peut.

— *Sauver ?* » Stach répéta ce mot comme s'il ne l'avait jamais entendu. Qui parlait de sauvetage ? A aucun moment de sa vie il n'avait supporté de perdre. Comment pouvait-il être question de sauvetage chez lui ? Il se cabra. « Au revoir, docteur. »

Stach franchit le seuil de son domaine en conduisant à tombeau ouvert, sans s'occuper des domestiques rassemblés à la porte. Au lieu de s'arrêter à la villa, il fonça jusqu'aux écuries. Là, il sauta de sa voiture, se précipita dans une stalle et enfourcha le premier cheval qu'il aperçut. Lorsque le palefrenier le vit sur le point de s'en aller à cru, il se précipita vers Stach en criant : « Prince, comment vont les jumeaux ?... Et la princesse ?

— La princesse va bien. Un enfant. Une fille. Maintenant, laissez-moi passer ! » Stach enfonça ses talons dans les flancs du bai et enfouit sa tête dans la crinière de l'animal, en hurlant un ordre. La bête, aussi sauvage que son maître, se cabra avec un long hennissement et galopa vers la colline, avec Stach qui l'éperonnait comme s'il avait le diable à ses trousses.

6

*D*ans la clinique du Dr Allard à Lausanne, le mois d'avril 1952 passa. Le mois de mai passa aussi ; Francesca Valenski et ses jumelles n'avaient toujours pas quitté la clinique depuis l'accouchement prématuré. Un jour de juin, le mois déjà bien avancé, une infirmière amena Marguerite, la première-née des jumelles, dans la chambre de sa mère pour la première de ses deux visites journalières. L'infirmière, sœur Annie, jeta à peine un coup d'œil à cette femme inerte, au visage éteint, qui était assise, immobile comme toujours, dans un fauteuil. Sœur Annie trouvait depuis longtemps bien ennuyeuse la monotonie de ces visites de routine. Les autres infirmières de la clinique qui, au début, échangeaient de prudents commérages à propos de la célèbre patiente, s'étaient habituées, elles aussi, à ce cas. La princesse Valenski ne parlait jamais, n'avait jamais montré le moindre intérêt pour ses bébés ; elle ne s'occupait absolument pas d'elles, bien qu'elle ne fût pas physiquement malade, et elle ne quittait son lit qu'avec l'aide de deux infirmières qui la prenaient par les coudes et la guidaient, sans qu'elle protestât, pour la promener dans le petit jardin, juste derrière la chambre claire et ensoleillée.

La dépression post-natale, sous ses tristes aspects, n'avait rien de nouveau pour le personnel. C'était navrant, mais même les médecins étaient désarmés. Parfois, les patientes qui en étaient atteintes se rétablissaient d'elles-mêmes, parfois elles ne se remettaient jamais. Chaque infirmière avait une histoire particulièrement sinistre à raconter sur de tels cas, mais elles prenaient soin de ne pas le faire à portée d'oreille des infirmières spécialisées du service psychiatrique qui, vingt-quatre heures sur vingt-quatre, veillaient sur cette malade que jamais on ne devait laisser seule, même dans son sommeil.

Sœur Annie fit signe à la garde qui tricotait dans un coin. « Vous feriez bien d'aller vous reposer maintenant. Je vais rester ici avec le bébé... Ça n'est pas la peine d'être deux à traîner là, n'est-ce pas ?

— Pas vraiment. Elle est calme... Comme d'habitude. »

C'était un jour particulièrement chaud et ensoleillé. Tenant en experte Marguerite au creux de son bras, sœur Annie ouvrit au large les fenêtres et tira les rideaux pour laisser pénétrer l'air doux du dehors, embaumé par les fleurs épanouies. Puis elle s'assit dans le fauteuil auprès de Francesca et, dans le silence habituel, dix minutes plus tard, elle commença à s'assoupir.

Une coccinelle entra dans la chambre et vint se poser sur le front du bébé, juste entre ses yeux, comme une marque de caste hindoue. L'infirmière, les yeux mi-clos, n'y prêta aucune attention. Francesca jeta un coup d'œil à la femme assoupie et à l'enfant sans manifester le moindre intérêt. Mais sans en être vraiment consciente, elle attendait que l'infirmière remarquât l'insecte. En vain, car celle-ci continuait à sommeiller en ronflant légèrement. La coccinelle se promenait sur le visage du bébé et finit par se poser sur une délicate paupière, tout près de la ligne fine des cils. Trop près, dangereusement près. Francesca la vit et tendit un doigt hésitant pour la faire s'envoler. Ce faisant, elle toucha l'enfant pour la première fois, rencontrant une peau de bébé qu'elle trouva terriblement douce, terriblement *vivante*. Les yeux de la fillette s'ouvrirent tout grands, regardant droit devant eux, et Francesca découvrit qu'ils étaient noirs, aussi noirs que les siens. Elle passa un doigt sur les sourcils blonds, à peine perceptibles, puis recourba timidement entre ses doigts une boucle des cheveux clairs de l'enfant.

« Est-ce que je pourrais... est-ce que je pourrais la tenir ? » murmura-t-elle à l'intention de l'infirmière, mais sans parvenir à la sortir du sommeil.

« Mademoiselle ? » dit Francesca à voix basse. Seul un ronflement lui répondit. « *Mademoiselle ?* » Cette fois, elle élevait la voix. Il se produisit alors un curieux mouvement en elle, comme un poids qui se déplace, une masse qui se dissipe. « Mon Dieu, mon Dieu », dit-elle tout haut, caressant les cheveux du bébé avec des doigts qui venaient de retrouver la vie.

« MADEMOISELLE, donnez-moi mon bébé ! »

L'infirmière s'éveilla brusquement, surprise et déconcertée. Elle tenait fermement l'enfant contre elle.

« Quoi ? Comment ? balbutia-t-elle. Attendez... Arrêtez... Je vais appeler le docteur... » Elle se leva et recula d'un pas mal assuré.

« Venez ici, lui ordonna Francesca d'un ton péremptoire. Je veux la tenir. Maintenant. Donnez-moi mon bébé tout de suite. Il y avait une coccinelle sur son œil ! » ajouta-t-elle d'un ton accusateur. Francesca se leva de son fauteuil et se redressa avec l'autorité vibrante qu'elle avait naguère pour affronter les caméras. Aussi soudainement qu'un génie sortant d'une bouteille, c'est la grande vedette d'hier, Francesca Vernon, qui se planta devant l'infirmière en tendant les bras d'un geste impérieux.

L'infirmière fut très étonnée, mais ne se démonta pas pour autant. « Pardonnez-moi, madame, mais je ne peux pas vous le permettre. J'ai reçu l'ordre de ne pas lâcher ce bébé. »

C'en était trop. Francesca redevint alors la princesse Valenski, une princesse à qui jamais on ne désobéissait, dont jamais on ne mettait les ordres en doute, une princesse à qui tout était permis.

« Appelez tout de suite le Dr Allard ! » La voix de Francesca était un peu rouillée, mais ses accents vigoureux emplissaient la chambre « Nous allons voir ce que signifie cette absurdité ! »

Allard ne se fit pas attendre. Il arriva en courant et s'arrêta net lorsqu'il se trouva devant cette femme soudain magnifique, aussi brune et passionnée qu'une panthère, et qui dévorait le bébé des yeux. Elle tournait autour de l'infirmière ahurie mais encore méfiante.

Doucement, en dissimulant son excitation, le médecin dit : « Alors, maman, on commence à se sentir mieux ? On se fait des amies ?

— Docteur Allard, que se passe-t-il ? Cette folle ne veut pas me donner mon bébé.

— Sœur Annie, vous pouvez donner Marguerite à sa mère. Peut-être pourriez-vous aussi nous laisser un moment. » Sans un mot, l'infirmière obéit. Marguerite portait une légère chemise d'où sortaient des bras et des jambes délicats qui commençaient tout juste à devenir potelés et qui s'agitaient de plaisir au soleil et sous l'effet de la brise. Elle était comme un trésor inépuisable de rose et d'or, si minuscule et pourtant si déterminée que médecins et infirmières, pourtant blasés, s'attardaient devant son berceau.

Allard regarda avec attention Francesca fixer les yeux du bébé. « Qui êtes-vous donc ? » demanda-t-elle. Au son de cette voix, Marguerite cessa une seconde de s'agiter pour regarder le visage de sa mère. Puis, à la stupéfaction de Francesca, elle sourit.

« Elle m'a souri, docteur !

— Bien sûr. »

Francesca poursuivit : « Docteur, qu'est-ce que cette absurdité qui consiste à ne pas me laisser seule avec le bébé ? Je ne comprends pas.

— Vous avez été souffrante, princesse. Jusqu'à ce jour, vous ne vouliez pas le tenir.

— Mais c'est impossible ! Ridicule... Tout bonnement ridicule. Je n'ai jamais rien entendu d'aussi stupide de toute ma vie ! »

Francesca regarda le médecin comme si elle ne l'avait encore jamais vu. « Où est mon autre bébé ? demanda-t-elle. Je ne comprends pas ce qui se passe ici, et ça ne me plaît pas du tout. Où est mon mari ? Docteur, appelez le prince Valenski et dites-lui de venir ici immédiatement... Où est mon autre bébé... Je veux le tenir, lui aussi.

— Votre autre fille est encore en couveuse », s'empressa de répondre le médecin. Il n'était pas question, absolument pas question que sa patiente allât voir l'autre enfant. Le bébé avait eu encore une convulsion le matin même : la seconde crise depuis sa naissance. Le spectacle de cette petite créature malade et pitoyable ne pourrait que bouleverser la mère et la faire retomber dans la dépression où elle était restée si longtemps plongée. Rien ne le déciderait à prendre ce risque.

« Où est la couveuse, docteur ? demanda Francesca, en se dirigeant vers la porte avec Marguerite dans ses bras.

— Non ! Maman, je vous l'interdis ! Vous n'êtes pas encore bien, pas aussi forte que vous le pensez. Avez-vous idée du temps que vous avez passé ici, chère petite madame ? »

Francesca s'arrêta surprise. « Il y a combien de temps ? Je ne sais pas très bien... Peut-être... deux semaines ?

— Presque neuf semaines... Oui, neuf semaines... Ça commence à compter », dit le docteur avec douceur, voyant que sa patiente avait renoncé à aller jusqu'à la couveuse.

Francesca se rassit, l'enfant toujours serrée contre elle. Elle avait l'impression d'avoir été dans quelque endroit triste et lointain, prisonnière d'un monde aussi sinistre et incolore qu'un crachin, un endroit perdu. Des événements confus défilaient devant ses yeux comme un jeu d'ombres aperçu à travers une fenêtre éloignée. Neuf semaines ! Soudain, dans chacun de ses os, dans chacun de ses muscles, elle sentit sa force la quitter. Sans un mot, elle tendit le bébé au docteur.

Allard profita de l'occasion. « Maman, nous devons retrouver nos forces avant de commencer à faire des visites. »

Francesca hocha la tête d'un geste las. Il poursuivit : « Dans une semaine, peut-être moins si vous ne vous fatiguez pas trop. Vous avez du chemin à faire, ma chère, avant de retrouver votre état normal. Allons, nous avons assez parlé pour l'instant. Il faut essayer de dormir. »

Il approcha le bébé près d'elle. Francesca effleura de ses lèvres la partie la plus douce, les petits plis odorants et soyeux qui sillonnent le cou. « Elle reviendra cet après-midi... Vous pourrez lui donner son prochain biberon », promit le médecin en ouvrant la porte pour faire entrer l'infirmière qui attendait.

Il ramena Marguerite à la maternité, en se répétant : « Dieu soit loué ! Dieu soit loué ! »

A peine le docteur eut-il téléphoné que Stach fonça vers la clinique à 150 à l'heure. Ces dernières semaines, il avait chaque jour passé des heures avec Francesca, essayant en vain de percer le silence dans lequel elle s'enfermait, sa souffrance sans bornes, si épaisse qu'elle l'entourait comme un nuage et la rendait invisible. Seul réconfort : les visites que Marguerite lui rendait, visites imposées par le Dr Allard, que Francesca réagît ou non.

Stach était tombé passionnément amoureux de sa fille. Il jouait avec elle aussi longtemps qu'on l'y autorisait. Il insista pour qu'on la délangeât afin de pouvoir la découvrir toute nue. Il exhibait le petit corps charmant à Francesca, dans l'espoir qu'elle finirait par partager son émotion, mais c'était en vain. Il avait eu de longues conférences avec Allard, et il tenait sans cesse à ce qu'on lui assurât que toutes les précautions avaient été prises pour empêcher Francesca d'attenter à ses jours.

Lorsqu'il n'était pas avec Francesca, Stach s'enfermait dans la villa, sans voir personne de l'extérieur. Tout comme Francesca et lui avaient réussi, lors de leur lune de miel, à échapper aux journalistes, il parvint à empêcher la parution dans la presse de la naissance de ses filles. La clinique du Dr Allard offrait une tranquillité totale et les seuls à savoir que Francesca attendait un enfant étaient Matty et Margo Firestone. Stach leur avait écrit une semaine après les naissances prématurées en leur parlant seulement de Marguerite et de la dépression post-natale de Francesca. Il leur avait demandé le silence au nom de la malade et l'avait obtenu.

Mais, maintenant ?... Maintenant, songeait-il, tout en attendant avec impatience dans le cabinet de consultation du Dr Allard, la vie pouvait enfin recommencer. Depuis le début, il savait qu'il remporterait cette cruelle partie. Il s'était dit mille fois que ce n'était qu'une affaire de temps avant qu'il pût ramener Francesca et Marguerite à la maison, avec lui. Stach ne s'était jamais permis le moindre doute.

Allard parut enfin, dansant presque de satisfaction.

« Peuvent-elles rentrer à la maison ? interrogea Stach, sans même saluer le docteur.

— Bientôt, bientôt, quand la princesse sera plus forte. Mais tout d'abord, mon ami, il nous faut parler de l'autre bébé, de Danielle. » Même le docteur n'avait pas réussi, durant la période de dépression de Francesca, à obliger Stach à parler de ce second enfant. En bon catholique, il avait veillé à ce qu'elle fût baptisée le lendemain de sa naissance, puisqu'il n'était pas sûr qu'elle survivrait encore vingt-quatre heures. Il avait lui-même choisi le prénom, celui de sa propre mère, dans l'espoir que ce choix porterait chance au malheureux bébé.

« Danielle. » Stach prononçait ce nom comme s'il s'agissait d'un mot étranger qui n'avait absolument aucun sens pour lui. « Elle ne vivra pas, je crois. » Sa voix avait le ton catégorique du refus.

« Mais si, elle vit. Seulement, vous allez devoir affronter des complications neurologiques.

— Docteur, pas maintenant ! »

Le médecin poursuivit, imperturbable et doctrinal. « J'ai examiné vos deux enfants, prince. Nous disposons d'une série précise de tests pour déterminer l'étendue du développement nerveux chez les nouveau-nés. Le Dr Rombais et moi les avons examinées ensemble afin de comparer leurs réactions et... »

86

Stach l'interrompit avec sa brutalité coutumière. Il était ainsi chaque fois qu'un obstacle se dressait sur son chemin. Son profil faisait penser au bec rapace d'un oiseau méchant et furieux.

« Donnez-moi juste les résultats !

— Prince, répondit le docteur en conservant son ton mesuré de conférencier, vous devez vous rendre compte de ce à quoi nous sommes confrontés, même si vous avez pas envie d'en savoir trop long là-dessus. Je vous assure qu'il n'y a aucun moyen qui me permette, en deux mots, de vous donner des résultats, comme vous l'exigez. Maintenant, si vous voulez me permettre de poursuivre... Marguerite réagit à tous égards comme une enfant robuste et normale. Elle tète avec vigueur, son réflexe plantaire est net et le réflexe de Moro est normal. Pour le vérifier, je l'ai mise sur le dos et j'ai claqué dans mes mains brusquement. Elle a aussitôt tendu les bras, les jambes et déployé en éventail ses mains et ses pieds. Quand je l'ai mise debout, les pieds touchant la table d'examen, elle a fait des mouvements de marche et quand je l'ai tirée pour l'amener dans la position assise pour vérifier la capacité de traction, les muscles des épaules et du cou se sont contractés. Dans l'ensemble, tout s'est bien passé. »

Stach suivait, avec une intensité qu'il avait du mal à masquer, chaque mot du docteur. Au fond, il ne voulait pas douter que Marguerite fût parfaite. Il y eut une brève pause. Allard cherchait ses mots avant d'enchaîner. Il poussa un grand soupir, puis reprit d'un ton résolu :

« Je dois avouer qu'à tous ces tests, Danielle a réagi mais très peu. J'ai répété l'examen à deux reprises, à trois semaines d'intervalle : les résultats n'ont guère varié. Il y a une grande économie de mouvements chez elle, elle pleure rarement, elle n'a pas encore soulevé la tête et elle n'a pris que peu de poids... C'est ce que nous appelons une difficulté de croissance.

— Une difficulté de croissance ! Vous voulez dire que c'est un légume ! fit Stach, incapable de se maîtriser plus longtemps.

— Absolument pas, prince ! Elle n'a que neuf semaines, on peut encore garder l'espoir que son corps, grâce à des soins appropriés, se développera suivant le schéma normal. Si elle continue à prendre du poids à la cadence actuelle, si lente qu'elle soit, rien ne dit qu'elle ne finira pas par devenir une enfant active. Elle ne souffre d'aucune déformation, elle est simplement faible, très faible.

— Et mentalement ?

— Mentalement ? Mentalement, elle ne sera jamais normale. Nous le savons depuis le début.

— Mais que voulez-vous dire *exactement*, docteur ? En quoi ne sera-t-elle pas normale ?

— Ce sera une enfant retardée, voilà qui est certain. Le degré exact de retard est une chose que je ne suis pas en mesure d'estimer pour l'instant. Nous ne pouvons pas mesurer le quotient intellectuel de votre fille avant qu'elle ait trois ans. Encore ne s'agira-t-il pas d'un jugement définitif : dans un cas comme celui-là, prince, il y a tant, tant de variations, du léger au sévère en passant par le modéré... » Le Dr Allard s'arrêta soudain.

« Peut-on espérer qu'il s'agit du stade léger ? se força enfin à demander Stach, d'une voix sourde, chaque mot prononcé à regret lui brûlant les lèvres comme de l'acide.

— Prince, en pareil cas, il y a place pour tant de possibilités ! Parfois, une différence de quelques points dans les pourcentages du Q.I. peut faire toute la différence entre un enfant à peine éducable et un enfant apte à développer certains dons... Personne ne peut prédire où se situeront les points forts...

— Epargnez-moi ces généralités ! lança Stach. *Bon Dieu, quel est son avenir ?* »

Il y eut un bref silence. Le Dr Allard finit par répondre avec toute la précision qu'il était en mesure de donner.

« Le mieux que nous puissions espérer pour la petite est un retard qui se situerait entre les extrêmes, afin qu'elle parvienne à s'occuper d'elle toute seule, qu'elle puisse nouer certaines relations, formuler quelques phrases simples au niveau de la pré-lecture... Disons... au niveau mental d'un enfant de quatre ans...

— De quatre ans ?... Docteur, vous parlez d'un niveau mental de jardin d'enfants ! Et vous appelez ça une " moyenne "... quel que soit l'âge qu'elle atteigne ?

— Prince, répondit Allard, pour être franc, c'est probablement le mieux, vraiment le mieux que vous puissiez escompter. En raison du manque d'oxygène dont a souffert la petite avant et durant la naissance, compte tenu de la piètre réaction aux tests... des convulsions... non, prince, nous ne pouvons guère attendre mieux. »

Stach se tut pendant plusieurs minutes, puis il finit par reprendre : « Et si vous vous trompiez, si elle souffrait d'un retard sévère ? Alors ?...

— Ne cherchez pas les difficultés. Il y aura dans tous les cas un problème de soins constants, même s'il s'agit d'une débilité légère. Une grande vigilance sera nécessaire, dans tous les cas, oui, et durant toute la vie de cette enfant. Quand l'enfant peut marcher, le risque devient permanent. Quand la puberté approche, la complication s'aggrave. Une clinique est souvent la seule solution.

— Si... si elle vit, docteur, combien de temps peut-elle rester ici, dans votre établissement ? demanda Stach.

— Jusqu'à ce qu'elle ait pris assez de poids pour aller à la maternité, avec les autres. Pas avant qu'elle ne pèse 2,500 kg, prince, ce qui, à mon avis, est une question de quelques mois, tout au plus...

s'il n'y a pas d'autres difficultés. Tant qu'elle est encore en couveuse, bien sûr, nous nous en occupons entièrement. Mais dès l'instant où elle sera assez grande pour la maternité, nous ne pourrons pas continuer à la garder. A ce moment, il faudra prendre des mesures pour la ramener chez vous. »

Au mot de « chez vous », le visage de Stach se durcit. « Docteur Allard, je n'ai pas l'intention d'en parler à ma femme avant qu'elle ait retrouvé des forces.

— Je suis d'accord. A vrai dire, je vous conseille, pour le moment, la plus grande prudence. Il y a eu, chez la princesse, un refus catégorique de l'une et de l'autre enfant. Toutefois, maintenant qu'elle a établi un contact normal avec Marguerite, le pronostic est extrêmement bon. Néanmoins, sa dépression a été sérieuse, très sérieuse, et elle ne doit subir aucun autre choc. Si la princesse continue à aller bien, dans quelques jours, vous pourrez la reprendre chez vous avec Marguerite. Je veillerai à ce qu'elle ne voie pas Danielle avant que le bébé ne soit, comme vous le dites, " sorti de l'auberge ". C'est la nature qui décidera du moment. »

C'est par une belle journée de la fin juin que le Dr Allard déclara Francesca assez bien pour rentrer chez elle. Stach avait engagé une nurse par une agence de Lausanne et, dès cet instant, les correspondants de tous les journaux internationaux en Suisse furent en état d'alerte. Une foule de reporters et de photographes attendait avec une impatience grandissante devant les grilles infranchissables de la clinique. Ils montaient la garde depuis le matin de bonne heure. Quand, sept heures plus tard, Stach et Francesca Valenski apparurent enfin, des voix s'élevèrent dans une douzaine de langues pour demander que l'on présentât aux photographes l'enfant que la jeune femme tenait dans ses bras.

Malgré l'air protecteur et menaçant de son mari, Francesca, dont la beauté avait disparu des journaux depuis plusieurs mois, tira avec soin sur le cocon de dentelle pour qu'apparaisse le visage endormi de l'enfant. Un bonnet de soie blanche molletonnée couvrait la petite tête, mais des mèches de cheveux s'en échappaient en boucles argentées, frémissant dans la brise comme de délicats pétales. Marguerite ressemblait, dans les bras de sa mère, si fort à une fleur ayant pris forme humaine, que l'imagination de la presse s'enflamma. Dans toutes les photos qui furent publiées à dater de cet instant, elle fut couronnée princesse Daisy[1].

La meute des photographes et des reporters suivit Francesca et Stach, sur tout le trajet, jusqu'à leur villa. Ils firent le siège de la grande demeure, installés derrière les grilles verrouillées et criant

1. Daisy en anglais, désigne la marguerite.

sans fin : « Nous voulons Daisy ! » Lorsqu'ils finirent par s'en aller, au terme d'une longue attente, comprenant qu'il n'y avait aucune chance d'obtenir d'autres renseignements ni d'autres photos que celles prises sur les marches de la clinique, tout le monde avait oublié le prénom initial du bébé, même ses parents. Pour Stach et pour Francesca, elle n'était plus Marguerite mais Daisy, et pour la plupart des serviteurs, la princesse Daisy.

Daisy se montra un bébé très éveillé, distribuant des sourires à la foule de ses adorateurs, soulevant un peu la tête de son oreiller quand elle repérait un papillon, une fleur ou un doigt ami, jouant avec la collection de hochets accrochés à son berceau, donnant dans le vide de joyeux coups de pied lorsqu'on la touchait. D'après les calculs de Francesca, elle dormait près de dix-huit heures par jour, mangeait pendant deux heures et, pendant les quatre heures restantes, elle tenait sa cour comme une souveraine.

Plusieurs jours durant, toute l'attention de Francesca se trouva concentrée sur Daisy. Mais elle n'en demandait pas moins chaque matin qu'on la conduisît à Lausanne, pour voir son autre fille. Stach parvenait sans peine à la convaincre qu'elle n'était pas encore assez forte pour faire le voyage. Il est vrai que sa vitalité revenait avec une exceptionnelle lenteur. Elle était si lasse, dès la fin de la matinée, qu'elle passait la majeure partie de chaque journée sur la chaise longue de sa chambre. Pourtant, une semaine après son retour, si épuisée qu'elle fût encore, Francesca insista pour qu'on l'emmenât aussitôt voir Danielle. Le moment que Stach redoutait était arrivé. Il avait préparé avec soin ses réponses.

« Chérie, le docteur et moi sommes tombés d'accord pour estimer qu'il ne faut pas aller voir Danielle pour l'instant.

— Pourquoi donc ? demanda-t-elle, vaguement inquiète.

— Le bébé est... chétif, extrêmement faible... A vrai dire, ma chérie, Danielle est malade, très malade.

— Mais, raison de plus... Je pourrais peut-être faire quelque chose, je peux peut-être l'aider ?... Pourquoi... mais enfin, pourquoi ne m'as-tu pas dit plus tôt qu'elle était souffrante ? » Elle avait le visage crispé, le regard bouleversé.

« Seigneur ! Regarde-toi ! s'écria-t-il, furieux et affolé. Je savais que je n'aurais pas dû te le dire ! Regarde l'état dans lequel tu te mets. Tu n'étais pas assez bien pour supporter la vérité, et je constate que tu n'es toujours pas assez bien.

— Stach ! *Qu'est-ce qui ne va pas chez elle ?* Dis-moi ! Tu ne fais que m'inquiéter davantage ! »

Stach prit Francesca dans ses bras. « Elle est trop petite, chérie. On ne te laisserait même pas la toucher. Maintenant, écoute-moi, ma très chère, puisque tu sais qu'elle ne va pas bien, je vais tout te dire. C'est la seule façon de te faire comprendre pourquoi tu ne dois pas la voir encore. Les chances de survie du bébé sont presque nulles. Allard estime, et je suis entièrement d'accord avec lui, que t'attacher à lui en ce moment risquerait de te faire retomber dans la dépression... quand... enfin, si... il lui arrive quelque chose.

— Mais, Stach, c'est *mon* enfant... *mon* bébé.

— Non, Francesca ! Non ! Tu ne te rends donc pas compte à quel point tu as été malade ? Il est absolument hors de question de prendre un tel risque. Tu ne peux pas juger... Tu n'es pas encore assez forte, malgré ce que tu crois. Pense à Daisy, si tu ne veux pas penser à toi, pense à Daisy et pense à moi. »

Il avait trouvé l'argument magique. Il sentit Francesca cesser de se débattre dans ses bras, il la vit renoncer à lutter, il la regarda avec soulagement s'abandonner à son chagrin. Qu'elle pleure, qu'elle pleure et qu'elle pleure, car cette situation était consternante, absolument consternante, et sans issue, lui semblait-il.

Les semaines passaient. Stach se rendait fidèlement à la clinique et expliquait au Dr Allard que Francesca se remettait très lentement, qu'à son avis, elle était encore trop près de sa longue dépression pour qu'on la laissât risquer une visite à un bébé qui, de toute évidence, n'était pas bien. « Elle est trop fragile, docteur, disait-il. Ce serait la pire chose pour elle. »

Lorsqu'il revenait de ces visites, il racontait à Francesca que l'enfant était toujours dans le même état, ne tenant à la vie que par un fil, et que le médecin refusait d'entretenir le moindre faux espoir. Le désarroi de Francesca était tel qu'elle finit par se contenter de regarder le visage sombre de son mari, sans jamais plus demander de nouvelles de Danielle. Elle savait que si l'état de cette dernière s'améliorait, il le lui dirait aussitôt.

A la clinique, Stach n'alla pas une fois dans la salle où se trouvait la couveuse. Après ce que le médecin lui avait dit de l'avenir, il avait chassé Danielle de ses pensées. Pour lui, elle n'existait pas. Elle ne pouvait pas exister. Elle ne *devait* pas exister. Il ne l'avait jamais vue et n'avait pas l'intention de la voir. C'est à ce prix qu'il espérait pouvoir surmonter la cruauté du destin qui venait de le frapper. La simple idée d'une enfant à lui — de *son* enfant — grandissant, chez lui, sans pourtant jamais grandir, diminuée à vie, le faisait fuir. Une infirme !... *Non !* Lorsque cette pensée lui traversa l'esprit, il la repoussa de toute la force de son tempérament de battant. Après son enfance si perturbée, si accaparée par la lente agonie de sa mère, toute compassion, cette émotion infiniment humaine, était morte en lui. Le sort promis à l'enfant qu'il n'avait jamais vue était si horrible qu'il prit la décision de l'éliminer de sa vie.

Stach dissimulait sans peine ses émotions devant le Dr Allard, parvenant même à lui faire dire, subtilement, ce dont il avait besoin pour renforcer sa résolution. Oui, il était fort possible que la princesse s'attachât à Danielle. Oui, les mères d'enfants retardés passent souvent bien moins de temps avec leurs enfants normaux qu'avec l'enfant malade. Oui, il était fort possible que la princesse refusât de faire enfermer Danielle dans une clinique, même si c'était indispensable. Comportement normal : l'instinct maternel se trouve souvent renforcé de façon inimaginable par les soins prodigués à un enfant malade ou retardé, et il n'existe pas de force aussi irrésistible que celle-là. La nature est admirable. Les mères ont le sens du sacrifice, le prince avait raison. Oui, même au-delà du seuil du raisonnable ou du sage. Mais c'est la vie... Que peut l'homme devant cette réalité ?

Le visage fermé, Stach écoutait les nouvelles qu'on lui donnait de Danielle. Elle avait commencé à prendre du poids. Elle ne souffrait plus de convulsions. Selon le Dr Allard, la princesse pouvait sans aucun risque venir voir la petite. En fait, il se serait attendu à la voir venir plus tôt, malgré sa faiblesse, lui qui connaissait sa détermination.

« Ma femme n'a pas l'intention de se rendre près de Danielle, docteur. » Cela faisait des jours que Stach attendait le moment où il devrait faire cette réponse.

« Vraiment ? » Le docteur ne réagit que par ce seul mot. Au cours de ses nombreuses années de pratique médicale, il avait appris à ne pas manifester sa surprise.

Stach lui tourna le dos et alla se planter près d'une fenêtre, regardant ostensiblement au-dehors tout en parlant. « Nous en avons discuté longuement, en examinant le problème sous tous ses angles. Nous avons pensé que ce serait une grave erreur d'essayer d'élever Danielle... chez nous, et que c'est le moment de prendre cette décision. Une coupure nette, docteur. » Stach s'assit en se carrant dans un fauteuil, soulagé d'avoir lâché le morceau.

« Mais que comptez-vous faire ? demanda le médecin. Danielle pèse maintenant près de cinq livres. Elle va bientôt pouvoir quitter la clinique.

— J'ai bien entendu fait une enquête sérieuse. Dès qu'elle sera assez grande, on l'enverra vivre dans la meilleure des cliniques pour enfants handicapés. J'ai cru comprendre qu'il en existait d'excellentes dès lors que l'argent ne pose pas de problème. En attendant, je crois que nous devrions la mettre en pension chez une nourrice. J'ai entendu parler de plusieurs candidates, ici même, à Lausanne. Pourriez-vous jeter un coup d'œil à cette liste de noms et me dire s'il y a quelqu'un là que vous recommandez particulièrement ?

— Voilà donc à quoi vous vous êtes décidé ? demanda le docteur en insistant. Et la princesse est d'accord ?

— Absolument, dit Stach, en tendant la feuille de papier au médecin. Nous sommes toujours d'accord pour les problèmes de famille. »

Mme Louise Goudron, la nourrice conseillée par le Dr Allard, pouvait s'occuper de Danielle. Elle ne voyait pas plus loin que le chèque hebdomadaire et les recommandations du Dr Allard lui suffisaient. Le bébé n'était pas le premier handicapé qu'elle avait abrité dans sa maison, qui était à la fois confortable et gaie, mais ne l'était, précisément, que parce que cette veuve sans enfant avait parfaitement compris le parti qu'elle pouvait tirer de certaines personnes préférant ne pas s'encombrer des leurs.

Quelques semaines après que Mme Goudron fut allée chercher Danielle à la clinique pour la ramener chez elle, Francesca prit une décision. Elle se sentait tellement plus forte, tellement plus à même de maîtriser ses émotions, qu'elle résolut de voir sa seconde fille, malgré tout ce que pouvaient penser le Dr Allard et Stach. Aucun d'eux n'avait idée de ce qu'elle pouvait supporter. Ils la faisaient vivre dans un cocon et elle en avait assez. Elle devait voir Danielle, que la vie du bébé fût ou non en danger, qu'elle pût ou non toucher l'enfant. Ce serait bien pire si elle mourait sans qu'elle l'eût même jamais revue depuis la naissance. Pourquoi ne pouvaient-ils pas comprendre cela ?

« Mais c'est impossible, mon tendre amour, dit Stach.

— Impossible ? Je te dis que je suis prête... Tu n'as pas à t'inquiéter... Je peux tout supporter... sauf ces limbes dans lesquelles je vis, Stach. Tu ne te rends donc pas compte que cela fait plus de cinq mois qu'elle existe ? »

Stach ne broncha pas. L'expression qu'on lisait sur son visage était celle qu'il avait lors de certains combats aériens, lorsqu'il pressait le bouton de la mitrailleuse qui allait faire disparaître l'ennemi du ciel. Il prit dans les siennes les deux mains de Francesca et l'attira vers lui.

« Chérie, chérie... la petite est morte. »

Elle poussa juste un cri de douleur, comme quelqu'un qui vient de se couper jusqu'à l'os, mais qui n'a pas encore vu le sang couler. Ses yeux flamboyèrent puis s'assombrirent, comme si on venait de souffler la dernière chandelle dans une pièce obscure. Stach la serrait si fort qu'elle ne pouvait pas voir son visage.

« Elle est morte peu après que nous eûmes ramené Daisy à la maison, poursuivit-il. J'attendais pour te le dire que tu sois en état d'apprendre la nouvelle... Elle était bien plus malade que tu ne pouvais le penser... Elle n'aurait jamais été bien, ma chérie, jamais, jamais. » Il parlait vite, tout en lui caressant les cheveux d'un geste tendre. « Dès sa naissance, elle était condamnée. Nous ne voulions pas te le dire, mais elle n'avait aucun avenir, elle n'aurait jamais été normale... Elle souffrait de lésions cérébrales survenues au moment de l'accouchement... Ce n'est la faute de personne... Mais tu risquais de ne pas te rétablir si je te l'avais dit alors que tu étais encore si perturbée.

— Je le savais, murmura Francesca.

— C'est impossible.

— Non... j'avais comme un pressentiment... Je savais que quelque chose n'allait pas, qu'on me cachait la vérité, mais j'étais trop lâche pour chercher à savoir. Je n'ai pas fait d'effort. J'avais peur. J'étais lâche...

— Oh, mon amour, ne te fais pas de reproches, ton instinct a eu raison, il te préservait... Il nous préservait. Que ferait Daisy sans sa mère ? Que ferais-je sans toi ?

— Oui, je le savais ! Je devais le savoir depuis le début. » Secouée de sanglots frénétiques, elle s'arracha à ses bras pour s'agenouiller sur le tapis, courbée par la douleur. Il se passerait peut-être des heures, songea-t-il, avant qu'il pût la persuader de se laisser consoler, la presser de nouveau contre lui, mais il prévoyait en même temps que, peu à peu, elle accepterait la mort de l'enfant — qui était bel et bien une réalité pour lui —, que cette vérité finirait par s'installer en elle et la ferait se raccrocher à lui comme aux premiers instants de leur rencontre. Il saurait attendre avec patience, lui qui attendait si rarement quoi que ce soit.

Quelques semaines plus tard, Stach, qui observait Francesca de près, estima que le choc du chagrin était passé. Il autorisa le magazine *Life* à envoyer Philippe Halsman pour prendre des photos destinées à une couverture. Francesca, maintenant, passait presque tout son temps avec Daisy qui négligeait ses hochets au profit de la gourmette de sa mère, tout étincelante et tintinnabulante de breloques. Elle en jouait avec un grand rire car rien ne lui faisait plus plaisir que d'avoir le droit de tripoter ce bracelet. Elle poussait des cris ravis chaque fois qu'elle l'attrapait, tirant presque assez fort pour l'arracher du poignet. Stach et Francesca regardaient en retenant leur souffle cette petite boule blonde rouler sur le dos et se mettre à plat ventre. Merveille des merveilles, elle semblait parler à ses animaux en peluche, bien que ce fût dans un langage inconnu. Ses yeux immenses étaient vifs et joyeux dès le réveil, et quand elle dormait sur le ventre, ses petits talons repliés contre son derrière langé, Francesca trouvait qu'elle avait l'air d'une adorable grenouille. On la posa sur un tas de fourrures appartenant à la jeune femme, avec, pour tout vêtement, une couche, et elle souleva la tête et le buste en poussant des cris de surprise.

« C'est à croire qu'elle sait que c'est de la zibeline, dit Stach.

— Tu vas la pourrir.

— Bien sûr.

— Mais pourquoi ne pas la faire commencer par le vison ? Un peu de retenue, veux-tu ?

— Allons donc. C'est une Valenski, ne l'oublie jamais. A propos, reprit Stach, soudain sérieux, je crois vraiment que nous en avons assez de la vie à la campagne, tu ne penses pas ? Moi, j'en ai par-dessus la tête de la Suisse. Que dirais-tu d'un séjour à Londres ? Je connais, là-bas, à peu près tous les gens agréables. Nous pourrions reprendre une vie normale, aller au théâtre, recevoir, voir des amis...

— Oh, oui ! oui ! J'avais envie de m'en aller... » Francesca s'arrêta, songeant soudain que jamais elle ne voudrait revoir la Suisse.

« C'est le moment d'aller à Londres, d'acheter cette maison que je t'ai promise. Ensuite nous partirons vers de nouvelles aventures... tous les trois !

— C'est bien ce qu'on m'avait dit : le prince play-boy ! Ne crois pas que je ne sache pas comment tu parcourais le monde. Oh ! les histoires que j'ai pu entendre...

— Toutes vraies.

— Mais c'est fini maintenant. Ne me dis pas que la vie de famille t'énerve. » Elle le taquinait, plus belle qu'elle ne l'avait été depuis des mois.

« Bien fini. J'ai tout ce que je veux. » Il se retrouva pris d'un vertige devant le plaisir qu'elle pouvait lui donner, devant cette façon dont chaque angle et chaque courbe de son visage s'illuminait pour lui, comme jamais il ne l'avait vu sur un autre visage. Une fois de plus, la fougue de Stach venant s'accorder à la sienne, ils s'étreignirent follement. Plus tôt ils s'éloigneraient de Lausanne et de la clinique du Dr Allard, mieux cela vaudrait, songea-t-il, en reprenant Daisy allongée sur le manteau de zibeline pour lui chatouiller le ventre.

« Allons à Londres, achetons une maison là-bas. Peux-tu préparer tes bagages pour demain ? demanda-t-il.

— Non, pars sans moi, chéri. Je ne veux pas laisser Daisy toute seule, même avec Macha et les domestiques... je ne serais pas tranquille une seconde.

— Bien. Mais si tu n'aimes pas la maison que j'aurai choisie, tant pis pour toi.

— Voilà qui est parlé comme un vrai prince, dit-elle en riant. Le dernier homme au monde à ne pas avoir de problèmes de serviteurs. Je suis certaine que tu choisiras la plus belle maison de Londres... Ils n'en attendent pas moins de toi.

— Pourquoi diable te plains-tu ? Je connais des femmes qui auraient tué père et mère pour être à ta place, marmonna-t-il.

— Ne t'indigne pas ainsi... » Elle lui lança un coussin à la tête.
« Donne-moi mon bébé. Tu l'as tenu assez longtemps. Pauvre petite !
Six mois et déjà blasée ! »

Le jour où Stach partit pour Londres, Francesca envoya Macha à Lausanne avec une liste détaillée de courses. Elle aurait vraiment dû y aller elle-même, songea-t-elle, car, sans aucun doute, Macha finirait par acheter des bas de la couleur qu'elle n'aimait pas, mais elle avait prévu de passer cette journée seule avec Daisy.

Seulement, Macha revint une heure plus tôt que prévu. Et Macha, qui se rappelait qu'elle avait élevé Stach, Macha, avec ses dizaines d'années consacrées à servir tous les Valenski, n'avait jamais appris à frapper à une porte. Elle ne cessait d'entrer et de sortir quand Francesca s'occupait de l'enfant, en se permettant des commentaires bien intentionnés et vaguement critiques. Mais il aurait été impossible de la prier d'aller ailleurs sans blesser ses sentiments possessifs de grand-mère, et Francesca, qui avait si récemment retrouvé les joies quotidiennes de la vie, répugnait à faire souffrir qui que ce fût.

Elle n'en leva pas moins un regard agacé vers elle quand la vieille Russe entra d'un pas pesant dans la chambre de Daisy, son large et bon visage pétri de colère, remuant les lèvres sans parler, et donnant, de tout son corps trapu, les signes d'une explosion imminente.

« Macha... qu'est-ce que tu as ? chuchota Francesca. Daisy vient de s'endormir... ne fais pas de bruit. »

Macha était si troublée qu'elle en avait du mal à parler bas.

« Elle... la nurse... sœur Annie... je l'ai rencontrée dans le magasin... Cette... cette créature a eu le culot de me dire... Je la connais depuis des années, vous savez, et elle... Oh ! ça n'est pas supportable... A moi, oh !... je n'arrive même pas à le répéter. C'est répugnant ces cancans, les choses que les gens racontent... » Macha s'arrêta net pour s'asseoir dans le fauteuil à bascule, incapable de continuer, tant la colère l'étranglait.

« Macha, qu'a dit exactement sœur Annie ? » demanda doucement Francesca. Elle savait qu'au cours des neuf semaines de sa dépression, elle avait dû être plus que bizarre, avoir parfois un comportement que Macha ne pouvait même pas imaginer. Assurément, c'était une faute professionnelle, pour une infirmière, que de parler d'une ancienne patiente, mais ses années passées à Hollywood l'avaient endurcie contre les colporteurs de ragots.

« Elle m'a raconté... elle a dit... elle... Ach ! ce que ces fous peuvent croire ! Elle a dit que notre pauvre petit bébé qui est mort... eh bien, que la petite n'est pas morte du tout ! »

Francesca blêmit. Les commérages, c'était une chose, mais là, c'était si vil, si horrible de parler ainsi de la tragédie qu'elle avait vécue, d'utiliser son chagrin pour le simple plaisir de parler. Un coup d'œil vers Macha lui fit comprendre que ce n'était pas tout.

« Je veux que tu me répètes chaque mot de sœur Annie. C'est une femme dangereuse... Dis-moi toute l'histoire, Macha, allons !

— Elle a dit que la petite Danielle, que notre bébé était restée à la clinique des mois... des mois... après votre départ, jusqu'à ce qu'elle soit assez grande, et puis qu'on l'a mise en pension chez cette Mᵐᵉ Louis Goudron, une femme qui prend des enfants en nourrice...

— " On " ? Est-ce qu'elle a dit qui était " on " ?

— Non, elle ne savait pas, mais ce qu'il y a de pire, madame, ce qu'il y a de pire, c'est ce qu'elle m'a répondu quand je lui ai dit que c'était le plus abominable mensonge que j'aie jamais entendu. Elle m'a répondu que je pouvais raconter ce que je voulais mais qu'elle connaissait des gens qui sont si riches et si puissants que, s'ils n'aiment pas le bébé qu'ils ont, si quelque chose ne va pas, ils s'en débarrassent, tout simplement ! Je lui ai dit qu'elle aille brûler en enfer, princesse, je lui ai dit comme je vous vois !

— Macha ! Calme-toi, tu vas réveiller Daisy... Ça n'est pas possible que sœur Annie... Bien sûr, j'étais désagréable avec elle, mais quand même, se montrer aussi rancunière, inventer une histoire pareille !... Elle est folle, complètement folle. Il faut que je fasse quelque chose. On ne doit plus jamais la laisser approcher des malades. C'est elle qui est malade, Macha, tu comprends, elle a complètement perdu la tête.

— Oh, princesse, princesse... que c'est mal tout ça. Et si elle l'a dit à d'autres gens, et s'ils la croient ?

— Allons donc. Personne de sensé ne l'écouterait. Le prince l'étranglerait si jamais il l'entendait... C'est tout ce qu'elle t'a dit ?

— Oui, c'est tout. Je suis sortie du magasin et je suis revenue directement pour vous le raconter.

— Je vais appeler le Dr Allard tout de suite... Non... attends. J'aurais l'air aussi folle que sœur Annie. Il faut que tu sois mon témoin. Dès demain matin, nous allons descendre en ville le voir. Devant toi, elle ne pourra pas nier ce qu'elle a dit. La garce ! »

Le valet de Stach frappa à la porte.

« Qu'est-ce que c'est ? lança Francesca d'un ton furieux.

— Princesse, on vous demande au téléphone. C'est le prince qui appelle de Londres.

— Je descends tout de suite, Mump. »

Le téléphone était dans la bibliothèque de la villa. Francesca dévala l'escalier et décrocha. « Chéri, je suis si heureuse d'entendre ta voix ! Pourquoi ? Oh, tu me manquais terriblement, voilà tout. Ça fait toute une journée ! » Tout en parlant, elle se dit qu'il n'y avait aucune raison de parler à Stach de sœur Annie. Il se mettrait dans une de ces rages froides dont elle avait été parfois le témoin, quand quelqu'un ou quelque chose le défiait. Et Dieu sait ce qu'il serait capable de faire à cette démente ! Elle était parfaitement capable de régler elle-même cet incident déplaisant. « Daisy ? dit-elle. Elle vient de s'endormir. Nous avons passé un merveilleux après-midi, seules toutes deux. Non, rien de neuf... Encore deux jours... peut-être trois ? Ce n'est donc pas si facile de trouver la parfaite résidence princière ? Ne te bouscule pas. On s'occupe bien de moi. Bonne nuit, mon cœur. Je t'aime. »

Le lendemain matin, le chauffeur conduisit Francesca et Macha à Lausanne. Francesca dit à Macha de rester dans la salle d'attente d'Allard pendant qu'elle passait dans son cabinet de consultation. La réceptionniste la fit entrer. En l'apercevant, le petit docteur se leva d'un bond de derrière son bureau.

« Ah, ah, maman, vous avez changé d'avis ? J'en étais sûr ! Je le savais ! Je le savais ! J'étais certain que jamais vous n'abandonneriez vraiment votre bébé, pas une femme comme vous ! Bien sûr, sur le moment... mais, chère petite madame, que se passe-t-il ? » Le Dr Allard rattrapa Francesca juste au moment où elle s'effondrait dans un fauteuil. Il s'affaira à la faire revenir à elle en murmurant : « Naturellement, l'émotion, l'émotion... »

Lorsqu'elle reprit ses esprits, elle était plongée dans l'horreur, un affreux tourbillon, mais sans nom, indéfini, un tourbillon qui l'enveloppait et l'étouffait. Elle ne savait rien sinon qu'on avait fait un geste affreux, un geste criminel. Francesca rassembla tout ce qu'il y avait en elle de talent de comédienne tandis que, peu à peu, elle comprenait où elle était et tout ce que représentait ce que venait de dire le Dr Allard. Elle se sentit prête, soudain, à des ruses dont elle ne se serait pas crue capable.

« Je suis navrée, docteur... Ce doit être une réaction à mon retour à la clinique. Je vais très bien, maintenant. Non, merci, pas d'eau, ça va. Et vous, comment allez-vous ? » Elle gagnait du temps pour reprendre un rythme normal, et les mots, petit à petit, sortaient de ses lèvres engourdies comme si elle était parfaitement maîtresse d'elle-même.

« Moi ? Je suis un homme heureux aujourd'hui, princesse. Quand le prince m'a dit que vous aviez décidé de ne jamais voir Danielle, que vous refusiez de l'élever, je dois avouer que j'étais profondément déçu. Mais je ne considère pas qu'il m'appartienne de juger ce genre de décision, vous comprenez ? C'est toujours aux parents de décider. Cependant, au fond, quelque chose me disait, oui, même alors, que quand vous seriez tout à fait rétablie, vous reviendriez sur votre décision.

— Docteur, j'ai passé une période très difficile. Je ne suis pas certaine de vraiment comprendre exactement ce qui s'est passé, même si je suis guérie. Pourriez-vous m'expliquer, me dire ce qui m'est arrivé ? Je n'ai pas assez fait attention à tout cela et j'ai honte de moi... Je ne veux pas que mon mari sache combien je l'ai peu écouté. » Elle sourit au médecin, l'air calme et délicieusement désemparée.

Lorsque celui-ci eut terminé son long récit, énumérant tous les détails avec une précision bien helvétique, se souvenant sans aucun mal de toutes ses conversations avec Stach et des symptômes précis que présentait Danielle, Francesca resta assise, abasourdie. Chaque mot était comme un pieu qui la frappait droit au cœur, à coups redoublés. Le pressentiment d'une catastrophe imminente parais-sait aussi évident que si elle avait eu un cercueil ouvert devant elle. Elle aurait voulu hurler, hurler sans jamais s'arrêter, pour ne jamais avoir à penser à ce que le petit docteur venait de lui dire. Au lieu de cela, d'un ton calme, elle s'entendit demander : « Vous ne m'avez toujours pas dit exactement quel genre de soins particuliers il va falloir à Danielle ?

— Simplement ceux que vous avez donnés à Daisy... Je vois que c'est ainsi que les journaux l'appellent, maintenant, notre petite Marguerite. Pour l'instant, tant que Daisy n'a pas commencé à marcher, les différences entre elles seront minimes. Danielle, bien sûr, va être lente et, à tous égards, son développement sera tardif, elle se montrera beaucoup moins active que sa sœur mais, comme je vous l'ai assuré, elle aura l'air normal. Bientôt, très bientôt, elle sera en âge de parler. Ce sera le premier gros problème. Ensuite, dans quelques années, on pourra lui faire passer des tests. Avec un peu de chance, il y aura beaucoup, beaucoup de choses que la petite pourra apprendre à faire toute seule. Mais nous n'en sommes pas là ! Pour l'instant, c'est uniquement d'amour et d'attentions que cette enfant a besoin.

— Docteur Allard, j'ai stupidement donné son berceau et toutes ses affaires, tout ce qui aurait pu me la rappeler... Il va me falloir encore un jour pour me préparer à l'accueillir.

— Mais bien sûr... Un jour, deux jours, qu'importe mainte-nant ! » Le médecin regarda Francesca attentivement, songeant qu'il lui fallait peut-être, en réalité, le temps de se faire à cette idée.

Lorsque Francesca sortit du cabinet de consultation, Macha s'attendait à être convoquée comme témoin et confrontée à sœur Annie. Elle n'avait pas eu le temps de dire un mot que Francesca intervenait.

« Macha, tout est arrangé. Viens tout de suite, nous avons plein de choses à faire. » Elle prit la vieille femme par le bras et l'entraîna précipitamment à travers le couloir de la clinique jusque dans la rue.

« Princesse, vous avez fait jeter cette femme dehors ? Pourquoi ne m'avez-vous pas laissée raconter au docteur ? Vous êtes restée si longtemps que j'étais inquiète !

— Macha... » commença Francesca, puis elle s'arrêta. En l'espace d'une heure, tout ce sur quoi elle avait bâti sa vie venait de s'effondrer. Rien ne correspondait aux apparences. La tromperie, le mensonge, la cruauté, les blessures incroyables, voilà quel était son environnement.

« Macha, elle ne t'a pas menti. Danielle... est vivante ! » La robuste paysanne chancela. Francesca la retint de toutes ses forces. « Viens, Macha, nous allons nous asseoir dans le parc. Je vais tout t'expliquer. »

A la fin du récit de Francesca, que Macha interrompit parfois de protestations incrédules, les deux femmes restèrent assises sans rien dire sur le banc du parc, sous l'œil un peu curieux du chauffeur toujours garé devant la clinique.

Lentement, Macha se tourna vers Francesca. « Vous devez comprendre, princesse, même petit garçon il était terrifié par la faiblesse, la maladie, rien que ça, pas par autre chose. Je l'ai observé des années... Oh, je sais qu'il ne fait pas attention à moi, mais moi, je l'ai toujours regardé, regardé. Il veut tout faire comme il l'entend. Il gagne toujours, toujours. Il n'y a pas d'espoir, princesse. Jamais, dans son cœur, il n'admettra cette pauvre petite.

— Il n'aura pas à le faire, dit Francesca d'une voix qui était presque un hurlement de rage. Il a perdu toutes ses chances. »

La réaction servile de Macha ralliant le point de vue de Stach l'avait mobilisée comme rien d'autre n'aurait pu le faire. La vieille femme, pourtant, ne faisait qu'expliquer un geste révélateur du comportement de Stach et qui pouvait être accepté, qui *devait* être accepté.

« Je pars, Macha. J'emmène les enfants avec moi. Personne ne peut m'arrêter, je te préviens. Il m'a *menti*. Il m'a laissé croire qu'elle était morte ! Il a *volé* mon bébé. Si je ne la protège pas, qui sait quelle horrible chose il pourrait encore inventer ? Pense à ce qu'il a fait, Macha. Pense à ce qu'il est. Je ne veux plus jamais le revoir. Quand il rentrera de Londres, je serai partie. Tout ce que je te demande, c'est de ne rien dire avant mon départ. »

Les yeux de Macha s'emplirent de larmes. « Pour qui donc me prenez-vous ? J'ai eu un bébé, autrefois... mais il est mort. Cependant, princesse, j'ai toujours eu un cœur de mère. D'ailleurs, vous ne pouvez pas vous débrouiller sans moi. Comment vous occuperiez-vous de deux bébés toute seule ? Je pars avec vous.

— Oh, Macha, Macha ! s'exclama Francesca. J'espérais que tu dirais ça... mais je ne t'aurais jamais demandé de le quitter.

— Lui n'a pas besoin de moi. Vous si », déclara Macha d'un ton sans réplique

Francesca passa toute une journée à l'ambassade des Etats-Unis à Genève, à prendre des dispositions urgentes pour son passeport, assistée par un employé parfaitement indifférent ; elle acheta les billets d'avion dans une agence de voyages de Genève, revint à Lausanne prendre une grosse somme d'argent liquide à la banque et regagna en hâte la villa pour faire ses bagages. Elle n'emporta presque rien pour elle que ses vêtements de voyage, mais elle emplit deux grosses valises de toutes les affaires de Daisy. Elle sortit tous ses bijoux et les regarda d'un air songeur. Non, elle n'était plus l'épouse de celui qui les lui avait donnés. Son jardin de vases en cristal de Fabergé, plein de fleurs en joyaux ? Oui. Au fond, ils appartenaient à une autre vie — une vie d'avant le mensonge — et pouvaient légitimement partir avec elle. L'œuf en lapis-lazuli avec, à l'intérieur, la couronne en diamants de la grande Catherine ornée d'un rubis en son centre ? Oui ! C'était indéniablement à elle : le cadeau qu'elle avait eu pour avoir porté les jumelles. Elle referma les écrins contenant les vases et l'œuf et glissa les petits paquets au fond de sa trousse de voyage. Chacun de ses gestes, au long de la journée, avait été exécuté avec précision, perfection et une aisance totale. Elle était en proie à une colère pareille à un torrent de lave qui l'entraînait dans son irrésistible élan. Sa force ne connaissait pas de limites, le rendement de son cerveau se trouvait décuplé, elle brûlait d'impatience à la pensée d'emmener ses enfants en lieu sûr. Câblerait-elle à Matty Firestone de venir l'accueillir à Los Angeles ? Non. Absolument personne ne devait savoir qu'elle partait.

Ce soir-là elle s'entendit avec stupéfaction répondre au coup de fil de Stach absolument du même ton que la veille. Mais toute la nuit elle marcha de long en large dans sa chambre, lançant à l'absent des mots de mépris et d'amers reproches. Cet homme devrait mourir pour ce qu'il avait essayé de faire... Pour ce qu'il avait fait. C'était terrifiant de penser combien elle l'avait peu connu, à quel point elle avait pu être confiante, avec quelle facilité elle s'était laissé duper, utiliser comme une pièce sur un échiquier. Comme elle le détestait !

Le lendemain matin, elle téléphona au Dr Allard. Elle allait envoyer une nurse chez Mme Goudron pour prendre le bébé dans deux heures, lui annonça-t-elle. Voudrait-il avoir la bonté de téléphoner à la dame pour lui demander de préparer Danielle et de bien la couvrir ? La journée était si froide. Oui, oui, elle était heureuse, très heureuse et très excitée. Le docteur avait parfaitement raison. C'était une journée magnifique. Oui, elle transmettrait au prince ses meilleurs vœux pour eux tous... Comme c'était gentil de sa part !

Précisément, deux heures plus tard, Francesca était blottie au fond d'un taxi avec Daisy dans ses bras, pendant que Macha entrait dans la pimpante petite maison. Personne n'aurait reconnu en cette femme en gros manteau de voyage, qui portait des lunettes noires et un chapeau à larges bords, sans maquillage, les cheveux tirés en un chignon sévère, personne n'aurait vu en elle la beauté célèbre, aux longs cheveux flottants, qui répondait avec un tel innocent ravissement aux acclamations de ses admirateurs lorsqu'elle était arrivée à Cherbourg, un peu moins de dix-huit mois auparavant.

Cinq minutes s'écoulèrent avant que Macha ne ressortît, faisant des geste d'adieu à la domestique qui, sur le pas de la porte, agitait une main mélancolique. Le taxi partit vers l'aéroport, Macha et Francesca échangèrent les bébés. Francesca souleva le capuchon de la houppelande qui recouvrait en partie le visage de Danielle. Comme elle était petite ! Et si incroyablement douce. Avec des cheveux blond argent, fins et bouclés. Un visage grave, un peu triste, mais si merveilleusement familier. Et les yeux, les mêmes yeux d'un noir de velours, que Daisy. Mais éteints. Un tout petit peu éteints. Eteints, peut-être, seulement si on la comparait à Daisy... et c'était une chose qu'il ne faudrait jamais, plus jamais faire.

En un éclair, elle s'engagea de façon irrévocable à protéger et à chérir son enfant, sachant que, malgré tout le bonheur que cet attachement lui apporterait, il serait toujours lié aux ombres et à une immense tristesse qu'elle s'efforçait de repousser mais qui était incrustée dans son âme.

7

*A*ucun des domestiques n'osa dire un mot au maître. Le visage de Stach Valenski, tandis qu'il s'occupait de vendre la grande villa de Lausanne et de les faire tous partir pour Londres, était crispé dans une expression de douleur qui le rendait presque méconnaissable. Même entre eux, les serviteurs n'échangeaient qu'en quelques mots leurs suppositions. La disparition inexpliquée de la princesse, avec Daisy et Macha, menaçait à tel point leur sentiment de sécurité qu'ils s'efforçaient de l'ignorer. Ils fermaient leur esprit au mystère. Une querelle de famille, espéraient-ils, qui trouverait sa solution aussi soudainement, aussi mystérieusement qu'elle avait éclaté.

Stach était pieds et poings liés. Toute action légale pour reprendre Daisy serait aussitôt connue et il faudrait alors révéler toute l'histoire. Or il n'avait pas à se justifier ; blindé par le mépris, il pensait que la grande majorité des gens, ceux qui laissent de regrettables accidents influer sur leur médiocre existence, ne comprendraient jamais son attitude à propos de Danielle. Ils ne comprendraient jamais à quel point il avait eu raison. A quel point il *avait* raison. Il calcula que la situation ne pouvait durer longtemps. Francesca avait agi sous le coup de l'émotion, mais elle n'allait pas tarder à retrouver ses esprits et à se rendre compte qu'il avait tout simplement *façonné* les événements pour elle et pour Daisy, qu'il avait choisi la seule voie rationnelle pour leur assurer à tous les trois une vie heureuse.

Stach n'avait aucune idée de l'endroit où trouver Francesca. Lorsqu'il était revenu de Londres pour découvrir qu'elle était partie, il n'avait pu suivre sa trace que jusqu'à Los Angeles. Il appela Matty Firestone. Comme il avait besoin d'autres renseignements, son ancien imprésario était le mieux placé pour les lui fournir. Matty fit part à Stach de son mépris en lui annonçant que ses deux filles se portaient très bien ; Danielle commençait même à soulever la tête une seconde ou deux. Daisy ? Oh, oui, Daisy. Elle s'asseyait et disait « maman », mais cette petite Danielle, elle était étonnante. Il aurait presque juré qu'elle lui avait souri la troisième fois qu'elle l'avait vu.

Stach s'efforçait au détachement. Il n'avait rien à gagner à mordre à l'hameçon. Francesca acceptait-elle de le voir ? Pouvait-il lui écrire ? Leur malentendu pouvait se dissiper...

« Quoi qu'il en soit, dit Matty, avec un plaisir pervers, il n'est pas question que je vous dise où elles se trouvent. Elles sont en sûreté, elles vont bien, elles ne meurent pas de faim, c'est tout ce que vous pourrez tirer de moi. Et c'est encore plus que vous ne méritez. »

Des mois passèrent. Stach se rendit en Californie, mais Matty était inébranlable. Il agissait suivant les instructions de sa cliente. M. Valenski n'obtiendrait rien de lui. Bien sûr, il pouvait demander le divorce si c'était ce qu'il voulait. Les journaux le béniraient. Cela faisait quelque temps qu'ils n'avaient pas eu de scandale juteux à se mettre sous la dent.

Stach passa le jour du Nouvel An de 1953 tout seul dans sa grande maison de Londres. Cela faisait un peu plus de quatre mois que sa femme et ses enfants étaient parties. Il était prisonnier chez lui. Il savait que s'il se montrait en public sans Francesca, les rumeurs commenceraient. Déjà, il recevait des appels téléphoniques de la presse britannique demandant des interviews de Francesca. Tout le monde, lui assurait-on, voulait savoir si la vedette-devenue-princesse aimait Londres. Les journaux réclamaient de nouvelles photos d'elle avec Daisy. La couverture de *Life* datait de plusieurs mois. Il était à court d'excuses crédibles. Il savait que bientôt ses atermoiements ne serviraient plus à rien et que le jour ne tarderait pas où la presse ferait le guet devant la maison dans l'espoir de repérer une nounou avec une voiture d'enfant.

Stach partit pour l'Inde où la saison de polo battait son plein mais, cette année-là, il ne joua pas. Il y avait des palais où aucun journaliste n'avait jamais été autorisé à pénétrer ; une douzaine de maharajas seraient ravis de l'accueillir. Durant tout janvier, Calcutta était sans risque ; février et mars, il pouvait les passer à Delhi, à Bombay et Jaipur. Mais au printemps, où irait-il ?

En avril, il en eut assez. Stach annonça alors que Francesca et lui s'étaient séparés et qu'elle était rentrée aux Etats-Unis. Il n'avait pas de projet de divorce. Et il n'avait rien d'autre à ajouter. Une semaine plus tard, faute de détails, l'histoire s'étiola, disparut et fut vite oubliée.

Cet été de 1953, Stach se remit à jouer au polo. Il se lança dans l'achat de nouveaux poneys et dans l'installation d'une écurie dans le Kent, facilement accessible en voiture de Londres. Il vendit les chasseurs à réaction britanniques, le Gloster Meteor et le Vampire Havilland, qu'il avait achetés après la guerre. Il acheta un avion argentin, le Pulqui, un autre chasseur à réaction plus récent, équipé d'un moteur Rolls-Royce Derwent. Il chercha et acheta le plus récent modèle disponible du Lockheed X P-80, connu sous le nom d'*Etoile Filante,* un appareil à réaction qui, pendant des années, serait plus maniable et plus performant que tout autre appareil au monde. Il se trouvait des prétextes pour piloter ces avions de guerre : conserver son brevet de pilote, se distraire et se détendre. Ce qu'il ne s'avoua jamais après que Francesca l'eut quitté, c'est qu'il accueillerait volontiers une autre guerre. Seul un duel aérien contre un ennemi, avec la mort comme issue inévitable pour l'un d'eux, lui aurait apporté la terrible libération qu'il recherchait. Les femmes, les femmes fraîches et désirables, à l'apogée de leur jeunesse, il en trouvait partout où il posait son regard. Il y avait si peu d'efforts et encore moins de plaisir à faire leur conquête qu'il se demandait parfois pourquoi il s'en donnait la peine.

Annabel de Fourment faisait partie de cette race de femmes uniques et peu connues : les grandes courtisanes modernes. Ce n'était pas une grande beauté, elle manquait de chic et elle frisait la quarantaine. Pourtant, depuis sa dix-neuvième année, des hommes remarquables avaient dépensé des fortunes pour obtenir ses faveurs. Un bref mariage quand elle était toute jeune l'avait convaincue que le rôle de maîtresse était bien plus agréable que celui d'épouse. De ravissantes jeunes femmes se demandaient avec angoisse quel était son secret, mais seul un homme ayant vécu avec elle aurait pu le leur dire.

Annabel entourait d'égards inimitables l'homme qui la possédait. En la possédant — et elle ne pouvait appartenir qu'aux très riches — on accédait à une contrée jusque-là inconnue d'harmonie, de facilité, de bonne humeur très « Belle Epoque ». Elle s'attachait à trouver et à conserver le meilleur cuisinier de Londres. Sa maison était arrangée avec un art si consommé qu'aucun homme ne parvenait jamais analyser pourquoi il s'y sentait si détendu : tous avaient le sentiment que leurs problèmes s'arrêtaient à sa porte. Annabel ne savait pas ce qu'était une névrose. Elle n'avait pas de complexe, pas de phobie, pas d'obsession. Elle n'était jamais ni déprimée, ni fatiguée, ni agacée, ni de mauvaise humeur. Elle avait une santé de fer et personne ne l'avait jamais entendue se plaindre, fût-ce d'un ongle cassé. A vrai dire, on ne l'avait jamais entendue se mettre en colère, et pourtant elle régissait sa maisonnée avec une diligence sans pareille. Elle menait son personnel d'une poigne de fer dans un gant de velours.

Elle n'était jamais, jamais ennuyeuse. Elle faisait rarement de l'esprit, mais elle était souvent drôle, avec un charmant bonheur d'expression. Elle était incapable de se rappeler la fin d'une seule histoire, aussi riait-elle autant la dixième fois que la première fois où elle l'avait entendue, d'un rire qui, à lui seul, aurait pu assurer sa fortune. Un rire si généreux, si plein, si admiratif qu'il rayonnait de chaleur comme un brasier. Sans avoir une perspicacité extraordinaire, elle comprenait d'instinct le pourquoi de l'agissement des gens. Annabel n'était pas particulièrement intelligente ni intellectuelle, mais elle avait une façon de regarder les gens lorsqu'elle leur parlait qui conférait puissance et grâce à ses propos les plus simples, les plus directs. Elle posait toujours avec précision les questions auxquelles un homme tenait le plus à répondre. Peut-être était-ce sa voix si profondément personnelle, le rythme des mots eux-mêmes, qui expliquaient le charme de son propos. Les hommes, en tout cas, aspiraient à converser avec Annabel comme jamais ils n'avaient attendu de tête-à-tête avec des femmes connues pour être bien plus brillantes.

Annabel de Fourment avait une plénitude qui lui conférait une apparence de beauté. Sa peau était sans défaut, comme ses dents. Elle avait les cheveux raides, blond vénitien, et toujours incroyablement soignés ; une grande bouche heureuse, un nez plutôt long et de beaux yeux gris-vert, remarquables de bonté. Son corps était si doux et si souple, si subtilement parfumé et si soigné que peu importait qu'elle fût toujours un peu trop dodue. Si l'on ajoute à cela des seins somptueux, des hanches pleines et creusées de charmantes fossettes, on comprend qu'aucun homme n'ait jamais remarqué qu'elle avait le buste un peu court et qu'elle était un rien boulotte.

Annabel était fille d'un portraitiste français imprévoyant, Albert de Fourment, brebis galeuse d'une bonne vieille famille de petite noblesse de province. Sa mère, fille rebelle et un peu folle d'un lord anglais collet monté, étudiait les beaux-arts chez un peintre qui traînait dans la mouvance des groupes d'artistes de Bloomsbury ; elle essayait désespérément de se faire admettre dans ce milieu fébrile et fermé mais ne parvint à être acceptée que de façon marginale, comme modèle : on la prisait pour sa beauté mais on la jugeait sans grand talent. Elle épousa le premier artiste qui lui demanda sa main, pour s'apercevoir que lui aussi n'avait qu'un talent mineur.

Leur seul chef-d'œuvre était leur fille, Annabel, qu'ils élevèrent en la nourrissant alternativement de pain sec et de caviar. Les plus anciens souvenirs de celle-ci mêlaient d'ailleurs dans un désordre déconcertant les repas délicieux et improvisés d'un minable atelier de Paris, où il y avait toujours assez de vin pour la foule des invités, même quand on était à court de nourriture, et les Noëls d'une somptueuse maison de campagne anglaise. Là, petite fille, elle avait le droit de veiller pour le dîner du lendemain, et elle regardait avec émerveillement les adultes en tenue de soirée et chapeaux de papier, qui tiraient des pétards et soufflaient dans des mirlitons comme s'ils étaient aussi jeunes qu'elle. Avec l'âge, elle décida très vite qu'elle aimait la décontraction de la vie de bohème que menaient ses parents, mais qu'elle n'aimait pas la pauvreté : qu'elle aimait bien la richesse de ses grands-parents, mais qu'elle n'aimait pas faire ce qu'on attendait d'elle.

Son unique mariage, à seize ans, fut une erreur. Aucune somme d'argent ne pouvait compenser l'ennui qui en découlait, décida Annabel. Après son divorce, à dix-neuf ans, elle avait été découverte par le premier homme à pouvoir se permettre la fantastique extravagance de l'entretenir. C'était un membre de la Chambre des Lords, un ami de son grand-père, un personnage distingué d'une soixantaine d'années, auquel elle resta fidèle pendant dix ans, c'est-à-dire jusqu'à la fin de sa vie. Dix ans qui furent les meilleurs qu'il eût jamais connus. C'est lui qui l'initia aux subtils détails de sa véritable carrière, qui fit avec patience son éducation pour lui faire connaître la complexité des vins, de la bonne chère et des cigares, qui engagea une habile Française pour lui servir de femme de chambre, qui l'emmena chez les meilleurs joailliers de Londres pour lui apprendre à reconnaître et à n'utiliser que la plus belle argenterie d'époque, qui lui expliqua pourquoi les feux discrets des diamants anciens, taillés en rose, valaient mieux que tout ce qu'elle pourrait trouver chez Cartier. C'est à cet homme qu'elle devait de détester tout ce qui était criard, moderne et voyant. Ainsi, l'ambiance qu'elle créait avait toujours une sorte de nonchalance, une grâce, un cachet relevant d'une époque plus raffinée que la nôtre.

Annabel n'était pas une femme de jour. Elle dormait très tard, déjeunait seule et passait le plus clair de chaque après-midi à régler le parfait fonctionnement de sa maison et à disposer de grosses brassées de fleurs en bouquets apparemment tout simples qui donnaient à ce cadre l'allure d'un Renoir. A la consternation jalouse de son cuisinier, elle adorait faire le marché, choisissant elle-même les fruits les plus mûrs, la viande la plus tendre, les fromages les plus à point. Les commerçants qui bénéficiaient de sa clientèle lui réservaient leurs meilleurs produits, car non seulement elle payait la qualité, mais elle faisait de la transaction un plaisir en soi. Elle recevait souvent, donnait de petits dîners intéressants. Son protecteur du moment invitait les hommes et Annabel, les femmes. Des femmes bien nées — ou, du moins, qui semblaient toujours l'être — mais n'appartenant pas à la société londonienne. Elles constituaient un groupe cosmopolite, amusant et un peu canaille. Elles mettaient Annabel en valeur comme une collection de bijoux de scène mettrait en valeur une gemme parfaite. Ses dîners équivalaient à un club délicieux auquel n'appartenaient que quelques hommes importants, un club dont l'existence était discrète. Lorsque Annabel avait besoin d'une amie pour s'épancher, ce qui n'était pas souvent le cas, elle pouvait toujours compter sur les membres de sa loyale coterie, quelles qu'elles fussent. En matière d'élégance, elle était à son mieux à la tombée du jour, chez elle. Là, elle était superbe. Elle dépensait une fortune pour ce que son fournisseur de lingerie appelait ses « toilettes d'hôtesse » : de longues robes de velours ou de soie, de mousseline et de dentelle, qui n'appartenaient à aucune époque et aucun style définis, des toilettes brillamment conçues pour révéler la peau merveilleuse de sa poitrine. Son linge et ses chemises de nuit étaient faits sur mesure, avec soin, dans les tissus les plus délicats. Ses draps de lit étaient ceux d'une reine et servaient de théâtre à une extraordinaire succession de ce qu'Annabel appelait (mais seulement en son for intérieur) « de bonnes parties de jambes en l'air. » Le sexe ne l'intéressait guère. Elle était une courtisane, non une grande amoureuse, genre de femmes qui pouvaient être si prétentieuses et débordantes d'embarrassantes passions, passant leur temps à s'amouracher de celui-ci ou de celui-là, à se sortir d'un pétrin pour tomber dans un autre. Le pire qui pouvait lui arriver, elle le savait, serait d'éprouver une passion. Ce n'était pas du tout son style. Les hommes jeunes et ardents étaient pour elle comme des écoliers avec qui elle n'avait pas de temps à perdre. Oh ! elle aimait la sensualité de l'amour, mais la sexualité, c'était une autre histoire... qui ne valait guère le mal que l'on se donnait. Elle ronronnait, soupirait, poussait de doux gémissements et se disait que, finalement c'était plutôt agréable.

Après la mort de son premier protecteur, Annabel se trouva, à vingt-neuf ans, en possession de revenus qui, bien que généreux, ne suffisaient pas tout à fait à ses besoins. La façon dont elle vivait, sous ses apparences de simplicité, nécessitait des sommes inimaginables. Le bail de sa maison de bonne taille sur Eaton Square avait encore huit ans à courir. La façade à colonnes était exactement semblable à toutes celles de ce quartier fort élégant de Belgravia. Mais Annabel avait aménagé l'intérieur avec un sens du confort et un goût qu'il était difficile de trouver ailleurs. La présence féminine d'Annabel était essentielle, mais la maison, avec ses tons verts, gris et taupe, avec toutes ses fleurs et son argenterie, restait quand même profondément une maison d'hommes.

Elle fit des projets d'avenir. Elle n'avait aucune envie de se remarier, car le mariage lui avait paru excessivement ennuyeux. Elle aurait peut-être bien aimé avoir un enfant ou deux, mais les bébés étaient encore, si possible, plus assommants que le mariage. Elle connaissait les limites de sa beauté ; elle n'avait pas besoin pour le savoir de ces femmes qui la déchiquetaient à belles dents dans les déjeuners, agacées de ne pas comprendre pourquoi leurs maris et leurs amants trouvaient cette « créature » si séduisante. Annabel connaissait cette simple vérité à jamais incompréhensible pour d'autres femmes : elle pouvait donner aux hommes les plus compliqués un bonheur simple. Une grande courtisane à une époque où les courtisanes n'étaient plus de mode ? Balivernes, pensait Annabel. J'ai un type classique, éternel. Elle était tout à fait persuadée que le jour où des femmes comme elle ne serait plus à la mode, ce serait la fin de la civilisation qu'elle connaissait. Et après cela, le déluge...

Sans inquiétude, savourant le privilège de choisir, elle attendit que son prochain protecteur se fît connaître, repoussant tout hommage qui ne satisfaisait pas ses goûts difficiles. Dans les dix années qui suivirent, elle appartint à trois hommes, l'un après l'autre, chacun dans son genre aussi estimable que l'heureux vieux lord qui l'avait formée. Son revenu ne s'accrut pas, car aucun d'eux ne mourut, et les seuls cadeaux qu'elle acceptât jamais étaient des bijoux ou des tableaux, mais elle continua, à une époque d'inflation et d'impôts de plus en plus lourds, à vivre aussi bien sans jamais tenir compte de l'argent. A la fin de l'automne 1955, elle avait trente-neuf ans, et, pour le moment, personne qui pouvait se vanter de la posséder.

« Annabel ?

— Sally, Sally ma chérie... Comment vas-tu ? » Annabel reconnut aussitôt la voix inquiète à l'accent américain : Sally Sands. Insouciante, rigolote, Sally était la correspondante à Londres d'un magazine de mode américain et elle vivait dans un état d'inquiétude quasi permanent, dû, en général, à la triste et périodique nécessité de rompre la promesse solennelle qu'elle avait faite de se marier. Au cours des deux dernières années, elle s'était ainsi fiancée six fois.

« Annabel, voudrais-tu me rendre un grand service ?

— Si je peux, mais dis-moi d'abord ce que c'est... Oh! allons, d'accord, après tout, pourquoi pas ?

— Dieu soit loué ! Alors, tu vas être ma demoiselle d'honneur.

— Ecoute, Sally, tu es allée trop loin... C'est parfaitement ridicule. » Annabel éclata d'un rire qui lui gagnait tous les cœurs. « Sérieusement... J'ai besoin de toi, Annabel. Je t'en prie. Il est terriblement britannique, je l'adore et sa famille sera là, mais pas la mienne, alors, ma chérie, ta présence donnera un peu de lustre... Je ne connais personne d'autre qui ferait l'affaire.

— C'est tout à fait insensé... Tu penses, demoiselle d'honneur quand la jeune épouse a tout juste vingt-six ans ! Mais tous les ans, je vais à des mariages, rien que pour me renforcer dans l'opinion que l'état conjugal n'est pas fait pour moi. Et ton mariage fera aussi bien l'affaire qu'un autre... En fait, sans doute mieux.

— Mais, Annabel, c'est pour de vrai, fit Sally avec une pointe de reproche dans le ton.

— Bien sûr, mon chou, pour toi, mais, pour ma part, voilà un rite auquel je ne crois pas. J'espère qu'il ne s'agit pas d'une grande cérémonie ? Je ne vais pas être obligée de porter ta traîne, ni rien de ce genre ?

— Pour l'instant, il n'est question que de la mairie. Nous aurons un mariage à l'église quand nous rentrerons. Il est vicomte, et je ne pouvais pas priver maman de ça. Ensuite, je prévois une petite réception toute simple au Savoy.

— Oh! non, Sally, je ne trouve pas qu'un hôtel fasse vraiment l'affaire. Les murs seraient imprégnés du souvenir de tant d'autres soirées! Je ferai la réception ici... Ce sera mon cadeau de mariage.

— J'espérais que tu allais me le proposer! Annabel, je te remercie!

— Je savais que tu l'attendais. » Annabel rit de nouveau. Elle aimait être généreuse quand elle sentait qu'on allait lui demander un service.

« Ne va pas de nouveau changer d'avis, Sally. Je n'ai jamais encore donné de réception de mariage et je n'ai pas envie d'avoir à l'annuler à la dernière minute et d'être seule à boire tout le champagne.

— Je te le promets, Annabel, sincèrement. Tu es un ange!

— Sally, encore une chose...

— Oui?

— Détends-toi.

— Me détendre? Mon Dieu, tu es étonnante. Comment veux-tu que je me détende à un tel moment? fit Sally, la voix vibrant d'une drôle d'inquiétude.

— Assieds-toi dans un fauteuil et répète " vicomtesse " sans t'arrêter, pendant une demi-heure... Ça devrait te détendre. »

Le bureau d'état civil était décidément l'endroit le moins romantique qui soit pour un mariage, songea Annabel en inspectant d'un œil satisfait le succès de la réception qu'elle avait organisée. L'entourage du marié s'était visiblement rasséréné en pénétrant dans sa maison pleine de fleurs et, maintenant, des heures plus tard, avec tout ce petit monde bourré de caviar, de foie gras, et de victuailles raffinées, la soirée battait son plein. Les jeunes époux, tout comme la cohorte des parents du marié, étaient depuis longtemps partis, et les invités qui restaient en étaient au stade où l'on chante de vieilles chansons.

Les hommes avaient tous dû faire la guerre ensemble, se dit Annabel, en constatant que son salon bruissait de propos qui auraient pu faire les dialogues d'un film d'aviation de la fin des années 40. Par bonheur, elle ne possédait, dans son appartement, aucun de ces objets fragiles dont tant de femmes emplissent leurs demeures.

Elle avait été trop occupée par son rôle de demoiselle d'honneur, rôle qui avait fini par se réduire, elle s'y attendait, à forcer une Sally en larmes et récalcitrante à se rendre à son mariage, pour accorder beaucoup d'attention aux autres invités. Elle garda sur Sally un œil sévère jusqu'au moment où les vœux définitifs furent prononcés, puis elle rentra chez elle en hâte pour se changer et être prête à accueillir ses invités. La petite réception toute simple dont avait parlé Sally avait pris quelque ampleur, dès l'instant où elle avait su que c'était Annabel qui s'en chargeait : elle avait lancé une centaine d'invitations. Et Annabel, maintenant, attendait avec patience la dernière chanson et la dernière bouteille pour mettre tout ce petit monde dehors.

Enfin, après minuit, elle monta dans sa chambre. Comme d'habitude, sa femme de chambre avait ôté le lourd dessus de lit jaune en soie damassée et rabattu les draps bordés de dentelle, et d'une toile si fine qu'on aurait dit de la soie. Comme d'habitude, sa chemise de nuit de mousseline était étalée sur le lit et ses pantoufles brodées posées sur le tapis. Mais, contrairement à l'habitude, il y avait un homme endormi dans son lit, le visage contre le matelas, les épaules nues douillettement enfouies sous les couvertures de laine blanche.

La prochaine fois que Sally se mariera, je la laisserai donner sa réception au Savoy, se dit Annabel. Désemparée, elle regarda la jaquette, une manche à moitié retournée, le pantalon rayé, la chemise, la longue cravate gris perle, les escarpins noirs étincelants, même les chaussettes et, Dieu lui pardonne, un slip, tout cela jonchant sa moquette. Elle allait sonner la femme de chambre, puis se ravisa. Inutile de réveiller le maître d'hôtel non plus. La cuisinière et lui avaient eu une journée chargée, même si les traiteurs avaient fait le plus gros du travail. Elle s'approcha du lit et examina l'intrus. A la couleur de ses cheveux, elle se rendit compte que c'était le témoin du marié. Ils n'avaient échangé en tout et pour tout qu'un regard ironique durant la cérémonie, qui donnait à penser que tous deux partageaient la même triste opinion sur tout ce tralala.

Ma foi, songea-t-elle, il a l'air d'un gentleman, et pas question d'aller se faire un lit dans une des chambres d'amis à cette heure. Elle se déshabilla dans la salle de bains, passa une chemise de nuit, et se coula de l'autre côté du grand lit. Au moins, se dit-elle, il ne ronfle pas, et elle s'endormit.

Au cours de la nuit, Stach s'éveilla et s'aperçut qu'il se trouvait dans un lit avec une femme endormie dont l'identité demeurait, pour lui, mystérieuse... En fait, inconnue. Mais, comme ce n'était pas la première fois que cela lui arrivait, il se rendormit.

Stach et Annabel se réveillèrent tous les deux tard, à quelques secondes d'intervalle. Elle s'appuya sur un coude, sa chevelure rousse ondulant sur ses épaules et dit : « Faut-il que je sonne pour le petit déjeuner, prince Valenski, ou bien ne vous sentez-vous pas de taille à prendre autre chose qu'un Alka Seltzer ?

— Le petit déjeuner, s'il vous plaît, Mademoiselle de Fourment.

« — Des œufs ? A la coque ? Des croissants frais ? Du jambon d'Irlande ? Et du miel ?

— S'il vous plaît

— Thé ou café ?

— Thé, je vous prie.

— Vous êtes bien poli ce matin, je dois le reconnaître. »

Annabel décrocha le téléphone qui, de son lit, la reliait à la cuisine et passa la commande.

« Vous n'auriez pas sous la main un peignoir de bain... Un peignoir d'homme ?

— Certainement pas. Je vis seule. »

Stach sortit du lit, s'avança tout nu jusqu'à la salle de bains et referma la porte derrière lui. Annabel, dans le lit, était secouée de rire. C'était intéressant de voir ce qu'il porterait quand il reviendrait. Elle avait d'énormes serviettes empilées près de la baignoire. La porte de la salle de bains s'ouvrit et Stach regagna le lit, toujours aussi nu. Il venait de passer sa première épreuve, et très élégamment, se dit-elle.

« Bonjour, Marie », dit-elle à la femme de chambre qui entrait avec un plateau. Landon, le maître d'hôtel, la suivait, portant l'autre.

« Bonjour, Madame.

— Marie, donnez ce plateau au prince. Landon, l'autre est pour moi. Oui, ici, merci. Fait-il beau ?

— Une journée superbe, madame. Faut-il que j'ouvre les rideaux ?

— Non, merci, Landon. Je sonnerai si j'ai besoin de vous. » Elle se versa une tasse de thé. Stach dévorait d'un air concentré.

« Merveilleux œufs, dit-il.

— Mon crémier élève des poulets et m'apporte des œufs frais.

— Vraiment ?

— Vraiment.

— Cessez de vous moquer de moi, dit-il d'un ton farouche.

— Vous êtes si extraordinairement drôle. Pourquoi ne rirais-je pas ?

— Je n'en ai pas l'habitude. Je n'aime pas ça.

— Oh ! mon Dieu. Vous vous prenez vraiment au sérieux. » Elle rit de plus belle.

« Ecoutez, le matin, après avoir dormi avec un homme, on ne le traite pas comme si c'était le nouveau clown du Palladium. C'est tout simplement mal élevé. »

On pouvait craindre qu'à force de rire elle en vînt à renverser son plateau, ou à tomber du lit. Stach posa les petits déjeuners sur le tapis, la saisit par les épaules et la secoua. Annabel se calma suffisamment pour émettre quatre mots : « Mais, nous n'avons pas...

« — Eh bien, c'était une erreur. Nous allons arranger cela tout de suite.

— Pas question. Vous n'êtes pas mon type.

— Essayez donc de m'arrêter. »

Elle en était incapable. En fait, songea-t-elle quelques heures plus tard, sans doute n'avait-elle pas fait tous les efforts possibles. Pourtant, il lui avait fait manquer son petit déjeuner... Et son déjeuner aussi.

Annabel de Fourment, Stach s'en rendit compte, était exactement, précisément, positivement, la femme qu'il lui fallait. Et ce qu'il lui fallait, il l'obtenait.

Ce ne fut pas si facile. Il dut consacrer tout un mois à lui faire une cour dans les règles avant qu'elle permît plus d'un baiser en guise de bonsoir. Et encore un autre mois avant qu'elle ne l'accueillît de nouveau dans son lit. Annabel ne se laissait prendre par surprise qu'une seule fois... Après quoi, on jouait la partie suivant ses règles à elle, assorties de détails pratiques à régler d'abord : certains arrangements financiers, certaines dispositions à prendre. Une fois ces conditions extrêmement strictes satisfaites, elle se demanda si, finalement, elle ne l'aurait pas accepté gratuitement. Comme ça, pour s'amuser. Non, sans doute pas... Elle ne pouvait pas se permettre ce genre de luxe. Mais elle avait eu un instant de tentation, dont elle ne lui parlerait jamais. Stach ne voulait pas être responsable des émotions d'une femme et, d'après le peu de choses qu'il lui avait dites, elle comprenait pourquoi.

Stach apportait une surprise en prime : les rares visites que lui rendait son fils, Ram, pensionnaire à Eton, âgé maintenant de onze ans. Il y avait dans son visage sombre et mince un entêtement irréductible et impénétrable qui troublait le cœur généreux d'Annabel.

La mère de Ram, que Stach avait épousée pendant la guerre, s'était remariée et vivait dans un manoir à demi en ruine, en Ecosse. Le jeune garçon passait de rares vacances scolaires avec son père, quand Stach se trouvait à Londres. La relation entre le père et le fils était tendue. C'était normal : Stach n'avait pas vu Ram grandir, c'était à peine s'il savait comment communiquer avec lui. Et le jeune garçon lui en voulait à cause de petites remarques perfides, faites par sa mère, si loin que remontaient ses souvenirs ; il se trouvait négligé quand son père était au loin à jouer au polo au moment où il aurait pu venir le voir ; il se sentait privé de son légitime héritage lorsqu'il comparait la façon dont vivait Stach avec l'existence minable, effacée et sans confort qu'il menait en Ecosse en compagnie de trois demi-sœurs et d'un beau-père qu'il n'aimait pas.

Et pourtant, il était si fier d'être un prince Valenski ! Il avait cultivé cet orgueil comme on cultive un bien précieux. Durant les trois ans qu'il avait passés à Eton, il avait eu la malchance de tomber sur une bande où il fallait de toute évidence brutaliser ou être brutalisé. Bien sûr, le garçon était devenu une brute, avec le caractère guerrier de son père. Il avait atténué le handicap d'un nom étranger en faisant valoir son titre de prince, allant même jusqu'à inventer des histoires à propos de ses ancêtres, alors que leurs véritables aventures, s'il les avait connues, auraient largement suffi.

A onze ans, Ram était bien développé, mais avec une certaine raideur, un côté renfermé devant les adultes. Une sorte de jalousie diffuse mais mordante vis-à-vis des gens heureux — de tous les gens heureux — le rendait timide et réservé, prompt à accumuler rancœurs et amertumes. Il savait, sans pouvoir exactement l'exprimer, qu'on l'avait dupé depuis sa naissance et il ne cessait de remâcher ce fait.

Et son visage pourtant ne trahissait rien. C'était un garçon d'une exceptionnelle beauté, qui n'avait rien de la blondeur des Valenski, à part ses yeux gris, qui ressemblaient tant à ceux de Stach qu'Annabel fut aussitôt attirée par Ram. Il était brun, comme tout le monde dans la famille de sa mère, avec une peau bistre et un nez déjà aquilin et hautain, au point qu'il aurait presque pu passer pour un de ces jeunes maharajas indiens dont les généalogies sans fin remontaient à des milliers d'années et n'étaient connues que des prêtres brahmanes de la ville sacrée de Nasik. C'est un garçon mystérieux, décida Annabel, un garçon malheureux, et elle ne pouvait supporter d'avoir dans son entourage un mâle malheureux, quel que fût son âge. Elle déploya tous ses talents et toute sa sagesse pour faire de Ram un ami. Il ne tarda pas à l'aimer, pour autant qu'il en était capable, et il trouva, lorsqu'elle l'invitait à des déjeuners en tête à tête dans sa maison, une spontanéité et un bien-être qu'il n'avait jamais connus auparavant. Il n'y avait qu'avec Annabel qu'il pouvait cesser d'envier les gens heureux parce qu'avec elle, il devenait l'un d'entre eux.

8

*L*orsque Francesca avait fui Lausanne avec les jumelles et Macha, sa seule intention bien nette avait été de s'éloigner de Stach. Mais, tandis qu'elle volait vers l'ouest, vers New York, elle comprit que les seules personnes au monde qui pouvaient l'aider maintenant, étaient les Firestone. Sitôt passée la douane à Idlewild, elle appela Matty à Hollywood pour demander à son ancien imprésario de la retrouver à l'aéroport de Los Angeles.

« Je t'en prie, Matty, ne me pose pas de questions. Je te raconterai tout quand j'arriverai là-bas, supplia-t-elle.

— Mais, mon chou... Peu importe... Nous serons là, ne t'inquiète pas. » Je savais qu'elle reviendrait, se dit-il en raccrochant. Je savais que cette merde de prince la rendrait malheureuse. Mais aucun de ces pressentiments n'avait préparé Matty, ni Margo, à la vue des deux bébés. Leur stupéfaction fut sans borne, d'autant que Francesca et Macha étaient toutes deux si épuisées par les heures de voyage qu'elles n'avaient plus la force de s'expliquer de façon cohérente. Les Firestone ramenèrent les deux femmes et les bébés chez eux aussi vite que possible, les firent manger puis les envoyèrent toutes se reposer.

« Maintenant, dors ! Nous parlerons de tout cela demain matin », ordonna Margo.

A peine réveillée, Francesca raconta toute son histoire aux Firestone. Pendant l'interminable voyage, pour mettre en sûreté sa petite troupe, elle avait dû se concentrer sur les détails pratiques et s'empêcher de s'attarder sur les faits qu'elle avait découverts si récemment, mais maintenant, en en faisant part à Matty et à Margo, ses nerfs craquaient. Il fallut que Margo l'assurât qu'elle et ses enfants étaient en sûreté pour lui éviter de s'effondrer totalement.

« Nous irons là-bas demain, dit Matty.

— Non, maintenant ! Je ne peux pas rester ici... Ici, il me trouvera !

— Mais, mon chou, il y a six heures de route.

— Nous ne pouvons pas y arriver si nous partons dans un quart d'heure ? Nos bagages ne sont même pas défaits. »

Matty jeta un coup d'œil à Margo, puis se retourna vers Francesca. « Mais si... Nous arriverons à la nuit... Ça n'est pas un problème, on allumera. »

Dans la grosse Cadillac de Matty, ils remontèrent la route 101 jusqu'à Carmel Là, Matty redescendit vers la côte, en prenant la route, l'étroite, sinueuse et dangereuse route côtière et, au bout d'une cinquantaine de kilomètres, ils arrivèrent à un chalet de vacances que Margo et lui possédaient dans le désert de Ventana, à Big Sur.

La maison, invisible du chemin de terre en pente abrupte qui y donnait accès, était construite en séquoia du pays patiné par le temps. Elle avait l'eau courante, l'électricité et le chauffage, car les Firestone avaient découvert que, même en été, il peut faire un froid mordant à Big Sur la nuit. Margo l'avait meublée de vieux meubles américains robustes, achetés à Carmel. Elle avait utilisé des courte-pointes anciennes en patchwork, pour recouvrir les lits et tendre les murs. De la petite clairière blottie parmi les séquoias, les peupliers et les sycomores, on voyait l'océan Pacifique, trois cents mètres en contrebas. De cette hauteur, les vagues et les brisants s'aplatissaient et l'océan paraissait calme et inoffensif.

Lorsque Francesca contempla la mer, le lendemain matin, elle vit une côte dont la beauté primaire n'a d'égale nulle part ailleurs. Elle avait l'impression que les dieux et les déesses s'étaient promenés par là et elle sentait grandir en elle un sentiment de sécurité. Elle n'était jamais allée en Grèce, mais il y avait quelque chose dans la sérénité profonde de ces collines boisées, tombant directement dans l'eau, qui donnait à Francesca le sentiment d'être dans un endroit protégé par des forces inconnues.

Le chalet s'intégrait dans la nature. Lorsque les Firestone furent repartis pour Los Angeles, des biches commencèrent à apparaître au bord de la clairière et les geais apprirent bientôt à les rejoindre quand Francesca et Macha faisaient déjeuner les bébés dehors, allant même jusqu'à picorer la nourriture dans leurs assiettes.

Francesca tenait bien en main sa petite maisonnée. Parfois, l'éloignement accablant de la région de Big Sur, lui donnait l'impression d'être allée jusqu'à la limite de ses forces. Elle pensait que, le lendemain, elle n'aurait plus ni courage, ni patience, ni force pour ses enfants, mais jamais elle ne craqua. *Intact.* C'était le mot qu'elle avait toujours présent à l'esprit. Jour après jour, elle et ses filles intactes : Daisy, qui pétillait à tel point d'énergie que lorsque Francesca parvenait à saisir une de ses petites mains affairées, elle s'attendait à recevoir une décharge électrique, et Dani qui, à trois ans et demi, ne pouvait monter l'escalier qu'en se tenant à la balustrade, et non sans peine, en posant un pied sur chaque marche, et puis l'autre, si bien qu'il lui fallait une éternité pour se traîner jusqu'à sa chambre ; Daisy, qui chantait de longues chansons rythmées à quiconque voulait bien l'écouter, qui savait le nom de chaque animal de ses livres d'images et de chaque fleur des bois, qui savait ranger chaque objet à sa place dans la cuisine, prendre son bain toute seule et se laver les dents ; et Dani qui bâtissait des tours hautes seulement de deux cubes, qui savait tourner trois ou quatre pages d'un livre à la fois, mais jamais une seule, et ne comprenait que les ordres les plus simples.

Pourtant, c'était avec Dani que Francesca passait ses moments les plus paisibles et les plus harmonieux. Les yeux de Dani, comme ceux d'un bébé, semblaient évoquer une vie antérieure avec laquelle aucune communication n'était possible, mais qui la rassurait et la réconfortait. Sa vulnérabilité était sa force puisque personne ne la voyait sans avoir envie aussitôt de la protéger. Dani n'était jamais malheureuse, car elle n'était jamais frustrée. Si elle n'arrivait pas à faire quelque chose, elle ne tapait pas avec rage sur la table comme Daisy lorsqu'elle découvrit pour la première fois qu'elle ne savait pas lire. Dani ne posait pas de questions sans fin, ne harcelait pas Francesca en lui demandant de grimper à un arbre, d'attraper un ver de terre, de faire des gâteaux, de dresser un rossignol, de se promener dans les bois et de ramasser des galets sur la plage... Tout cela, avec aisance, comme le faisait Daisy.

Chaque semaine, Margo ou Matty Firestone téléphonait pour prendre de leurs nouvelles et Francesca pouvait, en toute honnêteté, leur dire que tout allait bien. Elle se donnait si entièrement à son rôle de mère qu'elle n'avait pas le temps de regretter ses années de vedettariat ou les mois pendant lesquels elle avait été princesse. Son amour pour Daisy et pour Danielle, l'isolaient de tout. Elle qui, il y avait peu, lumière fascinante, voyait tant d'hommes papillonner autour d'elle, laissait maintenant cette flamme s'étioler. Parfois, elle songeait brièvement à sa vie solitaire, loin du monde, et se rappelait le temps où elle avait aimé Stach. Elle murmurait quelques vers de *Hamlet*...

> *On trouve au cœur même de l'amour*
> *Ce qu'il faut juste pour l'éteindre,*

... et revenait au présent, pour se rappeler qu'elle avait toujours détesté le rôle d'Ophélie.

« Je ne la comprends pas, disait Matty à Margo. Comment une femme comme elle ne devient-elle pas complètement dingue, coincée là toute seule, avec Macha et les gosses pour toute compagnie ? Est-ce une vie pour elle, je te le demande ? Ça ne rime à rien.

— Elle joue le plus grand rôle de sa vie, répondit Margo.

— Allons donc ! C'est ce que tu disais quand elle faisait son numéro de princesse.

— Matty, tu ne comprends vraiment rien. Cette histoire de princesse, c'était de la comédie de boulevard auprès de ce rôle de mère tigresse. Maintenant, elle a ses deux précieux bébés à protéger et à élever, elle n'a besoin de rien d'autre : ni d'homme, ni de scénario, ni même d'amis. Ça changera quand elles grandiront, je pense, mais pour l'instant elle est absorbée par ses filles à l'exclusion de tout. Rien d'autre n'a de sens pour elle.

— On peut dire que tu as eu une belle idée de l'emmener en Europe, soupira Matty, qui ne se résignait pas. Sans ce voyage, elle serait encore la plus grande vedette du moment...

— Ne regarde pas en arrière, Matty. Ça ne sert à rien. »

Daisy, vers l'âge de quinze mois, avait commencé à gazouiller tout un discours, entrecoupé de noms bien prononcés et de quelques exigences précises. A deux ans, elle combinait toute seule des mots en phrases brèves, utilisant les prénoms et verbalisant son expérience immédiate. « Daisy pas peur du tonnerre », annonçait-elle en saisissant la main de Macha et en la serrant fort. Francesca attendait avec angoisse de sentir une certaine faculté d'élocution se développer chez Dani qui savait dire « maman », « Acha » pour Macha et « Day » pour Daisy, mais elle n'entendait en général que des sons occasionnels, sans aucune signification, une bouillie de syllabes déformées et inarticulées. Elle attendait et s'efforçait avec patience d'apprendre à parler à Dani, mais la petite fille n'ajouta que quelques mots essentiels comme « oui » et « non », « oiseau » et « chaud » à son vocabulaire. Et, à l'horreur de Francesca, Daisy se mit à utiliser le jargon de Dani. Elle écoutait, glacée d'effroi, les jumelles communiquer entre elles comme deux idiotes. Elle n'osait pas en parler à Daisy, estimant que si elle ne faisait pas allusion à cet étrange phénomène il allait disparaître. Mais l'habitude était bien ancrée. Lorsqu'elles eurent passé leur troisième anniversaire, Francesca demanda aussi naturellement que possible : « Daisy, de quoi parlez-vous Dani et toi ?

— Elle voulait jouer avec ma poupée, mais quand je la lui ai donnée, elle n'en voulait plus.

— Pourquoi parles-tu à Dani de cette façon, Daisy ?

— De quelle façon ?

— Comme tu faisais à l'instant, tous ces drôles de bruits. Pas la façon dont tu me parles.

— Mais c'est comme ça qu'elle parle, maman.

— Tu comprends tout ce qu'elle dit ?

— Bien sûr.

— De quoi d'autre parlez-vous ?

— Je ne sais pas. » Daisy prit un air intrigué. « On parle, c'est tout. » Ce soir-là, comme elle couchait les jumelles, Francesca entendit les sons étranges qui recommençaient.

« Qu'est-ce qu'elle vient de dire, Daisy ?

— Dani a dit : " encore un baiser ". Ça veut dire que tu lui dises encore bonsoir.

— Tu ne pourrais pas lui apprendre à dire baiser, Daisy, comme tu le dis ?

— Je ne sais pas. Je ne crois pas.

— Tu veux essayer ?

— Oui, maman. Encore un baiser pour moi aussi ? »

Ce soir-là Francesca parla de l'étrange forme de communication des jumelles.

« Oui, je l'ai remarqué bien des fois, Madame, répondit lentement Macha. Ça me rappelle quelque chose de Russie... Une histoire que j'ai entendue quand j'étais petite... Il doit y avoir cinquante ans. Il y avait des jumeaux — c'étaient des garçons — qui habitaient le village voisin du nôtre et je me souviens encore que ma mère et ma tante parlaient d'eux en chuchotant. Les jumeaux discutaient tout le temps dans une langue que personne n'arrivait à comprendre. Les gens pensaient que, peut-être, ils étaient... Qu'ils ne savaient pas...

— Etaient-ils normaux, Macha ?

— Oh, oui, madame. Ils ont cessé cet échange quand ils ont grandi, et lorsqu'ils eurent à peu près six ans tout le monde pensait qu'ils avaient tout bonnement oublié. Ils parlaient comme tout le monde. Mais moi, là-dessus, je suis partie pour Saint-Pétersbourg, et c'est tout ce que je peux vous dire... sur eux ou sur les gens de ce village », conclut-elle tristement.

Francesca ne savait guère avec qui d'autre évoquer ce problème, ou tout autre problème de sa vie. Elle vivait en recluse, exception faite des coups de téléphone de Matty et de Margo. Elle savait que si des reporters venaient à découvrir que Francesca Vernon Valenski vivait à Big Sur avec deux jumelles, ils ne lâcheraient pas prise et que l'horrible histoire serait révélée au public. Ce n'était pas Stach qu'elle protégeait, mais elle voulait éviter à Daisy de savoir ce que son père avait fait.

Chaque fois qu'elle devait aller à Carmel acheter des articles qu'on ne trouvait pas dans la minuscule épicerie du village où s'approvisionnaient les rares résidents permanents de la région, elle laissait les deux enfants à la maison avec Macha et portait des vêtements qui la dissimulaient, des foulards et des lunettes noires faites pour qu'on ne la reconnaisse jamais. Elle n'osait pas avoir d'amis. On ne pouvait se fier à personne, sauf à Matty et à Margo. Elle vivait de façon frugale, acceptant le chalet sans honte pour ses enfants. Par l'intermédiaire de Margo, elle vendit l'une après l'autre les fleurs précieuses de ses vases en cristal. Chacune ne valait que 1 500 dollars pour un marchand de Beverly Hills, mais avec

1 500 dollars, elles pouvaient vivre toutes les quatre pendant six mois. Elle garda pour la fin l'œuf en lapis-lazuli. Margo l'avait décrit à un vendeur de la « Vieille Russie », à New York qui lui avait dit que si c'était du Fabergé authentique, cela pouvait représenter 20 ou 30 000 dollars. Que le bijou fût authentique, Francesca n'en doutait pas : c'était sa seule sécurité. Elle se maudissait en pensant aux bijoux qu'elle avait si fièrement et si bêtement laissés derrière elle, en songeant à l'argent qu'elle avait gagné à Hollywood et dépensé, sans y prendre garde, jusqu'au dernier sou en toilettes, en voitures, en livres et en cadeaux extravagants pour ses parents ou ses amis. De temps en temps, Matty lui envoyait un scénario qu'un producteur optimiste lui avait confié pour le faire lire. Les trois premières années, Francesca repoussa toutes ces offres sans regret, car elle ne pouvait imaginer de laisser Macha seule s'occuper des deux enfants plusieurs mois de suite.

Deux ans après la fuite de Francesca, Stach reçut une lettre de Matty Firestone. Ce dernier lui annonçait que Francesca estimait, Daisy étant maintenant âgée de trois ans, qu'elle avait besoin de connaître son père. Elle lui permettrait de rendre visite à l'enfant quatre fois par an, pour trois jours consécutifs, à raison de quatre heures par jour, à condition de le faire sans tenter de voir Francesca ni de découvrir où elle vivait. On lui disait de se rendre au « Relais des Highlands » à Carmel, et d'attendre.

Stach quitta Londres le matin même. Quelques heures après son arrivée, le réceptionniste lui dit qu'il avait des visiteurs. Dans le hall rustique, Macha l'attendait avec Daisy cramponnée à sa main.

Pas de trace de Francesca ni de Danielle. Stach ne posa aucune question à Macha, absolument aucune, et elle se contenta de saluer en silence l'homme à qui elle avait, en d'autres temps, donné le sein.

Après avoir passé un moment avec sa superbe et robuste fille, Stach se mit à lui faire des dessins : les silhouettes d'un homme et d'une petite fille ornées de gros cœurs rouges. Il lui expliqua que chaque fois qu'elle recevrait un de ces dessins par la poste, cela voudrait dire qu'il avait pensé à elle. Il lui en envoya un tous les deux ou trois jours, jusqu'à la visite suivante. Dès l'instant où il fut seul avec elle, il lui demanda si elle les avait reçus.

« Oui, papa.

— Ça te fait plaisir de les recevoir ?

— Oui.

— Tu te rappelles ce qu'ils veulent dire ?

— Que tu penses à moi.

— Tu les gardes ?

— Oh, oui, papa, je les garde.

— Où est-ce que tu les gardes, Daisy chérie ?

« — Je les donne à Dani.

— Ah ?

— Elle aime bien jouer avec eux.

— Daisy, allons regarder le petit chat. »

Chaque fois qu'il rentrait de Californie à Londres, Stach essayait de ne pas compter les semaines qui le séparaient de Daisy. Il n'y parvenait pas. Il fut incapable de résister à la tentation de consulter un juge qu'il connaissait personnellement ; il ne lui dit rien de l'existence de Danielle, mais se contenta d'expliquer qu'après la séparation, sa femme avait imposé des limites aux visites qu'il pouvait faire à son enfant. Les seules mesures qu'il pouvait prendre, lui fit-on rapidement comprendre, entraîneraient beaucoup de publicité. On conseilla à Stach d'attendre. Souvent, en pareil cas, lorsqu'un enfant grandit, les visites deviennent plus faciles, d'autant que l'enfant peut elle-même les réclamer. Il attendit donc, furieux mais impuissant, dans un état voisin de celui qu'il avait connu lors de sa première année dans la R.A.F. ; jamais, pourtant, il n'envisagea autre chose que la victoire. Sinon tout de suite, bientôt.

A cinq ans, Daisy commençait à être très active dans le chalet : elle faisait son lit et celui de Dani, elle nettoyait la chambre qu'elles partageaient, essuyait la vaisselle, arrosait et désherbait le potager. Francesca, qui venait de recevoir une lettre de Matty accompagnant encore un scénario, un bon cette fois, expliqua à Daisy qu'elle allait peut-être devoir s'absenter peu de temps pour faire un travail qui leur rapporterait de l'argent à toutes les quatre, mais qu'elle rentrerait très, très bientôt.

« Dans combien de temps ? demanda Daisy avec appréhension.

— Juste six semaines », répondit Francesca et Daisy éclata en sanglots.

« Daisy, lui reprocha Francesca, tu es assez grande pour comprendre maintenant. Six semaines, ce n'est pas très long. Et je rentrerai dès que mon travail sera terminé. Juste six dimanches et six lundis, c'est peu...

— Et puis six mardis et six mercredis, fit Daisy avec tristesse. Ça te rapportera beaucoup d'argent, maman ?

— Oui, chérie.

— Et tu rentreras tout de suite ?

— Oui, chérie.

— Bon, maman, je comprends », dit Daisy à contrecœur.

Après cela, Daisy et Dani entamèrent un long dialogue d'incompréhensible babil, Daisy parlant beaucoup et Dani posant ce qui semblait être des questions. A la fin de la conversation, Dani qui, maintenant, marchait parfaitement, se mit à quatre pattes comme

121

un bébé, alla se réfugier dans un coin de la chambre, prit un petit tapis et s'installa dessous, tournant vers le mur son petit visage silencieux et malheureux.

« Daisy ? Qu'est-ce que tu as dit ? interrogea Francesca, inquiète.

— Je lui ai dit ce que tu m'as expliqué, maman. Elle n'a pas compris. Je n'ai pas pu lui faire comprendre. J'ai essayé et essayé, vraiment je me suis donné du mal. Elle ne sait pas ce que revenir signifie... Elle ne comprend pas ce que c'est que de gagner de l'argent.

— Essaie encore !

— J'ai essayé... Maintenant, elle ne veut plus m'écouter. Oh, maman, je me suis donné tant de mal !

— Bon... C'est très bien, Daisy, ma chérie, je n'ai pas vraiment besoin de partir. C'était une idée en l'air. Voudrais-tu dire à Dani que je ne m'en vais pas, que je ne vais nulle part ? »

Daisy noua ses bras autour du cou de sa mère et pressa son visage doux et tiède contre sa joue. « Ne sois pas triste, maman. Je t'en prie, ne sois pas triste. Je t'aiderai. Je t'aiderai à gagner de l'argent. Je te promets. »

Francesca regarda le courageux petit personnage qu'était sa fille, avec ses yeux immenses, ses cheveux d'un blond presque blanc noués en une longue tresse qui lui arrivait à la moitié du dos, ses genoux hâlés tout éraflés à la suite d'expéditions aventureuses dans la forêt, ses mains qui commençaient à perdre leur apparence potelée, à devenir adroites et fortes. Elle sourit sans une ombre de tristesse.

« Je sais bien. Nous allons trouver quelque chose... Quelque chose de drôle.

— On ne peut pas demander à papa ?

— Non ! Daisy, c'est la seule chose que nous ne pouvons jamais, jamais faire.

— Pourquoi donc ?

— Je t'expliquerai... Quand tu seras plus grande.

— Oh ! fit Daisy d'un air résigné. Voilà encore une chose qu'il faut que je me rappelle pour que tu me l'expliques quand je serai plus grande.

— Je dis ça souvent ?

— Oui, maman. Mais ça ne fait rien. Ne sois plus triste. »

Daisy, soudain, changea de sujet. « Maman, c'est vrai que je suis une princesse ? Papa me l'a dit.

— Oui, c'est vrai.

— Est-ce que Danielle est une princesse ?

— Bien sûr, oui... Comment pourrais-tu être une princesse si Dani n'en était pas une aussi ?

— Mais toi, maman, tu es une reine ?

— Non, Daisy, je ne suis pas une reine.

— Mais dans les histoires, la mère d'une princesse est toujours une reine, insista-t-elle.

— Autrefois... J'étais une princesse aussi, Daisy, murmura Francesca.

— Autrefois... Tu n'es plus princesse ?

— Daisy, Daisy, c'est trop compliqué pour que tu comprennes maintenant. D'ailleurs, ce n'est qu'un mot, ça ne veut rien dire, rien d'important. Nous ne vivons pas dans un monde de princesses ici... Il n'y a que nous deux et Macha et Dani et les biches et les oiseaux... Ça ne te suffit pas, ma Daisy ? »

Quelque chose dans l'expression de Francesca fit comprendre à Daisy qu'elle devait cesser ses questions. Mais cela ne lui suffisait pas, elle n'y comprenait rien. Or personne ne semblait jamais lui donner de réponse aux questions vraiment importantes, surtout à celles qu'elle n'osait pas poser : pourquoi son père ne venait-il la voir que si rarement ? Pourquoi ne voyait-il jamais Dani ? Et, surtout, *elle*, Daisy, qu'avait-elle fait de *mal* pour qu'il s'en aille chaque fois, au bout de quelques jours ? C'est un sujet dont on ne discutait jamais, qu'on n'abordait même pas.

« Macha, regarde, j'ai écossé tous les pois.

— Combien en as-tu mangé, ma petite ?

— Juste six. Huit. Peut-être dix.

— Je sais, ils sont meilleurs crus. C'est ainsi que je les aime aussi.

— Oh ! Macha, tu sais tout !

— Tu ne me diras plus ça dans dix ans ?

— Macha, Macha... Pourquoi Dani, elle n'est pas comme moi ?

— Comment... Qu'est-ce que tu veux dire ?

— C'est ma sœur jumelle. Ça veut dire que nous sommes nées en même temps. Maman m'a expliqué. C'est ça, des jumelles, deux bébés dans la même maman. Mais Dani ne parle pas comme moi et elle ne court pas comme moi — pas aussi vite — elle ne grimpe pas aux arbres, elle a peur du tonnerre, de la pluie et des oiseaux et elle ne fait pas des dessins comme moi, elle ne coupe pas sa viande, elle ne sait pas compter comme moi ni attacher ses chaussures. Pourquoi, Macha ?

— Oh ! Daisy, je ne sais pas.

— Mais si, Macha, tu sais, tu sais. Maman ne veut pas me le dire, mais toi, tu vas me raconter. Tu me dis toujours tout.

— Daisy, tu es née la première, c'est tout ce que je sais.

— *Née la première ?* fit Daisy, stupéfaite. Les jumeaux naissent ensemble, c'est pour ça qu'ils sont jumeaux. C'est idiot, ce que tu dis, Macha.

— Non, Daisy, une jumelle naît après l'autre. Vous êtes toutes les deux dans la même mère, comme ta maman t'a dit, mais il y en a une qui doit sortir d'abord et puis l'autre. C'est toi qui es née la première.

— Alors c'est ma faute ? » Elle parlait lentement, comme si quelque chose dont elle se doutait depuis longtemps venait enfin d'être confirmé par une autorité adulte.

« Ne dis pas de bêtise, ma petite, c'est la volonté de Dieu et la faute de personne. Il ne faut pas parler ainsi, Daisy.

— Non, Macha.

— Tu comprends, n'est-ce pas ?

— Je comprends, Macha. » Oui, elle comprenait. C'est elle qui était née la première et c'était bien sa faute à elle. Macha parlait toujours de la volonté de Dieu, mais Daisy savait que quand Macha parlait ainsi, cela voulait dire que Macha ne comprenait pas non plus.

Comme 1957 s'avançait, les tempêtes d'hiver apportèrent du bois flottant sur les plages isolées de Big Sur, des plages sauvages et balayées par le vent où jacassaient des bécasseaux ; où de grosses vagues sculptaient des ponts étranges dans les roches géantes ; où les lions de mer venaient souvent rugir ; des plages d'où l'on pouvait parfois apercevoir des baleines en flottilles bienveillantes et silencieuses.

Francesca avait trouvé à Carmel un artisan qui fabriquait des lampes avec du bois flottant. Elle se faisait un peu d'argent en allant en ramasser sur les plages, en polissant les plus belles pièces et en les lui apportant de temps en temps. En général, elle allait seule sur la plage, mais, un jour, au début du printemps 1958, elle emmena Daisy et Dani. Elle laissa Dani sous la surveillance de Daisy et se mit à parcourir la plage, d'un morceau de bois à un autre, jusqu'au moment où elle se rendit compte que les enfants avaient disparu.

« Mon Dieu ! » Elle revint en courant sur ses pas et s'arrêta net. Daisy était assise sur le sable chaud, heureusement hors de portée des vagues les plus fortes. Elle tenait Dani sur ses petits genoux, maladroitement puisqu'elles avaient presque la même taille. Elles allaient fêter leurs six ans dans une semaine. Daisy berçait Dani et, au mouvement de ses lèvres, Francesca s'aperçut qu'elle lui chantait quelque chose. De temps en temps, Daisy caressait les cheveux de sa sœur et lui embrassait la joue d'un geste maternel. Le beau visage de Dani avait son expression habituelle, douce et satisfaite. Une grande paix intérieure descendit sur Francesca, un sentiment de joie si simple et si profond qu'elle faillit tomber à genoux. Elle avait eu raison. Elle avait fait la seule chose possible. Le ciel l'avait bénie.

Une semaine plus tard, Stach reçut un coup de téléphone de Matty Firestone en Californie. L'agent sanglotait sans chercher à se maîtriser.

« Venez aussi vite que vous le pouvez. Francesca n'est plus... Elle est morte. Elle revenait de Carmel par la corniche. La route... je l'avais toujours prévenue... Un chauffard dans une camionnette a pris un virage trop large. Elle a quitté la route... Elle est tombée à la mer.

— *Daisy!* s'écria Stach.

— Francesca était seule. Je suis allée là-bas et j'ai ramené Macha et les gosses. Elles sont ici, chez nous. Venez les chercher, Valenski... Vous êtes tout ce qui leur reste, que Dieu les garde. »

9

*P*ar un dimanche de printemps, à Londres, en 1963, Stach Valenski et Daisy, qui avait maintenant onze ans, entrèrent à l'hôtel Connaught pour leur habituel déjeuner dominical en tête à tête.

Le déjeuner au Connaught est un des grands moments de la civilisation occidentale, l'équivalent en matière de repas de la galerie des Offices ; Stach, toujours occupé à dompter son invincible enfant, estimait que le Connaught, avec cette atmosphère attachante, cet aspect qui évoquait moins un hôtel qu'une résidence seigneuriale où battait toujours sans qu'on l'entende le tic-tac d'une vieille et charmante horloge victorienne, fournissait le cadre idéal à son propos. Le portier les accueillit comme de vieux amis. Foulant l'épaisse moquette aux tons roux, ils traversèrent le petit hall dominé par une volée d'escalier d'acajou prodigieusement astiqué et prirent à droite le couloir qui menait au restaurant, considéré comme un des trois meilleurs d'Angleterre. Comme d'habitude, Stach devait tenir Daisy par le cou d'une main ferme, car le passage était bordé d'une série de tables garnies de plateaux d'argent chargés d'une douzaine de hors-d'œuvre variés, de melons, de salades, de homards, de crabes farcis et de tout un choix de pâtés de volaille. Les tables croulant sous les victuailles s'entassaient dans ce large couloir qui abritait aussi un petit bar, avec un miroir et de grands vases de fleurs printanières, et Daisy avait envie de s'attarder.

Le restaurant avait des murs lambrissés d'un bois couleur miel sombre soigneusement ciré et où brillaient des appliques aux abat-jour abricot. Les fauteuils et les banquettes étaient tapissés d'un velours à rayures rouge foncé et de grands paravents divisaient la vaste pièce tout en lui donnant une ambiance digne d'*Alice au Pays des Merveilles*. En effet, le bas des paravents était en bois sculpté jusqu'à la hauteur d'un convive assis, mais le haut en verre gravé, si bien que, debout, on pouvait voir au travers. La table favorite de Stach et de Daisy était au centre du restaurant et non sur l'une des banquettes, car ils avaient de là un point de vue leur permettant d'apercevoir tous leurs compagnons en gourmandise.

Bien des gens levèrent le nez de leur assiette lorsqu'ils entrèrent. Stach n'avait pour ainsi dire pas changé. A cinquante-deux ans, il avait les cheveux taillés en brosse, aussi blonds et drus que jamais ; ses traits continuaient à exprimer un air de vaillance et de résolu-

126

tion. Seul, il aurait suffi à attirer l'attention, mais avec Daisy il devenait vraiment la cible de tous les regards, même dans ce sanctuaire de l'inébranlable indifférence que pratique la haute société. L'enfant avait réellement l'air de sortir d'un conte de fées. Il est vrai qu'avec sa taille d'un mètre cinquante, elle avait la frêle rondeur de la prépuberté, si tendre et en même temps si pleine de vitalité qu'elle amenait les adultes les plus endurcis à soupirer en pensant à leur propre jeunesse. Elle portait une robe ivoire, dans un léger lainage imprimé de pâles fleurs roses et vertes. Cette robe était plissée à l'avant, avec une ceinture nouée dans le dos et un col formant comme une petite guirlande de fleurs autour du cou.

Ses cheveux d'un blond doré atteignaient presque la taille ; ils étaient simplement brossés en arrière et retenus par un bandeau, mais rien ne pouvait contenir les boucles qui jaillissaient au-dessus du front et s'échappaient autour des oreilles. La lumière qui arrivait par les grandes fenêtres victoriennes donnant sur Carlos Place semblait s'attaquer à la chevelure de Daisy avec une fantaisie débordante. Elle apparaissait ainsi avec les cheveux d'une héroïne d'autrefois, tressés amoureusement par une mère, admirés et enviés par les tantes et les sœurs ; des cheveux assez précieux pour qu'on les conservât dans des médaillons, comme un trésor, pendant des années.

Stach la guida jusqu'à leur table avec un air de propriétaire qu'il n'arrivait pas à dissimuler. Il chérissait Daisy d'une façon qui l'effrayait profondément. Il avait appris depuis longtemps que c'était terriblement dangereux d'investir un tel capital affectif en une seule personne, mais il n'y pouvait rien. Cette enfant, il l'avait adorée la première fois où il l'avait vue, comme jamais il n'avait adoré aucune autre créature féminine. En Daisy, aujourd'hui, il se revoyait jeune homme, image à jamais perdue, qu'on ne peut retrouver qu'en rêve.

Quand le serveur en queue de pie tendit à Daisy le menu bordé de brun et d'or, gravé à la date du jour, elle frémit d'impatience, bien qu'elle le connût maintenant presque par cœur, car il y avait trois ans qu'elle fréquentait l'endroit. Elle avait depuis longtemps passé le stade du pâté de poulet, des côtelettes d'agneau ou même du rôti de bœuf, ses trois plats favoris. Stach, d'abord, s'était efforcé de la conseiller, mais il ne tarda pas à découvrir qu'il était impossible de la persuader de commander quelque chose de nouveau. Elle n'avait aucune envie de « former ses papilles gustatives », lui dit-elle en répétant la formule pédante qu'il avait employée pour la taquiner. Ou avait-elle pu acquérir à ce point tant d'agilité d'esprit et tant de volonté ? Même lorsqu'elle s'était trouvée pour la première fois confrontée à la solennité du service du Connaught, le sourire de Daisy avait annoncé au maître d'hôtel que personne d'autre qu'elle-même ne la représentait sur terre. Puisque, depuis un an, elle voulait du pâté de poulet tous les dimanches, c'est donc encore ce qu'elle allait commander.

« Alors, princesse Daisy, fit le maître d'hôtel ravi, qu'est-ce que nous choisissons aujourd'hui ?

— Qu'est-ce que la *croustade d'œufs de caille Maintenon*, demanda-t-elle ?

— De petits œufs de caille servis avec une crème de champignons et une hollandaise sur de petites barquettes.

— Daisy, tu as eu des œufs au petit déjeuner. Pourquoi ne commences-tu pas par un peu de saumon d'Ecosse fumé ? demanda Stach.

— Il y a un supplément père, protesta Daisy d'un ton grave.

Stach réprima un soupir. Il avait beau expliquer à sa fille qu'elle pouvait commander des suppléments, elle ne le faisait jamais. Ses habitudes d'économie, acquises tôt, étaient impossibles à oublier, même dans ce restaurant où l'addition ne compte guère. Elle allait au Connaught parce qu'il l'emmenait là, mais rien de ce qu'il pouvait dire ne l'avait jamais convaincue de commander un supplément, pas même la *salade Caprice des Années folles,* à coup sûr le plat au nom le plus charmant du monde.

« Puis-je me permettre de conseiller le chariot de hors-d'œuvre, pour que vous puissiez choisir ensuite, peut-être, le homard grillé aux herbes ?... Nous venons de recevoir un magnifique arrivage de France, dit le maître d'hôtel.

— Ils sont encore vivants ? demanda Daisy.

— Mais bien sûr ! Ils *doivent* être vivants avant qu'on les fasse cuire.

— Alors, je vais prendre un pot-au-feu du Lancashire », annonça Daisy, sans savoir le moins du monde ce que c'était, mais bien décidée à ne pas provoquer la mort d'un homard.

Ah ! songea le maître d'hôtel, le prince Valenski devrait faire attention. Si la petite fille devenait, désastre des désastres, végétarienne, nous pourrions ne plus la voir tous les dimanches. Le déjeuner enfin commandé, Daisy et Stach se lancèrent dans les conversations détendues qu'il aimait maintenant plus que tout. Peu à peu, il lui enseignait son monde et elle, à son tour, lui apportait les excitations de sa vie à l'école et le familiarisait avec les petites aventures de ses amies. Mais aujourd'hui, elle avait un sujet qui la préoccupait particulièrement.

« A ton avis, papa, faut-il que je fasse des maths ? demanda Daisy.

— Bien entendu.. On les enseigne à l'école, non ?

— Oui, mais je déteste ça et je ne peux pas à la fois étudier les mathématiques et m'occuper de mon nouveau cheval. Comment pourrais-je monter Merlin chaque après-midi après l'école, et puis nettoyer sa stalle, retourner sa litière, le panser, l'étrier, l'aspirer, le brosser, le frictionner et lui nettoyer les sabots et...

— Tout ça prend exactement une demi-heure, tu le sais, dit Stach en riant de la liste spectaculairement détaillée qu'elle venait de lui présenter dans l'espoir de l'impressionner. Il te reste encore du temps pour les maths. »

Daisy, en stratège aguerri, abandonna aussitôt Merlin. « Annabel dit qu'elle ne voit pas pourquoi il faut que je fasse des maths... Elle n'en a jamais fait et elle assure que ça ne lui a jamais manqué. Annabel dit qu'elle n'a jamais su tenir un compte en banque et que la seule utilité des maths c'est de tenir des comptes, ou bien de découvrir si le poissonnier vous roule. Or si on le lui dit, on n'aura plus le meilleur poisson, alors autant se résigner.

— Ainsi, Annabel est devenue ton autorité en matière d'éducation ?

— Annabel est mon autorité pour bien des choses, répliqua Daisy avec dignité. Mais si tu me donnais trois bonnes raisons de faire des maths, j'essaierais, même si j'estime que j'ai un trou là où la plupart des gens ont une bosse des maths.

— Je ne te donnerai qu'une seule bonne raison, parce que je n'en ai pas besoin d'une autre : Lady Alden *exige* que toutes les pensionnaires de son collège fassent des maths.

— Je trouve que c'est tout à fait déraisonnable de la part de Lady Alden... Extrêmement déraisonnable, marmonna Daisy.

— C'est Annabel qui t'a appris à dire que les choses sont déraisonnables ?

— Non, c'est toi. Tu m'as dit que c'était très déraisonnable de ma part de vouloir faire sauter à Merlin les grillages de Wilton Crescent. » Un sourire malicieux plissa le visage de Daisy. Elle changeait d'humeur si vite que Stach se demandait parfois s'il s'adressait à une enfant, à une femme faite, à un garçon de ferme mal soigné ou à un sagace membre du Parlement.

« Je crains que tu ne sois une païenne, Daisy.

— Ça ne me gênerait pas. Est-ce que les païens ne dansent pas autour des arbres en faisant de drôles de choses à la pleine lune ?

— Je crois que c'étaient les druides. Les païens sont comme les Grecs et les Romains de l'Antiquité, des gens qui adoraient de nombreux dieux, et pas seulement un seul.

— Alors, je crois que j'aimerais en être un. Comme toi, papa. »

La détournant de ce sujet délicat, Stach s'empressa de demander : « Comment Merlin s'habitue-t-il à l'écurie ? » Merlin, le dernier d'une série de poneys, chacun plus fort que le précédent, avait été ainsi nommé en souvenir du vieux préféré de Stach, maintenant au vert. Le cheval de Daisy avait son écurie dans l'impasse de Grosvenor Crescent, à quelques minutes de Wilton Row, où se trouvait la maison de Valenski. Cela fait vingt ans que Mrs. Leila Blum s'occupait de l'étable, bâtiment sombre au sol pavé dont Merlin occupait un des quatre boxes plutôt qu'une stalle moins spacieuse où il aurait fallu l'attacher.

« Il est heureux comme un roi, déclara Daisy. Il y a quelques chats noirs dans les parages et il s'entend très bien avec eux, mais Merlin a vraiment besoin d'un chien. Il meurt d'envie d'avoir un chien.

— Ah! oui, pas possible? A-t-il précisé quel genre de chien?

— Juste un chien!

— Et il " en meurt d'envie "?

— Absolument.

— Quelque chose me dit que Merlin a parlé à Annabel.

— Non, papa, il communique avec moi. Tu sais bien que les chevaux le peuvent, s'ils le veulent.

— Hmmm... Daisy, tu ne veux pas de dessert? »

Daisy scruta le visage de son père. Voilà trois ans qu'elle essayait de le pousser à acheter un chien. Ce n'était pas un homme qui avait la passion des chiens. Plus, il ne les aimait pas. Et il avait résisté avec succès. Aujourd'hui encore, à la lueur qui brillait dans ses yeux, elle se rendit compte qu'il était inutile d'insister.

« J'aimerais bien un dessert », dit Daisy. Le problème du chien n'était pas réglé, mais ce serait une question de temps. Elle n'avait pas l'intention de renoncer.

Stach fit signe au serveur qui approcha un des chariots de desserts, une table étincelante d'acajou massif, montée sur quatre roulettes bien graissées, avec plusieurs plateaux, chacun portant un assortiment : mousses au chocolat, au citron et à la framboise, pudding, gâteau de riz, tartes aux pommes, pâtisseries, fruits pochés au porto, salade de fruits frais servis avec une épaisse crème de Normandie, mille-feuilles aux fraises. Le serveur, un peu gâteux, digne héritier de la tradition du Connaught, n'attendait jamais que Daisy eût fait son choix; il se contentait de garnir une assiette de petits échantillons de chaque dessert, à l'exception du pudding au riz. A la suite de quoi, pendant que Stach prenait son café, le serveur, comme il le faisait à chaque table, apportait une coupe en argent pleine de sucreries : fraises fraîches, trempées dans le chocolat, minuscules éclairs et cerises nappés de sucre glacé, tous moulés dans un petit papier plissé. Cependant que Stach gardait les yeux fixés sur le sol, Daisy, d'une main experte, déversait chacune de ces douceurs dans son petit sac à main dont elle avait tapissé l'intérieur de ses plus beaux mouchoirs en prévision d'un tel pillage. La première fois qu'elle avait fait cela, Stach avait été horrifié.

« Daisy ! Une dame peut en manger autant qu'elle veut à *table*, mais elle ne les emporte pas avec elle !

— Ce n'est pas pour moi.

— Oh ! » Stach sut tout de suite à qui les gâteaux étaient destinés. Elle les prenait pour sa sœur. Il n'en reparla plus jamais mais subit en silence l'humiliation de cet incident hebdomadaire. Daisy ne l'aurait pas laissé commander une boîte de confiserie, il le savait, c'était un supplément, et il ne pouvait se décider à la priver du plaisir qu'elle trouvait à faire ce cadeau à Danielle.

Lorsque Stach avait appris par le coup de téléphone de Matty Firestone la nouvelle de la mort de Francesca, il avait commencé à considérer les diverses possibilités qui s'offraient à lui. Il comprit presque tout de suite qu'il lui faudrait confier à quelqu'un l'histoire qui, jusqu'alors, avait été un secret absolu pour tout le monde. Il avait besoin d'aide pour aménager l'avenir, et Annabel était la seule personne à qui il faisait confiance. Aussi, durant les quelques jours où Stach resta en Californie, Annabel réussit à trouver l'Ecole de la reine Anne, le meilleur pensionnat d'Angleterre pour enfants handicapés. Elle prit des dispositions pour que Danielle allât s'y installer.

Au volant de la grosse voiture de Stach, elle se rendit à l'aéroport pour accueillir le petit groupe puisqu'il avait insisté sur la nécessité de garder secrète l'arrivée des enfants, même vis-à-vis de son chauffeur. Comme ils passaient la douane, elle aperçut Stach qui marchait, la main de Daisy dans la sienne. La petite fille était aussi déconcertée par le tourbillon des événements de la semaine passée qu'elle était accablée de chagrin. Elle ne comprenait pas très bien comment il était possible que sa mère fût partie en voiture, un après-midi, pour ne jamais rentrer. Comment pouvait-elle être morte ? Ni Matty, ni Margo, ni Stach lui-même n'avaient encore pu se décider à lui expliquer les détails de l'accident, et Daisy restait plongée dans la crainte enfantine d'être abandonnée. Derrière Stach, marchait Macha, portant Danielle qui s'était renfermée dans un monde de silence et d'immobilité. Vite, sans poser de question, Annabel les conduisit jusqu'au pensionnat, dans les environs de Londres.

Quand ils arrivèrent devant le grand bâtiment, une ancienne maison de maître entourée de vastes pelouses, avec de superbes vieux arbres et des parterres de fleurs, Stach dit à Macha, à Daisy et à Annabel de l'attendre dans la voiture. Il prit Danielle dans ses bras, pour la première et la dernière fois de sa vie, pensait-il, et descendit de voiture en posant solidement l'enfant sur ses pieds, dans l'allée. Daisy bondit de la voiture et suivit, cramponnée à sa jambe tandis qu'il commençait à gravir les marches. Danielle les suivait en silence.

« Papa, où va-t-on ? C'est là que tu habites ? Pourquoi Macha ne vient pas aussi ? »

Stach continuait à grimper les larges marches. « Daisy, ma chérie, ta sœur va habiter ici quelque temps. C'est un endroit merveilleux, une école pour elle. Toi, tu vas venir habiter avec moi dans ma maison de Londres.

— NON ! »

Il s'arrêta, se pencha et dit d'un ton ferme à l'enfant incrédule : « Maintenant, Daisy, écoute-moi, c'est très important. Toutes les choses que tu sais faire, elle ne le sait pas... Comme, par exemple, dire l'heure, et lire les cartes que je t'envoie, et sauter à la corde. Eh bien, si elle passe quelque temps dans cette école, les meilleurs professeurs du monde lui apprendront à faire toutes ces choses ; vous pourrez alors jouer ensemble comme tu l'as toujours voulu...

— J'adore jouer avec elle telle qu'elle est... Oh ! ne l'oblige pas, papa, non... Je vais tant lui manquer. Et elle va me manquer... S'il te plaît, papa, s'il te plaît ! » En même temps qu'elle commençait à comprendre les intentions implacables de son père, l'air de défi de Daisy céda la place à une terrible crainte.

« Daisy, je comprends que ce soit dur, mais tu ne penses qu'à toi. Danielle va très vite se plaire ici où il y a beaucoup d'autres enfants avec qui elle peut jouer. Mais si elle ne vit pas quelque temps dans un endroit spécial, comme celui-ci, elle n'apprendra jamais rien. Voyons, tu ne veux pas qu'il en soit ainsi, n'est-ce pas ?... Tu ne veux pas l'empêcher d'apprendre ce que tu sais faire ? Ce ne serait pas *juste*, tu sais ? Dis-moi, *est-ce que ce serait juste, Daisy ?*

— Non, dit-elle, le visage ruisselant de larmes qui coulaient sur son cou et venaient se perdre sur sa robe.

— Viens, tu vas voir la chambre ravissante qu'elle a et faire la connaissance de quelques-uns des professeurs.

— Je ne peux pas m'empêcher de pleurer... Je vais la faire pleurer aussi.

— Il faut que tu cesses. Je veux que tu lui répètes ce que je t'ai dit. Tu as toujours dit qu'elle te comprenait.

— Elle ne va pas comprendre, maintenant, papa.

— Vas-y et essaie. »

Daisy finit par se maîtriser suffisamment pour communiquer avec sa sœur. Mais peu après, Danielle pleurait à chaudes larmes et gémissait comme un petit animal.

« Elle a dit : " Day, pas partir ! " »

— Mais tu ne lui as pas parlé de ce qu'elle allait apprendre ? fit Stach avec impatience.

— Elle ne savait pas ce que je voulais dire.

— Eh bien, ça prouve que j'ai raison. Si elle apprend les choses qu'on peut lui enseigner ici, elle comprendra. Maintenant, Daisy, fais cesser le bruit épouvantable de ta sœur, nous allons tous les deux la conduire à sa belle chambre où elle sera très bien, tu vas voir. »

Les professionnels dévoués qui dirigeaient l'institution étaient habitués à ce qu'ils appelaient « des scènes regrettables », mais rien ne les avait préparés à la séparation de Daisy et de Danielle. Tous ceux qui eurent la malchance d'y assister se trouvèrent au désespoir et certains d'entre eux pleuraient comme des débutants lorsque Stach finit par entraîner Daisy loin de sa sœur, aussi doucement qu'il le pouvait, bien qu'en fin de compte il dût recourir à la force.

Lorsque Daisy hurlant, se débattant et donnant des coups de pied, eut été éloignée de la chambre de Dani et reconduite à la voiture, Stach décida que de tels chocs affectifs ne pouvaient que lui faire du mal. Le dimanche suivant, alors qu'il avait promis à Daisy qu'elle pourrait aller voir sa sœur, il refusa de l'emmener, expliquant avec précaution que c'était pour son bien et pour le bien de Danielle aussi. La petite fille écouta avec attention chacune de ses paroles et, ne daignant pas répondre, tourna les talons et regagna sa chambre.

Le lendemain Macha vint frapper à la porte de Stach.

« Prince, la petite Daisy ne veut pas manger.

— Elle doit être malade. Je vais appeler le médecin.

— Ce n'est pas son corps qui va mal.

— Alors, qu'est-ce que c'est ? Allons, Macha, cesse de me regarder ainsi... Tu sais bien que ça n'a aucun effet sur moi depuis que j'ai sept ans.

— Elle ne veut pas manger tant qu'elle ne peut pas aller voir Dani.

— Ridicule. Je ne vais pas me laisser dicter ma conduite par une enfant de six ans. J'ai décidé ce qui est le mieux pour elle. Maintenant, va lui dire que ça n'a pas marché. Elle mangera quand elle aura faim. »

Macha quitta la chambre en silence. Elle ne revint pas. Une nouvelle journée passa et Stach l'appela.

« Alors ?

— Elle refuse toujours de manger. Je vous ai prévenu. Vous ne connaissez pas Daisy. » Macha le regarda sans sourciller et ce fut lui qui détourna les yeux, mais toujours résolu.

Il fallut encore un autre jour de grève de la faim pour faire céder le père de Daisy. Elle refusa de rien avaler avant qu'il ne lui eût juré qu'elle pourrait aller voir Danielle tous les dimanches après-midi. Stach avait appris, une fois pour toutes, à ne pas la contrarier quand il s'agissait de Danielle.

Après la mort de Francesca, Stach avait reçu pendant plusieurs mois des lettres de Matty Firestone, demandant des nouvelles des enfants, de leur installation à Londres. C'était là une complication que Stach décida d'éliminer. Il ne pouvait envisager l'éventualité d'une correspondance continue avec l'imprésario et sa femme qu'il considérait comme ses ennemis jurés. Il finit par écrire une lettre dans laquelle il réclamait qu'on lui épargnât toute nouvelle ingérence dans sa vie privée, une lettre si sèche, si profondément désagréable, si déplaisante et péremptoire que Matty et Margo décidèrent d'un commun accord qu'ils n'avaient plus aucune raison d'écrire à Valenski. Daisy et Danielle étaient ses enfants, il avait tous les droits légaux sur elles et, comme Margo le disait non sans tristesse à Matty, que pouvaient-ils y faire ? Mieux valait oublier maintenant ; oublier Francesca, oublier les jumelles, refermer ce tragique chapitre de leur existence. C'était passé, fini, disparu et ils avaient fait de leur mieux. Maintenant il ne fallait plus en parler.

« Tu veux dire *essayer* d'oublier, observa Matty d'un ton amer.

— Exactement. La seule voie consisterait à faire un procès pour réclamer la garde et tu sais que tu ne l'obtiendrais jamais.

— Mais, ces petites filles... Elles faisaient partie de la famille, Margo.

— Pour moi aussi, chéri, mais pas légalement. Et cela seul compte. »

Les Firestone cessèrent d'écrire et Daisy, à Londres, continua, chaque dimanche de rendre visite à Dani. Stach ne l'emmena jamais lui-même à l'Ecole de la reine Anne. Plutôt que d'être obligé de voir l' « autre », il envoyait Daisy, accompagnée de Macha, en train et en taxi, faire un voyage qui prenait environ une heure.

En été, les années suivantes, pendant les vacances de Daisy, Stach l'emmenait avec lui à la maison de Normandie, *La Marée,* qu'il avait offerte à Annabel peu après l'arrivée de celle-ci dans sa vie. Mais toutes les deux semaines, Daisy insistait pour revenir passer le week-end en Angleterre afin de voir Dani. Les lèvres crispées et l'air maussade, Stach accompagnait sa fille et Macha à l'aéroport de Deauville, le samedi matin, et revenait les chercher le dimanche soir, sans jamais poser de questions.

Stach recevait de l'Ecole de la reine Anne des rapports mensuels sur Danielle, rapports qu'il laissait souvent traîner des semaines avant de se décider à les ouvrir. Ce devait être toujours la même chose, se dit-il, et c'était vrai. Elle allait bien, elle était heureuse et bien élevée. Elle avait appris à faire des petites choses simples, elle aimait la musique et jouait avec quelques-unes des autres enfants, et elle était particulièrement attachée à plusieurs de ses professeurs. Elle connaissait quelques mots nouveaux et communiquait avec les maîtresses qu'elle aimait, mais c'est avec sa sœur qu'elle semblait avoir de vraies conversations.

Chose étrange, Daisy ne parla jamais à Stach de sa jumelle après qu'elle l'eut obligé à capituler pour l'affaire des visites. Il n'y avait personne, sauf Macha, avec qui elle eût la moindre envie de parler de Dani. Elle ne s'en ouvrait pas à Annabel bien qu'elle sût qu'Annabel connaissait l'existence de Dani. Elle n'essayait pas davantage de dire à ses amies de classe qu'elle avait une sœur jumelle. Elle n'osait pas. C'était un interdit si fort qu'il n'avait rien à voir avec un secret ordinaire : un tabou, au sens le plus primitif. *Son père ne voulait pas de Dani.* On ne sait quelle mystérieuse intuition soufflait à Daisy que sa *survie* — et celle de Dani aussi — dépendait de son silence. Cela dépassait sa compréhension, mais elle en avait la certitude. Elle ne pouvait pas courir le risque de perdre l'amour de son père, cet amour qui lui avait été donné puis retiré de façon si inexplicable lors des premières années de sa vie. Il avait tort en ce qui concernait Dani, mais Daisy avait conscience des limites de ses propres pouvoirs. Elle pouvait taquiner Stach sur certaines choses, elle pouvait s'amuser à jouer les tyrans, mais dans certaines limites bien définies. Faute de mère, force lui était de se cramponner à son père et d'accepter sans discuter la façon dont il se conduisait avec sa sœur, sinon elle devenait totalement orpheline.

Le compromis auquel ils étaient parvenus lors de cette première semaine et qui permettait à Daisy d'aller voir Danielle, lui devint, au fil du temps, de plus en plus tolérable, et cela à mesure que la nature malléable de sa sœur s'adaptait sans difficulté aux professeurs et aux autres enfants du pensionnat de la reine Anne. Daisy comprenait bien qu'elle ne pouvait pas suivre les mêmes cours que Dani et que Dani, assurément, ne pouvait pas venir chez Lady Alden.

Le souvenir des cinq ans d'isolement à Big Sur s'estompaient à mesure qu'elle s'installait dans sa nouvelle vie à Londres, une vie qu'elle avait sans cesse plus de mal à essayer d'expliquer à Dani. Leurs conversations se limitaient à un cercle étroit de compréhension et, chaque année, Daisy avait plus fortement l'impression d'être une adulte s'adressant à une enfant plutôt qu'une enfant parlant à une autre. Daisy faisait souvent des dessins pour Dani qui finit par en tapisser presque tous les murs de sa chambre.

« Fais dada », était une des requêtes constantes de Dani, à cause des vieux chevaux qu'elle voyait paître dans un pré non loin de l'Ecole de la reine Anne. A une époque où ses compagnes, chez Lady Alden, s'efforçaient de dessiner des pommes et des bananes, Daisy savait déjà tracer une esquisse fort convenable de l'un des sujets les plus difficiles à bien dessiner : un cheval.

Quand Daisy était arrivée à Londres, Ram était un enfant de treize ans précocement éveillé. Il avait toujours rejeté l'existence de cette demi-sœur, fruit d'un mariage conclu après sa naissance. Il n'acceptait pas le fait que cette usurpatrice eût le moindre droit. Elle n'en avait aucun à ses yeux. Pis encore, c'était une rivale.

Bien que ses amis fussent pour la plupart de la haute société et élèves de grands collèges, Ram était plus obsédé qu'eux par l'importance d'être un « héritier ».

A Eton, des distinctions radicales entre étudiants existaient depuis la fondation du collège par Henri VI en 1442. En 1750, les listes des élèves continuaient d'être publiées par ordre de rang social, les fils de ducs y figurant en tête. Les garçons titrés portaient des tenues spéciales, avaient des sièges réservés et des privilèges de toutes sortes. Dans les années prétendument démocratiques, entre 1950 et 1960, certaines de ces survivances démodées d'un système de caste rigide avaient été abolies, mais la transmission sans heurt de propriétés et de titres d'une génération à une autre faisait partie de la mentalité collective d'Eton et des autres grandes écoles d'Angleterre. Cela comptait autant que de jouer au cricket ou que les fautes de goût.

Si loin qu'il s'en souvînt, Ram attendait d'hériter des biens de Stach, *dans leur intégralité*. Il ne souhaitait pas consciemment la mort de son père, il ne se rendait même pas compte qu'elle seule pourrait lui valoir tous ses biens, il les convoitait, tout simplement, sans s'embarrasser du moindre remords. Les sentiments d'injustice dont il souffrait — sans comprendre que c'était, en fait, l'envie d'être heureux — allaient disparaître, il en était persuadé, lorsqu'il serait le maître, le propriétaire incontesté, le prince Valenski.

L'existence de Daisy voulait dire qu'il n'aurait jamais *tout*. Il avait beau se rassurer en songeant que, même si elle avait quelque chose, il y en avait plus qu'assez pour eux deux, elle avait quand même gâché la magnifique plénitude de ses perspectives. Toutefois, il était trop malin et trop habile pour jamais laisser percer aucun de ses sentiments. Quant à Daisy, dès le premier instant où elle vit Ram, il occupa une grande place dans son imagination. Il était comme les jeunes héros des contes que sa mère lui lisait naguère, quelqu'un qui pouvait sauter par-dessus des rivières dangereuses et dompter les chevaux sauvages, escalader des parois montagneuses abruptes, chevaucher le vent et combattre des géants.

Pour la petite fille qui avait vécu dans la solitude perdue de Big Sur, ce grand garçon à la beauté sombre, avec son visage mince et dur, ses sourcils bruns et son air hautain d'élève d'Eton, était le personnage le plus fascinant de sa vie nouvelle, d'autant qu'il avait avec elle des façons détachées, bien loin de l'indulgence dont elle bénéficiait auprès de tous les autres. Jamais elle n'aurait pu imaginer l'envie obsédante qui, comme un ver, rongeait Ram. A Noël, lorsqu'ils ouvraient chacun leurs cadeaux, il observait derrière ses paupières à demi baissées ; il constatait que si Daisy et lui avaient des présents de même prix, Stach n'avait d'yeux que pour sa fille lorsqu'elle ouvrait les paquets, tant il avait hâte de partager son plaisir. Les cadeaux de Ram perdaient aussitôt toute signification pour lui. Lorsqu'il recevait les lettres de Daisy à Eton et qu'elle lui décrivait en toute innocence un déjeuner dominical au Connaught, Ram songeait avec amertume que les seules fois où Stach l'avait emmené au Connaught, c'était pour son anniversaire ou à l'occasion de quelques vacances scolaires. Par deux fois, à Noël, sa mère avait insisté pour le faire venir dans ce manoir froid et balayé de courants d'air, près d'Edimbourg, au lieu de rester avec son père. Ces deux fois-là Stach avait choisi d'emmener Daisy aux Barbades pour un mois de soleil... Un choix délibéré, sans aucun doute, se dit Ram, la douleur d'être ainsi abandonné le mordant comme une brûlure, bien qu'il n'en dît jamais rien à personne.

Comme Daisy grandissait, chaque fois qu'il se rendait à Londres, il espérait découvrir qu'elle était couverte d'acné ou qu'elle avait commencé à grossir. Il acceptait les regards admirateurs dont elle le gratifiait sans en être le moins du monde flatté et, lorsqu'elle lui posait des questions sur sa vie au collège, il répondait le plus brièvement possible. Rien ne lui échappait. Il la regardait détourner vers elle l'attention qui aurait dû lui revenir et prendre, auprès de son père, la place qui était de droit la sienne. Et pendant tout ce temps, Daisy, qui ne s'était jamais doutée des sentiments qu'il nourrissait, continuait à s'efforcer d'établir des liens avec lui et de gagner son affection. Elle dessinait si souvent son visage que Dani commença à dire « Fais Ram » bien qu'elle n'eût pas la moindre idée de qui pouvait être ce Ram.

Stach avait acheté une maison qui était assez différente de celles qu'on trouve, en général, à Londres, où les plus belles demeures ont tendance à avoir des façades classiques identiques qui donnent une si remarquable unité architecturale aux squares et aux places. Il avait découvert une maison dans Wilton Row, petit cul-de-sac donnant sur Wilton Crescent, non loin de Hyde Park, sur la gauche, et des jardins du palais de Buckingham, sur la droite. Dans ce quartier calme et suprêmement aristocratique, où il y avait bon nombre d'imposantes ambassades étrangères, Stach avait réussi à trouver une demeure exceptionnellement vaste, basse et plutôt large, peinte d'un enduit jaune pâle avec des volets gris. Elle avait un air nettement étranger, cette maison qui aurait fort bien pu s'intégrer dans différentes campagnes européennes. Les trois côtés de Wilton Row entouraient une place pavée avec, en son centre, un lampadaire bleu pâle ; aucune voiture n'avait le droit de stationner sauf celles des riverains qui, tous, avaient peint leur maison dans les tons pastels, ce qui faisait un ensemble bien peu britannique.

Il y avait des fenêtres en saillie au rez-de-chaussée de la maison de Stach Valenski et les pièces étaient de belles proportions. Il les avait meublées avec le contenu de la villa de Lausanne : les rares et précieux tapis de la Savonnerie, les meubles, les toiles et les objets d'art qui avaient fait autrefois le voyage de Saint-Pétersbourg à Davos, avec ses parents. Jamais Stach n'avait songé à décorer sa maison autrement que dans le style auquel il était habitué depuis son enfance.

Les rumeurs de Londres ne parvenaient pas jusqu'à Wilton Row où régnait une atmosphère de paix campagnarde. Au coin, là où Wilton Row rejoignait une petite ruelle appelée Old Barrack Yard, il y avait un pub, le Grenadier, violemment peint en rouge et or, avec des bancs devant, abrité par une vénérable glycine. Un panneau annonçait que seuls les clients arrivés à Wilton Row par taxi ou à pied auraient le droit d'être servis. Il n'y avait sans doute guère, dans toute cette immense ville grise, de résidence plus intime que celle des Valenski.

Pendant des années, Daisy et Stach passèrent une grande partie de leurs samedis dans le Kent, où le prince possédait des écuries qui abritaient un grand nombre de ses chevaux. Ce fut après l'une de leurs agréables chevauchées dans la campagne, Daisy avait alors près de douze ans, que le père et la fille repérèrent deux caravanes de gitans. Elles étaient garées non loin de la propriété de Stach qui inspecta d'un œil méfiant les roulottes avec leur toit de toile peinte tendue sur des arceaux. Elles n'étaient pas là la semaine dernière Stach s'approcha pour se renseigner.

« Daisy, ordonna-t-il, rentre à l'écurie. J'en ai pour une minute.

— Oh ! papa, tu ne voudrais pas me priver de voir des gitans ? dit-elle, consternée.

— Ce ne sont que des chaudronniers, Daisy, mais je ne veux pas les voir rôder autour de mes poneys. Ils peuvent toujours utiliser un cheval de plus... ou deux ou cinq.

— S'il te plaît, papa, fit-elle d'un ton mélancolique.

— Bon, soupira-t-il, n'étant pas d'humeur à se montrer autoritaire. Mais ne laisse personne te dire la bonne aventure... J'ai horreur de ça. »

Les gitans étaient aimables, trop aimables, songea Stach, et répondirent sans difficulté à ses questions dans leur mauvais anglais. Ils iraient plus loin s'il le voulait, mais ils ne projetaient que de rester encore un jour ou deux. Juste le temps de faire un peu de chaudronnerie au village.

Pas vraiment rassuré, mais ne pouvant leur ordonner de quitter un pré dont il n'était pas propriétaire, Stach s'apprêtait à partir, mais Daisy n'était plus auprès de lui. Elle était à genoux devant un carton. en train de murmurer une chanson d'amour, et tenait à deux mains un chiot qui, sembla-t-il à Stach, avait l'aspect d'un sac de haricots. Le derrière du chiot et ses pattes arrière pendaient de l'une des mains de Daisy et, sur l'autre, reposaient sa tête et ses pattes avant. Son ventre rond occupait le creux des paumes de la jeune fille. Il avait un pelage tout à la fois gris, marron et bleu avec des pattes et des oreilles blanches. Il pouvait appartenir à n'importe quelle espèce de chien mais à aucune race identifiable. Allons bon, se dit Stach, des chiots ! J'aurais dû m'en douter.

Stach n'aimait pas la chasse : c'était là un sport qui lui semblait bien fade après les plaisirs du polo. Il ne s'intéressait à aucun animal en dehors des chevaux et n'avait jamais imaginé l'importance de la chasse dans la vie de bien des gens de la campagne.

« C'est un bon chien de chasse, dit le gitan. Et il est à vendre. » Si Stach avait eu la moindre connaissance des chiens ou de la chasse, cette déclaration aurait dû lui faire prendre Daisy par le bras et s'en aller sur l'instant. Aucun gitan ne peut vous vendre un « bon chien de chasse » quand c'est encore un chiot : un chien de chasse ne peut être qualifié de « bon » que quand il est en âge de chasser. C'est un chien de braconnier, un chien de gitan, un chien de vagabond, silencieux, vif, redoutable. Un bon chien de chasse peut en un seul bond attraper une mouette qui vole bas ; un bon chien de chasse peut faire vivre une famille grâce à ses raids nocturnes dans la campagne, il peut franchir d'un saut des clôtures de barbelés, galoper des kilomètres sur un terrain gelé et tuer un chevreuil tout seul.

« Il m'a l'air d'un corniaud, dit Stach.

— Pas du tout. La femelle est un croisement de lévrier d'Irlande et de levrette, son père de lévrier d'Ecosse et de lévrier russe, avec du whippet et du chien de berger chez les deux à la génération précédente. On ne peut pas demander mieux.

— Ce n'est qu'un bâtard.

— Non, monsieur, un croisement de lévriers. Vous n'en trouverez pas dans les expositions canines, mais on ne peut pas avoir meilleur chien.

— Si c'est une bête aussi extraordinaire, pourquoi le vendez-vous ?

— Il y en a huit dans la litière. Impossible de les garder tous ! C'est une affaire pour celui qui l'achètera. » Le gitan savait que le chiot que Daisy tenait contre elle avec une telle adoration avait une patte arrière plus courte que l'autre. Un tel animal ne pourrait sans doute jamais rattraper un lièvre à la course et ne vaudrait pas la peine d'être nourri. Le gitan avait de toute façon l'intention de l'abandonner lorsqu'il lèverait le camp Reste que les ancêtres du chiot avaient réellement du répondant et que, sans cette patte arrière plus courte, il ne l'aurait pas vendu pour cent livres.

« Allons, Daisy, rentrons. »

Daisy n'eut rien à dire. Mais le reproche muet qu'elle opposa à Stach lui fit comprendre qu'il avait trop longtemps reculé le problème du chien.

« Bon, dit-il, je te promets que je t'achèterai un chien. Samedi prochain, Daisy. Nous irons visiter quelques bons chenils et tu pourras choisir le chien que tu veux. Celui-ci est un corniaud, fait pour la chasse et Dieu sait quoi d'autre. Il n'est pas pour toi. Il te faut un chiot de pure race.

— Je veux Thésée.

— Thésée ?

— Papa, tu sais bien, l'homme qui est allé combattre le minotaure dans le Labyrinthe... Ce trimestre-ci, nous faisons les mythes grecs avec Lady Ellen.

— Et ça, c'est Thésée ?

— Je l'ai su dès l'instant où je l'ai vu.

— Drôle de nom pour un chien, dit le gitan.

— Peu importe, lança Stach. Combien en demandez-vous ?

— Vingt livres.

— Je vous en offre cinq.

— Je vais vous donner les quinze autres. J'ai encore mon argent de Noël, papa. » Daisy intervint soudain dans la discussion, stupé-fiant les deux hommes qui, dès le début, étaient prêts à s'entendre sur dix livres.

C'est ainsi que Thésée le corniaud, pour qui Stach finit par payer douze livres, s'en vint vivre à Londres ; et Daisy ajouta, dès lors, l'obligation de le nourrir, de le rendre propre et de le promener, à ses autres activités, parvenant on ne sait comment à passer le cap de quelques semaines difficiles, car Thésée s'effondrait souvent et ne parvenait pas à se relever sans aide. Toutefois, à force de bœuf haché, d'œufs crus, de lait et de miel, il ne tarda pas à devenir plus fort et finit par justifier son ascendance de chasseur le jour où il se coula comme une ombre dans le grand placard à provisions de la cuisine pour vider sans bruit tout un plat de blanc de poulet farci.

Thésée s'accommoda de sa patte arrière plus courte qui le faisait tanguer en marchant, comme un buveur endurci qui a déjà pris trois Martini mais qui peut encore tenir quelques verres de plus. Il dormait dans un panier près du lit de Daisy, souvent sur le dos, avec les pattes en l'air. Bientôt, il devint l'ami intime du poney de Daisy, au point de flairer son museau avec passion et de se coucher à ses pieds. En revanche, il divisait les serviteurs de Valenski en deux camps : ceux qui l'adoraient et qui le gâtaient, parce qu'ils avaient succombé à son charme canaille, et ceux qui le détestaient en arguant, non sans raison, que rien n'était sacré pour lui, ni rôti de bœuf, ni blini, ni tranche de jambon fumé, ni pirojki, ni fondue, ni même les chopes de bière.

Les domestiques russes de Stach avaient maintenant, tous, dans les soixante-dix ans. Beaucoup des anciens étaient morts, d'autres avaient pris leur retraite, mais ceux qui restaient, ceux qui avaient quitté la Russie très jeunes, en 1912, sacrifiaient à un régime combinant les raffinements culinaires de l'Angleterre, de la Suisse et de la Sainte Russie. L'âge n'avait fait qu'aiguiser leur solide appétit.

Thésée mangeait à peu près, chaque jour, son poids de nourriture. En peu de temps, le chiot à peau flasque devint un chien élancé, de la taille d'un grand et robuste lévrier, haut de soixante-quinze centimètres au garrot. Si l'on omettait de fermer à clé et de barricader les portes de la cuisine et du garde-manger, il n'oubliait pas d'aller se servir, avec une habileté et une discrétion dignes du monde gitan où il avait vu le jour. Il ne faisait, en somme, que tenir le rôle pour lequel il était fait. Mais c'est un rôle que son entourage, apparemment, ne savait guère apprécier. Pourtant, ces chiens croisés de lévrier et de berger, malgré leurs façons furtives, sont des bêtes nobles. Jadis, seuls les princes en possédaient. Ils portaient des colliers d'or. Ils étaient indispensables à la cour dont la chasse constituait le principal passe-temps. Plus d'une tapisserie ancienne témoigne de leur présence.

L'école de Daisy, le pensionnat de Lady Alden, était le plus élégant de tout Londres. Il fonctionnait suivant deux principes qui, de façon assez extraordinaire, produisaient des jeunes femmes fort bien élevées. On exigeait de tous les professeurs qu'ils fussent d'origine aristocratique ; Lady Alden avait une préférence marquée pour les filles de comtes tombés dans la pauvreté : les Lady Jane et les Lady Mary abondaient. Les élèves, de six à seize ans, n'avaient pas besoin de répondre à de telles exigences. On ne leur demandait que d'avoir des parents riches, de préférence très riches. Que nombre de ceux-ci fussent en même temps bien nés n'était qu'une heureuse coïncidence.

Durant les neuf ans où elle fut pensionnaire chez Lady Alden, Daisy porta un uniforme coûteux, renouvelé chaque année dans une taille différente chez Harrods, mais toujours de même coupe : il s'agissait d'une robe bleu marine avec un col et un liséré blancs, assortie d'un tablier bleu pâle boutonné dans le dos.

Daisy arrivait chaque jour avant 9 heures à l'entrée des trois bâtiments contigus de l'école, dans une rue tranquille, non loin de Kensington Gardens et de l'Albert Memorial. Après les prières, Daisy et les autres élèves, quelques centaines de filles en tout, défilaient devant Lady Alden, lui faisant la révérence en lui disant bonjour d'une voix qui devait être claire, audible et bien articulée.

Lady Alden, plus jeune, avait dû être belle ; aussi, quand son attention se portait vers une élève, le cœur de celle-ci palpitait. Partisan d'une certaine discipline, elle était toujours armée d'une règle redoutable qu'elle n'hésitait pas à utiliser sur les doigts de ses pensionnaires. Les professeurs titrés eux-mêmes pâlissaient devant elle.

Un jour d'automne où Daisy partit pour l'école, peu après que Thésée fut venu habiter sa chambre, la cuisinière et le maître d'hôtel mirent un plan à exécution pour s'en débarrasser. La cuisinière attira le chien jusqu'à la porte de la rue en brandissant bien haut un poulet qu'elle lança sur le pavé. Dès que Thésée eut franchi la porte ouverte, elle la referma à clé derrière lui. Les deux conspirateurs savaient que le chien allait gratter à la porte, mais ils étaient bien décidés à l'ignorer jusqu'à ce qu'il s'en allât, Dieu sait où...

Or Thésée, après avoir englouti le poulet, dressa ses oreilles blanches et, guidé par son flair, suivit Daisy jusque chez Lady Alden. Lorsqu'elle sortit de classe cet après-midi-là, elle le trouva couché devant l'entrée du petit poste de garde d'où Sam, le portier, protégeait l'école et ses précieuses jeunes personnes de tout contact avec le monde extérieur.

« C'est votre chien, mademoiselle, dit Sam, qui appelait toutes les étudiantes " mademoiselle " parce qu'il n'arrivait pas à se rappeler les divers titres qu'elles portaient. Il ne peut pas rester ici. C'est interdit par le règlement. Lady Alden en aurait une attaque si elle le savait. »

Thésée, fou de joie, s'était jeté sur Daisy et, les pattes de devant posées sur ses épaules il lui léchait le visage avec passion. Son chien ? « Non, Sam, bien sûr que non », répondit Daisy, songeuse.

Un chien était-il jamais allé à l'école de Lady Alden auparavant ? C'était inconcevable. Une telle violation des règlements dépassait l'imagination, un peu comme si un homme nu venait poser pour les élèves du cours d'histoire de l'art.

Il n'en reste pas moins que Thésée, pendant trois ans, continua bel et bien à aller à l'école, introduit furtivement par une petite porte au fond du hangar réservé au jardinier. Discret, il dormait toute la journée sur le lit de coussins que Daisy apportait de sa chambre, si bien caché dans un coin sombre qu'il passa inaperçu de tous, sauf du jardinier. Mais ce dernier détestait autant Lady Alden qu'il adorait les chiens et il ne posa jamais une question. Mieux : il prit l'habitude de lui donner à manger en cachette.

Daisy avait quinze ans. On était en avril 1967 et Londres, en pleine activité, passait pour le centre de tout ce qui était nouveau et essentiel. Daisy vouait la même admiration aux Beatles, à Vidal Sassoon, à Rudolf Noureiev, à Twiggy, à Mary Quant, à Jean Shrimpton et à Harold Pinter. En revanche, elle n'aimait ni Andy Warhol, ni Baby Jane Holzer, ni Mike Jagger.

Pourtant, en cette année où la mode consistait à s'habiller comme une Indienne d'Amérique en vêtement de cuir, avec perles et bandeau sur le front, ou bien, pour suivre la vogue lancée par le film *Viva Maria*, en souillon romantique à dentelles, avec petite culotte bouffante et blouse à frou-frou, en cette année où la mini-jupe devint la micro-jupe, pour finir par se transformer en short, Daisy continuait à porter sagement une robe bleu marine et un tablier.

« Si j'écoutais papa et Macha, explosa-t-elle un jour devant Annabel, après un déjeuner à Easton Square, un samedi, repliant ses longues jambes minces sous elle, bien calée dans l'un des canapés gris vert du salon, je ne quitterais jamais mon uniforme.

— Hmmm ! Tu ne m'as pas l'air si horriblement brimée », répondit Annabel en la toisant de la tête aux pieds. Daisy portait un pantalon corsaire en velours noir avec jaquette assortie, bordée d'un galon noir et rehaussée de boutons d'or, sur un corsage à jabot de soie blanche. Elle avait un collant à côtes blanc et des chaussons de danse noirs. Ce jour-là, bien peignés, ses cheveux étaient splendides, noués de chaque côté du visage par des rubans noirs. Daisy portait un soupçon de mascara, mais aucun autre maquillage.

La première fois où elle avait rencontré Daisy, alors âgée de six ans, dont la mère venait de mourir, transplantée dans un pays étranger avec un père qu'elle n'avait jamais vu qu'à la sauvette, Annabel s'était laissé fasciner par le sens inébranlable du bien qu'affichait la fillette. Elle avait du mal à croire à cette absolue loyauté qui avait permis à Daisy de contraindre même Stach, un homme dur comme le fer et qui, selon Annabel, n'avait jamais vraiment compris la vie, à céder et à la laisser aller voir sa sœur toutes les semaines. En observatrice attentive, elle avait suivi les progrès de l'enfant, se demandant souvent comment elle parvenait à accepter, apparemment sans trop de mal, une existence qui devait lui être totalement étrangère. Annabel était trop avisée pour s'imaginer qu'elle comprenait tout chez Daisy : ce n'était pas un être qui se confiait, qui racontait ses malheurs. Ce n'était pas un être simple. Elle avait dû faire de gros efforts sur elle-même.

Daisy, se demandait Annabel, allait-elle trahir ces promesses précoces pour ne devenir qu'une jolie jeune fille de plus ? A quinze ans, non seulement elle avait conservé la pureté et la fougue qu'elle avait toujours possédées, mais on pouvait nettement distinguer sur son visage l'approche de l'âge adulte. Voilà, songea Annabel, une fille qui va provoquer toutes sortes d'histoires absolument merveilleuses. Car même une autre femme pouvait imaginer la vibrante curiosité des hommes qui allaient la rencontrer... Cette bouche pleine, énigmatique, si riche de promesses et pourtant si innocente ! Ces yeux qui, malgré leur sincérité, renfermaient des profondeurs insondables dans le velours sombre de leur regard ! Et ce corps, un corps sans défaut, robuste et mince ! En outre, Daisy avait la chance de posséder l'air romanesque et farouche qui était à la mode en ce temps-là. Et la voilà qui, soudain, en proie aux tourments et à la dévorante tristesse de l'adolescence, voilà que Daisy faisait maintenant des histoires pour des toilettes !

« Tu ne sais pas combien j'ai dû me battre pour que papa me laisse aller faire des courses à Annacat... Tu te rends compte, Annabel, papa voulait que j'aille au rayon jeunes filles de Harrods pour m'acheter des jupes écossaises et des cardigans. Des cardigans ! expliquait-elle.

— C'est ce que les jeunes filles anglaises portent encore, du moins certaines d'entre elles, observa Annabel avec douceur.

— A la campagne, oui... si elles sont filles de pasteurs, et encore, avec des *jeans*, dit Daisy en se rebellant. Papa ne se rend pas compte que j'ai grandi. Je n'ai même pas encore le droit de sortir avec des garçons. D'ailleurs je n'en connais pas !... »

Elle était à l'âge de la révolte, aucun doute, songea Annabel. Des ennuis en perspective pour Stach avec ses idées démodées ! A cinquante-six ans, il était devenu, en effet, aussi conservateur en ce qui concernait Daisy qu'il était, pour lui-même, peu conventionnel. Ce n'était pas rare chez les pères qui ont des filles trop belles, se dit Annabel avec un certain amusement. Au fond, quand elle n'avait qu'un an de plus que Daisy, elle s'était enfuie pour épouser un homme assommant. Comment s'appelait-il, déjà ? Il était mort l'année dernière... Et si elle était restée mariée avec lui, elle serait aujourd'hui marquise douairière. A cette pensée, Annabel ne put s'empêcher de sourire, bien qu'elle s'efforçât d'être sérieuse : elle aimait sincèrement la jeune fille et savait combien les adolescents ont horreur qu'on ne les traite pas avec la gravité appropriée. Annabel avait organisé ce déjeuner en tête à tête pour avoir, précisément, ce genre de conversation.

Aussi bien la jeune fille que la jeune femme furent surprises d'entendre sonner à l'étage en dessous. Annabel n'attendait pas de visiteur avant Stach ce soir. Une minute plus tard, Ram entra dans le salon et Daisy se leva, ravie. Maintenant qu'il avait son appartement et qu'il travaillait dans la City, elle voyait rarement ce demi-frère de vingt-deux ans.

« Qu'est-ce que cette tenue de carnaval que tu portes ? » demanda-t-il. Il avait l'air agacé. Il était passé sans se faire annoncer, dans l'espoir de trouver Annabel seule, pour pouvoir bavarder, et voilà qu'elle était enfermée avec Daisy. Il ne remarqua même pas que l'air de joyeuse impatience de Daisy, son sourire radieux en le voyant, venaient de se dissiper tant ses paroles désinvoltes l'avaient blessée.

« Tu ne connais rien à la mode, Ram, lança Annabel d'un ton irrité qui ne lui était pas habituel. Daisy est divine, n'importe quel imbécile s'en apercevrait.

— Si tu le dis, ma chère Annabel... répliqua-t-il sans s'occuper de Daisy.

— Il faut que je rentre » lança la jeune fille précipitamment. Elle avait hâte maintenant d'ôter le pantalon corsaire de velours et la chemise à jabot dont elle était si fière. Voilà que ce ravissant page avait honte de son allure ! L'approbation de Ram, qu'elle recherchait en vain depuis neuf ans, était importante pour elle, même si elle se disait souvent que, pour des raisons qu'elle n'arrivait pas à comprendre, il ne l'aimait pas et ne l'aimerait jamais. Il avait le pouvoir de la peiner comme personne d'autre. Ram, lointain, détaché, renfermé, Ram si peu démonstratif, dont l'émotion ne troublait jamais le visage sombre et hautain, la laissait désemparée avec son trop-plein d'amour et son désir de plaire.

A l'école où Daisy passait son avant-dernière année, elle était la meneuse incontestée de sa classe, la championne, une des rares filles qui n'avait jamais fondu en larmes sous les coups de règle de Lady Alden, et le centre d'un groupe d'amies aussi audacieuses et folles d'équitation qu'elle. Elles constituaient, au sein des rangs dociles de l'école, une société révolutionnaire en puissance qui, si Lady Alden en avait connu l'existence, aurait pu faire voler sa redoutable règle comme jamais.

Daisy était encore vexée de l'accueil fait par Ram à sa première tentative pour s'habiller comme une grande personne, elle envisageait de donner libre cours à ses sentiments avec une violence qui dépasserait tout ce qu'on avait connu dans les annales de l'école. Ses émotions étaient dignes d'une adulte, mais elle les manifestait encore de façon enfantine. Même ses meilleures amies furent horrifiées par sa proposition.

« Un gymkhana ! Daisy, tu es folle. Tu sais aussi bien que moi que pour un gymkhana, il faut une grande occasion, avec concours hippiques, défilé et toutes sortes de festivités. Lady Alden ne voudrait jamais en entendre parler.

— Lady Alden ne possède pas Belgrave Square.

— Oh, Daisy ! Mais c'est épouvantable ! Oh... Nous pourrions vraiment le faire ?

— Pourquoi pas ? C'est-à-dire, si vous êtes toutes avec moi. Simple question d'organisation. »

Les policiers londoniens ne surent jamais expliquer à leurs

supérieurs le grand gymkhana de Belgrave Square. Comment auraient-ils pu connaître les trésors d'astuce de la vingtaine de jeunes et ardentes écuyères qui se glissèrent au petit matin dans cet auguste parc pour dresser des barrières, y planter des drapeaux, accrocher des fanions aux couleurs vives et prévoir toutes sortes de portes et de haies ? A l'aube, en culotte de cheval beige, bottes bien astiquées, veste de tweed soigneusement ajustée, ressemblant à toutes les jeunes personnes bien élevées qui font du cheval à Londres, ces petites diablesses allèrent discrètement prendre leur monture dans les différentes écuries de Mayfair, pour se rassembler à l'entrée du magnifique parc sur lequel donnent les ambassades du Portugal, du Mexique, de Turquie, de Norvège, d'Allemagne, d'Autriche et, fort opportunément, le Collège royal de chirurgie vétérinaire et le Collège impérial de la Défense.

Une des intrépides habitait sur le square et possédait une clé de la haute grille de fer. A peine la police eut-elle le temps de comprendre ce qui se passait que, non seulement le gymkhana avait commencé, mais l'accès à toutes les grandes rues menant au square — Upper Belgrave Street, Belgrave Place, Wilton Terrace, Wilton Crescent et Grosvenor Crescent — étaient bloquées par les voitures des curieux qui s'étaient précipités pour voir ce qui se passait. Et que pouvait faire une poignée de policemen face à une horde d'adolescentes déchaînées, poussant des cris et des hourras, vieilles habituées des concours hippiques, cavalières endurcies, toutes montées sur des chevaux nerveux, galopant comme des folles dans le soleil printanier, telles des amazones ? Daisy à leur tête, nattes claires au vent, elles franchissaient les obstacles en tenant haut leur fanion dans le ciel de Londres. La discipline régnait d'ailleurs dans leurs rangs : le sifflet de Daisy pouvait les mettre toutes au pas ou les aligner en double ligne au trot. Il aurait été tout aussi impossible au service d'ordre de les arrêter que s'il s'était agi d'un régiment de la Garde assistant à la cérémonie de présentation du drapeau. Pourtant, le gymkhana se termina quand le hurlement des sirènes de police approcha Belgrave Square. A ce moment, Daisy leva le bras en criant et la petite bande se dispersa, les chevaux sautant par-dessus les clôtures et se perdant dans la foule amusée qui applaudissait tout autour du parc.

Comme l'avait expliqué Daisy, Lady Alden n'était pas propriétaire de Belgrave Square. C'est le comte de Grosvenor qui possédait à peu près chaque centimètre carré de Mayfair et Belgravia. La famille Grosvenor passait pour le plus gros propriétaire terrien d'Angleterre : ses cent vingt hectares au cœur de Londres ne représentaient qu'un de ses domaines à travers le monde. Et le comte régnait sur Wilton Row... Stach ne faisait que louer sa maison au groupe Grosvenor.

Dans les bureaux des administrateurs de ce groupe, on ne s'amusa guère du gymkhana de Daisy. Les jardiniers de Belgrave Square avaient signalé que les dégâts causés aux pelouses atteignaient des centaines de livres. Peu importait, au fond, mais c'était une question de principe. On pouvait lire sur tout parc du territoire des Grosvenor une pancarte identique à celle qui orne l'entrée de l'espace vert semi-ovale de Wilton Crescent. Parmi les interdictions dont elle est porteuse, figurent tout jeu bruyant, la présence d'enfants en dessous de neuf ans non accompagnés et celle des chiens. Bien que les enfants accompagnés puissent utiliser tricycles et patinettes, ils ne peuvent le faire que dans les allées, il ne faut pas piétiner les parterres de fleurs ni y creuser des trous et, surtout, les groupes de jeunes n'ont tout simplement pas accès au parc.

Le calme traditionnel de ces jardins avait été violé par Daisy, identifiée par un des agents de la circulation du quartier de Grosvenor qui avait assisté, impuissant, au grand gymkhana. « C'était, raconta-t-il, une jeune personne qui possédait... un corniaud, un croisement de lévrier et de berger. » Nouvelle qui suffit à provoquer un silence consterné et des haussements de sourcils chez les administrateurs : un corniaud ! Quel genre de jeune personne pouvait donc posséder un corniaud ?

Comme l'un des administrateurs ne tarda pas à l'expliquer à Stach, ce n'est pas qu'ils souhaitaient punir sa fille, mais si elle était capable de déclencher une telle insurrection, à quoi pouvait-on s'attendre ensuite ! Stach songea à son bail, qui n'avait plus que trois ans à courir, et convint avec l'administrateur qu'il devrait assurément prendre des mesures sérieuses quant à Daisy. Stach, en outre, était sincèrement choqué par le comportement de la jeune fille. C'était plus audacieux que tout ce qu'il se rappelait avoir fait lui-même, à son âge.

Après que l'administrateur fut reparti, avec un chèque pour couvrir les dégâts et la promesse d'un père « qui allait s'occuper de sa fille », Stach resta assis seul un long moment à penser à l'imprudence de Daisy. Allait-elle grandir comme il convenait avec, pour image d'adultes, Annabel et lui-même ? Aucun d'eux n'était immoral, certes, mais ils ne se souciaient ni l'un ni l'autre des lois de la société. Eton avait fait de Ram un jeune homme grave, impassible et travailleur, mais Lady Alden n'avait pas réussi le domptage de Daisy. Que lui arriverait-il lorsqu'elle ne vivrait plus sous le toit de son père ? Cette affaire du gymkhana dépassait le niveau de la farce puérile, songea Stach qui sentait tout le poids de ses cinquante-six ans. Il se faisait des reproches. Il se rendait bien compte qu'il avait gâté Daisy. Mais que faire pour l'avenir ? Il ne serait pas toujours là pour la tirer d'affaire.

Dans les deux mois qui suivirent, Stach songea au problème de Daisy tout en s'occupant de ses affaires. Il finit par convoquer un notaire pour procéder à certains changements mûrement réfléchis dans son testament, puis il n'y pensa plus, satisfait qu'il était d'avoir agi avec prudence. Une grosse partie de sa fortune était maintenant investie chez Rolls-Royce, et Stach voyait avec un vif intérêt la société s'efforcer de faire une percée dans le marché, dominé par les Américains, de la fabrication de moteurs d'avion. En 1963, sa foi en Rolls s'était trouvée renforcée par le succès commercial du moteur Spey, à turbo-propulseur. Désormais, en 1967, la société allait signer un contrat avec Lockheed pour produire le moteur du Tristar, le RB 211. Ses investissements avaient toujours été faits d'après ses coups de cœur plutôt qu'en se fondant sur un froid jugement financier, et Stach versa encore de nouveaux capitaux dans cette firme qu'il adorait.

L'entraînement de ses poneys de polo occupait le plus clair du temps de Stach. Il pilotait de moins en moins, maintenant qu'il avait perdu le besoin de calmer sa rage dans les airs, comme après le départ de Francesca, quatorze ans auparavant. Tout cela semblait très loin et sans importance. Il conservait pourtant son brevet de pilote d'avion à réaction et faisait de temps en temps des exhibitions acrobatiques dans les nombreux salons aériens populaires dans tout le pays, revenant pour quelques heures nostalgiques aux commandes de la relique, préservée avec amour, d'un Spitfire ou d'un Hurricane à moteur Rolls-Royce Merlin, toujours aussi fiable.

Par un beau dimanche de mai, il pilota à l'exposition aérienne d'Essex un Spitfire dont le moteur ronronnait sans défaillance. Mais le train d'atterrissage de ce vieil avion de vingt-sept ans se bloqua : impossible de le libérer. Stach mit le cap sur les bois au bout de la piste, dans l'espoir que les arbres amortiraient le choc. Plus d'un pilote de chasse avait cassé du bois avec un de ces appareils et avait survécu pour le raconter. Ce ne fut pas le cas de Stach.

10

*L*es semaines qui suivirent la mort de Stach, Annabel pleura comme jamais encore elle n'avait pleuré personne. Elle avait le pressentiment qu'il serait le dernier homme de sa vie.

Elle insista pour que Daisy et Ram vinssent passer l'été près de Honfleur, dans la maison que Stach lui avait achetée sept ans plus tôt. En voyant Ram si différent de ce qu'il était d'habitude, n'ayant plus rien de son efficacité coutumière, elle le persuada de quitter son travail à la City pour se reposer l'été de juin à août. Toutefois, avec son grand bon sens habituel, Annabel se rendit compte que trois personnes en deuil ne devraient jamais se retrouver seules et elle s'arrangea pour faire venir dans la grande villa un flot constant d'invités : des amis de sa vie londonienne et de sa vie estivale en France, des gens qui sauraient distraire sa triste maisonnée.

Daisy, Annabel s'en rendit compte, ressentait plus fort que Ram la perte de son père. C'est elle qui se trouvait maintenant totalement orpheline : même Macha était morte, depuis deux ans. Lorsqu'elle s'en vint chercher quelque réconfort auprès de Dani, sa jumelle, avec une étrange intuition, parut sentir son chagrin, bien que Daisy sourît en la serrant dans ses bras et en la caressant. Des larmes silencieuses coulèrent bientôt sur son visage. « Day, pas bon », dit-elle en s'écartant. Daisy finit par la renvoyer dans le jardin.

Ram était enfin *le* prince Valenski. Non seulement il avait hérité la maison de Londres et ses précieuses antiquités — sauf les Fabergé légués à Annabel avec un petit paquet d'actions Rolls-Royce —, mais il avait reçu aussi les poneys de polo, les écuries de Trouville et du Kent et la moitié de la fortune de Stach en actions Rolls-Royce et tout l'or déposé en Suisse. Stach avait légué à Daisy l'autre moitié, tout entière investie en actions de Rolls. Quelques semaines après que le gymkhana de Belgrave Square l'eut convaincu que Daisy ne devrait pas être responsable de ses affaires avant l'âge de trente ans, il avait désigné Ram, garçon intelligent et sérieux, comme co-administrateur de son héritage avec la Banque d'Angleterre.

Ram était donc riche et il avait le pouvoir. Avec, toutefois, un sentiment agaçant d'inachevé, comme si son père, en mourant si brusquement, était demeuré intact, comme si Stach était toujours *le* prince Valeski. Ce qu'on appelle l'incomplétude : quelque chose qui n'était pas terminé, pas *acquis*.

Cet été-là, dans la villa d'Annabel, *La Marée*, il n'y avait jamais moins de huit personnes aux repas et souvent plus d'une douzaine. Les invitations d'Annabel étaient acceptées avec joie par tous ceux qu'elle connaissait. En vieillissant — elle avait maintenant près de quarante-huit ans — elle créait autour d'elle une atmosphère plus intime que jamais, et passait pour une parfaite confidente. Elle gardait les secrets comme des trésors sans prix, rôle qui ajoutait une profondeur nouvelle à son charme. Un de ses amis, un catholique qui depuis peu ne pratiquait plus, lui avait avoué se sentir aussi absous de ses péchés après lui avoir parlé que s'il était allé se confesser.

On ne pouvait dire qu'une chose de *La Marée* : c'était un lieu *enchanté.* Il existait, certes, bien d'autres grandes maisons juchées sur des collines boisées et dominant la mer, mais quiconque avait jamais passé quelque temps ici était à coup sûr marqué pour la vie par un climat étrange, poétique, nostalgique et tendrement mystérieux.

La maison était bâtie derrière de hauts murs, au milieu d'hectares de terrains envahis d'herbe folles, sur la côte de Grâce, le long de la route étroite et ombragée qui grimpe en pente abrupte de Honfleur en direction de Deauville. Des fenêtres, on découvrait l'estuaire de la Seine, avec Le Havre bien visible dans le lointain bleuté. A l'arrière s'étendait une vaste terrasse de gravier d'où des bois touffus et embaumés, pleins de sentiers cachés, descendaient en pente raide jusqu'au bornage de deux petites fermes. Après les fermes, il y avait la mer, et sur la mer, une joyeuse armada sans cesse changeante de navires de pêche et de plaisance qui entraient dans le port de Honfleur ou qui en sortaient. Plus loin, passaient de grands paquebots et des cargos. La terrasse était en plein ouest et le soir, lorsque le soleil avait enfin disparu à l'horizon et qu'on apercevait les lumières du Havre, un moment chargé d'une émotion presque insoutenable amenait les gens à parler à voix plus basse ou à se taire.

La Marée avait été bâtie à partir d'une ancienne ferme, peu à peu, au long des siècles. Lorsque Annabel en devint propriétaire, il y avait treize niveaux de toits différents, tous couverts de chaume. Au printemps, des graines captives de la paille jaillissaient en fleurs sauvages. Certaines parties de la maison avaient trois étages ; l'aile des cuisines, la partie la plus ancienne, n'en avait qu'un. Mais ce qui donnait leur unité aux divers corps de bâtiment, c'était leur architecture à colombages dont les pans servaient de support à des pieds de vigne vierge qui, à l'automne, tournait au rouge vif. Toute la journée, les hautes fenêtres étaient ouvertes au soleil. Annabel sortait de bonne heure pour ramasser de pleins paniers d'ancolies, de marguerites, de roses, d'asters, de lupins, de delphiniums, de dalhias, de bruyères et de pieds d'alouette, une fleur qu'on voyait déjà sur les toiles de Bruegel ; elle faisait des dizaines de bouquets avec plus d'imagination et d'abondance encore qu'à Londres, où elle dépendait de l'approvisionnement de son fleuriste.

Bien qu'Annabel veuille voir ses invités vivre à *La Marée* dans une ambiance décontractée, la maison ne manquait pas de personnel et elle était décorée avec un certain formalisme. Chaque chambre avait des murs tendus de tissu damassé à motifs de fleurs ton sur ton. Le même tissu se retrouvait sur les couvre-lits et les rideaux. La chambre de Daisy était vert d'eau, celle d'Annabel rose et crème, et Ram avait la chambre bleue. Dans un coin du grand salon un escalier en colimaçon gravissait les quelque quatre mètres menant à la loggia qui, sur trois côtés, faisait le tour de la pièce. Le fond de la loggia était tapissé de livres et il y avait de nombreux recoins, invisibles du bas, où l'on pouvait passer toute la journée sur de confortables canapés à lire les ouvrages un peu moisis qui étaient déjà là quand Stach avait acheté la maison pour faire une surprise à Annabel. Elle lui convenait en raison de sa proximité de Trouville où il avait toujours possédé des écuries. Il avait été attiré, aussi, par la légende de la maison : comme tout le monde à Honfleur le savait, sa précédente propriétaire, Mme Colette de Joinville, y avait caché onze soldats britanniques après Dunkerque. Incapables d'atteindre la plage d'évacuation, ils avaient été guidés jusqu'à elle par le réseau de Résistance auquel elle appartenait. Au prix d'énormes risques, elle les avait abrités dans son grenier pendant neuf mois jusqu'au moment où ils avaient pu, l'un après l'autre, gagner l'Espagne avant de regagner l'Angleterre pour reprendre le combat.

Une certaine routine s'installa bientôt à *La Marée* : petit déjeuner tardif autour de la longue table de ferme de la grande cuisine où chacun venait quand bon lui semblait, en robe de chambre ou en peignoir ; après quoi, Daisy et Annabel, un solide panier à provisions au bras, s'en allaient faire le marché sur le port de Honfleur. Avant le déjeuner, on prenait un verre de xérès sur la terrasse, puis on passait deux bonnes heures à table et l'on revenait sur la terrasse pour le café. Après le café, chacun vaquait à ses occupations : chasse aux antiquités, excursion, sieste ou promenade dans la campagne. Enfin, c'était l'heure des cocktails, puis du dîner. Quelques parties de poker ou de gin, et on allait se coucher de bonne heure au terme d'une journée peu fatigante.

Daisy s'aperçut que c'était quand elle était seule avec son carnet de croquis qu'elle était le moins malheureuse ; elle dessinait les maisons si pittoresques du vieux bassin de Honfleur, sujet favori des peintres depuis cent cinquante ans, ou bien elle essayait de fixer sur le papier la silhouette des trois pins parasol qui protégeaient la façade tournée vers la mer.

Lorsque Daisy prenait son bain, elle s'apercevait que le plein air avait hâlé sa peau qui avait acquis la couleur d'un croissant frais

Elle n'avait pas l'habitude de se regarder nue, aussi étudiait-elle avec fascination la marque blanche des rares endroits protégés quand elle s'offrait au soleil : les seins et les hanches. Elle tournait et se retournait devant la glace, amusée par ce hâle inégal qui lui donnait des airs de cheval pie, admirant en même temps la plénitude de sa poitrine et la longue courbe lisse de ses flancs.

Daisy, sur le plan sexuel, était en retard. Elle avait mené une vie sévèrement protégée sous la domination d'un père qui ne lui avait permis aucun contact avec des garçons de son âge. Ses amies, à l'école, étaient celles qui ne s'intéressaient encore qu'aux chevaux et aux chiens. Souvent, elle s'était sentie en proie à des désirs physiques, mais elle les avait réprimés, ou détournés par la pratique du sport. Elle passa la main d'un geste songeur sur sa toison blonde, presque blanche, mais s'empressa de l'ôter lorsqu'elle vit dans la glace ce qu'elle faisait. Les poils, là, étaient plus doux que les cheveux, songea Daisy, étrangement embarrassée. Aussi s'empressa-t-elle de mettre son uniforme d'été : short de tennis étroit de l'année passée qu'elle n'avait pas pris la peine de remplacer, et l'un de ces maillots de pêcheurs à rayures et sans manches, qu'elle avait achetés à Honfleur. Elle portait des cheveux flottants où, souvent, après une promenade dans les bois, une brindille ou une fleur restait piquée.

Ram critiquait avec violence cette tenue. « Bon sang, Annabel, tu ne peux pas lui parler de la façon dont elle s'attife ? On dirait une sauvage. C'est non seulement disgracieux, mais c'est presque indécent. Je ne peux pas supporter de la regarder ! Tu ne fais pas ce que tu devrais avec cette fille... Je suis surpris que tu la laisses passer ainsi pour une souillon !

— Ram, allons, détends-toi. Honfleur est une station de vacances... Tout le monde s'habille comme Daisy, dit Annabel avec un ton de doux reproche. C'est toi qui devrais te laisser un peu aller... Tu transportes partout Eton avec toi, mon cher. »

Ram, sans même sourire, sortit à grands pas, crispé de rage. Annabel secoua tristement la tête en le voyant s'éloigner. Chaque fois que Daisy essayait de lui parler, se dit-elle, Ram trouvait à lui faire un commentaire désagréable, si bien que la jeune fille avait presque cessé de le faire participer à ses conversations. Pourtant, Annabel ne pouvait rien, sinon tenter d'atteindre Ram par la douceur... C'était sans doute sa façon à lui de réagir devant la mort de Stach que cette colère... presque cette cruauté.

Quelques jours plus tard, au petit déjeuner, comme Ram avait eu la mauvaise idée de vouloir jeter un coup d'œil au journal avant d'attaquer ses œufs au bacon, Thésée engloutit tout ce qui se trouvait dans son assiette. Ram brandit le poing vers le chien, mais celui-ci avait depuis longtemps disparu. « Bon sang, Daisy, il faut vraiment se débarrasser de cette saloperie de bâtard plein de puces! Si j'attrape cette bête, je la tuerai! dit-il, rouge de colère.

— Si tu touches à ce chien, c'est moi qui te tuerai! cria Daisy.

— Mes enfants, mes enfants, murmura Annabel, sans réussir à les calmer.

— Je te préviens, Daisy... Je ne supporterai pas plus longtemps cette sale bête, poursuivit Ram. Elle n'a plus rien de drôle. »

Daisy lui tendit sa propre assiette. « Tiens, prends mon petit déjeuner, c'est exactement celui que vient d'engloutir Thésée... Mais Ram, tu l'as exposé à la tentation... Tu devrais quand même le connaître maintenant. D'abord, il n'est pas sale! Allons, ne fais pas ta mauvaise tête... »

Ram refusa l'assiette qu'elle lui tendait. « Je n'ai plus faim. Et j'en ai assez de te voir excuser ce sale clébard. Arrange-toi pour que je ne le voie plus. » Il se leva brusquement de table et monta dans sa chambre.

« Mon Dieu, mon Dieu! soupira Annabel. Si seulement les gens savaient être plus gentils entre eux. » Elle ne supportait pas le manque de gentillesse.

Vers la fin de la pemière semaine de juillet, Annabel attendait avec une impatience particulière l'arrivée de ses amis Guy et Isabelle de Luciny, qui amenaient leurs enfants : Valérie, plus jeune d'environ un an que Daisy, et Jean-Marc, qui avait près de dix-huit ans. Elle espérait que leur compagnie ferait perdre à Daisy le goût de ses expéditions solitaires. Elle gardait de Jean-Marc le souvenir d'un robuste garçon de quinze ans, plutôt court et fort, mais charmant et bien élevé.

C'est à peine si elle reconnut le grand et séduisant garçon aux beaux yeux bruns qui descendit de voiture. Il avait les façons raffinées et suaves d'un jeune Français de bonne éducation. Plus tard, Annabel trouva un amusement un peu pervers à voir ce rejeton plein de sang-froid et d'allure s'amouracher de Daisy, brusquement, comme si on l'avait frappé sur la tête. Il la suivait de plus près que Thésée ; il ne pouvait littéralement pas détacher ses yeux d'elle, ce qui lui rendait les choses difficiles aux repas, car il mangeait sans regarder son assiette et il n'entendait jamais personne d'autre, même lorsqu'on lui demandait de passer le sel. Daisy, tout d'abord, parut s'intéresser davantage à Valérie qu'à Jean-Marc, lequel insistait pour les accompagner chaque matin à Honfleur et pour porter le panier de Daisy, mais elle finit par éprouver à la compagnie de ce jeune homme épris d'elle une sorte de plaisir malicieux, le premier qu'elle eût manifesté depuis des semaines.

« Franchement, Jean-Marc, je crois qu'il va falloir que j'officialise cela. Tout le monde, ici, a une étrange envie de vous adopter », lui dit-elle un jour, après le déjeuner, tandis que les hôtes de la maison étaient allongés paresseusement sur la terrasse, à l'exception du jeune homme qui cherchait à traîner son transat en toile rayée plus près de celui de Daisy. En l'entendant, Isabelle de Luciny et Annabel échangèrent un regard d'espoir.

Grâce à l'admiration de Jean-Marc, une nouvelle Daisy fit son apparition au dîner, une Daisy qui avait pris le temps de se changer pour passer une mini-jupe et un léger chandail d'été, une Daisy qui proposa de servir le café, après le dîner, tâche d'adulte à laquelle elle s'était parfois essayée sans intérêt mais dont elle s'acquittait maintenant avec une grâce infinie. Lorsque Guy de Luciny fit des compliments à cette nouvelle Daisy, elle les accueillit avec l'aisance d'une femme, glissant en direction de Jean-Marc un regard à la fois insolent et séduisant, comme pour lui demander pourquoi il avait laissé à son père le soin de dire ce qu'il pensait lui-même.

Daisy, maintenant, permettait à Jean-Marc de l'accompagner lorsqu'elle allait dessiner à Honfleur et, à plusieurs reprises, tous deux rentrèrent en retard pour déjeuner, rougis par le soleil et secoués de rires complices.

Au soir du 14 juillet, la place de la mairie de Honfleur se transforme en bal en plein air et tous les habitants, touristes et propriétaires des maisons de la campagne environnante, viennent danser avec qui les invite, étranger ou non. Daisy portait à cette occasion sa plus belle toilette, acquise dans une boutique de Londres appelée *Mexicana* : une longue robe blanche virginale et fragile. Le corsage, étroitement ajusté, et les manches gigot étaient faites de bandes de dentelle alternant avec des bandes de coton finement plissé. La dentelle et le coton formaient un haut col ruché. Une ceinture en satin rose vif, ornée d'un gros nœud sur le côté, lui serrait la taille. Une jupe de coton plissé à large ourlet de dentelle lui tombait jusqu'aux pieds. Elle avait séparé ses cheveux en tresses nouées par des rubans de soie blanche.

L'innocence de la robe blanche et les tresses enrubannées offraient un drôle de contraste avec les sourcils drus et droits de Daisy et ses yeux tout brillants dont l'iris ressemblait à un bouquet de pensées. Sa bouche pleine trahissait une maturité nouvelle, car, pour la première fois de sa vie, elle éprouvait la certitude un peu grisante d'être le centre du groupe, la reine de la fête. Elle était devenue un ange ! D'un coup de baguette magique, elle s'était intégrée dans l'univers de *La Marée*. Aucun des invités ne pouvait détourner ses yeux d'elle. On dirait, songea Annabel avec amusement, qu'ils sont tous devenus un autre Jean-Marc, tous sauf Ram, dont la désapprobation envers sa demi-sœur semblait accentuée par le succès qu'elle remportait. Il se tenait à l'écart, ses yeux gris plus froids que ne l'avaient jamais été ceux de son père.

Annabel était heureuse que Daisy fût armée de courage. Il faut du courage pour être jolie, songea-t-elle. Car pour une femme, être belle, c'est faire la guerre. La beauté la place dans des centaines de situations qu'elle n'a pas voulues et qu'elle doit affronter. Or Daisy était presque une jolie femme... Elle n'avait plus qu'un an ou deux encore d'adolescence à vivre. Annabel en éprouvait un peu de nostalgie... et d'envie.

Toute la maisonnée, quelque quatorze personnes, descendit en voiture en ville pour danser et regarder le feu d'artifice. Daisy, aussi gaie qu'une jeune mariée et aussi vive qu'une valse musette, passa rapidement des bras d'un pêcheur à ceux d'un peintre local, puis du maire de Honfleur à Jean-Marc ; des bras d'un boucher aux bras des matelots de navires de guerre français mouillés dans le port, et toujours dans ceux de Jean-Marc. Elle se dressait fière comme un jeune arbre dans sa première splendeur, ses cheveux d'un blond d'argent volant en tous sens. Ses lèvres s'entrouvraient en un sourire de pur plaisir. Elle avait les joues d'un rose plus accentué, et la ponctuation de ses yeux noirs donnait à cette silhouette virevoltante dans sa robe blanche une allure extraordinaire. Comme la musique se poursuivait fort avant dans la nuit, Daisy dansa avec tous les hommes de Honfleur, à l'exception de Ram, qui n'avait pas dansé du tout, préférant se tenir à l'écart, les bras croisés, le regard sinistre, observant les festivités avec une expression étrangement malveillante. Annabel et Isabelle de Luciny finirent par convaincre tout le monde qu'il était l'heure de rentrer, ne serait-ce que par pitié pour l'orchestre qui n'en pouvait plus.

Le lendemain matin, tout le monde était en retard pour le petit déjeuner. Jean-Marc n'y vint même pas. Lorsqu'elle ne le vit pas paraître au déjeuner, sa mère finit par aller dans sa chambre pour le réveiller. Elle trouva son lit vide avec sur l'oreiller un mot qui lui était adressé.

Chère Maman,

J'ai eu hier soir avec Ram une discussion qui ne me permet pas de rester ici une minute de plus. Je rentrerai à Paris cet après-midi. J'ai la clef de l'appartement, alors ne t'inquiète pas. Présente, je te prie, mes excuses à Annabel et remercie-la pour les moments que j'ai passé ici. Je préférerais ne pas donner davantage d'explications, mais je ne pouvais pas rester. Ne t'inquiète pas.

Affections,
Jean-Marc.

Stupéfaite, Isabelle montra le mot à Annabel. « Ma chérie, y comprenez-vous quelque chose ?

— Ram ? Je ne vois pas du tout. Qu'est-ce que Ram aurait bien pu avoir à faire là-dedans ? S'il s'était disputé avec Daisy, je ne serais pas le moins du monde surprise que le pauvre Jean-Marc ait disparu... Mais Ram ?

— Je vais lui poser la question », dit Isabelle sérieusement irritée. Avec Annabel, elles se mirent à fouiller la maison.

Avant le déjeuner, ce jour-là, Daisy avait pris son carnet de croquis et s'en était allée dans une de ses cachettes favorites des bois voisins : un bosquet d'eucalyptus à l'odeur douce, couvert d'un épais tapis de feuilles aromatiques d'où l'on avait une vue dégagée sur une petite ferme. Elle passait souvent là de longues heures à dessiner, à écouter les rumeurs de la basse-cour, tout en bas, complètement dissimulée aux yeux du monde. Le triomphe de la nuit précédente l'avait laissée alanguie, trop paresseuse pour se mettre au travail. Elle s'était allongée sur les feuilles où elle avait dormi pendant des heures. Elle fut éveillée par des bruits de pas : c'était Ram qui arrivait. « Ram, je suis ici », lança-t-elle d'une voix endormie.

Ram entra dans le bosquet et se planta devant elle, sans un mot. Daisy leva les yeux vers lui en riant. « Si tu es venu admirer la vue, figure-toi que tu me la bouches. »

Il se jeta auprès d'elle sur les feuilles et, toujours sans un mot, d'un geste brutal, lui fit tomber des mains son carnet de croquis. Puis il prit ses précieux crayons, les cassa en deux et en jeta les morceaux au loin, avec fureur. Daisy l'observait, muette de stupéfaction.

« Je me suis débarrassé de Jean-Marc, alors pas la peine d'aller te pavaner encore devant lui comme une salope ! s'écria-t-il d'une voix étranglée. Cette exhibition d'hier soir, c'était la goutte d'eau qui a fait déborder le vase... Je n'ai jamais rien vu d'aussi dégoûtant, d'aussi dégradant... La façon dont tu t'attendrissais dans les bras de chaque matelot, de chaque pêcheur, de chaque bouseux. On doit t'appeler l'allumeuse de Honfleur !

— *Quoi ?* fit Daisy qui ne comprenait pas.

— Ne joue pas les innocentes... Tu étais là, sur ton trente-et-un, à te presser contre ces idiots du pays... Tout, pour tout le monde ! Quant à ton amour, ton précieux Jean-Marc, je lui ai dit que ça se fait peut-être en France de venir en visite et de séduire la fille de la maison, mais qu'il n'en était pas moins une véritable ordure pour se montrer dégueulasse à ce point.

— *Séduire ?* Mais tu es fou. Oh ! Ram, je ne l'ai laissé que me donner un baiser sur la joue... Il est drôle, mais c'est tout, je te jure. Comment pourrait-il être mon amoureux ? Tu n'as rien compris », fit

Daisy, lançant à Ram un regard indigné et vibrant d'une surprise sincère. Il gardait les yeux fixés sur le sol, se cramponnant avec obstination à sa fureur jalouse, refusant de la croire. « Ram, ordonna Daisy, regarde-moi. Est-ce que j'ai l'air de te mentir ? » Elle tendit la main et essaya de lui faire tourner la tête vers elle, mais, à son contact, il tressaillit en poussant un vrai cri de bête. « Non, non, Ram, ça n'est pas juste ! » s'écria Daisy. Et en toute innocence, mue par l'envie d'apaiser la douleur qu'elle voyait sur son visage maussade, avec une totale simplicité, elle posa en plein les lèvres sur sa bouche sévère.

Ce geste fit perdre tout bon sens à Ram. Poussant un gémissement, il la prit dans ses bras et enfouit son visage dans ses cheveux. Il les couvrait de baisers, tremblant de tous ses membres, à moitié de rage, à moitié de désir. Il essaya un bref moment de ne pas l'embrasser sur les lèvres, mais la passion l'y poussa.

Il renonça à la lutte et dévora les lèvres de Daisy, l'embrassant comme s'il mourait de soif. Stupéfaite, elle lui rendit avec une innocence maladroite ses baisers, s'abandonnant à la joie de s'apercevoir qu'elle n'avait jamais cessé de l'aimer depuis le premier jour où elle l'avait vu. Il avait toujours été le secret héros de ses rêves. Elle avait toujours mendié sans espoir un sourire ou même un simple mot et le voilà qui la serrait dans ses bras, était gentil, bon avec elle, l'embrassait.

Elle s'abandonna au réconfort de voir s'accomplir un désir qu'elle nourrissait depuis des années, oubliant toute pensée. Daisy, que personne n'avait encore jamais embrassée sur les lèvres, découvrait la bouche d'un autre, la peau un peu râpeuse de ses joues rasées, la dureté de ses dents, l'humidité de sa langue. Elle recevait ses baisers comme si chacun d'eux pouvait lui redonner vie et courage.

Daisy se donnait si totalement au bonheur d'être étreinte et embrassée par Ram, qu'elle ne s'aperçut qu'il avait défait les boutons de sa mince chemisette que lorsqu'elle sentit la bouche du jeune homme descendre jusqu'à ses seins. C'était la sensation la plus exquise qu'elle ait jamais connue. Cette bouche adorée tirant sur les mamelons tendres et sensibles ! Une émotion inconnue, si délicieusement nouvelle et si merveilleuse qu'elle en avait les larmes aux yeux, s'empara d'elle. En un éclair, Daisy épuisa des élans qu'elle n'avait encore jamais pu localiser, elle pour qui galoper par une belle matinée représentait le summum des plaisirs physiques. Ses bouts de sein d'un rose pâle, si pâle, se durcissaient et devenaient plus foncés tandis qu'il les embrassait en lui tenant la poitrine à deux mains, et elle renversa la tête en arrière en capitulant sous ses lèvres et ses doigts, sentant contre son épaule les cheveux de Ram, sans plus rien entendre ni plus rien penser. Elle n'était plus que sensations. Elle était hébétée, presque paralysée par le désir qui lui traversait le corps quand, soudain, elle revint à la réalité. Ram tirait sur la ceinture de son short en essayant de le lui enlever. Elle le repoussa aussi fort qu'elle put, mais il s'acharnait. Elle se débattit en proie à la plus grande confusion. Qu'était-il arrivé ? Qu'allait-il se passer ? Bientôt, malgré tous ses efforts, elle fut nue, son corps brun et blanc révélé dans toute sa beauté terrifiée.

« Non ! Non ! haleta-t-elle, je t'en prie, non ! » Mais Ram était sourd à ses supplications, sourd à ses sanglots. Il avait un visage presque inhumain. Rien ni personne ne pourrait maintenant l'arrêter. Dans un déferlement de désir, il lui écarta les cuisses et, tout de suite, plongea en elle, martelant avec brutalité sa tendre chair de vierge ; il devait à tout prix la posséder s'il ne voulait pas mourir de colère et d'envie.

L'esprit de Daisy ne fonctionnait plus. Des étoiles rouges, blanches et noires explosaient dans sa tête comme le feu d'artifice de la veille. Alors même qu'elle gémissait de vagues protestations, elle s'accrochait à ce corps qui était en elle, car, plus que tout, elle avait désespérément besoin de s'assurer que ce cruel étranger était bien Ram, son Ram. Seule cette certitude l'empêcherait d'être anéantie.

Ce fut lui qui, ensuite, sanglota. Elle le serrait contre elle et le réconfortait, embrassant ses cheveux sombres en murmurant : « Allons, allons... » Elle s'accrochait à lui comme la survivante d'une terrible tempête, des feuilles d'eucalyptus collées au dos. Des odeurs mêlées de sueur et de sperme montaient à ses narines pour la première fois. Elle essuya avec les pages de son carnet de croquis ses cuisses maculées de sang. Lorsque Daisy regarda Ram, qui avait blotti sa tête contre elle, ses yeux lançaient des flammes d'une sombre lumière. Bien que d'instinct elle s'efforçât de le rassurer, elle-même sombrait dans une mare obscure de sentiments, impression toute nouvelle dans une vie où elle avait toujours vu sa route avec clarté et avec netteté. Daisy était emplie de sa découverte du désir, mais il s'accompagnait d'une sorte de honte qu'elle n'avait jamais connue auparavant. Tout son esprit et tout son corps étaient endoloris. Elle avait envie de mordre, de donner des coups de pied, de hurler, de s'évanouir, de s'enfuir. Elle aurait voulu se retrouver là où elle était encore une heure plus tôt, mais elle savait déjà qu'il n'y avait plus de retour en arrière possible. Quelque part au fond d'elle-même résonnait, comme la corde d'un violoncelle, une note qui lançait un avertissement lointain, mystérieux mais définitif.

Lorsqu'ils finirent par rentrer à la maison, le coucher de soleil était si éclatant qu'il aveuglait les regards qui se tournaient vers les bois. La famille de Luciny, faute d'avoir pu trouver Ram ou d'être parvenue à une explication satisfaisante du départ de Jean-Marc, s'était empressée de faire ses bagages et de partir pour Paris. Annabel était dans le salon lorsque Ram et Daisy sortirent des bois, à quelques pas l'un de l'autre. Daisy tourna rapidement les talons et disparut dans la maison presque en courant, mais Annabel parvint à intercepter Ram avant qu'il ne se précipite dans l'escalier.

« Ram... Nous t'avons cherché partout. Au nom du ciel, que s'est-il passé avec Jean-Marc ? interrogea-t-elle.

— Ce n'est pas quelque chose dont j'aie envie de parler.

— Quel toupet... tu l'as fait partir je ne sais comment. Tu ferais mieux d'avoir une raison valable.

— Annabel, je t'assure qu'il vaut mieux ne pas en parler. »

Elle se planta devant lui, en proie à une rare colère. « Que s'est-il passé ?

— Puisque tu insistes... Jean-Marc a fait des remarques tout à fait déplacées à propos de Daisy, et je lui ai dit qu'il n'était pas un gentleman.

— Seigneur ! Ram, tu as l'air de sortir d'un roman du dix-huitième siècle. Des remarques inconvenantes ? Et de quoi diable parles-tu ? Qu'a-t-il dit ?

— Ecoute, je refuse de laisser insulter Daisy, voilà tout. Jean-Marc a l'air de croire que les petites Anglaises ont le feu où je pense. Daisy en particulier.

— Il n'a jamais dit ça ! s'écria Annabel.

— Tu n'étais pas là. Tu aurais été aussi révoltée que moi, insista Ram.

— Quel gâchis ! Il ne voulait sans doute pas dire ce que tu crois. Depuis quand es-tu devenu le champion de Daisy ? Et maintenant les voilà tous partis trois jours plus tôt que prévu, et après une scène bien inutile. J'aimerais, Ram, que tu essaies d'acquérir un certain sens de l'humour, lança Annabel avec une âpreté inaccoutumée.

— Le fait qu'il soit parti la queue entre les jambes est assez éloquent », répondit Ram, obstiné.

Annabel regarda sa montre et fut stupéfaite. « Ram, tu ne rends pas compte que nous avons encore une maison pleine d'invités et que c'est l'heure de l'apéritif ? Au moins, rends-toi utile et cours en ville me chercher de la glace : le frigo fait des siennes, comme si nous n'avions pas assez d'ennuis pour aujourd'hui... Sérieusement, Ram, j'en ai par-dessus la tête ! » Comme il s'en allait, Annabel se dit que, si difficile qu'il eût été depuis qu'elle le connaissait, jamais elle ne s'était mise à tel point en colère contre Ram. Et lui, maintenant qu'elle y réfléchissait, n'avait jamais non plus paru plus indifférent.

Néanmoins, en inspectant la table du dîner une heure et demie plus tard, Annabel dut reconnaître que si le départ de Jean-Marc et de sa famille avait changé quelque chose à l'atmosphère de *La Marée*, ce n'était qu'en bien, si déplaisante qu'avait pu être la journée. Ce fut la soirée la plus agréable de tout l'été. Tout le monde semblait plein de bonté, de bonne volonté et de bonne humeur, et cela ne venait pas seulement des quatre bouteilles de champagne que Ram avait rapportées avec la glace. Peut-être, songea-t-elle, peut-être était-ce parce que Ram lui-même avait fini par se détendre et par perdre cet air cruel et dur qu'elle s'était habituée, non sans tristesse, à voir sur son visage. Il jouait le maître de maison avec un charme et une grâce qu'Annabel, elle-même hôtesse accomplie, pouvait pleinement apprécier. Si, physiquement, seuls ses yeux gris lui rappelaient Stach, il y avait quelque chose de son père dans la façon dont il dominait la table, tout en s'abstenant de trop diriger la conversation pour laisser chaque invité briller. Il avait cette allure de maître de maison que Stach avait toujours adoptée, sans y penser, partout où il allait ; il était gracieux et galant avec toutes les femmes et, en face des hommes, il semblait plus mûr qu'en réalité, presque leur égal ; pourtant, il conservait une gaieté vive et juvénile qu'elle était touchée de voir en lui, malgré la colère qui, d'ailleurs, se dissipait.

Cela ressemblait si peu à Ram d'exprimer un bonheur tranquille qu'elle ne pouvait pas lui en vouloir. Quant à Daisy, bien qu'elle eût les joues rouges et les yeux presque fiévreux, elle était calme. Annabel se promit d'avoir avec elle une conversation sérieuse sur les dangers d'une trop longue exposition au soleil. Avait-elle envie de voir sa peau tannée comme du cuir lorsqu'elle aurait trente ans ? Daisy ce soir-là ne proposa pas de servir le café mais laissa volontiers ce soin à Annabel, et elle n'avait plus cet air capricieux qu'elle avait essayé sur Jean-Marc. Elle semblait lointaine et désorientée, comme si elle était vidée de son énergie habituelle. Rien d'étonnant, se dit Annabel : cette folle nuit de la veille, passée à danser, ne pouvait manquer de provoquer une réaction chez une aussi jeune fille. Elle ne fut donc pas surprise quand Daisy décida d'aller se coucher presque aussitôt le dîner terminé.

Dès l'instant où elle fut enfermée dans son refuge vert-mer, Daisy s'effondra sur le lit. Elle était dans un tel désarroi physique et mental qu'il lui avait fallu toutes ses forces pour tenir au long du dîner. Il lui était arrivé trop de choses pour qu'elle pût y penser de façon cohérente. Elle se revoyait allongée dans ce bosquet d'eucalyptus, elle entendait encore la voix de Ram qui l'appelait. Des vibrations incontrôlables parcouraient son corps récemment éveillé. Elle tremblait des pieds à la tête. Elle défit ses tresses et se brossa les cheveux avec vigueur, ôta sa robe et ouvrit toutes grandes les fenêtres, dans l'espoir que la vue du Havre étincelant au loin allait peut-être la calmer, mais l'air un peu brumeux était trop doux et les étoiles, au-dessus de la mer, brillaient trop bas. Les grillons chantaient d'une façon qui lui était inhabituelle et qu'elle avait du mal à supporter. Elle n'avait jamais compris pourquoi les adultes se demandaient entre eux comment ils avaient dormi. Cette nuit-là, Daisy découvrit l'insomnie. Une nuit blanche, une nuit pleine de pensées qu'elle ne parvenait pas à fuir. La chose qui était arrivée... Ram n'en avait pas eu l'intention ! Il était désolé : n'avait-il pas sangloté, n'avait-il pas répété et répété encore qu'il était navré ? Bien sûr, ça n'arriverait plus. Bien sûr, ils ne devraient jamais en parler à personne. Ces pensées tourmentées se mêlaient et tourbillonnaient avec le souvenir des lèvres de Ram, des mots d'amour de Ram, surtout de ses mots d'amour. Il lui avait dit qu'il l'aimait. *Qu'il l'avait toujours aimée.* Une pensée d'abord l'assaillait, puis une autre ; elles se nouèrent douloureusement dans son cerveau jusqu'à l'heure bénie où le soleil finit par se lever pour venir effleurer le sommet des pins parasols, devant sa fenêtre. Elle sut alors qu'elle pouvait se lever et aller trouver Thésée, pour l'emmener faire une longue marche avant le petit déjeuner.

Ram n'avait jamais été aussi heureux de sa vie. Il avait l'impression que c'était hier seulement qu'il était devenu lui-même, qu'il était entré en possession de tout son héritage. Il était enfin *le* prince Valenski, avec toutes les prérogatives qu'impliquait ce titre. Bien sûr, Daisy était faite pour lui appartenir, de même que tout ce que son père avait possédé était son dû. Il revoyait les semaines passées et comprenait quel imbécile il s'était montré, combien il avait été méchant, froid et désagréable avec elle. Ce n'était que le simple dépit de ne pas posséder Daisy qui avait provoqué chez lui cette impression d'inachevé, de bonheur mal assuré.

Que Daisy fût sa demi-sœur n'avait tout simplement aucune importance. Il ne peut y avoir de barrière quand deux êtres n'ont pas été élevés ensemble, se dit Ram. Or ils ne s'étaient vus qu'au hasard de vacances épisodiques, presque totalement séparés par l'âge et les sujets d'intérêt. En fait, se rappelait-il en souriant, ils avaient été aussi près de l'inimitié que peuvent l'être deux enfants du même père. Non ! Les règles ordinaires, celles des gens ordinaires, ne s'appliquaient pas à lui et il n'allait certainement pas s'en soucier. Son père ne l'avait jamais fait. Simplement, il s'assurerait que les autres — notamment Annabel qui, à son avis, était extrêmement conventionnelle en dépit du fait qu'elle avait été la maîtresse de son père — n'iraient pas se mêler d'affaires qui ne les regardaient pas... de ses affaires. Il était si heureux, si merveilleusement conscient de tout ce qu'il était et de ce qu'il allait devenir, de tout ce qu'enfin il possédait, que lui aussi passa une nuit sans sommeil.

« Allons aux écuries pour voir ce qu'il va falloir faire des poneys de polo », dit Ram à Daisy, le lendemain matin. Ils étaient seuls dans la cuisine. Ils s'étaient préparé eux-mêmes leur petit déjeuner, chacun soudain timide et heureux de pouvoir s'occuper à cuire des œufs et à chercher la confiture de fraises sauvages que la cuisinière cachait toujours.

« Je croyais que tu ne voulais prendre aucune décision à leur sujet... c'est ce que tu as dit à Annabel.

— C'était l'autre jour... Mais je ne peux pas voir toute cette troupe, pas seulement les chevaux, mais les hommes aussi, en train de s'engraisser à ne rien faire à Trouville, sans prendre des mesures. Ou je les garde ou je les vends... Mais, d'abord, allons voir sur place.

— Je serai prête dans un quart d'heure. Veux-tu laisser un mot pour Annabel ? » Daisy se précipita dans sa chambre pour se mettre en tenue de cheval, le cœur battant follement.

Ils furent absents toute la journée, comme des élèves qui font l'école buissonnière, chevauchant des heures dans les prés bien verts, montant un poney après l'autre. Finalement, épuisés, ils se jetèrent sous un arbre pour dévorer un pique-nique fait de radis au beurre et de pain croustillant, avec du jambon et du fromage fournis par la femme du régisseur des écuries.

Ram finit par décider que, puisqu'il ne jouait pas au polo, il allait mettre tous les poneys en vente à la première occasion. Inutile de garder les meilleurs d'entre eux pour monter à cheval ; c'étaient des bêtes trop racées, trop nerveuses à son goût. Il préférait un cheval plus grand, un bon sauteur, et Daisy venait d'acheter un beau bai pâle à la crinière et à la queue noires qui se trouvait à Londres : elle n'avait donc pas besoin d'une autre monture.

Durant cette longue journée, ni Ram ni Daisy ne fit allusion à ce qui s'était passé dans les bois. Puis, au moment où ils s'engageaient dans l'allée de *La Marée,* Ram ôta une main du volant et la posa, lourde d'autorité, sur la cuisse de Daisy.

« Je vais t'embrasser là, juste là, ce soir », dit-il avec brusquerie. Elle n'osa pas le regarder. Des émotions débordaient qui avaient affleuré toute la journée, contenues seulement par l'activité dans laquelle ils s'étaient jetés.

« Non, Ram ! » fit-elle d'un ton sourd et définitif, sans se soucier des quelques invités qui jouaient au badminton dans le jardin.

« Tais-toi », ordonna-t-il et elle se tut, trouvant on ne sait où un sourire pour accueillir les amis d'Annabel, un sourire facile qu'elle ne se connaissait même pas, un sourire mondain.

Cette nuit-là, quand les lumières de la maison se furent éteintes, Ram vint frapper à la porte de la chambre de Daisy et entra sans attendre sa réponse. Il la ferma à clef derrière lui. Daisy était sur la banquette, près de la fenêtre, les genoux repliés sous elle, les bras autour des jambes, le menton sur ses genoux, comme si elle était assise là à réfléchir depuis un long moment. Il s'approcha d'elle et écarta le pâle rideau de cheveux qui masquait un côté de son visage. Elle ne bougea pas mais releva la tête pour qu'il pût voir ses yeux.

« Il ne faut pas, Ram, dit-elle.

— Daisy, tu es encore un bébé. Il n'y a plus pour nous de " il faut " ou de " il ne faut pas "... Tout ce qui compte, c'est que nous nous aimions.

— Mais pas comme... pas ce que tu as fait hier... Ram, simplement... la tendresse, rien qu'être ensemble, dit-elle, l'espoir et la supplication se mêlant dans sa voix.

— Daisy chérie, dit-il, rien qu'être ensemble. » Il passa les bras autour du mince cercle de son corps et la porta jusqu'à son lit. Elle était allongée là, pelotonnée sur elle-même, crispée, résistant sans rien dire, honteuse. Lorsqu'il l'embrassa la première fois, elle serra les lèvres et essaya de détourner la tête mais il ne voulut pas la laisser faire. Avec beaucoup de douceur, beaucoup de tendresse, mais avec une détermination absolue, il lui écarta les lèvres du bout de sa langue. Maintenant qu'il la possédait, il pouvait la prendre lentement, sûrement.

Elle retint son souffle en sentant la langue de Ram se presser contre ses dents serrées, puis elle la sentit battre en retraite, évitant ses lèvres jusqu au moment où elle eut l'impression que sa bouche était un cercle de feu. Peu à peu, malgré elle, elle se détendit à mesure que la bouche de Ram remontait le long de son cou jusqu'au lobe de l'oreille. « Daisy, ma Daisy », lui murmurait-il à l'oreille d'une voix si douce que c'était à peine si elle pouvait l'entendre. Avec un soupir plaintif, elle jeta les bras autour de son cou et le serra contre elle de toutes ses forces. Oh, comme elle aimait cela, rien de plus, rien que cette proximité, cette tendre affection. Elle se sentait à l'abri, protégée, contre tout et contre tous, elle retrouvait une sécurité qu'elle avait crue à jamais perdue lorsqu'on lui avait annoncé la mort de son père.

« Serre-moi fort, demanda-t-elle. Serre-moi fort, tiens-moi, c'est tout, Ram, promets-moi, promets-moi...

— Oui, Daisy, oui, répondit Ram, pendant que ses doigts furtivement dénouaient la ceinture de son long peignoir. Oui, je vais te serrer, ma chérie, je vais te serrer fort. » Et de ses mains traîtresses il tâtait le contour des petits seins fermes, effleurant les bouts et les effleurant encore jusqu'au moment où il les sentit se dresser sous ses doigts et vibrer avec une telle sensibilité qu'il savait qu'il pouvait pencher la tête et les mordiller, elle ne le supplierait plus. Il emplit sa bouche des délicats boutons, doucement, toujours doucement, toujours tendrement, et elle se renversa sur l'oreiller, s'abandonnant avec une stupeur nouvelle à l'ivresse qui la transper-çait de part en part.

Ram était en érection depuis l'instant où il avait touché Daisy sur la banquette, mais, d'instinct, il s'était gardé de lui faire tâter la rigidité de son pénis ; il attendit que, pas à pas, elle fût conduite au paroxysme du désir. Alors, il lui prit une main dans la sienne. « Daisy, sens à quel point je t'aime. » Il guida la main jusqu'à son sexe et la fit se refermer sur le membre frémissant. Elle se libéra aussitôt, saisie d'une terrible crainte. Il n'essaya plus mais couvrit ses lèvres de baisers lents, brûlants et profonds, jusqu'à ce qu'il sentît sa bouche s'ouvrir d'elle-même, jusqu'à ce qu'il sentît sa langue à elle essayer de toucher la sienne.

Pendant une demi-heure, il lui embrassa la bouche et lui suça les seins jusqu'au moment où il perçut qu'elle commençait à remuer les hanches, les roulant inconsciemment, suivant un rythme vieux comme le monde. Alors, il murmura encore : « Daisy, touche-moi, touche-moi... Tu vas voir comme je t'aime... Je t'en prie, touche-moi », et il prit de nouveau sa main. Cette fois, elle était trop profondément surprise par la passion qu'elle sentait s'éveiller en elle pour résister. Il s'empara des doigts brûlants de Daisy et essaya de leur montrer comment tenir son pénis douloureusement gonflé, mais c'était compter sans le paroxysme du désir. Au contact de la main de Daisy, il se rendit compte qu'il allait jouir. Ram empoigna son pénis d'une main et l'enfonça brutalement en elle, juste au moment où les spasmes le secouaient. Il se mordit la langue pour ne pas crier dans cette maison silencieuse. Abasourdie et endolorie, elle le sentit parcouru de grands et silencieux frissons.

Après un bref moment durant lequel il resta haletant, il l'embrassa de nouveau. « Maintenant, ma petite Daisy, je vais te tenir », murmura-t-il, et il resta allongé, à demi endormi, la serrant dans ses bras pendant de longues minutes, silencieux et immobile. Daisy n'osait ni bouger ni parler. Elle était complice. Elle l'avait *laissé* faire. Si elle protestait, il allait entrer dans une de ses brusques crises de rage ou se détourner d'elle et la laisser toute seule. Mais elle ne pouvait plus rester seule. Elle avait cru que tout ce qu'elle cherchait dans les bras de Ram, c'étaient la protection, la sécurité et le sentiment que quelqu'un l'aimait ; maintenant, excitée au point d'en avoir mal et de nouveau naufragée, elle avait envie... Elle ne savait pas de quoi elle avait envie. D'un geste furtif, elle appuya les lèvres sur son épaule nue et, au même instant, ils entendirent quelqu'un ouvrir puis, une minute plus tard, refermer une porte dans le couloir. « Il vaut mieux que je parte, chuchota Ram.

— Oui. »

Il la quitta sur un baiser rapide, la laissa comme échouée, brûlante, brûlante, malade de désir, malade de honte, brûlante, brûlante.

Le lendemain, après le déjeuner, Annabel dit à Daisy que tant d'amis qu'elle avait invités pour la semaine suivante avaient confirmé leur arrivée, qu'elle devrait partager sa chambre avec quelqu'un, puisqu'il y avait deux lits.

« Je n'aurais jamais imaginé qu'ils allaient tous dire oui, mais maintenant c'est trop tard. Tu aimeras bien ta compagne de chambre, j'espère ; c'est une Américaine, Kiki Kavanaugh, la fille d'une vieille amie à moi. Sa mère est américaine aussi : elle s'appelait Eleanor Williams lorsque je l'ai rencontrée pour la première fois. Elle a épousé un homme qui est dans l'automobile, à Detroit.

— Je suis à demi américaine aussi, Annabel... Bien que je n'en aie pas l'impression.

— Tu t'en souviens, Daisy ? demanda Annabel, frappée par l'accent bouleversé de la jeune fille qu'elle n'avait jamais entendu auparavant.

— Si peu. C'est surtout cette impression d'avoir été avec maman et Dani et Macha... Et une série de souvenirs confus : les grosses vagues sur la plage, les forêts, la lumière ; je n'ai jamais vu une lumière pareille en Angleterre. Je regrette de ne pas me souvenir davantage. On dirait que ma vie a été coupée en deux. » Il y avait une mélancolie dans sa voix, la nostalgie d'une douceur sans complication. Annabel regretta aussitôt d'avoir demandé à Daisy le rappel de ses années américaines : la jeune fille avait l'air encore plus lasse qu'au dîner de la veille, bien qu'à son âge il fût difficile de déceler des signes de fatigue.

Ah ! la mort de Stach était une sale période qu'il leur fallait tous traverser, on ne pouvait pas sauter par-dessus et continuer comme s'il ne s'était rien passé. Annabel elle-même avait dû faire appel à toutes ses ressources pour garder la maison pleine et animée. Elle avait envie de se glisser dans une chambre tranquille et de laisser le chagrin déferler sur elle, mais elle ne pouvait pas se le permettre, surtout pour Daisy. Elles restèrent sans échanger un mot, assises dans les transats de toile rayée sur la terrasse, tournant le dos à la mer car, à cette heure-là, la réverbération était trop forte. Annabel avait le don du silence reposant et elle ne demandait jamais à quoi on pensait : ce n'était là qu'une des nombreuses qualités que les hommes aimaient en elle et que bien peu d'autres femmes avaient comprises.

11

*A*u cours de la semaine sui-
vante, Ram vint chaque soir dans la chambre de Daisy. Maintenant
qu'il la possédait, les sentiments qu'il réprimait depuis plus longtemps qu'il ne s'en rendait compte se trouvaient libérés. Ils jaillissaient, s'épanouissaient en une folie obsédante. Il ne pouvait penser
à rien d'autre qu'à Daisy. Enfin, il l'avait pour lui, enfin son père ne
passait pas le premier, enfin il pouvait faire d'elle ce qu'il voulait.

La nuit, il attendait seulement que le corridor fût libre avant de
se couler par sa porte. Peu lui importait qu'il y eût d'autres lumières
qui brûlaient encore dans la maison, une fois la porte fermée à clef.
Dès qu'il voyait la tendre et secrète blancheur de ses seins et de son
ventre, dès qu'il humait le doux parfum de ses cheveux, dès qu'elle
l'entourait de ses bras d'ambre, il était saisi d'une telle envie de la
prendre qu'il oubliait toute considération de prudence, tout vestige
de raison. Et elle était dominée par lui, tout entière en proie à un
étrange mélange de sentiments où elle désirait et désirait encore ses
baisers tout en redoutant ce qu'elle savait maintenant qu'il finirait
par faire. Chaque nuit, elle l'attendait dans l'angoisse, pensant que,
cette fois, elle aurait la volonté de protester et chaque nuit elle
échouait.

Jamais il n'y avait aucun apaisement physique pour Daisy. Elle
était si naïve, si ignorante des choses de la vie qu'elle ne savait pas
très bien qu'il aurait pu en être autrement. Même si elle l'avait su,
elle aurait eu honte de le demander, car demander ç'aurait été
participer, encore plus qu'il ne l'y obligeait. Elle se concentrait sur
les minutes où il l'embrassait, la serrait, la tenait contre lui. Pour le
reste, elle essayait autant qu'elle le pouvait de ne pas y penser. Et
quand c'était fini, il y avait le châtiment : le vertige de la détresse et
cette déception poisseuse dans laquelle elle restait plongée au long
d'interminables journées.

Contrairement à Ram, Daisy éprouvait un sentiment de remords
intolérable, bien qu'elle fût trop innocente pour l'identifier avec
précision et qu'elle n'éprouvât que fatigue accablante et noire
tristesse. Mais elle était déchirée par le besoin constant qu'elle avait
de Ram, un besoin aussi fort que son remords. Elle l'aimait depuis
qu'elle avait six ans et elle ne savait pas comment rompre l'emprise
qu'il avait sur elle. La culpabilité et la crainte de n'avoir personne à
qui se raccrocher, personne à qui appartenir, luttaient chaque jour
en elle, et chaque jour elle était plus malheureuse, plus désemparée,

plus incapable de penser jusqu'au bout... De penser, tout simplement.

« Daisy, allons passer la journée à Deauville, seuls, pour faire quelques courses. Les boutiques sont pleines de tenues d'automne, nous pourrions voir ce qu'il y a chez Dior, chez Saint Laurent et chez Courrèges. Tu as tellement grandi que tu as besoin de nouvelles toilettes, proposa Annabel, guettant sur le visage de Daisy des signes qu'elle jugeait alarmants.

— Je ne suis pas d'humeur à acheter, Annabel... Je suis si fatiguée que je ne crois pas que je pourrais rester debout à essayer des vêtements.

— Alors, j'ai une idée formidable. J'ai toujours eu envie de voir ce qu'est cet établissement thermal près des planches... il paraît qu'on se sent en pleine forme... rajeuni. D'abord, on t'asperge d'eau de mer avec un gros tuyau pour fouetter la circulation, puis tu trempes dans un bain chaud ; ensuite, long massage ; enfin, on t'enveloppe dans des serviettes comme un bébé et on te fait te reposer dans un transat pendant une demi-heure. Allons-y. Après quoi, nous irons prendre le thé avec des éclairs au chocolat.

— Ça m'a l'air d'une torture par l'eau », fit Daisy, indifférente.

Annabel, ne s'avouant pas vaincue, proposa d'aller jusqu'à Pont-l'Evêque acheter le fromage qui, depuis le XIIIe siècle, en fait la célébrité. Ou bien de déjeuner tout bonnement à la ferme Saint-Siméon, au pied de la colline, là où se trouvaient les impressionnistes. Cette promenade, autrefois, était une petite fête pour Daisy. Mais elle refusa toutes les propositions d'Annabel, sous un prétexte ou sous un autre. Elle n'avait pas envie d'être seule avec son secret et Annabel. Elle craignait qu'Annabel, toujours si sensible à l'humeur d'autrui, n'allât deviner la vérité. Elle redoutait encore plus de la raconter elle-même. Et alors ?... Que lui ferait Ram ? Un après-midi, triste et nerveuse, Daisy se terra dans un des profonds recoins du balcon du salon avec l'intention de lire Balzac en français, ce que l'honorable miss West, professeur de français chez Lady Alden, avait conseillé à toutes ses élèves pour leurs vacances d'été. Elle n'avait pas lu plus de trois pages du volume poussiéreux, comprenant peu ce qu'elle lisait, que Ram vint la débusquer dans sa cachette.

« Je t'ai cherchée dans les bois, dit-il comme un reproche. Pourquoi restes-tu ici ?... Il fait beau dehors.

— J'avais envie d'être seule.

— Eh bien, moi, je veux te parler. J'ai décidé ce qu'il fallait faire de la maison de Londres. Elle est beaucoup trop grande pour nous... Père n'a jamais eu besoin de tout cet espace — et le marché de l'immobilier n'a jamais été plus florissant. Je vais la vendre pour acheter une maison qui rime à quelque chose : où l'on n'ait pas besoin de plus de trois ou quatre domestiques. Je pense que nous devrions vivre à Mayfair, dans Upper Brook Street ou à South Audley Street... quelque part dans ce quartier.

— Tu veux dire... vivre ensemble ? fit-elle, abasourdie.

— Evidemment. Il faut bien que tu habites quelque part. Tu te crois assez grande pour vivre seule ?

— Mais... je croyais, je pensais... que j'allais vivre avec Annabel, Ram, pas avec toi, répliqua Daisy avec toute la dignité qu'elle pouvait rassembler.

— Pas question ! Je ne le permettrai pas. Dans quelques mois, Annabel aura trouvé un autre compagnon pour l'entretenir et tu ne peux pas t'exposer à ce genre de situation.

— Ram ! C'est horrible de dire ça... Annabel est comme ma mère !

— Cela prouve bien que j'ai raison : tu es encore beaucoup trop bébé pour comprendre qu'Annabel vit aux crochets d'hommes riches... Qu'elle l'a toujours fait et qu'elle le fera toujours.

— Ça n'est pas vrai ! Comment peux-tu être aussi horrible ?

— Alors, pourquoi père ne l'a-t-il jamais épousée ? »

Daisy balbutia, incapable de répondre à cette objection. Frénétiquement, elle trouva autre chose. « Et les domestiques ? Que vas-tu faire d'eux ?

— Les mettre à la retraite, bien sûr, fit Ram, indifférent. Ils sont bien trop vieux, tous autant qu'ils sont, ce sont de vieux débris. Il n'y a aucune raison de croire que nous sommes condamnés à les entretenir dans leur gâtisme jusqu'à ce qu'ils tombent morts l'un après l'autre dans l'office : ce n'était qu'une autre des folles extravagances de père, comme d'investir tout son argent chez Rolls-Royce pour des raisons sentimentales. Je vends mes actions Rolls, Daisy, et je retire tes capitaux aussi. Il est grand temps de faire travailler cet argent — et grand temps d'en faire sortir le plus possible d'Angleterre !

— Non, Ram ! Tu ne peux pas vendre mes actions... Père me les a laissées et je n'ai pas l'intention de vendre.

— Daisy, répondit Ram, sérieux, il n'y a pas place à la Bourse pour les attachements affectifs. Je suis l'administrateur légal de ta fortune et si je veux vendre tes actions, je le peux.

— Tu le ferais ? Contre ma volonté ? » demanda-t-elle en le foudroyant du regard. Les actions de Rolls-Royce lui semblaient soudain tout ce à quoi elle pouvait encore s'accrocher, une relique tangible de la sollicitude de son père, un lien avec le passé que Ram soudain s'acharnait à démanteler. « Oh ! la barbe, lança-t-il. Garde tes actions si ça représente tant pour toi.

— Et mon cheval ? Où est-ce que je le garderai ? » demanda

Daisy, se débattant pour trouver un autre élément stable de sa vie que Ram ne pourrait pas effacer d'un mot.

— Nous trouverons une autre écurie, près de la nouvelle maison, ne t'inquiète pas. Tu peux avoir deux douzaines de chevaux blancs si tu veux, Daisy, et un chenil plein de bâtards, dit-il, soulagé de voir que Daisy semblait se trouver à court d'arguments.

— Mais ton appartement, dit-elle faiblement, tu en étais si content ?

— C'est trop petit pour nous deux. Je peux m'en débarrasser du jour au lendemain, et avec bénéfice. Les tableaux de père atteindront une fortune chez Sotheby, même si je garde au moins deux Rembrandt et le mobilier. Mon Dieu, as-tu une idée de ce que valent aujourd'hui des meubles français signés ? Sans parler des icônes... A elles seules, nous aurions une belle vente.

— Alors, tu vas vendre *tout* ?... Tout ce que j'aime, tout ce avec quoi j'ai grandi ? » enchaîna-t-elle les larmes aux yeux. Elle avait envie d'éclater en sanglots et de se jeter sur Ram, mais elle savait qu'il pouvait faire ce qu'il voulait de ce qui lui appartenait. Il la prit dans ses bras et la serra contre lui.

« Nous serons ensemble, tous les deux, sans vieux domestiques pour se mêler de nos affaires, nous épier et te traiter comme une enfant... C'est ce que tu veux, non ? » Horrifiée, elle ne répondait pas. Prenant son silence pour un accord, il passa une main sous son corsage et s'empara d'un de ses seins, son pouce traçant des cercles autour du mamelon. Si furieuse qu'elle fût, son bout de sein durcissait et Ram releva plus haut son corsage ; elle le sentait qui plaquait des baisers contre sa poitrine, d'une bouche aux lèvres goulues et avides. Son autre main plongea à l'intérieur du short de Daisy, cherchant le doux duvet, le bout de ses doigts tâtant à l'aveuglette la tiédeur de son sexe. Daisy se pétrifia en entendant un pas léger monter l'escalier du balcon mais, sourd à tout, Ram suçait son sein plus fort que jamais, comme s'il voulait l'aspirer tout entier. Daisy, avec une force qu'elle ne pensait pas posséder, se dégagea et se jeta aussi loin de lui qu'elle le put, sur le canapé, braquant un doigt frénétique dans la direction d'où venaient les pas pendant qu'elle rajustait son corsage. Ram finit par comprendre et quand Annabel apparut avec un vase de fleurs, elle les trouva tous les deux assis à deux mètres l'un de l'autre, Daisy apparemment plongée dans Balzac.

« Mes enfants ! Oh, que vous m'avez fait peur ! Je croyais être seule en haut. Regardez... N'est-ce pas que ces " Queen Elizabeth " sont merveilleuses ? Daisy, elles sont pour ta chambre. Les Kavanaugh arrivent de bonne heure demain et j'emplis la maison de fleurs pour eux.

— Seigneur ! Encore des gens. Ça devient une pension de famille ici, fit Ram, dégoûté.

— Ils te plairont », dit Annabel d'un ton léger, ne se souciant guère, pour l'instant, si ce serait le cas ou non. A voir l'air qu'ils avaient, elle pensa qu'ils s'étaient encore disputés. Eh bien, ils n'auraient qu'à s'arranger tout seuls.

Ce soir-là, dès la fin du dîner, Daisy monta s'enfermer dans sa chambre. Plus tard, Ram vint frapper à plusieurs reprises, chaque fois un peu plus fort, en chuchotant son nom. Elle regarda la porte d'un air de défi sans l'ouvrir ni répondre au jeune homme. Ce fut seulement lorsqu'elle l'entendit s'éloigner qu'elle se laissa aller à gémir de peur.

Daisy quitta *La Marée* à l'aube le lendemain matin, fourrant dans sa poche un gros quignon de pain et une orange. Elle parcourut les chemins de la campagne de Honfleur avec Thésée, le tenant solidement en laisse pour l'empêcher d'aller piller les poulaillers du voisinage. Elle avait l'impression que, toute seule avec son chien, elle pourrait revenir à l'époque révolue où la vie était simple, où elle suivait des règles édictées pour elle, où elle connaissait les limites de son indépendance et vivait heureuse. Mais comme les heures passaient et que le soleil montait dans le ciel, elle pensa qu'Annabel devait compter sur elle pour déjeuner. C'était le jour de l'arrivée des nouveaux invités, Eleanor Kavanaugh et sa fille, dotée de Dieu sait quel prénom idiot et qui était censée lui devenir sympathique. L'idée de voir des gens nouveaux lui semblait pour l'instant une complication presque intolérable mais, d'un autre côté, la jeune fille partagerait sa chambre, et c'était pour Daisy un profond soulagement, un répit qu'elle n'aurait pu se ménager toute seule.

L'arrivée des Kavanaugh à *La Marée* s'annonçait par la présence dans l'allée d'une énorme Daimler rouge sombre, garée devant la porte et dont le chauffeur en livrée s'occupait à extraire une douzaine de valises. « Oh, bon sang de bonsoir ! » murmura Daisy, tout en contemplant la scène. C'était la plus violente expression de dégoût qu'elle connaissait. Annabel n'avait pas dit que ces gens étaient en tournée officielle chez les indigènes. Est-ce qu'ils se prenaient pour la famille royale ? Elle regarda ses chaussures de tennis poussiéreuses, son short trop petit et son débardeur usé. Ses cheveux, se dit-elle, devaient faire penser à un nid d'hirondelles. Avec un peu de chance, ils seraient peut-être tous dehors à prendre un xérès et elle aurait le temps de se rendre présentable avant de les rencontrer.

Ne voyant personne, Daisy se glissa dans l'escalier et approcha sans bruit de sa chambre. Comme elle n'entendait aucun bruit à l'intérieur, aucun remue-ménage de valises, elle entra d'un pas vif et s'arrêta net en apercevant une jeune fille pelotonnée sur la banquette, près de la fenêtre, et regardant la mer. Trop tard ! La jeune fille se retourna et regarda Daisy, l'air stupéfait.

« Vous n'êtes pas Daisy !

— Pourquoi donc ?

— Daisy est une petite fille... Quinze ans ou quelque chose comme ça.

— Quel âge avez-vous ?

— J'en ai près de dix-sept.

— Eh bien... vous ne les paraissez pas. »

Kiki Kavanaugh se redressa de toute sa taille, un peu plus d'un mètre cinquante. Chaque pouce de sa personne pétillait d'audace et de féminité. Elle avait des sourcils amusants, la frimousse d'un chaton qui sait qu'il est le plus beau de la portée et une courte tignasse de cheveux bruns avec une mèche verte, à la dernière mode punk. Ses grands yeux étaient terre de Sienne, brun sombre avec des paillettes jaunes — les yeux d'un lutin, d'un rejeton du diable — et sa tête, au modelé ravissant, s'ornait d'une paire de petites oreilles parfaites et presque pointues. Elle portait ce qui aurait pu être, soit une robe de mariée ukrainienne, soit une tenue inventée par une princesse afghane exhibitionniste : un vêtement en toile rouge plissée, avec de grosses broderies en dentelle d'or, des franges et çà et là, des perles multicolores. Il ne lui manquait que des clochettes aux chevilles.

« Qui que vous soyez, dit cette apparition à Daisy, vous êtes absolument sublime. J'ai essayé de convaincre mère qu'il était temps de revenir au classique mais elle ne m'écoute jamais... Après tout, qu'est-ce que moi je peux savoir auprès de la reine de Grosse Pointe ? Grosse Pointe, c'est là qu'on habite, près de Detroit. Attendez qu'elle vous voie... Elle regrettera de m'avoir laissée garder les cheveux comme ça.

— Vous ne pouvez pas... hmmm !... les recolorer ? suggéra Daisy.

— Essayez donc et ils tombent... Il va falloir que j'attende qu'ils poussent. Oh, la barbe ! Je ne peux pas rencontrer tous ces gens dans cette tenue. Voulez-vous me prêter quelque chose à porter... Un short et une chemise ? Et un peu de vos cheveux ? »

Kiki tournait autour de Daisy, éperdue d'admiration. Même les tennis de Daisy lui semblaient le comble du chic désinvolte.

« Mais ce serait bien trop grand... Bien sûr, je le ferais avec plaisir, mais vous nageriez dedans, répondit Daisy, fascinée par cette gitane venue camper dans sa chambre.

— Oh, ça ne fait rien, je suis toujours ainsi quand je vois une jeune fille divinement grande, naturellement blond platiné et absolument, incroyablement belle : ça me fout un coup au cœur, mais dans quelques minutes ça va aller. Je veux dire, en fait, j'ai un moi qui ne se porte pas mal, mais bon sang, les nymphes des bois, ça me rabat toujours le caquet. J'adore jurer, pas vous ? » Elle regarda Daisy avec un sourire canaille et interrogateur.

« Lady Alden a toujours désapprouvé, alors ça doit être bien. On avait des coups de règle si on jurait.

— De règle ? La peine capitale ? Non, on dit châtiment corporel... Ou Dieu sait quoi. On vous faisait ça ? Comment osent-ils ? Mais alors... C'est vrai que vous devez être Daisy.

— Ma foi, qu'est-ce que je ferais dans cette chambre si ce n'était pas moi ?

— Je pensais... Oh ?... ça ne fait rien. Non. J'ai pris la résolution de ne plus jamais dire " ça ne fait rien ". Ça rend les gens dingues. Je pensais que Daisy était un nom parfaitement idiot, si affreusement démodé, un anachronisme. Mais ça vous va très bien puisque vous êtes bien elle. Ça se dit ?

— Mais oui.

— Miséricorde ! Les règles de grammaire, je les joue à pile ou face. Vous vous rendez compte, je me représentais une petite fille appelée Daisy, une princesse en plus, et qu'est-ce que je trouve, une vraie déesse. Je vous assure, il y a de quoi me rendre désagréable. Mais qui pourrait être désagréable avec vous ? Tiens, vous savez ce que je déteste le plus au monde ? » Daisy n'avait pas quitté Kiki des yeux. Elle venait de s'apercevoir que Kiki avait du vernis à ongles vert, du mascara vert et du fard vert sur les paupières. « Ce sont les femmes fantastiquement habillées dans *Vogue* qui racontent qu'elles vivent dans trois merveilleuses vieilles jupes qu'elles se sont fait faire sur mesures, il y a des années. Chez Chanel, bien sûr, où voulez-vous que ce soit ? Elles assurent qu'elles ont deux chandails tout simples en cachemire noir, auxquels elles ajoutent chaque année un accessoire parfait, par exemple une paire de sandales chinoises anciennes sans prix... On sait que c'est un mensonge total, mais comment pouvez-vous le prouver ? Ah, merde, je n'y arriverai jamais. » Elle était là, effondrée dans son costume compliqué.

« Ne change pas, ne bouge pas, ne te désespère pas, fit Daisy, retrouvant soudain son rôle de chef de classe chez Lady Alden. Je reviens tout de suite. » Elle revint cinq minutes plus tard, les cheveux relevés au-dessus de sa tête et maintenus par des épingles dans lesquelles elle avait piqué quelques-unes des bougainvillées pourpres qui poussaient sur les murs de la maison. Elle portait une mini-robe en papier d'argent étincelant qu'elle avait achetée trois livres chez Biba. On ne pouvait la porter qu'une fois et elle n'avait pas osé la sortir de sa penderie jusqu'à ce jour.

« Tu as des bijoux de Paco Rabanne ? demanda-t-elle à Kiki.

— Comme tout le monde. Une minute ! » Kiki fouilla dans une

de ses sept valises et en tira un collier style science-fiction en métal moulé qui avait l'air d'un grand miroir au cadre tarabiscoté, un peu comme une ceinture de chasteté. Elle le fixa au cou de Daisy.

« Des boucles d'oreilles ?

— Non... Je crois que ça ferait trop. Je vais rester pieds nus... Ça fait le même effet, mais c'est plus simple.

— Ça n'est pas possible que tu aies quinze ans, fit Kiki avec admiration.

— Je suis très mûre pour mon âge. Viens... Allons donner aux vieux un choc qu'ils ne sont pas près d'oublier. »

Pendant la semaine de présence des Kavanaugh, Ram, pour la première fois de sa vie, sentit son amertume prendre la forme de véritables fantasmes de meurtre : le meurtre de Kiki. Il aurait eu besoin pour cela d'une arme magique. Kiki, vive, espiègle et farceuse, aimait s'amuser d'une façon qui, malgré son intelligence, avait conduit quatre des meilleurs pensionnats de jeunes filles des Etats-Unis à s'abstenir de « l'inviter » à se réinscrire l'année suivante. Elle avait survécu aux incalculables dégâts provoqués par l'indulgence absolue dont elle jouissait depuis sa plus tendre enfance. La découverte, presque depuis qu'elle savait marcher, de son appartenance à la seule aristocratie locale qui représentât quelque chose à Grosse Pointe, celle de l'industrie automobile, n'arrangea rien. En outre, elle était la fille tant attendue dans une famille qui comptait déjà trois frères aînés : elle avait survécu à tout cela, grâce à une sincérité innée solide et incorruptible. Kiki ne dissimulait la vérité ni à elle-même ni aux autres, et c'était un trait de caractère si rare qu'il la faisait paraître excentrique. Sa sincérité allait de pair avec son caractère impulsif ; Daisy et elle, qui n'avaient qu'un peu plus d'un an et demi d'écart, se rejoignirent dans une complicité immédiate. Elles rivalisaient dans leur amour du défi, dans leur goût pour les projets improbables. Si Kiki était plus sophistiquée et plus rompue aux usages du monde, Daisy était la plus brave et la plus résolue des deux ; là où Kiki était gâtée — ou, comme elle aimait à le dire, « divinement pourrie » —, Daisy se contentait d'être entêtée. La plus grande différence entre les deux filles résidait dans leur capacité d'attachement. Kiki avouait à qui voulait l'entendre qu'elle faisait ce qu'elle voulait de son père, de ses frères et surtout de sa mère, et qu'elle les trouvait tous amusants, attitude qui déconcertait et ravissait Daisy.

Toutefois, durant la semaine que Kiki et sa mère passèrent à *La Marée*, les deux filles consacrèrent peu de temps aux discussions sérieuses. Comme des pouliches lâchées dans un pré, elles étaient tout occupées à explorer leur camaraderie nouvelle. Daisy, après une longue nuit de sommeil ininterrompu, se retrouva soudain pleine de son ancienne vitalité, comme si elle avait retrouvé sa jeunesse, une jeunesse sans tourment et sans interrogation. Elles s'embarquaient toutes les deux dans des expéditions à Honfleur pour plaisanter avec les pêcheurs, pour se gorger de Coca-Cola, dont Annabel ne voulait pas chez elle, pour acheter des saucissons à l'ail qu'elles dévoraient dans la rue. Elles prirent un taxi pour se rendre à Deauville à l'heure du thé et se promenèrent lentement dans les halls des grands hôtels dans une tenue de riches hippies, ravies des regards scandalisés des femmes entre deux âges avec leurs tailleurs Chanel sans risque et risiblement coûteux. Elles tenaient un compte du nombre de femmes à qui elles pouvaient faire baisser les yeux dans un hall. Elles échangeaient leurs vêtements avec passion, constatant que les shorts et les chemisiers de Daisy allaient à Kiki si elle les remontait en les repliant à la ceinture. Dans la même tenue, elles arpentaient la plage de Trouville en interpellant les placides groupes familiaux. Elles nageaient dans les eaux froides de la Manche, rentrant souvent en retard pour les repas à *La Marée* sans presque s'excuser sauf auprès d'Annabel qui n'en avait pas besoin, tant elle était ravie de voir couronnés de succès ses espoirs de trouver une amie pour Daisy.

Kiki n'avait qu'une doléance. « Ton frère doit tout simplement me détester, dit-elle à Daisy. J'ai flirté avec lui comme une dingue. Je l'ai invité à nous accompagner et je ne suis arrivée absolument à rien... Et ça, je te promets, ce n'est pas fréquent. En admettant même que ça m'arrive ! Est-ce qu'il a quelque chose contre les Américains ? Ou bien est-ce à cause de mes cheveux verts ? Il est pédé ? Je ne comprends pas.

— Oh ! Ram est un cas sans espoir... Ne t'occupe pas de lui, il a cet air supérieur d'ancien élève d'Eton. Il ne cherche pas à être grossier... Il est comme ça », répondit Daisy d'un ton évasif. Kiki ne se rendait donc pas compte à quel point il était jaloux, se demanda-t-elle ? Bien sûr que non... Comment Kiki pouvait-elle s'imaginer qu'elle, Daisy, se réfugiait derrière cette camarade afin de ne jamais se trouver seule avec Ram. Elle le regardait à la table du dîner : il la dévisageait, ses lourdes paupières semblables à celles d'un gisant. Comme par les fentes d'un heaume, seules les pupilles brillaient dans son visage fermé, mais elle comprenait qu'il essayait d'attirer son regard.

A plusieurs reprises, il l'avait coincée dans l'escalier et il avait failli sauter sur elle en la couvrant de baisers, mais l'approche de Kiki, qui la suivait fidèlement, l'avait forcé à lâcher prise. Ram était furieux de cette impuissance, mais Daisy réussissait à rester près de Kiki. Elle s'avouait que cette protection ne saurait durer longtemps, mais l'utilisait à plein tant qu'elle le pouvait. Elle avait besoin de ce répit, elle en avait si grand besoin qu'elle était prête à risquer le châtiment qu'elle savait inévitable quand ce serait fini. Tous les soirs, longtemps après que Kiki se fut endormie, Daisy restait éveillée à réfléchir, en essayant, mais en vain, de mettre un peu d'ordre dans ses émotions. Elle examinait l'aboutissement de son long amour pour Ram, du besoin qu'elle avait de lui et de sa conviction, chaque jour plus affirmée, que ce que Ram lui faisait était profondément mal, profondément mauvais, malgré tout ce qu'il croyait. Elle avait un jour songé à consulter Kiki, mais la simple idée des mots qu'elle aurait à utiliser la convainquit que c'était impossible. Ce fardeau, elle devait le porter seule, dans la honte. Une honte redoutable, qu'elle ne pouvait fuir, une honte sans fin.

Le jour finit par arriver où les Kavanaugh durent partir pour la Côte d'Azur, où ils devaient retrouver le père de Kiki qui venait en avion de Detroit via Paris. Ils comptaient faire étape à Limoges et couvrir la distance en deux longues journées de route. Dans quelques semaines, Kiki devait entrer en première année à l'université de Californie, à Santa Cruz. Bien qu'elle n'eût aucun diplôme officiel, ses carnets de notes furent jugés assez bons pour Santa Cruz, université libérale où elle avait été bien accueillie. Ses parents avaient soigneusement préparé ce voyage d'été pour pouvoir passer du temps avec leur fille avant, comme le disait presque en larmes Eleanor Kavanaugh, que « nous la perdions dans l'enseignement supérieur ». Il n'était donc pas question de décevoir son père en prolongeant le séjour à *La Marée*, comme Daisy et Annabel le lui avaient demandé.

« Daisy, je te promets qu'à Noël tu pourras aller voir Kiki aux Etats-Unis, dit Annabel aux deux filles consternées.

— Noël, c'est dans un million d'années. Pourquoi Daisy ne peut-elle pas venir à Santa Cruz aussi ? demanda Kiki.

— Elle doit encore faire une année chez Lady Alden avant de passer ses examens d'entrée à l'université, dit Annabel.

— Oh, la barbe, la barbe, et merde ! Excuse-moi, Annabel. J'ai l'impression d'être une amante maudite ou Dieu sait quoi, dit Kiki.

— Tu n'en as pas vraiment l'air », fit Annabel en riant. Elle s'était prise d'affection pour cette créature excentrique et se demandait comment sa vieille amie Eleanor qui, avant son grand mariage dans l'automobile, avait été une demoiselle américaine bien élevée et conservatrice avait pu faire une fille si bizarre.

Cette nuit-là, lorsque Ram vint frapper à sa porte, Daisy lui ouvrit aussitôt. Le départ de Kiki lui avait fait comprendre qu'au cours de cette semaine échevelée, elle avait implicitement pris une décision quant à son avenir. Mais maintenant, elle sentait le besoin inextinguible, pressant, pareil à une soif, de retourner à son adolescence perdue, de redevenir aussi chaste qu'elle l'était le 14 juillet. Elle était calme, déterminée et habitée de la certitude qu'il fallait tout sacrifier à cette fin. Sa confusion s'était dissipée. Elle pouvait se passer de Ram. La protection qu'il lui apportait était bien pire que la solitude. Pour la première fois depuis la mort de son père, il lui semblait voir clair dans les moindres recoins de son esprit.

Ram entra et ferma la porte à clé derrière lui. Aussitôt, il essaya de prendre Daisy dans ses bras, mais elle battit en retraite jusqu'à la banquette près de la fenêtre. Elle avait gardé la robe de cotonnade jaune qu'elle portait au dîner et toutes les lampes de sa chambre étaient allumées.

« Assieds-toi, Ram, j'ai quelque chose à te dire.

— Ça peut attendre.

— Non. Pas une seconde de plus. Ram, ce que nous avons fait est fini... Terminé. Je suis ta sœur. Tu es mon frère. Je ne veux jamais recommencer, parce que c'est mal et que je n'aime pas ça.

— C'est cette garce de Kiki, tu lui as dit, n'est-ce pas ? fit-il d'une voix blanche de rage.

— Pas un mot. Personne ne sait et personne ne saura jamais, je te le promets. Mais c'est fini.

— Daisy, on dirait une petite bourgeoise. C'est fini ? Comment est-ce que ça peut être fini ? Nous nous aimons. Tu m'*appartiens*, petite idiote, et tu le sais.

— Je n'appartiens à personne qu'à moi-même. Tu peux faire tout ce que tu veux, tu peux vendre tout ce que papa aimait, tu peux vivre comme bon te semble, mais j'ai l'intention de rester avec Annabel, à Eaton Square. Je suis sûre qu'elle voudra bien de moi. Et voilà. Je n'ai plus *besoin* de toi ! »

Ram s'approcha et posa une main robuste sur le haut de son bras, juste au-dessous de l'épaule, la serrant à lui faire mal. Elle resta assise, silencieuse comme une statue de marbre. Il y avait assez de lumière pour qu'il pût distinguer le velours de ses pupilles et ce qu'il y vit, une détermination profonde et indomptable, l'exaspéra.

« Ram, ôte ta main de mon bras », lui ordonna-t-elle.

L'invite prononcée avec calme et sang-froid ne fit que l'exciter. Ses mains fortes et osseuses se refermèrent sur les bras de Daisy et, d'une secousse il la fit se lever, comme si c'était une bête à qui il fallait enseigner la discipline. Elle resta là, intrépide et prisonnière, à le regarder droit dans les yeux. Il attira violemment Daisy vers lui et embrassa ses lèvres. La bouche de la jeune fille ne bougea pas sous la sienne. C'était à peine si elle respirait. Il s'empara de sa bouche, la dévorant avec une habileté calculée et refrénant la colère qui montait en lui. Il lui prodigua les longs et délicieux baisers dont une semaine plus tôt encore elle avait soif. Mais elle demeurait passive et détachée. Il lui caressa les cheveux d'une main dure, possessive, exigeante et lui chuchota à l'oreille : « Daisy, Daisy, si tu veux, je m'arrête là, je ne ferai rien d'autre... Rien que t'embrasser et te tenir dans mes bras... Je te le promets... Je te le jure. » Mais alors même qu'il la serrait contre lui et lui meurtrissait les joues de baisers brûlants, elle sentit le sexe de Ram se dresser et se presser dangereusement contre son ventre. Rassemblant soudain toute son énergie, Daisy se libéra.

« Ça ne marche pas, Ram. Je ne te fais pas confiance. *Je n'ai pas envie de toi !* Rien de toi : ni baisers, ni étreintes, ni mensonges. Sors de ma chambre. » Elle parlait à voix basse, à cause des autres dans la maison, mais d'une voix qui manifestait un dégoût blessant. Elle avait reculé jusqu'au mur. Il se jeta sur elle, les traits déformés par le désir, le regard voilé par l'envie qu'il avait de la posséder. Ram ne se maîtrisait plus. Il coinça Daisy contre le mur de tout son poids, souleva sa jupe d'une main brutale pour y plonger son sexe durci. De l'autre main, il s'emparait de ses seins d'un geste frénétique, meurtrissant cruellement les jeunes mamelons.

« Tu n'oserais pas si papa était vivant, sale lâche ! » haleta Daisy. Ram la gifla à pleine main. Elle sentit ses dents qui lui coupaient l'intérieur de la joue et le sang commencer à couler sur sa langue. Il la frappa encore et encore, et alors qu'elle essayait, affolée, de retrouver son souffle pour hurler, il plaqua sa main contre sa bouche et la tira jusqu'au lit. Malgré tous ses efforts, Daisy ne parvint pas à se libérer de cette main qui la bâillonnait durant les brèves et affreuses minutes qui suivirent. Elle avala son sang pour ne pas s'étrangler. Pendant ce temps, il arrachait son slip. Il dut la frapper à deux reprises encore avant de pouvoir lui écarter les cuisses, puis ce fut le cauchemar interminable de cette déchirante brûlure tandis qu'il plongeait son sexe en elle, encore et encore, avec l'acharnement d'un fou, si sèche et si fermée qu'elle fût. Lorsqu'il en eut fini, Daisy resta là, inerte, un filet de sang sur les lèvres, si épuisée, si anéantie qu'elle dut attendre de longues minutes les larmes salvatrices. Quand elle eut bien pleuré, meurtrie mais résolue, Daisy se leva du lit et s'en fut réveiller Annabel.

Annabel donna à Daisy des serviettes douces imbibées d'eau tiède pour arrêter le saignement de sa bouche et elle écouta, en la tenant serrée contre elle, Daisy lui raconter toute l'histoire, jusqu'à ce qu'enfin elle fût assez calmée pour tomber endormie sur le lit. C'est alors seulement qu'Annabel se laissa aller à des sanglots plus violents, plus tourmentés et plus furieux que ceux qui, tout à l'heure, secouaient Daisy. Elle avait failli à Stach, elle avait failli à Daisy. Le crime de Ram devait rester secret, ce qui la privait de la vengeance qu'elle aurait aimé assouvir. Plus jamais elle ne lui adresserait la parole. Pour elle, il était mort à jamais, mais il n'y avait aucun moyen de le faire expier. Ce qui était fait était fait... Elle se maudissait, elle maudissait son aveuglement, sa confiance.

A peine le jour levé, Annabel téléphona à l'hôtel de Limoges où les Kavanaugh faisaient étape dans leur voyage vers le sud.

« Eleanor, c'est Annabel. Ne me pose pas de question, mais crois-tu que Daisy pourrait entrer à Santa Cruz ?

— Cette année ? Elle n'est pas trop jeune ? répondit Eleanor Kavanaugh avec la façon directe dont elle abordait les problèmes.

— Ça n'est pas une question d'âge... Il s'agit de savoir si elle pourrait passer l'examen d'entrée. C'est *très* important, Eleanor, sinon je ne la laisserais pas partir si vite.

— Je suis sûre qu'elle pourrait le passer, Annabel, elle en sait déjà beaucoup plus qu'une Américaine de dix-sept ans. Ecoute, je vais demander s'il y a encore de la place et où elle peut passer l'examen... D'accord ?

— Pourrais-tu le faire demain... Je veux dire, aujourd'hui. N'attends pas d'être rentrée, supplia Annabel.

— Compte sur moi. » Eleanor n'avait jamais été quelqu'un qui posait des questions inutiles. « Dès que le bureau sera ouvert en Californie, je vais téléphoner... et puis, je te rappellerai et tu pourras envoyer le dossier de Daisy.

— Dieu te bénisse, Eleanor.

— Annabel, nous sommes de vieilles amies. Je n'ai pas oublié... Et ne t'inquiète pas. Daisy entrera à Santa Cruz, je te le garantis. Après tout, je leur ai bien fait prendre Kiki, n'est-ce pas ? Rends-toi compte, ça n'est quand même pas Harvard. » Mais c'est à dix mille kilomètres de Ram, songea Annabel en raccrochant.

12

*K*iki s'exclama tout excitée :

« *Tissés à la main !* »

— Quoi ? » Daisy leva les yeux du catalogue des cours donnés à l'université de Californie de Santa Cruz. Cela faisait une bonne demi-heure que Kiki ruminait tout en jetant un regard écœuré à ses valises qu'elle avait posées dans un coin du dortoir.

« Mais c'est ça ! C'est la clé ! Fait main, d'occasion, volés ou échangés... Mais avant et par-dessus tout, *tissés à la main*. Tout de même, nous ne voulons pas nous faire remarquer comme deux gourdes ?

— Je croyais avoir échappé aux uniformes en partant de chez Lady Alden, ne me dis pas qu'il va falloir que j'en remette un autre ici... Et d'ailleurs, pourquoi est-ce si important la façon dont nous nous habillons ? interrogea Daisy. Je croyais que dans cet établissement on ne faisait pas de chichis.

— Daisy, je vois que tu n'as pas encore compris, soupira Kiki. Dès l'instant où tu sais comment t'habiller pour tel endroit ou dans telle circonstance... Dès l'instant où tu sais ça, le reste va tout seul. Tu as passé trop de temps dans le même collège, alors tu n'as jamais eu à t'inquiéter, mais si tu avais fait autant d'écoles que moi, tu te rendrais compte que tu ne peux t'épanouir que *si tu te fonds* dans l'entourage. D'accord, aucune de nous ne passe exactement inaperçue et nous voulons toutes les deux vivre les quatre années qui viennent dans une sorte d'incognito. Pas de princesse pour toi, pas de ces conneries de miss Grosse Pointe, héritière de l'automobile, pour moi. Alors, il faut nous mettre au " tissé main " tout de suite, même si ça gratte.

— Entendu. Et maintenant, comment décider quels cours tu vas prendre ? Ça ne se réglera pas tout seul, fit Daisy, en agitant le catalogue dans sa direction.

— Il y a un cours de surf qui m'a l'air extrêmement intéressant. Il y en a un aussi de pilotage de kayak, d'entretien de motocyclette et un autre de danse moderne. Mais celui auquel je tiens absolument, c'est le cours de trampolino.

— Kiki... Tu es impossible. Aucun de ces cours ne donne d'unité de valeur.

— Bof !

— Moi, je prends la poterie, le dessin, la gravure et la peinture : tout ce qu'il faut pour un diplôme d'art, fit Daisy d'un ton satisfait.

Et puisque nous devons obligatoirement passer un certificat de ce qu'on appelle sciences sociales, prenons toutes les deux " initiation à la psycho ". Oh ! la barbe, on dit là-dedans qu'il faut prendre aussi " civilisation occidentale "... C'est obligatoire en première année.

— Je serais prête à m'inscrire n'importe où pour rester ici. J'ai l'impression que nous avons débarqué au paradis, dit Kiki en jetant par la fenêtre un regard extatique.

— Ecoute, prends l'équitation avec moi. Il faut bien faire un peu d'éducation physique. Oui, mais... pas d'unité de valeur non plus pour ça.

— Passe-moi ce fascicule, demanda Kiki. Ah ! L'atelier de production théâtrale peut compter comme unité de valeur pour les lettres... Qu'est-ce que tu dis de ça ? Il faut jouer dans une pièce... Je crois que je vais passer un diplôme d'art dramatique.

— Bon ! Voilà le problème de notre éducation réglé, fit Daisy, l'air satisfait. Maintenant, allons faire des courses. Ou bien faut-il que nous nous achetions seulement un rouet ? »

Daisy avait parfaitement réussi son examen d'entrée — ce n'était pas en vain que Lady Alden lui avait prodigué les coups de règle — et Santa Cruz s'était fait un plaisir d'accueillir l'étudiante de quinze ans et demi débarquant de Londres.

Kiki et Daisy partageaient une chambre à Cowell, premier des grands collèges autonomes de Santa Cruz, le joyau de ce vaste campus universitaire. L'établissement avait été fondé en 1965, tout juste deux ans avant que Daisy et Kiki entrent dans cette université expérimentale, bâtie sur huit cents hectares d'un paysage de rêve dominant la baie de Monterey, à cent vingt kilomètres au sud de San Francisco.

Un visiteur se rendant à l'université en venant de la station balnéaire victorienne de Santa Cruz, est vite étourdi par la somptueuse étendue de grands champs et de profondes forêts de ce qui fut un ranch ; il y avait encore de vieilles barrières, des fours en grès et quelques fermes. L'université se compose de plusieurs collèges séparés, qui rappellent Oxford ou Cambridge par leur conception d'ensemble, mais qui ont été bâtis par quelques-uns des plus grands architectes américains contemporains. Les collèges sont si habilement dissimulés parmi les arbres qu'on peut presque ne pas les voir, mais les étudiants, qui pourraient passer pour des figurants dans un film sur les bûcherons, se font remarquer lorsqu'ils déambulent de classe en classe : des garçons barbus et sympathiques et des filles couvertes de bijoux, même si elles s'habillent n'importe comment.

Daisy et Kiki firent de brillantes études à Santa Cruz, prenant les cours à l'apparence facile, mais assez durs en réalité. Elles travaillaient beaucoup plus qu'elles ne l'avaient prévu et, par là même, se trouvaient de plus en plus attirées dans le monde de l'art et du théâtre.

Daisy découvrit que son talent pour le dessin, réservé jusque-là aux seuls croquis qu'elle faisait pour Dani et dans ses moments de solitude, était un talent réel, qu'elle était bien plus douée qu'elle ne l'avait pensé et qu'elle disposait d'un atout sérieux. Elle se plongea dans le dessin, l'aquarelle, le pastel et la peinture à l'huile et ne fut jamais tentée par la mode abstracto-expressionniste, mais s'en tenait à ce qu'elle préférait : des portraits réalistes et sensibles ; des études de nature et, bien sûr, des dessins de chevaux. Le tempérament expansif de Kiki trouva un exutoire dans le théâtre, où rien de ce qu'elle pouvait faire ni dire ne causait la moindre surprise. Tout le monde était dans « l'auto-expression » jusqu'au cou, ce qui convenait fort bien à Kiki. Elle trouvait enfin ce qu'elle avait cherché partout, quelque chose qui l'amusait, et voilà qu'à Santa Cruz elle pouvait obtenir un diplôme avec ce passe-temps !

Kiki était prodigue de son petit corps délicat. Elle avait de nombreuses aventures, se moquant éperdument des principes qu'on avait tenté de lui inculquer à Grosse Pointe sur la nature de la vertu, sur sa bonne renommée ou sur l'opinion publique. Son seul guide était un code moral bien à elle, fondé sur la générosité et la sincérité. Elle avait l'art de tomber amoureuse des hommes discutables, mais elle adorait ses erreurs, elle s'en tirait toujours avant d'avoir blessé qui que ce soit, sauf elle. Elle observait, avec un amusement coupable, les efforts des autres pour lui inspirer des remords. Ce qui comptait d'abord, c'était s'amuser. Pourquoi les gens ne pouvaient-ils pas tout simplement l'admettre ? S'amuser, en supporter les conséquences et passer à l'aventure suivante. Il n'y avait pas lieu de tirer de *leçon* de ses erreurs. De toute façon, une erreur appelait la suivante.

Durant leur séjour à Santa Cruz, Daisy et Kiki partagèrent la même chambre, bavardant souvent tard dans la nuit et échangeant leurs expériences, mais Kiki savait qu'il y avait chez son amie de grands secteurs d'ombre. Même lors de leur dernière année d'université, Daisy resta énigmatique et Kiki n'aimait pas résoudre les énigmes.

« Daisy, suggéra-t-elle un jour de 1971, au cours de l'hiver de leur quatrième année, pense un peu au clitoris.

— Avant de déjeuner ?

— Pourquoi, je te demande pourquoi se trouve-t-il là où il est ? Tout enfoui, pratiquement invisible, impossible à trouver sans des instructions que, pour ma part, j'en ai par-dessus la tête d'être obligée de fournir.

— Je croyais que tu te contentais de leur dire ce que tu voulais qu'ils fassent et qu'ils le faisaient », dit Daisy sans curiosité. Les doléances de son amie n'avaient rien d'extraordinaire.

« Pourquoi faudrait-il que je leur donne une vraie carte routière ? Un homme n'a pas besoin de montrer à une femme où est sa queue ! Ça n'est pas juste !

— Où crois-tu, au fait, que devrait être le clitoris ? demanda Daisy d'un ton raisonnable. Au bout de ton nez ?

— Je ne renonce pas au sexe, s'empressa de répondre Kiki, mais il y a vraiment des réformes à faire.

— Hmmm ! » Daisy attendit avec patience que se dévoilât le véritable objet de la conversation. Chaque fois que Kiki parlait du clitoris, c'était pour amener un autre sujet.

« Puisque nous parlons de ça, Daisy, il y a une chose que je ne comprends vraiment pas chez toi, poursuivit Kiki.

— Rien qu'une ?

— Ouais... Comment se fait-il que tu sois toujours vierge ? Tout le monde parle de toi... Tu t'en rends compte ? On t'appelle Valenski-Bécot-sur-la-Joue.

— Je sais. Ça ne fait pas américain... Je te gêne, n'est-ce pas ? fit Daisy en riant.

— Presque. Tu te rends compte que tu vas avoir dix-neuf ans à ton prochain anniversaire ? Dans quelques mois ? Et toujours vierge ? Ça n'est pas que ça ne fasse pas américain... C'est malsain, c'est pernicieux. Je t'assure, Daisy... Je suis sérieuse.

— J'attends le Prince charmant, fit Daisy avec agacement.

— Tu danses avec Mark Horowitz qui a une folle aventure avec Janet, sauf qu'elle a horreur de danser ; tu montes à cheval avec Gene, le joyeux cavalier ; tu vas au cinéma avec absolument n'importe qui, tant que c'est en bande ; tu laisses Tim Ross t'offrir des pizzas, et il est si amoureux de toi qu'il est ravi d'avoir simplement l'honneur de payer ton pepperoni ; tu vas à San Francisco faire un repas chinois avec trois *filles*, et tous les mecs, même les mieux de la boîte, te courent après ! Et je ne compte pas les garçons que tu as rencontrés quand tu viens à la maison avec moi pour les vacances !... Les plus beaux partis de Grosse Pointe se sont tous fait éconduire par toi, ma petite, y compris mes malheureux frères, ces charmants connards. Je ne parle pas non plus des hommes que tu rencontres quand tu vas chez Annabel, l'été. J'ai vu les lettres qu'ils t'écrivent et auxquelles tu ne te donnes même pas la peine de répondre. Qu'est-ce que tu as ? » Kiki se campa, les poings sur les hanches sous un poncho en lambeaux, ses petites oreilles toutes roses d'indignation.

Daisy la regarda, soudain grave. Il y avait plus de deux ans maintenant que Kiki entonnait ce refrain et, de toute évidence, ce sujet la préoccupait assez pour qu'elle en fît tout un plat. Et quand

Kiki commençait à faire une histoire de quelque chose, elle était capable de faire revenir Napoléon de Sainte-Hélène.

« D'accord, tu as raison. Je n'ai pas envie de me lier à un homme, pas le moins du monde. Je n'ai pas envie que quelqu'un puisse avoir un quelconque pouvoir sur moi. Je ne veux pas qu'un homme devienne mon intime. Je ne supporte pas quand ils s'imaginent qu'ils ont le droit de m'embrasser simplement parce que nous avons passé une soirée ensemble. Qui le leur a demandé ?... Qui leur a donné la permission ?... Comment osent-ils se conduire comme si je leur devais quelque chose ?

— Eh, doucement... Calme-toi... Nous ne parlons pas de la même chose. Tu es censée avoir envie d'être dans les bras d'un garçon...

— Mais je n'aime pas... Je n'ai pas envie d'essayer... Et c'est ainsi ! Tu devrais être capable de m'accepter comme ça, fit Daisy d'un ton catégorique.

— Tu as raison, je le devrais. Mais je n'y arrive pas.

— Eh bien, essaye encore », lui conseilla Daisy.

Depuis que Daisy était arrivée à Santa Cruz, elle était harcelée par les passions romantiques qu'elle inspirait à différents jeunes hommes et, pour sa part, ce déchaînement de sentiments la laissait complètement froide. Elle s'en moquait comme de sa première chemise. Personne, personne ne devait avoir le moindre espoir de la posséder : elle piétinait les sentiments sans le moindre remords. Elle n'était pas responsable de ses admirateurs et s'ils avaient envie d'être malheureux à cause d'elle, eh bien, qu'ils le soient ! Dès l'instant où quelqu'un avec qui elle sortait commençait à essayer de transformer un petit baiser neutre sur la joue en une étreinte plus poussée, elle cessait toute relation avec lui. Il y aurait toujours un volontaire pour prendre sa place.

A près de dix-neuf ans, Daisy avait affirmé sa beauté d'adolescente. Ses cheveux blond doré, qu'elle faisait rarement couper sauf pour les égaliser de temps en temps, lui arrivaient presque à la taille. Elle avait beau essayer de les dompter, de les coiffer en chignon ou bien de les nouer en une natte serrée, elle ne parvenait pas à empêcher que sa nuque, ses tempes et ses oreilles soient chatouillées par des mèches, des épis et des boucles qui échappaient à sa main énergique. Sa peau gardait la carnation de pêche mûre qu'elle avait héritée de Francesca et de ces générations de femmes magnifiques de San Gimignano. Des yeux aussi grands, avec des pupilles aussi noires que celles de Daisy, étaient presque impossibles à sonder... Et pourtant, les garçons de Santa Cruz ne renonçaient jamais à essayer. Ses sourcils si droits, si décidés, donnaient juste la touche d'étrangeté indispensable à son regard. A mesure qu'elle grandissait, sa bouche pleine de fille slave, le seul trait, avec la couleur des cheveux, qu'elle devait à Stach, s'affirmait davantage. A Santa Cruz, elle avait atteint un mètre soixante-dix-huit et elle paraissait plus mince et plus déliée que jamais. Elle montait chaque jour, par n'importe quel temps, et elle avait les bras, les cuisses, les jarrets et les épaules fermes et gracieux d'une cavalière.

Daisy et Kiki portaient l'uniforme qu'elles avaient choisi lors de leur première année d'université : des jeans et des corsages tissés à la main, les jeans aussi usés que possible, les corsages très folkloriques. Les deux amies, qu'on appelait Valenski et la Kav, étaient légendaires sur un campus où régnait l'excentricité. Leur personnalité et leur allure y étaient pour quelque chose, sans parler de Thésée qui dormait dans leur chambre et accompagnait Daisy à tous ses cours. Le seul endroit dont l'accès lui était interdit, à la demande des autres étudiants, était le réfectoire.

Malgré l'amitié profonde qui les unissait, Daisy n'avait jamais parlé à Kiki de Dani, à qui elle adressait deux fois par semaine un dessin détaillé, montrant tantôt une scène de sa vie au collège, tantôt une scène de la vie de Dani. Daisy se demandait parfois si elle n'aurait pas dû parler à Kiki de l'existence de sa sœur jumelle mais elle n'en fit rien. Elle ressentait toujours le poids de l'interdiction absolue que lui avait imposée son père, une interdiction sous laquelle elle vivait depuis l'âge de six ans et qu'elle ne discutait pas. C'était un tabou terrifiant qu'il *fallait* respecter car toute infraction aurait des conséquences graves.

La seule personne au monde à connaître encore l'existence de Dani, était Annabel, mais même avec elle Daisy ne parlait jamais de Dani. Après la brusque mort de Stach, Annabel avait assuré à Daisy que toutes les précautions étaient prises pour assurer l'avenir de Danielle. Daisy estimait cependant que c'était à elle, parce qu'*elle était née la première*, d'en assumer la responsabilité. Souvent, lorsqu'elle faisait quelque chose qui lui plaisait particulièrement, elle imaginait Dani, son double, son enfant plus que sa sœur, en train de jouer dans le jardin ou de chanter les comptines qu'on lui avait enseignées. Les larmes brûlantes lui emplissaient alors les yeux. Son seul réconfort était de se dire que Dani était aussi heureuse que possible, que l'Ecole de la reine Anne était vraiment sa maison et que le personnel et les autres pensionnaires étaient devenus sa famille. De Santa Cruz, bien sûr, Daisy n'avait pas pu aller voir Dani régulièrement, mais lors des longues coupures de Noël et de Pâques, elle prenait toujours l'avion pour l'Angleterre afin de la rencontrer. De plus, elle passait chaque été avec Annabel à *La Marée*, si bien que, par avion, elle n'était qu'à quelques heures de Dani. Le personnel de l'Ecole de la reine Anne prenait des photographies des deux sœurs ensemble, et ces photographies qui couvraient une période de treize ans, étaient épinglées sur un panneau de liège dans la chambre de

Dani. Souvent, elle le désignait à ses amies et à ses professeurs avec beaucoup d'orgueil. « Vois Day. Vois Dani. Jolies ? » demandait-elle inlassablement, sachant que leur réponse serait toujours : « Oui, oui, jolie Dani, jolie Day ! »

Durant ces années de collège, Daisy avait reçu des lettres de Ram, puisque c'était à lui qu'on envoyait, pour les régler, tous ses frais de scolarité, ses billets d'avion et ses factures d'habillement. C'était Ram aussi qui lui adressait ses chèques de pension. Daisy ne pouvait déchirer les lettres et les jeter sans les lire. Les problèmes d'argent, malheureusement, donnaient encore à Ram une certaine emprise sur elle et elle avait hâte de passer ses examens pour trouver un travail et se débrouiller seule.

En 1967 et en 1968, les lettres de Ram étaient tout à fait impersonnelles, il se contentait de noter qu'il avait réglé, sur les revenus de ses actions, les diverses factures qu'elle lui avait envoyées. Puis il avait commencé à glisser dans ses messages des phrases d'une inquiétante intimité. La première fois, il avait écrit, après avoir évoqué des questions d'affaires : « J'espère que tu ne m'en voudras pas jusqu'à la fin de mes jours de ce que j'ai fait. Je n'ai jamais cessé de me condamner pour ce qui n'a pu être qu'un accès de folie passagère. » La seconde lettre trimestrielle était encore plus affolante. « Daisy, je ne me suis jamais pardonné ce que je t'ai fait. Je n'arrête pas de penser combien je t'aimais et combien je t'aime encore. Si seulement tu voulais bien m'écrire que tu me pardonnes !... Et que tu peux maintenant comprendre que tu m'avais littéralement rendu fou, tu me soulagerais d'un grand poids. » Cette lettre avait fait frémir de terreur Daisy. C'était comme si Ram avait tendu la main en essayant de la toucher. Elle inspecta du regard la chambre qu'elle partageait avec Kiki, tremblant à la pensée que même ici, dans son seul refuge, il était capable de pénétrer, ne serait-ce que sous la forme d'une lettre.

Lorsqu'elle ouvrit la première lettre de l'année 1969, elle espéra que le fait de n'avoir pas répondu à ses deux dernières lettres l'aurait amené à revenir aux simples questions d'affaires. Mais il écrivait : « Je comprends pourquoi tu ne te sens pas encore prête à me répondre, Daisy, mais cela ne change pas les sentiments que j'ai pour toi. Je *dois* avoir un jour l'occasion d'obtenir directement ton pardon. Peu importe ce que tu penses, je suis ton frère, je le serai toujours et rien ni personne ne peut effacer mes souvenirs. Aurais-tu vraiment oublié le bouquet d'eucalyptus ? N'as-tu vraiment aucun sentiment pour quelqu'un qui t'aime tant ? »

Les lettres suivantes, Daisy les jeta sans les ouvrir dans la grande corbeille à papiers de la cafétéria, ne voulant pas les mettre dans la corbeille de son bureau. La crainte et le mépris que lui inspirait Ram n'avaient fait que croître avec les années et ses supplications lui donnaient envie de vomir. De longues heures d'introspection avaient permis à Daisy de comprendre que son expérience sexuelle prématurée n'aurait pas eu lieu sans le chagrin que lui avait inspiré la mort de son père. Elle avait l'impression d'avoir perdu une partie d'elle-même ; elle s'était précipitée dans les bras de Ram pour essayer de se retrouver. Jamais elle ne pourrait cesser d'accabler Ram de reproches, de se répéter que ça n'était pas sa faute à elle mais la sienne. Et pourtant, elle éprouvait toujours un sentiment de culpabilité et répugnait à se lancer dans de nouvelles aventures sexuelles. Daisy se barricadait et se défendait contre toute forme de sexualité. Elle savait qu'elle n'était pas raisonnable, mais ce n'était pas la logique qui pouvait commander ses émotions.

Pour compenser, elle se lança dans un programme d'activités qui dévoraient toute son énergie. En plus de ses cours réguliers et de ses promenades à cheval quotidiennes, elle devint membre de l'équipe responsable des décors de théâtre de l'université de Santa Cruz. Elle était si ardente et si disponible que le travail s'abattait de plus en plus sur ses épaules. A l'automne de la dernière année, elle fut chargée de toute la décoration, à la tête d'une équipe de peintres et de constructeurs qu'on appelait « les Vassaux de Valenski », en raison de leur dévouement au chef d'équipe exigeant qu'elle savait être. Daisy créa de nombreux décors où l'ingéniosité se combinait à l'illusion, à la façon d'un professionnel. Elle se familiarisa aussi avec divers autres métiers : éclairage, assemblage et dessin de costumes. Elle aimait la scène presque autant que Kiki, laquelle avait acquis une personnalité très attachante. Mais alors que Kiki jouait devant un public, Daisy aimait, au théâtre, la manipulation des matériaux sur lesquels elle travaillait. Elle prenait un grand plaisir à voir une toile de fond fraîchement peinte déployée sur l'herbe du jardin du collège et qui deviendrait, plus tard, grâce à quelques meubles et quelques accessoires, une stupéfiante réalité. Daisy ne savait pas quel genre de travail elle finirait par faire au théâtre, mais son ambition allait dans cette direction. Elle emmagasinait donc toutes les connaissances utiles à la scène.

Au début de l'automne de sa dernière année de collège, Daisy, plongée dans l'esquisse des costumes pour une version futuriste de *La Tempête*, vit s'engouffrer dans leur chambre une Kiki tout excitée : « Eh, Daisy, où es-tu ? Oh ! formidable... Tu es là. Ecoute, je viens de recevoir une lettre de Zip Simon, le directeur de publicité de l'ancienne société de papa, il vient ici la semaine prochaine et il nous invite !

— Qu'est-ce qu'un gros bonnet de United Motors peut bien vouloir de nos humbles mais néanmoins ravissantes personnes ? En fait, tu m'as interrompue. Comment crois-tu que Prospero s'habillerait dans un navire spatial ?

186

— En combinaison spatiale. Laisse tomber ça une seconde... Je t'avais dit, dans le temps, que Zip m'avait promis qu'au prochain tournage d'un film publicitaire pour la télé dans les parages, il nous inviterait, et ils vont en faire un à Monterey la semaine prochaine. C'est pour lancer le nouveau modèle de la Skyhawk. Tu sais, cette voiture mystérieuse.

— Un film publicitaire pour la télévision ? Bof ! Sans intérêt ! Cesse de plaisanter, Kiki », dit Daisy d'un ton dédaigneux.

Les étudiants de Santa Cruz se faisaient une religion de ne pas regarder la télévision, sauf quelques excentriques qui suivaient une émission d'actualités intitulée *Le Monde comme il va*, et qui se traitaient fièrement d'intoxiqués. Quant aux films publicitaires — tous les films publicitaires —, leur mépris ne connaissait pas de borne. Kiki, en tant qu'héritière d'une vulgaire fortune de Detroit, avait souvent du mal à se maîtriser lorsqu'elle entendait ses camarades exposer des idées aussi nobles qu'irréalisables sur l'industrie américaine en général et la publicité à la télévision en particulier.

« Daisy Valenski ! s'exclama-t-elle avec indignation. Tu ne sais pas que Marshall McLuhan a dit que les historiens et les archéologues découvriront un jour que la publicité de notre époque constitue le reflet le plus riche et le plus fidèle qu'une société ait jamais donné de toute la gamme de ses activités ?

— Tu viens de l'inventer !

— Pas du tout ! Je l'ai appris par cœur parce que j'en ai par-dessus la tête de la façon dont tout le monde se comporte ici. Attends un peu qu'ils essaient de trouver du travail, ils comprendront. Oh ! Daisy, peut-être apprendrais-tu quelque chose à les voir tourner ce film publicitaire ?

— Il y a toujours quelque chose à apprendre... Ne serait-ce qu'à éviter de faire des conneries.

— Ne prends pas tes airs condescendants ! Ça fait si longtemps que tu es à Santa Cruz que tu en as le cerveau ramolli.

— Voilà qui est parler en noble enfant de Detroit.

— Saloperie d'élitiste !

— Ordure de capitaliste !

— C'est moi qui ai dit " saloperie " la première, alors j'ai gagné », dit Kiki, ravie de sa victoire dans leur éternel jeu des insultes.

Une semaine plus tard, dans le cadre historique de Cannery Row, à Monterey, à moins d'une heure de voiture de Santa Cruz, les deux jeunes filles atteignirent une rue fermée par des cordons et où s'était déjà rassemblée une foule de spectateurs. Un gigantesque camion, avec le mot « Cinemobile » en gros caractères sur le côté, était garé non loin de là. Il y avait une grande caravane et un autre camion portant sur une remorque la nouvelle Skyhawk, drapée par une lourde bâche. Une vieille Skyhawk, en parfait état, était rangée dans la rue.

Kiki et Daisy se glissèrent avec prudence à travers la foule jusqu'aux cordes et inspectèrent les lieux du tournage. « Il ne se passe rien, observa Daisy.

— Bizarre », murmura Kiki, regardant les gens qui de l'autre côté des cordes, étaient figés en plusieurs groupes bien distincts. Deux de ces groupes étaient composés d'hommes vêtus de façon classique en costume sombre et cravate ; ils tenaient des messes basses. Elle les désigna d'un air entendu. « Cette bande-ci, ce sont les gens de l'agence, les autres, ceux du client... Les types qui travaillent pour mon père.

— Et ceux-là, ce doit être l'équipe ? » dit Daisy en désignant des hommes et des femmes en jean si minable qu'ils n'auraient pas été déplacés sur le campus ; ils buvaient tous du café dans des gobelets en plastique, mâchouillant des croissants avec la nonchalance des oisifs. Les deux filles regardèrent avec plus d'intérêt deux personnes, à l'écart de tous, et qui, au moins, manifestaient des signes d'animation. L'un était un grand homme roux, l'autre une jeune femme rondelette vêtue de façon fort stricte.

« Je trouve ça curieux, fit Kiki. J'ai déjà vu tourner des films publicitaires. Habituellement, les gens ne sont pas censés être plantés là.

— Tu sais, ça n'est pas toi qui commandes ici, lui rappela Daisy.

— Non, mais c'est Zip Simon. Eh, Zip ! Par ici ! » lança hardiment Kiki, avec toute l'assurance de la fille du client qui ne le cède qu'à l'assurance de la femme du client.

Un petit homme chauve se détacha et les fit franchir le cordon de policiers.

« Kiki, comment ça va, mon petit ? dit-il en l'embrassant sur les deux joues. Qui est ton amie ?

— Daisy Valenski. »

Zip Simon eut un soupir consterné. « Vous savez, les filles, j'ai bien l'impression que vous n'allez pas voir tourner de film publicitaire. On a de gros, gros problèmes. Et je n'arrive toujours pas à y croire. North est le meilleur réalisateur du métier et il ne peut pas tourner. Un vrai désastre !

— Quel désastre ? Il y a quelqu'un de malade ? demanda Kiki.

— Malheureusement, non... Ça, on pourrait s'en arranger. Il y a des mois qu'on prépare ce foutu film — pardon, Kiki — et voilà que les extérieurs qu'on avait repérés n'existent plus.

— Comment ça ? demanda Kiki.

— Ces connards ont tout *rénové...* Voilà ! North a fait appel à une agence pour repérer les extérieurs et ces salauds nous ont montré des photos parfaites : Cannery Row en plein boom. Quand on est arrivé ici, on s'est aperçu que c'était devenu une vitrine d'architecte d'avant-garde ; il ne reste plus dans cette saloperie de ville un seul immeuble qui ait encore l'air ancien. Oh, merde ! Pardon, Kiki. Excusez-moi, vous, la copine.

— Pourquoi faut-il que ça ait l'air ancien ? se hasarda à demander Daisy.

— A cause du plan de tournage, dit-il, comme si sa réponse expliquait tout.

— Qu'est-ce que c'est qu'un plan de tournage ? » demanda Daisy.

Il lui lança un regard incrédule. Ce n'était pas possible d'être aussi ignare ! « Le plan de tournage, copine de Kiki, c'est une grande feuille de papier avec des personnages dessinés dessus et des bulles qui leur sortent de la bouche avec des mots écrits dedans. Vous comprenez ? Pour nous, gens simples de la publicité, c'est comme la Bible. Et dans ce plan de tournage, on voit un vieux cabriolet Skyhawk garé devant un restaurant de Cannery Row, et puis un couple en costume d'époque qui sort du restaurant et s'en va au volant de la voiture, et puis un autre dessin, en fondu enchaîné sur la Skyhawk nouveau modèle, devant le même vieux restaurant, avec un couple en tenue moderne qui en sort et s'éloigne au volant, avec la voix du commentateur qui dit... écoutez bien : " La Skyhawk d'United Motors... c'est toujours la meilleure ! "

— J'adore ça, lança Kiki.

— C'est une trouvaille... Simple mais éloquente... Et nous allons tourner la même scène dans tout le pays, avec des extérieurs historiques, pittoresques. En tout cas, nous allions le faire... Maintenant, qui sait ?

— Mais pourquoi ne pouvez-vous pas vieillir le nouvel immeuble... Bâtir un décor ? demanda Daisy.

— Parce que nous n'avons pas le temps. Demain, la nouvelle voiture doit être sur un avion qui la rapporte à l'usine de Detroit pour la dévoiler aux actionnaires, au cours d'un dîner, un énorme truc. Ne me demandez pas combien de gens sont invités !... Et si nous ne tournons pas ça aujourd'hui, c'est foutu pour la date que nous avions retenue à la télévision. Est-ce qu'il n'y a pas de quoi se faire hara-kiri ?

— Oh, Zip, vous n'y êtes pour rien... Ça n'est pas vous qui avez bousillé les extérieurs, fit Kiki avec compassion.

— J'espérais bien que ce serait North qui se ferait hara-kiri, pas moi.

— C'est lequel, North ? » demanda Daisy avec curiosité.

Zip Simon désigna l'homme aux cheveux roux. « C'est ce salopard, et la nana avec lui, c'est sa productrice, Bootsie Jacobs. »

A une douzaine de mètres de Simon, North discutait à voix si basse qu'on ne pouvait pas entendre leur conversation. « Bootsie, c'est aussi insensé que de compter sur un oto-rhino pour vous regarder le trou du cul avec une lampe électrique et vous expliquer pourquoi vous avez mal à la gorge.

— Cette agence de repérage d'extérieur va pouvoir fermer ses bureaux la semaine prochaine, déclara-t-elle, en s'efforçant de retrouver son calme habituel. Refiler des photos qui datent de deux ans... *Deux ans!* D'accord, d'accord, North, j'ai eu tort de ne pas vérifier. On ne peut se fier à personne... Je le sais, c'est toujours comme ça... Surtout quand on a le client et toute sa bande, l'agence et tous les connards qui viennent regarder le spectacle. Magnifique! Ils sont à deux contre un, même en comptant les mannequins, les coiffeurs et les maquilleuses... Ceux-là, je leur ai dit de ne pas sortir de la remorque. Ça va déjà assez mal! » On sentait la panique affleurer dans sa voix.

« Si seulement ils nous laissaient cette nouvelle Skyhawk deux jours, on pourrait aller sur le grand plateau des studios de Burbank et tourner là-bas... Mais ça n'est absolument pas possible.

— Vous feriez mieux de trouver une solution, Bootsie, dit North, furieux. C'est votre boulot, pas le mien. »

Frederic Gordon North était le meilleur réalisateur de films publicitaires des Etats-Unis. Il le savait. Tout le monde dans le métier le savait. En outre, il demandait mille dollars par jour de plus qu'aucun des autres grands réalisateurs de la profession, et il les obtenait. Alors que les Avedon, les Steve Horn et Bob Giraldi demandaient quatre à cinq mille dollars par jour de cachet comme réalisateurs, North en obtenait six mille. Même Howard Zeiff n'avait jamais pris autant à l'époque où, avant de devenir metteur en scène, il était le roi incontesté des réalisateurs publicitaires.

Pourquoi étaient-ils prêts à payer autant? Pourquoi les directeurs d'agence de publicité survalorisaient-ils North à ce point? Chacun avait sa réponse. Les uns parlaient de son « œil », de la façon dont il *voyait* les choses, ce qui les faisait apparaître sur la pellicule avec un tout petit plus d'originalité. Certains évoquaient la façon dont il dirigeait les acteurs, tirant d'eux plus qu'ils ne pensaient en être capables. Il y avait ceux qui insistaient sur son sens absolument nouveau de l'éclairage, et d'autres sur la façon dont il réussissait à faire passer un message plus fortement, en trente secondes, que d'autres avec un grand film.

La vérité, c'est que North était prêt à tout pour faire un bon film publicitaire et il y mettait ses tripes, et celles de tous ceux qui travaillaient avec lui. Il n'était pas dévoré, comme la plupart des réalisateurs de films publicitaires, par la secrète envie de tourner de « vrais » films. Il ne rêvait pas non plus d'être un photographe hors pair. Pour Frederic Gordon North, l'art, c'était le film publicitaire, qu'il fût de trente, de soixante ou même seulement de dix secondes. Et c'est bien cette passion de l'engagement qui faisait rêver ses clients. Bien sûr, pour North, la perfection technique était indispensable, mais ce qui le tenait vraiment, c'était de pouvoir se défoncer.

Daisy cessa d'examiner North et son producteur pour s'adresser à Zip Simon. « Excusez-moi, mais avez-vous d'autres problèmes à part le décor ?

— Non, rien que ce petit détail, fit Simon d'un ton amer. Seulement, même en travaillant toute la nuit, nous ne pourrions pas faire bâtir un décor, et la voiture repart demain matin.

— Moi, fit Daisy, je peux y arriver.

— Bien sûr ! Il y a deux minutes, vous ne saviez même pas ce qu'était un plan de tournage, copine de Kiki.

— Mon nom est Daisy Valenski et je dirige le service de conception scénique de l'université de Californie, à Santa Cruz, répliqua Daisy avec dignité. J'ai une équipe de quarante remarquables techniciens qui peuvent être ici dans une heure, sur un simple coup de téléphone de ma part. Ils travailleront toute la nuit.

— Elle parle sérieusement ? demanda Simon à Kiki.

— Bien sûr ! Enfin, bon Dieu, Zip, ce sont des professionnels », dit Kiki, avec toute l'autorité d'une fille digne de son père ; elle utilisait toujours à bon escient cet aspect peu connu de sa personne.

« Alors, bon sang, Daisy, parlons-en à North. Ça vaut le coup d'essayer... Au point où nous en sommes, il faut tout essayer. » Zip Simon était au bord du gouffre : il n'hésitait donc pas à présenter à North une idée aussi absurde. Le tournage ne pouvait pas aller plus mal.

North et Bootsie Jacobs les regardèrent approcher avec la plus grande méfiance. Zip Simon, vice-président chargé de la publicité à United Motors, ne s'adressait pas pour des broutilles au metteur en scène de ses films publicitaires. Et, dans un moment pareil, flanqué de ces deux petites hippies, son intervention était particulièrement mal venue.

« North, je vous présente Kiki Kavanaugh, la fille de mon patron, votre client. Son amie, Daisy... euh !... Valenski. »

North se rembrunit. S'il y avait quelque chose de pire qu'un client sur le plateau, c'était la fille du client et, ensuite, l'amie de la fille du client.

« Bonjour. Désolé que nous n'ayons pas le temps de bavarder aujourd'hui. Enchanté de vous avoir rencontrées. » Il tourna les talons, leur laissant une impression de suprême indifférence et le souvenir de deux yeux bleus brûlant de colère.

Daisy lui tapota le bras. « Monsieur, je peux donner à cet endroit l'apparence que vous voulez d'ici à demain. »

Il se retourna et lui lança un regard lourd d'une ironie glaciale. « Qui vous a laissée passer ?

— Ecoutez, dit Simon, cette petite dirige l'équipe de décoration ou quelque chose dans le genre au collège de Kiki. Elle a à sa disposition mille gars pleins de bonne volonté qui sont prêts à vous bâtir un décor.

— Des gosses ? demanda North à Daisy.

— Des gens. Des gens compétents. Qui aiment leur travail.

— Peu m'importe qui ils sont. Croyez-vous sérieusement pouvoir donner à ce bâtiment l'apparence exacte qu'il avait voilà cinquante ans ? Et cela avant huit heures demain matin ? » Avec écœurement, il désignait la brique toute neuve, la peinture étincelante, les grandes baies modernes.

« Nous pouvons certainement essayer », dit Daisy, d'un ton résolu. Tout en parlant, elle regardait hardiment North. Il avait des cheveux roux à prendre feu, une tête de renard avec un long nez pointu, plein de taches de rousseur, et des yeux bleus. Dans ses yeux, Daisy put lire qu'à aucun prix il n'était question d'échouer. C'était un homme tout en angles : rien de flou, d'arrondi ou même de bonhomme sur ce visage intelligent. Il se tourna vers Bootsie Jacobs et demanda d'un ton calme : « Qu'est-ce que vous en pensez ?

— Nous serions en infraction avec environ seize règlements syndicaux, ceux dont je suis sûre, et certainement seize autres que je ne vois pas encore. Utiliser de la main-d'œuvre non syndiquée c'est le moins grave. D'ailleurs, comment réussirions-nous ? Ce sont sûrement de purs amateurs. Je crois que je vais me suicider, dit Bootsie d'un ton résigné.

— Pourquoi ne pas nous laisser nous mettre au travail ? demanda Daisy.

— North, dit Zip Simon, furieux, vous n'êtes arrivé à rien. Nous avons maintenant une chance d'avoir quelque chose dans la boîte avant que je remette la nouvelle Skyhawk dans son avion demain. Je me fous de savoir si vous filmez tout ça à l'envers, de côté ou les pieds accrochés à un arbre : c'est votre boulot ! C'est pourquoi nous vous avons engagé. Je ne compte pas retourner à Detroit et devoir dire à mon patron que le lieu du tournage a été rénové et que nous n'avons rien pu y faire. Miss Kavanaugh dit que cette jeune personne peut nous aider... alors laissez-la ! A moins, bien sûr, que vous n'ayez une meilleure idée. » Son crâne chauve était devenu presque cramoisi d'exaspération.

Bootsie jeta un bref coup d'œil à North. « Allez téléphoner à votre équipe », dit-elle à Daisy.

Si Zip Simon pensait être dans le pétrin si le film ne se faisait pas, que croyait-il qu'il lui arriverait, à elle, si le tournage n'avait pas lieu ? Elle avait supplié et supplié l'agence de la laisser construire Cannery Row en studio pour éviter des problèmes. Mais non, ils voulaient de l'authentique et ils avaient fait traverser la moitié du pays à ce prototype pour le filmer dans des rues historiques. Quelle idée stupide !.. Mais combien de clients de nos jours faisaient encore des films de soixante secondes ? Et voilà maintenant qu'arrivait cette emmerdeuse de fille du client, pleine de bons conseils... Au fond, si ça ne marchait pas, peut-être que la fille du client porterait aussi le drapeau, elle ne serait plus toute seule. Et qui sait, avec un bon éclairage, des bons filtres, une bonne brise ?.. Qui sait ?

Daisy se dirigeait déjà vers le téléphone.

Santa Cruz n'avait pas d'équipe de football, mais un sacrément bon département d'art dramatique. Et, comme Daisy le savait fort bien, il y avait en magasin des toiles de fond, des accessoires et diverses reliques de représentations données naguère de *Calino Real*, d'*Un tramway nommé désir* et de *La Forêt pétrifiée*. Elle dit à son équipe de tout apporter, utile ou non, et de l'apporter vite. Elle la convoqua au grand complet : les menuisiers, les accessoiristes, les machinistes, les éclairagistes et même les costumiers et les maquilleurs. Ils pouvaient tous mettre la main à la pâte y compris Kiki.

Ils se précipitèrent vers le lieu du tournage, chargés de tout le matériel entassé dans le magasin, pots de peinture et outils compris, ravis de prêter leur concours à un vrai film publicitaire de télévision ; ils semblaient avoir oublié que, du haut de leurs principes, ils crachaient habituellement sur cet abominable moyen d'expression.

Une heure et demie après le coup de fil de Daisy, ils se présentèrent à elle, prêts à travailler toute la nuit. Le directeur artistique de l'agence de publicité remit les photos du décor naturel démoli à Daisy. Elle lança des ordres et se déploya sans relâche. Zip Simon et Bootsie restèrent debout à les regarder et, en attendant, figurants et techniciens partirent dormir. North rentra tranquillement à son hôtel pour dîner et avoir une nuit de repos. Le bistro voisin resta ouvert toute la nuit et, au lever du soleil, le décor était prêt. Le Monterey d'autrefois avait resurgi, pas tout à fait authentique dans le détail, mais en tout cas proche de la réalité. Certes, il était fait de bric et de broc et une brise un peu forte aurait pu le démolir... Mais, au fond, il existait. Il était utilisable.

Epuisée, mais ravie de son succès et, en tout cas, trop intéressée pour s'en aller, Daisy resta jusqu'à la fin du tournage, sans comprendre grand-chose à ce qui se passait. C'était aussi différent d'une production sur scène qu'un opéra d'une partie de basket-ball.

Elle vit la cohorte des buveurs de café nonchalants de la veille se transformer en une équipe soudée comme les membres d'un clan primitif, travaillant avec la précision que seule une formidable discipline peut apporter. Des professionnels tranquilles, ce qu'elle n'aurait jamais imaginé ! C'était le miracle de l'influence de North, qui contrôlait le tournage avec un pouvoir d'hypnotiseur. La satisfaction et le mécontentement s'exprimaient par toute sa personne tandis qu'il faisait répéter les comédiens ; en même temps, il multipliait les apartés avec une fille assise sur une caisse, enchaînée à l'énorme chronomètre qu'elle portait autour du cou.

« Nous avons quatre secondes ici, lui dit-il. J'en ai utilisé combien ?

— Trois et demie.

— Gueule quand j'en aurai quatre. »

Daisy, en l'observant, se rendit compte que cet homme d'une trentaine d'années, grand, mince et tendu, était un vieux dompteur coriace. Rien ne lui ferait peur, ni la fosse aux serpents ni la cage aux ours ; quant aux lions, il en ferait des carpettes.

Malgré tous les problèmes suspendus au-dessus de sa tête, North était toujours aux aguets, même si cela ne se voyait pas. Dès l'instant où il commençait à diriger sur le plateau, chacun savait que North ne le quittait pas des yeux, même lorsqu'il regardait par l'objectif de la caméra.

Les clients et les gens de l'agence se tenaient en groupe à distance respectueuse, jetant sans cesse des coups d'œil à leur montre, ils aimaient la tension environnante, les jurons qui fusaient, l'ambiance frénétique, les coups de gueule. Voilà un spectacle, songeaient-ils, sans se rendre compte que, pour North, le spectacle c'était, d'abord, le travail.

L'équipe savait allier la vigilance et le calme en proportions égales. Le jargon technique qu'entendait Daisy lui était parfaitement étranger malgré son expérience de la scène et bien des instructions de North aux comédiens lui paraissaient bizarres.

« Quatre secondes, murmura Daisy à Kiki, qu'est-ce qu'on peut faire en quatre secondes ?

— Vendre des voitures », répondit Kiki, satisfaite.

Elle entendait North dire inlassablement : « Attention... moteur ! » Bien des fois, elle avait l'impression que tout s'était parfaitement passé, mais il ne paraissait jamais satisfait. Il se faisait cajoleur, menaçant, encourageant, il grandissait, rapetissait, il était pris d'une brusque colère, il redevenait doux et calme, il réclamait en hurlant le silence d'une voix terrifiante et, quelques secondes plus tard, regardant par l'oculaire et parlant à son opérateur, il était aussi détendu que s'il avait été seul dans la rue. Une fois, il surprit le regard de Daisy, à un moment où elle ne s'y attendait pas.

Tout le monde travailla sans interruption, même pendant le déjeuner, puisqu'il fallait renvoyer la nouvelle Skyhawk à Detroit. On retarda jusqu'à la dernière seconde le départ du camion-remorque qui devait reconduire la voiture jusqu'à l'avion-cargo, puis l'automobile, cachée de nouveau sous sa bâche, disparut dans un nuage de poussière. C'est alors que North annonça la pause.

Daisy pensait qu'après le déjeuner l'atmosphère allait se détendre sur le plateau, puisque la vieille Skyhawk, elle, pouvait rester là aussi longtemps que nécessaire. Mais la tension durait. Quand on tourne un film publicitaire, le temps est toujours l'ennemi : on n'en a jamais assez, et North, comme Bootsie, devait regagner New York pour une réunion de production avec un autre client, le lendemain après-midi.

North finit par dire d'un ton tranquille : « Ça va, c'est dans la boîte », et les techniciens commencèrent à démonter leur matériel, les mannequins disparurent dans la remorque avec les maquilleuses et les habilleuses ; les gros projecteurs, les caméras, les appareils de prise de son et tout le matériel furent rapidement rangés dans le camion. On aurait dit le démontage d'un cirque. Daisy se sentait triste.

« Dis donc, ils s'en vont sans dire au revoir, dit Kiki stupéfaite.

— Non, ils viennent par ici, fit Daisy. Comment pourraient-ils ne pas dire merci ? »

North et Bootsie, presque en courant, s'approchaient des deux filles. « Assurez-vous que le décor est bien démoli et que tout est de nouveau exactement comme avant, ordonna North.

— Euh !... bien sûr, fit Daisy.

— Désolée, mais nous avons un avion à prendre, enchaîna Bootsie. Vous avez vraiment été formidable... Daisy, vous feriez une extraordinaire assistante de production. Si jamais un jour vous avez besoin de travail...

— Merci... mais pas pour le moment, répondit Daisy.

— Allons, Boot, on n'a pas le temps de bavarder, fit North avec impatience. Au revoir, jeunes filles. » Il prit Bootsie par le bras et l'entraîna vers la voiture qui attendait. Comme ils démarraient, Bootsie Jacobs fit remarquer : « Vous auriez pu être un peu plus aimable avec elles... Seigneur, on peut dire qu'elles nous ont rendu service !

— Elles n'auraient pas été nécessaires si vous aviez fait votre travail », répondit North, vaguement absent.

« Personne, mais vraiment personne, ne l'impressionne », songea Bootsie furieuse. Gare à lui le jour où quelqu'un saura se mettre en travers de son chemin !

Quatre mois plus tard, en février 1971, à quatre mois de son examen de fin d'études, Daisy reçut une lettre d'Annabel.

Daisy chérie,

N'est-ce pas que c'est épouvantable ? Je suis bouleversée par la nouvelle. Franchement, je comprends ce qu'éprouvait le ministre de l'Aviation lorsqu'il a dit la semaine dernière à la Chambre des Communes : « Jamais, dans mes rêves les plus fous et dans mes cauchemars, je n'avais imaginé que cela puisse être aussi terrible ! » Je peux imaginer ce que tu ressens, toi aussi... Rolls-Royce en faillite ! Ça me semble tout simplement inimaginable. Il y a encore trois mois, le gouvernement disait qu'il allait verser à flots l'argent dans la compagnie. Mais à la vue des cours, j'ai été lessivée ! Je présume que Ram a retiré ton argent à temps...

Je regrette de le dire, mais lorsqu'il m'a conseillé de vendre, j'ai cru qu'il était trop jeune pour changer les investissements de Stach. Seulement, ça n'avance à rien d'avoir des regrets. Sais-tu où il a placé ton argent ? J'ai horreur de poser ce genre de question mais, Daisy chérie, je ne le fais pas par indiscrétion. Bien que ton père et moi nous ne nous soyons jamais mariés, je me suis toujours considérée comme responsable de l'entretien de Danielle. Avec les revenus des actions qu'il m'a laissées, j'ai payé les notes de l'institution où elle est placée depuis la mort de ton père.

Quand ces actions ont perdu toute valeur, je suis allée trouver Ram. Daisy, je sais ce que tu penses, mais c'était la seule solution à ma portée. Il a bien fallu que je le prévienne... Après tout, c'est sa demi-sœur, aussi. Il a été presque impossible de le persuader qu'elle vivait. Et ensuite, il a refusé de faire quoi que ce soit ! Il m'a dit que si Stach n'avait jamais cru bon de l'embêter avec Dani, c'est sans doute qu'il ne voulait pas qu'il la connaisse. Il a même dit que, pour lui, elle n'avait tout simplement pas d'existence réelle. Qu'il ne se sentait pas responsable d'elle. Et il roule sur l'or !... Mais il a formellement refusé de donner un sou pour régler les frais de pension. Pardonne-moi de l'avoir mis au courant, persuadée qu'il m'aiderait... Imbécile que j'étais ! J'aurais dû me douter de sa réaction, mais il fallait bien essayer !

En tout cas, il va falloir que je fasse des coupes sombres. Je vends Eaton Square et je m'installe définitivement à La Marée. Avec les quelques placements que j'ai encore, la vente de mes toiles et des animaux Fabergé, je devrais avoir un petit magot suffisant pour pouvoir investir dans quelque chose de sûr et en vivre jusqu'à la fin de mes jours. Même un revenu modeste suffirait, surtout si certains des amis qui venaient me rendre visite sont prêts à revenir en hôtes payants. Enfin, ma chérie, je le saurai l'été prochain.

Le problème n'est pas ce qu'il va advenir de moi — je me débrouillerai toujours — mais Danielle ?

L'institution a envoyé la note trimestrielle qui se monte à près de cinq mille dollars et je m'aperçois que je ne peux tout simplement pas payer cette somme. Ça n'est pas croyable ! C'est ce que je dépensais autrefois en sous-vêtements sans réfléchir. Quelle frivolité ! Mais je n'ai pas de regrets, c'était merveilleux tant que ça a duré. N'oublie jamais cela.

Maintenant, parlons affaires. Peux-tu assumer une partie — en fait, la plus grosse partie — de la note du pensionnat ? J'espère que Ram a fait de bons placements en ton nom ! Mais assez parlé de cela. Jamais de ma vie je n'ai si longtemps pensé à l'argent ni tant écrit à propos d'argent. Ça m'étourdit... Comment les gens peuvent-ils supporter de travailler dans des banques ? Et dire qu'il faut que je passe tout un après-midi avec un agent immobilier pour la maison d'Eaton Square ! Je m'aperçois que cela me fait moins de peine de la vendre que je ne le pensais : l'idée de vivre toute l'année à La Marée *est si séduisante. Tu viendras pour Pâques, bien sûr, mon chou, je compte sur toi. Peut-être les pommiers seront-ils en fleur comme ils l'étaient l'année dernière, mais il est vrai que nous avions eu un printemps précoce.*

Avec tout mon amour, comme toujours. Je t'embrasse très fort !

Annabel.

Daisy relut la lettre à trois reprises avant d'en comprendre le sens. Depuis plusieurs semaines, elle n'avait pas pris la peine de regarder un journal ; c'est la première fois qu'elle entendait parler de la banqueroute de la société Rolls-Royce. Jamais, tant qu'elle avait lu les lettres de Ram avant de commencer à les jeter systématiquement, il ne lui avait conseillé de vendre ses actions. Elle avait toujours supposé qu'elles avaient gardé la même valeur qu'à la mort de son père. Le portefeuille représentait, alors, environ dix millions de dollars.

Daisy se rendit compte avec stupéfaction qu'elle n'avait pas la moindre idée de la façon dont était placé son argent. Même si elle avait coupé tout contact avec Ram, sur le plan financier elle était restée en son pouvoir. Qu'avait-il dit dans les lettres qu'elle n'avait pas eu le courage d'ouvrir ?

Daisy s'installa à son bureau et envoya un mot bref à Ram pour lui demander un état complet de sa position financière, puis elle écrivit une plus longue lettre à Annabel en lui disant à quel point elle était malheureuse des changements qui allaient s'effectuer dans sa vie. Elle l'assurait aussi qu'elle ne devait plus, à l'avenir, se faire de souci pour les dépenses de Danielle. Désormais, écrivit Daisy, c'est elle qui serait responsable de sa sœur. Il était hors de question qu'Annabel se mît sur la paille pour Dani : elle s'était déjà montrée d'une générosité sans bornes. Daisy ne s'était jamais doutée de la provenance de l'argent pour régler la pension de Dani, sinon il y a longtemps qu'elle s'en serait occupée. Elle comprenait, bien sûr, pourquoi Annabel avait parlé à Ram. Quant à un séjour à *La Marée* à Pâques, pas question pour elle de le manquer !

Elle posta les deux lettres et se précipita au théâtre, où elle était déjà un peu en retard, pour une répétition en costumes d'*Hamlet*, entièrement joué en mime avec accompagnement de jazz. Tous les rôles étaient tenus par des femmes et l'on avait remplacé Elseneur par l'île de Lesbos.

Daisy attendait avec un malaise croissant la réponse de Ram, mais elle essaya de ne plus y penser et de se plonger dans le travail. Cinq jours plus tard, elle reçut un câble.

AI ECRIT TROIS FOIS L'ANNEE DERNIERE POUR DEMANDER AUTORISATION VENDRE TES ACTIONS. N'AI PAS EU REPONSE. AI DONC SUPPOSE TU INSISTAIS POUR LES CONSERVER. MALHEUREUSEMENT ? SOCIETE EST MAINTENANT NATIONALISEE. ACTIONS SANS VALEUR, A MOINS QUE GOUVERNEMENT REMBOURSE, MAIS PEU PROBABLE PUISQUE TU AVAIS ACTIONS ORDINAIRES ET NON PREFERENTIELLES. AI AVANCE SUR FONDS PERSONNELS ARGENT POUR TOUTES TES DEPENSES DEPUIS QUATORZE MOIS, PUISQUE REVENUS ROLLS INSUFFISANTS. AI L'INTENTION DE CONTINUER A T'AIDER. CONSIDERE CELA NORMAL ETANT DONNE NOS RELATIONS. RAM.

Daisy laissa tomber le câble par terre et se précipita dans la salle de bains commune. Elle avait l'impression que, pendant son sommeil, quelqu'un était venu lui assener un coup de massue sur la tête. Elle parvint aux toilettes juste à temps pour vomir. Elle se cramponnait à la cuvette glacée comme si c'était le dernier refuge sur terre. Lorsque les nausées eurent enfin cessé, elle resta agenouillée dans la salle d'eau, par bonheur déserte, à serrer la cuvette en porcelaine. Elle avait l'impression d'avoir encore au fond de la gorge quelque chose qu'elle n'avait pas expulsé, comme une boule de dégoût et d'angoisse. Elle eut encore un spasme, mais en vain. Elle n'avait plus rien, pas même de la bile, à rendre. Le sentiment qu'elle éprouvait de mener une existence protégée avait disparu sous l'effet du message de Ram. Elle venait tout à coup de tomber dans un gouffre obscur, d'une intolérable tristesse, plein de dangers, de menaces, un de ces endroits où elle avait vécu si longtemps après la disparition de sa mère, après qu'on lui eut retiré Dani, quand son père était mort. Les pertes brutales qu'elle avait subies dans sa vie semblaient réactivées par la nouvelle qu'elle venait de recevoir. Les victoires qu'elle avait remportées, ses refus obstinés de se laisser contrôler, tout cela lui semblait vain maintenant qu'elle savait que Ram lui avait donné tout ce qu'elle croyait avoir payé de sa poche.

Mon Dieu ! elle était maintenant sa débitrice, et ses actions ne valaient rien. Pourquoi n'avait-il pas tout simplement vendu sans son autorisation ? Légalement, il aurait pu le faire et il devait bien savoir ce qui arrivait à Rolls-Royce. Etait-il possible qu'il eût laissé la situation se dégrader rien que pour avoir un pouvoir sur elle ? Elle ne le saurait jamais ; en fait, peu importait. Il allait bien falloir se débrouiller. A cette pensée, son esprit combatif commença à reprendre le dessus. Elle se redressa, meurtrie, et se dirigea vers le lavabo pour se brosser les dents et s'asperger le visage d'eau froide. Elle vit ses yeux dans le miroir et, au prix d'un immense effort de volonté, parvint à se faire le regard d'un invaincu. Elle quitta la salle de douches et regagna sa chambre pour réfléchir.

Daisy avait quatre mois jusqu'à son examen pour chercher du travail. Cela signifiait qu'elle n'allait pas se contenter de passer son diplôme : elle ne pouvait pas s'offrir le luxe d'attendre. Elle ne possédait qu'un seul et unique objet de valeur, l'œuf en lapis-lazzuli qui était toujours dans son écrin, dans un tiroir de la commode, l'œuf que Macha lui avait donné sur son lit de mort, six ans auparavant, l'œuf dont Macha lui avait dit que son père l'avait offert à sa mère le jour où elle avait découvert qu'elle était enceinte. L'heure de la vente était venue : de quoi payer pendant un an au moins, peut-être plus, la pension de Danielle.

Du travail ? Elle connaissait assez le théâtre pour savoir qu'elle n'avait à peu près aucune chance de trouver un emploi, sauf dans un théâtre expérimental qui ne rapporterait pratiquement rien. La seule fois, au cours des quatre dernières années, où on lui avait parlé d'une autre possibilité, c'était l'automne dernier, quand cette femme productrice de films publicitaires, Bootsie Machin, lui avait dit qu'elle ferait une bonne assistante de production. Daisy ne savait pas très bien en quoi cela consistait, mais il était temps d'y penser. Il fallait trouver par Kiki le nom de la société de production, ou retrouver ce gros homme charmant, Zip Simon, qui travaillait pour

M. Cavanno, téléphoner à Bootsie Truc et lui demander du travail. « Qu'est-ce que j'ai à perdre ? se dit Daisy. Le pire qu'on puisse me faire, c'est de dire non. Et peut-être qu'ils diront oui. Même s'ils n'ont jamais dit merci. »

13

*L*es gens des aliments pour chats ont rappelé, dit plein d'espoir Arnie Greene, directeur commercial du studio de Frederic Gordon North.

« Et...? demanda North.

— Cette fois, c'est pour six spots publicitaires de trente secondes chacun, à gros, gros budget. Du travail facile... On pourrait se faire des tonnes de fric.

— Combien de fois faut-il que je le dise, Arnie? Pas d'aliments pour chats! Il n'y a pas de budgets assez gros pour me faire filmer cette saleté. Je ne peux pas supporter l'aspect dégoûtant de ces pâtées.

— Et qu'est-ce qu'il faut que je dise aux associations d'anciens obèses? Ils veulent que nous leur fassions une proposition.

— Dis-leur d'aller se faire voir. J'ai vu le projet qu'ils veulent : des spaghettis, des steaks et de la charlotte aux fraises en gros plan, avec un commentaire disant que si on s'inscrit à leur association, on peut continuer à savourer ses plats favoris tout en perdant l'habitude des aliments hypercaloriques — et ces sadiques veulent passer les spots le soir, *après* le dîner, juste au moment où c'est l'heure des ruées sur le frigo. Je ne suis pas contre, pour des raisons humanitaires : j'estime que leur idée est fondamentalement mauvaise et, tant que je peux choisir, je choisis de ne pas travailler pour S.O.S. Poids. »

Arnie Greene soupira. C'est lui qui était chargé de toutes les transactions financières du studio et il refusait plus de contrats que North n'en acceptait, sinon ils auraient dû agrandir les dimensions de l'entreprise. Mais il avait toujours horreur de dire non à un client potentiel.

« Où est Daisy? demanda-t-il en jetant un coup d'œil dans la salle de conférence.

— Elle fait des repérages sur l'Empire State Building pour le spot de la laque capillaire Revlon... Ensuite, elle en a fini pour la semaine... On est vendredi, tu te souviens? répondit North. Pourquoi, tu as besoin d'elle?

— Elle a les factures du traiteur. Elle les a emportées chez elle hier soir pour les vérifier, elle dit qu'on nous truande. Elle ne veut pas me laisser les payer avant d'avoir trouvé comment. Franchement, North, je crois qu'elle est paranoïaque... Elle dit toujours que le traiteur nous roule sur le poisson fumé. Je lui ai dit qu'il fallait offrir aux clients du saumon fumé pour déjeuner : ils viennent tous de Chicago, ils s'*attendent* à du saumon fumé. Depuis quatre ans, elle vérifie toutes les factures.

— Pendant ce temps, elle ne fait pas de bêtises », dit sèchement North. Il était irrité, sans raison valable, de penser que Daisy avait encore assez de détermination et de volonté pour passer son temps libre à se préoccuper de factures, après les journées épuisantes qu'elle consacrait à son métier... Cela l'irritait presque autant que les week-ends qu'elle réussissait souvent à passer dans les propriétés de ses amies passionnées de cheval. C'était bien de Bootsie Jacobs d'avoir engagé une telle assistante de production, une sorte de princesse russe blanche, avec des amis d'un snobisme révoltant. Si elle n'était pas aussi forte dans son boulot, jamais il ne lui aurait donné le poste de Bootsie quand il était devenu disponible. Qui, il est vrai, aurait cru que Bootsie allait se retrouver enceinte ? Et vouloir garder le bébé, en plus ? Bien sûr, elle était mariée depuis dix ans, et c'était son droit.

« North, dit Arnie, en lui tendant deux chèques, peux-tu signer ça ; ne te donne pas la peine de les regarder. » North signa les deux chèques d'un air résigné. Tous les mois, Arnie faisait le même numéro de « pas la peine de regarder ».

« Peux-tu me dire pourquoi j'ai épousé les deux plus beaux mannequins de New York, pourquoi en moins d'un an elles se sont révélées être toutes les deux de parfaites névrosées et pourquoi il faut que je les entretienne ?

— Pourquoi me poser la question, est-ce que j'ai l'air d'un psychiatre ?

— Tu ressembles tellement au psychiatre à qui je posais les mêmes questions que tu pourrais être son frère... Tu l'es peut-être d'ailleurs ?

— Alors... qu'est-ce qu'il disait ?

— Je ne suis pas resté à attendre la réponse.

— Pourquoi ?

— Il posait trop de questions personnelles.

— Eh oui, ça ne m'étonne pas. »

Frederic Gordon North se faisait tout simplement appeler North car il ne permettait pas qu'on utilise les prénoms que lui avaient imposés des parents fiers de leur vieille et solide famille du Connecticut. Il avait banni aussi les Fred, Freddy Rick, Ricky et autres Gordy. Un timide effort à Yale pour le surnommer Flash — qui lui aurait pourtant fort bien convenu — n'avait duré qu'un jour. Ses parents continuaient à l'appeler Frederic, mais il était North, même pour ses frères et sœurs ; il est vrai qu'ils ne pouvaient le faire qu'à Noël ou pour le Thanksgiving Day ; ils n'avaient guère l'esprit de famille et North moins que tout autre.

Presque dès sa naissance il avait été un loup solitaire ; au collège d'Andover, puis à Yale, il ne participa guère aux activités collectives. Le premier groupe auquel il avait jamais voulu appartenir, c'était l'Ecole dramatique des diplômés de Yale. Son but était clair : il voulait faire de la mise en scène, Shakespeare, O'Neill, Ibsen, peut-être même un peu de Tennessee Williams. Mais il avait pris sa décision sans bien connaître ses ressources. Monter une production théâtrale prend des mois et North se donnait à fond, travaillant vite et intensément : il avait besoin de résultats rapides.

Peu après avoir fini ses études, il fit la connaissance d'un opérateur vétéran des films publicitaires de troisième ordre et qui voulait bien le prendre à l'essai. Le budget était si petit que tout bénéfice ne pouvait venir que de l'utilisation d'une équipe et d'un metteur en scène non syndiqués et travaillant au rabais.

Ce premier film, un spot de trente secondes pour une chaîne de magasins de confection à bon marché, fit une aussi forte impression à North que s'il avait eu l'occasion de travailler avec Laurence Olivier à l'Old Vic. Il avait trouvé son métier, son moyen d'expression ; cela correspondait à son rythme, à sa sensibilité, à sa façon de voir. Maintenant, North savait ce qu'il voulait vraiment faire, il mit de côté tout le bagage acquis par la fréquentation des plus grands dramaturges et fonça droit sur Madison Avenue ; là, il passa quatre ans à apprendre les ficelles du métier auprès de Steve Elliot, le doyen des metteurs en scène publicitaires, une sorte de personnage de la Renaissance qui jouait du violon et conduisait un bulldozer et qui, avec son frère Mike, avait été parmi les premiers réalisateurs de films publicitaires à être reconnus comme créateurs.

Au début des années 1950, les frères Elliot avaient fondé Elliot Unger and Elliot, une firme qui devint par la suite E.U.E.-Screen Jems, ce dernier étant alors — et est encore — le géant de l'industrie du film publicitaire.

A vingt-cinq ans, North s'installa à son compte, vivant les six premiers mois sur l'argent économisé, utilisant sans merci les contacts qu'il s'était faits à E.U.E., jusqu'au jour où quelques petits clients lui passèrent des contrats. Lorsqu'il arriva au sommet, il n'avait que trente ans. Quand Daisy vint travailler avec lui, elle avait à peine dix-neuf ans et lui trente-deux. C'était un perfectionniste difficile, grincheux et impatient, au talent extraordinaire et au charme tout aussi stupéfiant, mais il le réservait pour les rares occasions où il se devait d'avoir des rapports mondains avec ses plus gros clients, pour les nombreuses fois aussi où il avait envie de séduire une ravissante créature. Il avait commis la lourde erreur d'épouser deux de ses nombreuses conquêtes. Il était en fait aussi rebelle au mariage qu'il l'avait été au scoutisme dans sa jeunesse, mais, par bonheur, il n'avait pas fait d'enfants, ce qu'Arnie Greene ne manquait pas de lui rappeler quand venait le moment de signer les chèques des pensions alimentaires. « Au moins, il n'y a pas d'enfant à charge, tu devrais toucher du bois. »

Daisy, dès l'instant où elle eut l'assurance qu'il n'y aurait plus de problèmes avec M. Jones, surveillant de la plate-forme de l'Empire State Building, regagna SoHo et l'appartement qu'elle partageait avec Kiki. Il y avait on ne sait quoi dans l'air printanier qui lui rappelait des souvenirs que le trajet en métro ne parvint pas à dissiper. Elle avait du mal à croire que quatre années s'étaient écoulées depuis son départ de Santa Cruz.

Bootsie Jacobs avait aussitôt répondu à sa lettre. Non seulement ils en avaient besoin, mais ils cherchaient désespérément une autre assistante de production. Lorsque Daisy découvrit ce que représentait ce poste, elle comprit pourquoi peu de gens tenaient plus de deux mois à faire ce travail incroyablement absorbant et sous-payé. Toutefois, elle n'avait pas le choix. Elle avait un salaire de cent soixante-quinze dollars par semaine, en dessous du tarif syndical, pour un travail qui lui prenait au moins douze heures par jour, néanmoins suffisant pour vivre et mettre de l'argent de côté afin de régler les notes de Danielle, à condition d'éviter le gaspillage. Elle avait perfectionné ce style de vie jusqu'à en faire une forme d'art. Heureusement, les trente mille dollars qu'elle avait reçus en échange de l'œuf de Fabergé en lapis-lazzuli, lui avaient permis de régler toutes les factures et d'attendre d'avoir trouvé une autre source de revenu. Dieu soit loué, songea Daisy : elle s'en tirerait...

Elle se rappelait comment tout avait commencé. Jock Middleton, qui avait joué au polo avec son père, avait reçu une lettre d'Annabel lui demandant de s'occuper un peu de Daisy à New York. Il l'avait invitée à venir passer un week-end avec sa famille à Far Hills, une localité du New Jersey où l'on adore les chevaux et qui est là comme un morceau tombé du Kentucky. Daisy avait emporté des vêtements d'équitation au cas où il y aurait une monture pour elle, et elle avait passé un merveilleux samedi à monter avec la bande des enfants Middleton. Au cours d'un élégant dîner, ce soir-là, Mme Middleton l'avait présentée à tout le monde comme la princesse Daisy Valenski. Le dimanche, comme cadeau de remerciement, Daisy avait fait un croquis de l'aîné des petits-fils Middleton sur son poney. Elle le signa, comme elle avait toujours signé son travail, d'un simple « Daisy ».

Quelques semaines plus tard, elle avait reçu une lettre de Mme Middleton. On avait tant admiré son croquis qu'elle se demandait si elle accepterait d'en faire un de la fille d'un voisin, une enfant de dix ans, Penny Davis. Mme Davis était disposée à payer cinq cents dollars pour un dessin ou six cent cinquante pour une aquarelle. Mme Middleton ne cacha pas qu'elle était gênée de proposer de l'argent à la fille du prince Stach Valenski, mais Mme Davis avait insisté. Mme Middleton rougissait de faire une pareille proposition, mais sa voisine ne lui laissait pas un instant de répit. Daisy n'avait qu'à dire non et on ne l'ennuierait plus avec cela.

Daisy se précipita sur son téléphone pour accepter, regrettant de ne pouvoir suggérer de faire un portrait à l'huile pour cent dollars de plus. Non, il valait mieux pas : elle n'avait pas de quoi acheter les couleurs et la toile.

N'importe quel artiste compétent devrait être capable de dessiner un cheval, mais il faut certains dons particuliers pour saisir les mouvements, la posture, les différences anatomiques et les variations de robe nécessaires ; alors seulement un cheval peut avoir l'air différent de son congénère. Daisy, presque toute sa vie, avait vécu avec des chevaux et les avait dessinés. Quant aux enfants, elle en avait croqué par milliers durant toutes les années où elle faisait des tableaux pour Dani, elle avait suivi notamment des cours de portrait à Santa Cruz. Son dessin du petit-fils Middleton avait révélé un talent inné et original qui donnait à ses portraits équestres une flamme intérieure et une présence rares.

Lorsqu'elle arriva chez les Davis, dans une somptueuse propriété, on présenta Daisy à Penny Davis qui avait déjà revêtu sa plus belle tenue d'équitation. Daisy jeta un coup d'œil au visage crispé de l'enfant et à son regard plein d'appréhension.

« Princesse Valenski, j'ai pensé que nous allions déjeuner ensemble avant que vous commenciez, dit Mme Davis. Et je suis sûre qu'après ce voyage, un Bloody Mary est juste ce qu'il vous faut.

— C'est très gentil, mais j'aimerais d'abord monter avec Penny », répondit Daisy. Elle n'avait pas l'intention de travailler avec un modèle qui, non seulement était d'une effroyable timidité, mais qui, en plus, manifestait de la mauvaise volonté.

« Mais le déjeuner ?

— Nous nous arrangerons. Penny, si tu passais un jean ? Et puis montre-moi l'écurie. »

Quand la fillette revint, un peu moins mal à l'aise, Daisy lui chuchota : « Est-ce qu'il y a un snack-bar par ici ? » Penny jeta un vif coup d'œil pour voir si sa mère pouvait l'entendre. Du bout des lèvres elle lui confia : « Ça n'est qu'à huit kilomètres à travers la campagne. Mais je n'ai pas le droit d'y aller.

— Moi si. Et tu es mon invitée. On y va ! »

La petite fille leva vers Daisy des yeux brillants de surprise. « Tu es vraiment une princesse ?

— Bien sûr. Mais pour toi, je suis Daisy.

— Les princesses, ça aime les snack-bars ?

— Les rois aiment les snack. Viens, Penny, je meurs de faim. »

Penny la guida à travers les champs et les clôtures. Après dix minutes et deux hamburgers, Daisy découvrit que Penny trouvait les portraits idiots. Pis que cela, qui aurait envie de se voir fixer pour l'éternité avec un appareil dentaire ?

« Penny, je te promets, parole d'honneur, je ne peindrai pas ton appareil. D'ailleurs, si tu le veux, je vais te peindre comme tu seras quand on te l'ôtera : avec un magnifique sourire. Mais, tu sais aussi qu'un portrait équestre, c'est le portrait du cheval et de la cavalière. Au train où tu grandis, il va falloir vendre Pinto d'ici à un an ou deux et, ainsi tu en auras une image pour t'en souvenir. Dis donc, en veux-tu un autre ?... Moi j'en prends un. Bon... Peut-être que je vais arriver à ce qu'ils donnent encore un peu de sauce.

— Au déjeuner, à la maison, il y a de la truite en gelée.

— Pouah ! Je me demande ce qu'il y a pour dîner ?

— Du canard rôti. Ça va être un dîner très mondain, elle a invité à peu près tous les gens que nous connaissons.

— Bah ! fit Daisy d'un ton résigné. Le canard, c'est meilleur que la truite. »

Cet après-midi-là, tandis que la fillette posait, détendue et consentante, Daisy fit des douzaines de croquis pour capter les gestes naturels et spontanés, les expressions caractéristiques de Penny Davis. Elle prit aussi de nombreuses photos avec le Polaroïd qu'elle avait emprunté au studio. Elles lui serviraient d'aide-mémoire pour l'aquarelle qu'elle comptait terminer chez elle. Elle bénissait les cours d'anatomie qu'elle avait suivis tout en dessinant avec soin les mains de Penny tenant les rênes, et bénissait plus encore les limites naturelles qu'impose un portrait équestre : un grand nombre de poses sont éliminées d'office. Elle dessinait d'un trait léger, sans raideur, sans chercher la perfection mais en s'efforçant de saisir plutôt l'enfant dans ses rapports avec son poney.

Le dimanche, comme Daisy revenait de chez les Davis, raccompagnée en voiture par leur chauffeur, elle songea au fait que Mme Davis, tout comme Mme Middleton, l'avait présentée cérémonieusement au grand dîner de la veille comme princesse Valenski. Après quatre ans à Santa Cruz où elle n'était que Valenski, Daisy avait presque oublié qu'elle avait un titre. De toute évidence, c'était un avantage — du moins dans ce milieu. Peindre des gosses montés sur des poneys était sans doute la façon la plus rentable d'utiliser ses talents. Daisy serra les dents et résolut de jouer à fond le rôle de princesse afin d'en tirer le maximum. Lorsqu'elle eut terminé l'aquarelle de Penny Davis, elle la signa en caractères soigneusement tracés : « Princesse Daisy Valenski ». Cela représentait six cent cinquante dollars pour Danielle.

Peu à peu, grâce au bouche à oreille, on demanda à Daisy de peindre d'autres enfants sur leur poney. Ses prix ne cessaient de grimper. Aujourd'hui, presque quatre ans plus tard, elle pouvait demander et obtenir deux mille cinq cents dollars pour une aquarelle. Ces commandes avaient commencé à affluer juste avant que l'argent du bijou Fabergé fût épuisé ; elles permettaient d'entretenir Danielle sans faire appel à Ram. Daisy n'avait jamais dit à Annabel d'où venait son argent, parce qu'elle ne voulait pas lui révéler qu'elle s'était retrouvée sans le sou après la faillite de Rolls-Royce. Daisy ne racontait à personne, non plus, au studio, la raison de ses nombreux week-ends à Upperville, en Virginie, à Unionville, en Pennsylvanie, et dans des propriétés des environs de Kenneland, dans le Kentucky. Elle savait qu'on la considérait comme un membre à part entière de cette coterie passionnée d'équitation ; elle faisait ce qu'elle avait à faire et ne voyait pas en quoi cela regardait les autres. Bien sûr, Kiki, qui la voyait travailler soir après soir pour terminer ses aquarelles, était au courant ; déjà, dans un certain milieu, avoir un portrait de son enfant à cheval signé par la princesse Valenski devenait la marque d'un certain standing.

Lorsque Daisy dut quitter Santa Cruz pour trouver du travail, elle finit par parler à Kiki de Danielle. Il n'y avait aucune autre façon possible de justifier son départ du collège quatre mois à peine avant l'examen, sauf en lui disant la vérité — du moins en partie.

Elle se rappelait le jour où elle avait raconté son étrange et triste histoire, et les différentes expressions qui étaient passées sur le visage de Kiki : incrédulité, stupéfaction, compassion, indignation, émerveillement. Daisy avait prévu les deux questions que son amie finirait par lui poser. « Mais pourquoi Ram refuse-t-il d'entretenir Danielle ?

— C'est une façon de se venger de moi. Nous avons eu une grave querelle qui dure toujours à propos d'une affaire de famille, et rien ne peut le changer ni ranimer notre amitié. Crois-moi, c'est définitif. De toute façon, il ne considère pas Dani comme sa sœur : il ne l'a même jamais rencontrée. Il n'en est pas question.

— Alors, pourquoi ne veux-tu pas me laisser t'aider ? demanda Kiki, le ton de Daisy lui indiquant qu'elle ferait mieux de ne pas poser de questions sur la nature de cette querelle familiale.

— Je savais que tu en arriverais là. D'abord, il faut que je trouve une solution toute seule, parce qu'il s'agit d'un problème permanent, sans fin : même toi, généreuse comme tu es, tu ne peux pas te charger d'entretenir indéfiniment une étrangère. Ensuite, je suis trop fière pour t'emprunter deux cents dollars en attendant de toucher ma première paie. »

Elle ne s'attendait pas à la réaction de Kiki. « Je quitte le collège aussi... On va partir ensemble, décida-t-elle, lorsqu'elle comprit que Daisy ne la laisserait pas subvenir aux besoins de Dani.

— Pas question! Jamais! Jamais de la vie! Je ne veux pas que ce soit à cause de moi que tu n'aies pas le moindre diplôme en poche. Ta mère ne me le pardonnerait jamais. Je vais louer quelque chose d'assez grand pour nous deux et, dès que tu auras passé ton examen, je t'accueillerai à bras ouverts ; tu paieras la moitié du loyer... à titre rétroactif. Ça ne fait que quatre mois. C'est d'accord ?

— Bon sang, ce que tu es autoritaire, dit Kiki. Est-ce que je peux payer le mobilier, au moins ?

— La moitié.

— Je présume que l'Armée du Salut t'entretiendra ?

— A moins que tu ne puisses décider ta mère à nous expédier quelques meubles qu'elle a en trop : quelqu'un qui renouvelle sa décoration une fois par an doit avoir des restes. Nous accepterons les dons en nature, comme n'importe quelle organisation charitable, mais nous n'accepterons pas d'argent. L'argent donne aux gens le droit de diriger la vie des autres. D'accord ?

— Pouvons-nous accepter de l'argent à Noël et aux anniversaires ? demanda Kiki, rêveuse.

— Absolument. Et nous ne sortirons jamais avec quelqu'un qui ne paie pas à dîner. Plus question de payer son écot ! »

Tout en gravissant l'escalier menant à leur appartement, au troisième étage d'un immeuble peu engageant, au coin de Prince Street et de Greene Street, Daisy humait les odeurs de cuisine qui flottaient dans l'air. Aujourd'hui, se dit-elle, ce sont des petits pains à la cannelle. SoHo, il y a encore quinze ans, était considéré comme un quartier de taudis. Aujourd'hui, c'était l'avant-garde et la bohème, un quartier nouvellement investi par les artistes ; la salopette maculée de peinture y constituait le dernier chic, même si, comme le remarquait Kiki avec dédain, on n'avait jamais tenu un pinceau.

Kiki avait fini par régler son problème vestimentaire. Grâce au décès opportun de sa grand-mère, elle disposait d'une fortune suffisante pour devenir propriétaire, productrice et vedette permanente d'un théâtre de super-avant-garde : *la Gargote*. Elle était, en fait, la nouvelle Ethel Barrymore de SoHo, et elle s'habillait en fonction de la pièce qu'elle était en train de monter. Sa dernière production, *La Complainte de la boulette mauve pâle*, faisait salle comble, surtout les week-ends où les bons bourgeois de New York venaient nombreux. S'octroyant le rôle de la seule confidente du protagoniste, Kiki déambulait depuis quelques semaines dans une tenue composée d'un maillot lavande, à volants roses, de bottes en daim et d'un boa de plume mauves, le tout lui allant admirablement.

Daisy ouvrit la porte et inspecta les lieux. L'appartement était vide, ce qui signifiait que Kiki était sans doute encore au théâtre et que Thésée était avec elle. Car il consentait à passer la journée allongé sur un coussin aux pieds de Kiki ou à la suivre au théâtre. Mais il n'était totalement heureux que quand Daisy rentrait. Impossible, pourtant, d'avoir un chien comme lui sur un plateau, la cafétéria aurait été dévastée avant que le premier machino endormi ait demandé un morceau de fromage.

L'endroit qu'habitaient Kiki et Daisy à SoHo n'était pas un de ces énormes lofts, anciens ateliers aux structures apparentes, mis à la mode par de nombreux artistes. C'était un appartement à l'échelle humaine, dans un immeuble peu reluisant, surmonté d'une petite galerie d'art au premier étage. Mais il était vaste : assez grand pour comprendre une immense pièce de séjour, trois chambres, un atelier pour Daisy, une cuisine de belles proportions et deux salles de bains qui, malheureusement, semblaient avoir conservé leur plomberie d'origine. A certaines périodes, l'appartement abritait quelques fragments et accessoires de décors des pièces de Kiki, un bric-à-brac provenant des brocanteurs du quartier et beaucoup de très beaux meubles amenés de Grosse Pointe. Les seuls éléments constants étaient une cheminée, le matériel de travail de Daisy, des lits assez convenables et la fresque dont un ami, un jour d'inspiration, avait décoré la pièce de séjour : une scène pastorale représentant Thésée se livrant à diverses activités criminelles dans une série de cours de ferme. Ni Daisy ni Kiki n'avait un instinct de maîtresse de maison et, lorsqu'elles n'étaient pas invitées à dîner — ce qui était rare —, elles achetaient quelque chose dans une charcuterie du quartier. Lorsqu'elles se décidaient à prendre un petit déjeuner, c'était sur le pouce, à une échoppe où le café, accompagné d'un beignet, coûtait cinquante-cinq cents. On y trouvait aussi de la noix de coco fraîche.

Daisy s'affala avec un soupir de soulagement sur le canapé de satin brun, agréablement capitonné, qui venait tout juste d'arriver de chez la mère de Kiki. A chaque nouvel arrivage, elles s'empressaient de vendre leur vieux mobilier. Eleanor Kavanaugh trouvait bizarre qu'elles parvinssent à absorber de telles quantités d'objets mais, disait-elle avec un petit reniflement désapprobateur, Kiki en avait sans doute besoin pour le théâtre... Dieu merci, grand-mère Lewis n'avait pas vécu pour voir ce qu'il était advenu de son argent. Bien sûr, si elle avait vécu, il n'y aurait pas eu... Oh ! peu importe, ne pensons plus à tous ces affreux détails. « En réalité, déclarait Kiki, elle est ravie. Je sais qu'elle parle de moi avec fierté au Country Club : elle dit que je suis une protectrice des arts. »

Daisy s'extirpa du douillet canapé pour ôter son blouson de base-ball. Elle l'avait acheté après avoir commencé à travailler comme assistante de production de North. Elle était arrivée le premier matin avec son jean le plus neuf, bien repassé, son plus beau chandail, un cachemire beige à col roulé, et une veste d'équitation à carreaux, faite sur mesure à Londres des années auparavant.

« Oh, non ! s'écria Bootsie en voyant Daisy arriver.

— Qu'est-ce qui ne va pas ? demanda Daisy inquiète.

— Seigneur... Faut-il vraiment que vous ayez à ce point l'air d'une riche héritière tombée dans la misère ?

— Mais c'est ma plus vieille veste.

— Justement, petite gourde. Elle pue le fric. Votre travail consiste aussi à vous mettre bien avec l'équipe pour que les techniciens disent tout ce que vous avez besoin de savoir, ce que je n'ai absolument pas le temps de faire. Vous allez devoir les harceler de questions du matin au soir et vous dépendrez de leur bonne volonté. Ils seront les types les plus charmants du monde s'ils pensent que vous avez besoin d'aide ; seulement, on ne peut pas dire que vous ayez l'air d'une prolétaire qui a besoin de travailler. Cette veste indique que vous faites du cheval, que vous en faites depuis des années, que vous avez des tenues d'équitation quelque part et que vous vous en servez sans doute encore. Ils le pigeront vite. Alors, débarrassez-vous de cet accoutrement.

— Mais vous, vous vous habillez de façon luxueuse et élégante, protesta Daisy.

— Je suis la productrice, mon petit. Je peux porter ce que je veux. »

Maintenant que Daisy avait le poste de Bootsie, qui lui rapportait quatre cents dollars par semaine, elle continuait à porter de temps en temps son blouson de base-ball. Il lui rappelait ses premiers mois d'affolement, alors que, tout comme le lui avait prédit Bootsie, elle se débattait entre le machiniste et le chef d'équipe, entre le preneur de son et l'assistant opérateur, entre le coiffeur et le décorateur, entre l'accessoiriste et la scripte, en posant — elle s'en rendait compte maintenant — des questions d'une incroyable naïveté, dont elle notait les réponses dans un petit carnet. Le blouson lui avait acquis des amis en facilitant le dialogue et en favorisant d'innombrables occasions de contact. Il l'avait introduite dans l'équipe à une époque où elle avait désespérément besoin d'être intégrée.

Elle regarda sa montre. Dans une heure on allait venir la chercher pour dîner à *La Grenouille*, et assister ensuite à la première de la nouvelle comédie musicale de Hal Prince. Elle était l'invitée de Mme Hamilton Short, qui possédait une grande propriété à Middleburg, et qui avait trois enfants. On ne lui avait pas encore demandé de faire leur portrait... pas encore. « Allons, Cendrillon, c'est l'heure », se dit-elle. Et, à regret, elle se leva et passa dans sa chambre pour procéder à la métamorphose qui allait transformer la travailleuse en princesse. Ou, plutôt, la travailleuse en travailleuse...

Ram avait trente ans. Il vivait dans une maison parfaite de Hill Street, à deux pas de Berkeley Square, une maison arrangée par un grand décorateur, dans un style sévère et somptueux, convenant à un célibataire. Il était membre du White's Club, le club de loin le plus fermé d'Angleterre, et faisait partie aussi du Mark's Club, ce restaurant privé que hantent les éléments les plus alanguis et les plus riches de la jeunesse dorée londonienne. Ses costumes, qui coûtaient neuf cents dollars chacun, venaient de chez H. Huntsman and Sons, le meilleur tailleur de Londres, tout comme ses tenues d'équitation. On le tenait pour un des meilleurs fusils des îles Britanniques et il possédait une paire de fusils de chasse fabriqués sur mesure par James Purdey and Sons, établissement qui existait déjà du temps de George III. Il avait fallu trois ans pour les fabriquer. Il lui en avait coûté quinze mille dollars, et, songeait Ram, cela valait la peine de les avoir attendus. Ses chaussures et ses bottes venaient, bien sûr, de chez Lobb où, suivant le style et le cuir, le prix pouvait dépasser cent cinquante-cinq dollars la paire. Il collectionnait sur une grande échelle les livres rares et ne dédaignait pas la sculpture d'avant-garde. Il portait des pyjamas de soie blanche avec un discret liséré bordeaux, des robes de chambre en soie épaisse et des chemises coupées dans les plus beaux cotons, toutes faites sur mesure chez Turnbull and Asser. Il considérait Sulka comme vulgaire. Il ne quittait jamais la maison sans son parapluie de chez Swaine, Adeney, Brigg and Sons. Parapluie en soie noire, avec manche et poignée sculptés dans un même morceau d'ivoire rare. Il n'arrivait pas à se faire aux chapeaux : peut-être dans dix ans, mais pas maintenant, sauf pour aller à la pêche, monter à cheval ou faire du bateau, ses cheveux noirs étaient coupés dans le calme discret d'une vieille cabine lambrissée de bois, chez Trumper, dans Curson Street. Il dînait à l'extérieur tous les soirs, sauf le dimanche.

Le nom de Ram figurait fréquemment dans les potins mondains signés « Jennifer », du *Harper's Magazine*. Jennifer le décrivait invariablement comme « le si beau et prince charmant George Edward Woodhill Valenski ». Il était souvent mentionné, aussi, dans la chronique délibérément mordante de Nigel Dempster du *Daily Mail*; on l'y appelait souvent « le dernier Russe blanc ». Ram s'était bien gardé de s'inscrire à la Ligue monarchiste, dirigée par la marquise de Bristol. Il ne s'intéressait pas à ce qu'il considérait comme un groupe de têtes en l'air ; il n'avait pas non plus envie de côtoyer des archiducs en exil qui, même s'ils étaient peut-être ses cousins, essaieraient à coup sûr de le taper. Son sens des affaires l'avait amené à multiplier plusieurs fois sa fortune. Ram était un des principaux associés d'un cabinet d'investissement, Lion Management L.T.D., qui avait obtenu un succès impressionnant en plaçant de grosses sommes d'argent, provenant des fonds de syndicats et de sociétés, dans des investissements internationaux aussi audacieux que productifs.

S'il voulait passer un week-end dans l'une des propriétés de campagne qui, malgré les impôts, existent encore en Grande-Bretagne, Ram n'avait qu'à décrocher son téléphone pour appeler l'un des innombrables jeunes lords qu'il avait connus à Eton. Un nombre important des plus sémillantes beautés ne demandait pas mieux que de tomber dans ses bras. Il faisait partie de ce petit groupe de jeunes gens riches et bien nés dont le nom figurait sur toutes les listes des plus beaux partis d'Angleterre.

Toutefois son statut dans la société britannique n'avait rien à voir avec sa fortune ni avec son titre. Il reposait sur le seul bien qu'il négligeait dans sa jeunesse : la terre. Et la terre lui venait de la famille de sa mère, cette famille dont il ne s'était guère soucié en grandissant. Sa mère était la fille unique d'une famille sans titre, les Woodhill, de Woodhill Manor, dans le Devon : de discrets châtelains qui vivaient là avant la conquête normande, toisant de haut tous les parvenus, les comtes de création récente dont le titre ne remontait pas plus loin que le XVIIIe siècle, ou les simples princes marchands dont les affaires avaient fait la grandeur de l'Angleterre à l'époque victorienne.

Ce qu'il y avait de bien chez Valenski, tout le monde en convenait, c'est qu'à la mort de son grand-père, il avait hérité de Woodhill Manor et des trois cent soixante hectares de terre qui l'entouraient. La possession de ce petit bout d'Angleterre mettait Ram sur la même liste que S.A.R. le prince Michel de Kent, que Nicolas Soanes, petit-fils de sir Winston Churchill, que le marquis de Blandford, qui deviendrait un jour le douzième duc de Malborough, et qu'Harry Somerset, l'héritier du duc de Beaufort. Sans Woodhill Manor et ses riantes prairies, la fortune et le titre de Ram auraient été juste un ornement exotique mais, avec cette terre comme solide ancrage, ils pouvaient être pleinement appréciés.

Ram se rendait chaque jour à son bureau de la City et travaillait dur. Il rentrait chez lui à pied, considérant la marche comme un exercice nécessaire, se changeait pour dîner, honorait son rendez-vous du jour, buvait peu, rentrait à une heure raisonnable et se couchait. Il décrochait rarement le téléphone pour se faire inviter le week-end à la campagne, et ne cherchait pas souvent à séduire une jeune femme. Lorsqu'il le faisait, il ne recommençait jamais une seconde fois, ne souhaitant pas créer de liens encombrants ni entretenir de faux espoirs.

Lorsqu'il atteignit son trentième anniversaire, Ram décida qu'il devait faire un mariage convenable. Mais pas dans un proche avenir. En regardant autour de lui au White's, un soir où il avait emmené dîner un associé, il remarqua combien l'atmosphère du club était différente de son ambiance joyeuse et affairée à l'heure du déjeuner. Il n'y avait que quelques tables occupées, dont un certain nombre par des hommes âgés et seuls, qui s'intéressaient beaucoup trop au contenu de leur verre et de leur assiette. Ram ne voulait pas avoir ce destin-là. Il se mit à considérer sans humour et avec pragmatisme la collection d'épouses possibles.

Ram savait fort bien que, si beau parti qu'il fût, on ne l'aimait pas vraiment. Il ne savait pas pourquoi et se résignait. Certains hommes passaient leur temps à être aimés, d'autres avaient mieux à faire. Toutefois, il était unanimement *respecté*, et c'était pour lui, l'essentiel.

Lorsque la photo de Daisy apparaissait dans *Vogue* ou dans une de ces revues anglaises, françaises ou américaines que Ram feuilletait parfois lors de ses week-ends chics, il la regardait avec une amère désapprobation. Il éprouvait le plus profond dégoût pour son travail avec North, dans un domaine qu'il considérait comme avilissant, vulgaire et méprisable. Elle semblait mener une vie en dépit du bon sens. Chaque fois que des gens qu'il connaissait l'interrogeaient sur Daisy, il prenait grand soin de leur préciser qu'elle n'était que sa demi-sœur, sans une goutte de sang anglais, qu'il ne savait rien de sa vie et ne s'en souciait pas le moins du monde. Mais il rêvait de Daisy, des rêves d'amour, d'un amour sans espoir, sans fin, dévorant et destructeur, qui le tourmentait sans cesse, semaine après semaine, année après année. Ah, si elle avait pu être morte !

$\mathcal{L}$es salles de conférences sont, par définition, conçues pour impressionner, mais rares sont celles qui y arrivent aussi bien, se dit Daisy, que le studio de Frederic Gordon North. Elle regardait toujours avec un amusement admiratif l'austérité délibérée des murs de briques passés à la chaux et des parquets nus laqués en noir. On ne pouvait manquer d'être sensible au luxe monacal des fauteuils de chrome Knoll recouverts de daim gris, à l'étendue de marbre blanc dépouillée de l'énorme table de conférences. De sa place à cette table, North pouvait manœuvrer une console de commande bien dissimulée ; il signalait au projectionniste, dans sa cabine, quand faire l'obscurité dans la salle, quand déployer l'écran caché dans le plafond et quand projeter le film ; c'était une installation qui étonnait les clients les plus blasés. La salle de conférences était située dans les quartiers élégants de l'est, entre la Première et la Seconde Avenue, en haut d'un immeuble de trois étages qui était une ancienne école de musique. Sept ans plus tôt, North l'avait achetée et en avait fait un des rares studios indépendants de films publicitaires de New York.

Le premier et le second étage constituaient un énorme plateau qu'on pouvait arranger de mille façons différentes. Seul le dernier étage abritait les bureaux. North était aussi propriétaire de ses caméras, de ses projecteurs et de son matériel. La grande majorité des réalisateurs de films publicitaires devaient inclure le prix de location du studio et de l'équipement lorsqu'ils faisaient un devis, et la plupart des agents de publicité examinaient au moins trois devis pour chaque budget. North pouvait donc demander moins pour chaque film qu'il tournait et, malgré ses honoraires élevés, en tirer cependant un bénéfice plus grand que ses concurrents.

Ce jour d'automne 1975, six mois après le tournage du film publicitaire pour la laque Revlon, une importante réunion se tint dans la salle de conférences. En général, North ne convoquait à ces réunions que Daisy et Arnie Greene, mais aujourd'hui il avait demandé la présence de tous ses principaux collaborateurs. C'était pour la séance préparatoire de la campagne de Noël de Coca-Cola.

Daisy, maintenant, connaissait si bien les gens rassemblés autour de la table qu'ils lui donnaient presque l'impression d'être des prolongements d'elle-même. Il y avait Hudie Troy, le décorateur pigiste avec qui North travaillait si souvent qu'il aurait pu l'engager à temps complet ; les deux jeunes assistants de production de Daisy, tous deux récemment sortis de Princeton, qui apprendraient le métier ou du moins, essaieraient d'apprendre le métier, avant de s'en aller ailleurs où on les paierait mieux ; Alix Updike, son assistante pour les costumes et la distribution des rôles, une grande fille réservée aux tenues discrètes qui s'occupait autrefois de la rubrique lingerie au magasine *Glamour* ; et Wingo Sparks, l'opérateur de vingt-neuf ans, déguisé en étudiant snob : pantalon de toile blanche froissé et chandail de tennis taché qui s'effilochait en cinq ou six endroits. Daisy était certaine que c'était lui-même qui tirait sur les fils.

Wingo était diplômé de Harvard, fils d'un excellent opérateur et neveu d'un autre. Sans ses relations familiales, il n'aurait pu entrer au syndicat des opérateurs, aussi sévèrement contrôlé qu'une guilde médiévale. Il avait servi d'assistant opérateur à son oncle pendant les cinq ans de stage indispensables, avant d'avoir sa propre carte syndicale. North préférait infiniment travailler avec des hommes jeunes, réceptifs à toutes les idées. En tant que patron de son affaire, il avait le droit de tenir lui-même la caméra sans carte syndicale, mais il détestait avoir à s'embarrasser de considérations techniques en plein tournage, il devait déjà se concentrer sur les comédiens et avoir une vue d'ensemble du plateau.

Le regard de Daisy s'arrêta avec affection sur Arnie Greene, le directeur commercial, qui avait du mal à penser qu'après avoir travaillé presque toute sa vie pour une grosse agence publicitaire de quatre cents employés, il appartenait maintenant à une « boutique » comme celle de North. Nombreux étaient les metteurs en scène qui préféraient toutefois travailler dans de petits ateliers comme celui-là. Car, « boutique » n'était pas le bon terme mais il n'en voyait pas d'autre pour désigner un mini-studio de cinéma.

Daisy considéra aussi la silhouette à l'élégance flamboyante de Nick le Grec, « représentant » à plein temps, chargé de prospecter de nouveaux clients et payé au pourcentage. Nick était, jusqu'à nouvel ordre, le seul représentant à être entré dans la publicité en passant par le base-ball. Vers le milieu des années 60, alors que les grosses agences de publicité avaient à promouvoir des équipes et s'opposaient dans une concurrence farouche, un rédacteur publicitaire de chez Doyle, Daine et Bernbach entendit parler d'un jeune Portoricain du Barrio qui était le meilleur lanceur au nord de la Cent vingt-cinquième Rue. Il lui donna un petit boulot à l'agence après l'école, dans le seul but de se valoir les faveurs de l'équipe. Mais Manuel s'initia au travail de l'agence et le trouva préférable à l'avenir qui l'attendait dans le Harlem espagnol. Le grand et bel adolescent se baptisa Nick le Grec et il gagnait aujourd'hui plus de cent mille dollars par an, portait des costumes à sept cents dollars, déjeunait tous les jours dans les bistros chers et mettait le grappin sur les hauts budgets avec la facilité d'un lézard attrapant des mouches avec sa langue.

Au moment où North allait déclarer la séance ouverte, ce fut Nick qui prit la parole. « Compañeros, j'ai ici les résultats d'un nouveau sondage de Gallup, dit-il, en brandissant une coupure du *New York Times.*

— Plus tard, Nick, supplia Arnie, qui savait que quand Nick le Grec était lancé, on perdait du temps.

— Attends ! Tu ne comprends pas. Ça nous concerne tous, Arnie : ceux d'entre vous qui souffrent de mauvaise conscience judéo-chrétienne, ceux qui ont honte d'être Italiens ou ceux qui se sont résignés à être des W.A.S.P... Je vous rappelle à l'ordre, *por favor,* faites bien attention. Ce sondage concerne l'image de marque de diverses professions telles que les voit un échantillon de la population américaine.

— Ça n'a rien à voir avec Coca-Cola, Nick, dit North avec impatience. Alors, si tu allais tapiner un peu ? Tu n'as pas un client riche, affamé et potentiellement intéressant à emmener déjeuner ? *Vamanos...* nous avons du travail.

— Pas avant que je vous annonce la bonne nouvelle », répliqua Nick qui, comme tous les représentants, mettait un point d'honneur à ne le céder en bagout à personne. Car les représentants de New York, véritable mafia de vendeurs super-astucieux, toujours dans le vent, estimaient être les princes du métier.

« Voici... les copains, vous serez ravis de l'apprendre, les mieux vus sont les médecins, ensuite les ingénieurs ; sur vingt professions libérales, je dis bien vingt, l'avant-dernière place est pour ce qu'on appelle " les professions de la publicité ". C'est-à-dire nous, *compañeros,* garçons et filles mêlés. 43 pour cent de cette connerie de public américain ont de nous une mauvaise image et ne nous créditent ni, je cite, " de sincérité, ni d'exigence morale. " Les seuls à être plus mal notés que nous sont les *vendeurs de voitures !* Nous sommes même plus mal cotés que les hommes politiques ! Est-ce qu'aucun d'entre vous n'a l'impression qu'il faudrait protester ? Organiser une marche sur Washington, passer des manifestes dans les journaux pour dire à quel point nous sommes honnêtes, probes, patriotes et pétris de morale ? Je ne pense pas que nous devrions rester assis, passifs, tandis qu'on nous crache dessus. Vous n'avez donc pas d'orgueil ? Ça ne vous fait rien ? Vous vous en foutez vraiment ? On ne peut tout de même pas laisser passer ça. » Debout, dents blanches étincelantes au milieu de son visage basané, il écoutait d'un air moqueur le charivari de huées et de sifflets qui emplissait la salle.

« Nick, tu es un homme qui s'enflamme comme un tragédien grec alors qu'il n'a jamais mis les pieds à Athènes, tu trouveras bien à t'indigner pour nous tous. Dehors ! Les maîtres d'hôtel du monde entier t'attendent avec impatience », dit North d'un ton ferme.

Comme le représentant s'en allait, Arnie Greene remarqua, blessé : « Si les médecins ont une telle cote, comment se fait-il qu'il y ait tant de procès pour faute professionnelle ?

— Tout le monde sait que les sondages Gallup sont truqués, dit North avec un sourire. Laisse tomber, Arnie. Maintenant que notre moraliste s'en est allé prêcher ailleurs, parlons un peu publicité pour changer. Et je vous préviens, ceux qui ne prennent pas de notes le regretteront. Il s'agit d'un film publicitaire de quatre-vingt-dix secondes et quand on lit le scénario, Victor Hugo fait figure de débutant. Ça n'est pas tout, Luke Hammerstein veut de l'humour et il n'a même pas l'intention de montrer le produit — ce qui différencie le film de tout ce que font les autres.

— Ne pas montrer le produit ? demanda Arnie Greene, si stupéfait qu'il en perdait la voix.

— Absolument : ne pas le montrer et ne pas en *parler* pendant le temps incroyable d'*une minute et demie !* Et puis, tout à fait à la fin, on entendra la voix d'Hélène Hayes qui dira : " Quelle que soit la façon dont votre famille a passé le réveillon de Noël, Coca-Cola vous souhaite de merveilleuses vacances toute l'année. "

— Tu as bien dit : d'humour ? demanda Daisy.

— Parfaitement... Luke appelle ça " campagne de Noël à contre-courant ", et il est très décidé là-dessus. Luke a persuadé Coca-Cola de renoncer à un grand montage de dîners de Noël dans toute l'Amérique, des dîners avec des Blancs, des Noirs, des Jaunes, les trucs classiques à vous faire bâiller, et il a réussi à leur vendre ça : est-ce que je n'ai pas toujours dit que c'était le réalisateur le plus créatif du monde ?

— Oui... mais vous deux, en général, vous n'arrivez pas à travailler ensemble, vous passez votre temps à vous engueuler, murmura Daisy encore hésitante.

— Exact, fit North en lui lançant un regard désapprobateur, car il avait horreur d'être interrompu. Luke est en fait mon ami intime, mais il a la conviction, partagée malheureusement par la plupart des agences, que c'est le *concept* qui fait vendre le produit, que le concept commence et se termine avec le publicitaire. Pour eux, tout le travail d'un metteur en scène c'est donner vie au concept. Et je dis, moi, que c'est à la fois le concept *et* la façon dont je le rends perceptible — ma vision, si vous me pardonnez le mot — qui compte. C'est pour ça qu'on s'engueule. Je veux ma part du générique, Luke veut la sienne et, malheureusement, les deux ajoutés durent plus que le film. Toutefois, ce spot publicitaire ne posera pas de problème : il a besoin de moi. Et il le sait ! Avec le script qu'ils ont là, ou bien ça va être un truc bâtard, raté, ou bien ça deviendra un classique du genre.

Chaque angle du visage de North, ses pommettes, l'arête de son nez et même ses taches de rousseur, tout semblait frémir d'impatience. North croyait entendre le rugissement de la foule quand le dompteur entre dans la cage aux fauves. Daisy l'avait vu ainsi bien des fois, mais elle l'avait rarement trouvé aussi excité par un défi.

« Peut-on demander ce qu'on appelle campagne de Noël à contre-courant ? demanda Wingo avec l'accent traînant qui lui était propre.

— C'est la connerie habituelle : un plan de trente secondes dans les coulisses de l'école où on joue une pièce sur la Nativité ; ou trente secondes d'une famille de huit personnes essayant d'entrer dans une voiture faite pour cinq, chargée de cadeaux encombrants, de skis, de tout le bazar, pour aller dîner chez grand-mère ; et, enfin, trente secondes de pure horreur avec les guirlandes et les boules d'arbre de Noël, toutes les conneries possibles en gros plan... Vous commencez à piger ? Et de la pub en douceur, en douceur : Coca-Cola ne veut pas avoir l'air d'imposer sa camelote pendant les émissions de fin d'année sur la C.B.S. ; c'est pour ça, Arnie, qu'on ne montrera pas le produit.

— Est-ce qu'il y aura des extérieurs ? demanda Hubie, qui griffonnait sur le bloc qu'il avait toujours avec lui.

— Non, Dieu merci, on fait tout en studio. Hubie, tu n'as pas un, ni deux, mais trois — compte bien — trois décors à *trois pans* à construire. Ça fait un an que personne n'a vu de décors à trois pans, alors, vous savez ce qui vous reste à faire : voilà une photocopie du script. Je veux que tout ça soit bourgeois, gentil et authentique, authentique à en chier, qu'on sente l'arbre de Noël, qu'on devine les gosses en coulisse, et même qu'on puisse se croire entassé avec les gens dans la bagnole. »

Hubie sortit et North fixa le reste de son auditoire d'un regard sévère en poursuivant : « Daisy, Alix et toi, faites attention. La distribution est d'une importance capitale. Vous savez à quoi ressemblent en général les films publicitaires de Coca-Cola ? Tout le monde fait plus américain que nature, style dents blanches, 1,90 m et boucles blondes à repeupler la moitié de la Suède. Je ne veux pas de ça ! Ça doit être différent : on ne vend pas du Coca pour vous rendre sympathique ou heureux, on vend tout le tralala de Noël et on explique en plus, à tout le monde, qu'il vaut peut-être mieux en rire. Alors, n'allez pas m'engager la dauphine de miss Amérique. La plupart des gens sont déjà assez déprimés à Noël, rien qu'à voir l'étalage de fric. Pour la scène des gosses jouant la Nativité, je ne veux pas de la petite blonde du savon Cadum, ni du rouquin du dentifrice Signal, je veux de vrais gosses, à lunettes, gros, boutonneux, avec le nez en trompette. Visez à côté de la plaque habituelle, faites-moi une distribution aussi originale que possible. Et ne me regardez pas ainsi. Est-ce que vous croyez que je ne sais pas à quel point ça va être dur ? Eh bien, merde, mesdames, si un gosse ne peut pas rester tranquille, se concentrer et suivre les instructions du réalisateur, alors il n'y a plus qu'à démissionner. C'est un risque que je suis prêt à prendre parce qu'il faut que ça ait l'air d'une vraie scène de Noël, dans un endroit vrai : pas de faux paradis publicitaire.

— North, demanda Daisy d'un ton méfiant, est-ce que tout est bien contenu dans le script ? Tu es sûr que le client veut des gosses un peu de travers ? Chez Coca-Cola, ils ont toujours des gens plus beaux que nature.

— Daisy, tu veux me rendre un petit service ? Cesse d'essayer de lire dans mes pensées, lança-t-il, exaspéré. Ce script réclame une douzaine de gosses, un bon mélange, trois Noirs, cinq Blancs, de toutes les couleurs de cheveux, deux Asiatiques et deux Mexicains. Pour les autres scènes de trente secondes, il te faudra neuf personnes pour l'épisode de la décoration de l'arbre et huit pour la famille dans la bagnole, plus un chien, un chien vraiment gros, encombrant, plein de poils... pas une petite chose de salon... Et puis un bébé de neuf mois. Trouve-moi les bébés les plus sages du monde : n'oublie pas qu'on ne peut pas les garder longtemps sous les projos, alors, il nous en faudra peut-être une douzaine en réserve. Vérifie ça. Mais tu m'amènes un seul visage connu et ça barde ! Nous ferons date dans l'histoire du film publicitaire. »

Arnie Greene leva les yeux au ciel. Il savait ce qui pouvait arriver quand North s'excitait vraiment sur une commande. Il avait beau insister sur le fait qu'on faisait de la publicité, pas du spectacle. North s'en moquait. Tout était bon pour arriver à ses fins, même un dépassement de budget : rien ne le ferait reculer, il ne savait pas se mesurer. Enfin, c'était sa boîte, et cette année ils avaient empoché assez pour qu'il eût le droit de s'amuser un peu.

« Wingo, dit North en se tournant vers le jeune opérateur, il y a en ce moment trois équipes de Hollywood en tournage. Tu auras peut-être du mal à trouver les gens qu'il nous faut, alors magne-toi le train et commence à donner des coups de fil. Dis-leur que c'est quatre jours de travail. Ça commence dans dix jours.

— Quatre jours... Depuis quand a-t-on besoin de plus de trois jours pour tourner quatre-vingt-dix secondes ? protesta Wingo.

— Avec des gosses, des chiens et des bébés ? Il y aura du dépassement... c'est inévitable. Et si tu dis trois jours, ils auront peut-être d'autres engagements pour le quatrième ?... Ça te plairait de perdre ton équipe avant d'avoir fini ?

— C'est une perspective, dit Wingo, qui n'a rien de séduisant

— Alors pourquoi es-tu encore ici ?

— Excellente question, dit-il avec entrain en se levant. Tout ça a l'air plus facile qu'en réalité, North, mais au moins Luke ne nous a pas demandé de faire du Robert Altman... Ce qui ne veut pas dire, bien sûr, que tu n'en serais pas capable. »

Wingo n'avait pas atteint la porte, que North lui décocha une dernière flèche : « Dis-moi, jeune homme, j'apprends par mes secrétaires que la dame de tes pensées, la nommée Maureen, te téléphone toutes les dix minutes. Tu devrais la sauter un bon coup pour qu'elle nous foute la paix.

— Désolé, mais le matin je n'ai pas de temps pour les mondanités, patron, fit Wingo en refermant doucement la porte derrière lui.

— Ce garçon ira loin, dit North, satisfait. Il a un culot qui me plaît. »

Bien sûr, songea Daisy avec amertume, chez un homme. Mais qu'une femme essaye... et tu ne te contenterais pas de la menacer de lui arracher les yeux, tu lui hacherais le cœur pour le manger au petit déjeuner.

— Daisy, annonça North, demain nous allons à l'agence pour une conférence avec Luke et ses gens. Crois-tu que tu pourrais essayer d'avoir l'air d'une dame, ou au moins d'une femme ? » Il lança un regard de totale désapprobation à la tenue de travail habituelle de Daisy.

« Je vais faire tous mes efforts, mais je ne peux rien garantir... avec ce que tu me payes », répliqua Daisy. C'était pour elle une perpétuelle source d'agacement de constater que, bien qu'elle fût « la productrice » des films publicitaires, et chargée de coordonner tous les détails de chaque tournage, sa rémunération était en dessous du tarif syndical. Elle travaillait plus que n'importe qui tout en étant une des moins bien payées du studio. North fit semblant de ne pas entendre, comme d'habitude.

Peu après avoir appris son métier, elle découvrit qu'il se trouvait toujours quelqu'un pour la chercher et l'aider à résoudre un problème, et que son jean et sa chemise de travail la rendaient difficile à repérer dans la foule des techniciens. Elle avait mis au point une tenue qui avait trois qualités : elle était bon marché, pratique et extrêmement visible. Par temps froid, elle portait des pantalons de marin, avec un système compliqué de pont et un tissu robuste ; en été, les pantalons de toile blanche de la Marine. Avec ça, elle avait une collection de maillots de rugby, aux rayures les plus larges et aux couleurs les plus vives qu'elle ait pu trouver. Au studio, elle avait toujours des chaussures de tennis, et de grosses chaussettes blanches ; elle nouait ses cheveux en une natte épaisse qui lui pendait sur l'épaule, pour ne pas les avoir dans la figure.

« Tu veux de la distinction, North, dit-elle, je vais t'en donner à t'en couper la chique. » La réunion se termina pendant que Daisy mijotait dans sa tête la toilette du lendemain : un tailleur rétro, style

Chanel, se dit-elle, des talons hauts, un chignon serré et des gants. Parfaitement, des gants, salopard.

Daisy pestait toujours contre North, néanmoins elle admirait son imagination, sa créativité sans bornes. Le plus beau compliment qu'il lui avait fait, après le tournage d'un film publicitaire difficile, avait consisté à lui dire : « Ca va sans doute marcher. » Pour ces cinq mots, comme une cavalière qui s'entraîne avant l'épreuve de saut des jeux Olympiques, elle était prête à triompher de n'importe quel obstacle, si haut fût-il. Elle comprenait, se dit-elle en essayant d'être juste, pourquoi tant de mannequins lui répétaient qu'elle avait un patron divinement séduisant, mais il est vrai qu'elles ne le connaissaient pas d'aussi près qu'elle. Comment pouvoir imaginer la dureté de cet homme, son manque de chaleur humaine ? C'était un homme brillant, mais qui brillait d'une lumière froide. Reste que Daisy, malgré elle, faisait tout pour lui plaire en se dévouant à son travail. Au cours de ces dernières années, elle avait maîtrisé la technique du métier, elle y prenait donc un plaisir d'artisan. Elle était fière des brusques inspirations qui lui permettaient de résoudre les inévitables crises émaillant chaque tournage. En toute modestie, elle savait qu'elle était très, très bonne dans son domaine. Le salaud, si seulement, une fois, rien qu'une fois, il voulait bien en convenir !

Les créateurs qui font des films publicitaires pour la télévision n'ont pas souvent l'occasion d'enfreindre les règles. Généralement, dans le monde qu'ils filment, une femme est perdue parce qu'elle sent la transpiration, ou sauvée par la blancheur de ses dents. Voilà qui suffit à assurer amour et bonheur. C'est un monde où une tasse de mauvais café peut gâcher la matinée d'un mari, cependant que sa virilité peut être renforcée par une marque de bière favorite. Où une chevelure soyeuse et brillante passe pour le plus cher trésor de l'existence alors que des aisselles moites la menacent. Où les meilleures amies d'une femme ne sont là que pour prodiguer des remarques critiques, notamment à propos du bon choix d'un tampon périodique... C'est un monde d'effort physique incessant où les ménagères sont condamnées à exhiber des planchers immaculés, des cuvettes de toilettes d'une parfaite fraîcheur et du linge impeccablement repassé ; un monde où les gens qui consomment régulièrement du calcium en tube paraissent avoir à peine l'âge de voter.

Quand ce monde n'est pas affolé par la peur, il est plein de gens trop sains qui s'amusent à perdre haleine sur des plages lointaines, grâce à une lotion après rasage ou un bon mascara. Il y est parfaitement admis d'utiliser des slogans obscènes pour vendre des briquets : « Je t'allume, chéri ? » Mais les publicités pour soutien-gorge se font sans les femmes qui les portent, les nombrils n'existent pas et une future maman doit paraître chaste et pure. Il y a même un règlement interdisant à une femme de sucer son doigt devant une caméra.

Les créateurs, dans les agences de publicité, rédigent les textes dans l'angoisse, sans savoir si leur idée va faire d'eux une vedette ou un chômeur. Car le prix de la seconde à la télévision, aux heures de grande écoute, est exorbitant et rend l'erreur coûteuse.

Luke Hammerstein avait persuadé ses patrons de suivre son intuition pour le film publicitaire de Coca-Cola, mais il craignait le fiasco. Diplômé de l'Ecole des arts visuels de la Vingt-troisième Rue, à New York, il n'aurait jamais cru qu'un jour il ferait tester ses idées, même les plus originales, avant de les faire utiliser par des cobayes soigneusement sélectionnés par la Société audio-service ; il aurait alors ricané, scandalisé. Mais c'était alors le début des années 1960 : les grosses agences s'arrachaient les jeunes qui pouvaient débuter comme directeur artistique adjoint à la sortie du collège. C'était le temps où l'argent coulait à flot et les idées aussi, le temps des si-on-construisait-un-igloo-dans-le-désert-Mojave-pour-voir-si-ça-fond. Bien des génies de ce temps-là n'avaient pas survécu aux jours difficiles des années 70. Luke avait vécu le changement : il avait échangé sa tenue de dandy romantique pour des costumes trois pièces à coupe sévère ; il s'était mis à porter des chemises bleu nuit à cols blancs empesés et manchettes mousquetaire ; il s'était laissé pousser la barbiche style Louis XIII qui apportait une touche d'autorité à son visage d'esthète. L'aura distinguée d'un jeune diplômé d'Oxford remplaça les charmes graciles qu'il cultivait au début de sa carrière et, en dix années stupéfiantes, il passa du poste de directeur artistique adjoint à celui de directeur artistique, puis devint assistant réalisateur et, enfin, metteur en scène, avec cinquante personnes travaillant sous ses ordres et la responsabilité d'un budget annuel de quatre-vingts millions de dollars. Luke Hammerstein, fils unique, issu d'une famille de banquiers juifs allemands conservateurs, était la superstar de Madison Avenue, même si sa mère — qui estimait toute publicité inutile et vulgaire — ne voulait pas en croire un mot.

Luke comprit dès le début qu'un directeur artistique voulant faire carrière dans une agence doit être plus qu'un directeur artistique ; il doit être aussi une source d'idées originales, un rédacteur publicitaire, un vendeur et un expert des médias et des sondages. Luke était alors au centre de la révolution créatrice.

Luke n'assistait presque jamais au tournage des films publicitaires habituels, mais durant les quatre longs jours nécessaires à la fin du tournage pour Coca-Cola, il se rendit chaque jour au studio de North, accompagné par le responsable du budget de la firme, par son adjoint, le rédacteur publicitaire et le directeur artistique. Tous avaient participé à l'élaboration du film de Luke. Leur petit groupe n'arrivait jamais avant onze heures moins le quart, même si les acteurs et les techniciens étaient convoqués pour huit heures. Rompu aux habitudes des réalisateurs publicitaires, Luke savait que la première prise ne pouvait pas avoir lieu avant onze heures. Selon les termes d'un vieux professionnel qui décrivait les trois premières heures de la journée de travail : « On s'y prend comme pour construire les pyramides. Tout s'est amélioré, sauf l'équipement. Ce sont toujours deux types qui trimbalent des choses sur le dos, comme pour la Grande Muraille de Chine... On tire et on pousse. »

Les clients, les gens de Coca-Cola, étaient là en force eux aussi. Ils n'étaient parfois que six, mais, juste avant le déjeuner, se retrouvaient à douze. Daisy avait participé à des dizaines de tournages où les gens de l'agence et les clients — les mouches du coche, disait North — étaient plus nombreux que ceux qui tournaient le film ; mais, cette fois, les comédiens, les techniciens et les observateurs étaient en force et le vaste studio n'y suffisait pas.

En y réfléchissant bien, le film terminé, Daisy ne savait plus quel avait été le grand moment de l'affaire. Etait-ce la participation de gosses qui faisaient « vrais » mais qui étaient, en fait, des acteurs professionnels ? Alex et elle avaient passé quatre jours à chercher ces malheureux acteurs en herbe. L'un avait dû s'arrêter de travailler parce qu'il s'était cassé un bras ; l'autre, parce qu'il avait une crise d'acné. Sans parler de certain problème aigu d'obésité, de dents de lait qui tombaient...

Ou bien, le meilleur moment, n'était-ce pas celui où Thésée prit le rôle du chien dans la scène de la voiture ? North voulait un chien enquiquinant. Daisy estima qu'il n'y avait aucune raison pour qu'elle n'empochât pas un peu d'argent à cette occasion. Son cachet représentait deux mois de loyer. Elle enrôla Kiki comme dresseuse de chien pour une journée, avec de strictes consignes. « Garde-le en laisse jusqu'au moment où North fera signe que c'est à lui. Au moment où la famille sera enfin entassée dans la voiture. Un des gosses va dire en geignant : " On a oublié mon chien. " Alors, lâche-le. »

North inspecta Thésée d'un air dédaigneux. « Où as-tu trouvé cette bête, Daisy ? Je n'ai jamais rien vu de pareil.

— Ne t'inquiète pas, il a de bonnes références.

— Mais je voulais un chien plus agaçant, un animal vraiment poilu, qui fasse plus sale cabot, se plaignit-il.

— Ce chien est garanti emmerdant », lui assura Daisy.

Elle avait dissimulé avec soin de petits bouts de steak cru dans les poches des acteurs, elle avait une confiance totale dans le talent qu'allait déployer Thésée. Avec son instinct de chasseur, il se précipiterait sur ces malheureux comme s'il se retrouvait au paradis des maraudeurs.

Thésée ne la déçut pas. Il bondit dans la voiture bourrée et se fraya un chemin au milieu des huit membres de la famille, fourrant son museau partout, agitant la queue devant leurs visages horrifiés et piétinant tout le monde avec ardeur. De la viande ? Mais où était-elle ? A la fin de chaque prise, Kiki se précipitait avec la laisse pour l'entraîner, et lui glissait furtivement un bout de viande extrait d'un sac plein de morceaux de bourguignon que Daisy lui avait donné, pour que Thésée ne fût pas trop frustré : jamais assez pour le satisfaire mais assez pour le maintenir en appétit.

Vers le milieu de la journée, North dit d'un ton admiratif : « C'est le corniaud le plus mal élevé que j'aie jamais vu. Il les rend complètement dingues. Parfait, Alix, parfait ! » Naturellement, songea Daisy, je n'ai même pas pour lui le mérite d'avoir engagé mon propre chien. Le salaud ! North fut encore plus ravi lorsque l'actrice jouant la mère de famille fut prise d'une violente allergie à Thésée et se mit à éternuer sans relâche.

« Ajoute-moi une réplique », dit-il au rédacteur qui traînait par là. Et lors des vingt-neuf prises suivantes, entre d'incessantes crises d'éternuements, la femme dut répéter : « Tu sais bien que ce chien me fait éternuer ! » L'odieux fils d'une dizaine d'années devait alors répondre avec mépris : « Oh, maman ! C'est psychosomatique ! » Sans aucun doute, Thésée fut la star des trentes secondes que tout le monde baptisa : « En route pour chez mémé. »

Le dernier jour du tournage, lorsqu'ils en arrivèrent à la scène de décoration de l'arbre, tout le monde s'amusait, même les mouches du coche. On se mit à suggérer des répliques et des situations qui n'étaient pas dans le script. « On se croirait à la commedia dell'arte, dit North. Mes enfants, nous avons assez de problèmes. Rien ne va aller, je vous le garantis. Alors, puis-je vous demander un peu de silence, nom de Dieu ? » Ces paroles étaient prophétiques. Rien ne se passa bien. Les machinistes firent sauter les lumières de l'arbre et du plateau en plongeant tout le monde dans le noir : ils durent s'y reprendre à quarante-cinq fois avant de réussir la scène.

Le film publicitaire pour Coca-Cola remporta un Clio, l'Oscar des films publicitaires ; il eut la récompense annuelle du club des directeurs artistiques de New York, fut projeté à tous les festivals de films publicitaires du monde et primé également à Venise, Cork, Tokyo et Paris. Malgré le temps passé, Kiki se souvenait fort bien du meilleur moment de ces quatre jours. C'était l'instant où elle avait rencontré Luke Hammerstein.

Kiki souffrait pour le pauvre Thésée, frustré à longueur de journée. Aussi dès que la scène à laquelle il avait participé fut dans la boîte, elle le détacha.

« Pardonnez-moi, dompteuse de chien, lui dit Luke, mais savez-vous que votre bête est montée sur le buffet où elle a semé consternation et famine ?

— Ne vous inquiétez pas pour la nourriture, dit Kiki. Si vous avez faim, je vous ferai dîner. Si vous n'avez pas faim, nous pouvons aller chez moi et bavarder. » Luke Hammerstein était musclé et de taille moyenne. Il avait des yeux verts audacieux et rêveurs, insolents et bienveillants. Il avait également l'air mélancolique et détaché.

« Seigneur, dit Luke. Est-ce que vous me feriez des avances ?

— Vous seriez bien avisé de le croire. Je ne plaisante pas, dit Kiki, dont les yeux brillaient d'admiration.

— Mais et le chien ?

— Ne vous inquiétez pas... Je lui servais de baby sitter pour une amie. Vous venez ? » Kiki restait le petit diable, le lutin bohème qu'elle était lorsque Daisy et elle avaient fait connaissance, huit ans plus tôt, bien qu'elle fût devenue plus entreprenante et plus sûre d'elle. Ses excès étaient inoffensifs, sa frivolité et son autosatisfaction assez superficielles, au fond, mais elle évitait toute situation sérieuse, comme si sa vie en aurait été compromise. Au cours de ses années aventureuses, elle ne se souvenait pas avoir rencontré un homme comme Luke. Elle tendit la main pour caresser sa barbiche soyeuse. Hum ! quel pied en perspective !

« C'est que... » fit Luke hésitant. Toute la journée il avait vu Kiki sur le plateau, elle avait fini par faire partie du décor et voilà soudain qu'elle se transformait en femelle qui savait ce qu'elle voulait ; et ce qu'elle voulait, c'était lui, elle ne s'en cachait pas. Avec son patalon noir enfoncé dans des bottes noires et une chemise noire austère — elle avait décidé qu'il fallait s'habiller ainsi pour la circonstance —, Kiki lui faisait l'effet d'un voleur de grand chemin, ou plutôt d'une voleuse de grand chemin.

Il avait lu ces temps-ci dans les journaux que lorsque les femmes faisaient les premiers pas, cela avait sur les hommes un effet plaisamment érotique.

« Est-ce que j'ai le choix ? interrogea-t-il.

— Pas vraiment, répondit Kiki d'un ton impérieux.

— Sans doute que non, en effet... D'ailleurs, qu'est-ce que j'ai à perdre ?

— Rien que vous ayez envie de garder », lui assura Kiki avec son rire de gorge qui était aussi frais et excitant qu'une bouffée d'air printanier. Daisy, qui voyait la scène de loin, essayait de deviner qui faisait les plus grands dégâts : Thésée ou Kiki ? A voir l'expression de Luke Hammerstein, elle se dit qu'il était trop tard pour le sauver... D'ailleurs, il était majeur et vacciné... Mais peut-être pourrait-elle sauver assez du buffet pour nourrir les techniciens qui avaient travaillé au-delà des horaires normaux. D'un geste sûr, elle empoigna Thésée égaré parmi les assiettes de rôti et de jambon.

« Bon sang, Daisy, en voilà une idée de tripoter cette sale bête, dit North en passant.

— Thésée, mon doux joli, appela Daisy en faisant un geste convenu qu'elle lui avait enseigné dix ans plus tôt, va faire un gros baiser à ton oncle North. »

Daisy était invitée à Middleburg, chez Hamilton et Topsy Short pour le week-end suivant le tournage du film Coca-Cola. Tout en songeant à ce qu'elle devait emporter, elle comprit à quel point ce déplacement pouvait être important pour elle. Daisy avait grand besoin d'argent. Ses amis amateurs de chevaux s'étaient éparpillés à travers le monde l'été dernier, et voilà des mois qu'on ne lui avait pas commandé un portrait d'enfant à cheval. Mme Short lui avait laissé entendre, avec cette pointe de sadisme mielleux des riches commanditaires, que si le petit croquis de sa fille aînée, qu'elle avait demandé à Daisy, lui donnait satisfaction, elle envisagerait de lui commander un portrait à l'huile de ses trois enfants comme cadeau d'anniversaire pour son mari. Une commande d'au moins six mille dollars, mais qui lui prendrait, il est vrai, plusieurs mois, car elle disposait de peu de loisirs.

La nécessité de gagner de l'argent ne faisait aucun doute. L'échéance trimestrielle de la pension de Dani allait tomber dans un mois. Les prix, à l'Ecole de la reine Anne, n'avaient cessé de monter au long des années, dépassant ce que Daisy gagnait grâce à sa peinture et même ce qui lui restait de son salaire. L'entretien permanent de Danielle coûtait à Daisy près de vingt-trois mille dollars par an et il y avait huit mois qu'elle n'avait pas pu se permettre de prendre l'avion pour aller voir sa jumelle en Angleterre. Bien qu'elle eût fidèlement continué à faire des dessins pour Dani, elle avait parfois tant de travail qu'elle devait leur substituer une carte postale achetée dans un magasin et des reproductions dont elle savait que Dani les aimerait : des illustrations originales d'*Alice au Pays des Merveilles* ou des papillons d'Odilon Redon par exemple.

Et voilà que, juste au moment où elle avait besoin de conseils, Kiki n'était bonne à rien. Depuis qu'elle avait fait la connaissance de Luke Hammerstein, elle se comportait comme une chatte en chaleur.

« Kiki, protesta-t-elle, je t'ai vue aborder Luke Hammerstein hier. Tu ne peux pas te conduire ainsi... Ça ne se fait pas.

— Ma chère Daisy, répondit Kiki, hautaine, ça a marché et c'est ce qui compte. D'ailleurs, ton vocabulaire révèle la déplorable influence de cet individu que tu appelles Nick le Grec, si je puis me permettre.

— Qu'est-ce que tu entends par " ça a marché " ? demanda Daisy d'un ton méfiant. Où êtes-vous allés tous les deux hier soir ?

— Dîner au restaurant. » Le visage de Kiki rayonnait d'une secrète jubilation.

« Et puis ?

— Princesse Valenski, le fait qu'à l'âge avancé de presque vingt-quatre ans vous n'ayez eu que deux aventures sans importance avec des hommes timides, sans exigences, faciles à manier et fondamentalement mous, ne fait guère de vous un expert en la matière. Je répondrai à votre question quand j'en aurai plus à dire. »

Au cours des années passées à New York, Daisy finit par se persuader qu'il fallait surmonter les craintes que lui inspiraient toutes relations sexuelles. Elle avait permis à quelques-uns de ses plus ardents soupirants de lui faire l'amour. Elle s'était aperçue qu'elle était capable de réagir sur le plan physique, mais incapable de rapports affectifs, et ces relations n'avaient été ni importantes ni durables.

« J'ai eu *trois* aventures, riposta Daisy, furieuse, et l'une était avec ton propre cousin.

— Mais ma description de tes partenaires est-elle exacte ? interrogea Kiki.

— Tu n'as pas précisé qu'ils étaient tous très séduisants.

— J'avoue cette omission. Ils l'étaient, mais pas à mon gré. Alors que Luke Hammerstein...

— De grâce, Kiki, aide-moi. Je n'ai qu'une heure pour faire ma valise. La voiture me conduit à l'aéroport à six heures : le jet des Short décolle à sept heures pile. A ton avis, qu'est-ce que je devrais porter samedi soir ? C'est l'habituelle et ridicule consigne : " Pas la peine de s'habiller, ma chérie, nous ne serons que soixante pour dîner. " A Middleburg, ils trouvent que s'habiller pour dîner est " prétentieux ", alors ils adoptent un compromis, tu sais : corsage de soie, longue jupe de tweed, perles de grand-mère, tout ça terriblement cher avec juste ce qu'il faut de décontracté. Je n'ai pas ce genre de toilette... Je n'en aurais pas, même si je pouvais me les permettre », dit-elle, soucieuse.

Lorsqu'elle avait commencé à passer des week-ends avec ses amis snobs, Daisy s'était vue contrainte de se créer un style bien à elle. Elle ne pouvait absolument pas s'acheter de robes du soir élégantes, alors elle devint une fanatique de la toilette d'occasion. Mais elle évita les boutiques spécialisées dans l'ancien, que seule une Barbra Streisand pouvait se permettre ; les magasins de troc où s'entassaient les toilettes de haute couture de l'an passé, déjà démodées ; les marchés aux puces où seul un miracle pouvait faire découvrir une bonne affaire.

Toutes ses acquisitions venaient de ventes de charité tenues dans des salles paroissiales de Londres, où elle trouvait le temps d'aller chaque fois qu'elle rendait visite à Dani. Là, elle avait le chic pour dénicher des modèles originaux de haute couture anglais ou français, de préférence vieux de plus de quarante ans, des modèles coupés à la grande époque des années 20 et 30.

Daisy emmena Kiki dans la troisième pièce de l'appartement, là où elle rangeait les vêtements qu'elle ne mettait pas pour aller travailler, accrochés à un tuyau horizontal qui traversait une partie de la pièce.

Les deux filles examinaient les toilettes. « Ce ne serait pas si dur si tu t'habillais comme tout le monde, soupira Kiki.

— Ah ! comme tu as raison. Mais c'est tout bonnement trop cher et trop banal. Je reconnais pourtant que ça me faciliterait la vie, répondit Daisy.

— Poiret ? suggéra Kiki.

— Trop habillé, fit Daisy, à regret, en palpant la robe de satin mauve coupée en biais et datant de 1926. Qu'est-ce que tu penses de ma robe à rayures de Lucien Lelong ?

— Pour être franche, je ne l'ai jamais beaucoup aimée sur toi. On ne peut pas dire que ton côté nymphe des bois soit mis en valeur par les rayures, même si c'est bien coupé. Et le tailleur Chanel en velours noir ? Il a peut-être quarante ans, mais il a l'air de dater d'hier, répondit Kiki.

— Ce n'est pas la saison pour le velours noir, surtout à la campagne.

— Attends, attends, je vois ces pyjamas de thé de chez Lanvin... Tu disais qu'ils datent de 1925 ? Regarde, Daisy, des incrustations cyclamen sur du satin vert. Avec une veste de satin noir, c'est formidable !

— Ça irait peut-être à Saratoga, mais sûrement pas à Middleburg.

— Alors, pas question non plus de pyjama en satin blanc de Revillon ?

— Malheureusement pas. Oh, la barbe ! »

Kiki écarta avec soin les cintres, soupirant devant les trésors de Daisy : ils étaient trop longs pour elle, mais elle grillait d'envie de les porter.

« Ah ! s'exclama Daisy en se précipitant sur un cintre. Comment ai-je pu oublier ? Schiaparelli, sauvez-moi, comme d'habitude. » D'un geste triomphal, elle brandit un ensemble de la fin des années 30, époque où l'audacieuse Schiaparelli faisait des toilettes qui avaient quarante ans d'avance. Il y avait une veste en tweed vert tendre avec des revers pailletés, qu'accompagnait un pantalon de velours vert foncé. « C'est tout à fait ça, tu ne crois pas ?

— C'est divin !...

« — En gros, oui. J'ai vraiment besoin de cette commande, alors il faut à tout prix que je m'habille convenablement.

— Alors, tu ferais mieux de m'emprunter aussi mes fausses émeraudes.

— Des émeraudes ? Avec des paillettes vertes ?

— *Surtout* avec des paillettes vertes ! »

*D*ifférence de goûts, d'habitu-
des, d'intérêts : tout cela n'est rien comparé au fossé qui se creuse
entre ceux qui aiment les chevaux et ceux qui s'en moquent. Les gens
peuvent adorer ou non les chats ou les chiens sans avoir l'impression
d'être à part, mais les amateurs de chevaux ne se soucient pas de
comprendre ceux qui se fichent éperdument de ces animaux.
D'ailleurs la seule idée qu'on puisse se moquer d'eux rend nos
amateurs sceptiques quant à la valeur de la race humaine. Les gens
de cheval peuvent être chefs d'Etat ou chômeurs, mais ils sont unis
par la même passion. L'idolâtrie du cheval est une drogue au même
titre que la cocaïne pour certains et les applaudissements du public
pour d'autres. Et peut-être ne savent-ils même pas que la plus
ancienne œuvre d'art connue des archéologues est une sculpture de
sept centimètres, représentant un cheval taillé dans la défense en
ivoire d'un mammouth. Un chef-d'œuvre de grâce qui a trente-deux
mille ans ! Il ne surprendrait d'ailleurs pas outre mesure nos
amateurs de chevaux. Que les hommes de Cro-Magnon et de l'époque
glaciaire, vingt-cinq mille ans avant l'aube de notre civilisation, les
aient devancés dans cette passion, leur paraîtrait normal.

« Stupide, imbécile animal ! » murmura Patrick Shannon à son
cheval. Il n'avait pas envie d'être entendu. Il prenait une leçon
particulière dans un manège de Peapack, dans le New Jersey, à une
heure et quart seulement de Manhattan. Le mois dernier, son
chauffeur l'avait conduit à l'école d'équitation chaque soir, après le
bureau : il était président-directeur général de Supracorp, société au
chiffre d'affaires de deux milliards de dollars par an. Pour lui,
pratiquer le cheval valait plus qu'une vie mondaine avec parties de
squash à l'University Club. Mais il n'était pas expert en la matière. A
trente-huit ans, Patrick Shannon paraissait un athlète-né, savait se
débrouiller avec une balle, n'importe quelle balle... Mais l'orphelinat
lui avait appris l'art de manier balles et ballons ; jamais celui de
manier les chevaux. Il détestait ces bêtes-là ! Elles bavaient, elles
reniflaient, elles soufflaient, elles tournaient la tête et essayaient de
lui mordre les jambes avec leurs vilaines grandes dents. Les chevaux
se cabraient s'ils voyaient quelque chose qui ne leur plaisait pas, ils
marchaient de côté quand ils étaient censés aller de l'avant, ils
s'arrêtaient pour brouter l'herbe quand on ne tirait pas sur les rênes
et refusaient de partir quand on les talonnait.

Ils sentaient bon, c'est tout ce qu'il était prêt à dire pour leur défense. Le crottin de cheval était l'excrément le plus parfumé qu'il ait jamais rencontré, ça, il en convenait !

Le concours de circonstances qui avait amené Patrick Shannon sur le dos d'un cheval était clair. Il avait décidé de faire l'acquisition pour Supracorp d'une autre société immobilière, dont l'unique propriétaire était Hamilton Short. Ham Short avait proposé à Shannon de venir le mois prochain passer un week-end à Middle-burg, en Virginie, cependant que les négociations se poursuivaient. Short, supposant que Shannon était bon cavalier, avait parlé de « petites randonnées en forêt ». Shannon, après avoir accepté l'invitation, s'était rendu compte trop tard qu'il n'avait jamais dit qu'il ne savait pas monter à cheval. Il ignorait le fanatisme des cavaliers, mais il en savait assurément assez sur leur compte pour se douter que la seule excuse valable de la part d'un homme dans la force de l'âge pour ne pas monter à cheval était une jambe cassée. Certains cavaliers devaient même monter avec une jambe cassée. Mais, dès l'instant où il eut accepté l'invitation de Short, monter devint un défi qu'il se lançait à lui-même. Et il n'aimait rien de plus que les défis périlleux.

Pat Shannon était un casse-cou ; il savait, en outre, que la faculté d'encaisser de temps en temps un échec était la clé du succès. Ses échecs, pourtant rares, avaient toujours été, jusqu'à présent, des échecs en affaires. Ils ne devaient rien au manque d'effort ou de préparation. Mais, puisque de toute évidence il était possible d'apprendre à monter à cheval, eh bien, il le ferait.

Shannon avait chargé une de ses secrétaires de se renseigner et il avait découvert que la propriété de Short s'appelait la Plantation Fairfax, qu'elle couvrait plus de sept cents hectares, qu'elle était dotée d'une piste où pouvait atterrir un avion à réaction, qu'elle abritait vingt domestiques et que, d'après les estimations les plus modestes, elle valait quatre millions de dollars.

Shannon n'avait pas besoin d'être bien malin pour se rendre compte que s'il devait faire quelques randonnées sur un domaine de près de huit cents hectares, il lui faudrait prévoir d'assez longues heures en selle. Shannon était malin, il l'était même à un degré exceptionnel. Et un Irlandais malin l'est plus que tout autre. N'était-ce pas l'Irlandais favori de Shannon, George Bernard Shaw, qui avait dit : « Toute une vie de bonheur ! Aucun homme au monde ne pourrait le supporter ; ce serait l'enfer sur terre. » Pat Shannon se rappelait le propos tout en talonnant son cheval afin de le mettre au petit galop pour la cinquantième fois ce soir-là.

« Vous faites des progrès », dit sèchement Chuck Byers, sur un ton désapprobateur. Il n'avait jamais vu un élève pareil. Il espérait ne jamais en revoir un. Shannon lui avait dit qu'il voulait apprendre à monter à cheval. Pourquoi pas ? Des tas de gens le faisaient. Mais personne d'autre n'avait exigé de savoir trotter à la fin de la première leçon, aller au petit galop à la fin de la seconde et au grand galop à la fin de la troisième. Byers assurait que c'était impossible, qu'en mettant les choses au mieux, il se romprait les os, et il avait fait signer à Shannon une décharge précisant que le manège n'était responsable d'aucune blessure mais que lui, Shannon, était responsable de ce qui pourrait arriver au cheval. Certes, le salopard avait bel et bien galopé au bout de trois leçons. Byers devina cependant, à la façon dont il regagnait à pied sa voiture, que chaque muscle le faisait souffrir à mourir.

Ce type est un démon, songea Byers. Après la troisième leçon, Shannon avait fait venir une équipe d'électriciens pour installer des éclairages autour du manège afin qu'il pût monter tard le soir. Il avait insisté pour prendre tous les jours une leçon de trois heures, payant si bien que Byers avait fini par accepter, malgré les protestations de sa famille. Depuis que Shannon s'était lancé dans cette absurde aventure, le maître de manège n'avait pas eu un moment de tranquillité avec sa femme et ses enfants.

L'obstination avec laquelle Shannon entreprenait d'apprendre à monter inspirait à Byers une véritable antipathie pour cet homme. Pour lui, monter était en ce monde le dernier vestige de la chevalerie, un acte magique qui reliait le passé au présent, un sport oui, mais aussi une religion et une passion. Il était de plus en plus écœuré en voyant Shannon réaliser d'incroyables progrès, de façon tout à fait mécanique, sans cependant tomber le moins du monde sous le charme des chevaux : ce salaud se conduisait comme si l'art équestre était un simple moyen de locomotion. Pas question, pour lui, du rituel, de l'agréable demi-heure de discussion une fois la leçon terminée. Non ! L'homme se contentait d'un bref bonsoir et disparaissait dans l'énorme Cadillac noire où l'attendait son chauffeur, en lisant pour tromper l'ennui. Et il repartait à vive allure vers la ville.

Byers était un homme fier et sensible, or il savait qu'on le traitait comme un instrument. Si un robot avait pu enseigner l'équitation, il était convaincu que Shannon aurait préféré cette solution. Pour Pat Shannon, le fait d'apprendre à monter n'impliquait pas de contact personnel avec son moniteur. C'était simplement un défi qu'il avait choisi de relever, un obstacle qu'il devait franchir, une difficulté à vaincre. Il s'y attaquait avec une totale concentration, comme s'il cassait des cailloux dans un bagne sous la surveillance d'un gardien. Il était furieux d'avoir à passer tant d'heures au manège, et Byers était furieux de lui donner des leçons.

Il n'avait eu, au cours du dernier mois, qu'un seul moment de conversation hors du cadre de la leçon. Shannon boitait bas dans ses bottes neuves de chez M. J. Knoud, la firme qui avait taillé aussi sa belle tenue de cheval. Byers le remarqua. « Des ennuis avec les bottes, monsieur Shannon ? dit-il, non sans malice.

— J'ai les chevilles en sang, répondit Shannon, faussement détaché. Je pense que c'est toujours ainsi quand on brise des bottes neuves.

— Pas nécessairement... Les gens n'y vont pas tous avec le même acharnement que vous.

— Quelle taille de pied faites-vous, Byers ?

— Quarante-trois.

— C'est ma taille. Voulez-vous me vendre vos bottes ?

— Comment ? Mais non, monsieur Shannon, vous n'avez pas besoin de ces bottes.

— Il se trouve que si... C'est exactement ce dont j'ai besoin. Un beau cuir, bien brisé. Nous avons la même taille et vous en avez certainement d'autres paires.

— En effet.

— Je suis prêt à payer ce que vous voulez, mais je veux vos bottes, Byers. Je vous donnerai deux fois leur prix. Allons, disons trois fois...

— Vous en êtes absolument sûr, monsieur Shannon ? demanda Byers, sans montrer qu'il était vexé.

— Ce ne sont pas des objets sacrés, mon vieux ; ce ne sont que des bottes. Qu'est-ce que toutes ces histoires ? » dit Patrick, plus rude qu'il ne l'aurait voulu. Il y avait trois heures qu'il souffrait beaucoup, mais il ne l'aurait jamais avoué.

« Elles sont à vous, dit sèchement Byers. Gratis. » Il avait fait bien des choses dans la vie, mais n'avait jamais marchandé une paire de bottes d'occasion.

« Merci, Byers, dit Patrick. Je vous en suis vraiment reconnaissant. » Il estimait, pour sa part, que c'était la moindre des choses, encore qu'il lui eût payé sans rechigner ce que l'autre lui aurait réclamé. Les affaires sont les affaires. Il n'avait aucun goût particulier pour la sellerie, culte propre au monde équestre.

En lui tendant la paire de bottes usées, Byers se disait : « Allez vous faire foutre, Pat Shannon. Pour qui vous prenez-vous ? »

Shannon collait toujours à l'image qu'il voulait donner de lui. Cette attitude l'avait rendu antipathique à pas mal de gens mais il ne se donnait pas la peine d'y songer. Il avait marché sur plus d'un partenaire dans son ascension vers le sommet. Non conformiste résolu, ayant d'instinct le génie des affaires, il avait réussi en ne suivant les plans de personne, sinon les siens propres. Et il y avait peu d'hommes que Patrick Shannon considérait comme ses pairs dans le monde des affaires. La plupart possédaient une firme par héritage. Or il fallait s'être fait tout seul. Et Dieu sait si c'était son cas !

Après l'orphelinat où il avait grandi, Shannon avait obtenu une bourse pour Saint-Anthony's, un petit collège catholique. La bourse avait été offerte par un ancien étudiant, vieux millionnaire sans enfant, qui aidait les garçons orphelins montrant des dispositions aussi brillantes pour les études que pour le sport.

A Saint-Anthony's, Patrick comprit tout de suite qu'il se trouvait face à sa première épreuve. Rien du monde de la haute bourgeoisie de la côte est, au sein duquel il se retrouva, ne lui était familier.

Pendant les deux premières années, il observa, écouta et apprit, toujours plus à l'aise avec les adultes de l'établissement qu'avec les garçons de son âge. Il s'était toujours exprimé de façon correcte, éduqué qu'il avait été par des religieuses. Par bonheur, le collège imposait un uniforme, si bien que tous les garçons étaient habillés de la même façon. Il n'allait pas tarder à se rendre compte que ses cheveux noirs avaient toujours été coupés trop courts, que son agressivité sur le terrain de rugby et de base-ball était à peine tolérée, et que, malgré son goût pour les jeux de l'esprit, il était préférable de garder ses démonstrations d'intelligence pour les examens plutôt que d'en faire étalage en classe.

A la fin de sa seconde année, il était prêt à émerger de la place discrète qu'il avait occupée partout, sauf en sport. Il avait choisi avec soin les garçons dont il voulait devenir l'ami, sélectionnant parmi ses camarades de classe la demi-douzaine qui brillait en dehors du cadre scolaire. En quatre ans passés à Saint-Anthony's, il s'était fait six amis qu'il ne perdrait jamais, car il faisait profession de loyauté. Si l'un de ses amis avait demandé à Pat de le retrouver à Singapour à midi le surlendemain, sans aucune explication, il se serait trouvé là-bas. Eux-mêmes y seraient allés s'il le leur avait demandé. Faute d'avoir une famille à lui, il s'était créé une famille de remplacement. Il avait toujours eu un caractère rude mais tendre, ne montrant toutefois cette tendresse qu'à quelques intimes.

C'était un grand garçon à forte charpente, vif comme un léopard. Son teint ne laissait aucun doute sur ses origines : c'était le teint classique de l'Irlandais brun, avec des cheveux de jais, des yeux bleu sombre et une peau claire qui rougissait facilement. Il avait le front large, les yeux bien écartés sous des sourcils drus, avec un large sourire si charmeur qu'il était facile — mais dangereux — d'oublier son intelligence.

En dernière année, Shannon était président de sa classe, capitaine de l'équipe de rugby et premier dans toutes les matières. Il obtint une bourse pour Tulane dont il sortit diplômé en trois ans, suivant chaque année le cours d'été et restreignant ses activités sportives au rugby. A vingt-trois ans, diplômé de la Harvard Business School, il était prêt à conquérir le monde.

Une semaine avant l'examen de sortie, il avait été engagé par

Nat Temple, l'homme qui, quelques décennies plus tôt, avait fondé Supracorp. Shannon se donna dix ans pour atteindre une position proche du sommet dans le monde des affaires. Il consacra les trois premières années à un travail absolument sans répit. Il savait pertinemment, en voyant ses amis, que vivre bien prenait du temps et de l'argent ; et il n'avait ni l'un ni l'autre à gaspiller. Il en irait ainsi jusqu'à l'âge de 26 ans, avait-il calculé. Il se sentait pourtant impatient d'apprécier les douceurs de la vie, mais son sens de la discipline, sa volonté de réussir étaient assez forts pour qu'il ne dévie pas de la ligne qu'il s'était tracée. Il n'envisagea pas un instant de faire un mariage d'argent, bien qu'il ait rencontré des sœurs de camarades qui lui auraient apporté la fortune. Il devait se faire tout seul : ce besoin de s'affirmer était plus fort que tout et chaque victoire entraînait un nouveau défi auquel il voulait répondre.

Dans la vie de Shannon, il n'y avait pas d'arrêt, pas de refuge d'où regarder le passé avec satisfaction pour savourer la victoire remportée, la partie gagnée, la réussite accomplie. Mais il commençait, à trente-huit ans, à être las du succès. Nat Temple, l'homme qui le premier avait compris ses possibilités, se trouvait depuis trois ans en retraite de la présidence de Supracorp. Il ne conservait que le titre de président du conseil d'administration et laissait Shannon diriger un conglomérat qui, depuis l'époque où il en avait pris la tête, avait doublé son capital. Entre son salaire et ses diverses primes, il avait un revenu qui dépassait 750 000 dollars par an.

Un grand nombre des hommes puissants et conservateurs qui constituaient les principaux actionnaires de Supracorp ne le suivaient pas encore tout à fait. Il avait ses ennemis, des ennemis aux aguets, qui n'aimaient pas la vigueur avec laquelle Nat Temple l'avait soutenu et l'avait installé à la présidence. Ces ennemis-là, silencieux pour l'instant, n'en attendaient pas moins le moment de l'évincer si jamais il leur en donnait l'occasion. Shannon avait acquis tous les signes extérieurs du succès : un appartement dans les derniers étages de la Plaza des Nations unies, décoré par John Saladino. Le décorateur avait parlé d' « élégante aliénation ». Shannon, en fait, aurait admiré ce style chez d'autres, mais il ne s'y sentait pas à l'aise. Il appartenait à plusieurs clubs très fermés ; il avait une maison à Easthampton qu'il n'utilisait presque jamais et se trouvait divorcé d'une femme qu'il aurait dû avoir la sagesse de ne jamais épouser : une femme du monde, très belle, dotée d'une de ces voix graves, sensuelles et douces que les autres femmes détestent sur-le-champ, non sans raison.

Ils n'avaient pas eu d'enfants. S'ils en avaient eu, peut-être n'auraient-ils pas divorcé, car Shannon, sans être un homme religieux, n'oubliait jamais la solitude de l'orphelin qu'il avait été. Une fois son bref mariage dissous, il ne se permit qu'une succession d'aventures de second ordre. Il se jetait sur ses conquêtes avec une fougue physique pareille à un feu de maquis. L'engagement qu'il y avait dans le fait de tomber vraiment amoureux, les risques de souffrance possibles étaient autant de choses qu'il évitait sans peine. L'amour, estimait-il, était un risque trop dangereux, même pour lui, le casse-cou.

Supracorp, avec son réseau de sociétés diverses — produits de beauté, parfums, produits alimentaires, magazines, liqueurs, stations de télévision et biens immobiliers — était son seul amour. Ses enfants, c'étaient les garçons de l'Association athlétique de la police, avec qui, à l'insu de tous, il passait autant de week-ends qu'il le pouvait. Il leur portait un amour extravagant et total. Pour eux, être avec lui, c'était recevoir une bouffée d'air frais par un jour de soleil. Il leur faisait prendre conscience des possibilités de la vie et il essayait de leur transmettre ce qu'il pouvait de ses connaissances : taper dans un ballon, lancer un cerf-volant ou faire une longue division. Les années n'avaient pas changé son sourire ; il était toujours ouvert, toujours charmeur et ses yeux bleus restaient victorieux. Cependant, de profondes rides verticales le marquaient de chaque côté de la bouche et de grands plis horizontaux barraient son large front où venaient jouer des mèches brunes malgré ses efforts pour les rejeter en arrière.

Patrick Shannon était loin de sa jeunesse. Jamais il ne parviendrait à retrouver une époque par-dessus laquelle il avait sauté allégrement. Il n'avait jamais été vraiment jeune. Il n'avait jamais joué. Il n'avait jamais eu le temps d'être irresponsable ou insouciant. Il suffisait, se disait-il, d'avoir amassé succès, pouvoir, fortune et quelques amis. Pourquoi se lamenter ? D'autant qu'il venait enfin, plus ou moins, d'apprendre à dompter une de ces saloperies de chevaux.

Quand Hamilton Short, habile et coriace spéculateur immobilier, atteignit son premier, son second puis son troisième million de dollars, il les plaça en bons du Trésor et n'y pensa plus. A quarante-deux ans, déjà chauve et bedonnant, son dixième million bien en sûreté derrière lui, il n'eut guère de mal à convaincre Topsy Mullins, dix-huit ans, charmante et timide héritière d'une vieille famille ruinée de Virginie, de l'épouser. Dans les huit années qui suivirent, les Short vagabondaient entre Dallas, Miami et Chicago, au gré des affaires. Topsy fit trois enfants, toutes des filles, et Ham d'autres millions. D'après ses estimations, il valait vingt-cinq millions de dollars et le marché immobilier n'avait jamais été plus florissant. Topsy, avec les derniers vestiges de la fortune familiale, avait terminé ses études dans un pensionnat de jeunes filles célèbre et snob. Elle avait rencontré là de nombreuses filles de familles riches et lancées de New York et de Long Island et avait suivi avec une jalousie dévorante leur carrière dans les magazines de mode et les chroniques mondaines. Elle avait fait un mariage d'argent et tout ce qu'il lui avait apporté, c'était trois grossesses et de vagues relations dans trois villes à ses yeux provinciales. La seule façon de faire vraiment partie du monde élégant, c'était d'être reconnu comme tel à New York : pour l'horizon borné de Topsy, le reste n'existait pas.

Cependant, elle se doutait à quel point il était difficile pour des étrangères de se lancer dans la vie new-yorkaise, surtout pour une étrangère qui ne pouvait se targuer que de quelques amitiés de pensionnat, évanouies depuis longtemps, et dont le mari ne brillait guère aux dîners. Elle résolut de conquérir New York en partant de son propre territoire, de la Virginie, où sa famille était connue et respectée. Elle décida que la solution consistait à acheter une propriété au cœur des milliers de kilomètres carrés de réserves de chasse à courre de Virginie du Nord ; cela dédouanerait sa fortune trop récente.

Topsy vint annoncer à Ham que le moment était venu pour eux d'acheter à Middleburg, une ville de huit cent trente-trois habitants, divisée en deux castes : les milliardaires et les domestiques. Ham comprit que seule une installation considérable, très considérable, à Middleburg, garantirait la pérennité de leur mariage.

A vingt-cinq ans, les grâces naissantes de Topsy s'étaient épanouies. Sept ans de mariage, la naissance de ses enfants étant seule venue troubler son tête-à-tête avec elle-même, avaient poli son joli visage aux yeux noisette, encadré de cheveux châtain. Les hanches larges, la taille étroite et les seins plantureux qui avaient attiré naguère le regard de Ham Short étaient toujours aussi séduisants. Même s'il se donnait rarement la peine de les apprécier, il ne voulait assurément pas de problèmes domestiques. Ce n'était pas un sensuel : une rapide partie de jambes en l'air toutes les semaines lui suffisait. Mais il insistait pour avoir chez lui calme et tranquillité, pendant qu'il travaillait à amasser d'autres millions. Middleburg ou Miami, peu lui importait, dès l'instant où Topsy cessait de déplorer leur absence de vie mondaine !

Par bonheur, Ham Short gonfla sa fortune dans les années suivantes, car la remise en état de la Plantation Fairfax engloutissait l'argent avec la même avidité qu'une baleine avalant du plancton.

Fairfax, demeure de la fin de l'époque coloniale, avait été bâtie dans les années 1750 par des maîtres artisans amenés d'Angleterre. Le premier, Oliver Fairfax, comme les autres riches Virginiens du moment, avait un goût sûr pour l'architecture et assez d'expérience pour savoir qu'il ne trouverait qu'en Angleterre les ouvriers qualifiés qu'il cherchait. Malheureusement, le dernier Oliver Fairfax avait longtemps survécu à la fortune de sa famille et, quand les Short achetèrent la plantation, elle était presque en ruine. Mais rien, sinon un incendie, n'aurait pu gâcher les superbes boiseries sculptées que le légendaire William Buckland avait taillées dans les pins clairs, les noyers et les peupliers bien secs des forêts de la plantation. Les boiseries de Buckland, qui valaient celles de n'importe quelle grande demeure d'Angleterre, étaient mises en valeur par une collection de meubles chinois, Hepplewhite et Sheraton, recouverts de reproductions des plus somptueux tissus de la fin de l'époque coloniale. Si beau soit-il, l'intérieur, dû au talent du décorateur de Topsy Short, spécialisé dans le genre « musée à domicile », était éclipsé par les jardins. Des années de négligence n'avaient pu les endommager, car ils obéissaient à un plan d'un sévère classicisme, avec des buissons de haies qui avaient mis deux cent vingt ans à atteindre leurs majestueuses proportions.

Topsy Short dut se contenter de laisser paître ses chevaux dans les grandes prairies derrière la maison ; pourtant, elle aurait préféré pouvoir les admirer des pièces de réception, comme elle l'avait vu faire chez nombre de ses voisins.

« Seigneur, disait-elle avec envie, les chevaux de cette vieille Liz Whitney Tippett peuvent presque passer le museau dans son salon.

— Eh bien, enlève la haie de buis, suggéra Ham distraitement.

— Quoi ? Mon paysagiste me tuerait. Ce sont des haies historiques. Il n'y a rien de comparable, pas même à Upperville, à Warrenton ou à Leesburg. Il m'a dit que même Bunny Mellon n'a pas de buis plus vieux, dit-elle, invoquant le nom de la reine invisible du pays.

— Alors, n'y touche pas. »

Ham Short avait d'autres soucis en tête que les haies. L'offre de Supracorp était intéressante, extrêmement intéressante. S'il consentait au mariage de sa société immobilière, très saine, avec l'entreprise plus saine encore, de Supracorp et ses deux milliards de dollars, il recevrait un tel paquet d'actions, qu'au lieu de travailler pour son treizième million, il pourrait commencer à penser directement au seizième. Et puis, l'accord éviterait la faiblesse inhérente à toute entreprise reposant sur un seul homme. N'ayant que des filles, personne de sa famille ne pourrait prendre la tête de ses affaires. Il aurait enfin le temps de commencer à vivre l'existence d'un gentleman : le rêve de Topsy !

D'un autre côté, avait-il envie d'abandonner le contrôle de sa société ? N'était-ce pas plus satisfaisant d'avoir son affaire à soi et d'être libre de la mener à son gré ? Pourquoi devenir chef de département sous les ordres de Patrick Shannon ? Avait-il vraiment envie de vivre comme un gentleman, de s'intéresser à la chasse et aux chevaux ? Le prochain week-end, avec Shannon chez lui, fournirait peut-être les réponses à certaines des questions qu'il se posait. C'est précisément pour cette raison qu'il avait demandé à Topsy de limiter la liste des invités.

« Qui vient ce week-end ? demanda soudain Ham.

— Les Hemming et les Stanton, de Charlottesville ; les Dempsey de Keeneland ; et la princesse Daisy Valenski pour faire le portrait de Cindy. Ton Shannon, bien sûr et... des gens de New York. »

Ham Short connaissait les trois premiers couples, tous des gens de cheval. « Quels gens de New York ? » demanda-t-il nonchalamment.

Les yeux trahissant son impatience et son excitation, Topsy répondit : « Robin et Vanessa Valarian.

— Le couturier ? Qu'est-ce que tu peux bien vouloir faire d'eux ? » Ham posa la question sans y penser, et sans remarquer l'air agité de sa femme. « Oh ! Ham, je ne sais pas comment je te supporte, gémit Topsy. Tu me navres. Les Valarian sont — comment te faire comprendre ? — ce sont les gens les plus chics de New York ! Ils vont absolument *partout* et connaissent absolument *tout le monde.* J'ai un peu connu Vanessa Valarian en classe : elle avait trois ans d'avance sur moi. Je suis tombée sur elle la dernière fois que je suis allée à New York faire des courses et nous avons pris un verre, mais je n'étais pas sûre qu'ils viendraient quand je les ai invités.

— Pourquoi pas, nous ne sommes pas assez bien pour un couturier et sa femme ? interrogea Ham.

— Nous ne sommes pas chics, Ham, nous sommes simplement riches, et pas aussi riches que les gens vraiment riches non plus ! dit-elle avec un accent accusateur dans la voix. Inutile de grogner ainsi... Il faut valoir plus de deux cents millions de dollars pour être vraiment riches. J'ai lu les listes des grosses fortunes : tu sais aussi bien que moi que nous ne sommes que du menu fretin auprès de... Oh, peu importe ! » Elle se leva du fauteuil où elle était assise et se mit à palper une coupe chinoise que son décorateur avait insisté pour lui faire acheter : une véritable occasion à deux mille huit cents dollars.

« Pas chics ? Mais qui diable a dit que nous devions être chics ? Qu'est-ce que ça peut foutre ? D'ailleurs, qu'est-ce que ça veut dire ?... Qui a choisi les Valarian pour en décider ? » Ham, maintenant, était vexé. Il était fier de son argent et n'aimait pas s'entendre rappeler le fait que, si riche qu'il fût, il ne pouvait pas se comparer aux grands.

« Ham, franchement ! Ça veut simplement dire qu'ils sont dans le vent... Dans le vent, bon sang, comme nous ne le serons jamais ! Ils sont invités à toutes les grandes soirées et on leur consacre des pages et des pages dans *Vogue,* dans *Maison et Jardins* et dans *Architecture,* à propos de leur appartement, de l'arrangement de leur table... Ils font partie du jet set à côté de gens comme Cristina Onassis, Hélène Rochas, André Oliver Jacqueline Machado-Macedo... des gens que tu ne connaîtras jamais ! Si les Valarian ne sont pas à une soirée, elle n'a plus aucun cachet !

— Cachet ? Bon Dieu, Topsy, c'est encore une de tes nouvelles idées, voilà ce que c'est. D'abord, il a fallu acheter ce musée où il y a la place de refaire la charge de la brigade légère. Maintenant, tu copines avec tous nos voisins. Et il te faut encore l'approbation d'un couturier ? Je ne te comprends pas. »

Si Ham Short n'avait pas été aussi vexé, il aurait pu se rendre compte d'une certaine outrance dans l'insistance de Topsy à propos du chic des Valarian... Il y avait quelque chose d'excessif dans sa réaction de colère.

« Robin Valarian est un des plus célèbres couturiers américains, répondit Topsy hautaine, et quant à Vanessa, il se trouve qu'on la considère comme la femme la plus élégante de New York.

— J'ai vu sa photo à lui, assez souvent, pour savoir ce qu'il fait... Si tu veux mon avis, il a l'air d'une tapette.

— Ne sois pas répugnant, Ham ! Ils sont mariés depuis presque aussi longtemps que nous. Des hommes comme toi s'imaginent toujours que les autres hommes, qui ne s'intéressent pas qu'à gagner de l'argent, doivent être des tantes.

— Ah, parce que maintenant c'est " tante " ? Je pense que c'est le mot qu'on se doit d'utiliser ?

— Oui, figure-toi que oui », répliqua Topsy d'une voix qu'elle cherchait à rendre conciliante. Cette discussion l'exaspérait.

Comme l'irritation de Ham Short se calmait, Topsy se surprit à repasser pour la millième fois dans sa tête la scène qui avait eu lieu dans la bibliothèque des Valarian, quelques semaines plus tôt, à New York. Vanessa lui avait servi un Dubonnet et avait harcelé Topsy de questions.

« Parle-moi de ta vie, avait-elle demandé avec un intérêt incontestable. Qu'est-ce que ça fait de passer le plus clair de l'année à Middleburg ? C'est merveilleux ou épouvantable ?

— Si je ne pouvais pas monter à New York plusieurs fois par mois, je ne le supporterais pas, avait avoué Topsy. Je suis née en Virginie mais je crois que j'ai une âme de New-Yorkaise. C'est tout simplement trop calme... Mais Ham adore.

— Et ce que Ham adore, Ham l'obtient ?

— Plus ou moins. »

Vanessa se leva pour aller fermer la porte de la bibliothèque. « Je trouve que c'est un crime pour une femme aussi délicieusement jolie que toi de s'enterrer à la campagne », dit-elle à Topsy en venant s'asseoir auprès d'elle sur le petit divan. Topsy rougit de gêne et de surprise. A l'école, Vanessa était la meneuse dont la moitié des filles de la classe étaient amoureuses. Vanessa était alors si sophistiquée qu'elles en restaient bouche bée.

« Merci, murmura-t-elle en sirotant son Dubonnet.

— C'est la pure vérité. Sais-tu que, déjà, à l'école, je t'avais remarquée ? Je n'oublierai jamais l'air que tu avais avec cette magnifique chevelure rousse — elle est un peu plus foncée maintenant — et même ces épouvantables uniformes que nous devions porter n'arrivaient pas à dissimuler la perfection de ta silhouette. Je t'envie, moi qui suis un véritable échalas. Je donnerais n'importe quoi pour avoir quelques rondeurs. Tu n'as jamais remarqué que je t'observais, ma petite Topsy ? »

Topsy ne put que secouer la tête.

« Ah ! Tu devais avoir d'autres choses en tête. Je te regardais pendant les repas, oh ! juste un petit coup d'œil furtif. » Vanessa se mit à rire et prit une des mains de Topsy dans la sienne, la considérant avec calme, comme si elle était une diseuse de bonne aventure. Soudain, elle se pencha et posa dans la paume de Topsy un grand baiser tiède, se remit à rire et lui lâcha la main comme si rien ne s'était passé. Il n'y avait rien eu de plus, mais maintes et maintes fois, depuis cet après-midi-là, les pensées de Topsy étaient revenues à cette scène. Elle se demandait ce qui aurait pu se passer ensuite. Mais rien n'aurait pu se passer : elle était tout simplement stupide.

« Ham, dit-elle, en revenant au présent, ne nous disputons pas, je t'en prie. Je suis assez nerveuse à propos de ce week-end sans que nous ayons une scène de ménage.

— D'accord, mon chou... Dès l'instant où ça te fait plaisir, c'est parfait. Et, si tu veux mon avis, ces Valarian seront très impressionnés par les Hemming, les Stanton, les Dempsey, Patrick Shannon et... comment s'appelle-t-elle, déjà, cette princesse ? Alors, je t'en prie, cesse d'aller et venir ainsi, tu vas casser cette coupe. Je sais qu'elle est assurée, mais j'aurais horreur d'avoir à me faire rembourser ! »

Vers le milieu de la matinée du samedi, tous les invités de Topsy Short étaient rassemblés aux écuries. Topsy surveillait la répartition des chevaux. Seule, toute une vie d'équitation lui permettait de s'acquitter de cette tâche en feignant le plus grand calme. Elle était en proie à une émotion qu'elle évitait d'analyser mais, jamais, depuis des années, elle ne s'était sentie plus mal à l'aise, plus vibrante d'impatience. Elle ne participait pas à la promenade pour tenir compagnie à Vanessa Valarian, puisque Vanessa avait annoncé au petit déjeuner, avec un rire délicieux, qu'elle avait toujours eu la terreur des chevaux, même à l'école. Elle avait fait cet aveu comme si elle en était fière.

Patrick Shannor. était solidement installé sur un grand hongre noir, mais il était trop concentré pour prêter attention à la joyeuse animation qui l'entourait. C'est la première fois, en fait, qu'il se trouvait à cheval en compagnie d'autres cavaliers que son moniteur. Il était occupé à se rappeler chaque détail de chaque leçon qu'il avait prise, s'efforçant de ne pas se laisser distraire par le piétinement et le reniflement des autres chevaux, par la façon exaspérante qu'ils avaient de se couper mutuellement le chemin. Il s'efforçait de maintenir sa fringante monture à l'écart de la troupe agitée des bêtes et des cavaliers, en espérant que cette brute n'était pas aussi nerveuse qu'elle en avait l'air. Il se demandait s'il était vrai que le cheval savait ce que ressent le cavalier rien qu'à sa façon de tenir les rênes.

La jeune Cindy Short montait un beau poney et on avait alloué à Daisy une grande jument alezan qui avait atteint la coquette somme de quarante mille dollars, deux ans plus tôt, aux célèbres ventes aux enchères de juillet, à Keeneland. Après avoir pris le petit déjeuner avec Cindy et passé en sa compagnie les premières heures du jour à l'écurie, Daisy et l'enfant étaient vite devenues amies. Lorsqu'elle montait à cheval, Daisy avait une tenue d'une sévère correction. Elle ramenait ses cheveux en tresses serrées pour les dissimuler sous la bombe de velours noir qui est au cavalier ce que le casque est aux ouvriers du bâtiment. Elle portait une résille dans laquelle elle avait enfermé les bouts de ses nattes pour ne pas les accrocher aux branches.

Ham Short tenait à faire à ses invités la démonstration des talents équestres de sa fille. « Cindy, lança-t-il, pars la première et nous te suivrons. »

Cindy, qui supportait avec patience son rôle familier d'enfant prodige, fit partir son poney au trot, puis au galop. Daisy, qui voulait l'observer quand elle montait, attendit que Cindy eût bien fait son numéro, puis suivit la silhouette grassouillette de son modèle. Daisy montait son pur-sang avec un calme si olympien que c'était un bien beau spectacle dans l'air frais de ce matin de Virginie... même si Thésée, qui marchait sur les talons de son cheval, suivait de son pas tanguant d'ivrogne. En voyant Daisy disparaître derrière une petite butte, Patrick Shannon eut soudain un aperçu de ce que monter à cheval voulait dire. Je ne sais qui elle est, songea-t-il, mais elle est superbe. Toute une existence passée à conquérir des mondes nouveaux avait aiguisé son regard. Il ne s'y connaissait guère en ballet, mais il pouvait toujours repérer une grande danseuse : il avait la chair de poule rien qu'à la vue de certains gestes faits apparemment sans effort. Le dos mince et droit de Daisy, ses épaules et ses bras parfaitement détendus, le port assuré de sa tête tandis qu'elle s'éloignait, tout cela l'emplit d'admiration... et d'amertume. Il était péniblement conscient de la superbe économie des mouvements de la jeune femme, ces mêmes mouvements qui lui avaient fait passer le mois précédent à transpirer, à jurer et à saigner. Savoir maîtriser un cheval d'une pression imperceptible des mains, des genoux et des jarrets, si bien que ce stupide animal bondit en avant, non pas au pas, au trot ni au petit galop, mais au grand galop... eh bien, ce devait être un don inné.

Patrick Shannon ne se permettait jamais de comparer son enfance triste et solitaire à l'existence des gens qui vivaient dans ce monde où il était maintenant une force si puissante ; de temps en temps, tout de même, pris au dépourvu dans une situation dont il ne s'était pas encore rendu maître, il devenait brièvement mais terriblement conscient de ce qui lui avait manqué. Il revivait alors en un éclair la tardive et difficile mutation qui, du boursier maladroit, avait fait de lui l'homme d'aujourd'hui. Les autres, ses amis de St Anthonys, de Tulane et de Harvard, avaient eu la vie facile, cela se sentait. Lui, du moins, ne serait jamais l'un des leurs.

L'aisance, se dit-il, toute amertume se dissipant, voilà le secret. Il essaya de se détendre. A ce moment, Ham Short approcha son cheval du sien.

« Ça vous ennuie si nous n'essayons pas de soutenir le train des autres ? demanda Ham. Je monte, à la façon de l'Ouest, un vrai tapecul. Je n'ai jamais eu le temps d'apprendre la monte anglaise... Des foutaises, si vous voulez mon avis. » Patrick examina son hôte, incroyablement vêtu avec ses bottes et son pantalon de cow-boy, vautré sur une selle comme on n'en utilise dans l'Ouest que pour un solide canasson.

« Comme vous voudrez », répondit-il. Ham Short se demanda pourquoi Shannon avait l'air si abasourdi. Bon sang, est-ce qu'on n'avait pas le droit de monter comme on voulait ?

Vanessa Valarian et Topsy rentrèrent à la maison en silence. Les vagues commentaires de Vanessa sur le temps, la situation de la maison, le paysage, commentaires que Topsy entendait à peine, étaient seuls à le rompre. Comme elles remontaient l'allée, Vanessa saisit Topsy par le poignet.

« Fais-moi visiter la maison », demanda-t-elle de cette voix sourde et vibrante qui était son principal atout. Elle était souple comme un jonc, si mince et si svelte que les robes de son mari semblaient faites pour elle bien plus que pour des mannequins professionnels. Elle tirait le meilleur parti d'elle-même : sa beauté tenait à un teint de lait qui tranchait sur ses cheveux noirs, coiffés à la Jeanne d'Arc. Cette coiffure contribuait à lui donner un style qui la rendait partout reconnaissable. Il y avait aussi sa grande mâchoire anguleuse, ses yeux presque orientaux lourdement maquillés, le rouge à lèvres très vif sur sa bouche et le large sourire qu'elle affichait sur absolument toutes ses photographies. Elle avait des mains d'une étrange beauté, longues et fines, aussi souples et robustes que des mains de sculpteur ou de pianiste, et pourtant elle avait toujours les ongles coupés courts et ne portait pas une bague. Vanessa ne faisait jamais de compromis, ne changeait jamais d'aspect. Elle arborait son long nez comme si c'était la marque d'une naissance royale. Pour cette douce matinée de Virginie, elle avait choisi une robe de cachemire noir d'une simplicité feinte, de grandes boucles d'oreilles en or et huit bracelets signés David Webb, tenue délibérément choisie pour son incongruité, pour la façon dont elle jurait avec le cadre : elle adorait créer ce genre d'effet.

Topsy, très énervée, la guida à travers plusieurs magnifiques pièces où les tableaux de chasse Hepplewhite, les fauteuils Sheraton et les portraits d'époque s'accumulaient comme pour une exposition. Elle se prit à oublier à quelle époque appartenaient les divers meubles, trébuchant sur les noms les plus simples, tremblant littéralement à l'entrée de chaque pièce. Non qu'elle ait eu le moindre doute quant à la décoration, mais parce qu'elle sentait si intensément la présence de Vanessa à ses côtés, qui ne la touchait jamais vraiment mais la frôlait sans cesse.

Elle se sentait aussi énervée qu'avant son premier bal.

« C'est ravissant, déclara Vanessa, le cadre colle avec toi... New York, à côté, semble bien grossier. Mais maintenant, ma petite Topsy, tu ne crois pas qu'il est temps de me montrer les étages ? Je suis curieuse de voir ta chambre : les pièces de réception d'une maison ne sont jamais aussi révélatrices que les appartements privés. A moins que je ne sois trop curieuse ? Mais j'ai déjà vu tant de merveilles que j'en suis malade d'envie. La prochaine fois que tu viendras nous rendre visite à New York — j'espère que ça sera bientôt —, tu comprendras. »

La joie coupait le souffle à Topsy. Quels mots magiques : la promesse d'une invitation !

Dans la chambre de Topsy, Vanessa s'assit au bord du grand lit à colonnes que Topsy avait obligé son décorateur récalcitrant à enrober de quelque trois cents mètres de soie pêche.

« Et voici le *letto matrimoniale* ? demanda Vanessa, en indiquant le grand lit d'un geste alangui.

— Le *letto* ?... Oh ! je comprends. Non, Ham a sa chambre à lui. Il aime travailler tard et commence à donner des coups de téléphone de bonne heure.

— Et vient-il rendre visite à sa femme dans son lit ou est-ce elle qui va dans le sien ? poursuivit Vanessa, imperturbable.

— Ma foi...

— Topsy, quel chou tu fais !... Voilà que tu rougis encore, comme à New York. Oh, je sais, quand des gens te le font remarquer, tu rougis encore plus... Mais je n'ai pu résister. Viens t'asseoir... Je ne peux pas te parler, tu es à un kilomètre. » Vanessa tapota la courtepointe jusqu'au moment où Topsy, presque malgré elle, vint s'asseoir près d'elle. Vanessa lui prit la main et, de ses longs doigts, se mit à tracer des cercles dans la paume. « Je me demandais si tu allais nous inviter... Après ce qui s'est passé à New York, je pensais que tu aurais peut-être peur de moi... Non ? J'en suis contente... Si contente. J'ai pensé à toi chaque jour... en me disant que nous pourrions si facilement devenir de très, très grandes amies... Est-ce que ça te plairait, ma petite Topsy ? » Elle suça le bout de son index et, d'un geste rapide, vint poser le doigt mouillé au centre de la paume tendue de Topsy, qui eut le souffle coupé devant une avance aussi explicite. Vanessa porta la main à ses lèvres et prit dans sa bouche un des doigts de Topsy, le suçant avec douceur sur toute sa longueur. Topsy se mit à gémir. « Tu aimes, n'est-ce pas ? Te rappelles-tu la première fois où je t'ai embrassé la main ?... Comme tu étais surprise ! Et te rappelles-tu aussi ce que je t'ai dit ?... Que je t'observais depuis des années. »

Topsy hocha la tête sans répondre. D'un geste rude et vif, comme un homme, Vanessa la prit par la taille et se pencha pour lui effleurer le cou, juste au-dessus de l'épaule, d'un baiser léger. « Ma chérie, je ne ferai rien que tu n'aimes pas. N'aie pas peur de moi... Tu n'as pas peur, n'est-ce pas ? Bon. » Très vite, marchant sur ses bas, Vanessa alla fermer la porte de la chambre à clé et revint jusqu'au lit où Topsy, alanguie, l'attendait, les yeux grands ouverts et brillants de tentation.

« Que tu es adorable !... Tu as gardé tes chaussures ? » Vanessa eut un petit rire au fond de la gorge. « Débarrassons-nous au moins de tes chaussures, dit-elle en se penchant pour les lui retirer. Ferme les yeux et laisse-moi être gentille avec toi... Tu as besoin que quelqu'un soit gentil avec toi. Quelqu'un qui ait simplement envie de te faire éprouver ce dont tu as toujours rêvé mais que tu n'as jamais ressenti... Je vois... Je sais... Il suffit de te regarder pour comprendre que tu es prête... » Tout en parlant, elle déboutonna de ses doigts agiles le corsage de Topsy et libéra l'agrafe, entre les deux petits bonnets. Topsy avait des seins magnifiques, doux et ronds, avec des mamelons bruns en relief qui tranchaient sur la chair satinée. « Que tu es belle ! Tu es superbe... Je le savais bien », murmura Vanessa, suivant le contour de la bouche entrouverte de Topsy du bout d'un ongle au vernis rouge. Elle surveillait sa proie du coin de l'œil, ne voulant rien faire brusquement. Doucement, avec agilité, elle traçait des lignes fines sur la gorge de la jeune femme et autour de ses seins, provoquant de rapides frissons. Mais elle se retint longtemps de poser les lèvres sur les mamelons qui durcissaient à vue d'œil. Voluptueuse accomplie, elle était toute disposée à attendre le plaisir, car rien ne l'excitait autant que l'initiation d'une femme dont elle savait que, jamais, elle n'avait éprouvé la jouissance torturante qu'elle allait lui offrir.

« Topsy, ne bouge pas... Je ne veux rien... Tu n'as pas à bouger... Allonge-toi simplement et laisse-moi te regarder... » Elle retira la jupe de la jeune femme en la faisant glisser d'un geste doux, puis elle suça de nouveau les doigts de Topsy, les faisant aller et venir le long de sa langue humide, de plus en plus active. Topsy était en feu, n'arrivant pas à comprendre comment le seul fait de lui toucher les seins et les doigts pouvait la mettre dans cet état. Elle se détendit lorsque Vanessa lui dit qu'elle n'attendait rien d'elle. Elle n'aurait pas su quoi faire. Sa partenaire, maintenant, entourait chaque bout de sein de cinq doigts experts, doux et caressants, qui le pressaient avec délicatesse. C'est seulement lorsque Topsy commença à soupirer, incapable de se maîtriser plus longtemps, que Vanessa vint coller sa bouche sur un mamelon qu'elle embrassa avec lenteur. Elle passait d'un sein à l'autre, sans hâte, usant de la langue, des lèvres et des dents pour conduire Topsy à la limite de la souffrance. C'est alors qu'elle entreprit d'achever le déshabillage.

Les yeux de la jeune femme étaient toujours fermés. Vanessa en profita pour retirer rapidement ses propres vêtements. Bon, c'était plus facile ainsi... Elle prit au creux d'un bras la tête de Topsy, allongeant l'autre de telle sorte que sa main repose délicatement sur son ventre, juste au-dessus du triangle de la toison. Comme Topsy n'émettait aucune protestation, Vanessa se déplaça avec sa grâce habituelle et s'installa à califourchon sur le corps de la jeune femme, un genou de chaque côté de ses hanches plantureuses. Elle s'accroupit sur ses talons et entreprit de faire glisser le bout de ses doigts le long des superbes cuisses blanches, puis des mollets, jusqu'aux pieds. Elle remonta en évitant volontairement les boucles du pubis. Elle vit les mains de Topsy s'animer. L'une d'elles s'empara de la sienne pour l'attirer vers le mont de Vénus qu'elle présentait maintenant, cabrée, sans réticence. Vanessa se libéra la main en murmurant : « Non, non, pas encore... Tu n'es pas prête... » Et elle se mit à caresser la peau douce de l'intérieur des cuisses de Topsy, ses doigts allant de plus en plus haut jusqu'à venir papillonner au bord même de sa toison. Topsy l'implorait en gémissant et ouvrait les jambes. Vanessa aperçut l'humidité brillante des lèvres offertes. Son propre sexe était si congestionné que c'est à peine si elle pouvait s'empêcher de le précipiter contre celui de la jeune femme, mais elle se retint, se penchant pour souffler avec douceur sur les poils drus de Topsy, écartant les boucles de son haleine jusqu'au moment où elle put distinguer le clitoris de sa partenaire. Alors, elle vint donner une série de petits coups de langue sur l'organe minuscule, le suçant parfois entre ses lèvres gonflées, parfois l'effleurant seulement d'un attouchement léger.

« Viens, je t'en supplie... Entre! » murmura Topsy, incapable d'en supporter davantage.

Vanessa plongea trois doigts serrés dans le sexe offert. Topsy frémit, le corps arqué, et Vanessa, s'agenouillant, se pencha pour prendre tout entier dans sa bouche brûlante le clitoris de la jeune femme qu'elle suça longuement, en même temps que ses trois doigts allaient et venaient en Topsy, tantôt en ne s'enfonçant qu'à peine, tantôt en plongeant aussi loin qu'ils pouvaient aller. Topsy éprouvait un plaisir des plus intenses : la raideur noueuse des doigts de Vanessa — plus efficaces qu'un pénis — et cette succion affolante ne ressemblait à rien de ce qu'elle avait pu imaginer. Elle se sentit vaciller au bord de l'orgasme, attendant, attendant... et puis sa jouissance éclata dans la bouche de Vanessa en une cascade de spasmes qui la fit hurler.

Alors qu'elle était encore toute palpitante, Vanessa se jeta sur sa partenaire, embrassant pour la première fois sa bouche ouverte et sèche, pressant son propre sexe sur celui de Topsy, prenant à deux mains son derrière plein et rond et se frottant sans merci jusqu'au moment où se déchaîna la vague de plaisir qu'elle retenait depuis si longtemps.

De longues minutes passèrent avant que Topsy ne se redressât, étourdie, revenant lentement à la conscience. « Dans dix minutes, ils vont rentrer pour déjeuner... Et Ham va m'appeler. De quoi dois-je avoir l'air ?

— Tu as l'air splendide, dit Vanessa, en enfilant précipitamment ses vêtements. Tu as quelque part un porte-jarretelles et des bas ?

— J'en ai acheté, un certain jour... pour Ham... Mais ça ne lui a pas fait faire de miracle...

— Tu voudrais les mettre, pour moi ? Sans slip ? Toute la journée, toute la soirée, et tout demain ? Pour que je puisse te regarder en pensant que je pourrais te toucher sous tes vêtements... Pour que tu puisses me regarder et me voir y penser ?

— Oh !

— Tu veux ?

— Mon Dieu... oui ! »

Comme les invités des Short se rassemblaient pour prendre un verre avant le déjeuner, Robin Valarian s'approcha de sa femme et la prit par la taille.

« As-tu fait une bonne promenade, mon ange ? lui demanda-t-elle, en ouvrant tout grands ses yeux de gazelle.

— Merveilleuse... C'est vraiment dommage que tu aies peur des chevaux, ma pauvre chérie. Toi qui montais si bien ! Et pour toi, la chasse a été bonne ?

— Superbe, absolument superbe.
— Je l'espérais. Je t'envie presque. »

Daisy déjeuna avec Cindy et ses sœurs dans la salle de jeux, puis passa l'après-midi à faire des croquis de la fillette sur son poney. Les cadettes, qui avaient sept et cinq ans, cavalières toutes deux, l'observèrent un moment avec respect, puis elles finirent par se lasser et s'éloignèrent. Après avoir travaillé jusqu'au moment où Cindy refusa de poser plus longtemps, Daisy s'accorda ce qui était le grand plaisir de ces weeks-ends : une promenade solitaire, accompagnée de Thésée. Trois heures à galoper, libre, abandonnée, pleine d'une heureuse insouciance, comme si elle était portée par la douce brise printanière. C'est un luxe qu'elle se permettait rarement.

A regret, dans la lumière de l'après-midi finissant, elle revint au trot jusqu'aux écuries et remonta dans sa chambre pour prendre un bain et s'habiller pour le dîner.

C'est ce qu'elle aimait le moins, songea-t-elle, tout en rangeant soigneusement ses vêtements d'équitation : le dîner obligatoire avec les invités rassemblés, les conversations obligées, le fait d'avoir à offrir à son hôtesse l'image de princesse qu'elle attendait, qu'elle *exigeait* d'elle. Kiki lui demandait souvent pourquoi elle détestait tant cela, pourquoi elle ne le supportait que pour pouvoir vendre ses dessins. « Moi, disait-elle en secouant la tête, j'adorerais être princesse. » Daisy n'avait jamais pu expliquer à personne, pas même à Kiki, ce qu'elle commençait à peine à entrevoir : tout au fond d'elle-même, elle avait l'impression de commettre une imposture en jouant le personnage de la princesse Daisy Valenski, comme si elle n'avait aucun droit à ce titre. Certes, les titres n'avaient plus cours dans le monde d'aujourd'hui, sauf pour les rares pays encore gouvernés par des monarques, mais bien des gens continuaient à les utiliser sans éprouver le même malaise qu'elle.

Daisy se plongea dans un bain chaud. L'eau lui apporta une soudaine détente, elle se rendit alors compte qu'elle était triste, envahie de cette tristesse qui l'accablait de temps en temps, tristesse contre laquelle elle se débattait sans en comprendre l'origine. Elle avait des périodes de dépression qu'elle voyait venir comme des nuages voilant le soleil, comme des ombres légères qui, bientôt, plongeraient son esprit dans de sinistres ténèbres. Quand elle était de cette humeur, chez elle, elle s'enfouissait sous les couvertures, passait de grosses chaussettes de laine et restait à frissonner pendant des heures, à se demander pourquoi l'avenir ne lui promettait rien de bon, essayant de trouver une situation, un lieu, un événement qui la raccrocheraient à la réalité. Elle serrait Thésée contre elle en l'ébouriffant et en le caressant.

Chaque fois qu'elle essayait d'analyser cette tristesse désespérante, de l'examiner et de la disséquer, Daisy se trouvait prise dans un réseau de questions désagréables auxquelles personne ne pouvait donner la réponse.

Et si elle avait encore ses parents, comme la plupart des gens ? Et si sa mère, comme les autres femmes séparées de leur mari, avait pu expliquer à Daisy, alors qu'elle était enfant, pourquoi elles vivaient terrées à Big Sur, ne voyant personne, sans contact avec le monde extérieur ? Elle n'aurait peut-être pas compris, mais une explication aurait pu la rassurer quelque temps, jusqu'à ce qu'elle eût l'âge de saisir ce genre de choses. Et si son père lui avait dit un jour *pourquoi* il ne pouvait passer que si peu de temps avec elle et devait partir brusquement, chaque année, en la laissant dans la crainte constante de ne pas le revoir malgré les lettres qu'il lui envoyait ? Et si sa mère — qui était un souvenir bien trop vague de sécurité et de tendresse — ne s'en était allée sans un adieu pour disparaître dans la mer par une journée ensoleillée ? Et si son père avait laissé Dani vivre avec elle au lieu de refuser son existence par un silence hermétique et rigoureux ? Et si Stach n'était pas mort quand elle avait quinze ans ; et s'il était encore vivant pour la protéger ? Et si Ram avait été un vrai frère aîné, aimant et bienveillant, quelqu'un avec qui elle aurait pu parler, au lieu d'être ce malade ombrageux ?...

Daisy sortit de la baignoire et commença à s'habiller. En se brossant les cheveux, elle regardait les fausses émeraudes de Kiki posées sur la coiffeuse. Le collier et les bracelets iraient à merveille sur la veste de tweed vert aux revers ruchés, mais les boucles d'oreilles ne serviraient à rien puisque la chevelure les cacherait. Elle trouva des épingles à cheveux et les fixa aux grandes boucles. Ce soir-là, elle porterait ses cheveux défaits. Son tailleur-pantalon de Schiaparelli lui donnait l'allure d'un jeune Robin des Bois, qui aurait quitté la forêt et dépouillé les couturiers parisiens ; lorsqu'elle eut fini de s'habiller, elle s'examina dans le miroir d'un œil aussi critique qu'un maquignon et se dit à haute voix : « Daisy Valenski, pas de regrets, ce qui est fait, est fait. » Patrick Shannon reconnut à son seul port de tête la jeune fille qu'il avait vue monter ce matin-là, lorsqu'elle entra dans le salon. Sinon, il l'aurait prise pour une nouvelle venue, car il ne l'avait pas vue au petit déjeuner ni au déjeuner. Lorsqu'elle entra dans la pièce où les autres invités étaient déjà rassemblés, le temps parut se figer une fraction de seconde : la rumeur des conversations hésita, se brisa, puis reprit.

Daisy ne connaissait personne et Topsy la guida en faisant les présentations. Lorsqu'elle fut près de Patrick, celui-ci se dit : « Ah, c'est donc elle ? J'aurais dû m'en douter. » Bien qu'il ne passât guère de temps à suivre la chronique mondaine, comme tout le monde il connaissait l'existence de Daisy. Il se souvenait même, vaguement, l'avoir vue, bébé, sur la couverture de *Life*, dans sa jeunesse.

Ils échangèrent une poignée de main et des sourires polis. Daisy s'appliquait à essayer de retenir les noms nouveaux — ces gens étaient des clients potentiels —, et Shannon essayait de la classer dans une catégorie. Il était homme à situer tout de suite les nouveaux visages et cherchait à les localiser socialement. Il avait déjà écarté les amateurs de cheval, des gens sans aucun intérêt au regard de sa conception des choses ; étiqueté Vanessa et Robin Valarian comme un couple avec lequel il ne serait jamais en relation d'affaires ; et acquis la conviction qu'Ham Short était un homme avec qui il pourrait travailler de façon profitable : son style lui plaisait. Comme Daisy se tournait pour être présentée aux Dempsey, il pensa qu'il s'agissait d'une femme gâtée, choyée, flattée et vaniteuse. Il en savait quelque chose depuis son mariage ! Sa propre femme était de ce genre-là. Impression confirmée au dîner lorsqu'il écouta la conversation entre Daisy, assise à sa droite, Dave Hemming et Charlie Dempsey.

« Je n'oublierai jamais votre père au tournoi à Monterey, dans les années 30, dit Charlie Dempsey à Daisy. Je ne me rappelle pas l'année exacte, mais il avait le numéro 3, avec Eric Pedley, de Santa Barbara, qui avait le 1, et Tommy Hitchcock le 2, et Winston Guest le 4 : la plus belle équipe, à mon avis, qu'on ait jamais vue.

— Allons donc, Charlie, lança Dave Hemming de l'autre côté de la table. La plus grande équipe c'était Guest, Cecil Smith et Pedley, avec Hitchcock en numéro 3... Avec tout le respect qui est dû à Stach !

— Je suis certaine que vous avez tous les deux raison, fit Daisy en souriant. Mais personne, pas même Cecil Smith, ne montait comme mon père. » Au cours des dernières années, elle avait pris l'habitude de ces conversations. Presque chaque membre de plus de cinquante ans de la coterie des gens de cheval avait ses souvenirs bien à lui sur son père, et elle aimait les entendre, même s'ils évoquaient une période bien lointaine, antérieure à sa naissance.

Tandis que la discussion se poursuivait familièrement, Daisy se tourna vers Shannon.

« Etes-vous un *aficionado* du polo, M. Shannon ? demanda-t-elle poliment.

— Je n'y connais rien, répondit-il.

— Voilà qui est reposant. »

Il crut qu'elle se moquait de lui. « Et que faites-vous, princesse Valenski, quand vous n'arbitrez pas ces obscures discussions à propos d'une partie qui s'est déroulée il y a quarante-cinq ans ?

— Oh... diverses choses. Ce week-end, je fais le portrait de la jeune Cindy sur son poney.

— Par plaisir ?

— Plus ou moins. » Daisy estimait nécessaire de dissimuler les raisons commerciales de sa présence dans ces réunions. Qu'elle soit là pour gagner l'argent dont elle avait besoin, qu'elle passe la soirée à découvrir avec une nonchalance étudiée si d'autres invités avaient des enfants, futurs modèles possibles, qu'elle coure bel et bien la commande, personne ne le soupçonnait. Le masque de dilettante qu'elle s'appliquait à présenter pour réussir dans sa profession par le bouche à oreille, valait mieux que toutes les proclamations qu'elle pourrait lancer.

« Chassez-vous à courre dans la région, monsieur Shannon ?

— Chasser ? Ici ? Non. » Mon Dieu, songea Patrick. Après un mois de manège, comment pouvait-on s'attendre à le voir sauter des haies ?

« Alors où donc chassez-vous ? poursuivit Daisy avec assurance.

— Je ne chasse pas du tout, dit Patrick sèchement.

— Mais bien sûr que si... Ou alors vous chassiez, non ? Pourquoi avoir renoncé ? »

Shannon chercha de la malice dans les yeux de la jeune femme et n'y trouva que le reflet de la flamme d'une bougie sur du velours noir. Les flammes, les chrysanthèmes sur la table, les reflets de l'argent massif et du cristal, tout paraissait devoir illuminer sa beauté. Mais il crut déceler un peu d'ironie dans son interrogation.

« Je vous assure que je ne chasse pas, que je n'ai jamais chassé et que je n'ai pas l'intention de le faire un jour, répondit-il avec une courtoisie glacée.

— Mais... Vos bottes ?... murmura Daisy, confuse.

— Qu'est-ce qu'elles ont ? lança-t-il.

— Rien, s'empressa-t-elle de dire.

— Si... J'insiste. Qu'est-ce qu'elles ont donc, mes bottes ? » Il était sûr maintenant qu'elle se moquait de lui.

« Oh, c'est juste... ça n'a aucune importance, vraiment, c'est idiot de ma part d'avoir remarqué... balbutia Daisy, en essayant d'éviter son regard.

— Quoi ?... les bottes ? » demanda Patrick, implacable.

Daisy commençait à s'énerver. Si cet homme avait l'intention de la traiter comme un suspect, eh bien, elle allait répliquer.

« Monsieur Shannon, vos bottes sont noires avec le haut brun. Seul un officier de vénerie, comme un piqueur, un maître d'équipage ou un grand veneur a le *droit* de porter de telles bottes. Si vous ne chassez pas, vos bottes doivent être d'une seule couleur.

— Le misérable !

— Quelqu'un aurait dû vous prévenir, s'empressa-t-elle d'ajouter.

— N'êtes-vous pas en train de me dire que c'est une des choses que tout le monde doit savoir ?

— Ça n'a pas vraiment d'importance, répondit Daisy. avec tout le calme dont elle était capable.

— Vous voulez dire que " ça ne se fait pas " ? » lança-t-il, contenant mal sa rage contre Chuck Byers qui lui avait offert les bottes sans aucune explication.

« C'est inouï ! dit-elle.

— Alors, pourquoi personne ne m'a-t-il averti ?... J'ai monté toute la journée.

— Ils ont supposé, comme moi, que vous chassiez. C'est aussi simple que ça.

— Je ne monte pas assez bien pour que personne puisse raisonnablement s'imaginer que je chasse à courre, répliqua-t-il furieux.

— Alors, peut-être ont-ils eu du tact, peut-être ont-ils deviné que vous le prendriez mal et n'ont-ils pas voulu encourir votre redoutable colère ? Pourquoi m'en vouloir, monsieur Shannon ? Ça n'est pas moi qui vous ai vendu ces bottes. » Daisy se tourna vers Charlie Dempsey et se mit à parler polo avec lui.

Patrick Shannon resta planté là, furieux, se demandant si les gens avec qui il avait monté ne s'étaient pas posé de questions sur ses bottes. Ils étaient trop polis pour oser l'interroger. Ils avaient, à n'en pas douter, dû bien rire derrière son dos.

Shannon n'aimait pas qu'on se moque de lui.

16

*I*l n'y avait qu'une seule pièce vraiment privée dans l'appartement des Valarian, une seule chambre qui n'avait pas été photographiée au cours des incessants travaux de décoration de Robin, qui transformait de fond en comble le duplex de Park Avenue tous les deux ans. C'était la pièce où ils passaient leurs rares moments de tête à tête et où ils s'adonnaient au rituel qu'ils adoraient, avant de s'habiller pour sortir ou pour recevoir, comme à peu près chaque jour de la semaine. Tous les soirs, à dix-huit heures, Robin et Vanessa se retrouvaient dans cette pièce aux murs et au sol recouverts d'une épaisse moquette couleur vigogne. Le plafond était un dôme de cuivre, d'où tombait un éclairage chaud. Installé dans des recoins dissimulés au regard, il se diffusait sur de nombreuses orchidées garnissant des paniers suspendus. Au milieu de la pièce, quasiment vide, se trouvait une estrade capitonnée sur laquelle reposait une gigantesque baignoire ovale, une baignoire aussi vaste à elle seule que la plupart des salles de bains ordinaires, faite en fibre de verre noir. Profonde, elle disposait de quatre robinets d'acier brossé réglables, d'où l'eau jaillissait en atteignant parfois 43°. Nus dans l'eau qui les détendait, le corps musclé et superbement entretenu, ils s'allongeaient et buvaient de petites gorgées de vin blanc sec et glacé, en se racontant leur journée. C'est là qu'ils renouaient les liens solides qui les unissaient.

Comme de nombreux couples d'homosexuels mariés, ils avaient des rapports plus forts, plus solides et plus durables que la plupart des couples hétérosexuels de leur connaissance. Il n'y a pas de partenaire plus dévoué à la réussite de son conjoint qu'un homosexuel marié à une lesbienne, pas d'union plus étroite et plus soudée. Ils tiraient tous deux de cette situation d'immenses bénéfices qu'ils n'auraient jamais pu trouver hors du mariage. Le plus important était le fait de ne pas être seul, car la solitude livre tout homme ou toute femme séduisant de plus de trente ans à la curiosité de presque tous ceux qui les rencontrent. Ils s'intégraient ainsi bien plus facilement à la vie mondaine, apportant de surcroît à leurs hôtes l'image d'un couple parfaitement assorti.

Chacun offrait à l'autre un appui infiniment sûr. Robin était libre de laisser parler son talent pour créer des décors d'un baroque resplendissant et des arrangements floraux plus somptueux encore. C'est lui qui trouvait et qui formait des domestiques parfaits.

Vanessa, elle, organisait des soirées conçues avec raffinement ; elle en avait fait un excellent usage pour promouvoir la carrière de Robin. Enfin, puisqu'il n'y avait entre eux aucune jalousie, chacun était libre de se livrer à ses penchants et d'en faire confidence à l'autre en toute sérénité : au besoin, il était prêt à aplanir les difficultés, voire à intervenir, toujours là pour réconforter et consoler.

Le mariage leur donnait accès aux sphères de la haute société et de la fortune, inaccessibles s'ils étaient restés célibataires. C'était l'entité, « les Valarian », qui dînait à la Maison Blanche, faisait des croisières sur les plus beaux yachts, séjournait dans les plus belles demeures historiques d'Angleterre et d'Irlande, un couple impeccable, au-dessus des scandales, sinon tout à fait au-dessus des cancans. Parce qu'ils étaient en couple, ils se trouvaient à jamais lavés de la souillure d'être homosexuels. Ils évoluaient en toute impunité dans le monde des célébrités. Et dans ce petit cercle fermé, non seulement on les reconnaissait comme de brillants trompeurs, mais on applaudissait leur habileté à s'être trouvés et à si bien s'utiliser. Ils avaient compris un secret : chez les gens qui réussissent dans le monde, il n'y a pas de sexe, il n'y a que la réussite ou l'échec. Une seule question compte : *êtes-vous ou n'êtes-vous pas l'un des nôtres ?*

Il y a diverses variantes dans les couples d'homosexuels : le mari bisexuel, ce que Robin appelait « un jazz-tango », qui, dans les premières années de mariage, appréciait de temps en temps sa femme et faisait presque toujours des enfants d'une stupéfiante beauté ; le véritable homosexuel ; et la lesbienne avec un mari passif et presque neutre. Les Valarian étaient de la variété où l'on a assurément les meilleures histoires à se raconter, car Robin était aussi actif sexuellement que sa femme. Il aimait sincèrement Vanessa et elle l'aimait sincèrement, chacun d'une tendresse un peu anxieuse. S'il avait un rhume, elle lui apportait toutes les heures des vitamines C et le regardait avaler les comprimés. Si elle avait une journée fatigante, il lui frictionnait le dos pendant une heure jusqu'au moment où elle ronronnait, détendue ; après quoi, il se rendait à la cuisine pour dire exactement à la cuisinière ce qu'il fallait mettre sur le plateau qu'il apportait lui-même. Il installait Vanessa parmi des coussins, sur le lit, insistant pour la faire manger. La vie qu'ils s'étaient créée était animée, correspondait à des sentiments profonds et dépendait entièrement de ce que chacun apportait. Vanessa citait souvent Rilke : « L'amour consiste en ce que deux solitudes se protègent, se limitent et se respectent. »

Par-delà l'amour, chacun était le meilleur ami de l'autre. Robin admirait le cran de Vanessa, son acharnement à poursuivre ce qu'elle voulait et il lui était particulièrement reconnaissant du rôle qu'elle avait joué dans sa carrière. Elle avait un tel jaillissement qu'elle en imprégnait les toilettes qu'il créait. Ses talents de créateur étaient limités : il savait rendre les femmes jolies et féminines. Il s'était spécialisé dans les robes de cocktail et de dîners, avec, comme grande idée, des jabots et des froissements de taffetas, mais jamais il n'avait réalisé quelque chose de vraiment original. Pourtant, aux quatre coins des Etats-Unis, on achetait les coûteuses créations de Robin Valarian. Cela tenait surtout à la façon exceptionnellement amicale dont il était traité par la presse spécialisée, les chroniqueurs aimant bien être invités aux soirées données par ce couple en vue. Ses robes se vendaient parce que Vanessa les portait avec chic et savait se faire voir entourée d'amateurs éclairés ou de gens qui comptaient. Pour une femme de la haute société, porter une robe Valarian signifiait avoir une toilette assez jolie mais, surtout, ressembler à Vanessa Valarian. Leur duplex reflétait la solidité du lien qui les unissait. Ce n'était pas le goût du luxe qui les faisait charger chaque table de bibelots précieux, mais l'instinct du nid poussé jusqu'à la démence. Chaque objet qu'ils choisissaient et achetaient ensemble était un signe de leur complicité, qu'il s'agisse d'un ensemble de coupes en pyrex ou d'une ruineuse sirène en argent signée Tony Duquette. Ils avaient un sens sacré du linge de table, de l'argenterie et de la vaisselle. Bien avant que la mode commandât aux hommes de s'intéresser aux détails de la vie domestique, Robin Valarian s'enorgueillissait de ses dons d'installateur. Son style ? Richesse et rigueur : chaque oreiller de duvet avait un liséré ou des pompons, chaque abat-jour était doublé de soie rose, chaque rideau avait son embrase et son attache, chaque mur recevait au moins douze coûteuses couches de laque lorsqu'il n'était pas tendu de tissu rare, chaque divan se voulait énorme, profond et d'un confort absolu. Les invités se sentaient ici chez eux, protégés par un cocon comme des bébés dans leurs berceaux, illusion qui les amenait à bavarder plus librement qu'ils ne l'auraient fait dans un cadre moins capitonné. Et dans toute soirée que donnaient les Valarian, une réputation au moins se créait ; une autre se défaisait.

Ce couple, où chacun défendait la forteresse du mariage avec la loyauté rigoureuse de frères de sang, échappait aux limites prévisibles de la monogamie et vivait heureux.

Vanessa Valarian pratiquait avec constance et subtilité l'art de rendre service. Elle avait longtemps soutenu dans son for intérieur la théorie qu'un service rendu à bon escient, et sans mobile apparent ou sans attente de réciprocité immédiate, finirait par se révéler une pièce utile, voire essentielle dans la superbe mosaïque de son existence... Comme du caviar répandu sur les eaux. Le bon moment était, d'après elle, quand la personne à qui elle rendait service n'avait aucune raison d'attendre quoi que ce soit, sinon de la pure générosité. Elle ne rendait presque jamais service à ceux qui venaient le lui demander. La personne à qui elle accordait une faveur n'avait besoin d'autre recommandation que celle de l'infaillible intuition de Vanessa. Elle devinait toujours qui était en pleine ascension et qui allait s'effondrer. Elle décelait l'arriviste, celui qui avait des possibilités cachées et celui qui ne valait pas la peine qu'on se donne du mal. Comme un champion de surf, elle savait repérer les grosses vagues avant qu'elles n'aient pris leur élan, elle savait sauter sur sa planche avant que les autres femmes du même monde ne s'y apprêtent.

Quand Topsy Short avait mentionné que Daisy Valenski faisait un portrait de Cindy, sorte de test avant que Topsy ne se décidât à lui commander un portrait à l'huile de ses trois filles sur leur poney, Vanessa flaira une bonne occasion. Elle avait observé Daisy la veille au soir au dîner. Et elle avait vu tout de suite que le tailleur vert Schiaparelli avait près de quarante ans, que les émeraudes étaient fausses et que la jeune femme restait, d'une façon ou d'une autre, *vulnérable*. Par où pouvait-elle bien être vulnérable quand on songeait à son titre, à la part qui lui était revenue de la fortune prétendument fabuleuse de son père et à sa beauté ? Voilà qui était inexplicable, mais Vanessa *savait*.

« Pourquoi ne regardons-nous pas ces croquis avant son départ pour New York ? proposa-t-elle.

— Je ne crois pas qu'elle aimerait ça, répondit Topsy. Elle m'a dit, quand je lui ai demandé de venir, que ce serait juste des esquisses, comme des notes prises en sténo. Elle m'enverra le dessin terminé dans quelques semaines.

— Peu importe qu'elle aime ça ou non, ma petite Topsy. Jetons un coup d'œil... Pour nous distraire. »

Daisy, à contrecœur, laissa les deux femmes regarder son carnet de croquis. Il y avait des douzaines de dessins au trait rapide et sûr, mais aucun d'eux ne pouvait donner à une non-professionnelle l'idée de ce que serait le portrait terminé.

Topsy restait silencieuse, la déception se lisant sur son visage, mais Vanessa comprit aussitôt l'étendue du talent de Daisy.

« Vous êtes douée... Mais, bien sûr, vous le savez, dit-elle à Daisy. Topsy, tu ferais l'erreur de l'année si tu ne laissais pas la princesse Valenski faire le portrait de tes trois filles. Dans quelques années, tu devras payer deux fois le prix actuel... Si elle a encore du temps pour toi.

— C'est que... Je ne suis pas sûre... Et si Ham n'aime pas ? »

Topsy leva vers Vanessa un regard adorateur. Comment pouvait-elle s'intéresser à des portraits quand, sous sa jupe, elle sentait ses cuisses nues frotter doucement l'une contre l'autre, qu'elle tremblait de désir pour les mains divinement caressantes de Vanessa ?

« Je n'imagine rien qui puisse lui causer plus grand plaisir, et si tu ne le fais pas maintenant, fais attention, Topsy, tu n'auras pas de souvenir des filles avant qu'elles commencent à grandir : elles sont à un âge parfait. Si j'étais toi, je n'hésiterais pas une seconde. Je ferais peindre une grande toile, style portrait d'ancêtre... Enfin, dit-elle en regardant Daisy, si vous avez le temps d'entreprendre un pareil travail ?

— Je pourrais trouver le temps, dit Daisy, pensant qu'elle peindrait toute la nuit, pendant un mois si c'était nécessaire, pour avoir fini avant qu'arrive la prochaine facture d'Angleterre.

— Eh bien, voilà qui est réglé ! Je t'ai rendu un grand service, Topsy, et je ne veux pas que tu l'oublies. Un jour, tu me béniras.

— Merci, madame Valarian », s'empressa de dire Daisy.

Vanessa la vit soulagée. Ainsi, elle avait besoin d'argent ? Curieux...

« Des remerciements ? C'est Topsy qui devrait m'en faire... Elle a fichtrement de la chance de vous avoir », répondit Vanessa avec le grand sourire innocent qui accompagnait la conscience du service rendu à bon escient. Valenski était maintenant sa débitrice. « La prochaine fois que nous irons en Angleterre, je dirai à Ram quel talent je vous trouve. C'est un de nos grands amis... Nous aimons beaucoup votre frère.

— Merci, madame Valarian », répéta Daisy, machinalement. Elle sentit une vague noire l'envahir.

« Ce qu'il te faut, Luke Hammerstein, annonça doucement Kiki, c'est quelqu'un qui bouleverse ta vie.

— La dernière exposition est à peu près parvenue à ce résultat, répondit Luke, lorsqu'ils eurent trouvé une table au Ballroom.

— Je croyais que tu aimerais ça... Combien de gens ont-ils jamais vu des calques de plaques d'égouts du Québec ?

— Je reconnais que c'était une première. Depuis le lycée, j'avais envie d'en voir. Et j'aime bien savoir que le groupe qui en est l'auteur prépare aussi des calques de plaques d'égout de Soho pour les exposer au Québec. C'est le type d'échange culturel qui servira peut-être à améliorer les relations incertaines que nous avons toujours eues avec le Canada.

— Oui... Je m'inquiète beaucoup pour le Canada.

— Ah oui ?

— Naturellement. Il y a un tunnel au cœur des faubourgs de Detroit qui mène tout droit au Canada. Quand mes frères et moi étions gosses, nous harcelions notre père pour y aller. Ça avait l'air si romanesque !

— Ça l'était ?

— Bien sûr que non... Tu ne connais rien à Detroit... Ni au Canada.

— Tout le monde n'a pas cette chance.

— Tu te moques encore de moi, dit Kiki, ses sourcils rejoignant presque ses cheveux ébouriffés qui, provisoirement, avaient leur couleur brune naturelle.

— Excuse-moi, mais je ne peux pas m'en empêcher. Tu es comme Béatrice dans *Beaucoup de bruit pour rien*... Tu te souviens ? Elle était " née à une heure joyeuse ".

— Alors, est-ce qu'elle a eu le type à la fin ?

— Tu n'arrêtes jamais, n'est-ce pas ? » Luke Hammerstein était poursuivi par les femmes depuis l'âge de douze ans, mais il n'en avait jamais rencontré de plus franche, quant à ses intentions, que Kiki Kavanaugh. Etait-elle un condensé de tous les trucs et subterfuges connus des femmes, ou simplement ce qu'elle prétendait être : une sensuelle innocente qui avait envie de se donner du bon temps... avec lui comme partenaire ? Luke connaissait bien ses contemporaines, mais Kiki, dans la bataille des sexes, était vraiment à l'avant-poste. Elle le déconcertait, il en convenait. En fait, il jouait les imprenables, comme l'aurait fait une femme, et ce renversement des rôles avait quelque chose d'amusant.

« Commande-moi un verre, au nom du ciel... Je suis crevé », dit-il. Tous deux portaient des paniers chargés de leurs emplettes de l'après-midi.

« As-tu déjà bu du cidre ? demanda Kiki, dont c'était la boisson favorite après l'irish coffee.

— Pas encore, mais pourquoi n'en commandes-tu pas puisque, de toute façon, c'est ce que tu vas faire ? »

Il regardait avec un peu d'exaspération les paniers qu'ils avaient déposés sur le sol carrelé blanc. Kiki avait acheté, si ses souvenirs étaient exacts, un couvre-bouillotte brodé en satin abricot dans un magasin appelé Harriet Love ; une sculpture représentant une grenouille verte et faite entièrement en tubes à néon dans une galerie appelée *Que le néon soit* ; deux tenues de satin noir baptisées de façon ambiguë « kimonos d'invité » ; deux bouteilles de Soave Bolla, une de bourbon, et un bijou qui l'avait rendu nerveux : un cœur d'ivoire avec une pierre rouge émergeant comme une goutte de sang. Même les bijouteries de Soho avaient des noms, songea-t-il : celle-là s'appelait *On m'a brisé le cœur*. Et tout cela sans compter ce qu'elle avait acheté chez *Dean and Deluca,* la grande épicerie fine dont des corbeilles débordantes de gousses d'ail, de pommes, de citrons, de radis noirs, de noix et de pruneaux décoraient le seuil, tandis que des plats et des casseroles ruineux pendaient au plafond, deux étages plus haut. Là, elle avait perdu la tête. Des tranches de pâté en croûte et de galantine de canard, les deux à douze dollars la livre ; un pot de miel de bruyère de Hollande ; de la crème fouettée et un banon, petit fromage de chèvre enveloppé dans des feuilles de châtaignier ; trois différentes sortes de salami, un d'Espagne, un d'Italie et un de France ; une livre de saumon d'Ecosse fumé ; un pot de piment ; une livre de jambon de Forêt Noire ; une douzaine de croissants frais ; la moitié d'un brie à point ; un pain natté, quatre beignets et un pain de seigle. Puis elle y avait ajouté une boîte de sablés de Dovedale, fabriqués par une firme anglaise fondée en 1707, et plusieurs tablettes de chocolat doux-amer venant de Californie.

Luke s'était rendu bien des fois à Soho ; aucun publicitaire de sa connaissance n'aurait voulu manquer l'occasion de voir les grandes œuvres nouvelles exposées dans les galeries. Mais il s'en était surtout tenu à de rapides visites au 420 Broadway, là où les grands marchands du centre avaient leurs succursales : Leo Castelli, Sonnabend et André Emmerich.

Aujourd'hui, il avait vu un Soho qu'il avait négligé, celui des gens qui y vivent. Un Soho où les frères Porcelli exposaient des tripes fraîches dans la vitrine de leur boucherie ; où un petit gosse poussant une bicyclette avait arrêté Kiki à un coin de rue en lui demandant : « Mademoiselle, vous pourriez me faire traverser, s'il vous plaît ? » ; où un panneau proclamant « trouvé un chat persan » était exposé dans la vitrine d'un vieux magasin d'aspect minable qui n'en possédait pas moins un congélateur plein de glaces coûteuses et des rayonnages où les noix salées côtoyaient les images religieuses et dix espèces de yogourts ; un Soho où, à l'atelier Mandala, on pouvait acheter un symbole représentant l'effort jungien pour réunifier le moi, fait en vitraux réunis par de la tapisserie au crochet. Ce Soho était plein de contrastes : le magasin d'appareillage général J. Volpe, jouxtait une galerie où l'on proposait des posters d' « aliments érotiques » ; des boutiques où l'on vendait du matériel de plomberie et un magasin de cordage côtoyaient la galerie Jack avec ses aquarelles d'Erté et de Jean Cocteau.

Kiki lança à Luke un regard malicieux. Il était sous le coup du choc de Soho... Elle en connaissait les symptômes. Elle comptait dîner au Ballroom, mais l'énorme fresque sur le mur en face de leur table ne ferait qu'accroître le malaise de Luke : elle représentait, à la façon de photos réalistes, dix-neuf des plus célèbres artistes et citoyens de Soho, y compris Larry Rivers et Robert Indiana.

« Je sais ce qu'il te faut, dit-elle à Luke.

— Quoi maintenant ?

— De la cuisine chinoise.

— Bon sang, tu as raison ! C'est la seule chose que je pourrai avaler. Comment as-tu deviné ?

— Tu es juif... C'est bien simple : quand les Juifs sont sous le choc d'une culture, la seule chose qui les ramène à eux, c'est l'épicerie de luxe ou la cuisine chinoise. Nous autres goys, nous nous sentons tout de suite mieux à regarder simplement brûler du pain blanc.

— Tu ne veux pas dire griller ? demanda-t-il d'une voix faible.

— Non, brûler, comme une bûche de Noël. Viens, on va aller au *Oh-Ho-So*. C'est juste en face. »

Comme personne n'avait pris encore leur commande, ils s'emparèrent sans plus de cérémonie de leurs paniers, quittèrent le Ballroom, traversèrent la rue et entrèrent dans le bar du restaurant chinois : un bar fort accueillant, encombré de petits canapés de velours vert usé et de chaises en bois sculptées, toutes dépareillées, toutes installées autour de tables faites d'un assortiment de vestiges victoriens et, à défaut, de supports de machines à écrire délabrés.

A la lueur du juke-box, les yeux ambrés de Kiki scintillaient de tous les feux de la terre et de joie.

« Pour monsieur, ce sera un double bourbon glace, annonça-t-elle au serveur. Et pour moi, du cidre. Maintenant, parlons de l'autre soir. Pourquoi n'as-tu pas voulu faire l'amour ? Tu étais vraiment trop fatigué ? demanda-t-elle à Luke avec son sourire le plus coquin.

— Merde... Juste au moment où tu commences à me câliner comme une vraie femme, voilà que tu deviens agressive. Attends d'avoir mangé le rouleau de printemps, non ?

— Tout ce que je voulais dire, c'est que moi je n'étais pas trop fatiguée... Et j'avais dû m'occuper de Thésée toute la journée. Alors, comment cela se fait ? Tu es timide... Tu attends le troisième rendez-vous... Tu as des scrupules religieux ?

— *Après* le rouleau de printemps », lui rappela-t-il avec douceur. Il avait l'équilibre de la force. Luke était pleinement conscient de ses points forts, aussi, peu lui importait-il de révéler ses points faibles. Il n'avait jamais encore rencontré la femme qui lui convînt : c'était son secret orgueil. Trois sœurs aînées lui avaient enseigné plus sur les femmes qu'il n'avait besoin d'en savoir, se plaisait-il à dire, bien qu'il se rendît compte que, depuis quelques années, de telles paroles étaient devenues une déclaration de guerre. Il vit Kiki le toiser de l'œil exercé d'un physionomiste de casino. Il eut un petit sourire un peu moqueur.

« Tu sais ce que tu me rappelles ? dit-elle avec feu. Ces têtes pseudo-grecques du Met qui datent de 500 avant J.-C. Elles ont toutes le même sourire satisfait et supérieur. Pas même la décence de faire semblant d'être sincères !... Une vanité absolue, qui dure depuis trois mille ans...

— *Après* le rouleau de printemps.

— Très bien... mais alors... attention !

— Tu préviens toujours tes victimes ?

— J'essaie d'être équitable. Les hommes, à bien des égards, sont plus fragiles que les femmes. » Luke soupira, donnant à Kiki l'impression qu'il n'était rien de plus qu'une pile de cadeaux qu'elle avait hâte de déballer.

« Bon, parlons d'autres gens. Parle-moi de ta mère, proposa Kiki.

— Ma mère est une super-conservatrice. Elle ne redécore jamais son appartement. Nous vivons toujours dans le style art déco.

— Ma mère refait son appartement tous les ans. On vient de nous faire de l'art déco.

— Ma mère m'a prévenu que si jamais j'épouse une goy, je verrai vite que ce n'est qu'une vieille *Shiksa*... Shiksa est le seul mot yiddish qu'elle connaisse.

— Ma mère estime que la façon de roder un manteau de zibeline est de le porter dans un restaurant japonais le premier jour où il arrive de chez le fourreur. Elle commande du sukiayki qu'on prépare sur la table et garde son manteau durant tout le repas. Il faut environ une semaine pour l'aérer, mais après cela, le manteau sait que c'est elle la patronne. Je crois aussi qu'elle est antisémite.

— Ma mère est une telle antisémite que quand son club a commencé à admettre des juifs russes en plus des juifs allemands, elle a donné sa démission.

— Ma mère est pire que cela. Elle a suivi des cours de réanimation de bouche à bouche au cas où mon père aurait une crise cardiaque et puis, alors qu'elle était dans une banque, un homme a eu une crise juste devant elle et elle n'a pas essayé de le sauver parce qu'il était si répugnant qu'elle a eu peur d'attraper toutes ses maladies... Et il est mort là, devant elle.

— Seigneur ! C'est vrai ? » fit Luke, fasciné. Kiki était en train de gagner au jeu des mères.

« Non, mais c'est arrivé à la dame de son agence immobilière, reconnut Kiki.

— Ma mère n'a pas d'agence immobilière, fit Luke avec un sourire tranquille.

— Vous ne déménagez jamais ? Il faut bien avoir une agence immobilière pour acheter une maison.

— Ma mère ne croit pas au déménagement : elle trouve que ça fait nouveau riche. Elle a juste...

— L'appartement sur Park Avenue, la maison de Pound Ridge... et la villa de Westhampton — non, Easthampton — exact ?

— Exact... Comment es-tu arrivée si près ?

— Ça se tenait. Je crois que nous avons la même mère, seulement elles ne le savent pas.

— Te rends-tu compte, dit Luke d'un ton boudeur, que cinq fois plus de gens achètent des aliments pour animaux que des aliments pour bébés ? Tu ne trouves pas ça horrifiant ?

— Non, bêta. C'est parce que les bébés grandissent et se mettent à manger comme les gens, mais que les animaux mangent de la nourriture pour animaux toute leur vie.

— Tu n'es pas complètement stupide », avoua Luke, à regret. La plupart des gens réagissaient à sa statistique sur les aliments pour animaux avec indignation.

« Tu veux qu'on se tienne la main ? demanda Kiki, pleine d'espoir.

— Pas pendant le homard cantonais ! dit-il, scandalisé.

— Tu manques de passion », le prévint Kiki, en regardant sa bouche avec nostalgie : il y avait, dans une bouche coincée entre une moustache et une barbe, un attrait qui n'existait pas sur un visage imberbe.

« Tu dis ça pour m'obliger à te prouver que je ne suis pas assommant. Ça ne marchera pas. » Luke s'attaqua à son homard avec un plaisir tranquille. Kiki le regardait, consternée. Ça n'allait pas du tout. La plupart des hommes, dans sa vaste expérience, étaient sans défense devant une attaque bien montée. Déconcertés, confus, flattés, ils tombaient dans le panneau et, à partir de ce moment-là, ils n'étaient plus qu'à un doigt de tomber aussi amoureux d'elle. Luke la mettait mal à l'aise... Elle avait le sentiment qu'à un moment quelconque elle avait mal joué son rôle, mais elle avait commencé avec lui comme avec des douzaines d'autres et elle suivait un schéma conducteur bien connu. Peut-être, après tout qu'il avait simplement faim ? Peut-être était-il vraiment fatigué l'autre soir ? Avec Daisy absente pour le week-end et les provisions qu'elle avait achetées pour le petit déjeuner et le déjeuner du lendemain, il lui restait encore beaucoup de temps pour travailler ce client à l'entêtement inattendu. Il le lui fallait vraiment.

« Pourriez-vous, s'il vous plaît, nous apporter du thé ? demandat-elle à un serveur qui passait, et des gâteaux de bonne aventure optimiste ? »

Le vendredi qui suivit son week-end à Middleburg, Daisy trouva le studio anormalement calme. North était parti pour une semaine de vacances, la première en plus d'un an, si bien qu'il n'y avait pas de conférence de production prévue avant le milieu de la semaine suivante. Elle avait mille détails à vérifier au bureau, mais elle fut ravie quand Nick le Grec et Wingo Sparks l'invitèrent à déjeuner avec eux. En général, elle déjeunait à son bureau, un sandwich dans une main et le téléphone dans l'autre.

Lorsque le serveur leur eut apporté leurs plats, Nick lança, nonchalant : « Alors, petite, comment va le boulot ? Tu tiens le coup ? Je veux dire, nous savons tous que ça n'est pas facile de travailler pour North. J'ai parfois l'idée qu'il ne se rend pas compte de ce que tu vaux.

— On ne peut pas dire qu'il ait le compliment facile, mais quand il n'a pas l'écume à la bouche, je sais que j'ai fait un bon travail, répondit Daisy en haussant les épaules.

— Alors, tu es prête à te contenter de ça ? demanda Wingo.

— Pourquoi pas ? » Daisy n'allait pas se plaindre à ses camarades de travail.

« Oh ! pour des tas de raisons, fit Nick. C'est comme se satisfaire des reliefs de la table d'un riche, *Campesina,* et moi, Nick le Grec, je suis ici pour te dire que ce n'est absolument pas assez.

— Qu'est-ce que tu cherches à me faire comprendre, Nick ? demanda Daisy, intriguée. Tu touches des commissions et on ne peut pas dire que ce soit des miettes.

— Tu veux lui expliquer, Wingo ? proposa Nick au jeune opérateur.

— Et comment ! Ecoute, Daisy, Nick et moi on a discuté. On estime tous les deux qu'on pourrait se mettre à notre compte. Nick est le meilleur représentant de New York : il sait où se trouvent les clients qui veulent le style de North mais qui ne sont pas prêts à payer les prix de North. North considère que je ne suis qu'un opérateur, mais je peux faire ce qu'il fait aussi : il y a des tas de types qui sont opérateurs-réalisateurs. Il m'a fallu cinq ans pour avoir ma carte professionnelle, mais je pourrais être réalisateur demain, rien qu'en le disant. Et je suis bon...

— Qu'est-ce que tu en sais ? riposta Daisy.

— Ça fait assez longtemps que je l'observe... Je connais ses trucs... Et, soyons francs, tu trouves que c'est difficile de réaliser un film publicitaire ?

— Voici ce que nous avons en tête, dit Nick, interrompant Wingo. Nous voulons monter notre propre affaire mais nous voulons que tu viennes avec nous... Comme associée et comme productrice. Tu n'aurais pas un centime à investir, mais tu aurais un tiers des bénéfices. Dès l'instant où je suis libéré de North, je peux aller vendre Wingo partout : j'ai un tas de clients potentiels. La raison pour laquelle nous te voulons, c'est que tu te trouves être la meilleure productrice qui existe : tu travailles dur, tu persuades les gens de faire n'importe quoi pour toi, tu surveilles le fric comme si c'était le tien, tu vérifies tout... Alors, petite veinarde, on te met dans le coup ?

— Wingo, toi et moi, on prendrait ainsi le large en emportant le magasin avec nous ? demanda Daisy.

— Pas tout à fait, protesta Wingo. North pourrait remplacer

chacun de nous... En fin de compte... Personne n'est indispensable. Oui, à la longue...

— Oui, à la longue... mais en attendant, il serait paralysé pour combien de temps ? Tu parles de tout piquer, Nick, dit Daisy, dont la colère montait.

— Eh oui, fit Nick, nonchalant. C'est un métier où on pique tout.

— Nick, demanda Daisy, qui t'a donné ta première chance comme représentant ?... Qui t'a fait quitter cette agence de publicité et t'a enseigné toutes les ficelles du métier ? Qui t'a montré où t'habiller, qui t'a encouragé à cultiver ton charme naturel et qui a casqué pour tes notes de frais durant ces premiers mois où tu n'arrivais à rien ? North, non ? Et Wingo, qui donc t'a engagé avec un salaire régulier au lieu d'utiliser un opérateur à la pige comme presque tous les autres ? Combien de jours par an travaillerais-tu si tu n'étais qu'un simple pigiste ? Et qui était la seule personne disposée à prendre un risque sur un gosse qui venait tout juste d'obtenir sa carte ? La plupart des réalisateurs recherchent l'expérience : un jeune type, ils ne veulent pas y toucher... Ça donne trop de mal. Et comment peux-tu t'imaginer être un si brillant réalisateur alors que tout ce que tu sais, c'est ce que tu as vu faire à North ? Tu ne comprends donc pas que tu ne sais pas *pourquoi* il le fait, ni *comment* il trouve ses idées ? La meilleure preuve, c'est que tu t'imagines que c'est *facile* de réaliser un film publicitaire. C'est vrai, peut-être pour un mauvais film publicitaire. Mais un *bon ?* Un spot que tu ne prends pas en grippe quand ça vient interrompre ton émission de télévision préférée ? Un film publicitaire qui ne te fasse pas vomir par sa banalité ? Qui soit si bien fichu que tu t'en souviens une semaine plus tard ou bien un mois plus tard, alors que tu en as vu des milliers entre-temps ? Qui plus est, tu ne connais rien à la distribution. Alix et moi, nous ne faisons qu'une sélection des possibilités, c'est North qui fait la distribution finale, et c'est indispensable au succès d'un film publicitaire.

— Merde, Daisy, si tu te mets à parler loyauté..., l'interrompit Nick, dégoûté.

— Tu as parfaitement raison : je vais parler de loyauté. Je me rappelle le jour où tu t'es enivré et où tu as été si grossier avec la directrice artistique d'un client qu'on a perdu le budget. Je me souviens de l'époque où tu tenais tellement à décrocher ces gros contrats pour une marque de bière que tu as donné au client un prix définitif sans le vérifier près d'Arnie et nous avons perdu de l'argent chaque jour de tournage. Je me rappelle la fois — ou plutôt les fois — où North devenait dingue sur le plateau parce que les clients venaient s'en mêler et que tu rappliquais trop tard pour les emmener déjeuner et les empêcher d'être dans ses jambes. Et je me souviens...

— Tu nous emmerdes, Daisy, dit Nick, l'air écœuré.

— Je pense bien... Je veux dire que toutes ces fois où North s'est mis en fureur, il n'est pas allé chercher un autre représentant : il t'a gardé parce qu'il avait un engagement envers toi et que tu as quand même plus de bons côtés que de mauvais... Quand tu te mets à être mauvais, tu es horrible !

— Mais North est si désagréable avec toi..., commença Wingo, sur la défensive.

— C'est mon problème, riposta-t-elle, et je n'ai pas besoin de ta compassion. Il est désagréable parce qu'il ne travaille jamais autrement que sous pression. Il n'y a pas une minute où il n'est pas pressé par le temps. Si quelqu'un risque de déconner, il déconnera... et North le sait. C'est mon travail de réduire les dégâts au minimum. Il n'y a rien de personnel dans sa brutalité : je suis un prolongement de son travail et il n'a pas besoin de jouer les preux chevaliers avec moi. D'ailleurs, vous aussi vous êtes des prolongements de son travail. Nick, si tu ne vendais pas North, tu pourrais bien avoir à travailler pour vivre. Wingo, si tu n'avais pas North qui vérifie chaque plan avant que tu ne tournes un mètre de pellicule, je me demande à quoi ressemblerait ton travail ? Il vous a donné un drôle de coup de main à tous les deux. Je ne dis pas que tu n'as pas de talent, Wingo... Simplement, tu n'es pas prêt encore à être opérateur-réalisateur. Toi et Nick, vous voulez vous associer derrière son dos et essayer de le doubler avec tout ce qu'il vous a donné d'enseignement, d'expérience et de confiance. Et vous essayez de m'entraîner avec vous, c'est la forme la plus basse d'ingratitude !

— Nick, observa Wingo d'un ton pincé, nous avons de toute évidence commis une grave erreur à propos de la princesse ici présente... Elle n'a pas le cran nécessaire pour s'installer à son compte. Daisy, tu ne retrouveras pas une chance comme ça.

— Peut-être que la prochaine fois quelqu'un me demandera de cambrioler une banque ?... Qui sait ? j'aurai peut-être de la veine. Maintenant écoutez, vous deux, brillants cerveaux, je n'ai pas encore avalé une bouchée de ce déjeuner auquel vous m'avez invitée et je n'ai plus faim. Je vais rentrer au studio travailler. En ce qui me concerne, cette admirable conversation n'a jamais eu lieu. Vous ne m'avez jamais rien demandé et je ne vous ai pas dit ce que j'en pensais. Ce que vous décidez dépend de vous. Pour moi, j'ai tout oublié. Personnellement, j'espère que nous resterons longtemps ensemble. Nous ne formons pas une mauvaise équipe, à nous tous. D'un autre côté, si vous partez quand même, bonne chance ! Je vous prédis bien des jours merveilleux à tous les deux quand vous aurez à tourner votre premier spot sur une crise d'hémorroïdes. A tout à l'heure. »

Daisy partit et Nick regarda Wingo. « J'aurais bien voulu pouvoir lui dire que c'est une garce. »

Wingo avait la tête d'un homme qui a failli se faire écraser par un autobus. « Tu ne peux pas, et moi non plus. Je regrette simplement de ne pas pouvoir dire qu'elle avait tort. »

Lorsque Daisy regagna son appartement ce soir-là, elle trouva Kiki qui feuilletait un numéro de *Soho Hebdo*. « Daisy, tu as un rendez-vous demain soir ?

— Tu sais bien que oui : ton cousin vient à New York pour m'emmener dîner.

— Oh ! c'est vrai, j'avais oublié... Alors, il n'a pas encore renoncé à toi, hein ?

— Henri ? Je ne crois pas qu'il comprenne l'anglais. J'ai dit non tant de fois que c'en est assommant. Mais, mon Dieu, qu'il est obstiné ! Il est si gentil que je n'ai pas envie de le vexer. Je n'arrête pas de lui répéter qu'il ne devrait pas me voir ; qu'ainsi il souffre comme un chien à qui on coupe la queue par petits bouts. Ce serait plus charitable de la trancher d'un seul coup. Désolée, Thésée chéri, mais il ne veut même pas m'écouter. Pourquoi me demandais-tu ça ?

— Oh, je pensais simplement qu'on pourrait faire quelque chose : il y a un spectacle de claquettes au Garage théâtral, une lecture de poésie à l'église Saint-Mark et La Mama joue Brecht pour changer ; il y a aussi Musique sur micro-ondes aux Trois Mercers Street... Des tas de choses, fit Kiki d'un ton sombre.

— Bon sang ! Que se passe-t-il ? Tu as pris ta température ? Qu'est-ce qui ne va pas ? » fit Daisy, en regardant son amie d'un air soucieux. Kiki était recroquevillée sur le divan dans un vieux cafetan, entourée de scripts, de lettres et de magazines.

« Ne sois pas idiote... Je n'ai rien du tout... Je pensais juste que nous devrions profiter un peu de notre environnement culturel, voilà tout. J'ai mon théâtre, même s'il est provisoirement fermé, mais *toi*, qu'est-ce que tu fais toute la journée ? Tu ne penses qu'à produire des choses qui vont donner des crises d'anxiété à des millions de femmes ? demanda Kiki d'un ton irrité. Ça, plus ces gens de cheval, de quoi devenir idiote si tu n'y fais pas attention.

— Tenons-nous-en aux faits, répondit Daisy, sans relever. On ne peut pas dire que tu t'es préoccupée d'enrichir ta culture depuis que Santa Cruz, dans un moment d'égarement, t'a décerné un diplôme. Ça veut dire que pour la première fois, en quelque chose comme huit ans, tu n'as pas rendez-vous un vendredi soir et que c'est la panique. Voyons, c'est absurde et tu le sais. Il y a une douzaine de types que tu pourrais appeler et qui sauteraient...

— Ce n'est pas eux que je veux ! fit Kiki l'air plus désemparée qu'énergique.

266

— Qui veux-tu ? »

Kiki gardait un silence obstiné.

« Tu veux qu'on joue aux devinettes ? Qui est-ce que ma petite Kiki veut ? Pour qui a-t-elle bourré le réfrigérateur samedi dernier, ce qui nous a valu d'avoir du pâté et du fromage au petit déjeuner toute la semaine, pour nous en débarrasser. Qui a eu le cœur assez dur...

— Oh, assez, Daisy ! Tu es dégueulasse, protesta Kiki.

— Luke n'a pas encore appelé, fit Daisy d'un ton neutre.

— Non, en effet. J'aimerais le tuer. Comment ose-t-il me faire ça ? Je ne comprends tout bonnement pas ! Personne ne me fait ça, personne ! » Tout le petit corps de Kiki était pelotonné et frissonnait sous le cafetan comme si elle se retenait pour ne pas bondir en avant et taper du pied par terre comme une gosse qui pique une colère.

« Personne, sauf Luke Hammerstein.

— C'est ça, insiste, dit Kiki d'un ton amer.

— Kiki, voyons, je compatis ! Mais il faut bien regarder les faits en face si tu veux les changer.

— Oh, je t'en prie... Tu ne vas pas me faire le coup du courrier du cœur.

— Connais-tu quelqu'un d'autre avec qui tu puisses en discuter ?

— Daisy Valenski, quelque part sous cette apparence superbe, tu as tout ce qu'il faut pour faire une garce de première. Tu sais bien que non ! dit Kiki, serrant Thésée dans ses bras.

— Je crois que tu as raison, répondit Daisy avec un sourire satisfait. Aujourd'hui, c'est mon jour de vérité... Mais tu n'es pas la première personne de la journée qui ne soit pas contente de moi. Et veux-tu que je te dise ?... Je m'en fous.

— Tais-toi et écoute. Cet enfant de salaud a repoussé mes avances non pas une fois mais deux fois. Comment peut-il y avoir une excuse à cela ? Crois-tu qu'il soit impuissant ? Penses-tu qu'il ait peut-être une forme incurable de je ne sais quelle maladie vénérienne et qu'il ne veuille pas me le dire ? Crois-tu... Oh ! mon Dieu... Crois-tu qu'il soit amoureux de quelqu'un ? Bon sang... Je parie que c'est ça. C'est la seule explication possible ! » Kiki porta ses mains à la bouche d'un geste théâtral en envisageant cette horrible perspective.

« S'il l'était, je le saurais. North et lui sont très copains... J'aurais surpris quelque chose... Ce studio est une véritable petite commune, ce genre de rumeur aurait déjà circulé. Kiki, c'est simple, et c'est toi la responsable. »

Le téléphone sonna et Daisy décrocha. « Oui. Oh ! salut, Luke, c'est Daisy. » Kiki plongea vers le téléphone mais Daisy recula, tenant d'une main solide le récepteur au bout du long fil. « Non, désolée, elle n'est pas ici. Aucune idée... Ça pourrait être des tas d'endroits... Je ne l'ai pratiquement pas vue de la semaine, à dire vrai, sauf arriver en trombe pour repartir tout de suite... Mais je peux prendre un message. » Kiki faisait des signes frénétiques, mais Daisy la foudroyait du regard en lui prodiguant les plus horribles grimaces tout en agitant d'un air menaçant sa main libre. « Très bien... Je vais lui demander d'essayer de vous rappeler quand elle pourra. Je mettrai ça par-dessus ses autres messages... Je commence à avoir l'impression d'être un vrai standard. Je ne sais pas pourquoi Kiki ne se met pas aux abonnés absents. Non, ça ne fait rien... Ça ne me gêne pas... Vous au moins vous êtes un client, et c'est plus que je ne peux en dire des autres. Au revoir, Luke.

— Daisy ! Comment as-tu pu ? s'écria Kiki dès qu'elle eut raccroché.

— Voilà comment on fait !

— Tu plaisantes. C'est un truc vieux comme le monde. Personne ne fait plus ça.

— Tout le monde avec un peu de bon sens le fait. Dommage que tu n'aies pas mieux connu Annabel.

— Mais je n'ai jamais joué les difficiles, balbutia Kiki, et j'ai eu plus d'hommes que n'importe qui d'autre.

— Des hommes que tu ne recherchais pas vraiment. C'est facile d'avoir un type quand on n'en a pas sincèrement envie. Je te vois opérer depuis des années ; tout est rendu facile au pauvre gogo, et il tombe tout droit dans tes magnifiques toiles d'araignée, en s'imaginant qu'il a fait une conquête, et avant qu'il sache ce qui lui est arrivé, il est foutu parce que, au fond, de tout ton numéro, il y a surtout que tu t'en foutais, tout simplement. Tu fais ça pour rigoler, par distraction, il le sent, de façon inconsciente, et c'est ce qui le rend dingue, non que tu sois disponible, mais que tu sois, au fond, indisponible. Je te défie de me citer un seul homme que tu as eu et que tu n'aurais pas lâché si quelqu'un de plus séduisant s'était présenté... Je te défie de me citer le nom d'un seul type qui t'ait fait souffrir... jusqu'à présent.

— Pourquoi veux-tu que je laisse un homme me faire souffrir ? Qu'est-ce que ça a de si bien ? lança Kiki, se rebellant.

— Rien. Ça n'est pas noble de souffrir. Mais le fait que tu aies régulièrement refusé de te mettre dans une position où tu pourrais risquer de souffrir, c'est de ça que je parle. Tu t'en es toujours tenue à des relations qui n'avaient aucune importance : du sexe, de la rigolade, mais rien de " significatif ", si tu peux me pardonner ce cliché. Je suis désolée, vraiment désolée, mais c'est vrai, et tu le sais toi aussi. Maintenant, arrive un homme qui pourrait être important pour toi, et tu n'as pas la moindre idée de la façon de l'aborder. Tu refais ton vieux numéro avec une nouvelle distribution et ça ne marche tout simplement pas. Alors, essaie un nouveau texte. Luke est plus malin que toi, si dur que ça puisse être à concevoir pour toi. Il a pigé ton truc, il peut se dire que tu as l'habitude de prendre l'initiative avec les hommes et il ne veut pas que ça lui arrive. Qu'est-ce qu'il fait d'autre, alors, que de jouer les difficiles avec toi ? Il a attendu cinq jours pour appeler ? Eh bien, tu ne vas pas le rappeler avant une semaine... Peut-être plus. Et quand tu le reverras, tu vas être une Kiki toute différente.

— C'est trop tard, c'est déjà loupé, fit Kiki, consternée. Je veux dire, je lui ai vraiment fait comprendre que j'étais facile... et tout le tremblement ! C'est à se flinguer ! Et tu sais, Daisy, je l'adore...

— Les premières impressions, ça peut se modifier. Tu es une comédienne, non ? C'est bien simple : tu t'es jetée sur lui parce que tu n'avais rien de mieux à faire cette semaine-là. Mais, depuis, les choses ont changé. Ne sois *jamais* précise sur ce qui a changé : qu'il l'imagine. Maintenant, ça ne t'intéresse pas de te lancer dans une histoire. Tu es un peu froide, sur la réserve, et lointaine à un point exaspérant. Tu ne peux pas accepter les deux premiers rendez-vous mais tu laisses la porte ouverte. Tu te montres amicale, en fait ; c'est comme si les deux premières rencontres n'avaient jamais eu lieu. Mais n'en fais pas trop. Sois toi-même, mais n'en rajoute pas. Laisse-le essayer de se débrouiller ! Je crois que ça s'appelle " appâter et ferrer ".

— Je crois plutôt qu'on appelle ça tendre un piège, murmura Kiki, radieuse d'admiration. Daisy... Je peux le faire... Je sais que je peux. Mais si ça ne marche pas ?

— Alors, il faudra que tu te résignes. Autant le savoir tout de suite que de t'en apercevoir après t'être démanchée pendant des mois pour ce type. " Des hommes sont morts de temps en temps, et les vers les ont mangés, mais ce n'était pas par amour. "

— C'est de Betty Friedan ?

— Shakespeare... *Comme il vous plaira.*

— Oh ! celui-là, il en connaissait un rayon. " T'imagines-tu, parce que tu es vertueuse, que c'en sera fini des gâteaux et du vin ? "

— Je savais bien que tu n'avais pas besoin d'enrichir ta culture.

— J'ai monté *La Nuit des Rois* l'année dernière... Tu ne te souviens pas ?... Sur patins à roulettes.

— Quiconque a eu la bonne fortune d'être là pourrait-il oublier cette soirée immortelle ? Ecoute, j'en ai assez de bouffer les restes de ta razzia de samedi dernier. Je fais un brin de toilette et allons manger une pizza. D'accord ?

— Entendu. » Kiki arpentait déjà la pièce, se tenant bien droite, avec un air rêveur, mi-amusé, mi-préoccupé. Daisy lui lança un regard attendri et quitta la pièce sans bruit. Quand Kiki se lançait dans un personnage, elle aimait bien être seule. Daisy fit exprès de prendre son temps pour se laver les mains. Soudain, elle se trouva projetée dans un abîme de tristesse, comme celui qu'elle avait connu une semaine auparavant, à Middleburg, chez les Short. Elle avait marché sur des nuages toute la journée, en disant à Wingo et à Nick le Grec ce qu'elle pensait de leur projet sournois, et puis, maintenant, en remontant le moral de Kiki.

Mais brusquement, face à face avec elle-même, voilà que sa vie lui semblait, de façon effrayante, faite d'un assemblage de bric et de broc qui n'arrivait pas à former un ensemble cohérent. Son travail au studio, pour difficile qu'il fût, n'avait pas la vertu de la continuité ; avec chaque nouveau film publicitaire. les réussites, le combat triomphal de la semaine précédente se trouvaient aussitôt remplacés par la crise du jour. Le manque de colère, chez North, ne procurait pas les mêmes joies que des félicitations sincères, malgré tout ce qu'elle avait dit aux autres à déjeuner. Elle avait l'impression dans son travail d'être toujours sur le qui-vive, d'avoir toujours à faire ses preuves. Quant à sa peinture... sa course aux commandes dépendait de l'humeur de clients capricieux qui traitaient souvent ses croquis et ses aquarelles à peine un peu mieux qu'un portrait fait par un photographe professionnel. Et ce qui lui tenait lieu de vie sentimentale était encore moins satisfaisant qu'elle ne l'avait avoué à Kiki. Si elle pouvait prodiguer de sages avis en conseillant à Kiki de refuser d'être vulnérable, c'était parce qu'il s'agissait d'un trait de caractère qu'elle ne connaissait que trop bien, un élément bien plus profondément enraciné dans sa sensibilité à elle que dans celle de Kiki. L'idée de passer encore une soirée à éconduire ce pauvre cher Henry Kavanaugh était sinistre. Elle n'aurait jamais dû le laisser lui faire la cour. Elle n'avait jamais été amoureuse : c'était aussi simple que ça, et c'était une source constante de malaise et de dépression, comme une petite fièvre qui refusait de disparaître. Elle songea à Kiki, jouant les intouchables dans l'autre pièce : c'était la seule constante de sa vie, son amitié avec cette grande et brave dingue. Rien de ce qu'elle pourrait jamais faire pour Kiki ne vaudrait le soutien affectif et l'indéfectible amitié que celle-ci avait prodigués à Daisy depuis la mort de son père.

Thésée entra dans la salle de bains et flaira son humeur. Il lui posa les pattes avant sur les épaules, comme il faisait quand elle était petite, et lui lécha le nez. « Bon toutou », lui dit Daisy, et elle se rendit compte qu'elle pleurait. Il léchait ses larmes. « Sacrebleu ! Daisy, se dit-elle, tu te poses comme si tu avais réponse à tout, alors cesse de t'apitoyer sur ton sort. Ça suffit ! Tu ne t'en tires pas mal... Continue. »

17

*B*onjour, Ham.

— Oui ?

— C'est Pat Shannon... Comment ça va ?

— Ça ne pourrait pas aller mieux », fit Ham Short en souriant. Celui qui fait des avances le premier dévoile son jeu. Et il aimait bien un homme qui donnait lui-même ses coups de téléphone. Rien ne l'agaçait plus que d'avoir en ligne une secrétaire qui le faisait attendre avant de passer la communication à son patron. Il raccrochait invariablement, à moins, bien sûr, qu'il ne voulût quelque chose.

« Si vous veniez à New York, quand ça vous arrange, pour passer la journée avec moi à Supracorp ? J'aimerais que vous en sachiez plus long sur nous.

— Demain, ça vous irait ?

— Parfait. Nous vous enverrons un des Gulfstream de la Société.

— Pensez-vous... Je ne vole que dans mon Aéro Commander... Il est arrangé comme je l'aime.

— Dans le style western ?

— Parfaitement... Il ne lui manque que son propre alambic et des cabinets dehors.

— Une voiture et un chauffeur vous attendront. Quand arriverez-vous ?

— A neuf heures, mais comptez une marge d'une heure pour l'autorisation d'atterrissage.

— A demain. Je vous attends.

— Moi aussi. »

Les bureaux de Supracorp, à New York, occupaient cinq étages entiers du 630, 5e Avenue, où la gigantesque statue en bronze d'Atlas portant le globe sur ses épaules monte la garde devant les énormes portes. Ham Short sortit de l'ascenseur au dixième étage pour se retrouver dans un monde où le spectaculaire s'alliait au luxe. La réceptionniste était assise derrière un bureau semi-circulaire de six mètres, en chêne blanc ciré avec soin, et qui s'incurvait devant une paroi de miroirs de bronze. De chaque côté de la vaste salle de réception se dressaient, du plancher au plafond, des colonnes en acier inoxydable et plexiglas où étaient aménagées des vitrines présentant des échantillons de la production de Supracorp.

Ham donna son nom à la réceptionniste et tourna les talons pour inspecter les colonnes. Deux minutes ne s'étaient pas écoulées qu'il eut l'agréable surprise de voir Pat Shannon, veste tombée, cravate desserrée et premier bouton de sa chemise défait, qui apparaissait pour l'accueillir. Ils traversèrent de larges couloirs recouverts d'une épaisse moquette marron, si bien éclairés et bourdonnant d'une telle énergie invisible que Ham avait l'impression de se trouver à bord d'un vaisseau spatial. Shannon l'introduisit dans une grande pièce aux murs tendus de toile jaune où trois femmes étaient occupées à téléphoner ou à taper à la machine, chacune à son grand bureau en bois de rose, puis il le fit entrer dans son propre bureau. Ham, qui s'attendait à un prolongement de l'opulence raffinée et discrète dont il venait d'avoir un aperçu, fut stupéfait de se trouver dans une pièce qui aurait pu faire partie d'un ranch de Santa Fe. Shannon désigna une paire de fauteuils de cuir capitonnés agréablement patinés et servit à Ham une tasse de café d'un grand thermos posé sur une table basse en pin.

« Qu'est-ce qui vous arrive ? En manches de chemise comme un vieux routier, vous voulez imiter vos ancêtres ? » demanda Short.

Les plis qui encadraient la bouche de Shannon se creusèrent en un sourire amusé. « Je n'arriverai jamais à comprendre comment on peut travailler avec un veston. Quant aux ancêtres... je ne saurai jamais. Vous avez devant vous un authentique orphelin, Ham.

— Ne pleurez pas sur mon épaule. Je suis parti de chez moi à douze ans... J'ai toujours regretté de ne pas être orphelin. Je le regrette encore... J'entretiens une vingtaine de bons à rien au fond de l'Arkansas », dit Ham en continuant d'inspecter la pièce. Les murs étaient peints avec simplicité dans un gris pâle reposant. Il n'y avait pas beaucoup de meubles, à part quelques pièces — rien d'exceptionnel — en pin bien patiné et quelques tapis Navajo accrochés aux murs. Le sol était carrelé en brique. C'était à ce point une pièce conçue par l'homme qui l'utilisait et pour son seul confort que même Ham Short en fut impressionné. Cette absence de prétention était bien plus significative que ne l'aurait été le bureau le plus somptueux. Il n'y avait même pas d'objets d'art : juste quelques gros blocs de quartz et un certain nombre de couvertures indiennes. Ham, en regardant par les trois grandes fenêtres sans rideau la vue superbe sur les clochers de la cathédrale Saint-Patrick, de l'autre côté de la rue, songea que ce devait être une des surfaces de bureaux les plus coûteuses du monde.

« Que savez-vous de Supracorp, Ham ? » Pat Shannon avait l'air encore plus jeune qu'à Middleburg. Le côté peu cérémonieux de sa chemise ouverte, la façon confortable dont il était carré dans son vieux fauteuil, l'absence de tout effort pour dissimuler son attention concentrée sur Ham Short, la lueur amusée qui brillait dans ses yeux, tout cela donna à Ham l'impression de retrouver un bon ami plutôt que quelqu'un avec qui il avait simplement une première discussion d'affaire. Il se souvint, en voyant le cou musclé de Patrick et le grand sourire cordial de l'Irlandais, que lui-même avait été un fichtrement bon arrière quand il jouait pour Tulane. Ham Short se sentait très à l'aise.

« Je sais ce que j'ai lu dans le *Wall Street Journal*. Pas le dixième de ce que vous autres avez dû découvrir sur ma petite entreprise.

— Vous et votre affaire nous intéressent beaucoup, Ham.

— J'imagine. Comment se fait-il que vous soyez tombé sur moi ? » Short était aussi méfiant que flatté.

« De toute évidence, nous voulons nous lancer dans les centres commerciaux. Nous avons déjà un département immobilier qui se porte bien et qui se développe. Il y a de nombreuses opérations immobilières auxquelles nous pourrions nous intéresser en dehors de la vôtre. Mais c'est Ham Short que nous voulons acquérir, autant et, en fait, plus que votre affaire. Nous admirons la façon dont vous avez construit votre entreprise, nous aimons votre intelligence, vos méthodes, votre façon de procéder et nous aimons vos résultats. Nous avons besoin d'un homme comme vous.

— On ne peut pas dire que vous tourniez beaucoup autour du pot, hein ?

— Ça prend trop de temps. Une cour prolongée n'est pas nécessaire quand deux personnes veulent la même chose. Mais ça n'est pas la peine d'entrer dans les détails si ça ne vous intéresse pas de votre côté, c'est pourquoi je vous ai demandé de venir nous rendre visite... Pour vous montrer ce que nous faisons. Si nous achetions votre société, Ham, non seulement vous doubleriez votre capital en quelques années, comme un des plus gros actionnaires de Supracorp, mais vous siégeriez à notre conseil d'administration et nous pourrions profiter de vos méthodes dans le fonctionnement de nos divers départements. Vous savez, Ham, on vous picorerait le cerveau comme une bande de vautours. Et, bien sûr, vous continueriez à diriger votre propre entreprise avec l'avantage de nos crédits et de nos bénéfices que nous sommes prêts à réinvestir.

— Et c'est à vous que je rendrais des comptes ? fit Short.

— Oui. Et moi j'en rends aux actionnaires. Je ne crois pas que vous et moi aurions des problèmes pour nous entendre.

— Hmmm ! » Ham Short aimait bien Shannon, mais il n'avait jamais rendu de comptes à personne dans sa vie. Toutefois, il avait toujours été intrigué par les activités des grands groupes. Il avait l'impression d'être prêt à déployer ses ailes sur un espace plus grand que celui que couvraient de simples centres commerciaux. « Venez... Allons faire un tour. » Pat Shannon savait avec précision à quel point Short trouvait amère la pilule qu'il venait de lui faire avaler et il ne voulait pas lui laisser trop de temps pour en analyser le goût. D'un autre côté, il fallait bien le dire, et le plus tôt était le mieux. Au sommet, il n'y avait place que pour un seul homme. Il sortit du bureau avec Ham, le présentant cette fois brièvement à ses trois secrétaires.

« Certains de nos départements sont basés ici, expliqua Shannon tandis qu'ils suivaient le couloir. Les produits pharmaceutiques Lexington, première affaire de Nat Temple, ont leur bureau principal à l'étage au-dessus... Connaissez-vous l'histoire de cette société ? Elle a été fondée sur des gouttes contre la toux. Nat Temple les a préparées sur le poêle à bois de sa mère et il a été le premier à pouvoir concurrencer les frères Smith. Lexington, aujourd'hui, fabrique tout, depuis les patrons miracles jusqu'à... Salut, Jim. » Shannon arrêta au passage un homme dans le hall. « Ham, je vous présente Jim Golden, un des vice-présidents des produits pharmaceutiques Lexington. Jim, Hamilton Short.

— Enchanté, monsieur Short. Pat, comment était Paris ? Quand êtes-vous rentré ?

— Hier. Et Paris était comme d'habitude : des réunions à longueur de journée. Choiseul et O'Hara, notre département d'importation de vins et d'alcools, est basé là-bas, expliqua-t-il à Ham. Entre chaque dégustation de nouveaux crus, il a fallu que je boive une bouteille d'eau. Nous cherchons à acheter une grande source minérale, mais celle que je préférais n'était pas à vendre : elle appartient au gouvernement.

— Pas trop fatigué par le décalage horaire ? demanda Ham avec curiosité.

— Non, presque pas. Quand j'arrive là-bas, je leur fais mettre leur montre à l'heure de New York, et suivre l'heure de New York jusqu'à mon départ, si bien que ça n'est pas trop dur. C'est le seul moyen. Hier, quelques heures seulement après mon retour, j'étais invité à prendre la parole devant la Compagnie des agents de change de New York, et hier soir c'était la première à Broadway d'une comédie musicale dont nous possédons les droits du film qui va en être tiré. J'avais invité quelques sénateurs et leur femme à venir de Washington, alors il fallait que je sois bien réveillé.

— Mais les repas ? Vos collaborateurs français ne sont pas complètement désorientés ?

— Ils y sont habitués maintenant. Ils ne se plaignent pas, alors je suppose que ça ne les gêne pas. Quand je vais au Japon — nous avons quatre cents personnes au bureau là-bas —, je fais la même chose.

— Et ils ne se plaignent pas non plus ? demanda Ham méfiant.

— En tout cas, ça ne se voit pas. Mais je ne reste jamais plus de trois jours de suite... Ils s'arrangent. Maintenant, allons voir la *Troy*

Communications : c'est notre département spectacles. Les studios de cinéma et la société de production de télévision sont toutes les deux sur la côte ouest, bien sûr, mais la maison d'édition de livres de poche est ici, deux étages plus haut, et la direction de nos sept stations de radio et de nos stations de télé sont dans cet immeuble aussi. L'an prochain, nous songeons à nous lancer dans la littérature générale.

— Je croyais que l'édition était strictement une affaire de gentlemen, et qui, d'ailleurs, se mourait, dit Ham.

— Plus maintenant, Ham. » Shannon et Jim Golden se mirent à rire tous les deux. « Si c'était le cas, vous pouvez être sûr que Supracorp ne se lancerait pas dans cette voie. Nous n'avons qu'un département qui marche mal : les produits de beauté Elstree.

— Elstree ? La firme anglaise ? Il me semble que ma mère utilisait des produits Elstree.

— C'est bien le problème. C'est encore plus ancien, vénérable et respectable que Yardley ou que Roger et Gallet. Toutes nos mères, en effet, utilisaient ces produits mais leurs filles, non. Nous les avons rachetés voilà près de deux ans et nous n'avons pas encore réussi à les remettre d'aplomb. Elstree a perdu trente millions de dollars l'année dernière. Je vais m'attaquer personnellement à la nouvelle campagne de publicité. On est en train de repenser toute la gamme de produits... Une fois de plus.

— Pat, dit Jim Golden, je vois que vous êtes occupé, mais quand vous aurez un moment, voudriez-vous passer dans le bureau de Dan ?

— Un problème ?

— Un gros, gros problème.

— Pourquoi ne m'avez-vous pas appelé plus tôt ? Allons-y tout de suite », dit Shannon avec impatience. D'un pas rapide, il précéda Ham et Golden devant les ascenseurs et prit l'escalier de secours, montant les marches deux par deux jusqu'à l'étage au-dessus. Il s'engagea sans ralentir dans le dédale de magnifiques couloirs et arriva tout droit dans les bureaux de Dan Campden, président des produits pharmaceutiques Lexington. Ham Short constata, fasciné, que le vaste bureau, avec la même vue que celui de Shannon, était meublé dans un impressionnant mélange de soies damassées aux tons chauds et de meubles XVIIIe. Il avait si fortement l'impression qu'il aurait pu être chez lui, à la plantation Fairfax, qu'il eut la certitude que les meubles étaient authentiques. Se levant derrière un énorme bureau Chippendale, un petit homme à lunettes les accueillit d'un air soucieux et préoccupé. Aussitôt, il attira leur attention vers un grand carré blanc posé sur son bureau.

« Pat, voici un des premiers échantillons terminés. A mon avis, la dernière couche n'est tout simplement pas aussi bonne que les gars du labo le croyaient. Six mois d'essais et ça n'est pas encore au point ! Les cinq premières couches, ça va, elles correspondent exactement aux spécifications. Jusque-là, bon, nous pourrions balayer la concurrence, sauf que la dernière couche, celle qui est cruciale, ne marche pas. Ou plutôt, elle marche, mais pas assez bien pour justifier nos prétentions.

— Vous avez de l'eau ? demanda Pat.

— Tenez... J'ai travaillé là-dessus toute la matinée. » Les trois hommes étaient là, à faire tomber de l'eau goutte à goutte sur la première couche du carré blanc. Ils fixaient tous une grande pendule de bureau et, patients, attentifs, concentrés, ils se penchèrent de longues minutes sur le bureau. Ham Short s'assit et observa l'expression d'intense concentration qu'on lisait sur le visage de chacun des trois hommes. Patrick Shannon ne quittait pas *l'expérience* des yeux. Ham se sentit sur le point de s'assoupir.

« *Là !* » s'exclama enfin Dam Campden. Ham se redressa en sursaut dans son fauteuil pour voir l'homme braquer un doigt accusateur sur une minuscule goutte d'humidité qui commençait à s'étaler sur le bois bien ciré de son bureau. « C'est au moins deux ou deux minutes et demie trop tôt.

— Merde, murmura Shannon. Dan, vous m'avez assuré il y a seulement dix jours que les tests avaient l'air bons, et vous savez qu'à l'assemblée de la semaine dernière je suis allé dire aux actionnaires que nous comptions bien nous approprier, avec ce nouveau produit, un gros morceau du marché. Il ne s'agit pas seulement de trois millions de dollars de travail de labo qui ne donne rien, il ne s'agit pas seulement d'une campagne de promotion du produit dans vingt villes, campagne qu'il va falloir remettre : il y a en plus toutes les promesses que vous m'avez laissé faire miroiter à nos actionnaires. Pas un d'entre eux ne l'oubliera. » Il parlait d'un ton tranquille mais la rougeur que Ham Short remarqua sur son cou trahissait une colère maîtrisée.

« Pat, je suis aussi embêté que vous, protesta Campden, en essuyant ses lunettes.

— Pas vraiment. Vous n'avez à discuter qu'avec moi et je suis parfaitement capable de comprendre comme le labo a pu déconner — et d'ailleurs je le comprends. Mais j'ai ces vautours d'actionnaires sur le dos et je me suis appuyé sur *votre* avis et sur *votre* documentation. La prochaine fois, ne me donnez pas le feu vert avant d'être tout à fait sûr. Personnellement sûr. Ne croyez personne.

— Le chimiste en chef...

— Pas même le sorcier en chef, c'est compris ? Maintenant, je veux que ces gens du labo viennent de Jersey et qu'ils soient dans mon bureau à quatre heures pile cet après-midi. Alors, assurez-vous qu'ils soient bien tous là, Dan. Nous étudierons le problème. A tout à l'heure. »

Il se détourna du président de la gigantesque compagnie de produits pharmaceutiques qui, une fois de plus, était penché sur le carré blanc étalé sur son bureau.

« Venez, Ham, nous avons encore pas mal de visites à faire.

— De quoi s'agissait-il ? demanda Ham, lorsqu'ils furent hors de portée des secrétaires travaillant dans le bureau. Une nouvelle invention ?

— Quand ça marchera, et ça marchera, ça sera la couche à jeter la plus douce qu'on puisse trouver sur le marché. Mais elle ne se vendra jamais si la mère doit changer son bébé trop souvent. Nous devons obtenir un minimum de trois minutes de résistance supplémentaire de la couche extérieure et, alors, nous en ferons voir de rudes à la concurrence. » Pat serrait les mâchoires d'un air énergique.

« Hmmm ! grommela Ham Short.

— Maintenant, montons à *Troy Communications*. Je vais vous faire faire un tour rapide avant le déjeuner.

— Parfait. » Le déjeuner lui semblait une bonne idée et le plus tôt serait le mieux. Plus tard dans l'après-midi, Ham avait rendez-vous chez son banquier à qui il comptait demander ce qu'il pensait de Shannon... Personnellement.

« C'est un véritable pirate ! dit Reginald Stein.

— Doucement, doucement, fit Ham Short.

— Ecoutez, Ham, il est comme ces joueurs qui bourlinguaient sur les bateaux du Mississippi, ou presque. Il est trop audacieux, il prend trop de risques à mon goût et j'ai trop d'actions de Supracorp pour ne pas m'inquiéter à son sujet.

— Mais regardez le développement de la société, protesta Ham.

— Je sais, je sais, c'est vrai, mais tout le monde se développe, Ham. Il y a des années de vaches grasses pour certaines affaires et Supracorp avait des pions dans celles-là. Ce qui me préoccupe tant, c'est le risque de régression. Or, Ham, vous savez aussi bien que moi qu'il y a *toujours* un risque de baisse. Shannon prend des risques qu'il n'est pas *obligé* de prendre — et je n'aime pas ça. Il ne s'intéresse pas à la sécurité et moi si. Et vous le devriez aussi, mon ami. » Le banquier marqua un temps. « Au fait, Ham, pourquoi me posez-vous la question ?

— Sans vraie raison, Reggie, par simple curiosité. »

Ham Short savait maintenant qu'il n'allait certainement rien avoir à faire avec un groupe qui, non seulement risquait de régresser, mais où le taux d'infiltration du pipi de bébé pouvait être traité comme une question de vie ou de mort. Il avait eu trop de problèmes de plomberie dans sa vie... Et notamment d'écoulement des eaux usées dans ses immeubles pour s'intéresser aux couches sales. Il était trop vieux et il était trop riche. Il n'avait pas besoin de ces complications. Peut-être Pat Shannon pouvait-il vivre avec l'ombre des actionnaires planant au-dessus de sa vie quotidienne, mais Ham Short n'avait pas l'intention d'avoir jamais à rendre de comptes à personne. Pas même à Topsy.

« Et veuillez, demain, ne me donner que des œufs au plat pour le petit déjeuner, madame Gibbons, ordonna Ram à sa gouvernante après un dîner tardif, le vendredi soir, à Woodhill Manor.

— Certainement, monsieur », répondit la robuste et respectable personne. La reine Elisabeth, elle aussi, ne voulait manger que des œufs au plat provenant d'une ferme de Windsor. Mme Gibbons, à son grand soulagement, avait vu quelques changements au cours des quarante ans qu'elle avait passés à Woodhill, mais elle n'arrivait à se faire qu'un peu à contrecœur, au petit-fils et héritier de feu son maître.

Ce rare week-end seul dans le Devon était un répit nécessaire à Ram. Il lui fallait à tout prix récupérer et méditer. Tout l'hiver, il avait travaillé particulièrement dur et veillé beaucoup plus tard qu'il n'en avait l'habitude. Sa décision de se mettre en quête d'une épouse l'avait amené à accepter des invitations à toute une série de week-ends et de soirées qu'il aurait normalement refusés, mais il fallait bien examiner les candidates avant de pouvoir faire un choix logique et raisonnable.

Il n'avait trouvé personne qui pût même vaguement faire l'affaire, mais en se préparant pour aller se coucher, il passa en revue les possibilités qu'il avait écartées. Il éliminait un certain nombre de membres du petit groupe connu sous le nom de « Fusilières de Sloane », d'après l'élégant Sloane Square, à Chelsea. C'étaient de brillantes jeunes femmes de la haute société qui passaient leurs journées à faire des courses, à aller chez le coiffeur, et à déjeuner en papotant à San Lorenzo, le restaurant à la mode de Beauchamp Place ; la petite clique avait adopté un uniforme tout simple : blazer à carreaux, chemisier de soie, jupe de lainage de Saint Laurent et bottes bien cirées. Ram les trouvait profondément antipathiques. Elles se connaissaient beaucoup trop bien, elles se racontaient beaucoup trop de choses, elles étaient tout simplement en circulation depuis trop longtemps pour l'attirer. Et, ayant examiné avec soin la dernière fournée des débutantes du printemps, qui venait d'être mise sur le marché, il n'avait été charmé par aucune des Amanda, des Samantha, des Alexandra, des Arabella, des Tabitha, des Melissa, des Clarissa, des Sabrina, des Victoria et des Miranda, autant de jeunes donzelles qui, à dix-huit ans à peine, connaissaient déjà tout le monde. Il s'endormit en rejetant de son esprit toutes les jeunes filles qu'il avait rencontrées au cours des quatre derniers mois.

Le lendemain matin, Ram prit un de ses fusils Purdey et partit à pied. Il comptait inspecter ses clôtures, au moins symboliquement, puisqu'il n'y avait guère que son intendant et ses hommes qui pouvaient parcourir trois cent soixante hectares de champs et de prés. Ram, toutefois, aimait flâner sur ses terres.

Il y avait dans l'air, en ce début de février, une sorte de renouveau de la nature, mais Ram ne le remarqua pas : il pensait à un article de Quentin Crewe qu'il avait lu récemment. On y constatait que si un homme avait gagné deux cent cinquante livres par semaine depuis la crucifixion et qu'il ait tout économisé, il ne serait pas aussi riche aujourd'hui que les ducs de Westminster, de Buccleuch ou que le comte Cagodan. Il y avait dix-neuf ducs en Angleterre, songea Ram, qui, chacun, possédait plus de quatre mille hectares. Oui, les grosses fortunes étaient encore terriennes. Mais il fallait compter avec ce que le gouvernement reprenait sous forme d'impôt. Avoir une fortune privée en Angleterre, serait-ce encore possible pour sa génération ? Ram avait depuis longtemps prévu les risques et fait de tels investissements dans d'autres pays que, même s'il devait quitter son pays et tout ce qu'il possédait, y compris ces vénérables hectares, il serait toujours terriblement riche.

Avait-il besoin d'une femme pour être riche ? Pas nécessairement, grâce à sa prévoyance. Devait-il exiger d'elle d'être de naissance absolument sans défaut ? Oui... Le simple respect de soi réclamait ce minimum. Une vierge ? Là encore, oui. C'était peut-être, c'était même, à n'en pas douter, une notion démodée de nos jours, mais il y avait, bien ancré dans l'esprit de Ram, le besoin de trouver une fille innocente, quelqu'un qui n'aurait pas été prématurément exposé aux souillures de la vie à Londres, une fille qui l'adorerait et l'admirerait. Une véritable épouse.

Il se retourna pour regarder Woodhill Manor, demeure qui datait de la période élisabéthaine ; on y avait ajouté des bâtiments du temps de la reine Anne, puis une aile nouvelle d'origine édouardienne, ce qui, grâce à l'utilisation assez uniforme de grès gris et de tuiles plates, formait un ensemble au charme harmonieux. Ce n'était pas un édifice vraiment grandiose dans la tradition des manoirs anglais, mais il avait ce qu'un nouveau riche ne pourrait jamais acheter : la tranquillité, la grâce, l'éternité.

Il avait perçu cette même qualité — à un degré bien plus marqué — lors d'un voyage qu'il avait fait récemment en Allemagne, pour investir des capitaux dans une grande usine de roulements à bille. Là, il avait été invité à passer le week-end dans un château de Bavière, un *schloss*, qui appartenait à la famille de ses hôtes depuis le XIIIᵉ siècle, et où vingt-deux générations avaient réussi à vivre sans interruption en dépit des guerres, des épidémies et autres horreurs de l'Histoire. Cette Allemagne-là, l'Allemagne des Furstenberg et des Windisch-Graetz, des Hohenlohe-Langenburg, des Hohenzollern-Sigmarigans et des Von Metternich, cette Allemagne des Altesses sérénissimes et des Altesses royales touchait en Ram quelque chose de fondamental. Non seulement il appréciait la richesse franche et sans honte de ses hôtes, mais le sérieux, l'application à réussir leur vie que déployaient les nobles lui plaisaient. C'étaient là des gens pratiques, sévères et fiers qui ne croyaient pas déroger en tirant le maximum de leurs forêts et de leurs vignobles, en développant leurs affaires familiales et en investissant dans des pays étrangers. A peine s'était-il assis pour déjeuner avec son hôte et son hôtesse que Ram avait vu, dans une allée de l'autre côté de la pelouse, deux fillettes, qui n'avaient peut-être pas plus de onze ou treize ans, passer à cheval, accompagnées d'un garçon d'écurie.

« Nos filles », avait dit le prince avec un geste nonchalant vers la fenêtre. Il ne dissimulait pas l'orgueil qu'elles lui inspiraient ; il revint donc à son explication selon laquelle quelqu'un figurant dans la première partie du Gotha ne peut épouser quelqu'un qui ne figure ni dans la première ni dans la seconde partie, sans perdre ses prérogatives royales. Ram n'écouta guère ce discours car il contemplait la vision fugitive des deux enfants blondes, aussi pures et intactes que des personnages de tapisserie.

Toutefois, il ne pouvait prendre aucune Allemande pour épouse. C'était hors de question, car si parfaite que fût son éducation et si protégée qu'elle pût être, si impeccable que fût son anglais et si ancienne que fût sa lignée, si admirables que fussent ses réussites, elle resterait toujours une étrangère. Pour des gens comme les Fulford, de Great Fulford Devon, et pour les Craster, de Craster West House, pour d'autres des grandes familles non titrées d'Angleterre, les Manson, les Elwe, les Henage, les Dymoke, lui, descendant direct de Rurik, grand duc de Novgorod et de Kiev, fondateur de la Russie impériale, lui, le prince George Edward Woodhill Valenski, était encore un peu un étranger.

Ram haussa les épaules et reprit sa promenade. Il envisageait sans amertume le fait de n'être pas assez solidement anglais pour prendre une femme non anglaise. A ses yeux, même la reine Victoria n'avait jamais tout à fait réussi à faire oublier la tache de la nationalité du prince Albert.

Avec une dernière pensée pour le souvenir des deux jeunes princesses allemandes entr'aperçues en Bavière, il se rendit compte que c'était perdre son temps que de prospecter Londres, pour trouver l'élue. On ne le disait pas ouvertement, mais Ram le savait : on courait les maris fortunés encore plus avidement dans l'Angleterre d'aujourd'hui, appauvrie par le fisc, que dans l'Angleterre d'hier. Certes, le temps était passé où la première question que la famille posait ouvertement à propos d'un partenaire éventuel, homme ou femme, concernait l'étendue de sa fortune ou ses espérances d'héritage. Cette saine franchise n'avait plus cours depuis l'époque, encore récente, où Jane Austen citait le chiffre exact des revenus annuels de ses personnages comme une part essentielle d'eux-mêmes.

Ram avait toujours connu l'importance de l'argent. Aussi loin qu'il pût se souvenir, il s'était toujours rendu compte que son père était riche et que sa mère et son beau-père ne l'étaient pas. Il ne croyait pas les autres plus désintéressés. Ils cachaient simplement leur jeu, comme il le faisait d'ailleurs lui-même, partout, sauf dans son travail. Une jeune fille élégante et moderne se devait de proclamer qu'il n'y avait rien de pire que d'être considérée comme une héritière ; elle avait vraiment envie d'assurer son avenir, en se mettant à étudier le russe ou l'histoire chinoise ou de paraître insouciante en faisant le tour du monde en voilier. Ram savait à quoi s'en tenir : la jeune personne abandonnerait avec entrain sa carrière, dans la mesure où elle en aurait une, lorsque se présenterait le jeune homme approprié, avec portefeuille bien rempli. Voilà ce qu'elles recherchaient, toutes autant qu'elles étaient, excepté quelques rares créatures qui n'avaient jamais été tout à fait à leur place dans leur milieu, un milieu qui, à n'en pas douter, se mourait mais qui, néanmoins, du moins pour la haute bourgeoisie britannique, demeurait le plus sélect.

Ram se mit à examiner sans entrain certains beaux partis de dix-huit ans : Jane Bonham Carter, arrière-petite-fille du Premier ministre Herbert Asquith, qui était déjà plongée dans l'étude de l'économie et de la philosophie à l'université de Londres ; Sabrina Guinness, qui travaillait pour vivre et qui, si ce que Ram avait entendu était vrai, essayait, la malheureuse, d'être gouvernante de Tatum O'Neal. Il comprit soudain qu'il devrait chercher dans le monde des filles de dix-sept ans : à dix-huit ans, elles étaient déjà trop sophistiquées, trop volontaires, trop entêtées, trop narcissiques pour faire des épouses. A dix-huit ans, une fille est gâchée, conclut Ram en cassant la branche d'un jeune chêne et en en inspectant les bourgeons sans vraiment les voir.

Sarah Fane ! Sarah Fane ! Le nom apparut dans son esprit et il lui fallut une minute pour se souvenir que la semaine dernière, au cours d'un déjeuner d'affaires, son père, lord John Fane, s'était plaint à lui de sa fille. Déplorait-il qu'elle insistât pour faire son entrée dans le monde au bal donné pour l'anniversaire de la reine Charlotte, en mai prochain, ou parce qu'elle avait refusé d'être présentée lors de ce bal ? Ram n'arrivait pas à se le rappeler ;

simplement, il se souvenait fort bien que ce sujet avait été abordé. Il avait l'impression qu'il y avait peu de temps qu'il l'avait vue, enfant de quatorze ans, alors qu'il était allé passer un week-end dans le Yorkshire, chez lord John : ce devait être à la mi-août, car ils s'étaient retrouvés pour l'ouverture de la chasse à la grouse.

Aurait-ce pu être il y a trois ans ? Il avait le souvenir d'une grande fille timide et silencieuse avec des yeux bleu clair et de longs cheveux blonds et raides qui lui tombaient toujours sur le visage, mais qui ne manquait pas d'une certaine allure. Elle n'avait pas les attitudes voûtées d'une adolescente qui essaie de se rendre invisible, mais elle marchait droite, à pas sûrs, à travers les landes de Fane, tout en suivant la chasse à distance respectueuse. Ma foi, quels que fussent ses projets pour la saison londonienne, celle-ci ne commençait traditionnellement pas avant le vernissage à la Royal Academy, le premier vendredi de mai. Ram décida de se renseigner sur Sarah Fane — l'Honorable Sarah Fane pour être exact. Cela serait sans doute une déception de plus : la jeune fille se révélerait déterminée à devenir mannequin ou cordon-bleu, mais, en attendant, elle avait un port superbe et, d'après ses calculs, pas encore dix-huit ans. Il fallait qu'il y pense lorsqu'il serait rentré à la maison. Mieux valait se renseigner : après tout, son grand-père était quand même comte.

18

*J*e n'aime pas ça, Kiki, tu ne comprends pas ? » Daisy s'approcha de la fenêtre et regarda Prince Street, déjà encombré de touristes venus du centre passer cette matinée d'automne 1976 à déambuler dans Soho. L'air était encore doux, les dommages causés par le gel de 1975 avaient doublé et doubleraient encore d'ici au printemps prochain, mais rien n'indiquait que la ville eût l'intention de les réparer. Peut-être, songea Daisy, les considérait-on déjà comme des monuments historiques. « Ecoute, Daisy, la supplia Kiki. Tu leur rends service en portant à leur soirée la robe qu'il a dessinée : tu seras sans doute photographiée et c'est de la bonne publicité pour Robin Valarian.

— Tout cela ne m'inspire aucune confiance, répéta Daisy avec obstination.

— La robe ? Mais elle est si jolie, protesta Kiki.

— Je reconnais que la robe est belle, bien que ce ne soit pas mon style. Cela dit, tu ne crois pas qu'un bout de chiffon et de plumes comme ça, pratiquement copié pli pour pli sur la dernière collection de Saint Laurent, aura encore grande allure dans trente-cinq ans, non ? Mais ça n'est pas ce que je veux dire. J'ai l'impression d'une toile d'araignée, qui se tisse avec des fils en or massif, certes... Mais une toile quand même. Tu me prends pour une paranoïaque, n'est-ce pas ? lança-t-elle à Kiki.

— Peut-être un peu. Depuis l'année dernière, tu es redevable à Vanessa de deux grosses commandes, ce grand portrait à l'huile des trois petites Short et l'autre toile que tu as faite à Noël dernier des deux garçons Hemingway. Elle t'a persuadée de monter tes prix de cinq cents dollars pour les aquarelles, et elle a insisté pour t'offrir deux ou trois robes, elle t'a invitée à un tas de soirées... Je te l'accorde. Mais regarde ce qu'elle a eu en retour.

— En effet, qu'est-ce qu'elle a eu en retour ? C'est précisément pourquoi je ne lui fais pas confiance. Elle n'est pas du tout le genre de femmes qui fait de bonnes actions par plaisir. Je la connais mieux que toi, Kiki, ma chérie... Dis-moi ce qu'elle obtient de moi ?

— Eh bien... fit Kiki, provisoirement à court de mots.

— Une invitée de plus pour ses soirées ? Tu ne crois vraiment pas que ça suffise, non ?

— Ma foi... si, quand on collectionne les gens comme elle le fait.

— Allons, Kiki. Je ne suis ni importante et ni brillante, je n'ai rien.

— Tu te sous-estimes... Tu ne cesseras jamais ! Ecoute, tu n'es pas très mondaine à New York parce que tu es trop occupée pendant la semaine et aux week-ends tu es généralement absente pour faire tes portraits, tu es donc *une valeur rare*. Ça représente quelque chose pour Vanessa ! » Kiki haussa ses sourcils en accent circonflexe. Elle trouvait normal et juste de voir les Valarian se montrer si généreux envers Daisy. Cela l'exaspérait que Daisy n'eût jamais exploité ses avantages ; qu'elle ne tirât pas parti de sa beauté ni de son titre.

« Daisy, tu n'es pas Cendrillon, tu sais, toi, c'est du vrai.

— Et toi, tu es une incurable romantique : tu crois encore aux contes de fées. Non, je corrige : tu es une terrible cynique qui voudrait que je tire profit d'un accident de naissance. Même Serge Obolenski ne se sert plus de son titre.

— Bah, il n'a pas besoin de vendre des portraits aux amateurs de chevaux... et il y a des tas d'autres Obolenski qui se font appeler prince et princesse.

— Kiki, tu ne crois pas que nous pourrions cesser de couper en quatre mes cheveux impériaux et commencer à réfléchir à ce que je vais emporter à Venise ? A ton avis, quel temps fait-il à Venise en septembre ?

— Changeant, répondit Kiki avec assurance.

— Luke devrait te battre.

— Ce n'est pas un sadique, fit observer Kiki.

— Ah ? Alors qu'est-ce qu'il aime ?

— Me serrer contre lui, m'embrasser, me toucher... me donner du plaisir et me caresser et...

— Te baiser ?

— Vraiment, Daisy, que tu es grossière ! En fait... puisque tu insistes, il adore... faire l'amour, dit Kiki, l'air aussi pincé qu'une fille de pasteur de l'époque victorienne.

— Miséricorde ! c'est parce que tu l'as accroché que tu es devenue si pure... Tu l'as bien accroché, n'est-ce pas ? demanda Daisy avec un rien d'angoisse.

— Je ne sais pas. » Le petit visage pointu de Kiki prit soudain l'air d'un chaton déconcerté. « J'ai fait tout ce que tu m'avais dit. Je n'accepte de sortir avec lui qu'une fois sur deux, parfois même plus rarement, j'ai créé tout un monde imaginaire d'autres hommes, je finis par y croire moi-même et, chaque jour, je suis de plus en plus amoureuse de cet enfant de salaud. Mais il est si fuyant ! » Elle martela de ses petits poings Thésée qui lui léchait la main. « Crois-tu que je n'aurais pas dû coucher avec lui... Que c'était une erreur ?

— Bien sûr que non. Les temps sont passés où une fille peut tenir un homme sans céder. Ce n'est pas du tout ce que je voulais dire en te disant de te rendre dans l'ensemble indisponible. " Dans l'ensemble " ne veut pas dire : sur le plan sexuel. Idiote !... Ça veut dire : tout à fait en profondeur. Au fond de ton âme.

— Je crois que mon âme est bel et bien disponible, dit Kiki, désespérée, et qu'il le sait. Peut-on s'endurcir l'âme comme on s'endurcit le cœur ?

— As-tu un conseiller spirituel ?

— Bien sûr que non.

— Tu ferais peut-être mieux de commencer à en chercher un. Allons, viens ! Qu'est-ce que tu as que je puisse t'emprunter ? »

Arnie Green, le directeur commercial de North, était malheureux. Il avait déconseillé à North d'accepter le contrat avec la Pan Am. C'était un gros contrat, mais des extérieurs à Venise, cela signifiait que North, Daisy et Wingo seraient tous absents du studio pendant une semaine, qu'ils ne pourraient pas assister aux conférences de production avec d'autres clients durant toute cette période ; cela risquait de provoquer un retard de quelques jours dans leur programme lorsqu'ils rentreraient.

« Est-ce que le jeu en vaut la chandelle ? demanda-t-il à North quand Nick le Grec lui apporta pour la première fois cette proposition en lui demandant de faire une offre.

— Sans doute que non, avait répondu North. Mais, je ne sais pourquoi, je ne suis jamais allé à Venise et j'ai envie de le faire avant que la ville ne sombre. » Arnie soupira. Si on l'avait écouté, North n'aurait jamais tourné en extérieur au-delà de Central Park. Il accepta à contrecœur l'idée que, quand un script exigeait des nuées de pigeons, la place Saint-Marc et des gondoles, on ne pouvait pas tourner sur l'étang de Central Park... Il y avait bien les pigeons, peut-être, mais pas la place. Il se demanda avec mélancolie s'il était aussi dur de travailler avec des gondoles qu'avec des gosses ou des animaux. Enfin, il avait calculé un séjour assez long au cas où il y aurait une grève des gondoliers. Il avait même pris une assurance au cas où un gondolier se noierait. Arnie avait tenu compte aussi des sombres soupçons qu'il nourrissait à propos de la *Dolce Vita* : il avait supposé que les techniciens locaux, les costumiers et les maquilleurs, qu'on faisait tous venir de Rome, exigeraient des pauses de deux heures pour le déjeuner ; il avait prévu des problèmes de contrôle de foules et de fientes de pigeons ; il avait aussi calculé ce que coûteraient l'aller et retour jusqu'à Venise de North, Daisy, Wingo et de six mannequins, en première classe, avait ajouté pour eux tous une pension journalière au Gritti, ce qui représentait le montant de son loyer pour près d'un an ; il s'était assuré que chaque article du descriptif de cinq pages soumis par le producteur de films publicitaires à l'agence était aussi exact que possible. Ils avaient fait leur travail. Même si quelque chose tournait mal et que North avait des difficultés, ils pourraient encaisser les dépenses supplémentaires grâce au gonflement du contrat : procédure classique. Par bonheur, il n'était pas financièrement responsable des retards causés par le temps. S'il avait eu à s'inquiéter du temps, il se serait retrouvé avec trois ulcères de plus que les deux qu'il avait déjà.

« Bon, mais au nom du ciel, North, ne tombe pas dans un canal. Dans cette eau-là, tu attraperais au moins une hépatite.

— Arnie, suis-je jamais tombé dans un canal ?

— Tu viens de me dire que tu n'étais jamais allé à Venise. Et ne mange pas de coquillages... Ça aussi peut te donner une hépatite.

— Est-ce que j'ai le droit de regarder les couchers de soleil, ou bien est-ce que ça me fatiguera les yeux ?

— Personne ne m'apprécie à ma juste valeur.

— Ça n'est pas vrai, dit North en jetant un coup d'œil amical à Arnie. Mais tu t'inquiètes trop.

— Oui, mais il y a toujours quelque chose qui tourne mal, n'est-ce pas ?

— Bien sûr... Si ça n'était pas le cas, on pourrait aussi bien se reconvertir dans la fabrication de boutonnières. Mais tu sais que Daisy arrangera tout, absolument tout. C'est pour ça que nous la payons, non ? »

Les bagages récupérés à l'aéroport de Marco Polo, la douane passée et tout entassé à bord d'un *vaporetto*, il faisait trop sombre pour que Daisy ou North découvrent grand-chose de Venise. Wingo et les six mannequins, trois garçons et trois filles, devaient arriver le lendemain, mais North avait décidé de partir un jour plus tôt pour visiter tranquillement Venise. Daisy pouvait mettre à profit cette journée supplémentaire pour procéder à un dernier examen des extérieurs, vérifier avec la police locale que la foule serait bien canalisée et s'assurer que les chambres étaient prêtes pour l'équipe technique, les costumiers, les maquilleurs et les coiffeurs qu'on attendait de Rome le lendemain après-midi. On découvre d'abord Venise par l'oreille, songea Daisy, en regardant par la fenêtre de sa chambre qui donnait sur le Grand Canal, d'où elle croyait entendre encore le clapotis des petites vagues contre la coque du *vaporetto*. Peu importait tout ce qu'on avait lu sur Venise, tout ce que l'on pouvait savoir à l'avance, la réalité était une surprise totale. Il était impossible, elle s'en rendait compte, d'*imaginer* Venise. Malgré les milliers de toiles inspirées par la ville, il fallait la voir pour qu'elle devînt une réalité et même, alors, elle avait quelque chose d'invraisemblable. Daisy avait l'impression d'être l'Alice de Lewis Carroll et d'avoir traversé le miroir pour pénétrer au pays des merveilles.

C'était une ville de trompe-l'œil, de masque, au charme romantique invraisemblable, une ville qui n'était qu'une immense composition géniale, une ville mourante et pourrissante depuis des centaines d'années et pourtant toujours pleine de vie, mille et mille fois décrite. On pouvait croire qu'il ne restait plus rien à en dire, et pourtant, à chaque fois on succombait à sa magie.

Fous les hommes qui avaient tenté d'édifier une pareille cité !

De l'autre côté du canal, dans la nuit éclairée par la lune, elle distinguait fort bien le dôme de Santa Maria della Salute, ce suprême chef-d'œuvre du baroque vénitien. Le fait que l'église fût exactement là où elle devait être avait quelque chose de miraculeux et d'inattendu... Daisy n'aurait pas été surprise si, au matin, elle avait disparu ; elle était sûre que Venise continuerait à exister bien après que New York et Londres auraient été réduites en poussière.

Daisy se dit en sursautant qu'elle devait être debout pour commencer à travailler le lendemain à sept heures, tout en revenant à sa chambre si haute de plafond, si gaie avec ses murs tendus de satin à rayures bleues et blanches et ses draperies de brocart rose. Cela signifiait cinq heures de sommeil tout au plus. Par chance, elle avait pu se reposer pendant le vol. North s'était installé au premier rang de la cabine de première classe ; là, il avait la place d'allonger les jambes. Et Daisy avait pris un siège inoccupé plusieurs rangs en arrière pour ne pas le déranger. Elle savait qu'avant un tournage aussi compliqué que celui-ci promettait d'être, il aimait se retirer en lui-même, encore plus que d'habitude, pour accumuler l'énergie qu'il allait dépenser au cours des quelques jours suivants.

Tout en s'apprêtant à se coucher, Daisy se demanda si, comme elle l'avait prévu, elle allait pouvoir rentrer à New York en passant par Londres afin de voir Dani. Cette année, elle n'avait pas pu aller en Europe pour Noël puisque les deux grandes peintures à l'huile et les six aquarelles qu'elle avait réalisées avaient tout juste couvert les frais d'institution de Danielle ; Daisy avait dû choisir : faire le voyage ou gagner de l'argent. Il y avait trop longtemps, vraiment trop longtemps, se dit-elle, qu'elle n'avait vu ni Danielle ni Annabel. Elle avait décidé d'attendre la fin du tournage pour demander à North de prendre quelques jours de congé supplémentaires. A ce moment-là, si près de Londres, il aurait du mal à refuser et elle, elle pourrait faire changer son billet sans grand frais.

D'un geste las, Daisy ôta son vieux jean, son T-shirt et le blouson de commando de l'armée britannique — cinquante cents à une vente de charité à Londres cinq ans auparavant — qu'elle portait dans l'avion et qu'elle n'avait pas quitté depuis son départ de New York. Elle prit une douche, une longue et voluptueuse douche, très différente des brèves douches fonctionnelles dont elle avait l'habitude à la maison à cause d'une installation de plomberie déficiente. Ses vêtements de nuit, elle les avait commandés dans une maison de vente par correspondance : une vieille veste droite fermée au col par un cordon et des rubans. Au lieu de la culotte bouffante assortie, Daisy portait un short de basket-ball en satin violet et sa robe de chambre d'homme venait de chez Sulka : un peignoir rouge sombre en soie, à col châle, encore en excellent état, même si elle en balayait le sol depuis vingt-cinq ans. L'esprit plein de considérations pratiques et heureuse de se trouver à Venise, Daisy sombra dans un sommeil léger, peuplé de rêves embrouillés.

Lorsque son réveil de voyage sonna, elle sauta du lit avec plaisir pour se précipiter à la fenêtre ; ses rêves se dissipaient dans la prometteuse lumière du matin qui se reflétait sur l'eau. Eblouie, presque paralysée d'émerveillement, elle contempla la vue puis finit par se secouer pour se tirer de sa rêverie. C'était vraiment dément, se dit-elle, de compter travailler ici. Ils auraient dû venir une semaine plus tôt rien que pour pouvoir s'acclimater à tant de beauté. Mais peut-être même un mois n'aurait-il pas suffi ? Un peu amère, elle envia à North sa journée d'excursion et se promit, tout en s'habillant rapidement, de travailler aujourd'hui avec tant d'efficacité et de rapidité qu'elle aurait au moins quelques heures pour se promener seule, avant l'arrivée des autres.

Dans la soirée, quand North finit par regagner l'hôtel, il trouva Daisy qui l'attendait dans l'entrée, pelotonnée dans un fauteuil. « Tout est prêt ? lui demanda-t-il.

— Pas précisément.

— Comment ça ? Si tout n'est pas prêt jusqu'au dernier bouton de guêtre, qu'est-ce que tu fais à traîner dans le hall ? Tu n'as rien à faire ? »

Daisy se leva, les poings sur les hanches, ayant retrouvé son énergie. Elle leva une main comme un flic qui règle la circulation « Il semble que nous ayons un petit problème, North.

— Toi et tes problèmes, dit-il, indifférent. J'ai mal aux pieds. » Il se dirigea vers la réception pour prendre la clé de sa chambre. Elle le suivit et lui donna une petite tape sur l'épaule.

« North ?

— Oh ! qu'est-ce qu'il y a ? Franchement, Daisy, c'est ton boulot de t'occuper des petits détails, non ? Bon, raconte-moi... Il manque un permis, la gondole est peinte de la couleur qu'il ne faut pas, un des mannequins a un bouton ? Improvise... Combien de fois ne te l'ai-je pas dit ? Improvise, Daisy. Si je ne l'ai pas dit une fois, je l'ai dit mille fois : tu règles les petits détails et dès que je commence à travailler tout s'arrange.

— Tu crois que tu pourrais faire reprendre le travail à Alitalia ?

— Pourquoi se préoccuper d'Alitalia... C'est pour la Pan Am qu'on travaille. Bon sang, Daisy, ne dramatise pas tout, dit-il en se détournant, exaspéré.

— North, murmura-t-elle doucement derrière lui, aucune des autres compagnies aériennes ne fonctionne en Italie. Grève de solidarité. » Il pivota sur ses talons. « Wingo et les mannequins ne peuvent pas arriver jusqu'ici.

— Et alors ? dit-il, avec un renouveau d'irritation. Il nous est arrivé pire. Tu n'as pas engagé de mannequins de Rome ? Si je ne peux pas utiliser les filles que j'ai choisies, j'en prendrai d'autres et je me débrouillerai sans Wingo. Rome est plein d'opérateurs... et de jolies filles.

— Les trains sont en grève aussi, dit Daisy d'un ton suave.

— Dis-leur de prendre une voiture, bon Dieu ! S'ils partent maintenant, ils seront ici demain. S'ils étaient partis quand tu as entendu parler de grève, je parie qu'ils auraient pu être ici maintenant, ajouta-t-il d'un ton accusateur.

— Les techniciens sont en grève aussi. Pas d'équipe, North. Il y a personne en Italie pour manœuvrer le matériel qui, soit dit en passant, attend quelque part entre Rome et ici. Pas de caméras, pas de châssis, pas de projos, pas de clap, pas de travelling, pas même un chronomètre... *nada* ! Et voilà pourquoi je n'ai pas engagé de mannequins de Rome.

— Parfait, très drôle, très malin. L'idée ne t'est pas venue que nous pourrions aller en voiture jusqu'en France ou en Suisse et tourner là-bas ? Prépare-toi à partir, lança North.

— Pour tourner la place Saint-Marc, les pigeons et les gondoles en France ou en Suisse ? demanda Daisy avec une exquise douceur.

— Mais, nom de Dieu, appelle New York ! Tu sais que les gens de l'agence peuvent récrire le script en une heure s'il le faut...

— La grève, reprit Daisy en s'attardant avec délice sur chaque mot, s'est malheureusement étendue au système téléphonique et au système télégraphique. A moins que certains de ces oiseaux que je vois dehors ne soient des pigeons voyageurs... sinon nous sommes coincés ici.

— C'est insensé ! Daisy, tu n'essaies pas ! Téléphone pour louer une voiture. Nous prendrons un canot, nous roulerons jusqu'à la frontière la plus proche et de là nous appellerons New York. Qu'ils trouvent un autre cadre pour les extérieurs : la Pan Am va partout. Pourquoi a-t-il fallu que tu attendes mon retour pour trouver quelque chose d'aussi simple ? Pourquoi tes bagages ne sont-ils pas prêts ? Qu'est-ce que tu as... Tu baisses drôlement !

— Les agences de location de voiture sont en grève. Il en va de même de la coopérative des gondoliers et des *vaporetti* », répliqua Daisy, les yeux noirs si sombres qu'on ne percevait presque pas l'étincelle de joyeux amusement dans la profondeur de ses pupilles.

« Merde ! Daisy, ils ne peuvent pas me faire ça à moi !

— Je leur dirai que tu as dit ça, dit Daisy. quand ils auront repris le travail.

— C'est... c'est... de la barbarie ! cria North, agitant les bras dans le hall princier de l'hôtel qui, au XVIᵉ siècle, avait été la résidence d'un doge.

— Pourquoi ne pas essayer de prendre ça avec philosophie, North ? Nous n'y pouvons rien », suggéra Daisy avec calme.

Daisy était absolument ravie du cours des événements de la journée. A mesure que toutes les issues se fermaient et quand, devant un téléphone inutilisable, elle était descendue dans le hall pour avoir les dernières nouvelles de la grève qui s'étendait, chaque instant devenait plus agréable. Elle se sentait envahie par un sentiment qu'elle eut du mal à reconnaître mais qui ressemblait fort à une impression de loisir... cela lui rappelait les vacances, quand on était au collège. Les employés de l'hôtel, débordant de charmantes attentions, et s'empressant au moins à deux pour chacun des clients de l'hôtel, étaient de la même humeur joyeuse : car demain, qui sait, peut-être eux aussi seraient-ils en grèves ? C'était le temps parfait pour une grève, avait fait remarquer l'un d'eux à Daisy. Elle était tout à fait d'accord avec lui. S'il y avait une chose au monde qu'elle aurait pu souhaiter à Venise, c'étaient quelques jours hors du temps. Le concierge lui assura qu'aucun des clients du Gritti n'avait jamais souffert de la famine. Même s'ils devaient se contenter de buffets froids, la direction était prête. En mettant les choses au pire, la *principessa* serait peut-être obligée de faire elle-même son lit.

North, lui, était scandalisé. Il ne subissait pas les événements, il agissait sur eux. « Nous sommes prisonniers ici comme au Moyen Age et tu parles de philosophie ?

— Il reste une possibilité de partir, dit Daisy dans un souffle.

— Laquelle, bon Dieu ? rugit-il.

— Nous pourrions... nager. »

North se retourna, furieux, pour regarder sa productrice qui, apparemment, avait perdu la tête. Sous son regard, Daisy se mordit les lèvres, prête à exploser, pour réprimer son fou rire.

« Arnie... balbutia-t-elle, avant d'être secouée par une série d'énormes éclats de rire, imagine *la tête* d'Arnie ! » La vision du triste visage d'Arnie Green prophétisant l'hépatite inévitable apparut devant les yeux de North et, lentement, à regret, mais sans pouvoir se maîtriser, il éclata de rire à son tour.

Le concierge et le portier regardèrent les deux Américains secoués par l'hilarité et haussèrent les épaules en souriant. La jeune *principessa*, songeait le concierge, ne s'habillait guère comme il convenait à la fille de Stach Valenski, qui avait été jusqu'à sa mort un hôte fidèle, venant toujours à Venise une semaine ou deux en septembre, lorsque la saison de polo était terminée à Deauville. Ce matin encore, elle était descendue en pantalon blanc et en maillot de rugby à rayures violettes et blanches. Mais peut-être était-ce la nouvelle mode ?

« C'est toi qui as préparé tout ça, n'est-ce pas ? haleta North, se maîtrisant.

— Ça n'a pas été facile, avoua Daisy d'un ton modeste.

— La vie de tout un pays paralysée pour que tu puisses avoir un jour de congé... Rien ne t'arrête.

— Je suis efficace, je te l'accorde, mais je n'aurais pas pu réussir ça à New York... Trop de taxis briseurs de grève !

— Tu as vérifié s'il n'y avait pas de jaunes parmi les gondoliers ?

— Un garçon avec un canot à rames, c'est ce que j'ai pu trouver de mieux.

— Pour aller où ? Il faut que je prenne un verre avant que les bars ne se mettent en grève. » North sentait le vertige le gagner. Le choc d'une journée à Venise, puis l'effondrement complet du plan qu'il tenait pour acquis, lui donnaient l'impression d'être un gosse expulsé de l'école juste avant un examen.

« Au Harry's Bar ? proposa Daisy.

— Tu veux dire comme des touristes ?

— Bien sûr !... mais il faut d'abord que je me change. Et toi, tu as besoin de prendre un bain. Rendez-vous ici dans une heure. D'ailleurs, je crois que nous pouvons y aller à pied... J'ai un plan.

— J'ai marché toute la journée. Dis à ton rameur d'attendre.

— Bien, patron. » North se prit à sourire à Daisy. Sans doute n'y avait-il rien de précis à lui reprocher... Du moins pas avant d'en savoir davantage sur cette grève.

De retour dans sa chambre, Daisy hésita parmi les toilettes qu'elle avait emportées ; elle prévoyait toujours une situation qui nécessitait une tenue autre que son uniforme de travail. Elle se sentait libre de tout lien, en état d'apesanteur comme un astronaute. Elle prit la robe la plus sophistiquée qu'elle possédait, un modèle de chez Vionnet des années 1925. Kiki avait insisté pour lui faire emporter le corsage sans manches, coupé en biais dans du velours noir. Il avait un décolleté arrondi, très plongeant qui n'était retenu que par des épaulettes en perles de cristal. On retrouvait les mêmes perles brodées sur le velours, en grands cercles fantasques dessinant un ovale qui se prolongeait en une sorte de long collier. L'ourlet se divisait en deux pointes ondulantes de chaque côté du corps de Daisy, révélant un peu de genou devant. C'est une robe qui avait dû faire scandale. Du velours noir en septembre ? Pourquoi pas ? se dit Daisy en dénouant ses cheveux. Le style de la robe imposait une coiffure compliquée, mais elle n'avait pas des cheveux compliqués, songea Daisy en voyant la lumière vénitienne jouer dans ses mèches blondes. Elle releva ses cheveux à bout de bras et pivota sur elle-même. Que faire, que faire ? Elle n'était pas d'humeur à se faire ni chignon ni tresse. Elle finit par tracer une raie au milieu et par prendre plusieurs mètres d'un ruban argenté qui lui restait d'un film publicitaire sur les emballages cadeaux ; elle l'enroula de façon que les mèches les plus rebelles ne retombent pas sur le front. Elle jeta sur ses épaules la cape de lamé vert et argent dessinée, à la même époque, par un couturier aujourd'hui inconnu, du nom de Cheruit, et descendit dans le hall, plus romanesque qu'aucune héroïne jamais peinte par le Tiepolo ou par Giovanni Bellini.

North attendait, prêt à partir. Lui qui ne buvait pas beaucoup, il était extraordinairement impatient à l'idée de prendre un verre. L'alcool était censé être un calmant, n'est-ce pas ? Un calmant pourrait faire contrepoids à l'atmosphère de dangereuse insouciance qu'il ressentait ce soir. Il avait besoin de se retrouver les pieds sur terre et il n'y avait pas de terre dans cette foutue ville... rien que des reflets dansants sur l'eau du canal, et qui brouillaient tout pour commencer. Où diable était Daisy ? Pourquoi le faisait-elle attendre ? Il ne se rappelait pas avoir jamais dû attendre Daisy depuis qu'elle travaillait pour lui.

« *Dio ! Che bellissima ! Bellissima* », s'extasia le concierge derrière lui.

— *Bellissima*, reprirent en écho le portier, un serveur qui passait et deux hommes qui flânaient dans le hall.

— Eh bien ! » fit North en regardant Daisy. Maintenant, il avait vraiment besoin d'un verre.

« Un mimosa, *signorina*, ou peut-être un Bellini ? » proposa le serveur.

North examinait la longue et célèbre salle tout en longueur.

« Savez-vous faire un Martini ? Je veux dire un Martini *dry* ? demanda-t-il avec méfiance.

— Bien, monsieur. Avec glace ?

— Un double. Daisy ?

— Qu'est-ce qu'un mimosa ? demanda-t-elle au serveur.

— Du champagne et du jus d'orange frais, *signorina*.

— Oh ! oui, s'il vous plaît. » Le serveur ne se pressait pas de partir. Il restait planté là à regarder Daisy, son visage fripé exprimant la plus pure admiration.

« Nous prendrons nos consommations maintenant », dit North, rompant le charme et congédiant le serveur.

« Alors ? enchaîna-t-il d'un ton où se mêlaient la méfiance, la surprise et l'hostilité.

— Alors ? demanda Daisy avec une innocence un peu feinte. Qu'est-ce que ça veut dire ? Tu t'imagines, parce que personne à Venise n'a l'air soucieux, qu'il n'y a pas vraiment de grève ?

— Alors, voilà de quoi tu as l'air quand tu ne travailles pas. C'est donc un numéro que tu fais au studio ? Je ne te connais vraiment pas beaucoup : voilà comment tu te déguises dès que tu en as l'occasion.

— Et puis ? fit Daisy en haussant les épaules. Quel mal y a-t-il à cela ?

— C'est exactement ce que j'essaie de comprendre. Je sais qu'il y a quelque chose.

— North, North, laisse-toi aller.

— Qu'est-ce que ça veut dire ?

— Je ne sais pas très bien, mais ça me semble convenir à l'heure et au lieu. Comment est ton Martini ?

— Buvable », dit-il, bourru. C'était le meilleur Martini qu'il eût jamais bu. « Comment est ton jus d'orange ?

— Simplement paradisiaque, une bénédiction, un délice parfait, un rêve, une vision, une révélation...

— Tu veux dire que tu en voudrais un autre ?

— Comment as-tu deviné ?

— Il y avait quelque chose... Un je ne sais quoi... presque, mais pas tout à fait, une allusion.

— Très bien, North. Quand tu commences avec les allusions, ça veut dire que tu y es.

— Je suis où ?

— Tu te laisses aller.

— Je vois.

— Je le pensais bien. Je t'ai toujours considéré comme quelqu'un qui apprend vite, dit Daisy en faisant tourner sa coupe de champagne entre ses doigts.

— L'effronterie tranquille... c'est ton style quand la boutique est fermée. Critique, avec de légers compliments.

— Je trouve que la flatterie est démodée.

— Je suis simplement étonné que tu ne m'aies pas dit que, lorsque d'autres gens ont prétendu que j'étais stupide, tu m'avais défendu.

— Erreur. Quand d'autres gens disent que tu es une vraie merde, je te défends. » Daisy eut un sourire angélique.

« Seigneur ! Attends que nous soyons de nouveau sur la terre ferme ! Garçon, un filet à papillons pour madame, s'il vous plaît, et les deux mêmes.

— Je m'amuse, annonça Daisy.

— Moi aussi, fit North, surpris et plein d'une méfiance nouvelle.

— Ça fait drôle, n'est-ce pas ?

— Très. Mais je ne pense pas que ça cause des dégâts permanents. A moins, bien sûr, de nous y habituer, lâcha North, songeur.

— Tu veux dire que rigoler c'est rigoler, mais que la vraie vie ça n'est pas censé être drôle, en tout cas pas à ce point-là ?

— Absolument. Tu n'es pas totalement dépourvue d'un certain sens des valeurs. C'est ce que j'explique aux gens quand je te défends. Ils disent que Daisy Valenski n'est qu'une travailleuse assommante qui ne s'amuse jamais, et je prends ta défense. Je réponds qu'ils n'en savent rien, que tu t'amuses peut-être quelquefois... Qu'ils ne devraient pas juger sur les apparences.

— Tu es une vraie merde, North, fit Daisy, d'un ton enjoué.

— Je savais bien que tu avais un faible pour moi.

— Pourquoi ne me fous-tu pas à la porte ? suggéra Daisy.

— Je suis trop paresseux. Et d'ailleurs, je suis un peu salaud sur les bords. Je veux dire je ne suis pas le connard ordinaire et accommodant.

— Tu n'es même pas un connard ordinaire pas accommodant.

— Inutile d'essayer de me provoquer... Tu m'as dit d'être philosophe, alors je suis philosophe.

— Combien de temps ça peut durer ?

— Laisse-toi aller, Daisy.

— Ça c'est une réplique à moi, dit Daisy d'un ton de propriétaire.

— Je suis un créateur qui emprunte, proclama North, hautain.

— Trouve tes propres répliques, insista Daisy.

— C'est mesquin. Tu dois avoir faim. On va dîner ?

— Je n'ai pas déjeuné, se plaignit Daisy.

— Pourquoi donc ?

— J'étais trop occupée à me tuyauter sur la grève, dit-elle en le regardant d'un air vertueux.

— Quelle grève ?

— Allons dîner.

— Ça c'est une réplique à moi, dit North. Mais je te la laisse. Je me sens d'humeur généreuse. Où va-t-on aller ?

— On peut rester dîner ici, suggéra Daisy.

— Dieu merci. Je suis incapable de me lever. Garçon, apportez-nous tout.

— Tout, *signor ?*

— Tout, dit North avec un geste large.

— Certainement, *signor.* » Le serveur comprenait le dilemme du *signor.* Comment pouvait-il commander raisonnablement en présence d'une jeune beauté aussi fraîche et resplendissante ? Comment pouvait-il même manger ? Quand même, il fallait les nourrir convenablement ! Pour commencer, bien sûr, le célèbre *filetto Carpaccio* et puis les *tagliarini gratinati* vertes, les nouilles baignant dans un suave mélange de crème et de fromage, et après, peut-être, les foies de veau en petites lamelles *alla veneziana,* servis, bien sûr, avec de la polenta et, comme dessert... Il attendrait ensuite de décider de leur dessert. Les touristes parfois se passaient de dessert.

« Merci beaucoup pour la délicieuse soirée, dit Daisy d'une petite voix nette devant la porte de sa chambre au Gritti.

— Ah !... J'ai bien aimé aussi, répondit North. C'est ce qu'il faut répondre, non ? » Il essayait de l'obliger à le regarder droit dans les yeux, mais elle gardait les paupières chastement baissées.

« Non, tu aurais dû dire que tu espérais me revoir et demander si tu pourrais me téléphoner quand nous serions rentrés à New York.

— Je peux ?

— Je peux me permettre, corrigea Daisy.

— Je peux me permettre d'entrer ? demanda North.

— Non, mais tu peux te permettre de m'appeler.

— Mais j'ai dit : je peux me permettre d'entrer ? répéta North.

— Ma foi oui, dans ce cas, téléphone. »

D'un geste impatient, il mit un doigt sous le menton de Daisy et lui releva la tête, mais elle baissa les paupières en continuant d'éviter son regard. « Il y a une grève du téléphone. Comment veux-tu que je t'appelle ? demanda North.

— C'est vrai. Mais tu pourrais frapper à ma porte, fit Daisy, marivaudant pour gagner du temps.

— J'ai dit " je peux me permettre d'entrer ? " répéta-t-il avec insistance.

— Pourquoi ?

— Eh bien, parce que... » Dans la pénombre du corridor, son visage avait perdu de sa dureté. Son attitude conservait son assurance, sa résolution s'affichait toujours dans la façon dont il se tenait bien droit, mais l'air habituel de North, cet air de volonté indomptable, de fauve toujours prêt au combat, s'était adouci, comme si le clair de lune avait commencé à le délaver.

« Oh, eh bien... dans ce cas... je pense que oui, dit Daisy, en ouvrant la porte avec sa clé.

— C'est la seule solution raisonnable, lui assura-t-il.

— Raisonnable ?

— Cesse de mettre en doute tout ce que je dis.

— Cesse de me dire quoi faire, répliqua Daisy.

— Très bien. » North la prit dans ses bras et se pencha sur ses lèvres. « Désormais je te donnerai des ordres.

— Comment ferai-je la différence ? demanda Daisy affolée et se renversant en arrière.

— Tu trouveras bien.

— Attends !

— Pourquoi ?

— Je ne suis pas sûre que ce soit une bonne idée.

« — C'est moi qui ai les idées... et celle-ci est bien naturelle. » Il la souleva de terre et la porta jusqu'au lit large comme une péniche. Toi, Daisy, tu t'occupes des détails... Moi, je m'intéresse aux efforts créateurs de plus grande envergure. » Il l'embrassa, prenant sa tête à deux mains.

« North ? dit-elle en se redressant sur les oreillers.

— Hein ? répondit-il, occupé à faire glisser de ses épaules les frêles épaulettes de sa robe.

— Ça n'est pas une erreur ?

— Je ne crois pas, mais il faut bien le faire pour s'en apercevoir... Oh ! oh ! tu ne m'avais jamais dit que tu avais si bon goût.

— Tu ne m'as jamais questionnée.

— J'ai eu tort. »

Il y avait une sorte de respect dans sa voix lorsqu'il murmura : « Où te cachais-tu toutes ces années ? » Quelque chose que Daisy n'avait jamais entendu chez cet homme dont les ordres brefs et rapides avaient toujours été le fouet qui la faisait marcher. Lui qui lançait toujours des instructions sèches, effleurait le bout de ses seins avec l'attention et la précaution d'un archéologue, stupéfait et bouleversé de découvrir une statue de Vénus enfouie depuis longtemps. Ses traits aigus étaient adoucis par la lumière qui se reflétait du Grand Canal, et entre ses paupières demi-closes, elle chercha l'ardeur contenue de l'homme qu'elle connaissait. Mais sa rudesse semblait s'être estompée et il était transformé en un amant tendre, rieur et inconnu qui la couvrait de longs et doux baisers. Tout en glissant les mains jusqu'à sa taille et en prenant possession des courbes tièdes et souples où commençaient ses hanches, il l'attirait plus près de lui jusqu'au moment où ils furent allongés face à face.

« Puis-je me permettre ? » murmura-t-il, attendant qu'elle eût acquiescé de la tête avant de la déshabiller, puis il ôta ses vêtements à son tour et resta planté à la regarder avec un sourire ébloui, il avait un corps nu plus beau qu'elle ne l'aurait imaginé... et elle se rendait compte maintenant qu'elle l'avait bel et bien imaginé, peut-être depuis la première fois où elle l'avait vu. Le bouleversement de cette soudaine découverte fit qu'elle l'attira vers elle et osa enfin poser des baisers sur son nez pointu, sur ses yeux, ses oreilles et ses joues, sur tous ces endroits qu'elle avait guettés avec une telle angoisse pendant des années, en essayant de prévenir ses ordres, toujours crispée par la nécessité de suivre son rythme frénétique, d'être prête à lui donner ce dont il avait besoin. Tout d'un coup, dans leur nudité, ils étaient égaux et elle ne sentait sous ses lèvres qu'une chaleur et cette proximité merveilleuse et nouvelle. Dans une bouffée de plaisir intense, Daisy se dit : mais il m'aime bien, il m'approuve, je suis pour lui un être humain ! Elle ouvrit les bras et les referma autour de son cou, se pressant tout près, aussi près que possible, s'efforçant de le garder là, dans le grand cercle de ses bras, pour l'empêcher de redevenir le North qu'elle avait connu. Peu à peu, elle acquit la conviction que cet amant inconnu n'allait pas disparaître. En sentant Daisy renoncer peu à peu à ses craintes et à ses hésitations, les caresses de North se firent plus fermes et plus insistantes. Il se laissa aller à explorer son corps centimètre par centimètre, puis quand toute protestation, tout refus furent évanouis, il écarta les cuisses accueillantes de la jeune femme. Mais avant d'entrer en elle, il murmura encore : « Je peux me permettre ?

— Oui, oui, oui. »

« Toujours pas de changement ? demanda North au concierge.

— Non, *signor*, je regrette, rien de neuf, mais nous avons appris que ces grèves ne se terminent pas aussi vite qu'elles commencent. Toutefois, ce n'est pas fréquent, une telle grève, je vous assure.

— Ah ! c'est ça, le spectacle ? demanda North en souriant. Avez-vous remarqué où est allée Miss Valenski ? Elle n'est pas dans sa chambre.

— La *principessa* ? Oui, elle vient de sortir, *signor*. Elle a dit qu'elle avait dû payer un garçon qui attendait avec un canot. En tout cas, c'est ce que je crois qu'elle a dit.

— Mon Dieu ! fit North en maîtrisant son envie de rire. Elle en avait vraiment trouvé un... J'aurais dû m'en douter.

— Signor ?

— Non, rien. Je vais la trouver. » Il se dirigea d'un pas rapide vers le perron de l'hôtel et se heurta à Daisy qui revenait en hâte.

« Tu n'essayais pas de t'échapper, non ? demanda-t-il.

— Je coupais seulement le dernier lien avec la civilisation.

— J'ai dormi tard, lui dit-il.

— J'ai remarqué. Tu es très intéressant à observer quand tu dors. Tu n'as pas du tout l'air que tu as quand tu es éveillé.

— Quel air est-ce que j'ai ? demanda-t-il, méfiant.

— C'est surtout l'air que tu n'as pas : ni agité, ni brutal, ni irascible, pas de bruit ni de fureur, pas d'invulnérabilité, pas...

— Tu profites de moi, dit-il, en essayant de l'interrompre.

— Oh ! j'espère bien. J'en ai toujours eu envie... C'était un de mes désirs. Dans ce genre de situation, je trouve qu'il est toujours préférable d'être la première à s'éveiller.

— Dans quelle mesure connais-tu ce genre de situation ? lança-t-il.

— Je ne te connais pas assez bien pour te répondre », dit-elle d'un air évasif, lui souriant en même temps avec une lueur insolente dans les yeux. Il la saisit par la peau du cou, au ravissement discret de tout le personnel du hall, et l'entraîna vers une fenêtre.

« Laisse-moi te regarder, bon sang. Comment veux-tu que je lise dans tes yeux s'ils sont si noirs ?

— Tu n'y arriveras pas, dit-elle d'un ton triomphant. Quant à toi, pauvre homme transparent aux cheveux roux et aux yeux bleus, je peux voir à travers ton cerveau.

— Foutaises ! Personne ne peut lire dans mon cerveau.

— Tu veux parier ?

— Jamais avant le petit déjeuner, s'empressa-t-il de répondre. D'ailleurs, tu n'as rien de mieux à faire ? Te rends-tu compte que tu n'as encore rien vu, à part le Harry's Bar.

— Et le plafond de la chambre 15 du Gritti... vaguement, ajouta-t-elle avec un sourire évocateur qui le fit de nouveau la secouer.

— Allons prendre le petit déjeuner et puis, allons nous promener.

— Je l'ai déjà pris, mais je te regarderai, annonça Daisy gracieusement.

— Pourquoi ai-je cet étrange sentiment que tu te crois plus intelligente que moi ? marmonna North.

— C'est le genre de question dont tu ne trouveras la réponse qu'au fin fond de ton âme, dit Daisy en riant.

— Tu vois, tu recommences ! »

Daisy et North avaient l'impression qu'on avait fait disparaître la trame de leur monde habituel. On leur offrait dans une corne d'abondance des milliers de plaisirs imprévus. Venise semblait n'avoir été bâtie au long des siècles que pour eux. Ils se trouvaient miraculeusement dépouillés de leur carapace et se découvraient transformés en enfants émerveillés. Tous, des boutiquiers aux chats des ruelles étroites, étaient des complices, tous prisonniers volontaires de cette ruine au bord de la mer, de cette ville la plus sensuelle du monde. Les concepts familiers de temps, d'espace et de lumière avaient tous été usés par la patiente sorcellerie des siècles pour être remplacés par quelque chose de plus subtil, qu'aucun d'eux n'en avait jamais connu.

Une église sombre, transfigurée par un chef-d'œuvre découvert dans un recoin, une table d'osier à la terrasse d'un café, l'arche d'un pont sur un canal, l'aboiement d'un chien, les façades d'un bleu délavé avec des reflets roses, les palais d'allure royale, le son régulier des cloches du campanile au crépuscule, une côte de bœuf florentine, les valses de Venise jouées chez Quadri's, un jardin entr'aperçu dans une cour fleurie de vieilles roses dans le Campo San Barnaba, tout se mêlait en un seul rêve bienheureux. Eux se promenaient, mangeaient, bavardaient et faisaient l'amour, s'éveillant chaque matin dans la crainte que la grève ne fût terminée, crainte aussitôt bannie par la vue du Grand Canal sur lequel on n'apercevait que des embarcations privées et des barques de maraîchers.

A force de faire l'amour avec North, Daisy avait fini par savoir ce que signifiait désirer vraiment un homme et être satisfaite par lui. Pourtant, à mesure que les nuits passaient, Daisy, droguée de plaisir, se rendait compte que même si lui ne s'en apercevait pas, elle se retenait encore. Car cette chose en cage au fond de son cœur qui suppliait d'être libérée, qui mourait d'envie de se dissoudre, ne devait rien au plaisir physique. Daisy restait tendue, crispée, alors même qu'ils étaient le plus près l'un de l'autre. Elle brûlait d'envie de voir cette chose — quelle qu'elle fût — s'enflammer en elle, et pourtant elle demeurait solidement enfermée derrière les grilles de sa réserve. North avait cependant renoncé à son aspect querelleur, difficile et abrupt pour lui apporter des instants de plaisir, mais Daisy le voyait comme elle l'avait toujours connu, comme un adversaire, un adversaire chéri aujourd'hui, mais tout de même un adversaire.

Etait-ce le caractère fondamental de North, sa solitude profonde qui interdisait encore à Daisy de jouir de cette pleine fusion avec l'autre qu'elle avait toujours recherchée ? Elle se demandait ce qu'il y avait en lui, ou en elle, qui ne lui permettait pas de s'abandonner à une intimité absolue. Tout comme Daisy avait un peu l'impression d'une imposture lorsqu'on la traitait en princesse, elle s'interrogeait pour savoir si North et elle n'étaient pas, dans une certaine mesure, des imposteurs, lorsqu'ils se traitaient en amants.

Peut-être, se disait-elle, était-ce trop tôt, peut-être le bond qu'ils avaient fait avait-il été trop rapide, pour passer d'une vieille relation de travail à une autre situation après quelques heures à peine de flirt inattendu ?

Daisy était troublée dans leurs nouveaux rapports, par une vague crainte d'illusoire, de temporaire, comme si un incident mineur allait faire s'évanouir tout cela. En sombrant dans le sommeil, elle songeait que, peut-être, était-ce toujours ainsi au début. Peut-être, par la suite, y aurait-il davantage. Mais s'il n'y avait pas davantage ?

Néanmoins, jour après jour, Daisy se sentait comme un parterre de fleurs un après-midi d'été, vibrant et bourdonnant à la joyeuse rumeur du bonheur. Elle se demandait ce que North et elle étaient en train de créer ensemble. N'était-ce que quelques jours hors du temps ? Elle le connaissait si bien à travers ses gestes d'autorité et de vigilance, elle connaissait ses mots favoris et ses phrases clés, ses gestes et ses expressions. Et voilà maintenant qu'il devenait le premier homme à enseigner à son corps la véritable passion ! Mais que savaient-ils l'un de l'autre à un niveau plus profond, au niveau de rapports solides et prolongés ? Avait-il envie de le savoir ? Et elle ?

Dans leurs conversations, il y avait un soupçon d'attente

impatiente, comme dans le bavardage qui précède le lever de rideau au théâtre. Il était pourtant clair, aux yeux de Daisy, que le moment n'était pas encore venu de dévoiler aucun des secrets qu'elle avait jalousement gardés... Demain, peut-être, ou après-demain... ou jamais. Finalement, était-ce souhaitable, ces secrets n'étaient-ils pas faits pour rester des secrets ?... Elle n'en savait rien. Elle était incapable de juger, et les joies du moment l'empêchaient d'avoir, là-dessus, plus qu'une pensée fugitive avant de dormir.

C'était la première belle journée de printemps. Ils vivaient une idylle fragile et incertaine : Daisy n'arrivait pas bien à formuler cette idée, pas plus qu'elle ne pouvait la partager avec North. La fragilité, le caractère éphémère de la passion lui étaient apparus presque en même temps qu'elle l'éprouvait pour la première fois. La beauté de Daisy passa cette semaine-là par une gamme infinie de nuances. Venise la poussait à accorder sa fantaisie au baroque de la ville et elle finit par porter la robe de Norman Hartnell, un modèle de la fin des années 20, une robe qu'elle n'avait jamais vraiment osé porter à New York, avec un corsage de mousseline rose sous un surplis de taffetas orchidée, au-dessus d'une jupe de taffetas bleu pâle à l'ourlet bordé de grosses fleurs peintes à la main. Dans la journée, avec son pantalon de matelot et ses maillots de rug-byman, elle chargeait ses poignets de bracelets barbares achetés trois dollars, mais la nuit, elle mêlait des fleurs fraîches à ses cheveux.

Si le soleil qui se reflétait sans cesse dans l'eau faisait paraître plus marquées les taches de rousseur de North et plus bleus ses yeux, il donnait au teint chaud de Daisy un léger éclat cuivré qui tranchait avec ses cheveux, au point que les gens, souvent, la désignaient du doigt dans les rues.

Daisy et North, au cours de leurs promenades quotidiennes, déjeunaient dans la première trattoria venue, mais ils dînaient toujours au Harry's Bar. Quiconque y est allé deux fois devient aussitôt un habitué. Il y avait d'autres touristes, bien sûr, mais ils étaient moins nombreux que les authentiques Vénitiens qui, depuis 1931, s'arrêtent au Harry's au moins une fois pour découvrir ce qu'il y a de nouveau dans le monde. Et le monde, pour eux, c'est Venise. Ils sont doués de cette élégance au vernis froid qui est le propre d'une race ancienne ayant appris qu'il faut tout traiter en surface.

Un soir, une semaine après leur arrivée, Daisy renversa du sel sur la nappe rose. North et elle se précipitèrent et, du même geste, en jetèrent une pincée par-dessus leur épaule.

« Tu te rends compte que ça n'est que de la superstition ? demanda North.

— Bien sûr. Et si nous ne le faisions pas, il n'est pas dit que ça nous porterait malheur. » Tous deux, d'un geste vif et machinal, touchèrent le bois de leurs chaises.

« Pur atavisme, lui assura North.

— Un rituel primitif, approuva Daisy.

— Si tu n'as pas de bois sous la main, tu peux te toucher la tête... ça compte, proposa-t-il. Ou bien la mienne.

— Oh! je sais. Mais il ne faut pas attendre plus de trois secondes.

— Moi, ajouta North, de l'air de quelqu'un qui en sait plus qu'il ne le dit, je passe sous les échelles.

— Et moi, répliqua Daisy, je ne fais même pas attention aux miroirs brisés. Pas plus qu'aux chapeaux sur les lits ou les chats noirs.

— Rien que le sel et le bois ? demanda-t-il, sceptique.

— Et faire un vœu à la première étoile du soir. Tu peux faire un vœu pour la nouvelle lune aussi, mais seulement si tu la vois par-dessus ton épaule gauche, sans le faire exprès.

— Celle-là, je ne la connaissais pas.

— Très important, dit Daisy d'un air entendu, en tortillant une mèche de ses cheveux roux. Et tu peux faire un vœu en voyant un avion également, si tu crois vraiment que c'est une étoile, mais seulement si tu es dans une voiture qui va dans la même direction que l'avion.

— Je me souviendrai de celle-là », dit North avec un regret dans la voix, une nostalgie, un ton triste et mélancolique comme il n'en avait jamais employé.

« Qu'est-ce qu'il y a ? demanda-t-elle.

— Absolument rien. Tout est parfait.

— Oui... Je sais ce que tu veux dire, enchaîna Daisy, songeuse. C'est un problème. »

Le lendemain matin, alors qu'ils dormaient encore, le téléphone auprès du lit sonna.

« Tu n'as pas demandé qu'on nous réveille, non ? marmonna North, un peu ahuri, après que plusieurs sonneries de téléphone les eurent tous deux tiré de leurs rêves.

— Non, soupira Daisy, tendant une main résignée vers l'appareil.

— Ne réponds pas ! » Il posa une main ferme sur la sienne.

« North... Tu sais ce que cela doit vouloir dire.

— Laisse ! Nous pourrons encore gagner un jour. » Elle l'écouta avec soin, partagée entre le désir sincère de fermer la porte au monde extérieur et la crainte de ce que cet appel pouvait avoir d'impératif.

Daisy réfléchit un moment, puis décrocha le combiné avec un

sourire où se mêlaient si fort la tendresse, le regret et la compréhension qu'elle en avait la voix qui tremblait.

« Bonjour, Arnie. Non, non, tu ne m'as pas réveillée... Il a fallu que je me lève pour répondre au téléphone. »

19

*S*arah Fane, de l'avis bien
réfléchi de Ram, était à la fois plus et moins que ce qu'il avait espéré
lorsqu'il avait décidé d'enquêter un peu sur elle pour en faire une
épouse éventuelle, quelques mois plus tôt, au début du printemps de
1976. Elle lui plaisait plutôt plus qu'elle n'aurait dû, puisqu'elle ne
remplissait pas toutes les conditions. Certes, elle avait été fort bien
élevée et savait se tenir dans le monde comme il avait pu s'en
apercevoir au cours de parties de pêche ou de chasse à la campagne.
Il la trouvait à cet égard irréprochable, ni trop sophistiquée, ni trop
provinciale. D'après les calculs pourtant raisonnables de Ram, sur la
façon dont une femme, à plus forte raison une jeune fille, doit réagir
aux attentions d'un aussi beau parti que lui, elle aurait dû être
disposée à l'adorer, et miss Fane, l'honorable miss Fane, ne l'adorait
pas. Du moins pas de façon visible.

C'était une coquette. Une coquette fichtrement dure, froide et
calculatrice. Et c'était une beauté, une ravissante beauté blonde,
glacée. Elle devait faire partie de cette espèce répertoriée sous le
nom de « rose d'Angleterre », de ces jeunes filles dont les traits sans
défaut, le teint clair, les lèvres ravissantes et les yeux candides ont
amené plus d'un homme à maudire le mensonge de l'aspect
extérieur dissimulant un tempérament et une volonté dignes de la
reine Victoria. Ram se demandait comment il avait pu croire une
seconde que Sarah Fane se désintéressait de la saison londonienne.
Elle avait l'intention d'y participer pleinement, et de ne pas se
contenter du bal anniversaire de la reine Charlotte, vêtue d'une
longue robe blanche et de longs gants blancs ; mais elle voulait aller
aussi aux fêtes de Royal Ascot et de Henley. Elle était invitée à
chaque grand bal qui se donnerait de mai à juillet, et il y aurait au
moins six cents invités au dîner dansant qui aurait lieu chez elle en
juillet. Une fois la saison des bals passée, elle comptait se rendre à
Goodwood pour la semaine des courses, à Cowes pour les régates et à
Dublin pour le concours hippique international. Lorsque Ram lui fit
remarquer que la semaine de Cowes et le concours hippique de
Dublin se chevauchaient de quelques jours, elle eut seulement un
magnifique sourire pour expliquer comment elle avait l'intention
d'assister à près des trois quarts de chaque manifestation en quittant
l'île de Wight pour l'Irlande juste après le bal du Royal Yacht
Squadron. « Ce serait dommage de manquer Dublin, Ram, maintenant que mes parents ont fini par me donner l'autorisation d'y

aller », dit-elle avec un ravissant sourire dont Ram était sûr qu'il était le fruit d'un long entraînement, mais dont il devait reconnaître tout de même l'innocence. Sa beauté n'était pas celle d'une poupée et s'épanouirait plutôt avec l'âge. Elle-même le savait.

Sarah Fane avait passé ces trois dernières années à la villa Brillantmont, institution de jeunes filles de Lausanne qui continue à assurer à une minorité en voie d'extinction de jeunes personnes de la haute société une éducation raffinée, un excellent français et des amis choisis parmi les plus riches familles du monde. Aux yeux de Ram, sa principale utilité avait été d'y garder Sarah en quarantaine, loin des miasmes de Londres.

Brillantmont avait confirmé Sarah dans son opinion que presque toutes les filles tombaient dans deux catégories : celles qui voulaient sortir de l'école pour trouver un travail excitant et prestigieux, et celles qui voulaient seulement se libérer le plus vite possible de tout chaperon pour se lancer dans un tourbillon d'aventures romanesques. Les unes comme les autres lui paraissaient se bercer d'illusions. Elle était ravie, toutefois, d'être la seule à comprendre clairement que le premier pas dans toute vie à venir était un bon mariage. Pour certaines, ce ne pouvait être qu'un mariage acceptable, pour d'autres, un beau mariage. Elle n'envisageait, quant à elle, que le mariage exceptionnel, même si chaque année ne se célébraient qu'un ou deux mariages exceptionnels. Elle fit sans fausse modestie le total de ses atouts et décida qu'elle avait droit à ce qu'il y avait de mieux.

Sarah Fane méprisait la relative pauvreté dans laquelle sombrait peu à peu la haute société anglaise. Elle se sentait personnellement touchée par le fait d'être née dans un régime qui avait pratiquement connu une révolution sans effusion de sang, un régime socialiste camouflé sous l'étiquette de monarchie.

Mais elle se répétait qu'il ne servait à rien de se montrer aigrie. Les années 70 ne s'en iraient pas parce qu'elle les trouvait odieuses. Ce qu'il fallait, c'était s'en évader, les fuir, s'assurer une existence aussi proche que possible de celle qu'elle aurait *dû* mener de droit.

De Brillantmont, Sarah avait observé de près la trame savante de chaque saison londonienne à mesure qu'elle attendait l'année de son entrée dans le monde. Elle en avait conclu que les plus brillants mariages étaient ceux qui se faisaient, pour une jeune fille, lors de sa première année dans le monde, alors qu'elle était encore une nouveauté. Il fallait bien calculer son moment, c'était là le secret, songeait-elle en revoyant la liste des invités à son bal. Elle reposa son stylo pour compter les mois. Elle avait tout le printemps et tout l'été de 1976, septembre compris, si elle allait dans le Nord pour les grands bals d'Ecosse. Ensuite, bien sûr, ce serait le retour à Londres pour la petite saison qui se poursuivait jusqu'à Noël. Après cela venait l'exode vers les maisons de campagne. Avec l'arrivée du printemps 1977, l'attention commencerait à se concentrer sur la nouvelle moisson de jeunes filles qui feraient leur entrée dans le monde. A peine neuf ou dix mois, donc ! C'est à peu près le temps qu'il lui restait pour briller.

Le célibataire anglais, beau parti, avec une grosse fortune et des assises solides, était une espèce de plus en plus rare et fuyante. Certains attendaient la quarantaine avant de se laisser conduire à l'autel ; d'autres, trop nombreux, ne se mariaient jamais. Ils n'étaient pas stupides, songea-t-elle en crispant ses jolies lèvres roses sur des dents sans défaut. Ils n'étaient jamais hors du coup : un homme pouvait avoir soixante-cinq ans, être laid, avoir mauvais caractère et être assommant, c'était toujours une bonne prise s'il avait une situation bien assise dans le monde. Quant aux célibataires dont la principale qualité était d'être l'héritier de quelqu'un, ils ne lui convenaient pas le moins du monde avec leur existence faite d'espérances et de découverts en banque. Elle n'était pas attirée non plus par ces détenteurs de noms vénérables qui formaient des groupes financiers pour ouvrir des restaurants nouveaux et des discothèques. Le jeune lord tenancier de bistro semblait à Sarah une perspective inacceptable, tout aussi consternant que celui qui, pour des raisons financières, devenait photographe ou producteur de film en prétendant que ce n'était qu'un caprice. A ses yeux, cela diminuait sa valeur de façon substantielle, même s'il connaissait la réussite. Elle ne serait pas heureuse non plus en châtelaine d'une grande maison qu'il fallait laisser visiter au public afin de payer l'entretien de la toiture. Ça, c'était un attrape-nigaud. A quoi bon être marquise s'il fallait avoir une boutique foraine ?

Que pensait-elle de Ram Valenski, se demanda Sarah, en poussant la liste de côté ? Depuis le jour où il s'était invité à venir passer le week-end, il avait manifesté certains signes d'attachement, mais pas tout à fait assez aux yeux de Sarah pour être considéré comme un prétendant déclaré. Cela faisait sept ou huit ans maintenant qu'il était l'un des beaux partis d'Angleterre et, jusqu'alors, il avait résisté sans mal à toute capture. Il était assurément beau avec son style d'aristocrate mince et d'une dureté d'acier, et ses yeux gris intelligents qui la jugeaient en la regardant.

Elle ne pouvait s'empêcher d'aimer voir sa beauté immaculée se refléter dans l'expression d'approbation mesurée qui se peignait alors sur le profil sombre et aquilin de Ram. Il avait juste assez de distinction et affichait dans la vie une attitude qu'elle partageait : lui aussi éprouvait le désir de tirer le meilleur parti de ce qui restait pour les gens de leur espèce. Elle aimait la façon dont il tenait son fusil de chasse, suivant un angle nonchalamment vigilant, ni trop tendu ni trop désinvolte. Il ne dansait pas mal pour un homme qui n'aimait pas danser et c'était un superbe cavalier et un gentleman accompli. Bien sûr, il n'avait aucun sens de l'humour mais, à la longue, il était plus facile d'avoir affaire aux gens sans humour. Sarah Fane n'avait guère de patience pour l'humour.

D'un point de vue purement objectif, et Sarah Fane n'était rien moins qu'objective, il y avait beaucoup de choses à dire en faveur de Ram. Son âge était idéal : à trente-deux ans, un homme est prêt à se ranger. Aux grognements et aux remarques occasionnels de son père, elle estimait que sa fortune, dont l'étendue était si souvent l'objet de spéculations et de rumeurs, devait être qu'une remarquable solidité. Sarah avait un grand respect pour le sens de l'argent que possédait son père, et il était aussi bien renseigné que possible sur la situation financière de Ram puisqu'ils faisaient beaucoup d'affaires ensemble. Sa mère était l'expert en généalogie de la famille et elle avait laissé entendre que Valenski, sans être un nom anglais, n'était quand même pas mal, accolé comme il était aux Woodhill, du côté de sa mère. Pas très orthodoxe peut-être, mais de bonne tenue, et d'ailleurs il ne fallait pas se montrer guindé, d'autant que son père, Stach Valenski, avait piloté pendant la guerre avec le père de Sarah. Et, par chance, il avait perdu son père. Avec Ram, on savait exactement où on en était avec les droits de succession.

Sarah Fane se dit qu'elle ne savait rien de la sensualité de Ram. Elle avait toujours réservé la sensualité pour l'avenir. Elle en craignait et respectait les pouvoirs, la considérant comme une monnaie sans prix dans le jeu de la vie, à ne jamais jouer à moins que ce ne fût la dernière pièce qui vous restât pour assurer l'avenir. La sensualité mal maniée était de toute évidence responsable des mauvais mariages. Dieu merci, sa sensualité ne lui posait pas de problème et ne lui en avait jamais posé. Pour elle, la sensualité incontrôlée était le luxe du pauvre.

Ram Valenski pourrait bien être la plus belle pièce, décida Sarah Fane. Pour elle ou pour tout autre jeune fille qui, comme elle, espérait se marier. Mais il n'était pas une cible facile. Il se conduisait plutôt comme un aigle inquisiteur et qui jaugeait les gens. En pensant à cela, elle décida de ne pas lui demander d'être son cavalier au bal de la reine Charlotte. Elle savait qu'il s'attendait à ce qu'elle le lui demandât, à l'instar d'autres filles pleines d'espoir. Une expression d'admirable candeur se peignit sur son pur visage et vint éclairer ses ravissants yeux bleu clair tandis qu'elle imaginait la réaction de Ram se voyant exclu du premier événement de ses débuts dans le monde. C'était la meilleure idée qu'elle avait eue de toute la matinée, se dit-elle, et elle revint à sa liste d'invités avec une ardeur renouvelée.

A contrecœur, malgré sa rage bien dissimulée, Ram se mit à respecter Sarah Fane. Il se méfiait de chaque geste qu'elle faisait, mais rien dans son comportement ni dans ses propos ne trahissait jamais le calcul glacé de ses manœuvres. Son attitude envers lui était admirable. Au lieu des grâces et des roucoulements qu'il était en droit d'attendre d'une jeune fille inexpérimentée devant les attentions que lui prodiguait un aussi beau parti, elle offrait l'impassible image d'un charme placide. Elle le traitait presque, mais pas tout à fait, comme un ami de son père, plus jeune que les autres, mais qui tout de même ne s'intéressait pas à elle de façon immodérée. Elle le remerciait de ses fleurs avec un accent de gratitude qui indiquait avec précision qu'elles étaient loin d'être les seules fleurs qu'elle eût reçues ce jour-là, et pourtant ses remerciements n'avaient jamais rien de tout à fait superficiel. Elle le laissait l'emmener au théâtre et au restaurant presque aussi souvent qu'il le lui proposait, mais, on ne sait comment, d'autres couples se joignaient toujours à eux, si bien qu'il n'était jamais en tête à tête avec elle. « Mais, Ram, mon cher, c'est toujours ainsi pendant la saison... Vous le savez », lui reprocha-t-elle avec désinvolture la seule fois où il protesta en disant qu'il n'aimait pas faire partie d'une troupe. Après cela, il toléra sans aucun signe d'impatience la horde de jeunes gens dont elle s'entourait. Je connais son jeu, se disait-il, tandis qu'elle taquinait un jeune homme avec un de ses sourires classiques, une de ses moues charmantes, mais il se prenait de plus en plus à se demander si c'était vrai. Ram décida qu'il devait se montrer avec d'autres jeunes personnes : il y en eut beaucoup qu'il sortit ou à qui il servit de cavalier durant les mois de la saison, les traitant avec la même, exactement la même galanterie seigneuriale, attentive et contenue qu'il prodiguait à Sarah.

L'honorable Sarah Fane avait une saison splendide. Tous les magazines et tous les journaux reconnaissaient qu'elle était parmi les plus belles débutantes de l'année et l'on avança son nom comme une fiancée possible pour le prince Charles, en dépit du fait que ce dernier ne lui accordait pas plus — et pas moins — d'attentions qu'aux autres jeunes personnes. Il est vrai que trouver une fiancée au prince Charles était un passe-temps national permanent. Avril et mai passèrent et juin arriva, sans que rien changeât dans la platitude sereine de Sarah, qui continuait à virevolter de bals en réceptions, toujours impeccablement vêtue de toilettes choisies pour rehausser sa beauté. Plutôt que les éternels pastels, qui étaient presque obligatoires pour les débutantes, elle penchait vers les bleus profonds et les riches vert émeraude, les robes à coupe sévère et jamais trop sophistiquées qui mettaient en valeur ses épaules. Elle ne parlait jamais à Ram des soirées presque sans fin auxquelles elle était invitée ; de temps en temps, tout de même, elle lui demandait de l'accompagner. Son aimable réticence était plus exaspérante que tous les renseignements qu'elle aurait pu donner. Il attendait qu'elle se vante mais il attendait en vain. Il espérait l'entendre faire allusion aux autres jeunes filles qu'il voyait, mais, là encore, c'était en vain. Il finit par s'avouer que c'était un adversaire redoutable. Il aurait préféré trouver l'épouse rêvée chez quelqu'un de moins sûr de soi, pourtant, il était flatté de penser que son choix, maintenant qu'il l'avait fait, s'était porté sur une jeune femme exceptionnelle. Il commença à estimer inévitable que, plutôt que quelque jeune oie blanche qui serait tombée sans surprise entre ses mains, il eût choisi une fille consciente de sa valeur et qui n'entendait pas se vendre pour rien.

Fane Hall était le cadre où se donnait le bal de Sarah, un dîner dansant sous une série de tentes dressées de tous côtés de la majestueuse demeure de style Tudor. Un certain nombre de jeunes invités avaient été conviés à passer la nuit à Fane Hall et les autres, à moins de rentrer en voiture à Londres, devaient tous loger chez les divers voisins. Tout cela était presque aussi compliqué et détaillé que les préparatifs d'un couronnement, observa Sarah avec un rire joyeux, comme si elle n'était en rien concernée. Sa soirée serait exceptionnelle en ces dures années 70, ce serait un réconfortant retour au bon vieux temps. Les Fane pouvaient se le permettre, se disaient les gens, ce qui ajoutait au respect dans lequel on tenait Sarah et sa jeune gloire.

On avait choisi le premier week-end de juillet 1976, une fois les examens passés, pour marquer le début de la saison ; tous les jeunes gens bien nés d'Angleterre étaient libérés des prisons universitaires.

Sarah régnait sur son bal dans une robe de soie blanche, sans épaulettes, nouée par des rubans de satin sous les seins, avec d'autres rubans retenant la jupe à l'ampleur énorme, qui retombait en trois volants ondoyants. Elle portait sur sa ravissante tête la tiare de sa grand-mère ; elle arborait un sourire aussi aimable, ravi et sans affectation pour un duc que pour une jeune fille ; elle avait l'air de faire partie intégrante d'une grande tradition aristocratique, sans raideur ni timidité ; et elle assumait sa beauté sans défaut comme si rien ne pourrait jamais la faire pâlir ou la diminuer. Elle était la reine de son bal, mais il y avait on ne sait quoi dans l'air qui faisait basculer son règne dans la légende, quelque chose qui donnait à tout le monde l'impression que le bal de Sarah Fane s'inscrirait dans l'Histoire. Elle battit tous les records ce soir-là en dansant avec plus de deux cents cavaliers, tourbillonnant avec une grâce inlassable, toujours maîtresse des circonstances. Ram ne parvint à la saisir qu'un moment ou deux et il passa la soirée à danser avec bien d'autres jeunes filles, sous l'œil favorable des mères et des filles. Il fut presque tenté, alors, de la demander en mariage, mais il se retint. Au soir d'une telle victoire, il estimait qu'on n'accorderait pas à sa proposition la valeur qu'elle méritait. Ce serait apporter trop d'eau au moulin de Sarah Fane... Il allait lui laisser passer la saison. Cela lui ferait du bien de se demander pendant quelques mois de plus pourquoi il continuait à lui prodiguer ses attentions sans rien dire.

« Donne-moi juste un exemple », suggéra Kiki. C'était un dimanche matin, dans l'appartement de Luke ; pour être précis, dans le lit de Luke. Elle n'avait pas du tout envie d'un « par exemple », elle avait envie que Luke l'embrassât de nouveau. Luke l'embrassa.

« Par exemple, dit-il, mon Dieu, tu n'es jamais aussi délicieuse que le matin *avant* de t'être brossé les dents... Ta bouche du matin, j'adore ! Tu regardes la caméra avec de grands yeux de chatte et une sensualité fouineuse qui se concentrent autour de ton nez et de tes lèvres, et l'on entend ta voix hors champ qui dit : " Quel homme a envie d'un baiser qui sente la menthe dès l'instant où il se réveille ? Un peu de Fluocaril la veille au soir... voilà mon secret. " Et là-dessus, je t'embrasse encore, comme ça, et je dis : " Miam, miam... ne t'avise pas de te lever. "

— Mais c'est fantastique ! Pourquoi ne peux-tu pas l'utiliser ? demanda Kiki. Même à moi ça me donne envie d'acheter du Fluocaril, alors ça doit être une bonne idée.

— Une idée formidable mais qui ne pourrait jamais passer à l'antenne. Le client ne veut pas de luxure, ma chaîne ne veut pas en entendre parler, le public serait choqué. Et puis, ça n'est probablement pas vrai, et nous devons nous préoccuper de la vérité en publicité.

— Est-ce que tu veux dire que je devrais me brosser les dents ? demanda Kiki, inquiète.

— Non, idiote chérie, mais seulement que tout le monde ne peut pas embrasser directement l'autre au réveil comme je le fais. » Il l'embrassa encore. « Tu ne peux pas prétendre que Fluocaril a de l'effet toute la nuit. A partir du moment où tu as deux personnes dans un lit, l'une d'elles doit souffrir d'acidité ou de sinusite et l'autre doit être une infirmière dévouée. Il ne peut s'agir d'un couple d'heureux amants qui, de toute évidence, viennent de s'éveiller : l'Amérique n'est pas prête à recevoir cette image.

— Mais c'est la réalité, protesta Kiki.

— La réalité ! Ça n'est pas pour elle qu'on fait des films publicitaires. Si nous voulions de la " réalité ", on ferait un documentaire, marmonna-t-il en l'embrassant sous l'aisselle. Je crois que j'aime encore plus l'aisselle au réveil que la bouche.

— Donne-moi un bon " par exemple ", ronronna Kiki.

— Prends cette femme qui dit en s'adressant directement à la caméra : " Je déteste Machin ! "... et elle dit le nom d'un commentateur sportif connu. Et puis une autre et une autre jusqu'au moment où tu as l'écran occupé par seize femmes différentes qui disent toutes avec une hystérie croissante : " J'ai horreur de Machin ! "... et alors on entend une voix, la voix calme d'une femme qui dit : " Vous en avez assez du match du dimanche après-midi ? Essayez la Bufférine. Ça ne le fera pas taire *lui*, mais *vous* vous sentirez mieux. "

— Alors, qu'est-ce qu'il y a de mal à ça ? Tu ne dis rien qui ne soit pas vrai.

— Non, mais Machin pourrait avoir de quoi engager une action en justice, et puis la chaîne ne passerait jamais cette annonce pendant le match, et c'est pourtant le seul moment où elle aurait le maximum d'impact.

— Mais si tu engageais Machin pour dire « Essayer la Bufférine : ça ne me fera pas taire *moi*, mais *vous* vous sentirez mieux ? " fit Kiki, rêveuse. Je parie que le type marcherait...

— Kiki, dit Luke, se levant presque à force d'excitation, je crois que nous venons de piquer le budget de Bufférine !

— Reviens ici, ordonna Kiki. C'est dimanche... tu ne peux pas piquer des budgets le dimanche. » Luke revint s'installer sous les couvertures et poursuivit sa liste de films publicitaires imaginaires.

« J'en ai un bon aussi pour les tampons protecteurs. Tu prends quelqu'un comme Katharine Hepburn ou Bette Davis, une personnalité énergique ; on la filme en gros plan et elle dit quelque chose comme : " Si les femmes n'avaient pas de menstruations, il n'y aurait pas de race humaine du tout, alors cessons d'être si timides là-dessus ; l'ovaire qui pond un ovule, c'est la nature. Et si l'ovule n'est pas fertilisé, il vaut mieux, alors, utiliser un tampon protecteur, le tampon qui ne provoque aucun inconfort et qui est efficace. "

— Hem ! dit Kiki.

— Tu vois, même toi tu es choquée. A la télévision, les femmes n'ont pas de règles, d'ovaires, de vagin et rien de tout leur bazar, sauf dans les feuilletons où elles se font faire une " totale " à l'hôpital. C'est le tabou le plus impératif... Même si on peut en parler en détail dans un feuilleton, il faut utiliser des allusions, dans le style de " les jours difficiles ", pour un film publicitaire. Nous sommes le dernier bastion du puritanisme.

— Pauvre chou, tu dois être si frustré.

— Parfois je le suis, mais en général j'oublie ce que j'aimerais faire et je fais ce que je peux du mieux que je peux. Il faut bien vivre », marmonna-t-il.

Kiki jeta les bras autour de Luke et le serra de toutes ses forces. « Ecoute, ça n'est pas seulement un moyen d'existence, pauvre idiot. Tu ne te rends pas compte que, sans la publicité, il n'y aurait pas de journaux, pas de magazines, pas de télévision, en dehors des subventions gouvernementales ? La publicité, c'est ce qui soutient les informations et les possibilités de distraction, alors ne prends pas de grands airs pour en parler. Tu exerces un métier nécessaire et tu le fais mieux que personne !

— J'avais oublié que je parlais à une capitaliste. Je suis si habitué aux filles qui traitent de haut la publicité que c'est un plaisir d'entendre notre camarade, la déléguée de Grosse Pointe. »

Kiki, qui le tenait déjà d'une main ferme, essaya de le secouer, mais il était trop fort, alors elle se contenta de répliquer : « Pas de reconnaissance. Pas de classe. Pas de goût. Parler même d'autres filles à un moment pareil... Je me lève, Luke Hammerstein, espèce de satyre.

— Oh ! non... Excuse-moi, je plaisantais.

— Il faut que j'aille pisser, dit-elle, hautaine.

— Tiens, et celle-ci ? Une fille superbe, habillée à la dernière mode, dit : " Pardonnez-moi, mais il faut vraiment que j'aille pisser " et l'autre belle fille — elles déjeunent à La Grenouille — dit : " Quel papier hygiénique préfères-tu ? " Et la première répond : " Lady Scott, bien sûr, car même les gens les plus raffinés doivent pisser... Alors, autant le faire avec style. "

— Magnifique ! ricana Kiki. Je pense que tu devrais enseigner l'anglais à Harvard. Tu es vraiment tordu, Luke Hammerstein, tordu.

— Parce que j'ai parlé de Grosse Pointe ? dit-il, moqueur.

— Va te faire foutre ! répondit Kiki, furieuse.

— Pas quand tu es là.

— J'imagine que je dois prendre ça pour un compliment ? fit-elle, piquée.

— Je pense bien. Maintenant va pisser et vite. Et ne te brosse pas les dents pendant que tu es là-bas ! » Il s'étira avec volupté dans le lit. Un seul problème le préoccupait : croissants, fromage et saumon fumé, d'abord, et baiser plus tard ? Ou baiser d'abord et croissants après ? Vrai problème talmudique !

« Qu'est-ce que tout ça veut dire, Thésée ? demanda Daisy à son chien en lui grattant les oreilles d'une façon qu'il aimait particulièrement. Dis-moi donc ce que tout ça veut dire ?

— Si je n'étais pas ici, enchaîna Kiki, je comprendrais que tu lui poses la question, mais puisque tu as ce puits de sagesse à ta disposition, je suis plutôt vexée.

— Je croyais que tu étais trop occupée à te refaire les ongles pour parler.

— Ça n'a pas de rapport. » Kiki se pencha sur ses mains, appliquant du dissolvant au vernis rouge foncé, presque marron, qu'elle arborait depuis quelque temps. « Tu connais beaucoup de manucures muettes ?

— Je ne suis jamais allée en voir une... Comment veux-tu que je saches ? Je pensais qu'elles opéraient dans un silence sacré.

— Tu te laves les cheveux toi-même, tu te fais les ongles... Pas étonnant que tu sois obligée de demander conseil à un chien, ricana Kiki.

— Comment veux-tu que je te parle ? demanda Daisy d'un ton posé. Tu es si heureuse et si excitée que tu n'as plus le temps d'être intelligente. Tu vois tout avec les yeux de l'amour ; rien ne déforme autant... Ton appareil perceptif est anesthésié, le fonctionnement de ton jugement paralysé, tu n'as plus ton libre arbitre et tu opères en partant de prémisses que personne d'autre que toi au monde ne comprend... Thésée, au moins, n'est pas amoureux.

— Depuis que tu es rentrée de Venise, dit Kiki, on est en novembre maintenant, ça fait donc deux mois, tu n'es plus toi-même. Mon appareil perceptif, comme tu dis, est plus aiguisé que jamais dès l'instant que tu ne poses pas de questions sur Luke. Tu es dans un état de demi-malheur, de demi-tourment, de mini-contentement de toi-même et de maxi-mini-désir de je ne sais quel sentiment vis-à-vis de North. Pourquoi ne me demandes-tu pas avant de t'amouracher du type pour qui tu travailles ?

— Il y avait une grève du téléphone, lui rappela Daisy.

— Des excuses, toujours des excuses. Quel est le statut exact de vos relations, si je puis employer un tel mot pour parler de quelque chose d'aussi sacré ?

— Incertain, dit Daisy.

— Une relation incertaine ? Tu veux dire qu'il y a quelque chose de pas catholique là-dedans, quelque chose de sinistre ?

— Oh ! mon Dieu, Kiki, tu t'es encore trompée. Incertain comme quand le vent souffle de l'est et puis vire à l'ouest, incertain comme quand le brouillard se forme et puis disparaît et puis revient, incertain comme les sables mouvants. »

Kiki jeta un coup d'œil à Daisy. Elle a perdu du poids, se dit Kiki, et Dieu sait qu'elle n'en avait pas besoin, son caractère en a pâti, non qu'elle fût jamais hargneuse, mais elle était très tendue ces jours-ci et elle passait beaucoup trop de temps à s'occuper de Thésée et à l'emmener courir dans le quartier, et pas assez de temps avec North.

« Pourrais-tu être plus précise ? demanda Kiki, déballant un flacon tout neuf de vernis à ongles rose pâle et commençant à l'appliquer au pinceau.

— C'est difficile de désigner quelque chose de précis. Quand nous sommes rentrés, je savais que tout devait changer. Après tout, les circonstances à Venise étaient tout à fait anormales. Je ne crois pas que North ait pris jamais autant de vacances de sa vie. Et, bien sûr, j'avais raison : tout s'est accumulé et nous avons dû travailler deux fois plus dur que d'habitude pour rattraper la semaine perdue, mais je comprends ça : je suis dans le bain avec lui. C'était bon de travailler ensemble. Il me traitait comme il l'avait toujours fait devant les autres. Et je n'ai certes pas envie de voir Mick, Wingo et tous les autres nous lorgner d'un air ironique. Quand nous étions seuls, il était... drôle... Il est drôle... il a envie de moi... il est tendre... je crois...

— Mais ?... insista Kiki.

— Mais... ça ne va pas plus loin.

— Je ne vois pas en quoi ça rend vos rapports incertains.

— C'est un rien qu'il a dans *la façon* d'aimer, quelque chose qui n'est pas stable, qui ne va nulle part, qui reste en attente, quelque chose d'incomplet, d'hésitant...

— Ça tient à toi ou à lui ? » demanda malicieusement Kiki. Daisy renonça à essayer de faire bouffer l'impossible pelage de Thésée et considéra la question comme si elle ne se l'était jamais posée.

« Je crois que ça tient à nous deux, maintenant que tu me le demandes, dit-elle lentement, et l'air surpris.

— Alors, tu ne peux vraiment pas te plaindre. Non, plutôt, *tu peux* te plaindre ! Si tu ne peux pas pleurer sur mon épaule, quelle amie suis-je ? Vas-y, plains-toi ! »

Daisy lança un coup d'œil attendri à Kiki, remarquant soudain que celle-ci avait un air très bizarre. Ses cheveux ébouriffés étaient brossés avec soin et même sa frange tombait avec calme sur son front. Ses yeux semblaient deux fois plus petits sans son maquillage habituel. Elle avait juste un soupçon de mascara et son rouge à lèvres était assorti à son vernis à ongles. Son allure bohème était réduite au minimum, remplacée par des façons douces, tranquilles, moins exubérantes et elle était assise là, en sous-vêtements, en attendant que ses ongles sèchent. Ce qui était également bizarre. Depuis quand Kiki portait-elle jupon et soutien-gorge ?

« Vas-y. Je ne serai pas satisfaite si tu ne te plains pas maintenant, reprit Kiki.

— J'ai l'impression...

— Oui ? Allons, Daisy, les impressions, ça me connaît.

— C'est... Je n'arrête pas de me demander : s'il n'y avait pas eu cette grève, serait-il arrivé quelque chose ? Est-ce que ce n'était pas seulement, peut-être, les circonstances ? Nous n'avions même jamais flirté et ça fait plus de quatre ans que je travaille pour North... S'il y avait eu quelque chose avant Venise, je m'en serais aperçue, non ? Ça n'est peut-être qu'un accident ?

— Ce n'était pas un accident, fausse plainte, faux problème. Il s'est bel et bien passé quelque chose et ça continue. S'il s'était trouvé bloqué à Venise avec quelqu'un dont il se foutait, il ne se serait rien passé du tout... D'accord ?

— J'imagine, d'un autre côté, dans cette atmosphère magique, que n'importe qui aurait fait l'affaire.

— Daisy ! Cesse ! » Kiki était horrifiée. Même après des années d'expérience, elle n'arrivait pas à imaginer que quelqu'un d'aussi beau pût se déprécier soi-même comme le faisait Daisy Valenski.

« Tu as raison... voilà que je recommence ! Mais il y avait encore l'autre jour quelque chose que je n'arrive pas à oublier. Nous étions allongés chez North, nous venions de faire l'amour et j'étais là, j'avais envie d'être dorlotée, caressée, tu sais... qu'on me tienne... et il s'est écarté, nerveusement et il a dit de cette voix lointaine et nonchalante — pas à proprement parler ennuyée — " Daisy, amuse-moi. "

— Ce trou du cul !

— C'est exactement ce que j'ai pensé ! Je ne compte pas le revoir sauf dans le travail. »

Les deux filles échangèrent un regard, chacune comprenant parfaitement l'autre.

« Mais qu'est-ce que tu as dit ensuite ? demanda Kiki.

— Rien... J'étais écœurée. Je me suis levée, je me suis rhabillée et je suis rentrée.

— Pourquoi ne m'en as-tu pas parlé tout de suite ?

— J'ai cru tout d'abord que j'y attachais trop d'importance, que j'étais trop sensible, que je n'avais pas le sens de l'humour... Que ce n'était qu'un petit détail, fit Daisy, maussade.

— C'est aux petits détails comme ça qu'il faut faire attention. Ce sont ces petits détails qui te conduisent où tu en es et qui te montrent où lui en est, dit Kiki, se barbouillant les doigts de vernis dans son agitation. Attacher trop d'importance quand il te parle comme si tu étais une sorte de jeu ? Une fille de harem, une poupée qu'on peut remonter pour lui faire jouer un petit air ? Pas étonnant que North ait divorcé deux fois... cet enfant de salaud ne connaît rien aux femmes. » Kiki se sentait le cœur serré pour Daisy.

« Ecoute, ça n'est pas pour changer de sujet, mais est-ce que Luke ne vient pas te chercher dans cinq minutes ? Tu n'es même pas maquillée ni habillée. Tu vas être en retard. »

Kiki sursauta, plongea dans sa penderie et en émergea avec un sac en matière plastique de chez Givenchy. Elle l'ouvrit et se glissa d'un geste souple dans une coûteuse robe toute simple et classique, en flanelle blanc cassé, avec un cordon bleu marine tressé aux incrustations de cuir crème pour ceinture. Elle enfila de sages escarpins et se mit autour du cou un modeste rang de perles. Elle se retourna en lançant à Daisy un regard de défi.

« Qu'est-ce que c'est que ça ? fit Daisy, incrédule.

— Un modèle de Givenchy, riposta Kiki.

— Tu ne vas pas sortir comme ça ? » demanda Daisy. Elle avait vu Kiki dans toutes les tenues possibles, mais celle-ci lui paraissait la plus insensée.

« Si.

— Tu es en deuil ? Tu vas à un enterrement ?

— Non.

— C'est une fille qui entre au couvent et tu es invitée à la cérémonie ?

— Non.

— On t'a invitée à la Maison-Blanche ?

— Non plus.

— J'y suis : c'est un bal costumé et tu es déguisée en fille convenable.

— Tu brûles. Luke m'emmène à Pound Ridge... Pour rencontrer sa mère, dit Kiki avec un petit sourire.

— Dieu soit loué ! cria Daisy, bondissant avec une telle excitation que Thésée, à demi endormi, se retrouva sur le sol.

— Et *alleluia !* cria Kiki, se lançant dans une petite danse triomphale.

— Mais tu ne peux, tu ne peux absolument pas y aller ainsi.

— Pourquoi donc ? C'est parfait. Sa mère est ultra conservatrice.

— Parce que tu vas te trahir. Qui veux-tu impressionner le plus, Luke ou sa mère ? Si tu t'habilles comme ça, il saura que tu cherches à avoir l'approbation de sa mère et c'est la fin avec un type aussi *cool* que Luke. Il faut que tu donnes le sentiment que ça n'a rien d'extraordinaire. Ne te déguise pas en fiancée avant même qu'il t'ait demandé de l'épouser, bonté divine ! Oh ! quelle ânerie... Tu fais Grosse Pointe à cent mètres. Il va en être malade de rire.

— Oh ! merde... Tu as parfaitement raison, gémit Kiki. Mais qu'est-ce que je vais me mettre ? Je n'ai rien qui aille, même vaguement. » Elle était l'image même de la consternation, tandis qu'elle fouillait dans sa penderie et rejetait par terre, dans son affolement, les tenues extravagantes, les unes après les autres.

— Si tu mettais un pantalon ? Qu'est-ce que tu dirais de ton pantalon de crêpe noir ? demanda Daisy.

— Il est couvert de peinture. J'ai oublié que je l'avais sur moi et je l'ai gardé hier pour peindre un décor.

— Et les autres, en lainage ?

— Ils sont tous chez le teinturier... Daisy, pourquoi suis-je aussi désordonnée ? Pourquoi ces choses-là n'arrivent-elles toujours qu'à moi ? Il va être ici dans une minute, se lamenta Kiki.

— Reste tranquille une seconde, fit Daisy en examinant Kiki attentivement. Très bien. Ôte-moi ces perles, ton soutien-gorge et ton collant et remets la robe. Maintenant, mets tes sandales, celles qui ont des dorures partout et des talons de cinquante centimètres. Une chance que tes jambes soient encore bronzées ! Maintenant, déboutonne la robe jusqu'à la taille. Non, c'est trop loin... Remets deux boutons. Parfait... Je vois encore du sein, mais juste un peu. Tiens, voilà une ceinture.

— Daisy, protesta Kiki, c'est le collier de Thésée.

— Tais-toi et vois s'il te va à la taille, riposta Daisy. La barbe, il est trop court... Il aurait pourtant été parfait. Une ceinture, une ceinture... » marmonna-t-elle, en fouillant dans ses tiroirs ; elle finit par en extraire une mousseline rouge vif sur laquelle elle avait cousu une grosse boucle style 1920 avec des diamants, qu'elle avait trouvée dans un Prisunic. Cherchant encore, elle découvrit une petite fleur en soie rouge.

On sonna à la porte. « Va te faire les yeux, ordonna Daisy. Je vais tenir compagnie à Luke. Ne te dépêche pas, reste calme, pour l'amour du ciel, aie la main ferme », conseilla Daisy en poussant Kiki dans la salle de bains et en refermant la porte derrière elle.

Luke arriva en trombe dans le studio, prodiguant des « bonjour » à Daisy et à Thésée. Daisy, qui était habituée à son air absent et rêveur, le trouva agité. Il battait des paupières trop nerveusement pour avoir l'air mélancolique, il n'arrêtait pas de tirer sur sa barbe et d'ôter de ses manches des poussières invisibles.

« Où est Kiki ?

— Elle se prépare, répondit Daisy avec dignité.

— J'imagine qu'elle a mis un maillot vert acide sur lequel elle a drapé une sorte de châle maya ?

— Quelque chose comme ça, j'imagine. »

Il tourna les talons et regarda par la fenêtre, tapant du pied sur le sol et les doigts tambourinant nerveusement sur le mur. « Ma mère déteste quand je suis en retard, observa-t-il.

— Elle n'en a pas pour longtemps. Qu'est-ce qui se passe ce soir ?

— Une sorte de dîner de famille. Ma grand-mère doit être là, dit-il, maussade.

— Trois générations à dîner, hein ? dit Daisy.

— Et quelques oncles et tantes qui se sont invités en apprenant que je venais avec une fille.

— Tu n'as jamais emmené une fille dîner chez toi ? demanda-t-elle stupéfaite.

— Pas depuis le collège. » Luke lança à Daisy un bref coup d'œil terrifié et fébrilement déterminé qui lui révéla tout ce qu'elle avait besoin de savoir.

« Excuse-moi une minute, Luke. Je vais aller voir si je peux persuader Kiki de se dépêcher », dit-elle. Sur le chemin de la salle de bains, elle s'arrêta dans la penderie de Kiki et en retira les escarpins bleu marine de chez Ferragamo, ainsi que la ceinture bleu et crème que Kiki avait tout à l'heure. Elle considéra d'un air songeur le soutien-gorge et le collant qui gisaient par terre. Elle prit le collant et laissa le soutien-gorge. Pas la peine d'en faire trop ! Elle ouvrit doucement la porte de la salle de bains. Kiki s'était maquillé les yeux. « Ôte-moi ces horribles sandales, fit Daisy, qui s'occupait à lui retirer la ceinture de taffetas rouge et la fleur artificielle.

— Quoi ?

— Changement de technique. Ne me demande pas d'explications. Tu n'as pas le temps. Voici ta ceinture. C'étaient des vraies perles ?

— Bien sûr... Celles de ma mère.

— Bon, remets-les aussi. Ferme un bouton de plus et laisse-moi te regarder. Là, brosse-toi un peu les cheveux pour les gonfler. Ça ira... Tu es divine. Voilà un gros chandail que je te prête... Tu n'as pas un manteau de demi-saison convenable ?

— Un cardigan en cachemire blanc, Daisy. Il date d'avant l'époque où nous étions au collège, quand tu étais gosse à Londres !

— N'importe qui peut acheter un chandail, un vieux cachemire résolument jaunissant... Ça, ils comprendront.

— Qui ça " ils " ?

— Peu importe. Luke est impatient de partir. Non, attends... Tu as encore besoin de quelque chose... » Daisy glissa la fleur de soie rouge dans la ceinture. Elle recula pour examiner l'effet. « Raffinée, élégante, chère, discrètement sexy et patriotique... Qu'est-ce qu'ils pourraient demander de plus ?

— Que j'aie l'air juive, dit Kiki, sinistre.

— Ils ne s'attendent pas à des miracles.

— Encore " ils "... Tu me rends nerveuse, balbutia Kiki tout en s'admirant devant la glace.

— C'est très bien, ça leur plaira si tu es nerveuse... C'est bien naturel. Vas-y. » Daisy arracha Kiki à la contemplation du miroir et la poussa vers le studio. Elle entendit des paroles d'accueil rapides et étouffées, puis la porte de l'appartement claqua derrière Luke et Kiki. Elle revint à pas lents dans la pièce vide. Thésée était planté là, penchant la tête d'un air interrogateur, une oreille blanche dressée, l'autre pas.

« Tu dois te demander ce qui se passe, lui dit-elle. Mais peux-tu répondre à cette question ? Pourquoi, mais pourquoi donc est-ce que je ne peux pas le faire pour moi ? »

20

Qu'est-ce que c'est que cette connerie, le client vient ? hurla North dans le téléphone. Luke, tu sais aussi bien que moi que c'est impossible. La campagne est entièrement montée... Pourquoi veut-il venir maintenant ? Pourquoi d'ailleurs viendrait-il de toute façon ?

— Ecoute, North, ne m'engueule pas. La dernière personne que j'aie envie de voir à une réunion, c'est bien le représentant d'un client, tu le sais, dit Luke avec force. Mais on n'a jamais vu ça : le client insiste lui-même pour venir. Pour un petit budget, je pourrais peut-être le concevoir, mais le président de Supracorp ? Il devrait être à des kilomètres au-dessus de ça, bon Dieu !

— Je me fous de savoir s'il est au-dessus ou au-dessous... Ce qui compte, c'est qu'il nous retire notre liberté ! cria North.

— North, tu t'imagines être libre parce que c'est ce que tu aimes croire. Au fond, aucun de nous n'a de liberté. C'est au client de décider comment dépenser son argent. C'est lui qui a la liberté. La seule liberté que j'aie, c'est de lui proposer des façons adroites de claquer son fric et la seule liberté que tu aies, c'est de réaliser tes films publicitaires le mieux possible.

— Epargne-moi tes réflexions à la con. Je veux dire qu'il va venir fourrer son nez dans des choses où il ne connaît rien, qu'il va se croire plus malin que nous et que, même s'il aime ce que nous avons fait, il va vouloir le changer rien que pour le plaisir de se mêler de quelque chose qui ne le regarde pas. Ce salopard vient voir des fournisseurs ! Il a sans doute déjà flanqué des dépressions nerveuses à tous ceux qui travaillent pour lui, alors il cherche de nouvelles victimes. Je vois le genre...

— Tu ne connais pas Patrick Shannon.

— Tu le connais, toi ?

— Non... mais j'ai entendu dire que c'est un coriace, et qu'il est malin comme un singe.

— Parfait, dit North, amer. Juste ce dont je rêve à une réunion de production. Il suffisait déjà de nous deux. Plus coriace et plus malin, on n'en a pas besoin.

— Je suis de ton avis, mais je ne peux pas lui dire qu'on ne veut pas de lui, tu ne trouves pas ?

— Tu pourrais essayer.

— Essaye donc, North, toi qui es si libre.

— A demain » North raccrocha et se mit à réfléchir à ce

nouveau problème. Qu'un client en chair et en os descendît de son siège sur l'Olympe pour assister à une conférence de production d'un film publicitaire, c'était la fin ! North avait exactement défini ses clients : ce devait être des entités désincarnées et invisibles, plutôt un groupe de gens qu'un seul homme ; ils siégeaient quelque part dans les nuées de vastes sociétés, dans des salles de conseils d'administration énormes, dominant l'Hudson, et, d'un signe de tête, faisaient oui ou non aux campagnes de publicité proposées, préparées et réalisées par des créatures inférieures.

Ils ne se salissaient pas les mains en essayant de savoir comment fonctionne la machine. Ils condescendaient parfois à indiquer la direction qu'ils voulaient prendre, mais à part ça ils ne se mêlaient de rien. Du moins, logiquement, il devrait en être ainsi, bon Dieu ! Tout ce que le client avait à faire, c'était de décider de l'utilisation de son message.

L'idée que le client choisît de se manifester en la personne de Patrick Shannon paraissait monstrueuse. A quelle abomination cela pouvait-il conduire ? Peut-être voudrait-il prononcer le « message » lui-même, comme dans les films publicitaires réalisés par des amateurs pour les vendeurs de voitures d'occasion ? Peu importait que la campagne pour les produits Elstree exigeât un budget de plusieurs millions de dollars... Ce clown de Shannon devrait avoir la politesse de laisser les professionnels grassement payés, qu'il avait engagés, s'en préoccuper. Impossible de savoir jusqu'à quel point il allait vouloir s'en mêler ! Il avait déjà enfreint toutes les règles en proposant d'assister à la réunion, juste au moment où Luke et les publicitaires d'Elstree avaient fini par se mettre d'accord sur une campagne convenable. Quiconque arrivant à ce moment ne pouvait apporter que des ennuis. De gros ennuis.

« Daisy, lança-t-il dans le téléphone intérieur. Viens ici tout de suite. » Si Shannon venait à la conférence, North le recevrait entouré de tous ses collaborateurs. A Daisy de s'en occuper. Il avait d'importants problèmes à régler.

Daisy procéda à un dernier examen de la grande salle de conférences. La réunion qui devait commencer dans quelques minutes avait déjà causé assez de consternation et de colère ; elle avait donc décidé de s'assurer que, même si rien d'autre n'allait bien, les gens qui se trouveraient rassemblés auraient au moins assez de cendriers, de crayons et de carafes d'eau glacée. Et voilà que quelqu'un avait oublié de disposer des blocs-notes. Si les gens ne pouvaient pas crayonner aux conférences de pré-production, ils ne tardaient pas à se défouler en lançant des piques, se dit Daisy, en se précipitant pour demander à la secrétaire de North de faire porter des piles de blocs blancs tout neufs.

Il restait une minute de répit. Daisy se rendit dans son bureau pour jeter un coup d'œil à la glace : tout semblait en ordre. Elle avait réussi à se rendre presque invisible. Elle avait rassemblé sans pitié ses cheveux en une épaisse natte qu'elle dissimulait en la glissant sous sa chemise blanche de travail, le long de son dos. Par-dessus la chemise, elle avait une salopette blanche de menuisier délibérément trop large et elle s'était juché sur la tête un bonnet blanc de matelot qui descendait si bas sur le front qu'il parvenait à lui cacher les yeux. Elle songeait avec satisfaction qu'étant donné les briques blanches des murs de la salle de conférences, elle allait se confondre avec le décor.

Daisy n'avait pas pu éviter d'assister à la réunion. Du moins, espérait-elle que Patrick Shannon n'arriverait pas à reconnaître en elle la jeune femme qu'il avait rencontrée au dîner chez les Short, à Middelburg, et qui, apparemment, l'avait mis très en colère ; elle se demandait d'ailleurs si sa seule présence ne risquerait pas, au cas où il la reconnaîtrait, d'ajouter à l'inévitable tension.

Le bruit de l'ascenseur indiqua à Daisy que la conférence allait commencer. Luke Hammerstein, accompagné de cinq de ses collaborateurs, arriva le premier. Daisy se tenait de côté pendant que la salle commençait à se remplir. North n'avait accepté d'excuses de personne pour cette conférence au sommet et Arnie Greene, Nick le Grec, Hubie Troy, Wingo Sparks, les deux assistantes de Daisy et Alix Updike étaient tous là. « Revue en grande tenue », se dit Daisy en repérant un endroit pour s'asseoir : juste derrière Nick qui arborait ce jour-là un écossais particulièrement vif. Tous les regards, estimait-elle, s'arrêteraient sur Nick et, perdus en contemplation, n'iraient pas plus loin.

Exactement à l'heure prévue, Patrick Shannon fit son entrée, suivi de cinq personnes qu'il présenta rapidement : Hilly Bijur, président du département Elstree de Supracorp ; Jared Turner, directeur du marketing ; Candice Bloom, directrice des relations publiques d'Elstree ; Hélène Strauss, directrice de publicité ; et Patsy Jacobson, directrice de production.

Le temps qu'il leur fallut à tous pour trouver des chaises, Daisy parvint à jeter un coup d'œil de sa position stratégique et à étudier brièvement Patrick Shannon qui s'était assis sans hésitation à l'autre bout de la table, face à North. C'était la première fois qu'elle voyait North avec un homme qui, de toute évidence, était son égal. Elle sentait, sans même regarder, comment Shannon dominait la salle. Chacun, quelle que fût sa place, semblait se pencher vers lui comme vers un aimant. Peut-être était-ce le poids de tous les regards braqués dans sa direction qui donnait cette impression, se dit-elle, refrénant une envie de rire devant l'absurdité de la scène. La présence de Shannon en ces lieux était si peu nécessaire qu'elle

n'arrivait pas à croire que Luke et North l'eussent prise au sérieux...
et avec une telle véhémence. Si cet homme pompeux voulait donner
l'impression de faire quelque chose de « créatif », à propos des films
publicitaires de sa firme, pourquoi ne pas le lui laisser croire, se
demanda-t-elle ? Il n'était pas différent de tous les autres gens qui
employaient North. Invariablement, pendant un tournage, ils
demandaient à regarder dans le viseur de la caméra avant une prise.
North les laissait toujours faire — une fois — même s'ils ne savaient
pas ce qu'ils voyaient ni ce que cela représenterait sur la pellicule, et
ils hochaient la tête d'un air sagace avant d'approuver ce que, de
toute façon, il avait l'intention de faire.

Quand même... Shannon était bel et bien entré dans la pièce du
pas ferme d'un commandant de navire arpentant sa passerelle. Un
navire, Daisy s'en doutait, qui, à peine au large, arborerait le
pavillon noir avec tête de mort et tibias entrecroisés. C'était un
pirate, un brigand d'Irlande aux cheveux ébouriffés et aux yeux
bleus, déguisé en magnat de l'industrie.

Luke se leva pour ouvrir la séance. Dans son for intérieur, il était
profondément agacé d'avoir à récapituler l'histoire d'un travail qui
avait déjà pris des semaines de discussions, travail qui était
maintenant terminé, mais Shannon lui avait téléphoné pour lui
demander au début de la conférence de mettre tout le monde au
courant.

D'une voix qui attira aussitôt l'attention, Luke commença avec
brusquerie. Faire parler un scénario de « pub » avait été une des
exigences des différents postes qu'il avait eu à occuper et cela
l'avait amené à sa position actuelle ; il s'y prenait de façon si
spectaculaire qu'on pouvait y être sensible, rien qu'en l'entendant.

« Elstree souffre d'un problème d'image de marque : vieillot,
démodé, un produit de grand-mère. Nous savions que les ennuis
venaient de là. L'année dernière, une autre agence s'est lancée en
utilisant comme principal argument de vente la pureté des ingré-
dients. Ça n'a pas marché : voilà pourquoi Elstree s'est adressé à
nous. La pureté ne suffit pas dans un monde où il existe un grand
nombre de lignes de produits de beauté qui ont des prétentions
analogues avec, à peu près, autant de justification. » Il marqua un
temps et contrôla son auditoire. Tous l'écoutaient avec attention.

« Bon chic, bon genre et pure, ça ne se fait plus ! Nous allons
attirer le marché le plus lucratif d'aujourd'hui : celui de la femme
qui travaille, dynamique, aventureuse, et qui a sa propre paye. »
Luke prit un énorme agrandissement d'un visage de fille et l'exhiba
à son auditoire attentif. « Voici Pat Stephens, la nouvelle Miss
Elstree. Les films publicitaires vont la présenter dans un certain
nombre de situations qui n'ont encore jamais été utilisées dans le
domaine des cosmétiques... Elle va faire des acrobaties dans un petit

avion, nous la verrons en apesanteur, dans une chambre pressurisée en train de suivre l'entraînement des vols spatiaux ; puis elle participera aux Cinq Cents Miles d'Indianapolis dans une voiture que la General Motors construit spécialement pour nous. Pat portera toujours une sorte d'uniforme et un casque. Dans les treize dernières secondes de chaque film publicitaire, lorsqu'elle parlera d'Elstree, elle se débarrassera de son casque et nous verrons enfin son visage donnant une formidable impression de force et de vitalité, plein d'énergie, d'excitation, d'audace et surtout, *jeune* ; elle ne sera pas simplement la femme d'aujourd'hui, mais aussi la femme de *demain*. »

Daisy contemplait l'agrandissement d'un œil aussi objectif que possible. La fille avait des traits d'une pureté splendide mais ses cheveux coupés court et cet air d'Américaine terriblement saine la privaient de toute nuance, songea-t-elle. Les dents et les pommettes, elle n'en manquait pas... mais la séduction ?

« Nous comptons signer un contrat d'exclusivité de deux ans à Pat pour que personne d'autre ne puisse l'utiliser, poursuivit Luke. Elle va devenir le symbole vivant de ce qu'il y a de profondément actuel dans Elstree. D'ici à quelques mois, peut-être moins, tout le monde aura oublié qu'Elstree existe depuis cent ans parce que les gens associeront son nom à l'image de Pat Stephens évoluant avec assurance dans le présent et dans l'avenir. »

Il s'assit au milieu des applaudissements lancés par Nick qui avait reçu des instructions avant la réunion. Le silence retomba.

Patrick Shannon désigna de la tête les gens de Supracorp. « Mesdames, messieurs, Hilly et Jared, je tiens à m'excuser de m'être imposé ici. Je sais que ces grandes réunions avec les intéressés ne sont pas habituelles, mais je n'ai pas le temps ni de suivre les filières nouvelles ni de ménager les sentiments des gens. Comme vous le savez, sauf peut-être M. Hammerstein ou M. North, j'ai souvent été absent depuis plusieurs mois et il faut que je parte aujourd'hui pour Tokyo. » Il attendit, marquant un temps juste assez long pour recevoir les hochements de tête prévus des hommes et des femmes dont il usurpait un peu la place.

« Lorsque je suis revenu au bureau voilà quelques jours, j'ai trouvé cette campagne sur ma table, prête à partir. C'était la première fois que je voyais une photo de la future miss Elstree.

— Nous attendions que Danillo la photographie avec sa nouvelle coupe de cheveux et il a mis plus longtemps que prévu », s'empressa d'expliquer Hélène Strauss.

Shannon abattit une main sur l'agrandissement. « Elle serait parfaite s'il s'agissait d'une campagne pour vendre du matériel pour cow-boys à Dallas. » Des rires nerveux saluèrent sa remarque. Les clients avaient le droit de faire un peu d'humour.

« Ça n'est pas drôle, mesdames et messieurs. Je ne plaisante pas. C'est une gosse charmante, mais malheureusement elle a un air trop sportif. Cette campagne ne pourra pas marcher. » Dans la salle, ce n'était que surprise, souffle coupé, gens pétrifiés. Shannon continua sans se démonter.

« Je suis sûr que je n'ai pas besoin d'insister sur le fait qu'Elstree a perdu trente millions de dollars l'année dernière : on ne parle que de ça dans l'industrie du cosmétique. Ça meuble les dîners en ville de mes concurrents. Je vais dépenser quelques millions de plus pour remettre cette compagnie sur pied : lancer un nouveau parfum, de nouveaux emballages, une nouvelle campagne de publicité. Si fort que soit Supracorp, Elstree ne peut pas se permettre de perdre encore de l'argent parce que mes actionnaires ne comprennent pas — je répète —, ne comprendront pas. Ils ont beaucoup moins de patience que moi. »

Shannon s'interrompit, mais personne dans la salle ne semblait avoir envie de parler. Il prit l'agrandissement de Pat Stephens et le brandit au-dessus de la table. « Cette fille et la campagne de M. Hammerstein vont certainement *changer* l'image d'Elstree, mais ce n'est pas cela qui fera vendre — et je répète le mot *vendre* — les produits de beauté et les parfums. Je ne crois tout simplement pas que les femmes puissent s'identifier à cette fille et aux situations dans lesquelles vous comptez la mettre. Cela a dû vous paraître original et nouveau quand vous avez pris cette décision, mais estimez-vous vaguement *crédible* une petite aussi dure, utilisant du rouge et du mascara sous tous ces casques ? Je suis sûr qu'elle ne porterait pas de parfum dans cette espèce de capsule spatiale. » Shannon laissa la photo tomber par terre et reprit : « Je pense que le moment est venu de revenir pour les parfums à un argument de vente romantique, un argument de vente féminin qui ait de la classe. La femme qui travaille n'est pas devenue moins féminine parce qu'elle gagne de l'argent. Ce garçon manqué que vous voulez prendre sous contrat pour incarner Miss Elstree la symbolise peut-être pour quelqu'un d'aujourd'hui, mais je suis désolé, messieurs, pas pour moi. »

Luke se crut enfin obligé de protester. « Regardez la campagne Charlie, monsieur Shannon, dit-il avec calme. Ça a été un succès fabuleux pour Revlon, et leur argument de vente, c'est cette fille aux jambes extra-longues arpentant le monde à grands pas : nette, pas spécialement jolie, mais avec cet air de pensez-ce-que-vous-voulez-mais-je-suis-assez-grande-pour-savoir-ce-qui-me-va.

— C'est justement là une de mes objections, monsieur Hammerstein, répliqua Patrick Shannon. Charlie a trois ans maintenant... cette campagne ne va pas tarder à dater. Et je n'ai pas l'intention d'imiter Charlie... Pas même le Charlie de l'an 2000. » Sa bouche était crispée d'une façon que ses employés ne connaissaient que trop bien.

« Pat... » commença Hélène Strauss. La publicité, après tout, c'était sa responsabilité.

« Non, Hélène, je n'aime pas cette campagne. Je n'en aime rien.

— Aviez-vous une autre idée en tête, monsieur Shannon ? » demanda North avec politesse. Cette interminable discussion lui faisait frémir le visage d'impatience, mais il savait que les gens de l'agence de Supracorp étaient encore plus énervés. Lui n'avait qu'à réaliser les films publicitaires, pas à les créer.

« Je n'écarte pas les choses à moins d'avoir quelque idée sur la façon de les remplacer, monsieur North », dit Shannon. Il ôta sa veste, retroussa ses manches de chemise avec lenteur et s'étira : il offrait l'image d'un grand gaillard parfaitement à l'aise devant toute une salle de gens qui venaient de voir jetés au panier des mois de plans élaborés avec soin. Daisy entendit Nick le Grec murmurer : « Meeerde » d'un ton admiratif. Elle le devinait en train de se demander s'il ne devrait pas renoncer aux gilets qu'il adorait.

« J'ai fait quelques recherches depuis que j'ai vu cette photo, reprit Shannon. L'air naturel reste l'élément le plus important : la blonde à l'air naturel fera mieux vendre qu'un mannequin brun. Je veux que vous me trouviez une blonde naturelle et que vous la placiez dans une situation naturelle. Je veux qu'elle ait de la classe, de la chaleur et une sorte de rayonnement qui semble possible à obtenir. Je veux une vraie femme, pas simplement Miss Elstree — mais quelqu'un qui pourra être connu sous son propre nom. Si Candice Bergen n'était pas déjà engagée par Estée Lauder, je dirais que c'est la fille qu'il nous faut, mais il est trop tard pour l'avoir maintenant.

— Vous voulez dire que vous cherchez l'appui d'une célébrité ? » demanda Luke, s'efforçant de ne pas trahir par son ton l'incrédulité qui l'envahissait. C'est peut-être la plus vieille idée de la publicité. Bon sang ! on l'avait utilisée du temps de reine Victoria.

« Mais pourquoi pas ? Rappelez-vous : " Elle est fiancée, elle est ravissante, elle utilise Cadum ? " Rien de fondamental n'a changé depuis lors, monsieur Hammerstein. Rien dans la nature humaine. Je ne voulais pas être original... juste différent. » Shannon sourit, avec une lueur de joyeux brigand au fond des yeux, un regard de pirate qui indiquait aux gens de Supracorp que sa décision était prise.

Pendant quelques secondes, Luke resta abasourdi et muet en imaginant sa merveilleuse fille du futur réduite à l'état de débutante minaudant, aux épaules d'aristocrate drapées de satin pour faire vendre aux masses une crème de beauté dans les Prisunic. « Vous ne craignez pas qu'une telle approche puisse être considérée comme snob... et démodée ?

— Je ne parle pas de débutante, monsieur Hammerstein : Cadum n'était qu'un exemple. Je parle de *vedette*. Les gens adorent les vedettes, aujourd'hui plus que jamais. Je veux que vous créiez une vedette ou que vous trouviez une star pour être Miss Elstree. Mais attention : pas question qu'elle ait l'air d'un garçon manqué. »

Jusqu'à cet instant, Hilly Bijur s'était abstenu d'interrompre, bien qu'il fût président d'Elstree. Qu'Hélène Strauss essuie les premiers feux ! Mais il cherchait maintenant à reprendre le contrôle que lui avait fait perdre l'intervention de Patrick Shannon.

« Vous avez parfaitement raison à propos des blondes naturelles, dit-il à son patron, coupant la parole à Luke qui s'apprêtait à répondre. J'ai réussi à jeter un coup d'œil au nouveau rapport ultra-secret de Clairol qui dit que la tendance aux blondes est plus forte que jamais — pas la blonde avec des mèches, mais la vraie blonde, la blonde plus blonde que jamais. »

Luke et North échangèrent un regard écœuré. Voilà que la réunion était prise en main par des pékins qui citaient des rapports et qui parlaient d'image de marque, et ils étaient impuissants là-dessus ? Nick le Grec se tortillait d'impatience sur son siège. Chacun était en train de placer son mot et lui n'avait encore rien dit. Il n'aimait pas être ignoré. Puisque North avait insisté pour le faire venir à cette discussion de trous du cul, il allait en rajouter. Malgré ses costumes de grand faiseur, Nick n'avait jamais renoncé à une habitude acquise lors de son enfance dans le Harlem portoricain. Dans chacun de ses impeccables costumes, il y avait une poche spéciale où il laissait toujours un couteau bien aiguisé qui, si on appelait un chat un chat, était un couteau à cran d'arrêt. Cela l'empêchait de se sentir nerveux. Il plongea donc une main dans sa poche et fit discrètement jaillir la lame. Toutes ces conneries à propos des blondes... Ils voulaient de la blonde, ils allaient en avoir... Cadeau de Nick le Grec.

D'un geste rapide, il fit pivoter son corps puissant, arracha à Daisy son bonnet de matelot, tira la tresse qu'elle dissimulait sous son chemisier et coupa le ruban qui maintenait les cheveux si serrés. Sans lui laisser le temps de bouger, utilisant ses deux mains, il dénoua rapidement la natte jusqu'à se retrouver les mains pleines de cette masse de cheveux. Daisy se débattait et haletait, incrédule, mais il avait agi si vite qu'elle ne savait même pas très bien ce qui se passait. Nick se leva, entraînant Daisy avec lui, puisqu'il la tenait par les cheveux, et dit d'une voix forte : « C'est ce que vous voulez dire monsieur Shannon ? » Il agita d'un geste triomphant les cheveux de Daisy, comme s'il brandissait la bannière étoilée.

« Bon sang ! protesta Daisy. Nick ! Lâche-moi ! Arrête !
— Qu'est-ce qui te prend ! lança North.

— Qu'est-ce qui se passe ? » demanda Hilly Bijur, tandis que Wingo Sparks était plié en deux de rire.

« Vous ne savez même pas ce que c'est qu'une vraie blonde, voilà tout, insista bruyamment Nick, sans lâcher Daisy. Vous croyez que c'est si facile à trouver ?

— Nick, lâche-la ! » fit Luke d'un ton sec qui trancha au milieu de la confusion générale. Daisy tourna vers lui un regard brillant d'une vertueuse indignation, mais il lâcha Daisy pour qu'elle pût se rasseoir. Elle lui décocha dans les chevilles le coup de pied le plus violent dont elle était capable, en regrettant de porter des baskets et non des chaussures à bout pointu. « Salaud ! siffla-t-elle, cherchant en vain son bonnet de marin.

— Excusez-moi, mais pourrais-je revoir la jeune personne ? demanda Shannon lorsque le tumulte se fut calmé.

— Non ! dit Daisy.

— Monsieur Shannon, la jeune personne en question est ma productrice, Daisy Valenski. Elle travaille ici, elle travaille pour moi et il se trouve qu'elle est blonde. Pourrions-nous poursuivre cette discussion et arriver à un résultat avant votre départ pour le Japon ? dit North d'un ton impatient.

— Je veux la regarder encore, North, demanda Shannon.

— Daisy ? demanda North. Ça t'ennuierait ?

— Parfaitement ! ça m'ennuierait, lança-t-elle, furieuse. Allez vous trouver d'autres blondes à regarder... Appelez les agences de mannequins et fichez-moi la paix.

— Daisy, du calme. Ne t'énerve pas, ça n'est pas si terrible. M. Shannon veut simplement te voir encore une fois : ça n'est pas un regard qui va te tuer », insista North avec agacement. Certains clients, tous les clients d'ailleurs, n'en faisaient qu'à leur tête, les idiots et les autres, mais il y avait des fois où il fallait leur céder.

« Voir quoi, bon sang ! » marmonna Daisy, en poussant ses cheveux derrière ses oreilles pour les rendre moins voyants. Elle foudroya Shannon du regard, rouge de colère autant que de gêne.

« Je me souviens de vous, dit-il tranquillement.

— Enchantée » dit-elle, se forçant à parler avec une froide politesse. Même dans sa colère, le souvenir de leur rencontre avait suffi à lui rappeler que ce grand aventurier du monde des affaires n'aimait guère ce qui ressemblait à un affront.

« Elle a un visage inoubliable, annonça Shannon à l'assistance, d'un ton neutre.

— Très jolie, s'empressa de renchérir Bijur. Très jolie... Merci, mademoiselle... Hem... merci beaucoup.

— Je disais, répéta doucement Patrick Shannon, mais de telle sorte que chacun, aussitôt, dressât l'oreille, je disais qu'elle a un visage *inoubliable*.

— Bien sûr, Pat, vous avez tout à fait raison, s'empressa d'acquiescer Hilly Bijur, toutes plumes ébouriffées. Maintenant que nous savons ce que vous voulez, il ne faudra pas à Hélène plus d'un jour ou deux pour trouver une douzaine de filles qui peuvent faire l'affaire. Elle va voir toutes les agences de New York, n'est-ce pas Hélène ? Ou bien Luke va s'en charger ?... Ou bien... » Il interrompit ses balbutiements, ne sachant pas très bien à quel service incombait la distribution.

« Une minute... Attendez... C'est *aussi* une princesse ! »

Shannon maintenant parlait avec précipitation, son visage exprimant une brusque excitation.

« N'y pensez plus, Shannon. Je viens de vous le dire, elle travaille pour *moi* », dit North d'un ton coupant comme une lame d'acier. Tout d'un coup, il était redevenu le rouquin coléreux, oubliant l'air d'être au-dessus de la bataille qu'il affichait volontairement.

« Une blonde... un visage... un titre, se répéta Shannon. Princesse Daisy... oui... oui... ça sonne bien, je trouve.

— Monsieur Shannon, il ne s'agit pas d'un remake d'*Une étoile est née*, dit North avec une âpreté grandissante.

— Elle pourrait faire l'affaire... elle pourrait très bien faire l'affaire, dit Shannon comme s'il était seul dans la pièce.

— Hé, ça n'est pas juste... c'était mon idée ! lança Nick le Grec dans l'indifférence générale.

— Hélène, ordonna Shannon, envoyez-la se faire photographier tout de suite pour que cette fois nous sachions ce que nous avons sous la main. Elle a l'air d'être exactement ce que je veux, mais je n'en serai sûr que quand j'aurai vu les photos. » Il se leva, prêt à quitter la réunion.

Hilly Bijur se hâta d'adopter à son tour le point de vue de Shannon avant le départ de son patron. Comme Shannon remettait sa veste, Bijur dit : « J'aime beaucoup, Pat. Vous avez tout à fait raison. Princesse Daisy ?... Est-ce que North n'a pas dit Daisy Valenski ? Valenski ? Attendez une seconde ! Ça veut dire que sa mère était Francesca Vernon ? Hé, bonté divine, son père était Stach Valenski. Personne ne s'en souvient ? Bonté divine, hé voilà une petite dame qui va faire bouger les produits ! » Il se calma, ravi de cette occasion de faire étalage de sa mémoire en même temps qu'il se désolidarisait de la regrettable campagne publicitaire qu'il avait approuvée.

« Dis-leur que tu veux cent briques par an, chuchota Nick à Daisy qui était toujours assise sur sa chaise, muette de stupeur. Et ne dis pas que je n'ai jamais rien fait pour toi... Sans parler de mes chaussettes que tu viens de massacrer.

— Il va falloir changer la présentation gémit Jared Turner,

obsédée comme d'habitude par des considérations de marketing. Princesse Daisy, ça ne fait pas produits modernes.

— Ça va reculer notre date de distribution de près d'un an ! renchérit Patsy Jacobson. En attendant, qu'est-ce que je raconte aux magasins ? » Car c'était là le cauchemar d'un chef de produits.

« Est-ce que je pourrais avoir un peu de silence ! » cria North, puis il s'arrêta en voyant Daisy se lever d'un bond et faire à grands pas le tour de la table. Elle vint se planter derrière le directeur artistique de Luke, qui avait déjà tracé au marqueur, sur un papier, les mots « Princesse Daisy ». Elle s'empara du papier, le déchira en quatre morceaux et les fourra dans une de ses poches. « Monsieur Shannon, dit-elle d'une voix vibrante de colère, je ne suis pas à vendre ! Je n'ai absolument pas l'intention de vous laisser utiliser mes cheveux, mon visage ni mon nom pour vendre vos produits. Comment osez-vous me traiter comme si je vous appartenais ? Vous êtes dingue, grossier et d'une totale insensibilité — tous autant que vous êtes — et... » D'un geste vif, elle prit la batterie de marqueurs que le directeur artistique avait disposés devant lui et les jeta sur la table de marbre où ils roulèrent bruyamment comme des petits pétards. « Je vous conseille à chacun d'en prendre un et... et de vous le mettre là où je pense ! » Sur quoi, elle claqua la porte derrière elle.

— Je ne savais même pas que Daisy connaissait cette expression, fit Arnie Greene, songeur.

— Elle ne parle généralement pas ainsi sauf quand quelque chose va mal en extérieur, reconnut Nick, encore agacé de s'être fait voler son inspiration.

— Elle est fichtrement susceptible », murmura Candice Bloom. Si elle allait devoir travailler avec cette fille-là, gare !

North se carra dans son siège en adressant à Shannon un sourire mauvais. Il savourait sa revanche. « Je vous ai dit que Daisy n'était qu'une fille qui travaille. On dirait qu'elle n'a pas envie d'être mannequin. Il faudra l'excuser.

— Je n'ai absolument pas l'intention de l'excuser, répondit Shannon, sûr de lui. Elle va être Miss Elstree.

— Daisy n'a pas l'habitude de changer d'avis. Vous feriez mieux de ne pas compter là-dessus, répliqua North, agacé.

— Oh ! mais si, fit Shannon. Millie, remettez toutes les décisions concernant Elstree jusqu'à mon retour du Japon. Cette fois, il faudra arriver à un résultat.

— Daisy est une collaboratrice inestimable pour mon studio, Shannon, fit North avec vigueur. Vous ne pouvez pas me faire un coup pareil. » Patrick Shannon lança à North son sourire de boucanier, ce grand sourire de pirate irlandais que tout le monde à Supracorp avait appris à reconnaître.

« Vous voulez parier ? »

Juste avant Noël 1976, Ram décida qu'il était temps de régler le problème Sarah Fane. Elle avait eu tout son soûl de la saison londonienne, maintenant, et elle n'était pas encore fiancée. Elle allait bientôt partir pour une tournée de visites à la campagne et, pour plus de sûreté, il estima préférable d'arriver à un arrangement avant son départ.

« Je voudrais que vous dîniez avec moi demain, dit-il au téléphone. Mais en tête à tête, aucun de vos amis ne vient.

— Mais, Ram, demain je suis invitée au petit cocktail de Lucinda Curzon.

— C'est l'un ou l'autre, Sarah », dit-il.

Son instinct souffla à Sarah que c'était un moment à ne pas laisser passer. « Puisque vous le prenez ainsi, et puisque je peux, après tout, aller chez Lucinda avant de vous retrouver, pourquoi pas ? dit-elle avec un soupçon de délicate hésitation.

— Pourquoi pas, en effet ? » répondit-il, en s'avouant qu'il fallait admirer le culot de cette fille.

Ils dînèrent le lendemain soir au Mark's Club de Charles's Street, dans Mayfair. Derrière les grandes portes anonymes du petit hôtel particulier qui abrite le Mark's, il y a plusieurs salles à manger. Ram avait retenu une table dans la première et la plus vaste d'où ils pouvaient voir tous ceux qui arrivaient et partaient. Il avait fait exprès de ne pas choisir un coin plus tranquille de ce club très fermé. Ram préférait passer la première partie de la soirée dans la pièce somptueusement meublée et éclairée aux bougies : il aimait ses banquettes de velours turquoise et ses murs couleur terre cuite, parsemés de toiles de l'époque victorienne représentant des animaux, et les cadres en volutes dorés, carrés, ovales et ronds, qui dissimulaient presque entièrement les murs.

Bien que Sarah eût pris garde de ne pas être rejointe par un de ses amis, à eux deux ils connaissaient presque tous les gens qui dînaient chez Mark's ce soir-là, et leur dîner fut interrompu des douzaines de fois, ce que Ram avait prévu. Lorsqu'ils eurent terminé leur café, il demanda : « Si une personne de plus vient vous dire que vous êtes la débutante de l'année, qu'est-ce que vous ferez ?

— Je me mettrai à hurler, annonça-t-elle, en réussissant à paraître à la fois fragile et d'une charmante modestie. Je me lèverai de ma banquette et je hurlerai jusqu'à ce qu'ils soient obligés de faire venir la police pour m'emmener.

— Alors, si nous allions chez moi prendre un cognac ? » Toute la soirée ils avaient entendu les accents d'un menuet bien réglé, au rythme duquel ils dansaient l'un et l'autre depuis des mois. Soudain, sur l'invitation de Ram, la musique s'interrompit. Le temps paraissait suspendu, entre eux. Sarah évoqua aussitôt le souvenir de nombreuses jeunes filles belles et courtisées dont elle savait qu'il les avait sorties. Chaque fois qu'elle le voyait en galante compagnie, il avait l'air aussi prévenant qu'il l'avait été ce soir avec elle. Elle le considéra d'un air songeur. Si elle allait chez lui maintenant, elle savait fort bien à quoi s'attendre.

« J'adorerais un cognac, mais...

— Cela veut dire oui ou non, ma chère Sarah ?

— Oh !... nous ne pouvons pas rester ici indéfiniment... Alors, j'imagine... Oui, pourquoi pas ? »

« C'est une maison absolument merveilleuse, Ram, dit-elle, lorsqu'il lui eut fait visiter le rez-de-chaussée.

— Laissez-moi vous montrer les étages.

— Non, ce n'est pas nécessaire », dit-elle très vite, se drapant dans la respectabilité comme dans une cape invisible.

Il eut un sourire sombre. « Vous jouez les prudes ?

— C'est ridicule ! répliqua-t-elle, piquée. Je suis simplement fatiguée, Ram. Voulez-vous me reconduire à la maison, je vous prie ? C'était un excellent cognac.

— Non, Sarah, ma chérie, je ne vais pas vous raccompagner. Je vous aime, Sarah. »

Elle était là, silencieuse auprès de la cheminée, à l'observer, sans répondre.

« Je veux vous épouser », poursuivit-il. Elle gardait toujours le silence. « Sarah, répéta-t-il, s'approchant mais sans la toucher. Voulez-vous m'épouser ? »

Il y a mis le temps ! se dit-elle. Devrait-elle l'éconduire en attendant la prochaine fois où il lui demanderait sa main ? Non, mieux valait couronner sa saison par les fiançailles de l'année. L'an prochain, une autre débutante serait sous le feu des projecteurs, et si elle était princesse Valenski, que lui importerait une simple débutante ? Elle incurva ses lèvres parfaites en un sourire non moins parfait et pencha de côté sa tête aussi parfaite. Elle ne fit pas un pas vers lui, attendant qu'il se penchât vers elle.

Tout en l'embrassant, il soupira : « La première fois... » Elle savait fort bien que c'était la première fois qu'ils s'embrassaient ainsi, seuls, et sur les lèvres. Tout au plus lui était-il arrivé de tendre aux lèvres de Ram la peau douce de ses joues pour un baiser public et impersonnel. Elle avait joué une longue et rude partie.

Il l'embrassa encore et encore, avec une avidité croissante, et l'Honorable Sarah Fane n'aurait su dire si ce qu'elle ressentait était dû à l'excitation de la victoire ou si l'excitation venait de cette sensualité qu'elle n'avait jamais eu aucun mal à refouler.

« Montez avec moi, maintenant, ma chérie, venez, murmura-t-il contre ses lèvres.

— Non... Ram. Je vous en prie... Je ne veux pas... Je n'ai jamais...

— Bien sûr que vous n'avez jamais, Sarah, mon adorable Sarah... Mais vous allez être ma femme...

— Non, Ram. Je ne pourrais pas... Je ne pourrais absolument pas... »

Il la lâcha de façon si abrupte qu'elle trébucha un peu et dut se rattraper à la tablette de la cheminée. Il recula et se planta devant elle en la foudroyant d'un regard méprisant.

« Vous ne m'avez même pas dit que vous m'aimiez, Sarah... Vous vous rendez compte ? Peut-être ne m'aimez-vous pas, peut-être n'êtes-vous pas encore prête à prendre une décision ? Je vous ai observée, ma chère... Croyez-vous que je ne sache pas quelle flirteuse vous êtes ? Est-ce que cela vous amuse de pousser un homme à demander votre main sans même lui donner une réponse, si ce n'est une gracieuse petite inclinaison de la tête ? Ça m'a plutôt amusé de vous voir jouer la coquette innocente, l'aristocrate intouchable et pure. J'ai apprécié la façon dont vous avez tout calculé, tout orchestré pour la plus grande gloire de Sarah Fane. » Son regard accusateur commençait à faire un peu peur à Sarah, mais, en même temps, elle éprouvait un frisson à voir Ram perdre son calme. Oh ! oui, c'était excitant de pouvoir faire ça à un homme. Elle ne put empêcher l'esquisse d'un sourire complaisant d'effleurer ses lèvres. Ram s'en aperçut et fit un pas rageur vers elle pour lui saisir le bras.

« Alors, vous croyez vraiment que vous pouvez me ridiculiser ? dit-il avec une soudaine fureur. Alors, c'est votre petit plan, voilà ce qui se passe dans votre petite cervelle égoïste et calculatrice ? Encore une conquête... Vous allez sans doute vous en vanter demain ? » Les doigts de Ram se resserraient sur le bras de Sarah et le triomphe qu'elle avait connu un moment plus tôt semblait sur le point de s'évanouir. Elle savait qu'elle devait jouer sa dernière carte. D'ailleurs, n'était-ce pas pour ce moment, justement, qu'elle l'avait gardée ?

« Ram, cessez ! Vous ne m'avez même pas laissé l'occasion de dire que je vous aime. Ça n'est pas juste, vous n'êtes pas juste avec moi...

— Ah oui ? chuchota-t-il, comme si ce qu'elle venait de dire n'avait pas de sens pour lui. Une vulgaire allumeuse, voilà ce que vous avez toujours été... Une allumeuse tout juste sortie de l'école... » Il lui lâcha le bras et se planta furibond devant elle. Tout ce qu'elle posséderait si elle épousait Ram Valenski, formait une grande boule dans l'esprit de Sarah, une boule d'or constellée de pierres précieuses. Elle tendit les mains vers cette vision et vers lui.

« Montons... » murmura-t-elle d'une voix défaillante. Ram la saisit dans ses mains puissantes et l'entraîna en trébuchant dans l'escalier. Voilà qu'il recommençait à lui faire mal au bras, mais dans les sentiments mêlés d'avidité, de confusion, de crainte et d'excitation qu'elle éprouvait, Sarah ne pouvait plus que se rappeler ce que disait une amie américaine, en classe : « Il faut toujours cimenter un marché. » Et Sarah, tout d'un coup, comprit exactement ce que cela signifiait.

Oh ! mon Dieu, pourquoi était-ce si long, se demandait Sarah Fane, à la torture. Personne ne lui avait jamais dit que ce serait ainsi, long et pénible — pénible, de façon si écœurante — et laborieux et humiliant. Et tout en silence, sans un mot. Où était le romanesque auquel elle s'attendait, où était le plaisir ? Il n'y avait que la honte. Elle était plongée dans un cauchemar révoltant, elle était prisonnière, elle était sous le poids d'un homme qui avait à ce point perdu la maîtrise de lui-même qu'elle ne pouvait plus rien faire. Ses lèvres dures et ses mains rudes ne laissaient pas une seconde de répit à Sarah, et elle n'entendait au-dessus d'elle que son souffle haletant. Dans l'horreur de ce qui lui arrivait, elle essaya encore et encore de protester mais il ne l'entendait pas, il ne voulait pas l'entendre. Son souffle se faisait de plus en plus bruyant, jusqu'au moment où elle avait l'impression qu'il allait finir par se mettre à hurler, et puis il repartait, plus bas, dans un nouveau crescendo. Il fermait les yeux et il avait les mains plongées dans les cheveux de Sarah et tirait sur ses mèches blondes jusqu'à la faire crier de douleur. Oh !... Oh !... maintenant, ça allait sûrement se terminer... Personne ne pouvait haleter et peiner à ce point en même temps. Mon Dieu, je vous en prie, je vous en prie, que ça arrive vite, vite...

« *Daisy ! Daisy !* hurla Ram dans l'obscurité, *Daisy je t'aime !* »

Puisant des forces dans sa rage soudaine, Sarah Fane s'arracha des bras de Ram et resta plantée là, en proie à l'humiliation, à la rage et à l'incrédulité, en regardant la créature affalée sur le lit, une méprisable créature secouée de sanglots déments qui avait enfoncé dans l'oreiller son horrible tête. Elle allait devoir le détruire pour ce qu'il lui avait fait, à elle, Sarah Fane.

21

*L*orsque les Valarian avaient invité Daisy sur le yacht qu'ils avaient loué au début de janvier 1977, elle avait refusé. L'idée de passer cinq jours enfermée avec Robin et Vanessa et tous leurs copains à faire une croisière dans les Caraïbes lui donnait l'impression d'aller dans une prison dorée. Elle croyait entendre les échanges de potins mondains et de rancœurs dissimulées, elle comptait les interminables parties de backgammon, elle imaginait les caisses de vin blanc et de Perrier qui allaient être consommées, elle estimait le nombre de changements de costumes et de bijoux que chaque femme effectuerait durant la journée. C'était tout ce qu'elle détestait. Mais Vanessa avait insisté, sans se lasser, et Daisy avait fini par ne plus savoir comment s'en tirer sans être vraiment grossière : jamais Daisy ne l'avait vue aussi proche de la colère.

« Je ne veux rien entendre, finit-elle par dire. J'ai invité Topsy et Ham Short — c'est justement un de vos admirateurs, et il y aura, entre autres invités, plusieurs autres amis à bord qui ont des enfants dont vous pourriez faire le portrait. Mais je ne vois pas pourquoi diable il faut que je vous attire avec la perspective de commandes ? Franchement, Daisy, vous me donnez l'impression de vous être servie de moi. Quand je dis que Robin et moi comptons sur le plaisir de votre compagnie, vous ne trouvez pas que c'est une raison suffisante pour accepter ? »

Se souvenant de ce qu'elle devait, en fait, maintenant, à Vanessa, Daisy avait cédé. Le studio pouvait se débrouiller sans elle pendant quelques jours, et ses dernières vacances dataient de si longtemps qu'elle ne s'en souvenait même plus. Et surtout, elle ne pouvait courir le risque de laisser disparaître une source de revenus, comme Vanessa l'en menaçait clairement.

Maintenant, elle était assise avec Ham et Topsy dans leur Aero Commander, volant en direction de Nassau ; là, ils devaient tous rallier le yacht que les Valarian avaient loué pour les vacances, le transformant de par leur présence en une réplique flottante de leur appartement new-yorkais. Daisy songea que c'était, après tout, une bonne époque pour s'en aller. Depuis cette scène où elle s'était révoltée à l'idée de devenir Miss Elstree, elle se sentait en conflit avec presque tous les gens du studio. North avait l'air de penser qu'elle avait dépassé la mesure en insultant un client important et l'atmosphère au travail était lourde et tendue. Comme l'avion amorçait sa descente, Daisy songea que ce n'était plus de la colère qu'elle éprouvait, ni même un sincère agacement devant la façon dont les hommes de Supracorp l'avaient traitée, la manière cavalière dont ils avaient tout simplement supposé que, pour eux, elle était une *chose* blonde à utiliser pour vendre leurs produits. Après tout, sans son accord, ils étaient impuissants et ils le savaient. Non, ce qui laissait en elle les échos d'un cri d'alarme qu'elle croyait encore entendre, c'était l'idée de *devenir* une princesse Daisy livrée à ce qu'on appelle « l'œil du public » : une crainte profonde d'être perçue comme un personnage qui serait photographié et manipulé pour vendre Elstree dans les films publicitaires, dans les annonces et sur les comptoirs, jusqu'au jour où son image serait enfin gravée de façon permanente dans la conscience des consommateurs du monde occidental. Jusqu'à présent, dans sa vie adulte, elle avait réussi à s'en tirer, à mettre une sourdine, à se terrer un peu.

Personne à Santa Cruz n'avait jamais pensé à elle autrement que comme à une fille du nom de Valenski ; au studio de North, le vague intérêt qu'on aurait pu avoir pour son titre ou ses antécédents avait depuis longtemps disparu et ne réapparaissait que de temps en temps, comme une plaisanterie. Pour ses camarades de travail, elle était Daisy, la productrice qui savait où chacun était censé être, à quel moment et pour quelle raison — et qui gueulait si les gens ne faisaient pas ce qu'elle attendait d'eux. Ce n'est que dans le domaine très spécial des gens de cheval que la princesse Daisy existait, et là, elle était protégée par le nom de son père, respecté dans tous les souvenirs. La proposition de Patrick Shannon de faire d'elle un personnage public, de l'exploiter en tant que princesse Daisy, touchait un point vital, éveillant des terreurs qu'elle avait combattues dans l'ombre, année après année, sans pouvoir se les expliquer. Tout ce qu'elle savait, c'est qu'on voulait l'étiqueter et que, si elle laissait faire, elle renoncerait à quelque chose de plus précieux que le relatif anonymat sauvegardé si longtemps. En même temps qu'à sa tranquillité, elle renoncerait à la *sécurité*. La place publique était un endroit dangereux : elle n'avait besoin de chercher aucune explication logique pour être certaine d'avoir raison.

Un canot amena Topsy, Ham et Daisy au yacht où Vanessa les attendait tous. Après avoir montré leur suite aux Short, elle accompagna Daisy jusqu'à une cabine de taille moyenne, tendue de toile à rayures jaunes et blanches. Vanessa était d'excellente humeur.

« Dieu soit loué, tout le monde est à bord maintenant. Je vais dire au capitaine qu'il peut lever l'ancre dès qu'il sera prêt, annonça-t-elle. Nous allons prendre un peu de soleil sur le pont... D'accord ? Tu veux dormir un peu ? Eh bien, alors, l'apéritif dans le grand salon à sept heures. Ravie de t'avoir à bord, mon chou. » Vanessa serra distraitement Daisy dans ses bras. Comme les lesbiennes accomplies, elle n'avait jamais de sa vie commis l'erreur de faire la moindre avance à une femme dont elle n'était pas sûre. Daisy n'aurait pas été importunée par Vanessa si elles s'étaient toutes les deux retrouvées sur une île déserte...

Le doux bercement du navire, le fait d'avoir échappé à New York, la subtile fraîcheur de l'air dans la cabine, à mesure que le navire s'éloignait de la côte, tout s'alliait pour rendre la sieste de Daisy aussi reposante qu'un petit voyage à lui seul. Elle s'éveilla pour découvrir le rougeoiement du soleil tropical, une lumière si pure et qui se reflétait avec une telle intensité sur l'eau bleue qu'elle semblait résister à l'approche du couchant. Elle resta allongée sur son lit, bien arrimé, dont les rideaux étaient solidement attachés au plafond. Elle décida qu'elle était fort bien ici, loin de la ville où elle aurait passé la semaine seule. Kiki avait pris quinze jours de vacances d'hiver avec Luke dans la petite maison de campagne qu'il avait dans le Connecticut. Ebouriffée comme un plumeau, elle avait jeté dans une valise quelques affaires avec la négligence d'une fille qui sait que sa future belle-mère n'est pas là pour la regarder. Thésée, impossible à emmener sur un yacht, resterait avec la propriétaire de Daisy qu'il avait fini par tolérer.

Daisy prit une douche et s'habilla, mais il était encore trop tôt pour rejoindre les autres. Dieu merci, ils devaient être tous dans leur cabine à passer une élégante tenue d'été, à se caparaçonner pour leur délectation mutuelle.

Elle se dirigea vers la proue du yacht et resta là quelque temps, seule, s'abandonnant à la brise qui dansait avec elle. Les rayons du soleil faisaient étinceler ses cheveux comme des guirlandes d'arbre de Noël. Le navire s'élevait et retombait avec douceur, fendant les eaux, à bien des miles déjà de la rade de Nassau. Un instant, Daisy pensa à Patrick Shannon, cet homme impossible et qui ne doutait de rien : elle constata qu'elle n'éprouvait plus qu'un léger agacement. Après tout, elle lui avait fait sentir qu'il ne pouvait pas régenter sa vie, même si tout le monde pliait devant lui. Et North qui l'avait traitée comme un vulgaire pion sur un échiquier lorsqu'il s'était heurté à son client ; comme un accessoire appartenant au studio ; comme un colis dont il n'avait pas envie de se défaire. Daisy haussa les épaules en souriant. Elle s'aperçut qu'elle se fichait éperdument de North aussi. Qu'ils aillent se faire voir tous les deux. Les yeux tout emplis du spectacle de la mer et du ciel, Daisy était en paix.

Elle resta sur le pont jusqu'au moment où elle fut bien sûre que l'heure du rendez-vous pour l'apéritif était largement dépassée ; alors, avec aussi peu d'entrain qu'elle se rendait aux cours de maths chez Lady Alden, mais en sachant qu'elle ne pouvait pas y couper, elle se mit en quête du grand salon. Elle passa devant une salle où les membres de l'équipage étaient occupés à dresser le couvert pour le dîner. Il y avait, à côté, une salle encore plus vaste où Daisy distinguait les silhouettes d'au moins une douzaine de personnes. Sur l'autre bord, on avait remplacé la cloison par de grandes baies vitrées et le feu d'artifice du soleil couchant éclairait les invités à contre-jour, si bien que Daisy ne parvenait pas à distinguer leur visage. A l'instant où elle poussait la porte, Vanessa surgit de cette clarté éblouissante pour la prendre par la main et l'entraîner, aveuglée, dans le salon. Un homme vint à leur rencontre ; Vanessa mit la main de Daisy dans celle de l'inconnu et s'éloigna aussitôt.

« Bonjour, Daisy. »

La voix de Ram !

Elle chancela, fit un pas en arrière. Ram la retint, la prenant par les bras en essayant de l'embrasser sur le haut de la tête, mais au moment précis où les lèvres de Ram allaient la toucher, elle eut un geste de recul. Elle était à court de mots, de cris, elle était incapable de faire autre chose que de battre en retraite. Elle fit encore un pas en arrière, s'apprêtant à partir en courant, lorsqu'un bras robuste la saisit par la taille. Vanessa, la rattrapant d'une poigne de geôlier, la poussa au contraire en avant. Daisy, dans un vertige, eut un instant l'impression que le temps s'arrêtait, puis il reprit son cours, mais avec des à-coups hésitants, comme la lumière qui revient en vacillant lorsque la foudre est tombée sur un câble électrique. Les autres invités observaient sans comprendre, mais leur curiosité soudain en éveil. La voix de Vanessa, cette voix au charme brûlant, se faisait plus forte pour s'adresser à eux, elle meublait le silence de Daisy, détournait l'attention de la terreur animale qu'on lisait dans les yeux de celle-ci.

« Vous voyez, Ram, je vous avais bien dit qu'elle viendrait, dit Vanessa, triomphante. J'ai toujours affirmé que les querelles de famille sont absolument stupides. N'est-ce pas Robin chéri ? Et quand Ram nous a raconté qu'il n'avait pas vu sa petite sœur depuis des années, je me suis dit, mais c'est trop ridicule... C'est absurde. Je savais que ma petite Daisy ne garderait pas si longtemps une rancœur enfantine, quelle qu'en soit la raison. Ram, assurément, ne lui en veut pas, alors nous avons préparé ensemble cette surprise, cette réunion de famille, quand Robin et moi étions à Londres pour le réveillon du Nouvel An. Et maintenant, mon chou, est-ce que tu n'es pas contente ? Après tout, combien de frères a-t-on dans une vie ? Toi et Ram êtes tout ce qui reste des Valenski et je me suis promis de vous faire redevenir amis. Ecoutez tout le monde ! Buvons à la fin des malentendus et à tous les bonheurs à venir. Allons, Ram, Topsy, Jim, Sally et les autres... Un toast ! » Libérant Daisy, elle leva son verre et s'approcha des autres. Le joyeux tintement des coupes brisa le cercle qui, comme un enchantement maléfique, gardait Daisy prisonnière d'une noire terreur.

« Pourquoi ? siffla-t-elle dans la rumeur des toasts.

— Les retrouvailles, répondit Ram, le regard fixe et avide n'allant guère avec son sourire mondain.

— Comment ? Quelle obligation a cette garce envers toi ?

— Aucune », dit-il en mentant sans vergogne. Ram avait persuadé ses associés de prêter aux Valarian les fonds pour lancer une ligne de prêt-à-porter, conçue pour la femme moyenne, une coûteuse entreprise à une grande échelle.

« Je ne te crois pas !

— Peu importe ce que tu crois. Tu es ici... Tu peux difficilement t'enfuir. » Les yeux de Ram scrutaient son visage. Il tremblait de rapacité comme un avare dans les mines du roi Salomon. Il parlait sans savoir ce qu'il disait et sans s'en soucier. Il n'avait pas à la ménager. Elle était faible, plus faible qu'elle ne le pensait, et lui était fort, et c'est tout ce qui comptait.

Daisy s'apprêtait à faire demi-tour. Il l'arrêta d'une main posée sur son bras. Elle se tourna vers lui frémissante de dégoût. Elle sentait un total mépris l'envahir en le regardant.

« Ne me touche jamais, jamais, Ram. Je te préviens », lui lança-t-elle. Une haine farouche brûlait dans son regard. La révulsion la crispait. Lentement, il lui lâcha le bras, mais ses yeux refusaient de la laisser partir. Un instant, ils restèrent immobiles, figés dans l'intensité de leur émotion.

« Daisy ! Ram ! Le dîner est servi... Vous n'avez pas entendu le steward ? » Vanessa désignait l'exode des invités vers la pièce voisine. Machinalement, Daisy se mit à suivre les autres.

On avait disposé deux tables rondes, mais pas du tout dans le style marin de Robin : des conques sur des montures d'argent, des fragments de coraux rares et de la porcelaine chinoise bleu et blanc qu'il réservait pour les soirées d'hiver particulièrement enneigées de New York. A chaque place se trouvait un petit plateau rond en laque rouge avec une assiette K'ang Hsi fort rare, des baguettes incrustées d'ébène et d'argent et une unique orchidée vert et blanc dans un petit vase en porcelaine noire. Entre les plateaux était artistement disposée une collection d'armes orientales anciennes, poignards et dagues, mêlés de façon attrayante à des chats du XVIIIe de porcelaine noire de diverses tailles. Au milieu de chaque table se trouvait une coupe de porcelaine noire emplie de têtes d'énormes lis orange tigré dont Robin avait soigneusement coupé les pistils, car le pollen, si on les touchait, laissait une marque presque impossible à enlever.

Vanessa n'avait pas poussé l'audace au point de mettre Daisy et Ram à la même table. Daisy avait à sa gauche Ham Short.

Pétrifiée par la stupéfaction et l'angoisse qui la gagnait, elle s'aperçut qu'elle n'arrivait même pas à s'attaquer au premier plat : de l'émincé de pigeon au gingembre. Ham tenta de la distraire en lui parlant de toute sa famille de bons à rien dans l'Arkansas, mais il aurait aussi bien pu s'adresser à une momie installée auprès de lui. Elle était assise, le regard fixé sur la coupe de lis, et Ham, fort gêné, finit par se tourner vers sa voisine de gauche. Lorsqu'on servit le second plat, Daisy fit un timide essai pour prendre ses baguettes, mais sa main ne les avait pas encore touchées qu'elle se rendit compte qu'elle n'était pas assez maîtresse d'elle-même pour pouvoir s'en servir et que, même si elle y parvenait, le goût de n'importe quelle nourriture risquait de la faire vomir. Ses compagnons de table, contraints à une conversation générale par sa présence silencieuse, faisaient semblant, d'un accord tacite, de ne pas la remarquer alors qu'ils ne la quittaient pas des yeux, emmagasinant leurs impressions en pensant aux récits qu'ils feraient à peine débarqués. Tandis qu'un plat exquis succédait à un autre, préparé par le chef que les Valarian avaient engagé pour la croisière, Daisy ne toucha à rien et ne parla à personne. Ham Short, qui l'admirait, prit en main la conversation et l'entretint si bien que personne n'osa l'importuner de questions. A un moment, il chercha la main de Daisy, posée immobile sur la table, et la pressa pour lui faire sentir son soutien. Bien qu'elle répondît par une infime pression, elle continua de fixer d'un regard absent les lis tigrés.

Vanessa était assurément allée trop loin ce soir-là. Ce jugement commençait à circuler discrètement parmi l'assistance durant l'interminable dîner se déroulant comme si Daisy n'existait pas. Ram, rompu aux dîners en ville, offrait l'attitude normale d'un beau jeune homme d'une correction sans faille. Il dînait d'un appétit poli, discutait d'Henry Moore avec sa voisine de droite et des mérites des divers celliers avec Topsy, assise à sa gauche. Il y avait chez lui une malveillance dissimulée chaque fois que, de temps en temps, son regard balayait la pièce comme un charognard en quête de sa proie, mais personne ne la remarquait. Daisy, elle, avait l'impression que les murs de la salle à manger se refermaient sur elle. Sa mémoire résonnait de voix horribles et dangereuses, tantôt fortes et tantôt faibles. Les autres invités semblaient aussi distants et indistincts que de gros poissons agitant avec langueur leurs nageoires derrière la vitre d'un aquarium.

Après le dîner, Vanessa rapatria son monde dans le salon principal. Daisy n'attendait que cet instant pour jaillir de sa chaise et se précipiter vers la porte qui donnait sur le pont. Elle avait beau faire vite, elle avait la sensation d'avoir le corps engourdi et paralysé, d'éprouver comme un ralentissement et un amoindrissement de toutes ses facultés. Elle était passée devant le grand salon et courait dans la direction de sa cabine lorsque Ram la rattrapa.

« Arrête ! Nous avons à parler. C'est important ! » cria-t-il, mais sans essayer de la toucher.

Daisy s'immobilisa. C'était si impensable qu'il pût imaginer qu'ils eussent quelque chose à se dire ! L'incrédulité l'emporta sur ses autres émotions. Elle se sentait relativement en sûreté, avec un steward en vue et la porte du grand salon à quelques mètres à peine. Elle voyait des gens, à l'intérieur, bourdonnant comme des mouches dans une bouteille, mais sur le pont tout était silencieux et la brise était tiède. Elle se cramponna des deux mains au bastingage et se tourna pour faire face à Ram, créant une distance entre eux par la seule façon dont elle se tenait.

« Rien n'est jamais assez important pour que nous ayons à en discuter, dit-elle, les lèvres sèches.

« Annabel, fit-il doucement, en la guettant comme un vautour, Annabel...

— Annabel ? Elle n'a rien à voir avec toi. Est-ce que tu cesseras jamais de mentir ? J'ai reçu une lettre d'elle il y a encore une semaine.

— Et, bien sûr, elle ne t'a rien dit. » Ram était sûr de lui. Ce n'était même pas une question.

Daisy pâlit et étreignit la rembarde. Il savait quelque chose qu'elle ignorait. Elle reconnut sur son visage l'expression familière de plaisir réprimé.

« Qu'est-ce qu'elle a, Annabel ? murmura-t-elle, comme si le fait de parler bas pouvait adoucir la réponse qu'il allait lui faire.

— Elle est leucémique.

— Je ne te crois pas !

— Mais si, tu me crois... Tu sais que je dis la vérité.

— Pourquoi ne m'a-t-elle rien dit ? Pourquoi t'en parlerait-elle ? » demanda Daisy, machinalement, cependant que le choc provoqué par la révélation de Ram pénétrait en elle, entourant son cœur comme une myriade de petites pointes de verre.

« Parce qu'elle estimait que tu avais assez de problèmes de ton côté, à entretenir ta sœur. Elle avait besoin d'argent pour ses traitements et elle ne voulait tout simplement pas que tu saches qu'elle avait des ennuis. Elle sait que tu es déjà serrée, alors elle s'est adressée à moi.

— *Oh, mon Dieu, pas Annabel*, gémit Daisy. Annabel était devenue pour elle plus proche qu'une mère ; Annabel, l'amie chère, la conseillère et la confidente de sa jeunesse ; Annabel dont la présence l'avait réchauffée de son amour généreux et rieur tout en lui donnant l'impression, même aujourd'hui, d'avoir presque un foyer ; Annabel qui l'avait empêchée de se sentir complètement orpheline.

« Les médecins lui ont dit qu'avec de la chance et des soins elle pouvait s'attendre à vivre de nombreuses années. C'est une leucémie chronique, pas aiguë. Elle n'a pas encore soixante ans, elle peut encore vivre dans une sécurité et un confort relatifs mais... c'est une question d'argent.

— Mais toi, tu as de l'argent !

— Annabel m'a jeté à la porte de chez elle voilà dix ans en me disant qu'elle ne voulait jamais me revoir ni entendre parler de moi. Elle n'a jamais changé d'avis, sauf maintenant, pour me demander de l'argent. Je n'estime avoir aucune raison de lui donner quoi que ce soit, à moins que je ne choisisse d'être généreux. Annabel n'est qu'une ancienne maîtresse de mon père. Il lui a légué une appréciable fortune qu'elle a laissée filer entre ses doigts, puisqu'elle n'a pas voulu profiter de mes conseils. Elle s'est cramponnée aussi longtemps que toi à ses actions Rolls. Je n'ai aucune compassion pour les gens qui ne savent pas s'occuper de leur argent.

— Annabel a été si bonne avec toi ! cria presque Daisy, mais il ne l'écoutait pas.

— Si je choisissais de l'aider, cela voudrait dire assumer de lourdes et imprévisibles dépenses pour une durée non moins imprévisible : ce ne serait guère le fait d'un homme prudent. De toute évidence, elle ne peut plus garder *La Marée* en prenant des hôtes payants : elle n'en aura pas la force. Lorsqu'elle la vendra, elle aura un peu d'argent, mais ça ne durera pas puisqu'elle n'a guère d'autres revenus. Après cela, il s'agira de trouver un endroit où vivre, soit une maison de retraite, soit un appartement, selon son état. De toute façon, elle aura besoin d'aide, soit maintenant, soit plus tard. Et il y aura sans arrêt des notes de médecins. La situation pourra durer dix ans, quinze ans, voire vingt. Annabel n'a aucun moyen de payer... Il faudra faire face au fur et à mesure aux dépenses. »

Daisy faisait un effort pour s'en tenir aux problèmes pratiques cependant que les propos de Ram perçaient son cœur.

« Pourquoi devrait-elle vendre *La Marée* ? Tu sais aussi bien que moi que si Annabel peut vivre des années, il n'y a pas d'autre endroit au monde où elle serait aussi heureuse. Tu as l'argent pour l'entretenir sans même y réfléchir... Il faudra bien qu'elle vive quelque part... puisqu'elle est venue te demander de l'aide. *Pourquoi* devrait-elle être forcée de vendre ? Tu vas l'aider, n'est-ce pas ? » Daisy sentait sa voix s'étrangler tout en regardant Ram, le visage figé dans un air de vertu maussade.

« Je ne me sens pas la moindre obligation morale de devenir financièrement responsable d'Annabel. Aucune. Toutefois, j'ai une proposition qui peut résoudre le problème. Voilà des années que je m'inquiète des rapports que me font mes amis qui se rendent aux Etats-Unis pour chasser et qui me disent que tu te fais inviter chez leurs hôtes en essayant de ramasser des commandes de petites peintures. Je sais, bien sûr, et eux pas, pour quoi tu as besoin d'argent. La seule condition à laquelle j'accepterais d'entretenir Annabel jusqu'à la fin de ses jours, serait que tu renonces définitivement à tes petites combines et à tes histoires de portraits pour revenir à Londres.

— *Tu es vraiment fou*, murmura Daisy.

— Pas du tout. Je ne demande rien en retour, sauf que tu vives de façon qui convienne à ma sœur célibataire, que tu mènes une existence digne et respectable. Je suis même disposé à laisser Annabel garder *La Marée* puisque tu y tiens. Et j'assumerai naturellement aussi l'entretien de ta sœur.

— *Je serai ta prisonnière !*

— C'est absurde. Ne fais pas de mélo. Je veux simplement que tu occupes une place normale dans la société. Ta vie à New York est écœurante : tu vis dans un monde vulgaire, plein de gens vulgaires. Il se trouve que cela me gêne auprès de mes amis. Je t'offre la protection, la sécurité. Je ne veux rien de toi : j'ai ma vie à mener. » Il parlait d'un ton froid et raisonnable, mais Daisy voyait bien qu'il ne cessait de dévorer des yeux son visage et son corps. Le désir couvrait de sécheresse ses belles lèvres minces. Elle s'était déjà trouvée en présence de la folie de Ram et rien n'avait changé, sauf que, cette fois, elle savait qui il était.

« Chacune de tes paroles est un mensonge ! Tu me harcèlerais encore comme avant... *Je le sens, rien qu'à te voir !* Tu dis que ma vie à New York est écœurante... Je te dis que si mon père n'était pas mort, il t'aurait tué et tu le sais ! » Sa voix s'élevait dangereusement.

— Tais-toi, tais-toi ! On va t'entendre !

— Et pourquoi donc ? Pour que tu ne sois pas embarrassé ? Crois-tu que ça me gêne ?... Crois-tu que je te laisserais jamais me forcer à faire quelque chose contre ma volonté ?

— Annabel... reprit-il.

— Du chantage ! s'exclama-t-elle. Comment peux-tu supporter ta noirceur ? » Elle tourna les talons et repartit à grands pas vers le salon principal. Elle ouvrit la porte et resta là une seconde, haletante, cherchant des yeux Vanessa. Quand Daisy l'aperçut, assise à la table de backgammon, elle marcha droit sur elle et posa sur l'épaule de Vanessa une main brutale.

« Il faut que je vous parle.

— Daisy, mon chou, attendons que la partie soit finie, hein ?

— Maintenant. » La brûlante insistance qu'on sentait dans la voix de Daisy fit se lever Vanessa. « Dehors », ordonna Daisy. Vanessa la suivit, arborant un large sourire et agitant les mains d'un geste nonchalant pour répondre aux regards inquisiteurs qui se tournaient vers elle.

« Daisy, qu'y a-t-il... Comment osez-vous ?

— Vanessa, dites au capitaine de faire demi-tour et de me déposer à terre.

— C'est impossible. Allons, calmez-vous...

— Vous vous êtes remboursée. Tout ce que je vous devais je l'ai payé. Vanessa... je vous préviens. »

Vanessa, l'habile et rusée Vanessa, n'eut pas à réfléchir à deux fois. La menace, presque incontrôlable, qu'elle lisait sur le visage de Daisy ne pouvait conduire qu'à des ennuis. Et, dans la vie brillamment équilibrée de Vanessa, cette vie pleine de délicieux et dangereux secrets, il fallait éliminer le plus vite possible tout risque aux conséquences fâcheuses.

Qu'est-ce que Ram avait bien pu lui faire ? se demanda-t-elle, en se hâtant vers la passerelle pour parler au capitaine. Oh ! comme elle aimerait le savoir.

« Qu'est-ce que c'est que tout ça ? » demanda Patrick Shannon à sa secrétaire lorsqu'il s'assit derrière son bureau. Il rentrait tout juste de Tokyo et il s'attendait, comme d'habitude, à retrouver le bureau bien rangé, tel qu'il l'avait laissé. Chacune de ses trois secrétaires aurait préparé les dossiers sur les questions à régler, mais il n'avait pas encore demandé qu'on les lui apporte.

« M. Bijur m'a demandé de poser ça là pour que vous les voyiez en arrivant. »

Shannon prit les photographies, chacune accompagnée d'une feuille de papier. « Ce sont toutes des princesses, monsieur Shannon. M. Bijur a pensé que vous aimeriez voir aussi leur arbre généalogique. Il y a deux Belges, une Française et trois Allemandes. Il m'a chargé de vous dire qu'il avait examiné toutes les princesses de race blanche du monde et que c'étaient les seules vraiment belles. La princesse Caroline et la princesse Yasmine ne lui ont pas répondu, mais il essaie encore, par d'autres voies. » Shannon éclata de rire en regardant les photos.

« Oh ! mon Dieu, mon Dieu, gémit-il en riant. Il a dû se tuer au travail... Pauvre Hilly... Il ne sait donc pas que quand je dis inoubliable, je ne veux pas dire seulement belle ? Miss Bridy, voulez-vous m'appeler Daisy Valenski, au studio de North ? Si elle n'est pas là, trouvez-la et ayez-la en ligne avant d'essayer tout autre appel. »

Daisy était plantée, les poings sur les hanches, toisant d'un air sévère ses deux assistants de production.

« Vous voulez me dire que cet accessoiriste est tout bonnement allé dans Central Park scier une branche d'arbre sans que ni l'un ni l'autre de vous ne lui ayez dit de le faire ? Il n'aurait pas pu en avoir l'idée. Vous ne vous rendez donc pas compte, pauvres connards, qu'il y avait cinq personnes prêtes à l'arrêter qui le suivaient ? Nous avons failli avoir une émeute.

— C'était une toute petite branche.

— Ça n'est pas comme si il y avait des feuilles dessus.

— Nous en avions besoin très vite... l'arbre dans la rue était trop rikiki.

— Pas d'excuses, fit Daisy. Si jamais ça se reproduit, je vous envoie tous les deux creuser des tombes.

— Daisy, téléphone, dit l'un d'eux, heureux de cette interruption.

— Ici le studio, répondit Daisy, comme elle le faisait toujours.

— Princesse Valenski, ici Patrick Shannon.

— Comment était Tokyo ? dit-elle d'un ton neutre en regardant ses deux assistants s'éclipser aussi discrètement que possible.

— Trop loin. Ecoutez, je n'ai pas eu l'occasion de vous faire mes excuses pour la façon dont je vous ai parlé la dernière fois que nous nous sommes vus.

— Pas plus que la première fois d'ailleurs.

— C'est justement ce que j'allais dire... J'ai l'impression que, je ne sais pourquoi, nous sommes partis du mauvais pied et j'aimerais arranger ça. Y a-t-il une chance que je puisse vous persuader de dîner avec moi ? Je vous promets de ne pas dire un mot d'Elstree. Ça n'est pas une tentative pour vous faire changer d'avis. Je ne m'y prendrais pas de façon aussi voyante... ni sournoise.

— Juste un repas entre amis ?

— Exact. Je n'aime pas laisser l'impression que je suis une brute.

— Voudriez-vous reconnaître que vous êtes agressif ? demanda Daisy d'un ton suave.

— Agressif... bien sûr, mais pas une brute. Etes-vous libre pour dîner un soir de cette semaine ?

— Je crois que ça pourrait marcher, fit Daisy.

— Qu'est-ce qui serait bien pour vous ? Je n'ai encore fait aucun projet pour le reste de la semaine, alors vous choisissez le jour.

— Ce soir », dit-elle, sans une seconde d'hésitation. Il y eut un moment de silence.

« Oh ! Bien sûr. Ce soir.

— C'est au coin de Prince Street et de Greene. Le coin sud-est. Troisième étage. Je vous attendrai à huit heures. Ne faites pas attention à la pancarte qui dit " chien méchant " : il ne mord que quand je le lui dis... en général. »

Daisy raccrocha sans au revoir. « Ginger, indiqua-t-elle à la secrétaire de North. Si North arrive, dis-lui que j'ai pris l'après-midi.

S'il veut savoir pourquoi, dis-lui que je ne te l'ai pas dit. Si l'un des autres a besoin de moi, dis-leur de se débrouiller tout seuls. Si on me téléphone, réponds qu'on ne peut pas me joindre. Si quelqu'un te demande ce qui se passe, ajoute que tu n'en sais rien.

— Avec plaisir, lui assura Ginger. Tu as un rendez-vous ?

— Exactement », répondit Daisy.

Daisy savait exactement ce qu'elle cherchait. Il n'y avait jamais eu une saison, malgré les changements programmés de la mode, malgré le goût qui passait du classique à l'excentrique, sans que Mme Grès ne sorte une collection de sublimes robes noires, dont la distinction alliait le comble du bon goût et le comble de la séduction.

Parfois, la couturière mêlait la résille et le taffetas, parfois la dentelle et la soie ; elle avait l'air de combiner et de jouer des chatoiements, des qualités de chaque tissu. Daisy finit par trouver le modèle qu'elle cherchait chez Bendel's et, en sortant, elle s'arrêta au rayon de chaussures du rez-de-chaussée où elle fit l'acquisition d'une paire de légères sandales à talons hauts, en soie noire, avec de minuscules boucles en cristal de roche. Elle trouva à un autre rayon des collants extra-fins couleur taupe et quitta le magasin de la 57e Rue ayant dépensé plus du tiers de son salaire mensuel.

Sur sa lancée, elle prit un taxi au lieu du métro pour rentrer et, dès qu'elle eut accroché la robe, elle alla se laver les cheveux sous la douche. Même avec un puissant séchoir, il lui fallut près d'une heure pour tout faire sécher, et lorsqu'elle eut terminé, elle avait des crampes dans les bras. Thésée, rentré de son bref séjour chez la propriétaire, était tapi sous un canapé. La seule chose au monde dont il avait peur, c'était l'affreux gémissement du séchoir. Par chance, Kiki était avec Luke dans le Connecticut. Daisy n'aurait pas aimé répondre à des questions sur les extraordinaires préparatifs auxquels elle se livrait pour la soirée. Elle n'aurait pas aimé voir la curieuse Kiki se demander pourquoi elle faisait le ménage dans la salle de séjour, pourquoi elle jetait dans des placards des objets inutiles jusqu'à ce que la pièce offrît un aspect parfaitement net et pour tout dire élégant, cela grâce au dernier envoi effectué par Eleanor Kavanaugh : de somptueux meubles en osier blanc tendus d'un imprimé à fleurs qui coûtait quarante dollars le mètre et qui ressemblait à des nymphéas peints par Monet. Elle fouilla avec fébrilité dans la commode de Kiki jusqu'au moment où elle finit par trouver la pochette en soie noire qu'elle comptait utiliser. Kiki devrait vraiment prendre plus grand soin de ses affaires, songea Daisy, tandis que, nerveusement, elle commençait à s'habiller.

A huit heures précises, la sonnette retentit. Lorsque Daisy ouvrit la porte, le sourire se figea sur le visage de Patrick Shannon. Daisy s'était préparée ce soir-là avec la plus méticuleuse attention, mais elle n'avait pas pu se rendre compte de l'effet qu'elle produisait. Tout ce dont elle était sûre, c'est qu'elle avait fait un investissement désespéré dans la robe de Grès et qu'elle avait adopté la coiffure la plus classique possible. C'était un coup de dé de risquer tant d'argent, mais l'enjeu était trop fort pour rien laisser au hasard. N'importe laquelle de ses toilettes achetées dans des ventes de charité risquaient de lui donner l'air excentrique. Elle voulait donner l'impression d'une *solide richesse.*

Combien de fois avait-elle entendu Nick le Grec expliquer que si North exigeait un cachet plus élevé que n'importe quel autre metteur en scène de la profession, c'est parce qu'il avait plus de clients qu'il n'avait le temps d'en prendre (tout cela, bien sûr, grâce aux efforts de lui, Nick) et que, donc, n'ayant pas besoin d'argent, c'est lui qui choisissait. Si elle devait devenir Miss Elstree — et Daisy savait maintenant que, quoi qu'il lui en coûtât, elle devait accepter ce travail —, il fallait que l'opération rapporte assez pour qu'elle puisse s'occuper à la fois d'Annabel et de Danielle pendant un long moment. Elle ne pouvait se contenter du tarif des mannequins, pas même des mille dollars par jour que certains mannequins vedettes obtenaient. Ce devait être plus, beaucoup, beaucoup plus. Face à la menace que Ram lui avait jetée à la figure, l'argent était sa seule protection. C'était le seul bouclier assez solide auquel se fier.

La femme qui accueillit Shannon n'était pas la fille fantasque qu'il avait rencontrée, vêtue de velours et de paillettes vertes avec de fausses émeraudes épinglées dans ses longs cheveux, ni le drôle de personnage furieux et échevelé en salopette de menuisier, mais la créature la plus extraordinairement belle qu'il eût jamais vue. Il resta littéralement bouche bée en la regardant. Le lourd chignon qui rassemblait la chevelure de Daisy soulignait la longueur et le modelé de son cou et le port haut et fier de sa tête. Avec les cheveux ainsi tirés, les tons de pêche mûre de sa peau, ses sourcils bien droits au-dessus des yeux irisés, sa bouche aux lèvres pleines et bien dessinées, apparaissait un relief qu'aurait pu atténuer à peine sa merveilleuse chevelure dénouée. Sa robe avait un bustier de tulle noir qui venait se fondre à la taille en un ruissellement d'amples jupons froufroutant et d'où ses bras et ses épaules, sans aucun bijou, émergeaient somptueusement.

« Vous ne voulez pas entrer ? » dit Daisy, avec un gracieux sourire. De toute évidence, elle était parvenue à l'effet recherché, il s'agissait de rendre Pat Shannon incapable de fonctionner normalement.

Sans un mot, il entra dans l'appartement et resta planté au milieu de la salle de séjour.

Aussi doucement que si elle s'adressait à un somnambule, Daisy demanda : « Vous ne voulez pas vous asseoir et prendre un verre ? » Shannon s'assit.

« Vodka, whisky, vin blanc ? » Shannon acquiesça de la tête à toutes ses propositions, sans la quitter des yeux. Plutôt que de troubler sa concentration, elle servit du vin, apporta les verres et vint s'asseoir près de lui. Il finit par parler, disant machinalement la première chose qui passait dans son esprit ahuri.

« J'aime bien votre appartement. »

Elle répondit d'un air modeste : « Cela fait quatre ans que mon amie et moi habitons ici. C'est un quartier assez amusant. »

A la légère crispation des plis autour de sa bouche, Daisy devina qu'il s'interrogeait sur le sexe de l'amie en question, car le féminin n'était pas perceptible à l'oreille.

« Elle s'appelle Kiki Kavanaugh, poursuivit Daisy avec calme. Vous connaissez peut-être son père ?... Il est président d'United Motors. Non ? Elle est dans sa famille cette semaine, dit Daisy. Je devais y aller aussi... Oncle Jerry, le père de Kiki, donne une soirée d'anniversaire et je suis considérée comme faisant partie de la famille ; j'ai trouvé que ça n'était pas bien de quitter le studio. Je ne peux pas compter sur mes assistants comme je le voudrais, et je rentre tout juste de Nassau.

— Votre travail, demanda Shannon, hésitant, c'est récent ? Quand nous nous sommes rencontrés à Middleburg, quelqu'un m'a dit que vous étiez peintre... Du moins est-ce l'impression que j'ai eue.

— Oh ! ça... Ça n'est qu'un passe-temps. J'adore les enfants, j'adore les chevaux et j'adore peindre, alors, parfois, je me permets le luxe de réunir les trois à la fois, fit Daisy, avec une nonchalance étudiée. En fait, je travaille pour North depuis le collège... C'est tellement plus amusant de faire quelque chose, vous ne trouvez pas ? Autrement, on a tendance à se laisser aller... C'est une tendance contre laquelle il faut lutter. Le studio, c'est la solution idéale. Il n'y a pas deux semaines semblables, nous avons toujours de nouveaux problèmes, de nouvelles crises, de nouvelles solutions et jamais le temps de nous ennuyer. »

Elle avait le sourire complaisant de Marie-Antoinette discutant de sa bergerie, en même temps qu'elle adressait une brève supplication à la sainte patronne de Kiki, la divinité de tous ceux qui disent des mensonges pour une bonne cause.

Shannon la regarda d'un air interrogateur. « C'est drôle, je m'étais dit qu'un travail comme le vôtre exige une grande efficacité et de très longues heures...

— Oh, oui, bien sûr, dit Daisy d'un ton traînant. Mais c'est la joie de ce métier... C'est un perpétuel défi ! Aimeriez-vous faire quelque chose qui ne soit pas un défi ? » Daisy se laissa aller d'un air alangui contre les coussins en nénuphars, dans une attitude qui convainquit Shannon que de longues heures de travail devaient être le choix inévitable d'une fille riche qui a de la cervelle.

— Je présume que c'est agréable de travailler avec North ?

— Le jour où je ne serai plus de cet avis, je partirai, répondit Daisy, en songeant au ricanement sardonique de North s'il avait pu l'entendre. Bien sûr, il ne faut pas le juger d'après Nick le Grec, celui qui a insisté pour que j'exhibe mes cheveux : il est un peu barbare, il manque de finesse, mais je l'aime bien quand même... Il est si enthousiaste.

— Vous aussi, me semble-t-il.

— Oh ! je suis bien connue pour mon mauvais caractère. » Elle sourit avec ce sourire des gens qui sont fiers de leurs défauts, car ils sont eux-mêmes si importants que personne n'ose les réprimander. En fait, songea Daisy, c'est le sourire de North qu'elle empruntait.

On gratta à l'une des portes de l'appartement, puis il y eut le choc d'un corps qui se précipitait contre le panneau. Daisy murmura : « Excusez-moi », et se dirigea vers la porte, les jupons froufroutants, le dos nu presque jusqu'à la taille sous le tulle. Patrick Shannon la suivit des yeux, émerveillé.

« Arrête, Thésée, lança-t-elle à travers la porte.

— C'est votre chien de garde ? J'aimerais le ou la rencontrer. »

Il était extrêmement curieux de tout ce qui touchait cette rare créature. Il imaginait que ce qu'elle appelait un chien de garde était un lévrier afghan dégénéré ou un caniche jappant.

« Il est nerveux avec les gens qu'il ne connaît pas », prévint Daisy, mais elle ouvrit quand même la porte.

Thésée apparut, les oreilles dressées comme des pavillons, et traversa silencieusement la pièce de son pas de marin ivre. Shannon se leva en voyant approcher ce gros chien au rude pelage, à la fois gris, brun et bleuté. Thésée lança à Shannon un regard méfiant et furtif et commença à le contourner pour gagner son coussin favori sur le tapis. Comme il approchait du visiteur, à la stupéfaction de Daisy, il changea de direction, se dressa sur ses pattes arrière et se jeta sur Shannon en le reniflant et en le léchant sans vergogne. Shannon, éclatant de rire, entreprit de le calmer en le chatouillant, en le grattant et en le frictionnant, ce qui fit de Thésée son esclave pour la vie.

« Comme c'est étrange, dit Daisy. En général, il ne s'approche pas des étrangers. Vous êtes sûr qu'il n'y a rien à manger dans vos poches ?

— Oh, les chiens m'aiment bien... Les chiens et les enfants.

— Et c'est, j'imagine, le signe d'un homme à qui on peut faire confiance ? demanda-t-elle, en entraînant le chien hors de la pièce avec une fermeté inhabituelle dont seul Thésée se rendit compte

— C'est ce qu'on dit », répondit-il.

Daisy revint, marchant avec une dignité qui évoqua dans l'esprit éperdu de Shannon une salle du trône, les joyaux de la couronne et la relève de la garde. « Vous n'avez rien bu, dit-elle. Est-ce que je peux vous offrir autre chose ?

— Si nous allions dîner ? » demanda-t-il, considérant son verre plein avec étonnement. Comment était-il arrivé là ? Un vrai chien de garde. Une véritable amie qui partageait l'appartement. Qu'avait-elle encore de caché ici ? « La voiture et le chauffeur sont juste en bas. Du moins, j'espère qu'ils sont encore dans les parages.

— Oh, c'est absolument sans risque. La mafia nous protège : la moitié de son ascendance habite encore le quartier. SoHo est le quartier de New York où la criminalité est la plus faible. »

Avec désinvolture, Daisy venait de transformer sa rue pleine de semi-taudis en un îlot paradisiaque que l'on venait habiter sur un coup de tête.

Le Cirque est le genre de grand restaurant coûteux que seuls certains New-Yorkais comprennent vraiment. On n'y va pas pour la cuisine, comme dans les grands restaurants, ni pour le décor, ni pour l'élégance de la clientèle. Ce qui compte dans ce restaurant, c'est le pouvoir. Seuls les puissants y vont, pour mesurer leur pouvoir à la table qu'on leur octroie et pour le savourer en compagnie d'autres gens puissants. Le Cirque a un cadre assez agréable : un décor visiblement coûteux de peintures murales représentant des singes en costumes peints à la manière de Watteau ou de Fragonard, de lourdes nappes et un éclairage flatteur provenant d'appliques en forme de tulipes. La cuisine, sans grand intérêt, est résolument française. Elle pourrait aussi bien être espagnole ou italienne, puisque la plupart des gens qui dînent là commandent du veau ou du poisson cuits avec la plus grande simplicité. Un visiteur de passage à New York peut se trouver invité à déjeuner et à dîner au Cirque tous les jours de la semaine si ses hôtes se plaisent à étaler leur puissance. D'un autre côté, si ceux-ci sont de fins gourmets ou s'ils aiment une atmosphère amusante, il peut fort bien ne jamais entendre parler du Cirque.

Daisy n'y était jamais allée. Ce n'était pas le style de restaurant de North, puisqu'il refusait de mettre un complet et une cravate pour les repas, sauf dans les rares cas où Nick le Grec finissait par le persuader de faire des frais pour un gros client. Henry Kavanaugh, qui faisait toujours à Daisy une cour languissante, n'avait jamais pensé non plus à l'y emmener. Le Cirque, au déjeuner, était surtout un restaurant de puissants éditeurs ; au dîner, on y rencontrait plutôt de puissants hommes d'affaires. Mais cela n'avait rien à voir avec les puissantes fortunes de Grosse Pointe.

Ce soir-là, comme toujours, Patrick Shannon avait l'une des

trois meilleures tables de la maison : les banquettes juste à droite de l'entrée. Daisy sentit l'impact de son pouvoir dès l'instant où ils pénétrèrent dans le restaurant. Elle glissa jusqu'à son siège se rendant parfaitement compte que presque tous les gens, dans la salle, l'observaient, bien qu'elle ne parût pas s'en apercevoir. Les souvenirs qu'elle gardait de l'atmosphère chargée de puissance du Connaught l'empêchaient de se laisser impressionner par un simple restaurant, et tous les regards du monde ne pouvaient pas intimider la fille de Stach Valenski. Elle inspecta les lieux d'un regard calmement approbateur. « Comme c'est charmant », dit-elle ; elle huma l'atmosphère presque palpable, faite d'un mélange de béate autosatisfaction, d'assurance, de regards évaluant les autres sans vergogne, et de félicitations mutuelles. Daisy mourait de faim, mais elle commanda avec la parfaite légèreté spartiate de quelqu'un qui est souvent confronté à des menus plus élaborés les uns que les autres.

Pat Shannon se trouva, pour la première fois depuis des années, en peine de faire la conversation. Daisy semblait parfaitement à l'aise. Elle promenait sur la salle un regard nonchalant sans faire le moindre effort pour parler. Pourquoi ne bavardait-elle pas, pourquoi ne flirtait-elle pas, pourquoi n'essayait-elle pas de l'amener à parler de lui-même comme l'aurait fait n'importe quelle autre femme ?

Tandis que Daisy savourait à petites cuillerées son consommé froid aux concombres, Shannon se lança dans le récit de son voyage à Tokyo. Elle posait juste les questions qu'il fallait, se dit Shannon, mais elle semblait... était-ce réservée, ou ennuyée, ou lointaine ? Aucun de ces mots ne décrivait comme il le fallait la façon un peu détachée, encore que parfaitement polie, dont elle parvenait à laisser entendre qu'il y avait peut-être quelque chose d'exagérément *mercantile* dans les affaires du conglomérat au Japon.

Comme on leur servait leur filet de sole Véronique, plusieurs hommes que Shannon connaissait passèrent devant eux pour sortir. Ils le saluaient avec cette cordialité un peu prolongée qui lui imposait pratiquement de les présenter à Daisy. Qu'est-ce qui avait bien pu, se demanda Shannon, inspirer à ce crétin de Harmsworth l'idée de lui baiser la main : un homme qui était né et qui avait grandi dans le Middlewest, quand bien même il possédait la moitié de Chicago ? Et pourquoi Zellerbach lui avait-il lancé en partant ce regard lourd de signification, comme si Shannon venait de remporter le décathlon ? Daisy ne se laissait pas aller à la tentation de s'abandonner à la douceur de la banquette. Elle était assise le dos bien droit, d'une façon qui, sans être raide, indiquait que si les autres étaient libres de se pencher sur leur assiette ou de se vautrer dans leur siège, elle, on l'avait tellement dressée à avoir des postures royales, que c'était devenu une seconde nature. Elle bénissait l'exemple donné par un vieux film de Grace Kelly qu'elle avait revu à la télévision quelques soirs plus tôt.

Shannon amena la conversation sur Daisy, lui demandant où elle était allée au collège. Mais alors même qu'elle le lui racontait, elle montrait un certain manque d'enthousiasme à faire revivre le souvenir de cette vie d'étudiante ; elle ne trouvait pas non plus particulièrement fascinant de parler de Ham et de Topsy Short, leurs seuls amis communs. Cependant que Daisy songeait à prendre du fromage et rejetait avec mélancolie cette idée — elle s'était imposé de refuser un dessert parce que les femmes riches n'en prennent jamais —, deux couples que Shannon connaissait s'arrêtèrent à leur table. Les femmes, observa Shannon avec écœurement, rampaient littéralement devant Daisy. Comment décrire autrement la façon dont elles lui demandaient où elle avait trouvé cette robe divine et qui lui avait fait cette coiffure non moins divine ? Ils avaient vraiment une façon abominable de quêter des renseignements à des inconnus, se dit-il, tandis que Daisy répondait à leurs questions en manifestant le plaisir machinal de quelqu'un qui est habitué à ces questions admiratives et en attribuant sans rougir, au plus grand coiffeur de New York, le chignon qu'elle s'était fait elle-même.

Comme le serveur apportait son île flottante, Shannon se rendit compte qu'il était sur le point d'exploser. Avec le recul, sa promesse de ne pas parler affaires semblait absurde. Que faisait-il ici, avec la femme la plus regardée de la salle, le point de mire de tout ce foutu restaurant, si ce n'était d'essayer de renouveler sa proposition concernant Elstree ? Il envisageait une douzaine de dîners au cours desquels, pour ne pas éveiller le courroux de Daisy, il allait laisser la campagne Elstree s'en aller à vau-l'eau. Dans un dernier effort pour éviter de heurter Daisy, il lança une question qu'il avait sur le bout des lèvres depuis qu'ils avaient quitté son appartement pour aller dîner.

« Où avez-vous trouvé votre bâtard de lévrier ? »

Elle se tourna vers lui, les yeux pleins d'une lueur inquiétante, la méfiance peinte sur son visage. « Et comment, au juste, avez-vous su que Thésée est un bâtard de lévrier ? interrogea-t-elle.

— Oh, merde ! grommela Shannon.

— *Comment ?* J'ai dit que c'était un chien de garde.

— C'est Lucy... fit-il en commençant à pouffer.

— Qui est Lucy ?... Votre voyante ? Personne dans cette ville n'a jamais reconnu un bâtard de lévrier, dit-elle, une lueur agressive au fond des yeux.

— Lucy, c'est mon bâtard de lévrier, avoua-t-il.

— Ah !... L'homme auquel se fient tout naturellement les chiens et les enfants ! C'est donc ce qu'il a senti sur vous, le parfum d'une bâtarde de lévrier. Pourquoi ne me l'avez-vous pas dit alors ?

— Je n'en sais franchement rien...

— Ah oui ? Je n'ai encore jamais rencontré un propriétaire de bâtard de lévrier qui ne m'ait pas demandé *tout de suite* de quel croisement était Thésée.

— De quel croisement est-il ?

— N'essayez pas de changer de sujet.

— Je crois que j'essaie de vous impressionner, dit Shannon, ses yeux bleu sombre sous leurs sourcils noirs la mettant au défi de plaisanter, mais c'est loupé, n'est-ce pas ?

— Pas forcément », répondit Daisy avec son premier sourire provocant de la soirée. Elle avait décidé de ne pas le faire marcher. Ce n'était pas un homme qui aimerait se trouver embarrassé. « Puisque vous me posez la question, Thésée est un croisement de chien-loup irlandais et de lévrier d'un côté de la famille, et de lignée de lévrier de l'autre, avec un rien de whippet et de chien de berger. Et Lucy ?

— Un croisement de lévrier et de berger allemand, mais je ne suis pas très sûr pour l'autre côté... Une prédominance de lévrier, sans doute. C'est une vraie bâtarde.

— Forcément. Vous chassez à pied avec elle ?

— Lucy chasse tout ce qui bouge, mais elle a horreur du sang. Elle a failli mourir de frayeur un jour où elle a tué un lapin. Elle avait dû marcher dessus par mégarde.

— J'ai dû dresser ce pauvre Thésée à venir au pied, à marcher en laisse. C'est le bâtard de lévrier le plus frustré qui existe en captivité, fit Daisy tristement ; il ne peut pas chasser.

— Peut-être, proposa Shannon avec délicatesse, devraient-ils... faire connaissance ?

— Et qu'est-ce que vous feriez des chiots ? demanda Daisy.

— Je vous offrirais les plus beaux, bien sûr, et nous partagerions ce que nous tirerions du reste. » A peine eut-il dit cela qu'il se sentit stupide. Discutait-on argent avec cette femme aux allures de souveraine ?

« C'est généreux de votre part, fit Daisy, en haussant les sourcils d'un imperceptible mouvement de dédain, mais je refuse la responsabilité d'un chiot. Vous garderez le meilleur et vous donnerez l'argent à une œuvre de charité quelconque. » Elle resta silencieuse un moment puis ajouta en souriant : « Je ne me mêle en général pas de la vie sentimentale de Thésée. Il s'en tire fort bien tout seul. Mais puisque Lucy est une bâtarde de lévrier, elle aussi, je pense qu'un rendez-vous pourrait être une bonne chose. »

Enhardi par l'amabilité dont elle faisait preuve sur les questions canines, Shannon décida de prendre le risque de parler d'Elstree à cette fière créature qui s'offensait si facilement. Plus il regardait la pure réussite de son profil, plus il observait la sereine harmonie de ses gestes, plus il écoutait sa voix grave et charmante, plus il se persuadait qu'elle parviendrait à restaurer la foi dans l'aristocratie héréditaire de n'importe quel pays, y compris la Chine communiste, et, ce qui était plus important, à vendre d'énormes quantités de parfums et de produits de beauté aux femmes américaines.

« Daisy », commença-t-il, puis il s'arrêta. Elle qui avait le cœur battant à la perspective de devoir elle-même aborder de nouveau l'affaire Elstree, sentit son pouls se calmer quelque peu. Elle sentait, à la façon dont il avait prononcé son nom, qu'il était sur le point d'entamer des négociations.

« Oui, Shannon ? fit-elle d'un ton d'invite, et la façon dont elle le regardait évoquait une pluie de sombres étoiles filantes.

— Daisy, je sais que j'avais promis de ne pas en parler, mais j'aimerais que vous reconsidériez l'idée de tourner des films publicitaires pour Elstree. Je vous ai promis de n'exercer sur vous aucune pression, mais l'idée m'est venue que vous n'avez peut-être pas considéré cela comme un défi. Quand nous bavardions tout à l'heure, vous m'avez dit que vous adoriez les défis. Peut-être que si vous regardiez les choses de façon réaliste...

— Je l'ai déjà fait. A vrai dire, j'y ai sérieusement réfléchi.

— Et ?...

— Shannon, si je signe un contrat pour prêter mon nom à une ligne de produits Princesse Daisy pour Elstree, cela signifierait perdre un certain nombre de choses qui me sont très précieuses : d'abord, et avant tout, ma tranquillité ; puis, ma répugnance à faire commerce de mon titre ; et presque certainement mon travail, puisque je ne pourrais jamais faire bien les deux. Il faudra que je renonce à la possibilité que j'ai d'aller et venir comme bon me semble sans qu'on me regarde en pensant : " Tiens, c'est la princesse Daisy, Miss Elstree ", et j'ai horreur qu'on me montre du doigt et qu'on me dévisage. Je perdrais l'anonymat que j'ai si soigneusement préservé pendant des années. » D'une voix presque dure maintenant, elle brossait un tableau précis de l'avenir. « Je ne serais plus qu'un sigle si la campagne réussissait et on ne peut pas revenir là-dessus.

— Alors, dit-il, c'est non.

— C'est oui. » Elle ne lui laissa pas le temps de réagir. « Je veux un million de dollars et un contrat pour trois ans, période durant laquelle vous pourrez utiliser mon visage, mon nom et tout ce qu'il vous faudra de mes authentiques cheveux blonds pour vendre Elstree partout. Mais le million de dollars devra être payé en trois versements, le premier tiers à la signature, et le reste étalé sur les trois prochaines années, que la campagne réussisse ou non, que vous décidiez ou non d'abandonner la ligne Princesse Daisy parce que ça ne se vend pas, que vous changiez ou non d'agence de publicité. Sinon, je ne marche pas. »

Un million de dollars, se dit Shannon, et je ne sais même pas ce qu'elle rend en photo !

« Sinon, répéta Daisy, n'en parlons plus.

— Marché conclu, s'empressa-t-il de répondre. Qu'est-ce qui vous a fait changer d'avis ?

— Des raisons personnelles », dit Daisy, avec un petit sourire secret, tandis qu'elle sentait monter en elle une grande vague de triomphe et de terreur.

22

orth ne trouva pas ça drôle
plus de deux à trois minutes. Il s'amusait autant que si un petit chat
familier s'était mis en tête de lui montrer les dents. Pourquoi ne pas
laisser cette idée s'épuiser d'elle-même, cependant qu'il la démolis-
sait en quelques arguments désinvoltes ? Il n'y avait pas trois
minutes que Daisy lui avait répété avec patience quels étaient ses
projets et il se rendait compte qu'elle était sérieuse.

« Ne sois pas ridicule, dit-il, sévère, son visage se rembrunis-
sant. Tu es incapable de faire ça, tu ne connais rien au métier de
modèle et à la promotion. Tu serais très mauvaise. Toute cette
histoire est absurde. Je pensais que tu avais assez de bon sens pour
ne pas te ridiculiser.

— Shannon ne pense pas que je me ridiculiserais », répliqua
sèchement Daisy. Elle doutait assez d'elle-même sans avoir, en plus,
à se défendre en face de North.

« Shannon ! Ce connard qui vient fourrer son nez partout ! Il
arrive ici pour foutre en l'air une campagne parfaitement valable, se
met à baver sur tes cheveux ensorcelants et ta classe : il n'est rien
d'autre qu'un homme d'affaires snob qui se pose en faiseur de
vedettes, ricana-t-il.

— Je n'ai pas envie de me lancer dans un concours d'injures à
propos de Pat Shannon, dit Daisy. Je voudrais simplement que tu te
rendes compte qu'il faut que je quitte le studio.

— Chose que tu n'as absolument pas le droit de faire ! Qui donc
a pris un risque avec toi quand tu es arrivée de ce petit collège de
Californie en cherchant désespérément du travail, un travail pour
lequel je devais avoir vingt candidates par semaine ?

— Soit dit en passant, c'est Bootsie Jacobs qui m'a engagée.

— Uniquement parce que je lui ai dit qu'elle pouvait. As-tu idée
du temps et de l'argent que ça m'a coûté de faire de toi une
productrice de films publicitaires ? Tout ton apprentissage s'est
effectué à mes frais. Peu importe que tu te sois cassé le cul quatorze
heures par jour, tu as une formation qui n'a pas de prix et ce ne sont
pas tous les réalisateurs qui t'auraient supportée. L'enthousiasme
n'est pas tout.

— J'ai appris vite. Ça fait cinq ans et demi que je travaille dur et
même, au début, j'avais du talent, lança Daisy d'un ton de défi. J'en
ai toujours eu.

« — Le talent n'est pas tout ! Il y a des tas de gens qui ont du talent. Ça consiste à connaître les ficelles... Et maintenant, maintenant que tu sers à quelque chose, tu choisis de t'en aller. Que tu puisses faire ça sans avoir honte, ça me dépasse. Je ne crois pas avoir jamais vu quelqu'un d'aussi ingrat.

— Je te le répète, North, j'ai besoin de gagner beaucoup d'argent.

— L'argent. L'argent... Tu sais bien que tu es aussi bien payée que n'importe quel autre producteur du métier.

— Alors, ajoute cent dollars à ce que je gagne et tu peux essayer d'engager le producteur de Bob Giraldi, ou la productrice de Steve Horn, ou bien Sally Safir... Tu l'as toujours admirée.

— Mais Sally est associée à Richard Hermann ! Qui pourrait se permettre ça ? » cria North, scandalisé.

Daisy le toisa d'un regard calme. « Apparemment, Richard le peut.

— C'est ce que tu me réclames... Une part de l'affaire ?

— Bien sûr que non. Je ne te réclame rien du tout. Je pars pour gagner autant d'argent que je le peux. »

Le visage de North prit une expression de complicité qu'elle ne lui avait pas vue depuis des semaines. « Bon... Je reconnais que je ne suis pas de taille à lutter avec Elstree. Je ne comprends pas pourquoi tu as besoin de gagner tout cet argent, mais je respecte le fait que ça doit être important, puisque ça t'a conduite à prendre cette décision bizarre. Parfait... Bon vent, Daisy. Je te souhaite bonne chance. Mais tout ce que je veux te dire c'est : as-tu songé à l'effet que cela va avoir sur nos relations ?

— Quel effet ? demanda-t-elle avec une curiosité qu'elle s'efforçait de rendre désinvolte.

— Puisque tu insistes pour partir, ça va changer les choses. » Il la regardait attentivement, rayonnant de tout le charme précieux et désarmant qu'il savait projeter chaque fois qu'il le voulait.

« Quelles choses ? demanda-t-elle, innocemment.

— Oh ! merde. Je déteste ce genre de discussion, lui lança North. C'est typiquement féminin.

— Et c'est toi qui l'a commencée. Ecoute, North, ce qui s'est passé à Venise aurait dû cesser là-bas, le jour où la grève s'est terminée. Tu ne peux tout simplement pas supporter l'inaction, et c'est pour cette raison que notre liaison a eu lieu. Ça fait des semaines, maintenant, que c'est fini, et tu le sais. Cesse de fouiller les cendres. Je m'en vais et tu te débrouilleras sans moi.

— Tu as fichtrement raison ! » Il était scandalisé, cet homme qu'on n'avait presque jamais contrarié et assurément jamais quitté. Quand il s'agissait de s'en aller, c'est lui qui le faisait, aux conditions qu'il fixait, aussi facilement qu'il cueillait un fruit quand il était mûr. Les bêtes qu'il apprivoisait ne rugissaient pas et jamais ne quittaient la cage sans sa permission. « Tu n'es pas si indispensable que tu le crois, cria-t-il.

— Je n'ai pas le choix.

— Tu parles ! »

Daisy le regarda longuement. Elle savait qu'elle avait raison de ne pas lui révéler ses raisons d'accepter l'offre d'Elstree ; le même instinct qui l'avait empêchée de parler d'elle, sauf de façon superficielle, lorsqu'ils étaient ensemble à Venise, ce même instinct la mettait en garde. North était trop dur, trop impitoyable, trop prompt à écarter tout ce qui n'était pas tout à fait parfait. A cet égard, il était comme son père, comprit-elle soudain. Même lorsqu'ils faisaient l'amour, elle n'avait vu chez lui que des signes infimes de changement. Il n'y avait eu ni profonde tendresse, ni sincère adoucissement de ses sévères exigences, ni tolérance plus grande pour la vulnérabilité humaine. Il lui manquait un talent, le don d'aimer et d'accepter. Elle ne voulait pas utiliser Annabel ou Danielle comme éléments d'un chantage affectif pour l'obliger à se montrer indulgent, elle ne pouvait pas étaler devant lui ses problèmes personnels pour le persuader de la laisser accepter une offre qu'elle avait tous les droits et toutes les raisons de saisir au bond. Elle était là, immobile, affrontant North avec patience, sans rien demander, mais si inflexible dans le pouvoir et la dignité de sa beauté, qu'il fit appel à sa dernière arme.

« J'espère que tu te rends compte que nous aurions pu nous apporter beaucoup l'un à l'autre, Daisy. Nous aurions pu avoir de merveilleux rapports. » Sa voix, son expression auraient fait se coucher d'attendrissement dix cobras, une douzaine de pythons et au moins trois boas constrictors.

Daisy l'écouta en silence et enfila son manteau. Arrivée à la porte, elle se retourna.

« North, si tu te trouvais coincé sur une île déserte, sans téléphone, tu aurais des rapports avec un cocotier. »

« Je ne sais pas ce qui m'excite le plus, fit Kiki, et je me demande si cette indécision ne va pas me mener à la dépression nerveuse. » Elle jouait avec la barbe de Luke et demanda : « Savais-tu que tes yeux ont exactement la couleur des raisins verts sans pépins ?

— C'est vrai que tu as des problèmes, reconnut Luke. Parles-en au docteur, et moi, je te soignerai. » Il l'installa plus confortablement contre son épaule et rabattit les couvertures sur eux.

« Eh bien, d'un côté, Daisy va être riche et célèbre et devenir une vedette de films publicitaires, ce qui est grisant et merveilleux et me rend très heureuse, et d'un autre côté, ma mère vient à New York et veut rencontrer ta mère, et ta mère veut rencontrer ma mère, ce qui est épouvantable et me fait mal au ventre.

— Mais c'est bien naturel qu'elles veuillent se rencontrer, mon pauvre chou : leurs enfants vont se marier. Elles vont devenir *mishpocha* jusqu'à la fin de leurs jours, alors elles éprouvent une certaine curiosité l'une envers l'autre. Sans parler du fait que ça fait assez longtemps que tu caches mon existence à ta mère.

— Quoi ? Qu'est-ce qu'elles vont devenir ? Ça m'a l'air épouvantable. Oh ! mon Dieu, tu ne m'as jamais parlé de ça ! gémit Kiki avec indignation.

— Ça veut dire, un peu parentes, ou enfin, parentes par mariage, quelque chose comme ça, je ne suis pas absolument affirmatif. Tu sais que ma mère a toujours découragé chez moi l'emploi du yiddish, fût-ce d'un seul mot... Parfois, d'ailleurs, ça ne m'arrange pas... Je devrais peut-être prendre des leçons ? Mais c'est tout à fait sérieux, crois-moi. Quand on est *mishpocha*, c'est pour toujours !

— Mais pourquoi faut-il que nous soyons là quand elles vont se rencontrer ? Est-ce que nous ne pourrions pas réserver une table pour elles deux dans un très bon restaurant et les laisser faire connaissance ? suggéra Kiki, la nervosité lui donnant la voix d'une fillette de dix ans.

— Je ne connais pas très bien le protocole des fiançailles, mais je sais que ta proposition est tout à fait inadmissible. N'y pense même pas. Mon Dieu !... Quelle merveille ce serait de manquer ça. Eleanor Kavanaugh, la reine du Country Club de Grosse Pointe, et Barbara Hammerstein, la reine du club Harmonie, dont aucun n'accepte de membres appartenant à la religion de l'autre, sinon à titre symbolique. Les voilà *mishpocha !*

— Je t'en prie, supplia Kiki, cesse de prononcer ce mot. Il doit y avoir une façon plus agréable de le dire.

— *Mishpocha* n'a rien d'agréable ni de désagréable : c'est un mode de vie que pratiquent avec toi tes enfants, et si tu as de la chance, c'est un peu moins terrible que tout ce qui est arrivé à Job, mais tu n'as pas ton mot à dire là-dessus : tu prends les choses comme elles viennent et tu geins beaucoup en privé. Tâche de considérer cela comme un intéressant épisode des joyeuses relations qu'entretiennent les chrétiens et les juifs.

— Je crois que ça va plutôt ressembler à la guerre des Six Jours, dit Kiki, l'air sombre. Luke, est-ce qu'il faut que tu .. Je veux dire, est-ce que tu comptes... ?

— Vas-y... Tu peux me demander n'importe quoi, dit-il pour l'encourager.

— Tu vas porter un... chapeau ? Au mariage ?

— Bonté divine, bien sûr que non. Pourquoi le ferais-je ? A

moins que tu trouves que ça ne m'aille. Ce serait peut-être assez chic avec ma barbe, d'ailleurs. Peut-être un feutre à bord relevé, ou peut-être un melon ? Après tout, je suis d'une extrême élégance, c'est du moins ce qu'on me dit.

— Mais je croyais que tu y étais obligé, observa Kiki, abasourdie.

— Pas quand tu te maries devant un juge de paix, dit Luke en riant. Mais bien sûr, ma chérie, si tu préfères un rabbin... Non ? Eh bien, alors, nous pourrions toujours nous enfuir pour aller nous marier.

— Quoi... et briser le cœur de ma mère ? Je suis la seule fille qu'elle ait, misérable. Je t'ai expliqué pourquoi nous devions attendre l'été pour le mariage : il y a le trousseau à constituer, des centaines de soirées de fiançailles, et nous devons en plus attendre que tous mes cousins aient terminé leur année scolaire, sinon quelqu'un manquerait à l'appel.

— Dieu nous en préserve ! soupira Luke, résigné.

— Et puis, il faudra que j'aie huit demoiselles d'honneur, avec Daisy comme témoin et mes frères comme garçons d'honneur. Il va falloir que tu trouves six garçons quelque part. Et maintenant, bien sûr, pas question d'avoir l'évêque, mais, de toute façon, il ne m'a jamais plu. Ma mère a très bien pris le coup du mariage civil, compte tenu du fait qu'elle prépare mon mariage depuis ma confirmation.

— Je doute qu'elle ait jamais rêvé que ça deviendrait le triomphe de l'œcuménisme », plaisanta Luke, malicieux. Il se demandait où il allait trouver six garçons d'honneur présentables. On allait bien se payer sa tête au club des directeurs artistiques !

— Oh ! va te faire foutre, Luke Hammerstein !

— Bien volontiers. Tu n'as qu'à mettre ta petite main ici et effectuer une sorte de mouvement de va-et-vient... »

Deux jours plus tard, sur le coup d'une heure, une Kiki tremblante et habillée avec soin, les lèvres tremblantes de trac, faisait franchir à sa mère, à la beauté encore majestueuse, les portes de La Grenouille. Luke et elle avaient choisi ce restaurant très élégant de New York dans l'espoir que l'atmosphère allait adoucir ces deux femmes dragons. Les fleurs sur la table fourniraient au moins dix minutes de conversation, avait fait remarquer Luke ; l'examen du menu en prendrait encore vingt. Luke était déjà assis avec sa mère, une belle femme à l'air jeune coiffée d'un chapeau audacieux. Luke et sa mère se levèrent en voyant approcher Kiki et Eleanor Kavanaugh.

« Maman », dirent ensemble Luke et Kiki. Puis ils s'arrêtèrent et recommencèrent. « Maman, je te présente la mère de Luke », balbutia Kiki, qui avait oublié le nom de famille de Luke.

Eleanor Kavanaugh tendit la main, plissant des yeux de myope qui refusait de porter des lunettes, puis elle la retira lentement en disant : « Bobbie ? Est-il possible que ce soit toi, Bobbie... Bobbie Fishback ?

— Oh ! mon Dieu. Ellie ! Ellie Williams... Je t'aurais reconnue n'importe où... Tu n'as pas changé du tout ! s'écria Barbara Hammerstein avec une joie émerveillée.

— Oh ! Bobbie, fit la mère de Kiki en se jetant dans les bras de la mère de Luke, Bobbie ma chérie ! Je m'étais toujours demandé ce que tu étais devenue.

— Tu n'as jamais répondu à mes lettres, répondit Barbara Hammerstein en éclatant en sanglots.

— Mes parents ont si souvent déménagé... Je ne les ai jamais reçues. Je croyais que tu m'avais oubliée.

— Oublier ma meilleure amie ? protesta la mère de Luke, toujours les larmes aux yeux. Jamais !

— Quand tout cela s'est-il passé ? demanda Luke, éberlué. Comment se fait-il que vous n'ayez pas reconnu vos noms ?

— C'était à Scarsdale... Nous avons fait toutes nos classes ensemble jusqu'à la première, dit Eleanor Kavanaugh en reniflant. Et puis, grand-père a fait faillite, nous avons dû vendre la maison et déménager... Et, mais au nom du ciel, Luke, qu'est-ce que ça peut faire ? Oh ! Bobbie... N'est-ce pas merveilleux ? Maintenant nous allons être *mishpocha* !

— Comment connais-tu ce mot-là ? demanda Mme Hammerstein.

— Je m'exerce depuis des semaines, Bobbie chérie. Mais laisse-moi embrasser ton fils... Après tout, il va devenir mon *machatunnen*, dit Mme Kavanaugh, débitant avec fierté le mot yiddish récemment appris pour son gendre.

— Ton *quoi ?* » demanda Mme Hammerstein.

Patrick Shannon arpentait le carrelage de son bureau. C'était le lendemain du jour où il avait obtenu l'accord de Daisy pour représenter Elstree, et il avait saisi la première occasion pour convoquer les gens qui allaient s'occuper de la nouvelle campagne, ceux-là mêmes qui avaient assisté à la réunion au studio de North.

Shannon semblait ravi quand il pouvait réduire la paperasserie, se dit Luke, en essayant de compter le nombre de réunions importantes qu'il était en train de manquer en ce moment même à l'agence.

« Nous n'avons pas un jour à perdre, leur dit Shannon, l'air aussi décidé qu'un chef de bande qui a repéré un convoi bien chargé en train de traverser innocemment la prairie. L'industrie du parfum et des produits de beauté réalise chaque année un chiffre d'affaires de dix milliards de dollars, et un tiers de ce chiffre se fait entre

Thanksgiving et Noël, c'est-à-dire en un mois. Nous devons cette année être présents dans les magasins pour Thanksgiving si nous voulons envisager d'équilibrer nos finances. Ça nous donne juste un peu moins de sept mois pour lancer notre ligne en septembre prochain.

— Ça n'est pas assez, Pat, dit Hilly Bijur. Réfléchissez : de nouveaux emballages, de nouvelles formules publicitaires, de nouvelles annonces, tout un nouvel argumentaire pour les acheteurs...

— Hilly, réfléchissez de votre côté, fit Pat en l'interrompant. Nous avons les produits de beauté de base, une ligne complète. Nous n'avons rien à changer là, sauf les emballages, parce que ces produits sont parfaits : simplement, ils ne se vendent pas. Pour l'instant, du moins. Nous avons les débouchés : Elstree est déjà présent dans cinq mille points de vente de classe. Nous avons une organisation quasi scientifique de l'expédition, de la facturation et de la comptabilité. Ce n'est pas comme si nous devions partir de zéro : tout ce qu'il nous faut, c'est la garniture, la décoration du gâteau. Au nom du ciel !...

— Pat...

— Maintenant, écoutez, Hilly, ce nouveau parfum que les chimistes d'Elstree ont découvert l'an dernier, ça va faire un malheur. Il n'avait même pas de nom : maintenant il s'appelle Princesse Daisy et même mon chien l'aime. C'est encore une chance, d'ailleurs, avec l'essence de jasmin à quatre mille dollars la livre ! Tout ce que nous avons à faire, c'est amener les femmes à sentir le parfum et à essayer les produits de beauté : elles les aimeront, ce sont de bons articles.

— Pat, demanda Jared Turner, le directeur du marketing, compte tenu du fait qu'Elstree a perdu trente millions de dollars l'année dernière, quel genre de chiffre avez-vous prévu pour cette année ?

— Je compte sur cent millions à la vente au détail. »

Oh ! sacré bon sang, se dit Turner. Tout haut, il raisonna plus calmement : « Mais Avon est la plus grosse affaire de produits de beauté du monde et ils font un milliard. Vous parlez d'environ dix pour cent de leur chiffre d'affaires, et pour l'instant nous sommes encore dans le trou.

— Ce que j'aime dans ce jeu, c'est que ça change vite, répondit Shannon, en arrachant dans son excitation quelques épines d'un de ses cactus. Vraiment vite. A condition de bien s'y prendre...

— Vous ne nous avez pas dit ce que va être votre budget de publicité, dit Luke, intervenant dans la conversation. Toutes ces belles phrases sur la façon de s'y prendre ne veulent rien dire.

— Dans notre branche, on dépense en moyenne dix pour cent de chaque dollar réalisé en vente au détail pour la publicité et la promotion : je compte doubler ce chiffre. En nous appuyant sur le volume de ventes que j'estime, nous allouerons un budget de vingt millions de dollars pour les produits de beauté et le parfum Princesse Daisy. »

Et nous voilà repartis, songea Hilly Bijur. Je me demande si Norton Simon ne cherche pas quelqu'un à mettre à la tête de Max Factor ? Ils sont dans le pétrin, mais pas autant qu'Elstree va l'être bientôt.

« Vingt millions de dollars, dit Luke impassible, en se caressant la barbe d'une façon qui emplit de joie Oscar Pattison et Kirbo Henry, son concepteur publicitaire et son directeur artistique.

— Et un tiers de cette somme juste avant Noël, précisa Shannon. Ça veut dire, bien sûr, quelle que soit la façon dont on regarde les choses : je dépense notre bénéfice potentiel pour cette année, mais je pense à long terme. Dans deux ans, nous serons en bonne forme, dans trois ans... Dieu sait à quelle hauteur !

— Mais, Pat, insista Turner, avec l'obstination d'un homme qui refuse un bandeau sur les yeux devant un peloton d'exécution, et si vous ne retournez pas la situation à Elstree ? Nous perdrons encore une fortune !

— Et les actionnaires mangeront mes testicules grillés au petit déjeuner, observa Shannon avec entrain. Avec une sauce bien relevée, mijotée à petit feu au milieu des applaudissements.

— Nous pourrions faire des économies sur l'emballage, proposa Hilly Bijur. Nous avons pas mal de capitaux investis dans les emballages de l'année dernière : on pourrait peut-être les utiliser de telle façon que ce ne soit pas une perte totale... Peut-être ?...

— Hilly, nous introduisons une ligne absolument nouvelle : la ligne Princesse Daisy. Ça n'est pas du réchauffé, fit Shannon. Je vous remercie de penser aux économies, mais ce n'est pas le moment de rogner sur les dépenses. Rassemblez vos dessinateurs d'emballages et dites-leur de mettre le paquet : il faut quelque chose qui ait tant de classe qu'on en ait les cheveux qui se dressent sur la tête. Quelque chose qui électrise ! Dépensez ce qu'il faut, mais assurez-vous que la présentation reflète la personnalité de Daisy : rien de trop moderne, rien qui fasse spatial.

— Très bien, Pat », dit Hilly Bijur, en songeant que, maintenant que Charles Revson était bien mort, ce serait le bon moment pour essayer d'entrer chez Revlon. Il accepterait même une diminution de salaire s'il le fallait.

« Depuis cette dernière conférence avec North, nous avons trouvé une ou deux idées. Vous parliez de romantisme, de chaleur, d'éclat et de qualité de vedette. Maintenant que nous devons travailler avec Daisy, nous envisageons ce qu'Oscar, ici présent, appelle l'angle Romanov : la princesse Daisy telle qu'elle aurait paru avant la Révolution russe, habillée en robe de cour de l'époque, portant les joyaux de la couronne ou ce que nous pouvons trouver de plus proche et qui ne soit pas dans un musée russe...

— Désolé, Luke, mais ça fait trop grande dame pour mon goût : je veux qu'elle soit plus proche de la cliente que ça, insista Shannon.

— Je pensais que vous réagiriez ainsi », dit Luke en souriant. Il donnait toujours aux clients un premier projet à démolir. Il continua tranquillement.

« Notre idée suivante se situe dans le contemporain et je crois qu'il puise dans le désir profond et constant chez chaque femme d'être séduisante pour les hommes, ce que les mouvements féministes n'ont pas l'air, Dieu merci, d'avoir diminué d'un iota. Nous filmerions une salle de bal pleine de danseurs — ou une discothèque —, toutes les variations possibles sur la danse en panoramique vu d'en haut, et puis on serrera de plus en plus sur Daisy en train de danser, les cheveux au vent, absolument radieuse, s'abandonnant sensuellement à la musique : l'esprit de la danse incarné ! Et puis...

— Je regrette, Luke, fit Shannon, l'interrompant encore, mais je n'aime pas ça non plus. Ça marcherait peut-être avec un mannequin ordinaire, mais puisque nous avons affaire à une princesse, il faut jouer la classe jusqu'au bout, me semble-t-il, et cette sensualité abandonnée me semble une fausse note. » Shannon fronça les sourcils. Comme tous les sièges étaient occupés, sauf le fauteuil derrière son bureau qu'il n'utilisait que lorsqu'il était seul, il se trouvait adossé au mur. Il avait l'air d'un jeune garçon studieux, les cheveux noirs tombant sur son front jusqu'aux sourcils, les yeux bleus soucieux et des plis verticaux encadrant sa bouche, tandis qu'il songeait au problème qui, pour l'instant, primait tous les autres à Supracorp.

« Nous avons une troisième idée que, pour ma part, je trouve la plus attirante », dit Luke sans se démonter. Non seulement il en avait une troisième mais, si besoin était, il en sortirait une trentième. Quinze pour cent de vingt millions, ça faisait trois millions de dollars : la commission de l'agence de publicité. Pour ce prix-là, Shannon aurait droit à toute une giclée de propositions.

« Voyons.

— Daisy fait partie de l'aristocratie, et il n'y a que deux façons dont les Américains perçoivent les aristocrates, je veux dire les aristocrates étrangers. Ou bien ils président des cérémonies officielles — ce qui est assommant — ou bien ils s'amusent parce qu'ils sont riches et qu'ils vont là où on s'amuse. J'aimerais envoyer Daisy dans le monde entier, partout où se rassemble l'aristocratie de diverses nations, par exemple à Saint-Moritz, ou bien dans l'hôtel de l'Aga Khan, sur la Costa Smeralda, et la montrer au bras d'hommes de sa classe, vêtue des tenues les plus à la mode pour l'endroit où nous tournerions : tenue de ski et fourrure, costume de bain, robe de couturier français et grand chapeau... Ce que vous voulez... Elle vivrait une vie de rêve, mais étant donné qui elle est vraiment, ce serait crédible. Là, nous ferions appel au désir qui existe chez chaque femme de mener une existence brillante... Elle pourrait y parvenir à travers Daisy. Et par association, quand notre cliente éventuelle utilisera Elstree, elle aura un peu de cet éclat qui déteint sur elle. »

Tout le monde, dans la pièce, attendait la réaction de Shannon à cette dernière idée. Hélène Strauss, bien qu'elle fût directrice de la publicité pour Elstree, avait compris une fois de plus que ça n'était pas à elle de prendre cette décision. Le silence se prolongea tandis que Shannon réfléchissait.

« C'est une bonne idée, Luke, mais ça ne m'emballe pas parce que je crois que la Jet Set, qui est au fond ce à quoi vous pensiez, est perçue fondamentalement sans intérêt : ce sont des gens âgés, de riches oisifs. Si on montre constamment Daisy comme appartenant à ce monde-là, c'est ça qui déteindra sur elle. Je crois que vous risquez de provoquer l'envie, et une femme n'ira pas acheter des produits vantés par quelqu'un que nous lui donnons délibérément toute raison de jalouser. Nos clientes, pour l'instant inexistantes, vont être puisées dans une population où la moitié des femmes travaille et où l'autre moitié s'occupe de la maison ou fait des études. Nous n'avons pas besoin de convaincre les riches oisifs, parce qu'ils ne sont pas assez nombreux. Mais j'aime bien l'idée de présenter Daisy comme une aristocrate. C'est pour cette raison que Supracorp la prend sous contrat, mais d'une façon différente, plus subtile. Pour une autre raison que je ne m'explique pas, je n'arrête pas de me la représenter, moi, en Angleterre, et je ne sais pas du tout pourquoi.

— C'est parce qu'elle a toujours une petite trace, à peine perceptible, d'accent anglais : elle a été élevée en Angleterre jusqu'à l'âge de quinze ans, lui expliqua Luke.

— Comment savez-vous tant de choses sur elle ? demanda Patrick avec, soudain, une méfiance dans la voix qui le surprit.

— Je suis... hmmm !... fiancé à la fille qui habite avec elle », répondit Luke d'un ton penaud. Être fiancé, c'était pour les caves !...

« La fille de Grosse Pointe ? »

Luke acquiesça.

« Kiki Kavanaugh... United Motors ? Félicitations, Hammerstein, c'est merveilleux. »

Tout le monde regarda Luke avec une estime nouvelle. Kavanaugh — Detroit — United Motors. Eh bien, eh bien ! Bravo, Luke ! Ils savaient qu'il était malin... Mais pas à ce point-là.

Luke, agacé, s'empressa de revenir au sujet de la discussion. « Vous disiez l'Angleterre, Monsieur Shannon ?

— Oui, et des châteaux... Je la vois avec des châteaux à l arrière-plan, *toujours des châteaux*. Elle peut, par exemple, arriver au galop devant le porche. Je ne connais pas un mannequin qui monte comme cette fille. Ou peut-être promener ses chiens dans un jardin, avec un château derrière elle...

— Des lévriers ?... C'est le chien que la reine d'Angleterre a toujours avec elle... Ce sont les favoris royaux, suggéra Candice Bloom.

— Un bâtard de lévrier, peut-être deux, dit Shannon d'un ton de visionnaire qui déconcerta tout le monde.

— En train de manger des fraises à la crème sur une pelouse, avec le château au fond, dit Oscar Pattison.

— Bon... Voilà une bonne idée, reconnut Shannon. Allez en extérieur, en Angleterre, avec des châteaux, peut-être un type avec elle, *toujours* un type avec elle... Seulement, pas de mannequin masculin !... De vrais lords, des jeunes... Mais une approche en douceur, des choses simples, dès l'instant que vous avez ce château derrière... C'est elle qui fournira tout le reste, l'éclat et le romantisme. Chaque femme aimerait être une princesse et vivre dans un château... Peut-être pas pour toujours, mais certainement, au moins une fois dans une vie, ajouta Shannon, enfin satisfait. Et puisqu'elle est américaine, elles peuvent s'identifier à elle... Le temps que cette campagne soit prête à démarrer, tout le pays devra savoir que c'est une Américaine qui travaille et qui se trouve être aussi une princesse.

« Candice, poursuivit-il en se tournant vers la publicitaire, vous allez vous occuper de ça. Je veux pour Daisy le plus gros lancement publicitaire que vous ayez jamais fait : une soirée fabuleuse pour la présenter à la presse, juste avant que nous lancions le parfum, et faites vraiment pression sur tous vos contacts pour que nous ayons des interviews et des photos. C'est un sujet rêvé pour la presse, quand on songe qui étaient ses parents et à ce qu'elle a d'assez mystérieux !... Mais justement, parce que c'est un sujet rêvé, je ne veux pas que vous attendiez qu'ils viennent vous trouver : soyez aussi agressive que si vous aviez une parfaite inconnue à lancer. Bien sûr, nous aurons *Women's Wear*, *Vogue*, le *Bazaar* et les journaux de province, mais je veux les magazines aussi, *Good Housekeeping*, le *Journal* et *Cosmo*... Vous connaissez la musique. Mais, surtout, je veux *People*. Je veux la couverture de *People* juste avant Thanksgiving : en fait, je compte dessus. »

Candice Bloom se contenta de hocher la tête. Elle savait qu'elle était très forte. Elle pouvait sans doute décrocher à peu près n'importe quoi, mais pas les couvertures de *Time*, de *Newsweek* et de *People*. Si Daisy avait été une chanteuse de rock, ou la vedette d'un feuilleton télé hebdomadaire, elle aurait pu, *peut-être*, obtenir

People... Mais après tout, elle avait des contacts là-bas qu'elle réservait pour une opération cruciale, et ça valait le coup d'essayer ; sa place était en jeu, et elle y tenait. Les relations publiques, c'était peut-être emmerdant mais elle aimait ça — même si son psychanalyste ne savait pas pourquoi.

Luke songea que c'était la première fois qu'il lançait une campagne avec un client qui y participait dès le début et qui était celui qui parlait le plus, mais ça avait l'air de marcher. Toutefois, Shannon ne connaissait pas tout. Luke avait encore quelques cartes dans sa manche.

« Monsieur Shannon, il y a un grand problème en l'occurrence, pour Elstree comme pour n'importe quel parfum vendu en Amérique : c'est que les femmes ont tendance à traiter leur parfum comme un objet d'art. Elles achètent le flacon, ou bien on le leur offre, et puis elles ne l'utilisent que dans de grandes occasions. Elles le laissent traîner sans l'ouvrir sur leur coiffeuse — contrairement aux Européennes qui s'en inondent et qui, par conséquent, en achètent plus. Les Américaines utilisent les produits de beauté, mais elles se comportent comme si le parfum était du champagne. Nous n'avons pas encore parlé du texte pour la campagne Princesse Daisy. Nous essayons de vendre *deux* choses : toute une ligne de produits de beauté et toute une ligne de parfums et d'eaux de toilette. J'aimerais n'utiliser qu'une formule dans chaque spot publicitaire et pour chaque annonce dans la presse, une formule qui s'applique aussi bien aux produits de beauté qu'au parfum, et une formule qui ait l'avantage d'être quelque chose que Daisy puisse dire de façon convaincante sans avoir besoin d'être une comédienne. »

Luke se leva. Il n'y a que les perdants qui présentent des slogans assis. Il marqua une pause juste aussi longtemps qu'il fallait puis reprit : « Je m'en sers *tous les jours* — Princesse Daisy — d'Elstree.

— Parfait ! » dit Shannon. Le mot avait à peine quitté ses lèvres que la pièce retentissait de félicitations ; si Shannon avait été insatisfait, c'eût été un silence de mort.

« Simple, mais éloquent !

— Facile à se rappeler !

— Excellente identification au produit !

— Formidable, ce message ! C'est mieux que la Western Union ! »

Luke eut un sourire modeste. Il se sentait modeste. Ça n'était pas de l'art, mais on pouvait dire que ça en approchait.

Ram marchait d'un pas vif dans Old Bond Street, en direction de son club, dans St James Street. Il avait au moins cinq minutes d'avance pour déjeuner, mais il n'était pas le moins du monde tenté de flâner par le triste temps londonien de cette fin de février 1977 Il s'engouffra dans la chaleur du White's, faisant tourner son parapluie et saluant au passage un jeune homme qu'il connaissait et qui sortait. Ce dernier ne réagit pas et ne parut même pas l'avoir vu. Mais, songea Ram, ils avaient dû passer plusieurs soirées ensemble à l'automne dernier ? Ce type ne faisait-il pas partie du groupe qui gravitait autour de Sarah Fane ? Ou bien peut-être lui ressemblait-il seulement ? En tout cas, ce n'était pas quelqu'un d'important. Ram haussa les épaules et entra dans un des salons pour attendre Joe Polkingthorne, du *Financial Times.*

Depuis quelques années, Ram avait l'habitude de déjeuner environ tous les trois mois avec ce journaliste. Bien que le grand quotidien pour lequel il travaillait eût des correspondants dans le monde entier, on envoyait souvent Polkingthorne à l'étranger pour des reportages. Il avait le flair pour repérer les régions qui étaient mûres pour un développement financier, et son avis s'était parfois révélé fort intéressant pour Ram et pour sa société d'investissement. Polkingthorne, de son côté, considérait Ram comme l'un des deux ou trois hommes les plus brillants et les mieux informés de la City, et dont la puissance, assurément, ne ferait que croître chaque année. Il était ravi d'échanger des renseignements et des opinions que tous deux considéraient fort justement comme plus précieux que tout cadeau qu'ils auraient pu se faire.

Ram n'avait pas encore eu le temps de commander un verre qu'il aperçut lord Harry Fane et quelques autres hommes qu'il connaissait quitter le salon pour aller déjeuner. Ram n'avait pas vu Harry Fane depuis qu'il avait cessé de faire la cour à sa fille, cela faisait près de deux mois, mais il s'était mentalement préparé au jour inévitable où ils reprendraient leurs relations d'affaires. Comme Fane approchait, Ram inclina la tête de façon impersonnelle en même temps qu'amicale, indiquant, comme aucun mot ne le pourrait, que, pour sa part, il n'entendait pas qu'un mouvement d'humeur de la part de Sarah Fane puisse changer quoi que ce soit entre eux. Il n'était pas homme à avoir des rancunes stupides.

Harry Fane s'arrêta en apercevant Ram. Il le regarda d'un air incrédule et rougit de colère jusqu'à la racine des cheveux. Ses amis hésitèrent. Puis lord Harry Fane reprit sa marche, l'air mauvais, les poings enfoncés dans les poches, passant comme si Ram était invisible, suivi de ses amis dont aucun ne salua Ram qu'ils connaissaient pourtant tous depuis des années.

Ram s'assit dans un profond fauteuil et s'entendit calmement demander au serviteur un whisky à l'eau. C'est impossible, se dit-il, alors même qu'il avait l'impression d'avoir reçu un terrible coup dans le ventre. On n'était plus au xviiie siècle, sa rupture avec Sarah Fane était de celles qui se produisent constamment entre jeunes gens et jeunes femmes sans cesse occupés à reformer de nouveaux couples. Pendant qu'il se disait tout cela, Ram savait qu'il devait y avoir autre chose. Que s'était-il passé pour détruire le respect qui l'entourait et dont il s'était toujours flatté ? Il s'était appliqué toute sa vie à protéger ce respect de toute attaque, un respect mille fois plus important pour lui que n'importe quelle affection ou camaraderie.

Au moment même où Ram se posait cette question, il se rendit compte que cela faisait plus d'un mois — peut-être davantage — qu'il n'avait pas reçu d'invitation à dîner, ou pour le week-end. Lorsqu'il était rentré à Londres, après ce maudit voyage à Nassau pour essayer de raisonner Daisy, il avait été trop pris par le travail pour se soucier de sa vie mondaine. En tout cas, il ne tenait à voir personne à Londres, et il n'avait guère prêté attention au fait que son courrier se composait essentiellement de factures et que son téléphone ne sonnait que pour des conversations d'affaires.

Pourtant, l'an dernier à la même époque, il sortait six soirs par semaine et refusait deux fois plus d'invitations qu'il ne pouvait en accepter. Tout en buvant à petites gorgées son whisky à l'eau, il rassemblait les preuves attestant qu'il était devenu, sur le plan mondain, un paria. Mais il comprit avec une froide et totale horreur qu'il ne le saurait jamais.

Sarah Fane ne pouvait tout de même pas avoir raconté ce qui s'était passé entre eux sans ruiner sa réputation à elle. Elle avait donc inventé quelque chose : un mensonge assez plausible pour que tout le monde y crût, un mensonge abominable, dégradant, écœurant, qu'il n'entendrait jamais répéter mais qui le suivrait partout dans le monde où il se souciait de vivre. Ram connaissait les règles ; il savait qu'il était fini. Il pouvait encore travailler ; le mensonge de Sarah Fane ne ternirait pas les placements qu'il avait faits de son capital. Ses propos ne pouvaient atteindre les oreilles des marchands de tableaux, ni les vendeurs de livres rares ou de costumes sur mesures, ni les hommes qui vendaient des chevaux ou qui s'occupaient de ses terres. Mais, tôt ou tard, ils arriveraient à l'oreille de tous ceux qui comptaient dans un univers où il avait représenté un des plus beaux partis.

La société anglaise avait une façon particulière de traiter les gens qu'elle repoussait : une méthode silencieuse, redoutable et imparable que Ram avait déjà vue à l'œuvre. Il n'y avait aucun recours, car il n'y avait personne devant qui on pouvait faire appel, personne à qui l'on pût poser une question, personne qui reconnaîtrait avoir entendu quoi que ce fût. S'il avait eu des amis... Ram se rendit compte qu'il n'y avait pas un homme, pas une femme parmi les centaines de gens qu'il avait fréquentés lors des soirées de ces dernières années, qu'il pouvait considérer comme un ami assez intime pour s'adresser à lui. Un avocat ? Qu'y avait-il à dire ?

Pouvait-il s'imaginer en train de se plaindre que certaines de ses relations ne l'aient pas salué ? Pouvait-il réclamer des dommages et intérêts parce qu'il n'avait pas été invité à dîner ? Ça n'était rien... et c'était tout. Jamais l'affaire ne pourrait être tirée au clair, le mensonge dévoilé. Quoi qu'eût raconté cette fille qui était la reine des débutantes de l'année, qui avait derrière elle des siècles d'aristocratie britannique, cela n'irait pas plus loin que les membres d'une petite coterie. Ram pouvait fort bien se faire une vie nouvelle parmi les intellectuels, les artistes, les hommes d'affaires sans relations mondaines, les étrangers qui vivaient à Londres, les gens de théâtre et ceux qui s'intéressaient à la politique, mais il avait perdu, en fait, la compagnie de tous ceux dont l'estime comptait.

« Tiens, vous voilà, Valenski ! » Joe Polkingthorne lui tendit la main et Ram la serra en se levant de son fauteuil. « Vous ne finissez pas votre verre ? Bah ! il y a toujours le vin... Ça suffit pour le déjeuner, hein ? » Ram se prit à éprouver de la *reconnaissance* pour l'accueil jovial et sans façon du journaliste, et il comprit alors, pour la première fois, l'ampleur de la catastrophe. Lorsque le maître d'hôtel l'escorta jusqu'à sa table habituelle et lui énuméra avec déférence les divers plats du jour, lorsque le sommelier attendit qu'il eût fait son choix, lorsqu'il regarda autour de lui et s'aperçut avec soulagement que les hommes, à la table voisine, étaient des étrangers, la grande plaie béante qu'il portait en lui s'ouvrit encore plus. Chaque attention que lui prodiguait un serviteur salarié, chaque visage nouveau observé avec prudence, était comme une porte se refermant derrière lui. Il écouta attentivement Polkingthorne parler de l'Afrique du Sud et de l'impossibilité où l'on était de compter sur les ouvriers des mines d'or ; il se lança avec plus de vivacité que jamais dans un long récit sur les récents exploits de son cabinet d'investissement ; il mangea avec avidité et but plus que sa part tout en essayant de faire quelque chose pour endiguer le flot qui coulait de sa blessure. Mais rien n'y faisait.

« Enfin, bon sang, à quoi bon en discuter entre nous ? Téléphonons à Shannon pour nous assurer qu'il ne voulait pas seulement parler de châteaux : il pensait sans doute à de grandes demeures et à des palais, dit Kirbo Henry.

— Je ne ferais pas ça si j'étais toi, répondit Luke.

— Enfin, Luke, un vrai château, par définition, doit être une place forte imprenable... La plupart d'entre eux sont en ruine, bon Dieu : ils ont été construits à l'époque féodale, à moins que tu ne te rabattes sur l'imitation de style victorien qui, à mon avis, pue le décor d'opérette. Prends le château Culzean, dans l'Ayrshire, il y a même des palmiers devant ! Enfin, regarde ces photos, veux-tu... Hedingham Castle, dans l'Essex, et Rochester Castle, dans le Kent ?

On n'a même pas l'impression que personne y ait jamais habité ! » dit-il, en tendant à Luke des photos de grandes tours carrées du XIIᵉ siècle en ruine, de menaçants donjons normands, massifs et bien carrés.

Pendant que Luke les regardait en secouant la tête, Kirbo exhiba des photos de Stourhead, cette énorme et charmante villa baroque construite entre 1727 et 1840. « Je suis sûr que c'est à ça qu'il pensait. C'est là où Kubrick a tourné *Barry Lindon,* c'est absolument superbe ! Est-ce qu'on ne peut pas vérifier, au moins ?

— Shannon a dit " un château " et il voulait dire " un château ". Ne me montre rien qui n'ait une tour, un donjon, une douve, un pont-levis, des remparts, des créneaux... Un endroit d'où l'on puisse déverser de l'huile bouillante sur l'ennemi, Kirbo. Continue à te plaindre et reprends tes recherches. Il doit bien y avoir, en Angleterre, des châteaux que les gens habitent encore, ou du moins en apparence, parce que c'est ça, l'idée. » Luke congédia son directeur artistique qui, à son avis, était furieux parce qu'il n'avait pas eu, le premier, l'idée du château.

« Gélatineux ! » s'exclama Daisy, s'adressant à Thésée. Il la regardait d'un air interrogateur. Elle lui avait toujours parlé, mais cette fois, cela dépassait sa compréhension. « La façon dont le temps passe... continua-t-elle, tout d'abord la bousculade et puis, maintenant, l'attente... Ça me rend folle. » Daisy continuait à se plaindre à Thésée tout en arpentant l'appartement, cherchant en vain quelque chose à ranger, quelque chose qui pourrait avoir besoin d'être raccommodé, réparé ou arrangé. Les mois qui s'étaient écoulés depuis qu'elle avait signé le contrat Elstree s'étaient passés avec une lenteur tout à fait inattendue. Ayant pris sa décision, elle s'était imaginé qu'elle allait être aussitôt prise dans un tourbillon de travail, mais elle s'aperçut qu'au lieu de cela elle était prisonnière de Supracorp.

Même s'ils n'avaient pas besoin d'elle à plein temps avant juillet, quand on tournerait les films publicitaires, ils ne voulaient pas la laisser non plus quitter New York, parce que, de temps en temps, elle était nécessaire à des manifestations de relations publiques.

« Je suis navrée, avait dit Candice Bloom d'un ton ferme, mais vous ne pouvez *absolument pas* aller en Angleterre, même pour quelques jours. Leo Lerman doit m'appeler à propos d'un déjeuner et je ne sais pas quel jour il sera libre ; Trudy Owett, du *Journal,* veut vous voir pour un reportage de mode éventuel et j'attends de ses nouvelles d'une minute à l'autre... Non, Daisy, je veux que vous soyez à un endroit où je puisse vous joindre dans les cinq minutes. »

Durant le long et ennuyeux printemps et le début de l'été, les journées de Daisy étaient interrompues de temps en temps par des essayages chez Bill Blass ; il mettait au point la garde-robe de la princesse Daisy, aussi bien les toilettes qu'elle devrait porter personnellement lors de ses apparitions en public que celles qui serviraient aux photos de la campagne de promotion dans les magasins. Il y avait aussi parfois des interviews, dont la plupart n'avaient pas encore été publiées, et puis des séances de photos pour les publicités Elstree.

Triste et mélancolique, elle était pelotonnée dans un des grands fauteuils d'osier de la salle de séjour en regrettant que Kiki ne fût pas là. Bien que Kiki continuât à partager théoriquement l'appartement avec Daisy, elle passait le plus clair de son temps chez elle, à Grosse Pointe, occupée à des rituels compliqués concernant son mariage. Chaque fois qu'elle était à New York, elle descendait chez Luke, et ne faisait qu'une halte à l'appartement, comme une abeille devenue folle. Daisy se sentait aussi abandonnée qu'un chien qu'on a laissé tout seul enfermé dans une voiture, sans crier gare et sans raison. Elle ne s'était pas rendu compte à quel point Kiki lui manquait, avec sa vivacité, son insouciance, son effronterie et sa perpétuelle confusion.

Kiki et ses serviettes brodées à son chiffre ! songea tristement Daisy, en se disant que les serviettes n'étaient qu'un indice infime de la différence que le mariage de Kiki allait apporter à son existence. « Je souffre d'une angoise de séparation », annonça-t-elle à Thésée. Le propos démarrait comme une plaisanterie, mais en le disant elle entendit sa voix trembler. « Imbécile, pauvre imbécile... Non, Thésée, pas toi, moi », assura Daisy au chien, comprenant que derrière l'impression de perte imminente que lui inspirait le prochain mariage de Kiki, il y avait d'autres pertes, anciennes celles-là, sur lesquelles elle ne pouvait pas se permettre de s'attarder, et encore moins de commencer à pleurer. Elle se leva vivement et se mit à s'habiller. Quand elle était dans une humeur pareille, la seule solution était de sortir dans la rue avec Thésée, en évitant les boucheries et autres tentations, mais de sortir à tout prix de l'appartement vide.

Tout en s'habillant, Daisy dut se faire un aveu : malgré son impatience à se mettre enfin au travail, un travail qui l'absorberait sainement, malgré l'impression qu'une fois l'affaire Elstree sur les rails, son ennui et sa nervosité disparaîtraient, la perspective de ce moment-là, en fait, la terrifiait. « Je vais être une telle cible », songea-t-elle confusément, sans savoir très bien ce qu'elle voulait dire. Ce dont elle était sûre, c'est que durant toute sa vie d'adulte, elle avait mené une existence plutôt discrète dans le vague espoir que cela l'empêcherait de perdre plus que ce qu'elle avait déjà perdu. Mais maintenant, avec son visage et son nom qui n'allaient pas tarder à être exposés de la façon la plus criarde possible, elle ressentait une crainte presque superstitieuse de l'avenir. Idiote, se dit-elle encore, mais pas tout haut, pour ne pas vexer son chien.

Tandis que Daisy parcourait SoHo avec Thésée, pour essayer de s'occuper, Luke trouva le temps de téléphoner à North.

« Alors, demanda-t-il avec entrain, les valises sont bouclées, on est prêt à partir ?

— Va te faire foutre, Luke.

— Merci, North, mais tu n'as pas répondu à ma question.

— J'ai décidé de décliner tout rôle dans cette absurde production. Va te trouver un autre réalisateur.

— Pas question. Arnie a fait une proposition, nous l'avons acceptée et on compte sur toi.

— Ça n'est pas le même travail... Les conditions ont changé.

— Quelle que soit la somme qu'Arnie peut ajouter parce que nous tournons en Angleterre, ça ne fera pas de problème avec l'agence, je peux te le garantir. Mais nous voulons un film publicitaire signé Frederic Gordon North, nous voulons ta verve, ton sens du décor, ta perception des volumes et des contrastes, les nuances de ton éclairage sans pareil, ton inspiration et ton audace, ton goût inimitable et tes qualités techniques : bref, pour dire les choses plus carrément, nous ne voulons pas te laisser te défiler sous prétexte que Shannon t'a piqué Daisy.

— Ça n'a absolument aucun rapport ! s'écria North.

— Magnifique ! Je suis soulagé de te l'entendre dire, j'avoue que j'aurais certainement pu comprendre que tu ne sois pas capable de faire ces films publicitaires parce que tu ne peux pas fonctionner sans Daisy. Puisque ça n'est pas le cas, comme tu viens de me l'assurer, tu as un engagement envers nous et, en tant qu'un de tes vieux et fidèles amis, et à l'occasion gros client, nous nous attendons certainement à ce que tu l'honores. Ah !... Je suis bien content d'apprendre que tu ne m'en veux pas.

— Salopard !

— Calmons-nous, calmons-nous. » North était toujours son bon copain, songea Luke, mais il avait besoin de lui, ou plutôt Daisy avait besoin du talent de North pour la diriger. Bien sûr, il n'avait aucun droit légal sur North mais, de temps en temps, forcer un peu la main aux gens était nécessaire, surtout quand on savait où se trouvaient les points faibles : chez North, c'était l'orgueil. Parmi d'autres.

« Nous attendons l'autorisation du National Trust : c'est l'organisme propriétaire des châteaux que nous allons utiliser, expliqua Luke à North. J'espère que ta nouvelle collaboratrice chargée de la production a choisi la garde-robe de Daisy et décidé qui tu emmènes en Angleterre, qui tu vas engager là-bas et les autres petits détails mesquins que Daisy réglait avec une si grande diligence.

— Tu es vraiment une ordure de première classe.

— Combien de fois t'ai-je dit que les compliments ne me touchent pas ? Au fait, North, veux-tu être mon témoin ? Nous nous marions après le tournage pour que ça ne puisse pas te servir d'excuse. Et je crois que tu aimeras l'ambiance de Grosse Pointe. Ça prend la tournure d'un petit mariage assez convenable, sans prétention, presque impudent, mais pas tout à fait, animé et avec une année pleine de promesses.

— Je ne ferais pas un bon témoin, lança North.

— Je suis tout à fait d'accord... Mais il se trouve que c'est une des corvées inhérentes à l'amitié. Pourquoi y échapperais-tu ? Je t'ai déjà rendu deux fois ce service.

— Va te faire voir chez les Grecs, Luke.

— Je crois comprendre que cela veut dire que tu acceptes ? J'en étais sûr. »

Maintenant, à la fin juin, Daisy attendait avec une certaine impatience le mois suivant où ils allaient tous partir pour l'Angleterre pour un tournage de dix jours. En attendant, elle observait de l'extérieur avec une angoisse qu'elle s'efforçait de dissimuler, Mary-Lou Duke, la nouvelle productrice de North, en train de s'attaquer au travail et d'organiser le tournage. Daisy lui avait poliment proposé de la mettre au courant du fonctionnement du studio, mais l'offre avait été déclinée avec froideur par cette femme, que North avait enlevée à son plus proche concurrent en la payant une fois et demie plus que Daisy.

Mary-Lou était une femme d'une trentaine d'années, belle, presque imposante et calme. Le calme, constant, indestructible, incessant, c'était son arme secrète. Elle était aussi pétillante que le plomb, aussi drôle qu'un tonneau de bière vide, elle avait l'humour d'un croque-mort... mais on pouvait compter sur elle. Pendant que les gens de Luke terminaient leur propre travail de pré-production, elle emmena Daisy sur la Septième Avenue, le quartier des confectionneurs, choisir des vêtements pour le tournage. Mary-Lou hélait les taxis, elle tenait la porte de l'ascenseur pour Daisy et la précédait dans les salons des maisons de couture. Daisy, captive, suivait. Daisy, qui avait tellement l'habitude de veiller à tout plutôt que d'être celle sur qui on veillait, avait l'impression d'être un agent de police habitué à régler la circulation et qui se trouvait réduit maintenant à être témoin d'une collision entre dix voitures sans lever le petit doigt. Mais elle résistait à l'envie d'intervenir et d'essayer de prendre des décisions. Elle savait fort bien, alors même que Mary-Lou expliquait aux couturiers ce qu'elle cherchait, que la plupart, sinon toutes les toilettes qu'on livrerait au studio pour les faire approuver par North, seraient rejetées. Elle ne disait rien, tandis que North, avec une impatience croissante, les envoyait essayer de nouvelles tenues. La troisième fois que Daisy dut essayer toute une garde-robe et que North eut de nouveau tout refusé, Daisy sentit qu'elle devait dire quelque chose. Il ne leur restait que sept jours de pré-production. Elle prit à part la nouvelle productrice.

« Mary-Lou... Puis-je faire une suggestion ?

— Si vous estimez que c'est important, dit-elle à contrecœur.

— North n'aime pas les vestes de cheval et les chemisiers que nous lui avons rapportés, parce que, certes, je devrais être en tenue de cheval au-dessous de la taille, mais pas au-dessus, il faudrait, non pas une veste classique de cavalière, mais quelque chose d'audacieux et d'insolite.

— Mais ça ne serait pas convenable, dit sévèrement Mary-Lou.

— Non, pas du tout, mais ça marcherait, pour ce qu'ils veulent.

— Mais les gens ne montent pas à cheval habillés ainsi !...

— Le nombre de gens qui remarqueront la différence sera très réduit. C'est l'effet général qui compte... Vous ne croyez pas ?

— Si ça ne vous gêne pas d'enfreindre les règles... » dit Mary-Lou en haussant les épaules. Même son haussement d'épaules était inexpressif, ce qui n'était pas courant.

« Et pour le pique-nique sur la pelouse, l'ennui c'est que personne cette année ne fait de toilette ad hoc... Mais je connais une boutique, où je n'ai jamais pu me permettre d'aller avant. Nous pourrions peut-être y trouver exactement ce qu'il nous faut, proposa Daisy.

— Daisy, vous feriez peut-être mieux d'aller choisir vos toilettes sans moi », décida Mary-Lou. C'était contre ses principes de déléguer la moindre autorité, mais elle avait tant de choses plus importantes à faire.

Les gens qui insistaient pour essayer d'apporter des idées, Mary-Lou s'en moquait tant qu'ils n'intervenaient pas dans ses plans stratégiques. Les idées étaient comme des ballons avec lesquels jouent les enfants : que les gens s'amusent donc à être « créateurs »... La logistique c'était pour elle, c'était du sérieux. Elle avait l'esprit presque tout entier occupé par les détails matériels permettant à North d'emmener son équipe en Angleterre. Il fallait trouver les techniciens anglais, les acheminer sur les lieux du tournage, les loger, les nourrir et s'assurer qu'ils avaient l'équipement dont ils avaient besoin. La seule chose qui l'inquiétait, c'est que la première classe sur British Airways semblait très chargée le jour où ils partaient. Voilà un problème auquel elle avait hâte de s'attaquer.

Daisy, ainsi libérée, se précipita pour constituer sa garde-robe, sans oublier qu'elle avait rendez-vous avec les maquilleurs d'Elstree cet après-midi-là. Ils n'allaient pas prendre de risques en embauchant des maquilleurs anglais inconnus. Une maquilleuse ferait donc partie de la troupe qui partait pour l'Angleterre, ainsi qu'un des coiffeurs les plus chers du cinéma publicitaire. Ils touchaient chacun quinze cents dollars par jour plus tous les frais pour chaque jour passé hors de New York. Ils appelaient ça « prime de fatigue », encore que l'on vît mal en quoi l'Angleterre était plus fatigante que les Etats-Unis. Toutefois, ils n'auraient pas demandé plus pour se rendre au Sahara. Dès l'instant où ils sortaient de Manhattan, c'était de la « fatigue » ; qu'aucun producteur ne s'avise de l'oublier ! Comme la spécialiste en maquillage avait sa palette personnelle comprenant des douzaines et des douzaines de produits quasiment introuvables, découverts au long des années, elle n'était pas ravie de devoir n'utiliser que des produits Elstree. Les lois sur la publicité mensongère l'y contraignaient malheureusement, puisque Daisy allait dire : « J'en mets tous les jours. »

« Heureusement, dit-elle en regardant Daisy, vous n'avez pas besoin de beaucoup de maquillage... Je ne suis pas habituée à cette saloperie. »

La directrice de la ligne des produits Elstree tiqua. « Ce sont d'excellents produits, dit Patsy Jacobson, avec agacement.

— Oui... mais pas pour la caméra. » Les deux femmes se foudroyèrent du regard.

Daisy, qui était assise devant un miroir, aussi immobile qu'une statue, brûlait d'envie de se mêler à la conversation, mais elle s'abstint. Acquiers une *attitude,* se dit-elle. *Conduis-toi comme une star !* Ne te laisse pas prendre à leur jeu. Si elles ont des problèmes, ça n'est pas à ce stade que je devrais m'en inquiéter. Ça leur donnerait un choc si je redevenais Daisy « Règle-Tout ». Ça s'arrangera plus vite et mieux sans moi, et si l'on arrive à une solution qui ne me plaît pas, je leur dirai tout simplement de repartir à zéro jusqu'à ce que ça me plaise. Si j'ose. Si j'ose ? Bien sûr que j'oserai. Après tout, c'est moi la star.

Elle restait assise calmement, pensant au chèque de trois cent trente-trois mille dollars et trente-trois cents qu'elle avait reçu de Supracorp en janvier dernier, à la signature de son contrat. A peine avait-elle accepté la proposition de Patrick Shannon qu'elle avait écrit à Annabel, pour lui annoncer qu'elle était riche ; elle lui disait qu'elle la savait malade, qu'elle ne vende à aucun prix *La Marée,* lui précisant qu'elle, Daisy, pouvait sans problème subvenir à toutes ses dépenses en plus de celles de Danielle. Elle lui demandait même de ne pas penser à l'argent mais de concentrer tous ses efforts à aller mieux. Elle ne fit aucune mention de Ram. Au moment où Daisy écrivait cette lettre, elle savait que ce n'était pas vendre la peau de l'ours ; le contrat n'était pas signé, mais Patrick Shannon n'était pas homme à revenir sur la parole donnée. Elle le savait aussi sûrement qu'elle savait que Colomb n'avait pas fait le tour du monde.

Il y avait eu plusieurs autres dîners avec Shannon ces derniers mois, des dîners étrangement officiels, songea Daisy, auxquels divers membres de la hiérarchie de Supracorp étaient invités, presque comme s'il voulait la présenter à eux ou les lui présenter. Shannon, ces temps derniers, avait beaucoup voyagé pour Supracorp et il n'avait pas renouvelé sa proposition d'organiser un rendez-vous entre sa chienne, Lucy, et Thésée. Daisy se demanda si son numéro de princesse n'avait peut-être pas été un peu trop convaincant.

Enfin, on était en juillet, et le tournage avait officiellement commencé, mais ce n'était que le lendemain que débuteraient les prises de vue.

Daisy était seule dans son appartement du Claridge's. Par des moyens dont elle préférait ne pas parler, Mary-Lou avait réussi à leur trouver à tous des places en première classe sur le vol qu'ils voulaient. North et elle étaient maintenant en conférence avec les comédiens choisis pour figurer avec Daisy dans chaque film publicitaire. Le désir de Shannon de la montrer avec des lords authentiques avait cédé devant le refus catégorique de North d'utiliser pour le tournage plus d'une seule non-professionnelle. Tout en déambulant dans sa suite, si vaste que les penderies auraient pu être de petites chambres, elle songea à ce qu'elle pourrait faire à Londres : du cheval à Hyde Park, chercher une vente de charité, et... Elle n'avait que quelques heures avant de retrouver l'équipe anglaise pour partir, en une procession de voitures et de camions bourrés de matériel, jusqu'au premier lieu de tournage, dans le Sussex. Pas assez de temps, se dit-elle avec agacement, pour aller voir Danielle. Mais une fois le tournage terminé, elle disposerait de quelques jours. Alors, elle irait voir Danielle et rendre visite à Annabel.

En attendant, elle se sentait parfaitement étrangère dans la ville qui avait été tant d'années la sienne. Qui donc maintenant occupait la maison jaune pâle de Wilton Row où elle avait grandi ? Qui avait acheté la maison d'Annabel à Eaton Square ? Les seuls endroits où, peut-être, elle pourrait se sentir chez elle, c'étaient les écuries de Grosvenor Crescent Mews, ou bien l'Institution de Lady Alden, et elle n'avait pas envie de retourner là-bas. Nerveuse, Daisy descendit le grand escalier afin d'acheter quelques magazines pour lire dans son salon, où elle aurait pu sans mal donner un cocktail pour soixante personnes.

« Des magazines, madame ? dit poliment le concierge. Nous n'avons pas de magazines, madame. Toutefois, si vous voulez bien me dire ce que vous désirez, je vais envoyer un chasseur les chercher tout de suite.

« — Oh ! ça ne fait rien, c'est très bien. » Daisy regagna sa chambre, furieuse contre elle-même et furieuse contre un hôtel si peu commercial qu'il n'avait même pas de kiosque à journaux. Elle comprit pourquoi elle n'était allée nulle part, pourquoi elle avait choisi de ne pas quitter le luxe protecteur de ce gigantesque hôtel durant ces ultimes heures de liberté avant de commencer à travailler : elle avait peur de rencontrer Ram.

Le château de Herstmonceux, dans le Sussex, avait été choisi pour le tournage du premier des trois films publicitaires de trente secondes chacun. L'édifice en briques d'un rose éteint était entouré d'une douve exceptionnellement large qu'on ne pouvait franchir que par un long pont-levis qui prenait appui sur une série d'arches gracieuses, plongeant dans les eaux profondes de la douve. L'homme qui l'avait fait construire, Roger de Fiennes, trésorier de la maison de Henry VI au milieu du xve siècle, avait sans doute eu de bonnes raisons de penser qu'un jour il aurait besoin de se défendre, car il avait bâti une solide et superbe forteresse, avec un corps de garde protégé par deux puissantes tours octogonales à créneaux, surmontées d'une double plate-forme de combat. C'était ce château qu'on avait choisi pour le film publicitaire dans lequel Daisy allait arriver à cheval. Kirbo, lorsqu'il eut fini par trouver les photos, s'était aperçu soudain qu'un galop sur le pont-levis était visuellement plus intéressant que n'importe quel galop dans une allée cavalière. North comptait tourner d'abord à Herstmonceux, puisqu'il y avait des chevaux et que ce film-là exigerait moins de talent de comédienne chez Daisy que les autres.

Quand North avait vu les photos du château, il avait été écœuré. « Luke, ce pont-levis est à près de dix mètres au-dessus de la surface de la douve. Même avec une barge et une grue, je ne peux pas arriver assez haut : c'est un hélicoptère ou rien, pour l'approche et le galop, et puis comme elle arrivera plus près et qu'elle descendra de cheval, je n'aurai pour travailler que la largeur du pont-levis.

— Ce vieux Roger ne tenait pas à faciliter les choses aux étrangers qui voulaient venir sans être invités », dit Luke, sans s'émouvoir. S'il y avait une chose qu'il ne laissait jamais le préoccuper, c'était bien les problèmes techniques des réalisateurs de films publicitaires. Tous les techniciens qu'il avait pu rencontrer étaient au moins capables de trimbaler une caméra sur l'épaule en haut de la Grande Pyramide de Gizeh, si besoin en était. Ils se délectaient des histoires d'impossibilités techniques qu'ils avaient maîtrisées ; leur magazine, *Millimeter,* était plein de poignants récits de difficultés vaincues ; c'était vrai que neuf réalisateurs de films publicitaires avaient bel et bien été tués dans des accidents d'hélicoptères, mais les autres étaient encore prêts à nager dans une rivière grouillante d'alligators anthropophages pour tourner le bon plan... ou bien prêts à changer de métier. Alors même que Luke balayait les objections tatillonnes de North, North était déjà en train de penser que les vieilles briques de Herstmonceux paraîtraient encore plus belles à travers un filtre ambre et que quelques bombes fumigènes, à l'arrière-plan, donneraient l'impression que le château flottait littéralement à la surface des douves, truquage qu'il pensait avoir inventé bien avant David Dee.

Planté juste devant les grandes herses de Herstmonceux en cette première semaine d'octobre, avec Wingo à la caméra à l'entrée de la cour, North regardait Daisy : cheveux flottants comme l'étendard d'une grande reine, elle arrivait vers lui au galop d'un énorme cheval noir, suivi d'un cheval blanc monté par un comédien qui avait plus l'air d'un lord que n'importe quel lord authentique ; il devait bien convenir qu'elle n'avait pas l'air d'une dilettante. Même lorsqu'elle mit pied à terre et lança son unique réplique, vêtue d'une culotte de cheval fauve, de bottes noires et d'un chemisier de soie blanche à col ouvert et à manches amples, comme aurait pu en porter un des Trois Mousquetaires. Par des changements d'expression, où se succédaient rapidement les émotions et où flottait parfois un sourire, par les grands gestes éloquents qu'il faisait avec les mains comme s'il se livrait à un tour de passe-passe, North faisait refaire ses mouvements à Daisy encore et encore, et encore une fois, et puis une autre fois, et encore une autre, jusqu'à ce qu'il fût satisfait. Elle n'avait jamais, pas même à Venise, connu une intimité aussi grande entre eux. Elle finit par comprendre la particularité de son génie et en même temps pourquoi il avait épousé ses deux meilleurs mannequins : et elle savait déjà pourquoi elles avaient demandé le divorce.

Avant même de se faire passer les rushes à Londres, à moins de trois heures de voiture, North savait qu'il avait sur la pellicule quelque chose de tout à fait spécial ; il le sentait à la façon dont un frisson lui parcourait la nuque et le haut des bras chaque fois que Daisy arrivait au galop plus près de la caméra et il attendait l'instant sublime où elle arrêterait son énorme monture et sauterait à terre en riant. Il y avait des années qu'il n'avait pas senti ce frisson, cette promesse de quelque chose d'inexprimable mais de réussi.

Le mystère l'avait toujours attiré, le mystère profond et insondable du visage humain et de son talent à exprimer l'émotion — même si cette émotion était destinée à guider le spectateur jusqu'à certain rayon du supermarché — et quelle puissance les traits de Daisy, fixés sur la pellicule, ne lui donnaient-ils pas ! North le comprit en regardant les rushes. Pourquoi n'avait-il même jamais songé à la filmer auparavant ? Il ne savait ce qui chez lui l'emportait : l'agacement devant la perfection ou le soulagement.

Du Sussex, jouant entre les voitures, les avions et les trains avec une admirable précision, Mary-Lou entraîna toute la troupe loin au nord, dans le Peeblesshire, en Ecosse, où se trouvait le château de Traquair, à House. Radicalement différent du sévère Herstmonceux, il avait été bâti autour d'un simple donjon de pierre édifié au milieu du xiii siècle. Sous le règne de Charles I er, le château proprement dit était devenu un haut édifice gris pâle protégé par une longue étendue de délicates grilles de fer, fermées par les propriétaires jusqu'à l'avènement au trône d'un nouveau Stuart. Et, même pour Frederic Gordon North, on ne pouvait les ouvrir. Toutefois, juste devant les grilles se trouvait une prairie constellée de fleurs où Daisy et un comédien devaient faire une collation de fraises à la crème.

Daisy portait une robe faite de volants victoriens d'époque. Il en avait coûté quatre mille dollars de retailler ce précieux tissu pour refaire une robe qui n'ait pas l'air d'un déguisement, une robe qui flottait, presque transparente, découvrant ses épaules demi-nues avec de longues manches larges, comme des ailes. La couleur de la fragile dentelle vieil ivoire contre sa peau était ravissante et le coiffeur lui avait relevé les cheveux en lui prenant des mèches dans des rubans de soie aussi verts que l'herbe de la prairie, les laissant ensuite retomber simplement dans le dos.

« Pas besoin d'hélicoptère ici, décréta North, lorsqu'il vit le site de Traquair. Les rotors aplatiraient l'herbe et les fleurs. Il n'y a qu'une seule façon de bien filmer ça. Mary-Lou, trouvez-moi un Hovercraft.

— Je me demande à quoi elle ressemble dans le privé ? demanda Wingo.

— Mary-Lou, lança North. Un Hovercraft.

— Aussi grand que ceux qui traversent la Manche ou un modèle plus petit ? murmura-t-elle, indifférente.

— Le plus petit que vous pourrez trouver. Puisque ça fonctionne sur un coussin d'air à quelques mètres au-dessus du sol ou au-dessus de l'eau, selon le cas... Tu écoutes, Wingo ? Pauvre crétin, ignorant... ça donnera l'impression que nous sommes plus légers que l'air. Ce que je veux dans toute cette scène, c'est une véritable vue de *papillon*, pas d'un oiseau, ni d'une abeille, mais d'un papillon nonchalant, qui plonge et qui glisse. »

Comme Mary-Lou s'en allait, l'air ravi, pour faire apparaître un Hovercraft, North dit, assez fort pour être entendu de Wingo et de Daisy : « Quelle emmerdeuse !

— North, elle est efficace, protesta Daisy.

— Eh ! oui. Mais pourquoi faut-il qu'elle prenne toujours des airs de conspirateur ?

— Ça n'est pas juste. Elle ne fait que son travail.

« — Daisy, rends-moi un service, veux-tu ? Evite de m'expliquer mes propres préjugés. »

Lorsque Patrick Shannon concluait un marché, il aimait en comprendre les deux aspects. Il savait toujours ce qu'il se proposait de gagner, mais les motifs de l'autre, les raisons de son accord étaient plus fascinants. Shannon se rendit compte qu'il ne savait absolument pas pourquoi Daisy Valenski, une fille de la haute société, qui travaillait pour ne pas s'ennuyer, qui clamait qu'elle adorait son anonymat, se prêtait à cette épreuve ; elle acceptait de devenir un petit rouage dans les efforts d'une société tout entière tendue vers le marché ; elle acceptait de laisser exploiter la personnalité et le personnage de la princesse Daisy. « Des raisons personnelles », avait-elle dit lorsqu'il l'avait interrogée. Quelles raisons personnelles ? Pourquoi voulait-elle un million de dollars pour les trois ans à venir ? Ça ne rimait à rien si elle était ce qu'elle était, et il n'arrivait pas à croire qu'elle ne le fût pas.

Pendant des mois, ces questions l'obsédèrent, alors qu'il passait des semaines en Californie, à s'occuper du département spectacles de Supracorp, ou lorsqu'il fit à deux reprises l'aller-retour New York-Tokyo, plus un voyage en France. Ce mystère l'agaçait comme une peau de raisin collée entre les dents. Il avait le sentiment qu'il était tombé dans une sorte de piège, que quelque chose se passait qu'il ne maîtrisait pas tout à fait, mais la tension incessante qu'implique la direction d'un conglomérat l'avait empêché d'étudier plus avant le problème.

Il n'avait pas d'homme de confiance avec qui discuter de cette situation inhabituelle, et il ne tenait pas à échafauder des hypothèses avec une cohorte d'élus. A Supracorp, ou bien les employés acceptaient le fait que, à tout moment, Shannon pourrait personnellement marcher sur leurs plates-bandes, ou bien ils démissionnaient. En revanche, personne n'avait jamais eu à s'inquiéter de voir un favori magouiller avec le patron. Les problèmes, les pressions, les tensions, tout ce qui faisait le jeu de la politique dans une grande société, étaient une joie pour Shannon et il n'éprouvait aucun besoin de la partager. Mais il avait horreur de ne pas savoir clairement où il en était et, tout en inspectant le dossier de matériel publicitaire préparé par Candice Bloom sur Daisy, et qui représentait maintenant une pile respectable de photographies et d'interviews, Patrick Shannon décida de prendre l'avion pour l'Angleterre pour voir un peu ce qui se passait.

Tandis que la Daimler, pilotée par un chauffeur, l'amenait de Heathrow à Bath, où North et compagnie séjournaient pendant le tournage du film au château de Berkeley, Shannon se rendit compte qu'il attachait une importance sans pareille au problème Elstree. Jamais il ne s'était rendu sur le lieu de tournage d'aucun des nombreux films publicitaires réalisés chaque année pour les divers produits Supracorp. Il payait des gens pour le faire. Quand cela avait-il commencé ? se demanda-t-il. Quand Elstree avait-il cessé d'être un sujet d'inquiétude dans le bilan du conglomérat pour devenir un domaine presque personnel ? Du diable s'il le savait ! Mais il n'allait pas tarder à le découvrir. Il donna l'ordre à son chauffeur de ne pas s'arrêter à l'hôtel de Bath mais de continuer jusque sur les lieux du tournage.

« Où est-ce qu'ils tournent ? demanda-t-il à l'homme qui venait de lui vendre pour trois shillings un ticket devant le donjon de pierres grises daté de 1153.

— Je vous demande pardon, monsieur ?

— Des Américains avec des caméras, précisa-t-il.

— Il y en a partout, monsieur.

— Non, je veux dire de grosses caméras, avec des projecteurs... pour la télévision, expliqua-t-il impatiemment.

— Oh ! ceux-là... ils doivent être dans l'allée des Quilles, dit l'homme, ravi d'avoir une chance de jeter un coup d'œil sur ce qui se passait. Vous prenez ces escaliers, monsieur, indiqua-t-il, tandis que Shannon le suivait dans le vaste édifice de pierre. Ici, monsieur, vous avez la salle où Edouard II a été assassiné. Et ce trou, là-bas, dans le coin, va jusqu'aux oubliettes !

— Pourrions-nous continuer ? » dit Shannon, sans dissimuler son impatience. Le guide en renifla de surprise. Tous les visiteurs adoraient s'attarder dans cette pièce horrible et jeter un coup d'œil dans les oubliettes. Il reprit toutefois son chemin, du pas tranquille et mesuré des vieillards, franchit une porte étroite qui donnait accès aux parties plus récentes du vaste bâtiment, faisant traverser à Shannon, aussi vite que possible, la galerie des tableaux, la salle à manger, la cuisine et la laiterie du XIVe siècle... seul chemin pour accéder à l'autre aile du château.

« Des éviers en plomb massif, monsieur », dit-il, espérant une halte. Patrick Shannon marmonnait sous cape tout en traversant sans un mot la laiterie, qui menait à la salle des porcelaines, puis la salle des porcelaines qui donnait accès à la chambre de l'intendant, pour déboucher enfin dans le grand hall.

« C'est encore loin ? finit-il par demander, en inspectant l'immensité surprenante du grand hall.

— Ah ! ma foi, il y a encore le grand escalier, le grand salon, le boudoir et le petit salon... Nous avons fait un peu plus de la moitié du chemin, monsieur », ajouta le guide en attaquant les vingt mètres du grand hall avec une fierté de propriétaire, tout en se demandant pourquoi ce visiteur, étrangement peu curieux, ne voulait pas en savoir plus sur l'histoire de ce château qui avait été et était encore habité par la famille de ses bâtisseurs depuis huit cents ans. Tout de même, songea-t-il avec indignation, les Berkeley habitaient Berkeley depuis la Grande Charte. Ça faisait vingt-quatre générations !

Comme de toute évidence son guide n'était pas disposé à se presser et qu'il en paraissait d'ailleurs incapable, Shannon se résigna à le suivre, éprouvant à chaque marche un pincement dans la poitrine, comme l'étrange et sournoise vibration d'une corde qui n'était que l'impatience de l'attente. Bonté divine, pourquoi cet homme ne marchait-il pas plus vite ?

Ils débouchèrent enfin sur la face sud du château et là, en dessous d'eux, Shannon reconnut le fatras de câbles et de matériel qu'il attendait de voir. Tout était là, à l'extrémité d'un long rectangle de pelouse taillée avec soin, flanqué d'un haut mur couvert de plantes grimpantes et bordé de grands ifs vénérables. Mais on ne voyait personne. « Où sont-ils ? demanda-t-il à son guide.

— Ils doivent prendre le thé, monsieur.

— Nom de Dieu ! Je vous demande pardon... Mais je suis pressé.

— J'avais cru le comprendre, monsieur.

— Eh bien, alors, où doivent-ils prendre le thé ? » demanda Shannon, articulant poliment chaque syllabe.

Le vieil homme désigna une charmante maison de campagne non loin de là et entourée d'arbres. « Les écuries et le chenil de la meute de Berkeley, monsieur. C'est là qu'ils ont garé leurs gros camions. » Pat se retourna vers lui. « Alors j'aurais pu passer par là ?

— Bien sûr... mais alors, vous auriez manqué le château, monsieur », fit l'homme, bougon.

Shannon, sans un mot de plus, le planta là et traversa à grands pas les terrasses qui mènent aux écuries. Sous l'allée des Quilles, abandonnée, s'étendait un petit bassin bordé de chaque côté par un escalier de pierre qui, espérait-il, devait donner sur les prés et les arbres. Il courait presque en traversant la pelouse.

« Vous cherchez quelqu'un, ou vous vous promenez ? »

Il se retourna aussitôt. Daisy était assise sur un mur de pierre bas, pieds nus, une tasse de thé dans l'herbe auprès d'elle. Elle le regarda en riant avec l'entrain de quelqu'un qui est sûr de sa beauté. Il s'arrêta et la dévisagea.

« J'étais dans les environs...

— Alors, vous vous êtes dit que vous alliez passer, termina-t-elle. Tenez, prenez mon thé. » Elle lui tendit la tasse et il la prit, s'asseyant machinalement sur le mur. « Quiconque arrive ici en ayant traversé ce château a besoin d'un remontant : je regrette de ne pas avoir du cognac à vous offrir. »

Il but la tasse de thé encore brûlant. Cet étrange pincement agaçant à la poitrine s'en était allé, perdu dans un sentiment qu'il était incapable d'identifier ni de nommer, un sentiment qui s'accompagnait d'un déferlement de pur bonheur.

« J'ai bu tout votre thé, dit-il, s'efforçant de réprimer ce qui, il le savait, serait un sourire idiot.

— A moins de cent mètres de nous, il y a une caravane entière, pleine de gens qui s'adonnent totalement à la préparation du thé, jour et nuit, nuit et jour... Alors, ne vous inquiétez pas, dit-elle.

— Bon... Comment ça va ?

— Très bien. Nous devrions avoir terminé demain. Aujourd'hui, je tournais avec les chiens, je les promenais sur cette pelouse que vous venez de traverser : ç'aurait pu être plus facile si le script n'avait pas spécifié : " des bâtards de lévriers ".

— Oh ! bon sang... c'est ma faute.

— Je le savais bien, il a fallu les renvoyer... Ils étaient trop excités... et maintenant nous attendons des chiens qui ne vont pas devenir fous chaque fois qu'ils flaireront un oiseau ou un lapin. Ils ont failli m'arracher le bras. Ils ne voulaient absolument pas écouter North. » Elle se mit de nouveau à rire et il fit chorus. L'idée de deux bâtards de lévriers osant désobéir aux ordres de North leur parut à tous les deux la chose la plus irrésistible qu'ils eussent entendue de leurs vies.

« Oh !... fit Daisy, haletante, personne n'a pensé que c'était une plaisanterie, attendez que je vous raconte... Il n'arrêtait pas de dire : " Je vais *tuer* la personne qui a écrit ce script, la tuer. " Ne vous inquiétez pas... Je n'ai rien dit. »

Shannon, soudain, cessa de rire. « Votre bras... ça va ?

— Bien sûr. »

Il lui prit la main et la retourna. La paume était brûlante, rouge et gonflée là où elle avait serré la laisse pendant des heures. Il la contempla un moment, puis la souleva et, d'un geste doux et plein de remords, pressa contre sa joue la paume de Daisy.

« Pardonnez-moi, murmura-t-il.

— Ça ne fait rien... Je vous assure », dit-elle d'une voix sourde.

Elle tendit l'autre main et effleura les cheveux bruns de Pat, soulevant la mèche qui pendait sur son front. Il leva la tête et la regarda. Il embrassa sa paume fiévreuse. Puis ils s'écartèrent, sans cesser de se regarder.

« Pourriez-vous me dire ce que vous, vous foutez ici ? » interrogea North, surpris et furieux, en arrivant sur eux.

23

*C*inq jours plus tard, North et Luke étaient assis muets dans la salle de projection du studio. Ils venaient de voir la copie de travail des trois films publicitaires Elstree.

« Qu'est-ce que je peux dire ? finit par demander Luke, ses paroles parvenant à franchir le mur d'indifférence glacée et insolite de North.

— Tu vas bien trouver quelque chose.

— Je n'ai pas besoin de te dire que c'est ce que tu as jamais fait de mieux.

— En effet.

— Je n'ai pas besoin de te dire que ce seront les meilleurs films jamais réalisés pour une publicité de parfum.

— En effet.

— Est-ce que je peux simplement te remercier ?

— Je considère que c'est déjà fait. Pourrais-tu arrêter ton moulin à paroles, Luke ? Ce serait un service à me rendre.

— D'accord ! Oh !... Kiki voulait te demander si tu avais une idée de la date où Daisy va rentrer... Elle n'a pas eu de ses nouvelles.

— Aucune idée.

— Bon, je vais appeler Shannon. » Luke s'arracha au malaise créé par son ami. « Bon sang, attends qu'il ait vu ça ! » s'exclama-t-il, décrochant le téléphone et composant le numéro de Supracorp. Il eut une brève conversation avec une des secrétaires de Shannon, et raccrocha, déçu.

« Il a l'air d'être en Angleterre pour affaires... Sa secrétaire ne savait absolument pas quand il doit rentrer.

— J'aurais pu te le dire.

— Hein ? Oh ! mon Dieu, attends un peu que Kiki l'apprenne !... C'est donc ça qui te tracasse... Bon Dieu ! Je suis désolé, North, c'est un manque de tact stupide de ma part...

— Ça n'a pas la moindre importance, dit North, en crachant chaque mot comme du venin.

— Non, non, bien sûr que non. Je ne sais même pas pourquoi j'ai dit ça. J'ai un ramollissement du cerveau, je dois couver une grippe, tout le monde est malade au bureau. » Il s'empressa de revenir à leurs affaires. « Quand auras-tu une copie définitive ? Je veux que personne ne voie ces spots avant que le montage et le mixage ne soient terminés. Dans l'industrie du parfum, c'est la foire d'empoigne.

— Deux semaines, deux semaines et demie.

— Bon, il faut que je retourne au bureau. Préviens-moi dès qu'elles seront prêtes... D'accord ? Le plus tôt sera le mieux... Mets autant de gens là-dessus qu'il le faut. Il va falloir commencer à les projeter bien avant Thanksgiving. Et North... merci encore. Personne d'autre que toi n'aurait pu réussir ça.

— Tu peux me rendre un service, Luke. La prochaine fois que tu voudras faire un film avec une vedette amateur, adresse-toi à quelqu'un d'autre. Je n'ai pas besoin de ces problèmes-là, lança North, rageur.

— D'accord. A bientôt. Soigne ta grippe », dit Luke en quittant la pièce le plus vite possible sans écouter North hurler que c'était Luke qui était malade et pas lui. Le moment ne lui parut pas tout à fait bien choisi pour rappeler à North qu'il lui avait demandé d'être témoin à son mariage. Il ne pouvait guère appeler Kiki du studio pour lui raconter combien Daisy avait été magnifique, merveilleuse, absolument parfaite ; il doutait, en effet, sérieusement, que North soit ravi de le voir utiliser le téléphone du studio à cette fin. A la réflexion, Kiki ne serait-elle pas plus intéressée par les nouvelles sur Daisy et Shannon en Angleterre ? Bon sang, où y avait-il une cabine téléphonique ?

Durant le dernier jour du tournage au château de Berkeley, Shannon avait été incapable de s'éloigner. Bien qu'il se tînt le plus à l'écart possible, il ne cessait de marcher sans s'en rendre compte, jusqu'au moment où un regard, un mot d'un des techniciens, un câble lui frôlant le pied lui rappelaient qu'il était dans le chemin. Il regardait, comme en transe, Daisy et un comédien arpenter la longueur de l'allée des Quilles avec deux petits colleys bien dressés.

Il était dans un état très bizarre. Tout à fait bizarre. On aurait dit, songea-t-il, en essayant d'analyser ses sentiments, qu'il éprouvait quelque chose qui ressemblait à un penchant pour Daisy. Elle semblait être la personne au monde avec qui il souhaitait le plus se trouver. Tout le temps. Pourquoi ? Il ne le comprenait pas encore. C'était ainsi, tout simplement, et c'est bien ce qui l'intriguait tant. Déjà, jeune homme, Patrick Shannon savait repérer les vérités profondes chez autrui, comme un cerf peut flairer la présence d'une biche dans la forêt. Il se fondait sur son instinct, son intuition et une sorte de connaissance intime ; maintes et maintes fois il avait visé juste. L'ambition, le talent, la crainte, la bonté, la mesquinerie, la sincérité... Il savait les humer dans l'air. S'il avait été mystique, il aurait dit qu'il pouvait les voir comme des auras autour de la tête des gens. Et comme il croyait si fort à la justesse de ses sens, il les utilisait. Dans le monde des affaires, cette faculté se traduisait aussitôt en action.

Mais, ce jour-là, il avait l'impression que son sens des réalités ne fonctionnait plus et qu'il ne pouvait pas plus se fier à ses instincts que le roi Arthur lorsqu'il s'était aventuré à l'intérieur du cercle enchanté de la fée Morgane. Après tout, que savait-il de Daisy ? Il écarta, comme sans intérêt, ce que lui avait appris leur rencontre à Middleburg, puis au studio de North. Le dîner au Cirque ? La fille rieuse auprès de qui il s'était assis sur le mur, la veille, n'était pas la même femme, réticente, que celle qu'il avait invitée au Cirque, ni la charmante jeune princesse un peu hautaine qu'il avait de temps en temps présentée aux différents chefs de département de Supracorp, ces derniers mois. La veille au soir à Bath, quand ils avaient tous dîné à l'auberge de La Grenouille dans le trou, elle était très silencieuse, épuisée peut-être par sa journée, ou simplement tranquille. Et maintenant, aujourd'hui, voilà qu'elle était encore différente !

Daisy portait la même toilette que la veille, une simple robe à col roulé de laine douce, tissée dans des nuances allant du fauve pâle au marron profond, avec des touches de rouille, d'écorce et de baie sauvage qui s'alliaient dans un subtil mélange couleur de sous-bois. La robe ne faisait qu'effleurer ses seins haut perchés et elle était retenue à la taille par une chaîne d'or tressée. Daisy l'appelait sa robe « Robin des Bois » et la portait avec des bottes de cuir fin couleur feuille morte. Chaque fois qu'elle arrivait à la réplique : « J'en mets tous les jours », elle tirait sur le ruban de velours marron noué autour de la lourde tresse qui pendait sur son épaule droite, libérant ainsi la cascade argentée de sa chevelure. En la voyant faire et refaire ce jeu de scène, il ne trouvait aucune autre expression pour exprimer ce qu'il voyait : elle avait l'étoffe d'une star ! Tous ceux qui se trouvaient là, chaque personne occupée sur les lieux du tournage n'avaient d'autre fonction que d'enregistrer sa promenade sur la pelouse centenaire. Bien sûr, North lui disait quoi faire, mais il ne pouvait pas lui dire comment le faire : cette grâce naturelle ne pouvait venir que d'elle. Personne ne pouvait lui donner cet air à la fois si virginal et si épanoui. Personne ne pouvait lui conférer cette alliance de douceur et de sûreté.

Cet après-midi-là, North annonça que c'était dans la boîte. L'avion qui devait les ramener à New York quittait Londres le lendemain à midi. Pendant que Mary-Lou expédiait l'équipe avec la sèche efficacité d'un contrôleur aérien de la N.A.S.A., Patrick Shannon se dirigea vers la remorque de Daisy.

« Vous rentrez demain ? lui demanda-t-il, gauche comme un collégien.

— Non, j'ai des choses à faire à Londres. Et puis, je vais en France pour voir... de la famille.

— J'ai des affaires à régler à Londres aussi.

— Ah ?

— Mais vous connaissez les Anglais... pas question d'interrompre leur week-end. Alors je vais rester jusqu'à la semaine prochaine. Voudriez-vous ?... Etes-vous libre pour dîner demain soir ? Je suppose que vous êtes prise ?...

— Non. Je suis libre. J'accepte avec plaisir.

— A quelle heure voulez-vous que je passe vous prendre ?

— A huit heures et demie, au Claridge's. » Elle serait rentrée de la journée passée avec Dani vers six heures et demie. Cela lui donnerait deux heures pour se préparer. Elle se demandait s'ils allaient dîner en tête à tête ou s'il allait lui exhiber encore un autre couple d'étrangers de Supracorp.

« Eh ! bien... à demain, alors », balbutia Shannon en quittant la caravane.

Ces quelques instants sur le mur, la veille, interrompus par ce parfait salaud de North, l'avaient laissé dans un état bizarre. Il se sentait en proie à un ravissement qui le faisait frissonner, plein d'une joie impatiente et fragile, conscient d'avoir, en excès, quelque chose de vital et précieux qu'il ne parvenait pas encore à identifier. C'était un état étrange et tout à fait déconcertant. A lui faire perdre la mémoire de son propre nom. Bah, tant pis : il était heureux !

En général, il faut prévenir environ une semaine à l'avance pour avoir une table au Connaught le samedi soir. Mais, comme Shannon descendait régulièrement au Connaught lors de ses fréquents voyages d'affaires en Angleterre, il n'eut aucun problème. Il s'était longuement demandé où emmener Daisy pour dîner et la douce rumeur de la salle à manger du Connaught lui parut plus attirante que l'atmosphère bruyante et vibrante des nombreux restaurants italiens à la mode ou des rites solennels des meilleurs restaurants français.

Daisy attendait dans le hall du Claridge's lorsqu'il arriva ; ils n'échangèrent que quelques mots durant le bref trajet. Elle se sentait affectivement vidée par son entrevue avec sa sœur. Ce fut une journée difficile, longue, tout à la fois triste et heureuse. Dani n'avait pas changé, elle était restée d'une beauté irréelle, préservée par le temps. Daisy, elle, ce soir-là, se sentait fragile et vulnérable, perdue, débranchée, tout à la fois très vieille et très jeune.

Lorsque le chauffeur arrêta la voiture devant l'entrée avec sa verrière tarabiscotée, Daisy se contenta de dire « Oh ! » si doucement que Shannon ne perçut pas la stupéfaction qui passait dans sa voix. Elle pénétra dans le hall et suivit le chemin qu'elle connaissait si bien, jusqu'au restaurant, sans s'arrêter, comme elle le faisait jadis, pour inspecter chaque plat sur les chariots, mais regardant droit devant elle et se mordant l'intérieur de la lèvre pour l'empêcher de trembler cependant que les rumeurs, les odeurs et les lumières du lieu connu l'entouraient. Comme Shannon et elle attendaient qu'on les conduisît à une table, debout un moment à l'entrée de la salle, un maître d'hôtel s'arrêta soudain de prendre sa commande, non loin de là. Il ne jeta qu'un coup d'œil. Il planta là un duc abasourdi qui s'enquérait des mérites du foie gras et s'avança à grands pas, à beaucoup trop grands pas pour un maître d'hôtel qui se respecte, vers la porte.

« Princesse Valenski, s'écria-t-il avec une joie stupéfaite, puis il abandonna tout professionnalisme pour la serrer dans ses bras. Princesse Daisy... Vous voilà de retour ! Où étiez-vous passée ? Tout le monde se le demandait, vous aviez disparu !

— Oh ! cher monsieur Henri, vous êtes toujours là ! Je suis si heureuse de vous voir ! s'écria Daisy, en le serrant à son tour dans ses bras.

— Nous sommes toujours tous ici... C'est vous qui étiez partie », dit-il avec une nuance de reproche, sans se soucier le moins du monde des convives qui avaient interrompu leur dîner pour regarder le spectacle inimaginable d'un maître d'hôtel du Connaught serrant dans ses bras une cliente du Connaught.

« Je ne voulais pas, monsieur Henri, mais j'ai vécu en Amérique.

— Mais quand vous êtes revenue, pourquoi n'êtes-vous jamais passée nous voir, princesse Daisy, durant toutes ces années et ces années ! lui reprocha-t-il.

— Je ne suis pas revenue en Angleterre, répondit Daisy en mentant. C'est mon premier voyage. » Elle ne pouvait pas lui dire que lorsqu'elle venait voir Danielle elle n'avait pas de quoi déjeuner au Connaught. Shannon toussota. Le maître d'hôtel retomba brutalement dans le réel. Quelques secondes plus tard, ils étaient assis. Sans y réfléchir, le maître d'hôtel leur avait donné la table habituelle de Stach, au milieu de la salle et pourtant à l'écart. Shannon dévisagea Daisy. Elle retenait ses larmes, et cela se voyait.

« Je suis désolé... je n'avais aucune idée, dit-il. Ça vous ennuie de rester ? Vous préféreriez aller ailleurs ? » Il lui prit une main et la couvrit d'un geste protecteur.

Daisy secoua la tête et lui adressa l'esquisse d'un sourire. « Non, ça va aller. Ce sont simplement... des souvenirs. Je suis heureuse d'être revenue, vraiment. C'est ici, à cette table, que j'ai passé quelques-uns des moments les plus heureux de ma vie.

— Je ne sais rien de vous ! » lança Shannon. Il se sentait très jaloux de son mystérieux passé. Quelle épouvantable façon de commencer la soirée : des retrouvailles, des souvenirs, des larmes. Qu'allait-il arriver ensuite ?

« Ça vous paraît injuste, n'est-ce pas ? demanda-t-elle, lisant dans ses pensées.

— Parfaitement. Chaque fois que je vous vois, bon sang, vous êtes différente. Je ne sais pas comment m'y prendre. Qui diable êtes-vous, d'ailleurs ?

— Quelle question venant d'un homme si sûr de mon identité qu'il va l'afficher dans le monde entier ? Si vous vous ne savez pas qui je suis, comment " Princesse Daisy " peut-elle exister ?

— Vous vous moquez encore de moi.

— Ça vous ennuie ?

— Pas du tout. D'ailleurs, vous avez raison. " Princesse Daisy " c'est pour Elstree, ça n'est pas vous. Mais je ne sais toujours pas qui vous êtes. » Il avait un regard quasiment suppliant.

« Je venais déjeuner ici avec mon père presque tous les dimanches, entre l'âge de neuf ans et de quinze ans. Puis il est mort et je suis allée au collège à Santa Cruz en Californie. Après cela, j'ai travaillé à New York pour North.

— Sauf quand vous faisiez des portraits pour vous amuser pendant les week-ends ?

— Pas pour m'amuser, pour gagner de l'argent. J'ai fait chacun de ces portraits pour l'argent, fit doucement Daisy, je travaillais pour North pour l'argent et je fais ces films publicitaires pour l'argent. Si vous voulez me connaître, il faut que vous sachiez cela. » Tout en s'entendant parler, elle se rendit compte qu'elle venait d'en dire plus à Shannon qu'elle n'en avait jamais raconté à aucun autre homme. Pourtant, elle n'était pas surprise, elle ne regrettait pas ce qu'elle venait de révéler. C'était peut-être le résultat de sa journée passée avec Dani, mais ce soir-là, ses émotions étaient prêtes à éclater au grand jour et elle sentait, avec une certitude profonde et évidente, qu'elle ne risquait rien en confiant à cet homme des choses qu'elle avait gardées cachées si longtemps.

« Pourquoi avez-vous besoin d'argent ?

— Pour m'occuper de ma sœur. » Tout en parlant, Daisy sentit une vague de soulagement si forte qu'un grand frisson la secoua et elle se renversa contre le dossier de son siège, mais elle laissa sa main dans celle de Shannon.

« Parlez-moi d'elle, murmura-t-il.

— Elle est très, très douce et très bonne. Elle s'appelle Danielle. Aujourd'hui, quand je l'ai visitée, elle s'est parfaitement souvenue de moi bien qu'il y ait plusieurs années que je ne l'aie vue. Les professeurs là-bas, à son école, m'ont dit qu'elle parle souvent de moi... elle dit : " Où Day ? " et elle regarde les photos où nous sommes ensemble, expliqua Daisy, rêveuse.

« — Quel âge a-t-elle ? interrogea Shannon, complètement perdu.

— C'est ma sœur jumelle. »

Deux heures plus tard, le dîner terminé, ils bavardaient toujours en prenant un cognac dans le restaurant maintenant plus qu'à moitié vide. « Il y a longtemps que dans ma vie quelque chose a mal tourné, dit Daisy. Je n'ai jamais pu savoir avec certitude ce que c'était.

— C'est quand votre mère est morte ?

— Après cela, rien n'a jamais été bien. Mais je crois que les choses ont mal tourné longtemps, longtemps avant cela, peut-être avant même que je sois née... née la première.

— Vous ne pouvez pas vous rappeler votre naissance, dit Shannon, stupéfait. Comment savez-vous que vous êtes née la première ? »

Daisy le regarda, abasourdie. « J'ai dit ça ? J'ai vraiment dit " née la première "?... J'ai dit ça tout haut ?

— Je ne sais pas ce que ça signifie, mais vous l'avez dit.

— Je ne me suis pas rendu compte », murmura-t-elle. Depuis qu'ils avaient commencé à bavarder, comme les premiers accents d'une valse jouée au loin, elle sentait un rythme de danse lui faire battre le cœur. On aurait dit que cette pierre obstinée qu'elle portait depuis si longtemps avait commencé à se dissoudre en musique.

« Daisy, de quoi parlez-vous ? Jusqu'à présent, je vous ai suivie, mais là, je ne comprends plus. » Il la regarda avec étonnement. On aurait dit qu'elle remontait du fond d'un rêve plus profond encore que celui dans lequel elle était tombée en lui parlant pour la première fois de Danielle.

« Toute ma vie j'ai essayé de réparer les dégâts, d'expier je ne sais comment et, bien sûr, ça n'a jamais marché.

— Daisy, expliquez-moi... Que voulez-vous dire ? supplia-t-il. Vous continuez à parler par énigmes. »

Elle hésita. Elle avait enfreint le tabou imposé par son père sur Danielle, elle avait raconté à Shannon comment elle avait été élevée, l'histoire des actions Rolls-Royce et pourquoi elle n'avait plus d'argent, elle lui avait raconté la leucémie d'Annabel, *La Marée*... elle lui avait parlé de tout sauf de Ram. Jamais, jamais dans sa vie elle ne parlerait à personne de Ram.

« La seule raison pour laquelle Danielle est retardée, c'est parce que je suis née la première. » Daisy prit une profonde inspiration avant de poursuivre. « Elle a eu moins d'oxygène... J'ai eu tout ce dont j'avais besoin et pas elle. Sans moi, elle aurait été parfaite.

— Seigneur ! *Vous avez vécu avec ça toute votre vie !* Mon Dieu, Daisy, c'est la chose la plus dingue que j'aie jamais entendue ! Personne au monde, *personne*, aucun docteur, aucun être raisonnable ne serait d'accord avec vous. Daisy, vous ne pouvez quand même pas croire cette monstruosité ?

— Bien sûr, je n'y crois pas de façon logique... mais sur le plan affectif... je me suis toujours sentie... coupable. Dites-moi, Pat, comment détruisez-vous par le raisonnement quelque chose que vous ressentez ? Comment oubliez-vous quelque chose que vous avez entendu quand vous étiez enfant, quelque chose qui expliquait tout ce que vous ne compreniez pas, quelque chose dont vous ne pouviez parler à personne, quelque chose avec quoi vous viviez depuis si longtemps que peu importait si c'était vrai ou faux, parce que, pour vous, c'était une vérité intérieure plus forte que toute logique ?

— Je ne sais pas, avoua-t-il lentement. Je donnerais n'importe quoi pour le savoir. Peut-être faut-il remplacer la vérité qui est fausse par la vérité qui est exacte ? Est-ce possible ? Ou bien est-ce que je sombre dans l'idéalisme ? Je n'ai pas l'habitude de ce genre de problème. Je le regrette, ajouta-t-il humblement.

— Allons, dit-elle, une expression espiègle lui venant sur le visage, M. Shannon le métaphysicien ! Si seulement votre conseil d'administration pouvait vous voir maintenant.

— Ça ferait plaisir à un tas de gens : Pat Shannon qui ne trouve pas la solution. » Il examina la ligne ravissante qui allait du front de Daisy au bout de son beau nez droit en songeant qu'il y avait là une détermination dont il n'avait pas assez tenu compte auparavant. Le creux entre le nez et la lèvre supérieure était une ombre au contour charmant, soudain pleine d'un rire prêt à éclater.

« J'ai la vague impression que les serveurs, si adorables qu'ils soient, ne seraient pas mécontents de nous voir partir maintenant... Il n'y a plus que nous, dit-il.

— Il va peut-être falloir que vous me portiez, je suis épuisée. Je ne me rappelle pas avoir été aussi fatiguée de ma vie, soupira Daisy. Je me sens, oh ! je me sens...

— Oui ? demanda-t-il avec angoisse.

— Comme le titre d'une chanson idiote que Kiki a entendue quelque part... C'est : " Ici c'est chez moi : ça me plaît comme ça ".

— Je sais ce que vous voulez dire. Maintenant, écoutez, je vous ramène à votre hôtel pour que vous puissiez dormir. Demain, vous allez retourner voir Danielle ? »

Elle acquiesça de la tête.

« Et lundi ? Vous serez ici lundi ? demanda-t-il.

— Non, lundi il faut que j'aille à Honfleur voir Annabel.

— Laissez-moi aller en France avec vous, balbutia-t-il.

— Mais vous avez du travail à Londres, lui rappela-t-elle gravement.

— Vous y avez vraiment cru ?

— Ça entre dans la catégorie des questions tendancieuses.

390

— Alors, je peux venir ? » répéta-t-il. Jamais il n'avait eu l'impression de risquer autant.

« Je crois que ça ferait plaisir à Annabel de faire votre connaissance, répondit lentement Daisy. Elle a toujours aimé les hommes. Oui, c'est une bonne idée. Et à moins d'être allé à *La Marée*, vous ne pouvez vraiment pas comprendre quand j'en parle. Mais que va faire Supracorp sans vous ?

— Ça !... »

Dans les premiers jours de juillet, le feuillage qui recouvre *La Marée* commence à se strier de rouge. A la fin du mois, le petit manoir est masqué par des flammes ondulantes de couleur vive et les gros dahlias du jardin sont en fleur, chacun d'eux étant à lui seul une œuvre d'art.

Annabel était plantée devant la porte quand Daisy et Shannon arrivèrent en voiture. Tout en l'embrassant, Daisy inspecta Annabel avec soin, cherchant des traces de changement. Il y avait sur son visage adorable une expression déterminée qu'elle n'y avait jamais vue. Peut-être était-ce la trace du prix qu'elle avait payé pour connaître, pour admettre la vérité ? Et il y avait une pâleur nouvelle dans ses yeux. Mais son regard n'avait pas changé, ni l'éternel amusement qu'elle éprouvait devant la vie.

« Qu'est-ce que nous avons ici ? s'exclama-t-elle en toisant Shannon de la tête aux pieds. Un Américain de grande taille et plutôt bien de sa personne. Voilà qui nous change agréablement. Pourquoi a-t-il les cheveux si noirs et les yeux si bleus ? Mais, voyons, c'est le sang irlandais. Je dois vieillir de ne pas le voir tout de suite. Daisy, tu ne pouvais pas trouver un Américain qui ait l'air d'un Américain... plutôt blond et effacé ? J'en ai toujours entendu parler mais je n'en ai jamais vu d'exemplaire. Peut-être qu'ils n'existent pas ? Peu importe... nous nous accommoderons de ce grand et beau spécimen. Entrez, mes enfants, venez prendre un peu de xérès.

— Vous aimez taquiner, dit Shannon.

— Allons donc, je n'ai jamais taquiné personne. J'ai toujours été horriblement incomprise », dit Annabel, avec ce rire qui séduisait tout homme présent.

Le flamboiement de sa chevelure s'atténuait, elle avait maigri, mais, tandis qu'elle leur faisait traverser le salon pour gagner la terrasse donnant sur la mer, c'était extraordinaire de voir avec quelle douceur le temps semblait avoir effleuré *La Marée* et sa propriétaire. Daisy sentit son cœur bondir de joie en songeant que cet endroit, ce havre, jamais maintenant on ne pourrait l'ôter à Annabel.

Ce soir-là, après le dîner, Shannon s'installa pour lire dans une des alcôves du balcon au-dessus du salon, pendant que Daisy et

Annabel restaient assises devant la cheminée de la salle à manger. Par cette soirée d'été, il n'y avait pas de feu, mais le souvenir de nombreux feux allumés pendant les vacances de son enfance s'attardaient encore dans l'âtre.

« Comment te sens-tu, *vraiment* ? demanda enfin Daisy.

— Maintenant ? Au fond, pas tellement changée. Les premiers mois, ça a été un peu dur : la chimiothérapie, ça n'est pas très drôle, mais maintenant je n'ai qu'à voir le docteur une fois par mois. Le plus dur est passé. J'ai perdu du poids, ce qui ne me déplaît pas, mais je n'ai pas beaucoup de forces... Quand même, chérie, je ne peux me plaindre, ça aurait pu être bien pire. Je te promets que je te dis la vérité.

— Je sais bien. » Daisy se mordit la lèvre avant de poursuivre. Elle ne voulait pas prononcer le nom de Ram. « Tu lui as dit que tu n'avais pas besoin de lui ? demanda-t-elle.

— Dès l'instant où j'ai reçu ta lettre. Je lui ai écrit que jamais je ne le dérangerais, et je lui ai expliqué pourquoi, sinon il ne m'aurait jamais crue.

— Qu'est-ce que tu as dit ? demanda Daisy inquiète.

— J'ai simplement dit qu'on t'avait choisie pour tourner quelques films publicitaires et que tu avais gagné assez d'argent pour s'occuper à la fois de moi et de Dani.

— Merci, fit Daisy, en regardant l'âtre.

— Oui. Ram est vraiment mauvais. J'aurais voulu pouvoir l'aider, mais c'était trop tard quand j'ai fait sa connaissance. Il n'avait pourtant qu'une douzaine d'années.

— A qui la faute ? demanda Daisy.

— Je me suis souvent posé la question. Il a été toujours malheureux, envieux, il s'est toujours senti étranger, enfant de divorcés, bien sûr, mais ça ne peut tout expliquer. Il était aussi le fils de ton père et ton père était un homme dur et égoïste. Souvent cruel. Peut-être Stach aurait-il pu aider Ram, mais il ne s'est jamais donné la peine d'essayer.

— Tu ne m'as jamais dit ça, constata Daisy, étonnée.

— Tu n'étais pas assez mûre pour que je t'en parle... pour que je t'en parle et que tu comprennes, et que tu saches que maintenant encore j'aime toujours ton père. Je crois qu'aujourd'hui, il est important que tu le saches : ce jour où Stach a laissé Danielle dans cette pension, j'ai failli l'abandonner lui aussi.

— Pourquoi ne l'as-tu pas fait ?

— Parce qu'il avait besoin de moi pour rester humain... Et, comme je te le disais, je l'aimais... Peut-être, même en ce temps-là, suis-je un peu restée pour toi. A six ans, tu sais, tu étais irrésistible... Avant que tu ne deviennes si vieille et si laide.

— Tu me taquines encore, Annabel, je vais le dire à Shannon.

« — Ah ! ce Shannon. Puisque tu m'as enfin posé la question, j'approuve. Tu commences à montrer un peu de bon sens. Pendant des années, Daisy, je me suis fait du souci à ton sujet. Tu as toujours eu un talent absolument incroyable pour éviter les ennuis... Ce n'était pas normal. Maintenant, avec Shannon... Ma foi, je dois t'avouer que je t'envie...

— Annabel ! Je le connais à peine !

— Justement... Ah ! si seulement j'avais trente ans de moins... ou même vingt... Tu n'aurais pas une chance. Je te le piquerais tout de suite.

— Et c'est vrai, Annabel ! Je suis sûre que tu me le piquerais, fit Daisy, rêveuse. Pas le moindre sens du fair play ?

— Quand il s'agit d'un homme comme ça ! Tu plaisantes ! Que vient faire là dedans le " fair play " ? Ton éducation britannique t'a inculqué des idées bien bizarres. Pas étonnant qu'ils aient perdu l'Inde. »

Peu après, Annabel déclara qu'elle se sentait lasse et qu'elle allait se coucher. Elle avait donné à Daisy son ancienne chambre, aux murs toujours tendus de soie verte, aujourd'hui fanée et même effilochée par endroits, et elle avait installé Shannon dans la chambre marron et blanc, la plus confortable de ses chambres d'amis, à l'autre bout de la maison.

Après s'être dit bonsoir, Daisy s'assit dans le noir sur la banquette, près de la fenêtre, pour regarder le vaste estuaire de la Seine et les lumières du Havre. Il devait y avoir des fantômes ici, songea-t-elle, en regardant les silhouettes bien-aimées des trois pins parasols, en écoutant le bruissement des feuilles d'eucalyptus, en humant le subtil parfum de la vigne vierge qui montait des murs de *La Marée*, en entendant, de loin en loin, le meuglement des vaches au pied de la colline. C'est vrai qu'il y avait des fantômes ! Ce soir, je suis libérée d'eux, ce soir je ne risque rien, rien ne peut me blesser... Je pourrais même me promener dans les bois sans avoir peur. Soudain, elle se rappela Ram, allongé dans un des transats à rayures, la dévisageant derrière ses paupières mi-closes, lui faisant signe d'une main nonchalante, d'un geste de propriétaire. Non, tu n'as aucun pouvoir sur moi, se dit Daisy, pas le moindre... et tu le sais.

Vais-je aller marcher dans les bois, se demanda-t-elle en se brossant les cheveux. Des étincelles d'électricité statique crépitaient dans l'air nocturne comme un envol de lucioles indignées. Elle s'approcha de la commode où elle avait toujours une collection de vieux vêtements pour ses visites à *La Marée*. Elle portait un pyjama de coton délavé qu'elle possédait depuis l'âge de seize ans. Il manquait des boutons à la veste et le pantalon avait rétréci.

Ou bien, se demanda Daisy, vais-je aller voir si Pat Shannon est bien installé dans sa chambre ? Plantée là, sa brosse à cheveux à la main, elle se le rappelait dévalant les terrasses du château de Berkeley. Quelle course urgente l'avait donc amené là ? Elle se souvint comme il l'avait ramenée vite au Claridge's, la veille au soir, comprenant qu'elle était si épuisée que même un bras passé autour de ses épaules aurait été pour elle un fardeau ; elle se rappela avec quel tact il l'avait laissée seule pour bavarder avec Annabel au début de la soirée. Et pourtant, je suis persuadée qu'il me trouve séduisante, se dit-elle, souriant dans l'obscurité, évoquant l'instant où il lui avait embrassé la paume de la main. Oui, à n'en pas douter séduisante. Il montre presque *trop* d'égards. Est-ce que ce ne serait pas faire preuve du sens de l'hospitalité que d'aller voir s'il est bien installé ? N'est-ce pas cela la véritable et profonde hospitalité ? Songeuse, Daisy ôta son pyjama et fouilla rapidement dans sa valise pour y chercher le cadeau que Kiki lui avait offert avant son départ pour l'Angleterre. Daisy sortit du papier de soie une chemise de nuit comme elle n'en avait jamais vu, un long fourreau couleur abricot, fait de deux longueurs de satin qui n'étaient maintenues sur les côtés que par de petits nœuds qui, tous les vingt centimètres, rattachaient les deux pans de tissu. Daisy l'enfila, frémissant en sentant le satin effleurer de sa fraîcheur sa peau nue. Puis elle passa le peignoir assorti fermé par un nœud à la base du cou. Elle songea à se regarder dans la glace pour voir de quoi elle avait l'air, mais elle ne voulait pas allumer la lumière.

Daisy ouvrit sa porte aussi silencieusement qu'une somnambule, mais il n'y avait rien du somnambule dans sa démarche lorsqu'elle traversa sans bruit, mais avec détermination, toute la longueur de la maison pour aller jusqu'à la porte de la chambre de Pat Shannon. Elle frappa et attendit, haletante. Pas de réponse ! Elle frappa encore, plus fort cette fois. Bien sûr, se dit-elle, peut-être est-il endormi ? Mais il était fort possible aussi que Pat fût mal installé. Il n'y avait qu'une façon de s'en assurer. Daisy ouvrit la porte et l'aperçut, dormant à poings fermés dans le grand lit. Elle traversa sans bruit la chambre et s'agenouilla sur le parquet près de lui, rejetant le long peignoir en se penchant au-dessus de lui. Il y avait assez de clair de lune pour qu'elle pût examiner son visage. Dans le sommeil, les rides de chaque côté de la bouche de Shannon s'adoucissaient et cela donnait à son expression habituelle de pirate un air juvénile que Daisy contemplait avec tendresse. Ses cheveux, ébouriffés, comme il ne l'aurait jamais supporté éveillé, ajoutaient à son air sans défense. Il semblait prisonnier d'une farouche solitude, songea Daisy, en se demandant à quoi il rêvait. Shannon, qu'elle avait si souvent vu en action, vif, ignorant le doute ou l'échec, tout-puissant chef d'orchestre de l'énorme conglomérat, dormait du sommeil de l'enfant, sa grande bouche vulnérable devenue presque suppliante, et une expression sur le visage semblable à celle d'un enfant perdu. Elle pressa doucement ses lèvres contre celles de Pat. Il dormait toujours. Elle l'embrassa encore et il dormait toujours. Voilà qui n'est pas du tout galant, songea Daisy en l'embrassant encore une fois. Il s'éveilla en sursaut.

« Oh! le merveilleux baiser... » murmura-t-il, encore à demi endormi.

Elle l'effleura encore d'un baiser avant qu'il ait pu en dire davantage.

« Le plus doux baiser... Donnez-m'en un autre...

— Vous en avez déjà eu quatre.

— Non, impossible, je ne m'en souviens pas. Ils ne comptent pas, insista-t-il, enfin éveillé.

— Je suis juste venue voir si vous ne manquiez de rien. Maintenant que je suis rassurée, je vais regagner ma chambre. Je suis navrée de vous avoir réveillé... rendormez-vous.

— Seigneur, non! Je ne suis pas bien du tout! On gèle ici, le matelas est défoncé, le lit est trop court et trop étroit et j'ai besoin d'un autre oreiller », dit-il, dénigrant sans vergogne la somptueuse hospitalité d'Annabel, tout en soulevant adroitement Daisy qui était toujours agenouillée pour l'entraîner sous ses couvertures.

Shannon la prit dans ses bras doucement, comme une enfant chérie, et ils restèrent blottis là sans rien dire, chacun sentant timidement la chaleur du corps de l'autre, le bruit du souffle de l'autre et le battement de son cœur : une communication silencieuse, si intense qu'aucun d'eux n'osait parler. Peu à peu, ils s'enfoncèrent plus profondément et s'abandonnèrent de tout leur être à la découverte progressive et mutuelle de leur force vitale atteignant sans un mot, sans un geste, cette confiance réciproque qui n'attendait que de naître. Il s'écoula un long moment, qui parut l'éternité ; puis, Shannon commença à faire pleuvoir une tempête de petits baisers à l'endroit où la mâchoire de Daisy rejoignait sa gorge, en cette courbe d'une tendresse particulière qui, sans qu'il se l'avouât, l'obsédait depuis des semaines. Daisy sentait que, pour Shannon, elle était quelque chose de fragile et de rare, comme une jeune licorne prise au piège, une étrange créature mythologique. Ses cheveux, source lumineuse la plus intense de la pièce, reflétaient le clair de lune filtrant par les fenêtres et, à cette lueur, il voyait les yeux de Daisy, ouverts et brillants d'extase, comme deux sombres étoiles.

Il lui semblait maintenant qu'ils ne s'étaient jamais embrassés. Les baisers sous lesquels elle l'avait éveillé étaient si chastes, si hésitants, que ce n'était qu'une timide ébauche de baiser Il faisait maintenant déferler sur sa bouche un déluge de baisers comme des fleurs brûlantes.

Oh ! oui, songea-t-elle, ouvrant des lèvres ardentes. Elle tendit son corps vers lui, poussant les mains de Pat vers ses seins jusqu'à ce qu'il s'en fût emparé. C'est elle, et non pas lui, qui, d'un mouvement impatient, fit passer la chemise de nuit par-dessus sa tête pour la jeter à terre. C'est elle qui guida les mains de Pat sur toute la longueur de son corps, elle qui le toucha partout où elle pouvait l'atteindre, joyeuse et souple comme un dauphin, jusqu'au moment où il se rendit compte que sa fragilité était une force et qu'elle le voulait sans réserve. Il se lança dans son glorieux assaut, se rendant vaguement compte que jamais encore la vie n'avait coulé en lui, pure de toute intellectualisation, que jamais il n'avait été si près de boire à la grande coupe de la vie. Il but ce breuvage des lèvres de Daisy, de ses seins et de son ventre. Il sentait qu'il la buvait avidement, de toute sa peau, et lorsqu'il plongea en elle, il sut qu'il était enfin arrivé à la source de toute chose.

Daisy, maintenant, était allongée silencieuse, envahie et pleinement consentante. Elle avait l'impression de se laisser aller au fil d'une rivière pure et claire avec des oiseaux qui chantaient dans les arbres, sur la rive. Il y avait plus. Plus que cette paix bienheureuse. D'un commun accord, ils accélérèrent le rythme, haletants, aussi avides que deux chasseurs qui traquent une proie fuyante, plongeant chacun au cœur de l'autre jusqu'à parvenir enfin à leur double victoire, Daisy avec un cri qui était autant d'étonnement que de joie. Elle avait déjà connu le plaisir, mais jamais à un tel point, dans une telle plénitude.

Ensuite, comme ils étaient allongés tous deux, à demi endormis, mais ne voulant pas se laisser séparer par le sommeil, Daisy fut prise d'une série de petits pets absolument irrépressibles et, horriblement gênée, elle jaillit de sous les couvertures et allait sauter à terre lorsque les longs bras de Shannon la clouèrent au matelas.

« Lâche-moi ! s'écria-t-elle, humiliée.

— Pas avant que tu ne te sois rendu compte que ça n'est pas la fin du monde si tu pètes... ça fait partie de l'existence.

— Oh ! arrête, supplia Daisy, plus gênée que jamais.

— Tu n'as jamais vécu avec un homme. » C'était une affirmation plutôt qu'une question.

« Qu'est-ce qui te fait croire ça ? » s'empressa-t-elle de dire. Bien sûr que c'était vrai, mais à vingt-cinq ans, quelle femme voulait bien l'avouer ?

« A cause de la façon dont tu as réagi au fait de... euh !... de saluer la reine... Tu préfères ça ?

— Absolument, murmura-t-elle, en enfouissant son visage

contre l'épaule de Pat. C'est la conception que tu te fais d'une déclaration romantique ?

— Ce n'est pas moi qui en ai choisi les circonstances. Je pense que je peux faire mieux.

— Alors, vas-y.

— Adorable Daisy chérie, comment puis-je te convaincre des sentiments profondément chevaleresques, de la tendresse et de la dévotion qui sont au fond de mon cœur ?

— Tu viens d'y réussir, fit-elle, secouée de rire. Maintenant, Shannon, dors un peu avant l'aube. Je retourne dans ma chambre et il faudra bien que tu t'arranges de ce lit terriblement inconfortable.

— Mais pourquoi ? Dors avec moi. Ne pars pas. Tu ne peux pas me laisser tout seul, protesta-t-il.

— Mais si, je le peux. Ne me demande pas pourquoi, je n'en sais rien. » Il se redressa et la regarda draper son peignoir autour de son corps nu plein d'ombres et de secrets dans le clair de lune. « Bonne nuit, dors bien », murmura-t-elle en l'embrassant sur les lèvres avec la vivacité d'un colibri, et elle disparut.

Au petit déjeuner, Annabel, sereine, offrit à Shannon le choix de cinq miels différents pour sa brioche beurrée ; en même temps, elle parvenait à observer Daisy, rayonnante de joie, mais limpide comme l'aube et vêtue comme un brigand.

« Et quels sont vos projets pour aujourd'hui, les enfants ? demanda-t-elle.

— Les enfants ? fit Shannon en souriant.

— Un terme générique, répondit Annabel, qui englobe tous ceux qui ne sont pas de ma génération.

— Vous n'êtes d'aucune génération, lui assura-t-il.

— Et vous, vous devenez plus charmant tous les jours.

— Nous comptions aller jusqu'à Honfleur pour montrer le port à Shannon, mais peut-être devrais-je vous laisser tous les deux en tête à tête ? suggéra Daisy. Vous pourriez passer le temps à échanger des fadaises.

— Non, malgré le plaisir que j'y prendrais, j'ai toute une liste de courses à vous confier pour le dîner. Quand vous serez prêts à partir, c'est sur la table de la cuisine. Je vais couper des fleurs, annonça Annabel.

— Je peux m'en occuper maintenant, je suis prête, dit Daisy.

— Dans cette tenue ? demanda Shannon.

— Naturellement. » Daisy inspecta sa toilette. Lorsqu'elle s'était réveillée ce matin-là, elle avait sauté dans un jean avec des trous aux genoux qui datait de sa première année à Santa Cruz, avait passé un chandail sans manches tout aussi délabré et des chaussures de tennis vieilles de près de dix ans. Autour de son cou, elle avait jeté un cardigan bleu marine mangé aux mites qui faisait partie de l'uniforme détesté du pensionnat de Lady Alden. Elle s'était coiffée en deux longues nattes qui lui pendaient dans le dos et n'était pas maquillée. « Je ne suis pas assez chic pour vous ? » lui demanda-t-elle avec un sourire qui aurait dû lui faire comprendre qu'elle savait exactement ce qu'elle faisait et qu'elle avait préparé cette nouvelle métamorphose rien que pour l'enchanter et le déconcerter davantage. Elle se demandait, toutefois, s'il était en mesure de comprendre : la tactique qu'elle employait n'était guère celle de Supracorp.

« C'est parfait ainsi, dit Shannon. Ça fait une autre princesse Daisy dans ma collection. Et tout à fait différente de la princesse Daisy que j'ai vue récemment, hier soir, en fait. »

Elle ne dit rien mais nota aussitôt ses paroles : *Une autre* princesse Daisy ? Sa *collection* ? Son sourire s'effaça imperceptiblement cependant que s'éclairait le regard d'Annabel qui ne les quittait pas des yeux. Sans doute s'imaginaient-ils qu'elle ne pouvait pas déchiffrer leurs paroles et leurs gestes aussi clairement que s'ils avaient publié une annonce. Oh ! comme c'était étrange de jouer de vieilles histoires comme si elles étaient toutes neuves. Mais on ne savait jamais comment ça finissait ; seuls les débuts étaient toujours les mêmes.

« J'essaie de compter combien de gens t'ont embrassée sur les deux joues ce matin », dit Shannon, lorsqu'ils eurent enfin rempli leurs paniers à provisions et trouvé une table à un café donnant sur le vieux port, avec sa pittoresque collection de bateaux qui dansaient devant les hautes maisons étroites bordant l'autre quai de la petite rade. « Il y avait le boucher, le crémier, la marchande de légumes et le marchand de fruits, et puis la poissonnière, le maire et le policier et le facteur... Qui d'autre ?

— Le boulanger et sa femme, le marchand de journaux, le vieux pêcheur qui m'emmenait en mer dans son bateau et les deux propriétaires de la galerie d'art.

— Mais le garçon, ici, n'a fait que te serrer la main. Pourquoi est-il aussi peu amical ?

— Il est nouveau : ça ne fait que huit ans environ qu'il a été engagé, alors je le connais à peine, répondit Daisy en sirotant son Cinzano.

— Tu es vraiment chez toi, ici ?

— C'est ce que j'ai de plus proche comme " chez moi " depuis la mort de mon père. Et n'oublie pas, ils m'ont vue grandir, chaque été depuis l'époque où j'étais enfant. Rien ne change ici... Il n'y a que davantage de touristes.

— Tu as de la chance d'avoir un endroit comme ça, dit-il avec nostalgie.

— Et toi ? Qu'est-ce que tu as ? Tu te plaignais de ne rien savoir de moi. Qu'est-ce que je sais de toi ? » Elle posa un doigt sur sa lèvre inférieure, cette lèvre mouvante qu'elle se prenait si souvent à regarder, cette lèvre expressive qui pouvait être songeuse, moqueuse, décidée. Elle ne doutait pas qu'elle pût être aussi réprobatrice, et furieuse — peut-être même impitoyable ?

« J'ai quelques vagues souvenirs d'avoir été un petit garçon avec un père et une mère qui s'aimaient et qui m'aimaient beaucoup... Nous étions très pauvres, je m'en rends compte aujourd'hui, et nous n'avions pas de famille dans la ville métallurgique où travaillait mon père... En tout cas, je ne m'en souviens pas. Il était mécanicien et je pense qu'il devait être souvent en chômage car il était souvent à la maison... trop souvent. » Il s'arrêta, secoua la tête et but une gorgée. « Quand j'avais cinq ans, ils ont été tués tous les deux dans un accident — par un tramway — et j'ai été élevé dans un orphelinat catholique... J'étais un pauvre gosse, tout seul tout d'un coup, ne comprenant rien et trop difficile pour que personne voulût l'adopter. Ce n'est que quand j'ai compris que la seule solution était de travailler, de travailler plus dur que n'importe qui, d'avoir de meilleures notes, d'être le meilleur dans tout, que j'ai changé... Et à ce moment-là, j'étais trop vieux pour qu'on pût m'adopter.

— Tu avais quel âge ?

— Peut-être huit... neuf ans ? Les religieuses en ont bavé avec moi.

— Tu n'y retournes jamais ?

— L'orphelinat est fermé maintenant. Ils se sont trouvés à cours d'orphelins... ou peut-être qu'ils se sont installés ailleurs, mais j'ai perdu leur trace. De toute façon, je ne voudrais pas y retourner. Ma vraie vie a commencé quand j'ai eu une bourse pour St Anthony's, à quatorze ans. »

Daisy écoutait avec attention, s'efforçant d'extraire le sens secret de ce récit dépouillé. La « vraie » vie de personne ne pouvait commencer à quatorze ans, se dit-elle, il s'est déjà passé trop de choses qui forment la personnalité de l'adulte. Peut-être n'en saurait-elle jamais assez sur lui pour pouvoir partager son enfance comme il avait partagé la sienne ? En tout cas, ils n'allaient pas tarder à être en retard pour le déjeuner, ce qui agacerait Annabel.

Comme ils rentraient par la pente raide de la côte de Grâce, Shannon était songeur. Il n'avait jamais tant parlé de ses jeunes années. Il sentait qu'il avait omis quelque chose, oublié un élément essentiel. Mais tout ce qu'il arrivait à trouver pour s'expliquer à Daisy, était une citation favorite de son sage préféré.

« Ecoute... ce que je pense de la vie... c'est George Bernard Shaw qui l'a dit : " Les gens rendent toujours les circonstances responsa- bles de ce qu'ils sont. Je ne crois pas aux circonstances. Les gens qui arrivent dans ce monde sont les gens qui cherchent les circonstances dont ils ont besoin et qui, s'ils ne parviennent pas à les trouver, les créent. " Tout en parlant, il s'était arrêté de marcher.

— C'est ta devise aussi ? demanda-t-elle.

— Qu'est-ce que tu en penses ?

— C'est presque probablement à moitié vrai... Ce n'est pas trop mal pour une devise, dit-elle. Tu vas essayer de me donner un baiser... Il n'y a personne pour nous voir. »

Il l'embrassa longuement et Daisy eut l'impression qu'elle s'enroulait autour de lui comme une rose grimpante autour d'un arbre vigoureux.

« Et moi, murmura-t-elle, je suis une " circonstance " ?

— Toi, tu es une question idiote, dit-il en lui tirant les nattes. On fait la course jusqu'à la maison ? »

Comme ils dînaient tous les trois, Annabel demanda : « Com- bien de temps pouvez-vous rester, Patrick ?

— Je pars demain », dit-il. Il y avait du regret dans sa voix, mais aucune indécision.

« Oh ! vous ne pouvez pas rester un jour de plus ? Vous venez d'arriver, protesta Annabel.

— Impossible. Ça fait des jours que je n'ai pas mis les pieds à mon bureau. Que je n'ai pas donné de nouvelles. Les gens de Supracorp vont me croire mort, ça ne m'est jamais arrivé.

— Vous ne prenez pas de vacances ? demanda Annabel, curieuse.

— Pas de vacances sans donner signe de vie. Pas même de longs week-ends sans donner signe de vie. Ça les rend nerveux ou c'est moi que ça rend nerveux : je ne sais pas très bien. » Il se mit à rire, retrouvant son rire de pirate.

« Daisy, toi, tu peux rester quelque temps, n'est-ce pas ? demanda Annabel avec espoir.

— Non, elle ne peut pas, Annabel, dit Shannon d'un ton ferme. Il faut qu'elle rentre à New York. Il y a une foule de choses à faire : des interviews, des photographies. Le service de publicité travaille sur des projets dont je ne sais encore rien. N'oubliez pas que Supracorp a beaucoup d'argent investi dans la princesse Daisy. Les films publicitaires n'en sont que le début. »

Daisy se mordit la lèvre d'agacement. Elle se rendait parfaite- ment compte qu'elle devait rentrer, mais elle était furieuse d'enten- dre Shannon répondre à sa place à une question qu'Annabel lui avait posée à elle. C'est vrai qu'il y avait un abîme entre ses engagements envers Supracorp et le fait de s'entendre dire par Shannon ce qu'elle pouvait ou ne pouvait pas faire. Se pourrait-il, par un ridicule hasard, qu'il s'imaginât la posséder ? Allons donc !

Elle se tourna vers Annabel, ignorant les paroles de Shannon. « En fait, il faut vraiment que je rentre pour le mariage de Kiki... Tout ce pour quoi Supracorp a besoin de moi est bien moins important.

— Allons, remercions le ciel que ce mariage ait lieu, dit Annabel légèrement condescendante ; seules les plus brillantes des courtisanes en retraite estiment pouvoir traiter ainsi la respectabilité. D'après ce que tu m'as écrit, et d'après les allusions de sa pauvre mère, je dirais que ça n'est pas trop tôt. »

Daisy eut un petit rire complice. Elle se faisait une idée assez juste de ce qu'avait dû être la vie d'Annabel.

Annabel lui lança un bref coup d'œil chargé de l'éternelle complicité des femmes. Elles avaient beau parler de Kiki, toutes deux pensaient à Shannon. C'est un type bien et tu le mérites... Vas-y ! disait à Daisy le coup d'œil d'Annabel. Pas de conclusion hâtive, disait le regard de Daisy à Annabel, aussi clairement que si elle avait parlé tout haut.

24

*C*omment ? " Je me suis donné tellement de mal pour l'avoir " ? Je ne me suis jamais abaissée à ça, fulmina Kiki.

— Ah ! la mémoire sélective, s'émerveilla Daisy.

— C'est toi qui oublies. Qui était si libre ? Sans attaches, insouciante, gaie, de bonne humeur, prenant son pied dans le meilleur des mondes possibles ? Moi ! Tu ne m'as jamais vue sortir avec le même type deux soirs de suite, dit Kiki, vibrante de fierté.

— Ni dans le même lit plus de trois mois de suite, répliqua Daisy.

— Oh ! ça, c'est autre chose. Tu sais, Daisy, maintenant que je te regarde bien, je trouve que tu as un sourire de fouille-merde. Et toi qui étais presque jolie. » Kiki haussa ses épaules nues d'une façon qui indiquait clairement qu'elle avait renoncé à son amie. Vêtue seulement d'une culotte de dentelle noire incroyablement indécente de chez Frederick's de Hollywood, elle fouillait d'une main nonchalante dans un entassement de porte-jarretelles suggestifs, les uns noirs, les autres rouges. Elle avait, drapés autour du cou, une paire de bas de nylon noir avec couture.

« Réponds seulement à quelques questions, fit Daisy avec patience. Est-ce que tu le détestes vraiment ?

— Je n'irais pas aussi loin, répondit Kiki. La haine est un mot trop fort dans ce cas... Ce serait plutôt de l'indifférence.

— Il t'ennuie ?

— Pas totalement... Simplement il ne me fascine pas. Mon Dieu, Daisy, le monde est plein d'hommes, il en est littéralement bourré. Te rends-tu compte combien il y a d'hommes dehors ? Chacun différent, chacun avec son grain de folie, de talent, de charme ou de douceur et que toi, tu ne connaîtras jamais, parce que tu es trop paresseuse pour aller les chercher ? Il te manque vraiment quelque chose... Du tempérament, comme on dit en France... C'est ça qui fait les grandes amoureuses, les amantes légendaires : George Sand, Ninon de Lenclos et *moi,* bon sang, seulement tu ne veux pas l'admettre.

— Je veux bien l'admettre, répondit Daisy, conciliante. Tu étais vraiment quelqu'un.

— Je le suis toujours ! » protesta Kiki comme un mauvais ange. Elle secoua la tête. Ses cheveux ressemblaient à une grosse boule d'amarantes et ses seins nus et bronzés tremblaient d'indignation.

« Quand tu fais l'amour, demanda Daisy, peux-tu lui dire l'impression que ça te fait... Tu sais... lui dire que tu aimes ceci ou cela, d'aller plus vite ou plus lentement, ou bien quelques centimètres plus loin à gauche... Peux-tu lui dire des choses comme ça avec la même facilité que s'il te frottait le dos ?

— Mais naturellement, dit Kiki, d'un ton mauvais. Et alors ?

— Je me demandais, histoire de satisfaire ma débordante curiosité.

— Satisfais donc la mienne... Parle-moi un peu de Patrick Shannon ? interrogea Kiki. Que se passe-t-il vraiment entre vous deux ?

— Nous apprenons à nous connaître, répondit Daisy avec dignité.

— Oh !... alors tu ne veux pas répondre au genre de questions que toi tu me poses.

— Je dirai tout ce que tu veux savoir.

— Il est amoureux de toi ? dit Kiki.

— Il est plein... d'attentions.

— Tu veux dire qu'il n'a rien dit de précis, qu'il ne t'a pas demandé de l'épouser ? » Kiki oublia ses propres soucis. Elle était si occupée à se plaindre qu'elle n'avait tout simplement pas eu le temps d'interroger Daisy.

— Non, et je préfère que ce soit ainsi.

— Tu le gardes à bonne distance, comme les autres, c'est ça qui se passe ?

— La distance est trop faible pour qu'on puisse la juger sûre. Il y a une certaine confusion... Il est tellement *présent*... J'adore le voir traiter avec les gens, mais il est si dominateur que ça me fait peur, enfin, un peu. Peut-être beaucoup. J'en arrive à me demander s'il n'a pas l'intention de diriger tout et tout le monde, et pourtant je puis lui dire à peu près n'importe quoi en comptant sur sa compréhension. Malgré cela... je ne suis pas tout à fait sûre que ce ne soit pas une de ses nombreuses méthodes pour obtenir ce qu'il veut. Je ne sais pas, voilà tout. Parfois... tout se passe si bien... Et puis je me surprends à me demander s'il ne me considère pas comme une *acquisition* de plus, comme s'il avait toute la société Elstree incarnée en une seule personne. Une chose est claire : il est totalement amoureux de cette *idée* de " princesse Daisy ". Et ça, je n'aime pas du tout ! Oh ! la barbe. Je ne sais plus où j'en suis.

— Et c'est un bon amant ? » voulut savoir Kiki. Daisy rougit. « Hmmm ! murmura Kiki pour l'encourager. Tu m'as promis de tout me dire.

— Le meilleur du monde... Oh !... mieux que ça ! Mais ça n'est pas une raison pour se braquer sur l'avenir. Je ne suis pas disposée à prendre des décisions, même en pensée. Je n'ai pas envie de m'embarquer prématurément dans quoi que ce soit. Je veux rester comme je suis, et je ne vais pas m'attacher trop profondément... »

Kiki sauta sur elle comme une mégère. « Mais c'est toi qui me conseilles de me laisser capturer, emmener, marquer au fer et enchaîner comme une esclave ! Daisy Valenski, tu as un sacré culot ! Comment oses-tu me donner des conseils quand tu n'es pas prête à te lancer ? Oh ! tous ces clichés révoltants !

— D'abord, dit Daisy avec douceur, il ne s'agit pas de mon mariage à moi, ces trois cents personnes dans le salon de ta mère n'attendent pas de me voir mariée, ce n'est pas moi qui ai dix demoiselles d'honneur et huit garçons d'honneur, sans parler d'un témoin, tous à marcher de long en large en se demandant pourquoi tu es enfermée ici avec moi et quand tu vas en sortir.

— Tout ça, c'est sa faute ! s'écria Kiki, son corps mince ayant l'air aussi désemparé que si elle était un chaton resté dehors toute une nuit de pluie. Ce publicitaire à la bouche enfarinée, je n'aurais jamais, au grand jamais, dû le laisser me persuader. Mon Dieu ! quelle horrible erreur !

— C'est toi qui es un vrai cliché vivant, Kiki chérie. Tu es comme toutes les autres avant leur mariage, tu ne t'en rends pas compte ? lui demanda Daisy gentiment.

— Ce sont elles les clichés, moi je suis *vraie !* tonna Kiki. Qu'est-ce que je vais faire ? C'est trop tard pour tout annuler ? Non, il n'est jamais trop tard. Qu'est-ce que ça peut foutre ce que les gens disent ? Daisy, écoute, plus jamais je ne te demanderai quelque chose pour moi, je le jure, mais pourrais-tu aller trouver ma mère pour lui dire d'annuler la cérémonie ? Elle peut s'en tirer, elle est très forte pour organiser les choses. Je crois qu'elle le prendrait mieux si ça venait de toi. » Elle lança à Daisy un petit regard en coin.

Daisy secoua la tête. « Des tergiversations. J'aurais dû m'en douter.

— De quoi parles-tu ? Ne détourne pas la conversation !

— De changements répétés d'attitudes ou d'opinion. Tu sais parfaitement que ta mère ne voudra jamais tout annuler. Et même si elle le faisait, est-ce que ça te rendrait heureuse ? Combien de temps te faudrait-il pour changer encore d'avis ? Allons donc. Tu dois passer par cette épreuve même si je dois te traîner en bas par la peau du cou. Mais tu serais plus à l'aise si tu commençais par passer ta robe de mariée.

— Daisy Valenski, tu es une garce au cœur de pierre, et je ne te pardonnerai jamais de ma vie.

— Bien, fit Daisy en regardant par la fenêtre de la chambre de Kiki, je viens de voir Peter Spivak arriver en voiture. Tiens, voilà le juge ! Que la fête commence !

— Non ! protesta Kiki, frénétique. Je ne peux pas !

— Vas-y progressivement, Kiki. Comme les anciens alcooliques expliquent aux gens comment renoncer à boire, petit à petit. Ne reste pas assise là à penser à l'effet que ça va te faire de vivre avec le même homme pendant cinquante ans. Demande-toi simplement si tu pourrais supporter d'être mariée à Luke jusqu'à demain matin, ou même jusqu'à minuit ce soir. Pourrais-tu vraiment le supporter ? Seulement jusqu'à minuit ?

— Je suppose, fit Kiki d'un ton maussade.

— Bien, c'est tout ce que tu as à faire. Demain, tu peux divorcer. D'accord ?

— Je te vois venir... Tu sais que je ne voudrais pas divorcer demain. *Personne* n'a jamais divorcé le lendemain de son mariage. Ça ne se fait pas. Ça, ça fait partie des entourloupettes qui m'ont amenée là ! répliqua Kiki d'un ton accusateur.

— Je le reconnais. Mais maintenant, habille-toi ! Vite fait ! » Daisy avait l'air aussi menaçante que si elle parlait à Wingo.

Kiki choisit un porte-jarretelles rouge, enfila des bas noirs, les accrochant avec soin aux jarretelles de satin rouge et tendant les coutures avec une attention lugubre.

« J'aime tes dessous, observa Daisy. Juste ce qu'il faut pour l'occasion.

— Bon sang ! Daisy, si je dois porter du blanc, au moins je saurai que ce qui est dessous. Je ne serai pas la rosière de Grosse Pointe, dit Kiki, en chaussant d'un air de défi une paire d'escarpins en satin blanc. Des bas de baiseuse sans chaussures de baiseuse », ajouta-t-elle avec tristesse. Foudroyant Daisy du regard, elle ouvrit la penderie où sa robe de mariage en satin blanc était accrochée, dans une housse de plastique pour la protéger de la poussière.

« Je pense que c'est moi qui suis censée faire ça », dit Daisy en se levant. Sa robe de mousseline était couleur vert printemps et elle avait les cheveux coiffés en bandeaux sur les oreilles. Elle avait des chaussures vertes sans talon pour ne pas dominer Kiki plus que nécessaire. Daisy tira avec soin la robe de mariée de son emballage de protection et ouvrit la fermeture Éclair pour permettre à Kiki de la passer. Elle tenait la robe par les épaules et l'agitait devant Kiki comme un toréador devant un taureau. « Olé, vous, là-bas !

— Oh ! merde... Olé, dit Kiki à contrecœur. Comme si j'avais le choix.

— Mes enfants ? Mes enfants ? vous n'êtes pas encore prêtes ? » A travers la porte fermée, on entendait la voix nerveuse d'Eleanor Cavanaugh. Il y avait plus d'une heure qu'elle était habillée de pied en cap. La cérémonie, à n'en pas douter, allait commencer en retard.

« Nous arrivons, tante Ellie », répondit Daisy. Kiki fit une horrible grimace et ne dit rien.

« Je peux entrer ?

— Oh !... nous serons prêtes dans une seconde, cria Daisy.

— As-tu besoin d'un coup de main, Daisy chérie ? demanda-t-elle d'une voix tremblante.

— Et si... » commença Kiki, mais Daisy lui plaqua une main sur la bouche.

« Non, nous avons tout ce qu'il nous faut, tante Ellie, répondit Daisy. Franchement. Pourquoi ne descends-tu pas ?

— J'allais lui demander un tranquillisant, chuchota Kiki.

— J'en ai.

— C'est vrai ?

— Pensais-tu que j'allais laisser Thésée me faire honte ? »

Les deux filles regardaient le bâtard, calmement assis sur un coussin, avec, sous le museau, un petit panier recouvert de satin plein de jacinthes, d'orchidées blanches, d'iris, noué autour de son cou par un cordon de velours blanc. « Il est bourré de tranquillisants jusqu'aux trous de nez, dit Daisy avec fierté.

— Un chien camé à mon mariage !

— Je ne pouvais pas prendre de risque.

— Oh ! Daisy, ma chérie, tu as fais ça pour moi ? dit Kiki.

— Bien sûr. Maintenant, si pour moi tu mettais cette robe ? »

Lentement, Kiki laissa Daisy l'emprisonner dans la robe à jupe ample, d'un blanc qui rappelait la crème fouettée de la meilleure qualité, le blanc d'une meringue glacée. Elle finit par se regarder dans la glace en pied et un sourire angélique apparut sur ses lèvres. Daisy, encouragée par ce signe, demanda : « A quoi penses-tu ?

— A tous mes anciens amants. Imagine, s'ils pouvaient me voir maintenant ?... Ils seraient malades d'envie.

— Est-ce que c'est l'attitude qui convient à une fiancée ?

— C'est la seule attitude... Tu te rends compte, se marier sans avoir eu d'anciens amants, quelle idée bizarre ! »

Jerry Cavanaugh, le père de Kiki, en jaquette et pantalon rayé, à son tour vint frapper à la porte. « Kiki, au nom du ciel, quand vas-tu être prête ? Tout le monde attend. Seigneur, Kiki, ne reste pas à traîner là, ma fille... Remue-toi.

— Nous arrivons tout de suite, oncle Jerry, lui assura Daisy avec force. Kiki, laisse-moi te mettre ton voile, vite maintenant. Assez plaisanté. On joue ton air.

— Quel air ?

— La marche nuptiale. »

Kiki pâlit, planta un baiser sur la joue de Daisy et redressa les épaules. « C'est bien une connerie d'adulte ! » murmura-t-elle, plaintive, puis elle franchit la porte et s'avança vers son avenir.

Candice Bloom réfléchissait. Elle était plantée, comme toujours, les mains enfoncées dans ses poches, un peu renversée en arrière, les hanches aiguës pointant en avant. Candice qui ne laissait jamais personne l'appeler deux fois Candy, était une obsédée d'élégance et avait refusé une excellente situation en Californie sous prétexte qu'il n'y avait tout simplement pas une boutique convenable pour les chaussures. Son assistante, Jenny Antonio, attendait patiemment ses instructions.

« Appelle chez Grossinger, dit-elle enfin, et le " Blizzard ". Renseigne-toi sur la capacité totale de leurs machines à faire de la neige et combien de temps il faut avant que ça commence à fondre à la mi-septembre, à supposer que nous n'ayons pas notre vague de chaleur habituelle, ce qui en soi serait un miracle. Et demande ce que ça coûte de les louer. Tu comprends ? Oh, et appelle pour moi le service des jardins publics. Quelque chose me dit qu'il faut que j'aie leur autorisation pour ça. Où sont les épreuves du carton d'invitation ?

— Et si Grossinger et Blizzard utilisent leurs machines ? Est-ce qu'ils n'ont pas des pistes de ski pratiquement toute l'année ? » demanda Jennie, avec la vivacité et l'intelligence de ses vingt-trois ans.

Candice la regarda d'un air stupéfait. « Jennie, tu ne connais pas grand-chose à la façon dont fonctionne Supracorp, hein ? Nous donnons la grande soirée russe du Palais d'Hiver, nous louons en entier la taverne de Central Park pour lancer la ligne de produits Princesse Daisy, même si nous devons *acheter* des machines à faire de la neige ou en construire. Mets-toi au téléphone et cesse de poser des questions stupides. Vraiment ! Je parie que tu n'as pas eu de réponses pour mes troïkas ?

— N'importe quel attelage de trois chevaux peut compter pour une troïka, nous n'avons donc pas à trouver de vrais traîneaux. Rien que les attelages et un tas de chevaux.

— Un problème de résolu et il s'en pose dix mille autres, marmonna Candice. Quand est mon rendez-vous avec Warner Le Roy pour discuter du menu ?

— Il voulait demain à midi, mais Daisy et toi avez rendez-vous pour déjeuner avec Léo Lerman pour la chronique de " On en parle ", alors j'ai dit que je rappellerais.

— Bon. C'est vraiment le dernier coup de feu, dit Candice Bloom soulagée. C'est bien gentil de passer des films publicitaires et des placards — et Dieu merci tout ça est prêt ! — mais sans relations publiques, il ne faut pas s'attendre à un énorme impact. Nous n'avons pas de publicité rédactionnelle gratuite et, sans message gratuit, c'est comme si on n'existait pas. Maintenant, passe-moi encore ce dossier que nous y jetions un coup d'œil. Bon... Nous avons tous les magazines de mode et le *Womens Wear Daily*, mais ils ne pouvaient pas faire autrement que de nous renvoyer l'ascenseur :

regarde ce qu'on leur passe comme publicité. Et *Cosmo* nous a promis quelque chose, il y a aussi la chronique de Trudy Owett, le mois prochain, dans le *Journal*. Voilà les coupures de A.P., U.P.I., Reuters et du groupe du *Chicago Trip*. Pour l'instant, ça va, mais aucune nouvelle du groupe du *Los Angeles Times* et je les veux. Merde ! Où est-ce que vous avez foutu ma liste des chroniqueurs ? Pourquoi Shirley Eder n'a pas rappelé, bon Dieu ? Essayez de la joindre à Vegas... ou au Berverly Hills Hotel. Est-ce que Liz Smith a confirmé ? Ou est-ce que c'est seulement un " peut-être " ? Toujours pas de réactions de Johnny Carson pour son émission ? Mike Douglas et Dinah veulent savoir de quoi Daisy peut parler. Mervin, béni soit-il, a dit oui... Mais les autres insistent pour un thème, et ils se foutent pas mal que ce soit une belle princesse. » Candice arpentait son bureau, écœurée. « Du solide ! Ils veulent du solide d'une princesse ! Une étiquette, quelque chose à lui accrocher... Ce serait plus facile si elle était une comique à patins à roulettes.

— On ne peut vraiment pas leur en vouloir, risqua Jennie.

— Je ne leur en veux pas. Je connais leurs problèmes mieux que les miens. Mais Shannon ne va pas me décorer parce que j'ai échoué avec les meilleures raisons du monde. Nous avons essayé et, étant donné les circonstances, nous ne nous en tirons pas trop mal. Créer du jour au lendemain une célébrité ! Mais Daisy n'a pas la célébrité d'une Gabor, ce n'est pas une styliste, ce n'est pas une héritière, elle a toujours fui la publicité comme la peste... Alors, il a fallu partir de zéro. Bien sûr, son père était un playboy et sa mère, en son temps, était un personnage de légende, seulement, tout ça, c'était il y a plus de vingt ans, et qui s'en souvient ? Francesca Vernon n'a jamais tourné un autre film après son mariage avec Stach Valenski ; elle a tout bonnement disparu. » Candice arborait son expression habituelle d'optimisme découragé lorsque sa secrétaire l'appela sur le téléphone intérieur.

« Passez-la-moi. » Elle posa la main sur le microphone et chuchota, excitée : « C'est Jane, ma vieille et prétendue copine de *People*. Ça fait pratiquement six mois que cette garce évite mes coups de fil. Maintenant, elle a décidé d'appeler. Ça doit être de mauvaises nouvelles. » Jennie et Candice attendaient toutes deux, pétrifiées.

« Salut, Jane... Pas mal, et toi ? Bon. Princesse Daisy ? Non, nous n'avons encore rien de précis d'aucun autre magazine, mais tout ça est en train. Une *exclusivité* ? Merde ? Jane je donnerais tout pour dire oui, mais je ne crois pas que mon patron serait d'accord. Après tout, *Time, Newsweek* et *New York*, excuse-moi, ont tous des rubriques où elle collerait parfaitement. La COUVERTURE ! Tu es sûre ? Non, non, ça n'est pas ce que je voulais dire... Mais c'est qu'il faudrait que je le garantisse à mon patron, et si ça ne marchait pas, je n'aurais plus qu'à chercher un autre boulot. *C'est sûr ?* Tu as bien dit sûr ? Ah !

je vois. Voilà, tout à fait d'accord. Tout à fait. Ah! ah! Compris. Ecoute, laisse-moi consulter le patron et je te rappelle d'ici une demi-heure. Un quart d'heure. D'accord. Adieu. »

Elle reposa le combiné avec le geste lent et prudent de quelqu'un qui vient de découvrir un objet enterré depuis cinq mille ans et qui prouve l'existence d'une autre civilisation.

« C'est incroyable, fit Candice d'une voix lointaine...

— Je ne comprends pas... tu voulais leur caser un article... mais la couverture ?

— Elle m'a dit que son patron en avait marre d'avoir huit couvertures sur dix qui venaient de Hollywood ou de la télé : il a l'impression que la côte Ouest essaie de prendre le dessus, en dépit du fait que la rédaction se trouve ici. Il dit que *People* est en train de devenir un magazine de *fans*. Il veut quelque chose de différent, quelque chose qui fasse élégant, mode et New York... et il est tombé amoureux des photos de Daisy que nous lui avons envoyées. Et puis, quand il était jeune, il était fou de Francesca Vernon — il a vu tous ses films douze fois — et dit que Daisy a son regard.

— Mon Dieu! murmura Jennie.

— Jennie, ça n'a pas l'air vrai et tu ne reverras peut-être jamais ça une autre fois, alors ne te fais pas d'illusions, mais maintenant comprends ce qu'il y a de plus fascinant dans les relations publiques. Et dire que mon analyste a eu le culot de me laisser entendre que j'avais un complexe de Belle au bois dormant : il me soupçonne d'attendre le Prince charmant. » Elle eut un petit rire bref et ravi. « Eh bien, le Prince charmant vient d'arriver ! Attends un peu que je raconte ça à mon psy !

— Qu'est-ce qu'il va dire ? demanda Jennie, avec curiosité.

— Rien... Bonté divine, Jennie, que tu es innocente !... C'est le principe même du truc. Ça prouve que mon analyste ne sait pas tout. Oh, merde, s'il ne sait pas tout, peut-être qu'il ne sait rien. » Elle eut une grimace soucieuse.

« L'autre jour, lui rappela Jennie, vous me disiez que les analystes n'étaient que des êtres humains.

— Jennie, tout ça est trop profond pour toi. Tu n'es pas assez névrosée. Mais ça viendra, je t'assure. Ça fait combien de temps que Jane a appelé ?

— A peu près une minute.

— Trop tôt pour rappeler. Je ne veux pas avoir l'air de sauter dessus.

— Mais vous avez dit que vous deviez consulter Shannon et il est reparti pour Tokyo.

— Consulter ? Pour une couverture de *People* ? Pas question ! Tu ne t'imagines pas que j'ai besoin de sa permission pour ça ?

— Deux minutes, fit Jennie.

— Bon sang ! Je ne sais pas si je vais tenir le coup, bon Dieu ! »
Candice Bloom, la cynique, la blasée, esquissa une frénétique gigue
irlandaise au milieu de sa moquette. Elle s'arrêta et se tourna vers
son assistante stupéfaite. « Je parie que tu ne connaissais pas les
quatre seuls magazines qu'il faut toujours avoir en stock dans
n'importe quel kiosque à journaux des Etats-Unis... Les magazines
qu'il faut avoir ? » Sans attendre de réponse, elle récita les quatre
titres sacrés : « *Playboy, Penthouse, Cosmo* et *People.* Dès l'instant
que tu as ces quatre-là, tu peux faire ton choix parmi les centaines
d'autres depuis *La Pêche et les Poissons* jusqu'à *Commentary*, mais
les quatre grands sont ceux qui font tourner un kiosque. Sans eux tu
es foutue. Fin de la seconde leçon pour aujourd'hui. Quelle était la
première ?

— Si Shannon veut de la neige, on trouve de la neige.

— Très bien, très bien ! Tu feras peut-être une bonne attachée de
presse un jour. Alors tu pourras te permettre d'avoir ton analyste. »

Une semaine plus tard, Daisy hésitait devant le studio de
Dannilo, le plus célèbre photographe de portraits du monde. Elle
tenait Thésée bien en laisse tout en examinant la porte banale
derrière laquelle se trouvait un immeuble de pierre aussi étroit
qu'un hôtel particulier de Manhattan. La porte n'avait pour tout
ornement qu'un simple bouton de sonnette et une petite plaque de
cuivre portant l'initiale D.

Daisy, devant la porte, balançait entre la détermination et
l'hésitation. Dans la **matinée**, comme elle s'apprêtait à partir, Kiki
avait téléphoné pour proposer de la débarrasser de Thésée pendant
qu'elle posait pour le maître portraitiste, mais Daisy avait refusé.
Elle avait besoin de se cramponner à Thésée, signe des sentiments
ambigus qu'elle éprouvait devant le processus qu'allait déclencher
la séance d'aujourd'hui. Elle savait combien c'était terrible, et elle
avait décidé en même temps qu'elle s'en foutait pas mal. Depuis que
People allait vraiment lui consacrer sa couverture, la disparition de
toute vie privée devenait maintenant une réalité bien plus palpable
que le tournage du film publicitaire, les interviews, les séances de
pose pour les placards publicitaires ; rien de ce que Candice Bloom
avait prévu pour elle ne lui avait jusqu'à cet instant paru tout à fait
réel. Maintenant, tout semblait se concentrer sur le caractère
inéluctable des quelques heures à venir. Elle se sentait pourtant
obligée d'en passer par là et elle pressa d'un doigt ferme le petit
bouton de sonnette.

Lorsque la porte s'ouvrit avec un déclic, Daisy, son chien sur ses
talons, pénétra dans la petite salle de réception déjà encombrée de
gens qui l'attendaient. Pendant qu'ils se dépensaient en effusions,

Daisy inspecta les lieux. Ce qui la frappa surtout, c'était l'absence de Danillo.

Daisy s'y attendait. Elle avait trop entendu parler les mannequins pour ne pas savoir que Danillo ferait une entrée spectaculaire beaucoup plus tard.

Elle vit les regards approbateurs d'Alonzo, le maquilleur et de Robertson, le coiffeur, qui la toisaient de la tête aux pieds. Ces deux-là étaient des vétérans : ils savaient que quand Danillo les faisait venir, ils auraient au moins trois heures de travail avant de commencer les photos. Le travail de Danillo dépendait de leur talent. Il avait besoin d'eux pour obtenir ce qui était sa marque de fabrique : un visage plus parfait que la vie. Sa réussite ne se fondait pas sur sa technique de photographe, pas plus que sur la communication qu'il savait établir avec son sujet, ni sur une certaine profondeur dans l'inspiration. Tous ses portraits avaient la même qualité fondamentale : un vernis d'un poli inhumain, facilement reconnaissable, contrefaçon, certes, de l'inspiration, mais convaincante, qui aboutissait à une apparence de quasi-perfection plastique qu'adoraient les directeurs de journaux. Ils n'étaient jamais inquiets des résultats d'une séance de pose avec Danillo, Alonzo et Robertson ; ces deux derniers étaient payés soixante-quinze dollars l'heure, avec un minimum garanti de cinq heures de travail, et ils étaient ravis d'avoir été élus ce jour-là dans son vivier de flagorneurs qui menaient le pinceau et le fer à friser.

« Je n'aurai besoin d'aucun de vous, dit Daisy en souriant aux deux hommes. Je croyais que tout avait été réglé. » Robertson jeta un coup d'œil à Alonzo. Pour qui se prenait-elle, celle-là ?

Candice Bloom s'empressa d'intervenir.

« Daisy, j'ai expliqué à Danillo ce que vous m'aviez dit, mais il a insisté, absolument. » Elle tourna vers Daisy une mine piteuse pour laisser entendre qu'il ne fallait pas énerver les gens de *People* avec des scènes de ce genre : la couverture, c'était tout bonnement trop important. Alonzo essaya d'entraîner Daisy dans la cabine.

« Venez vous asseoir ici, mon chou, dit-il, et nous allons nous y mettre. Il commence à se faire tard, vous savez.

— Je ne pense pas », fit Daisy. La documentaliste du magazine, qui sentait de l'orage dans l'air, prit d'un geste machinal son bloc et son crayon.

« Robbie, ordonna le maquilleur, va chercher Danillo. De quelle race est ce gentil petit chien ? demanda-t-il à Daisy pendant que le coiffeur montait en hâte l'escalier.

— Thésée ? Oh, on pourrait dire qu'il est de pedigree inconnu.

— Oh, j'en suis bien certain, mon chou. Ou bien faut-il que je vous appelle princesse ?

— Daisy suffira », répondit-elle d'un ton bref. Mon Dieu, comme elle était lasse de cette question.

Danillo fit son apparition, agacé d'être interrompu dans l'exercice de son art véritable, celui de la retouche. Le photographe était mince, effacé, avec des cheveux blonds taillés en brosse. D'un coup d'œil rapide et pénétrant il perçut l'inévitable pouvoir de la beauté de Daisy et le rejeta aussitôt. Elle était de ces modèles que vous traitez en vingt-cinq minutes, des séances comme ça, il en faisait des centaines par an, et l'intransigeant photographe en jean délavé et bottes à talons hauts avait rabaissé le caquet de bien des femmes qui s'étaient crues plus coriaces que lui. Il eut un haussement de sourcil indifférent vers la petite foule qui emplissait la salle de réception. « Nous ferons comme j'ai dit », annonça-t-il.

Mais Daisy insista. Des années de production de films publicitaires lui en avaient appris beaucoup sur le maquillage, bien qu'elle-même en utilisât très peu.

« Je me suis fait les yeux et les lèvres, Danillo, et je n'utilise jamais de fond de teint, poursuivit-elle. Alors pourquoi faut-il me maquiller ?

— Mes enfants, vous êtes en retard », dit Danillo, non pas en guise de réponse, mais comme si elle n'avait même pas parlé. Avec Candice Bloom la tenant par un bras et une des rédactrices de *People* lui serrant l'autre, Daisy se rendit compte que, non seulement ses adversaires l'emportaient en nombre, mais que rien ne pourrait être plus ridicule qu'une bagarre. Elle se libéra donc et entra dans l'étroite cabine ; elle y trouva un haut tabouret de cuisine devant une longue table derrière laquelle était disposé un miroir. Thésée alla s'installer sur le divan de vinyle rouge.

Elle entendit la rédactrice de mode de *People* dire d'un ton angoissé : « Danillo, mon trésor, tu me fais de la qualité royale, n'est-ce pas ?

— Je croyais que nous nous étions mis d'accord pour essayer le style nostalgie Ancien Régime, Marcia, répondit une de ses collaboratrices d'un air surpris.

— Je n'ai rien contre la nostalgie, Francie, dès l'instant qu'on y sent la majesté, lança Marcia.

— Essayez un peu de jus de papaye frais », fit Danillo, sur quoi il repartit.

Daisy, immobile, regardait Alonzo recouvrir avec agilité la chaude couleur de sa peau sous une légère couche bien humide d'un liquide beige ; il faisait d'elle une page blanche sur laquelle il se proposait de peindre l'idée qu'il avait de ce à quoi elle devrait ressembler. Il lui couvrit ainsi complètement le visage et le cou. Même ses lèvres perdirent leur rose profond pour disparaître sous le beige. Ses sourcils dorés furent engloutis par la couche de fond de teint qui descendait, de la naissance des cheveux jusqu'à la base de la gorge.

« C'est un peu salissant. Vous ne voulez pas un peignoir ? » proposa Alonzo, enchanté par le travail d'effaçage auquel il venait de se livrer.

Daisy ouvrit la bouche pour répondre.

« *Ne parlez pas !* s'écria-t-il aussitôt. Je ne vous ai pas encore fait les lèvres. » Le styliste de Danillo, Henri, un jeune homme au teint hâlé, était accoudé au chambranle, un petit épagneul nain dans les bras et il observait la scène d'un regard dédaigneux. Il condescendit toutefois à tendre à Daisy un peignoir en tissu éponge et à lui indiquer une salle de bains où elle pourrait se changer. Puis il aperçut Thésée.

« Qui a amené cette *bête* ici ? » l'entendit-elle demander avec indignation. Derrière la porte, Daisy était secouée de rire à l'idée que quelqu'un eût l'intention d'expulser son chien. Elle espérait bien qu'il allait essayer. Lorsqu'elle ressortit, l'épagneul, qui s'honorait du nom d'Yves Saint Laurent, poussait des jappements distingués pour protester contre la présence de Thésée, mais un coup d'œil à son chien confirma à Daisy qu'il gardait sa dignité de bandit, cet air sombre et convaincant de canaille avide, nullement repentante.

« Qui veut un petit sandwich ? » proposa Candice Bloom. Les relations publiques, comme elle l'avait si souvent dit à Jenny Antonio, ce n'était pas toujours rose, mais aujourd'hui les choses semblaient encore plus tendues que d'habitude. Toutefois, elle ne connaissait aucune situation que l'apparition de nourriture ne pût quelque peu améliorer. C'était la première leçon du cours de relations publiques que Candice espérait donner dans un lointain avenir dans une grande université. Tout le monde, y compris le styliste de la coiffure et Alonzo, lui passèrent avec avidité des commandes compliquées et détaillées, et elle dépêcha Jenny vers la charcuterie la plus proche.

Daisy regagna son tabouret inconfortable et regarda d'un air résigné Alfonzo commencer à sculpter des ombres sur son masque beige avec un crayon gras marron.

« Cinq voyantes différentes m'ont prédit que, cette année, on allait me convoquer à Hollywood », lui confia-t-il tout en la peinturlurant avec entrain. Elle essaya de manifester une curiosité polie par les yeux, seul élément de son visage qui conservait encore une expression, mais leur couleur sombre était trop intense pour rendre une émotion aussi subtile.

« Vous connaissez Hollywood ? Non ! Ne parlez pas ! Fermez les yeux. »

Soulagée, Daisy fit ce qu'on lui demandait, et la petite pièce encombrée de spectateurs disparut derrière ses paupières cependant qu'elle le sentait opérer avec des pinceaux de diverses tailles. Elle sentit des mains sur ses cheveux et entendit une protestation furieuse : « Attends, Robbie ! Tu pourras l'avoir quand j'aurai fini, pas avant. Tu as failli me démancher le bras ! »

Cependant que Candice bavardait avec les rédacteurs de *People*, Daisy songeait que jamais on ne l'avait regardée comme Danillo l'avait regardée : sans froideur mais sans chaleur, sans approuver ni désapprouver, mais avec un simple et total manque d'intérêt. Danillo était ennuyé, voilà tout, décida-t-elle, et elle se rendit compte qu'elle s'en fichait éperdument. Il avait des séances de photo, comme ça, jusqu'à deux fois par jour, chaque jour de la semaine, et demandait en moyenne trois mille dollars pour l'unique cliché qui serait choisi. Même le meilleur chirurgien plastique, pratiquant deux liftings par jour, ne gagnait pas autant d'argent que cet homme. Un gynécologue de Park Avenue pouvait mettre au monde quatre bébés pour le prix d'un des portraits de Danillo. Ces idées lui venaient à l'esprit pendant qu'elle essayait d'oublier le pinceau qui lui chatouillait l'intérieur de l'oreille. « Vous pouvez ouvrir les yeux maintenant », lui dit Alonzo. Avec prudence, elle ouvrit les paupières et affronta son image. Le masque beige la regardait toujours, embelli par des ombres profondes et nouvelles qu'on avait creusées sur ses pommettes, sur son cou et sur ses paupières. « Nous ne faisons que commencer », expliqua Alonzo à Candice Bloom.

Robertson, le coiffeur, arborant un air de suprême patience, était adossé au mur, sa batterie de fers à friser et de rouleaux tout prêts pour un travail qu'il ne commencerait pas avant au moins une heure et demie. Une vraie sinécure ! Daisy connaissait bien l'expression qu'il avait, pour avoir passé des années à négocier des machinistes et des perchistes inutiles dont le syndicat jugeait la présence indispensable. Elle éprouvait un poignant regret pour cette période si récemment terminée, pour ces jours frénétiques et harassants où certaines fois, on réalisait trente ou soixante secondes des meilleurs films publicitaires du monde.

Jenny Antonio entra dans la cabine, portant une assiette de gros sandwiches qu'elle avait déballés et disposés en une pile appétissante. Elle posa l'assiette sur le canapé et vint rejoindre Candice et les rédactrices de *People* qui inspectaient Daisy. Alonzo avait commencé à attaquer sa nouvelle version de la bouche de Daisy et, lorsqu'elle essaya de dire quelque chose, il agita vers elle un doigt sévère. Cinq femmes étaient groupées autour de lui cependant qu'en quelques gestes il redessinait, à sa totale satisfaction, les lèvres supérieure et inférieure de Daisy. « Bon, grommela-t-il, vous pouvez parler maintenant.

— Je crains qu'il ne soit trop tard, dit Daisy, en essayant de manifester un regret.

— Trop tard pour quoi ? demanda-t-il.

— Pour déjeuner », fit Daisy.

Sept paires d'yeux se tournèrent vers l'assiette de sandwiches vide. Sept paires d'yeux accusèrent Thésée, mais personne ne l'avait vu bouger, personne ne l'avait entendu manger, il était assis dans la même position, l'air aussi gravement détaché qu'Al Pacino pendant un règlement de comptes.

« Je lui avais donné à manger avant que nous venions, mais... essaya d'expliquer Daisy.

— Mon Dieu, c'est un monstre ! », murmura Marcia, mais sa documentaliste, qui avait fini par connaître Thésée en interviewant Daisy, dit : « C'est plus fort que lui.

— Comment peut-il oser ? lança Marcia, furieuse d'être privée de son sandwich au jambon et au fromage.

— Je vous raconterai quand nous rentrerons au bureau. C'est une longue histoire, dit la documentaliste avec un sourire entendu.

— Jenny, vite, vite d'autres sandwiches » ! ordonna aussitôt Candice.

Elle avait trouvé la deuxième leçon de son cours de relations publiques : ne jamais, au grand jamais, autoriser la présence d'un chien, quel qu'en fût le propriétaire, dans un travail dont elle se chargerait !

Alonzo poursuivait sa tâche. Daisy avait l'impression d'avoir passé toute une vie sur ce tabouret, et pourtant, deux heures seulement s'étaient écoulées. Si elle avait eu Alonzo sur un de ses lieux de tournage, il serait mort depuis longtemps, se dit-elle, avec une irritation croissante. Elle l'aurait poignardé avec un des nombreux instruments qu'il utilisait sur sa personne. Mais c'était caractéristique ; tous les vieux bonzes qui vivaient de l'industrie de la beauté insistaient du haut de leur Olympe, à l'instar de Danillo, pour soumettre leurs modèles aux pires épreuves. Pour une séance de photos avec Danillo, il fallait pénétrer au sein de son cercle magique, faire montre d'une docilité sans fin devant ce même miroir, faire preuve d'une totale humilité en subissant un absurde rituel afin d'être assuré de l'empreinte du maître.

Jenny revint avec une nouvelle cargaison de sandwiches, Daisy se trouva soulagée et la pièce évacuée. Alonzo finit par décider qu'il avait fait tout ce qu'il pouvait et il la confia à Robertson.

Elle ne reconnaissait plus le personnage peinturluré dans la glace : la bouche, ce n'était pas ça, les sourcils et la peau n'allaient pas non plus, elle paraissait dix ans de plus qu'elle n'en avait ce matin en se réveillant. Le visage dans le miroir n'avait aucun rapport avec elle, et quand Robertson commença à lui édifier les cheveux en une couronne compliquée, un peu comme la coiffure qu'arborait la princesse Grace à un gala de la Croix-Rouge à Monaco, Daisy renonça à protester.

« Il faut que je prépare une base pour la tiare, expliqua-t-il, tandis que ses mains, en quelque gestes, réduisaient sa chevelure en un assemblage compact de mèches et de boucles compliqué.

— La tiare ? interrogea-t-elle avec des lèvres qui esquissaient des mouvements étranges et déconcertants.

— Henri a emprunté une tiare, des boucles d'oreilles et un collier de chien au magasin *A la Vieille Russie.* Nous recherchons un air pré-révolutionnaire, le style Anastasia, vous savez, quelque chose de très Romanov.

— Je ne savais pas, répondit Daisy, et je regrette que vous me l'ayez dit.

— Hein ?

— Peu importe. » Candice Bloom venait de toute évidence de concevoir des projets qu'elle n'avait pas cru bon de confier à Daisy. Daisy en eut carrément une indigestion : elle avait la nausée à l'idée qu'on allait faire d'elle une réincarnation de la pathétique grande-duchesse. Mais juste au moment où elle allait se lever pour parler à Candice, Henri s'approcha en se dandinant, portant des écrins de velours noir. Sans un mot, il lui passa autour du cou le collier de chien constellé d'émeraudes, de rubis et de diamants, et lui fixa sur les cheveux la tiare assortie.

« Vous n'avez pas les oreilles percées ! gémit-il d'un ton accusateur.

— Voudriez-vous essayer de me les percer ? » demanda Daisy d'un ton suave. Il recula devant la menace qui flamboyait dans ses yeux.

On entendait la voix impatiente de Danillo qui appelait depuis l'atelier. Il était enfin d'humeur à travailler, et, si tout le monde était prêt, il en aurait terminé avec cette séance dans moins d'une demi-heure.

« Prête ? » demanda Robertson.

Daisy jeta un dernier regard à la glace. Toute protestation lui semblait vaine. Ils lui en avaient tant fait qu'elle ne savait absolument pas par où commencer pour que ce soit moins épouvantable.

Elle se leva d'un pas mal assuré. Le tabouret lui avait coupé la circulation des jambes, elle se sentait raide et lasse. Elle n'avait pas besoin de changer ni d'enlever son peignoir d'éponge puisqu'elle n'aurait qu'à le faire glisser de ses épaules pour qu'on lui photographiât la tête. Elle resserra la ceinture et se tourna vers Thésée.

« Maintenant, tu restes ici jusqu'à ce que je revienne », lui dit-elle. Au lieu d'accueillir ses instructions avec sa patience habituelle, il se dressa sur le canapé et lui montra les dents tout en grognant.

C'était impensable ! Daisy s'approcha et il recula soudain, protestant par un grognement désespéré.

« Thésée ! » cria-t-elle. Il trembla devant ce visage inconnu, et lorsqu'elle tendit la main vers lui, il fit un pas en arrière et refusa de la flairer.

« EN VOILA ASSEZ ! » gronda Daisy et elle revint à la table, plongea la main tout au fond d'un pot de démaquillant et entreprit de s'en débarbouiller une joue puis l'autre. « Otez-moi ces bijoux, défaites-moi cette coiffure, et dites à Alonzo de venir ici m'ôter le reste du maquillage ! » ordonna-t-elle au coiffeur. Robertson, qui croyait voir la pièce s'obscurcir et tournoyer autour de lui, avait battu en retraite dans un coin pour fuir cette folle.

« Alonzo, cria Daisy dans la salle de réception, j'ai besoin de vous. »

Le maquilleur arriva en hâte pour la retrouver en train de se frotter le menton et le front avec une seconde dose de démaquillant.

« Passez-moi des serviettes, demanda Daisy. Et dites à Danillo que j'arrive dans quelques instants. Il ne me faut qu'environ trois minutes pour me maquiller si je pars d'un visage net. Robertson ! Une brosse, s'il vous plaît ! Oh Seigneur ! Alonzo, vous n'avez qu'à vous mettre la tête entre les jambes et respirer à fond ! »

« Pourrions-nous revoir où nous en sommes, Warner ? » demanda Hugo Ralli, le directeur de la *Tavern on the Green*. Candice Bloom et Warner Le Roy s'étaient mis d'accord si vite qu'ils voulaient s'assurer qu'ils n'avaient rien oublié.

La secrétaire relut ses notes. « Les invités seront accueillis dans le salon de l'Orme. Dans le salon de l'Orme et dans le salon des Chevrons, il y aura dix tables roulantes qui circuleront dès le début de la réception avec deux serveurs par table. Sur les tables se trouveront trois sculptures en glace du flacon Princesse Daisy, hautes d'un mètre chacune, l'une contenant dix livres de caviar, l'autre un jéroboam de champagne, du Louis Roederer Cristal, et la troisième une bouteille de vodka Stolichnaya. Le caviar sera servi sur de petites assiettes avec l'accompagnement choisi par chaque invité.

— Vous avez oublié les tziganes, dit Candice, ajoutant quelques gouttes de jus de citron à la truite fumée qu'elle était en train de déguster. Warner Le Roy la regarda avec bonté derrière ses lunettes. Comme toujours, lorsqu'il préparait une réception avec quelqu'un qui retenait tout le restaurant, il avait fait un effort pour être habillé dans un style très conservateur. Il avait donc paré son aimable rondeur d'un pantalon rouge et d'une veste écossaise à carreaux rouges, gris et blancs. Il aimait les toilettes, même lorsqu'elles étaient aussi discrètes que celle-ci. Il aimait l'enthousiasme juvénile de Candice Bloom. Il aimait être propriétaire de la *Tavern*. Il aimait la vie et la vie l'aimait bien.

« J'allais en arriver aux tziganes, dit la secrétaire. A l'approche des invités, il y aura un orchestre de trente tziganes qui joueront dehors, de chaque côté de l'entrée, et trente autres qui circuleront dans la salle des Chevrons et dans la salle de l'Orme, sans, notez-le bien, sans jouer trop fort, sinon on risquerait de ne pas entendre les noms des invités présentés à la princesse Valenski. Il y aura huit projecteurs disposés dans le restaurant ; on engagera cinquante chasseurs supplémentaires en plus de notre personnel habituel, à cause des troïkas, les hommes devront avoir l'habitude de manier les chevaux.

— Qu'avons-nous décidé en fin de compte pour le buffet ? demanda Candice en terminant sa truite, assise à une table rose sur la terrasse, sous un parasol du restaurant.

— On doit le dresser dans la salle du Pavillon, dit la secrétaire en consultant ses notes.

— Ce n'est pas évident, dit Warner Le Roy. Je crois qu'avec six cents invités, il va nous falloir deux buffets séparés.

— D'accord » conclut Walter Raucher, le responsable des banquets, qui était le cinquième convive du déjeuner.

La secrétaire prit note et poursuivit. « Pendant le dîner, il y aura un orchestre de valses qui jouera dans le salon de Cristal, et l'on dansera aussi bien dans le salon de Cristal que dehors, sous les arbres de la terrasse. Les deux orchestres tziganes joueront dans le salon du Pavillon. L'orchestre disco dans le salon de la Terrasse, au fond du restaurant, commencera juste après le dîner.

— Et s'il pleut ? demanda Candice.

— Nous pouvons dresser une tente dehors et installer des radiateurs, mais je crois que, si tôt en septembre, nous n'avez vraiment pas à vous inquiéter, dit Warner Le Roy, rassurant.

— Warner, dit Candice d'un ton aussi badin qu'elle en était capable, je ne suis pas tout à fait satisfaite en ce qui concerne le caviar. Nous disons tout simplement " caviar ", mais j'aimerais davantage de précisions.

— Si vous voulez vraiment mettre le paquet, je pourrais essayer de commander du caviar gris d'Iran, mais je doute qu'il y en ait assez de disponible, lui dit-il. Et, de toute façon, la plupart des gens ne sauraient pas le reconnaître.

— Qu'y a-t-il de mieux ensuite ? » demanda-t-elle, terminant sa truite. Les relations publiques avaient quand même leur bon côté, il faudrait qu'elle pense à le dire à son analyste.

« La meilleure qualité de beluga. Aucun problème pour en trouver ! Si vous voulez vous montrer raisonnablement somptueuse, vous prévoyez deux grandes cuillerées par personne, ce qui fait plus d'une livre pour cinq invités, compte tenu du fait que tout le monde n'aime pas le caviar.

— J'ai pour instruction d'être déraisonnablement somptueuse, fit Candice avec entrain. Que diriez-vous de cent vingt grammes par personne ? Comptons que tout le monde veuille du caviar, parce que j'ai l'intention d'en mettre de côté deux livres pour moi et je compte sur un grand sac et un traîneau pour le rapporter chez moi.

— Voyons, six cents invités à cent vingt grammes par personne... Ça fait sept kilos deux... Pour plus de sûreté, Warner, sept kilos et demi du meilleur beluga, à deux cent cinquante dollars le kilo, prix de gros, et un grand sac, suggéra Walter Raucher.

— Voilà qui est fait, approuva Candice, les yeux pétillants de gourmandise anticipée.

— Je continue ? », demanda la secrétaire. Candice acquiesça de la tête.

« Le buffet se composera d'esturgeons et de saumons froids en gelée, de cailles rôties, de rôti de sanglier avec des pommes en l'air et une purée d'airelles...

— Ah ! attendez, Warner, à propos du sanglier, dit Candice, je sais que c'est russe, mais en êtes-vous sûr ?

— Il est sensationnel. Nous le faisons mariner cinq jours et nous l'accompagnons avec une béarnaise et des petits croûtons. » Il fit signe à la secrétaire de continuer à lire le long menu du buffet. Elle finit par arriver à ses dernières notes.

« Les desserts seront servis à table. M. Ralli et le chef présenteront toute une variété de bombes sculptées qu'on servira flambées.

— Pas un flacon de Princesse Daisy en flammes, les prévint Candice.

— Bien sûr que non ! dit Warner, scandalisé. Faites-moi confiance.

— C'est ce que je fais, répliqua Candice, mais je ne vois quand même pas pourquoi nous ne pouvons pas avoir de stalactites aux arbres de la terrasse. Nous allons avoir de la neige partout dans la *Tavern*, sauf sur la piste de danse à l'extérieur, alors pourquoi ne pas mettre des stalactites de glace ?

— Nous pourrions en trouver en plastique, j'imagine, ou bien je pourrais installer l'éclairage d'hiver, observa Warner, songeur.

— Oh, oui ! C'est ça ! L'éclairage d'hiver, toutes les petites ampoules blanches et qui clignotent... Je me souviens les avoir vues en passant à Noël dernier. C'était incroyable ! Faisons ça, dit Candice, tout excitée.

— Il y a un seul problème. Il faudra les enlever le lendemain : je ne commence pas l'hiver juste après Thanksgiving.

— Où est le problème ?

— Il y a soixante mille ampoules. Ça va coûter cher en main-d'œuvre.

— M. Shannon n'aimerait pas apprendre que j'ai décidé d'arrêter les frais là, dit la publicitaire à Warner. Pas avec les cinquante mille dollars de neige artificielle ! »

Hugo Ralli toussota. « Avons-nous dit *seulement* un éclairage aux chandelles ? demanda-t-il, pensant aux endroits qui nécessitaient de l'électricité.

— Non, nous avons dit au moins deux mille bougies dans des candélabres d'argent... des bougies partout où on pourrait en mettre, mais la lumière électrique aux toilettes, se rappela Candice. Maintenant, à propos des fleurs, monsieur Ralli, c'est terriblement important. Des millions de marguerites. Je ne sais pas où vous en trouverez une quantité pareille en ville, mais il nous les faut à n'importe quel prix. C'est indispensable !

— Je peux me les procurer, mais elles ne feront pas l'effet désiré à moins que je ne les mélange avec des roses blanches et des chrysanthèmes jaunes et blancs, insista-t-il.

— D'accord, dès l'instant que vous trouvez les marguerites. »

Candice se tourna vers Warner Le Roy, petit-fils de Harry Warner, petit-neveu de Jack Warner, héritier d'un sens du spectaculaire dont aucun autre restaurateur au monde n'était doué. « Pourriez-vous me donner une estimation de ce que va coûter cette réception ? sans compter la neige, les troïkas et les chevaux. »

Warner réfléchit une minute, se rappelant la soirée pour le vingt-cinquième anniversaire de Kleberg, propriétaire du *King Ranch*, au Texas ; il avait amené par avion deux cent cinquante invités à New York et loué tout le restaurant. « Dans les environs de... ma foi... avec tous les suppléments, les sculptures sur glace et tout ça, dans les environs de deux cent mille dollars. Ça pourrait aller chercher un peu plus, selon la quantité de caviar que vous voulez emporter chez vous.

— Ça me paraît raisonnable », remarqua Candice, attendant le plat suivant. Le déjeuner, Dieu merci, ne faisait que commencer.

Lorsqu'il s'éveillait de son premier sommeil, Hilly Bijur, président d'Elstree, se demandait souvent ce qui l'avait attiré dans la jungle de ce foutu commerce des parfums. A peine cette question s'ébauchait-elle dans son esprit qu'il s'était habitué à essayer de détendre ses muscles. Il commençait avec application par le haut du crâne et descendait jusqu'aux doigts de pied, puis remontait sans négliger les dents serrées, comme le lui avait enseigné l'hypnothérapiste qu'il avait consulté pour ses insomnies. Mais, le temps de détendre ses oreilles pour s'attaquer au front, les mots commençaient à tourbillonner dans son esprit : Quadrille, Calèche, l'Air du

Temps, Arpège, Cristal, Halston... Pourquoi ne pouvait-il pas avoir un nom français comme les autres ? Alliage, Infini, Cabochard, Ecusson... Lorsqu'il en arrivait à Ecusson, il parvenait en général à se concentrer de nouveau sur son front et, parfois, il allait jusqu'à détendre ses maxillaires ; un autre assortiment de noms commençait alors à danser sous ses paupières : d'abord Dick Johnson, acheteur de parfums pour la chaîne Hess, avec son siège à Allentown, en Pennsylvanie ; puis Mike Gannaway, directeur des achats chez Dayton's, à Minneapolis ; bientôt suivi de Verda Gaines, directeur des produits de beauté chez Steinfeld, à Ducson ; Carol Kempester, acheteuse pour Henry Bendel ; Marjorie Cassell, acheteuse pour Harvey's à Nashville ; Melody Grim, pour Garfinkle... La liste pouvait s'étirer toute la nuit, mais quand Hilly Bijur arrivait à Garfinkle, il renonçait à essayer de relâcher ses muscles, se levait et allait prendre un comprimé de somnifère que son médecin avait garanti sans risque d'accoutumance, sans barbiturique et sans effet secondaire.

Ce remarquable médicament n'avait qu'un inconvénient, songea Hilly Bijur, il ne le faisait pas dormir. « Le simple fait d'avaler un comprimé me rend beaucoup plus calme, même si ce n'est qu'un placebo », se dit-il tout en se glissant sans bruit hors de la chambre pour ne pas éveiller sa femme. Il lut encore quelques pages de la biographie en cinq volumes de Henry James, par Léon Edel. Ce gros ouvrage d'érudition, détaillé, au rythme nonchalant et à n'en pas douter excellent, avait la vertu de ne pas être fascinant. Vers cinq heures du matin, en s'efforçant de ne penser qu'à James écrivant ses livres à Londres, livres que Hilly Bijur n'avait jamais lus, il se hasardait à regagner son lit et parvenait en général à dormir quelques heures avant de se réveiller pour affronter une nouvelle journée faite de projets « Princesse Daisy ».

On était maintenant début septembre 1977, cela faisait près de huit mois que les préparatifs étaient commencés pour lancer la nouvelle ligne de parfums et de produits de beauté. Il avait fallu, en fait, sept ans pour créer le parfum que Patrick Shannon avait baptisé Princesse Daisy, et c'était l'œuvre d'un homme que l'on pouvait considérer comme le plus grand « nez » de France. Selon le jugement pragmatique d'Hilly Bijur, « ça sentait bon ». A son avis, le monde n'avait besoin que d'un seul parfum, Arpège, celui de la première femme avec qui il avait couché. Arpège l'excitait de la même façon que Rosée de Jeunesse, le parfum de sa belle-mère, le déprimait. Qu'est-ce qui se serait passé, se demandait-il, si la première fille qu'il avait vraiment sautée avait utilisé Rosée de Jeunesse et sa belle-mère Arpège ? Ses goûts s'en trouveraient-ils inversés ? Le parfum sentait-il comme le sexe ou le sexe sentait-il comme le parfum ? Que sentirait le sexe sans aucun parfum ? Est-ce que ce serait mieux ? Il le pensait, mais les affaires c'étaient les affaires, et si les gens voulaient décrire un parfum comme « irrésistible et pourtant romantique » ou bien « spirituel mais réservé », ou bien « charmant et joyeusement féminin », ils y avaient tout autant droit que les amateurs de vin. Il s'en foutait même quand ils commençaient à parler de « ramages sur une note », ou bien d' « accents yilang-yilang », ou de « petite touche verte » ou encore quand il les entendait lancer des phrases du genre de « un parfum sérieux qui va avec une toilette sérieuse », ou de « révolution du musc », et peu lui importait qu'un parfum fût « créé » ou « conçu », que l'on prétendît qu'une femme ne « se mettait pas » Chloé mais qu'elle en « portait », ou tout autre foutaise non moins baroque du monde du parfum.

C'était une question de technique de vente, voilà tout, se disait-il sous la douche. On vendait le bruit du grésillement et non le steak. On vendait le fantasme et non la réalité. Les techniques de vente, c'était un luxe qui devenait de plus en plus partie intégrante de la vie américaine, un luxe qui se vendait dans les magasins à prix uniques tout en continuant à fonder ses thèmes publicitaires sur l'attrait du snobisme.

Il se souvint en frémissant de cette première conférence de vente au cours de laquelle il avait annoncé à ses vendeurs la nouvelle idée de Princesse Daisy et leur avait dit que Shannon attendait cent millions de dollars de chiffre d'affaires de cette ligne nouvelle. Six de ses meilleurs vendeurs avaient donné leur démission sur-le-champ et, auprès de ceux qui étaient restés, l'équipage mutiné du *Bounty* faisait figure de matelots paisibles et satisfaits. A la réflexion, se dit Hilly, cela revenait tout bonnement au fait que personne n'était heureux de participer à un lancement. Ils auraient préféré suivre la vieille ligne Elstree, dont le souvenir s'effaçait peu à peu dans l'esprit du consommateur, plutôt que d'avoir à se remuer pour décider les acheteurs de produits de beauté à passer des commandes d'un produit nouveau, si bon fût-il, même appuyé sur une gigantesque campagne de publicité.

Ce n'était pas par accident que Shannon avait choisi Hilly Bijur, le vieux technicien de la vente. En un mois, dépensant sans compter, il avait fait le ménage et bâti un service de vendeurs bien plus solides, qui n'avaient pas travaillé pour la vieille maison Elstree, et qui, donc, n'avaient rien pour les empêcher de s'enthousiasmer du nouveau projet. C'est lui qui avait pris les décisions importantes sur le nombre d'articles à proposer dans la nouvelle ligne de produits de beauté. Il savait combien les acheteurs des grands magasins avaient horreur qu'on leur imposât de commander toute une variété d'articles qu'ils n'étaient pas sûrs de vendre. La collection de produits de beauté Princesse Daisy était complète, mais se limitait à des

produits sélectionnés avec sévérité : l'indispensable lotion hydra-
tante, une crème à démaquiller, un lait corporel, une base de
maquillage liquide dans les six nuances les plus importantes, des
rouges à lèvres et des vernis à lèvres dans les tons fondamentaux de
rose, rouge, raisin et prune, du vernis à ongles assorti, quatre
nuances de rouge à joues, quatre nuances de poudre, des mascaras,
de l'eye-liner en quatre couleurs, des crèmes à paupières dans huit
tons (domaine dans lequel il se félicitait de sa discrétion puisque la
plupart des fabricants de produits de beauté proposaient en
moyenne vingt nuances différentes) et, bien sûr, le savon, la poudre
après bain, l'eau de toilette en trois tailles d'atomiseur, sans parler
du parfum en flacon d'une demi-once, d'une once et de deux onces.
Tout en tournant et en retournant dans son esprit l'arsenal des
nouveaux produits, Hilly Bijur se rappelait ce que lui avait dit la
voix de sa conscience, ce fameux Dike Johnson d'Allentown qui le
réveillait la nuit.

« Oui, c'est vrai, vous avez raison, nous avons aujourd'hui trop
de produits sur le marché : les fabricants vont beaucoup trop loin. »
Oh ! Dick Johnson qui régnez sur ces onze villes de Pennsylvanie,
domaine de la Hess Inc., pourquoi n'êtes-vous pas plutôt comme
l'aventureuse Verda Gaynes, de Tucson, qui disait : " Sans produit
nouveau, pas de progrès. " Pourquoi... ? »

Pour un dollar de cosmétique et de parfum les fabricants de
produits dépensent onze cents rien que dans l'emballage. Est-ce
cela qui amenait Hilly Bijur à chasser Dick Johnson de ses pensées
pour contempler, ravi, le merveilleux flacon qu'on avait dessiné
pour le parfum. Sur la suggestion de Daisy, il s'était inspiré des œufs
de Pâques fabriqués par Peter Carl Fabergé pour la famille impériale : cinquante-sept œufs au total, entre 1884 et 1917. Ils se
répartissaient maintenant dans tous les musées du monde, bien
qu'on en trouvât certains dans les collections privées. Marjorie
Merryweather Post, l'héritière de la General Foods, était l'une des
rares particulières au monde à posséder plusieurs œufs impériaux, et
même dans sa vaste collection de trésors russes, c'étaient les objets
les plus rares, les plus précieux.

Le flacon Princesse Daisy était en cristal taillé en forme d'œuf,
avec quatre minces rubans de vermeil partant de la base pour se
rassembler au-dessus du bouchon et former un nœud. Il reposait sur
un gracieux trépied en vermeil surmonté d'un cerceau ovale dans
lequel il se nichait. Dans une année où fleurissaient les flacons
éternellement design, à une époque dominée par la sévérité des
emballages de Halston et le classicisme de Chanel, le flacon Elstree
était unique, comme un bijou. Impossible de le voir sans avoir envie
de le soulever de son support pour le caresser. Après tout, songeait
Bijur, l'œuf n'était-il pas considéré comme la forme la plus parfaite

créée par la nature ? Et pan, Dick Johnson d'Allentown ! Regardez un peu le reste de l'emballage, les pots et les bouteilles et les caisses d'un bleu de lapis-lazuli profond, si soigneusement vernis qu'on aurait dit un émail de Fabergé, chacun portant une unique marguerite blanche et or sur une tige verte, un motif hautement stylisé qui était la marque de fabrique de toute la ligne. « C'est parfait, à se mettre à genoux devant », avait dit Bijur à Patrick Shannon et, pour une fois, Shannon l'avait admis sans même suggérer une seule amélioration.

Le parfum Princesse Daisy devait se vendre à cent dollars l'once. Le prix était-il justifié ? Bijur le pensait. Contrairement à de nombreux parfums moins chers, il n'était fait que d'huiles et d'essences naturelles, produites et mises en bouteille en France. Bien sûr, c'était loin de coûter cent dollars l'once pour le préparer, le mettre en flacon et le vendre. Mon Dieu, songea-t-il, si c'était le cas, où serait le bénéfice ? Quand les produits de beauté et les parfums commenceraient à se vendre presque au prix de revient, ce serait comme en Russie.

Hilly Bijur descendait d'un pas vif Park Avenue pour gagner l'immeuble de Supracorp, il pensait aux catalogues de Noël que les principaux magasins du pays avaient expédiés en août, presque tous proposant le parfum Princesse Daisy et des colis-cadeaux comprenant diverses combinaisons de parfum, d'eau de toilette, de savon et de poudre pour le bain. S'ils n'avaient pas réussi à figurer dans les catalogues de Saks et de Neyman Martus, pour ne rien dire des douzaines d'autres dans lesquels ils tenaient une bonne place, le grand rêve de Shannon n'aurait pas eu une chance de se réaliser.

Le lancement de Princesse Daisy était coordonné comme s'il s'agissait d'une opération aussi importante que le débarquement. D'ailleurs, si on avait le moindre sens de la perspective, c'était tout bonnement le débarquement, songeait Bijur. Il y avait Candice Bloom pour le flan. Elle chauffait les médias sur Daisy personnellement ; cela finirait en feu d'artifice avec la couverture de *People*, demain, pour ne rien dire du bal russe au Palais d'Hiver, soirée de lancement qui aurait droit à la page « femmes » de tous les magazines et de tous les journaux du pays. Hélène Strauss avait la publicité bien en main : les films publicitaires, les doubles pages dans les magazines, les dépliants en quatre couleurs. Hilly, pour sa part, se félicitait des expéditions de parfum dans l'entrepôt du New Jersey Tout était arrivé de France à l'heure et en bon état, et les représentants avaient reçu des commandes spectaculaires. Même Saks, de la Cinquième Avenue, le seul magasin à obtenir un parfum avant tout le monde à New York, s'était laissé persuader de partager le lancement avec Denbel et Bloomingdale. La collection d'automne spéciale Princesse Daisy de Bill Blass était la plus somptueuse qu'avait jamais créée ce couturier constant dans l'élégance ; elle avait été envoyée dans les principaux magasins des Etats-Unis pour faire des vitrines la semaine du lancement ; les vendeuses d'Elstree, s'étaient vu décerner une commission supplémentaire pour les trois premiers mois de vente ; les échantillons de parfum Princesse Daisy étaient déjà arrivés par dizaine de milliers dans les magasins choisis pour être largement distribués à des « avant-postes », au rez-de-chaussée des magasins ; Daisy elle-même devait voler de ville en ville dans une folle tournée de trente grandes villes. Au cours des semaines suivant la soirée, elle se rendrait en personne dans les magasins les plus importants afin de tirer le numéro gagnant permettant de décerner à une acheteuse de produits Princesse Daisy un bon d'achat de mille dollars.

Alors, qu'est-ce qui pouvait mal se passer ? « Bon sang... à peu près tout, pensa-t-il en frissonnant. Dans le monde dément du parfum, on ne peut jamais savoir. »

« Bien sûr qu'elle n'a aucune importance, c'est une sale petite garce, absolument sans importance. Ça n'est pas la peine de le dire... Ça ne fait qu'empirer les choses, Robin, tu ne comprends donc pas ? dit Vanessa, furieuse. Elle n'a jamais mérité nos bontés. Mais non, je ne veux pas de tranquillisants ni de somnifères, alors, veux-tu, s'il te plaît, cesser d'essayer de m'en faire prendre un ? »

Il était trois heures du matin et Vanessa s'était réveillée comme cela lui arrivait si souvent ces derniers mois, nouée par la rage. Bien qu'elle essayât de ne pas le déranger, Robin semblait toujours savoir quand elle n'arrivait pas à dormir et il s'éveillait, fidèlement prêt à écouter Vanessa débiter une fois de plus le chapelet de ses doléances. Cela l'attristait de la regarder. Bien que son long corps fût le même, sa bouche s'était crispée et son visage semblait plus mince que jamais, presque décharné. Mais malgré les efforts qu'il déployait pour la distraire en évoquant des projets de vacances, de nouvelles idées de décoration, malgré les nombreuses fois où il la serrait en lui massant le haut du dos, elle n'arrivait pas à oublier Daisy ni ce que Daisy lui avait fait.

« Tout d'abord et avant tout, tu devras en convenir, Robin, elle n'a jamais été reconnaissante comme il convenait, pas une seconde. Oh ! elle a dit merci, mais seulement quand c'était absolument nécessaire, lorsque j'ai persuadé Topsy de lui commander le portrait des enfants et quand je lui ai obtenu cette autre commande. Et comment a-t-elle dit merci ? Comme si c'était elle qui me rendait service à moi ! S'il y a une chose que je ne peux pas pardonner, c'est l'ingratitude : elle ne m'a jamais dupé un instant. Elle me doit tant ! A combien de soirées l'ai-je invitée où elle était " trop prise " pour venir ? Mais pour qui se prend-elle ? Personne... absolument personne... n'est trop pris pour venir chez nous. Jamais !

— Vanessa, tous les gens qui comptent disent que tu donnes les meilleures soirées de New York. Quelle importance a cette fille ? répéta patiemment Robin pour la centième fois.

— La question n'est pas là et tu le sais bien. C'est son attitude ! Ses airs de poseuse, " Ne me touchez pas parce que je suis quelqu'un d'à part ", et " Vous ne m'impressionnez pas malgré tout ce que vous faites "... C'est *ça* que je ne peux tout bonnement pas supporter. Et ces robes que tu lui as données ? Seigneur, il a fallu pratiquement que tu la forces à les accepter... On aurait dit qu'elle préférait porter les costumes des Puces qu'elle avait toujours.

— Elle doit porter des toilettes convenables, maintenant », dit Robin se rendant compte, un instant trop tard, qu'il aurait difficilement pu faire montre de moins de tact. Vanessa était furieuse à propos de Daisy depuis le regrettable incident du yacht, l'hiver dernier, mais quand on avait annoncé la campagne Princesse Daisy, quand la publicité personnelle avait commencé à paraître à propos de Daisy, quand l'histoire du contrat d'un million de dollars s'était ébruitée et enfin, maintenant qu'elle avait appris que Daisy était en couverture de *People*, elle avait redoublé de fureur.

« Je remarque qu'elle ne s'est pas adressée à toi pour sa garde-robe », ricana-t-elle à l'adresse de son mari. Comme il se contentait de hausser les épaules en refusant de répondre, elle poussa un soupir et posa sur son bras une main tendre. « Désolée, chéri, je ne voulais pas dire ça. Elle a un goût si extravagant que bien sûr elle n'aurait ni l'intelligence ni la classe de porter tes créations, voilà tout. » « Ça ne fait rien, lui assura-t-il. Veux-tu un peu de vin ? Ça t'aidera peut-être à dormir. » Vanessa secoua de nouveau la tête avec obstination.

« Robin, je t'assure que je suis indifférente à tous ces petits trucs publicitaires... Qu'elle ait son heure de gloire, tout le monde s'en fout... Mais ce que je ne peux pas pardonner, ce que je ne pourrai jamais pardonner, c'est la façon dont elle a gâché notre croisière. Tu ne comprends donc pas comme elle m'a ridiculisée ? Te rends-tu compte des cancans qui ont couru sur nous depuis lors ? Hé oui, depuis, et aujourd'hui encore ! Tous les gens qui se trouvaient sur ce bateau ont dû raconter ça à tous leurs amis dans le monde entier. Les gens me harcèlent : " Vanessa, mon chou, cette petite réunion de famille que tu avais arrangée a mal tourné, n'est-ce pas ?... Vanessa, on m'a raconté l'histoire la plus insensée... qu'est-ce qui s'est vraiment passé, ma chérie ?... Vanessa, pourquoi diable a-t-il fallu que tu fasses faire demi-tour au yacht ?... Pourquoi Daisy Valenski s'est-elle éclipsée au milieu de la nuit ?... Qu'est-ce qui a bien pu amener Ram Valenski à passer le reste de la croisière dans sa cabine ?... C'est si grossier de sa part, le pauvre chéri... Dis-moi... Je suis sûre que tu en sais plus que tu ne le dis... Comment ont-ils pu se conduire ainsi envers toi ? " Oh Robin, ces rumeurs vengeresses, mesquines, stupides, horribles !... réussissant à me faire passer pour la pire idiote du monde. Et ça vient de partout, de gens que je prenais pour des amis. C'est à peine si j'ose prendre un rendez-vous pour déjeuner maintenant parce que je sais que je serai soumise à cette inquisition. Tu ne vois donc pas ce qu'elle m'a fait, cette garce prétentieuse !

— Ma chérie, je suis sûr que les gens ne continuent pas à parler », dit Robin sans conviction. Lui-même avait été la cible de nombreuses questions.

« Allons donc !... tu le sais bien. Ça aurait pu s'arranger si Ram ne s'était pas conduit comme il l'a fait. J'aurais pu raconter que Daisy avait le mal de mer, une crise d'allergie ou Dieu sait quoi, mais il a fallu qu'il aille s'enfermer, bon sang, sans même dire au revoir... C'est ce qui a vraiment tout déclenché, c'est ça qui a fait parler les gens. Quand je pense au mal que je me suis donné pour ce petit salaud en persuadant Daisy de venir avec nous. Même si c'était lui qui finançait ta nouvelle collection, rien ne lui permettait de me rendre ainsi ridicule, rien, ragea-t-elle.

— Vanessa, ma chérie, je t'en prie, tu te ronges. Tu ne peux pas continuer... Il faut que tu essaies d'oublier.

— Comme si c'était facile ! » Vanessa émergea de ses oreillers et se drapa dans un peignoir de bain. « Robin, quelle heure est-il maintenant en Angleterre ?

— C'est le matin, pourquoi ? »

Sans attendre, elle appela Londres, attendant d'avoir Ram en ligne.

« Bonjour, chéri... c'est Vanessa ! Robin et moi prenions un dernier verre et nous nous sommes tout d'un coup rendu compte que ça faisait terriblement longtemps que nous n'avions pas eu de vos nouvelles. Alors je me suis dit : pourquoi ne pas tout simplement décrocher le téléphone ? Nous avons été si navrés que vous soyez malade à bord... A vrai dire, nous étions même inquiets. Mais, bien sûr, je comprends, il m'arrive aussi d'avoir les plus abominables migraines. Non, non, ne vous excusez pas. Mais ça va bien maintenant ? Je suis si heureuse de l'apprendre. Oui, Robin et moi sommes tous les deux en pleine forme. Et j'imagine que vous êtes au courant de toutes les bonnes nouvelles à propos de Daisy ? Elle a dû vous écrire... Quelle excitation, mon cher, vous ne pouvez pas imaginer ! Tout le bruit qu'on fait autour d'elle... N'est-ce pas merveilleux ? Penser qu'elle avait toujours l'air de manquer de quatre-vingt-dix-neuf cents pour faire un dollar et la voilà maintenant millionnaire ! Après tout, ce vieux titre que vous portez vaut quelque chose ici... Démocratie ou non, comme les Anglais, un prince c'est toujours un prince. Même *People* fait sa couverture sur elle maintenant, et s'il y a quelque chose qui peut la lancer, c'est bien ça. Alors, mon chéri, il va falloir vous habituer à voir votre petite sœur absolument partout sur les murs, dans les magazines et à la télévision... même en Angleterre... n'est-ce pas ? Imaginez, une Valenski faisant le boniment pour des rouges à lèvres et Dieu sait quoi d'autre. Enfin, je pense qu'elle est prête à tout pour Patrick Shannon. Comment ça ? Quel Patrick Shannon ? C'est le patron de... je suis navrée, mon chou, de toute évidence vous ne savez pas qui il est ? Tout ce que je voulais dire, c'est qu'ils sont follement amoureux. Tout le monde, à New York, ne parle que d'eux depuis qu'ils sont rentrés d'Angleterre ensemble. Ils vivent une aventure superbe ! C'est un pur délice de les voir... Ça vous fait de nouveau croire au romanesque. Mais vous ne les avez pas vus quand ils étaient là-bas ensemble ? Oh ! je comprends... Au Moyen-Orient... Alors vous avez manqué les tourtereaux. Mais, vous savez, c'est là où je crois que Daisy a été particulièrement habile. Les couvertures de *People,* c'est bien gentil, mais Patrick Shannon est l'homme le plus divin que mes vieux yeux aient vu depuis des années. Et un homme qui a tout, absolument tout ce qu'il peut vouloir. Hier encore, il y avait un article sur Elstree dans le *New York Times* et on rapportait un propos de lui disant que Daisy était " sans pareille ". Bien sûr, ça paraît un peu pâlot... mais d'un autre côté, il voulait sans doute seulement se montrer discret... La dernière fois que je les ai vus ensemble dans un restaurant, c'est à peine s'il arrivait à garder les mains sur la table. Allons, ne soyez pas vieux jeu, Ram ! Daisy n'est plus une gamine. Elle a parfaitement le droit d'avoir une douzaine d'amants... Mais elle ne veut que Shannon, et qui pourrait y trouver à redire ?... Allons, mon chou, je ne veux pas vous retenir plus longtemps. Je voulais simplement m'assurer que vous alliez mieux... Entre vieux amis, on ne devrait pas rester sans nouvelles si longtemps. Robin me charge de vous dire qu'il vous envoie toutes ses amitiés. Au revoir, mon chou. »

Avec, pour la première fois depuis des mois, un air sincèrement satisfait, Venessa raccrocha : « Robin, après tout, je vais peut-être prendre un peu de vin.

— Tu te sens mieux, chérie ? demanda Robin, anxieux.

— Beaucoup mieux ! »

Ram avait vécu dans la souffrance depuis l'instant où il avait fui *La Marée,* abandonnant Daisy en sang sur son lit. Cette souffrance prenait racine dans un tel besoin, un désir si intense qu'elle existait encore et toujours à l'insu de tous, sauf de lui-même. Il avait tout enfoui en lui si profondément que son aspect extérieur était impeccablement correct. Il pouvait continuer à vivre et à fonctionner sans Daisy puisque personne d'autre ne la possédait. Mais, dans son esprit détraqué, elle lui appartenait toujours. Il continuait à s'enfermer avec elle dans une cage de désir sans espoir et sans fin, une cage qui ne contenait rien d'autre que son image et celle de Daisy. Certes, la prisonnière se détournait de lui, mais elle ne se tournait vers personne d'autre. Comment aurait-elle pu ? Elle était en sa possession.

Ram n'était pas jaloux parce qu'il n'y avait personne de qui être jaloux, pas de menace réelle, pas d'incarnation d'une tierce personne entre lui et ses fantasmes.

Et voilà qu'avec quelques mots insinuants, choisis avec un instinct infaillible pour trouver le point faible et vulnérable, voilà que Vanessa avait éveillé en lui un sentiment littéralement insoutenable d'impuissance, de mutilation. Ram n'avait plus d'abri où se réfugier pour fuir la souffrance. La jalousie était née, dévorante, aussi vieille et aussi folle que si elle avait mis un million d'années à atteindre ce degré horrible, insupportable, déchirant.

Il s'habilla en hâte. Moins d'une demi-heure après le coup de téléphone de Vanessa, il était au garage où il laissait sa Jaguar.

Ram avait toujours su où se trouvait Danielle. Les directeurs de l'établissement étaient habitués aux coups de téléphone qu'il donnait de temps en temps pour s'assurer que Daisy avait pu continuer à payer sa pension. Depuis des années, il attendait le jour, le jour inévitable où elle serait incapable de porter ce fardeau et où elle serait obligée de venir lui demander de l'aide.

Vingt minutes plus tard, Ram avait quitté Londres et fonçait en direction de l'Ecole de la reine Anne, suivant un itinéraire clairement inscrit dans son esprit depuis longtemps.

25

O h ! mon Dieu, non, non ! »
hurla Candice Bloom. Jenny, son assistante, se retourna d'un bond.
Sa patronne avait pris la couleur du papier mâché : sur son bureau
se trouvait un service de presse de *People* qui venait d'arriver par
coursier, numéro qui, dans les vingt-quatre heures, serait dans tous
les kiosques à journaux d'Amérique.

Jenny se précipita jusqu'au bureau de Candice, osant à peine
regarder la couverture. Elle était sûre qu'on l'avait remplacée par
une autre... Candice avait redouté cela depuis le début. Elle avait
toujours dit que c'était trop beau pour être vrai. Mais non, il y avait
bien Daisy... Se rebeller, de toute évidence, était une façon d'inspirer
Danillo... Il avait réussi une merveilleuse photo. Sur le côté de la
couverture un bandeau rouge proclamait : PRINCESSE DAISY. SA VIE
N'EST PAS QUE DOUX PARFUM. L'ÉTRANGE ET SECRÈTE HISTOIRE DE LA FILLE
DE FRANCESCA VERNON ET DU PRINCE STACH VALENSKI. Les mains tremblantes, Jenny essayait de trouver la page où commençait l'article.

« Page 34 », fit Candice d'une voix blanche.

Jenny finit par repérer la double page où débutait le reportage.
Toute la page de droite était occupée par une énorme photo en noir
et blanc. Elle la contempla, lut la légende, puis regarda de nouveau
la photo. Rien ne comptait plus que cette page, cette photographie,
ces deux filles, deux filles aux cheveux blonds et aux yeux noirs, deux
filles avec le même visage, deux filles qui se tenaient par la taille,
deux filles souriantes d'environ vingt-trois ans, si semblables, *si
incroyablement semblables.* La légende disait : « La princesse
Valenski lors d'une récente visite à sa jumelle, Danielle, dans
l'institution pour enfants retardés où elle vit en secret depuis l'âge de
six ans. »

Les deux femmes restaient là, pétrifiées, à regarder, incapables
de parler, cherchant à comprendre quelque chose qui n'était pas
compréhensible.

Enfin, Candice dit d'une voix sans timbre : « Elle... elle est un
peu plus petite.

— Ses yeux... ce sont les mêmes... mais son regard est... vague,
non ? » balbutia Jenny. Elle n'arrivait à digérer le choc que détail
par détail.

« Et ses cheveux, ils ne descendent que jusqu'aux épaules et ils
ne sont pas aussi, pas aussi... clairs... mais ils sont plantés de la

même façon, exactement de la même façon. » On aurait dit que Candice parlait dans une autre pièce.

« Ses traits sont différents, non, pas différents, en fait, mais pas tout à fait aussi... nets, pas aussi fins. Elle a l'air plus jeune, fit Jenny d'un ton songeur. Mais c'est bien le même visage... Le visage de Daisy.

— Non ! dit Candice. Pas le *même*... tu ne la regarderais pas deux fois !

— Non, non... c'est vrai, acquiesça Jenny horrifiée. Mon Dieu, voyez cette autre photo », dit-elle en la désignant d'un doigt qui tremblait. C'était une reproduction de la couverture de *Life*, de vingt-cinq ans plus tôt : Stach et Francesca, avec le bébé qui riait sur le dos du poney Merlin. Elle lut tout haut la légende. « Personne ne savait, lorsque le prince et la princesse Valenski posaient pour *Life*, qu'ils avaient eu un autre enfant, un enfant qu'ils avaient caché aux yeux du monde. »

« Doux Jésus ! » murmura Jenny. Elles se mirent toutes deux à parcourir l'article en lisant, çà et là, une phrase à haute voix.

« Dans une interview exclusive accordée à *People* par le prince George Edward Woodhill Valenski, demi-frère de Daisy, notre reporter a appris l'existence de... une sœur... l'intelligence d'une enfant de quatre ans... Mon Dieu, Candice, *quatre ans !* »

Candice interrompit Jenny d'un ton ferme. « Tais-toi, Jenny... ça n'est pas tout. Ecoute ça, mais écoute : le prince Valenski est violemment hostile à la commercialisation du vieux nom de sa famille ; sa demi-sœur, en se prêtant au lancement d'une nouvelle ligne de produits de beauté, a commis là, estime-t-il, " une action d'une regrettable vulgarité ". Le salaud ! » Elle continua à lire d'une voix qui, peu à peu, se faisait plus forte. « " A mon avis, si Francesca Vernon n'avait pas abandonné mon père et enlevé les jumelles, elles auraient pu avoir une enfance normale, mais lorsque mon père récupéra les enfants, il était trop tard pour aider Danielle... " Le prince Valenski, de sept ans l'aîné de la princesse Daisy, est un conseiller financier fort respecté, plein d'amertume envers sa sœur qui a signé un contrat d'un million de dollars pour cette campagne de publicité. Il a dit : " Elle a hérité de dix millions de dollars qui lui ont filé entre les doigts parce qu'elle a été trop stupide pour demander conseil. Elle épuisera cet argent tout aussi vite. "

— Mon Dieu, soupira Jenny. C'est donc vrai !

— Attends ! Ecoute le pire : Daisy Valenski a été qualifiée d' " unique " par Patrick Shannon, le président parfois controversé de Supracorp... Mon Dieu, Jenny " *unique* "... qui joue des millions de dollars sur le fait que le visage et le nom de Daisy Valenski conféreront du prestige à la nouvelle ligne de... La dernière année fiscale d'Elstree s'est soldée par des pertes dépassant trente-huit millions de dollars... Une campagne sans précédent pour promouvoir un visage tout neuf dans l'industrie du cosmétique... Ça suffit, je ne peux pas lire un mot de plus. » Candice se laissa tomber sur son fauteuil. « Appelle-moi M. Bijur, Jenny, et dis-lui qu'il faut que je le voie tout de suite. »

Malgré la fébrilité de Candice, Jenny et elle restèrent plantées encore une minute à regarder la photo de Daisy et de Danielle. Elles n'arrivaient pas à détourner les yeux de l'image obsédante des jumelles. Elles ne pouvaient s'empêcher de comparer les différences légères, mais essentielles, de leurs deux visages, qui conféraient à l'une une glorieuse beauté en laissant l'autre inachevée, sans intérêt, avec un petit sourire muet et une lueur pitoyable au fond de ses grands yeux noirs.

« *Unique,* murmura Candice. Mon Dieu !... c'est foutu... d'ici à demain cette photo aura été diffusée dans le monde entier.

— Croyez-vous que les gens de *People* connaissaient cette histoire lorsqu'ils ont décidé de faire leur couverture sur Daisy ? demanda Jenny.

— Pas question ! Ils ont une façon bien à eux de traiter l'information, mais ça n'est jamais aussi terrible que ça. On sent à la façon dont le texte est écrit qu'il a dû être rédigé à la dernière minute... c'est un article bâclé, pas du tout dans le style habituel de *People.*

— Mais alors comment cela a-t-il pu arriver ? interrogea Jenny.

— Dieu sait, et je m'en fous. Quand quelque chose d'aussi épouvantable arrive, peu m'importe le pourquoi. Passe-moi la secrétaire de Bijur.

— Je peux vous donner un conseil ? demanda Jenny.

— Quoi donc ?

— Arrangez-vous les yeux avant de le voir. Vous avez pleuré.

— Et alors ? Toi aussi. Bon, bon. »

Le matin où Candice et Jenny étaient plongées dans la lecture de *People,* Daisy s'éveilla tard et songea à sa journée. Au déjeuner, elle devait être interviewée par Jerry Tallmer, du *New York Post,* pour un grand article. A deux heures et demie, elle avait une autre interview avec Phyllis Battelle pour une chaîne de journaux de province et, à cinq heures, rendez-vous pour un verre et une interview avec le reporter d'une agence de presse. Elle imaginait Candice l'accompagnant à tous ses rendez-vous, parvenant à disparaître un peu à l'arrière-plan tandis qu'elle répondrait aux questions, écoutant pourtant avec attention et intervenant parfois dans la conversation pour préciser une réponse ou suggérer un nouveau thème de discussion. Bien que cette jeune publicitaire décharnée et autoritaire n'eût que trois ans de plus que Daisy, elle réussissait à avoir un air vaguement maternel ; celui d'une mère de famille accomplie et sûre d'elle présentant sa fille aux dames qui dirigent le rallye des débutantes. Elle parvenait à souligner discrètement les qualités de Daisy d'une façon dont Daisy aurait été bien incapable.

Néanmoins, endurcie par les expériences d'une douzaine au moins d'interviews, Daisy se rendait compte que chaque journaliste, si aimable ou si charmant fût-il, cherchait la brèche, attendant qu'elle dise la chose qu'elle ne devrait pas dire, guettant avec une apparente innocence la remarque lancée en passant qui ferait sensation. La veille encore, l'un d'eux n'avait pas hésité à lui demander si elle aimait le nouveau parfum. Mon Dieu, croyait-il vraiment qu'elle allait dire non ? Mais tout cela faisait partie du travail du journaliste, elle le comprenait... et si elle avait dit non, elle aurait eu un article bien meilleur.

Elle passa avec soin une de ses toilettes nouvelles. C'était encore un aspect de son travail : chaque fois qu'elle était interviewée, on l'observait de près ; le moindre détail de ce qu'elle portait se retrouvait sur le carnet de notes du reporter. L'image, l'image absolument essentielle se créait au jour le jour, interview par interview, robe après robe, question par question. Peut-être, songea Daisy, finirait-elle par s'y habituer ; pour l'instant elle devait encore se rappeler le million de dollars attendu avant de pouvoir s'attaquer à sa métamorphose matinale. Mais cela faisait partie du métier et, mon Dieu, ce qui faisait partie du métier, elle le faisait. Le visage de Daisy s'éclaira lorsqu'elle se rendit compte qu'elle pourrait mettre de côté les nouvelles toilettes qu'on lui avait données et puis, dans trente ou quarante ans, les ressortir et les porter avec un réel plaisir. Elle serait la sexagénaire habillée de la façon la plus originale du monde.

Daisy regarda sa montre. Elle avait tout juste le temps de donner à manger à Thésée, de l'installer sur son coussin et de se précipiter jusqu'au café Borgia pour avaler un espresso avant de partir déjeuner. Il lui avait fallu une bonne heure pour s'habiller, se maquiller et se coiffer. Ces rites patients ne lui prenaient, naguère que sept minutes, sinon moins. « C'est bien plus long d'être une princesse », songea Daisy, empoignant au passage son courrier sans le regarder et sortant en courant.

Au café de Prince Street, elle trouva une table à la terrasse. Elle s'y installa pour profiter du soleil de septembre et humer l'odeur du pain frais venant de la boulangerie d'en face. Mais elle ne voulait rien manger maintenant. Elle avait appris qu'il était important qu'elle dévore de bon cœur au déjeuner, pendant qu'on l'interviewait : le fait d'avoir la bouche pleine lui donnait le temps de peser ses mots avant de parler. Elle termina son espresso et en commanda un autre. Une fois Kiki partie, il y avait très peu de courrier.

Pourquoi avait-elle emporté cette grande enveloppe jaune ? Elle allait devoir maintenant la trimbaler toute la journée. Elle y jeta un coup d'œil. Elle avait été apportée par coursier et le nom de la documentaliste de *People* était écrit à la main dans le coin à gauche. Consternée, elle se dit qu'elle croyait n'avoir à affronter cela que le lendemain. Sans doute était-ce une attention, mais un exemplaire en service de presse était la dernière chose dont elle ait pu avoir envie. Enfin, autant s'en débarrasser ! Elle ouvrit l'enveloppe et en tira le magazine. Un sourire de pur ravissement s'étala sur son visage lorsqu'elle vit la photo de couverture. Elle savait qu'elle avait eu raison d'ôter cet horrible maquillage. Lorsqu'elle lut le bandeau, son sourire se figea. L'ÉTRANGE ET SECRÈTE HISTOIRE... ? Elle feuilleta les pages, prise d'une brusque frayeur, le papier glacé fuyant sous ses doigts. Quel rédacteur avait pu transformer les interviews détaillées, approfondies mais résolument prudentes, qu'elle avait accordées à la documentaliste pour en faire une « étrange et secrète histoire » ? se demanda-t-elle tandis qu'un frisson de crainte commençait à la parcourir.

Elle tourna une autre page.

Elle eut l'impression que toute cette cruauté explosait dans son cœur. Elle poussa un cri et referma le magazine. Un serveur s'approcha et elle l'éloigna du geste, posant son sac à main sur l'exemplaire de *People.* Une violente douleur, comme si une aiguille à tricoter en acier lui avait été enfoncée dans le sein, lui fit porter les mains à la poitrine. Ce n'était pas possible de souffrir ainsi, longtemps, sinon elle allait suffoquer. Elle avait l'impression d'être déchirée, attaquée de tous côtés par le mal.

Le serveur revint, l'air soucieux. Encore une seconde et il allait se mettre à parler. Daisy se leva, serra contre elle son sac et son magazine et, d'un pas trébuchant, avec les mouvements prudents et maladroits d'une vieille femme, gagna une table à l'intérieur dans un coin du café désert où on ne pouvait pas la voir de la rue. Haletant sous les assauts de la douleur, ruisselante d'angoisse, elle se pencha sur la table, ouvrit le magazine et lut l'article en entier. Puis elle le relut. Elle ne versa pas une larme. Rien n'existait, sauf cet article et cette impression d'être écorchée, déchirée, arrachée. Le sol, à n'en pas douter, devait être couvert de son sang. Daisy replia le magazine et le fourra dans son sac. Elle serra ses bras autour d'elle et baissa la tête, essayant de se faire toute petite.

« Un autre espresso ? » demanda le garçon avec douceur.

Elle fit oui de la tête.

Elle but comme si le café pouvait lui sauver la vie. Lentement, son cerveau se remit à fonctionner. Le mal la tenaillait toujours, mais elle commença à réfléchir. Il fallait trouver de l'aide. Il n'y avait qu'une personne qui pouvait l'aider. Elle laissa un peu d'argent sur la table, sortit du café d'un pas vif et héla un taxi.

Dans le bureau de Patrick Shannon, trois personnes étaient assises, silencieuses : Shannon, Hilly Bijur et Candice Bloom. Seule Candice savait l'heure qu'il était, elle pensait à Jerry Tallmer et à Daisy qui l'attendaient au restaurant *Le Périgord*. Dieu merci, Tallmer était un homme doux et bienveillant et Dieu merci, Daisy savait où le retrouver. Elle ne leur manquerait pas.

Bijur fut le premier à rompre le silence. « Pat, ça n'est pas nécessairement un désastre. »

Shannon le regarda sans comprendre. Il lui fallait trouver Daisy avant qu'elle vît cela. « Où est Daisy ? demanda-t-il d'un ton pressant.

— Elle a un rendez-vous pour déjeuner... Ça va, fit Candice, rassurante.

— Pat, écoutez ! Enfin, bon sang, laissez-moi vous relire quelques passages », insista Hilly. Il reprit la seconde page de l'article. « La reine Anne, une institution bien connue pour enfants retardés, est considérée comme un des meilleurs établissements du genre. Les prix de pension sont élevés, puisqu'ils atteignent en moyenne vingt-trois mille dollars par an pour chaque enfant. Mme Joan Henderson, directrice de l'institution, a déclaré que quatre ans après la mort du prince Stach Valenski, en 1967, Daisy a assumé seule le fardeau financier de l'entretien de sa sœur... Ensuite, le journaliste cite cette Mme Henderson : " Ça n'a pas dû être facile pour elle, dit Mme Henderson, puisque nous avons dû parfois attendre ses chèques, mais ils ont toujours fini par arriver. Je ne crois pas qu'il se soit écoulé plus de quelques jours, chaque semaine, au cours de ces dix dernières années "... Vous entendez, Pat, *ces dix dernières années*... sans que Danielle ait reçu une lettre de sa sœur contenant un dessin ou une carte postale. La princesse lui rendait visite tous les dimanches quand elle vivait en Angleterre, et pourtant Danielle et elle n'avaient que six ans lorsqu'on les a séparées. *Six ans*... Pat, seulement six ans ! Et, écoutez, elle dit encore : " Les jumelles sont très proches malgré leur différence de quotient intellectuel. Danielle comprend assurément Daisy mieux qu'elle ne comprend aucun de ses professeurs... En fait, en une longue vie, j'ai rarement vu un dévouement comparable à celui de la princesse Daisy. " Fin de la citation. Et puis il y a la photo de Daisy en train de peindre un gosse sur un poney et, écoutez cette légende : " Les excellents portraits peints par Daisy payaient les frais de pension de sa jumelle et Daisy, pour sa part, habitait un appartement peu confortable et sans ascenseur à Soho, tout en travaillant à plein temps... "

— Sur la page suivante, juste sous la photo de Daisy en blouson de base-ball et bonnet de marin, il y a une citation de North. Laissez-moi lire celle-là, M. Bijur, s'empressa de dire Candice. Elle indique : " Le grand réalisateur de films publicitaires, Frederick Gordon North, dit qu'il a été très déçu quand la princesse Daisy a décidé de cesser de travailler pour lui. Elle était à n'en pas douter la productrice la plus créative et la plus travailleuse qu'un réalisateur puisse espérer avoir. Tous ceux qui ont un jour travaillé avec elle l'adoraient. Elle était très douée pour ce métier. Lorsqu'on lui a demandé s'il regrettait d'être privé de sa collaboration, M. North a répondu avec un sourire mélancolique qu'elle pourrait retrouver sa situation quand elle voudrait, qu'il lui souhaitait tout le bien du monde ".

— Monsieur Shannon, dit Candice, Daisy est une héroïne.

— C'est ce que je crois, absolument ! fit Hilly Bijur, très excité. Tenez, Pat, hier nous n'avions pour nous qu'un joli visage de plus et voilà qu'aujourd'hui nous avons une quasi-Jeanne d'Arc. Elle est foutue d'avoir le prix Albert Schweitzer... C'est ainsi qu'il faut voir les choses, bon sang !

— Mais, reprit Candice avec une sorte de timidité, comment croyez-vous que Daisy va réagir à ces révélations ? Puisqu'elle a gardé le secret si longtemps, elle ne voulait sûrement pas que ça se sache.

— Qu'est-ce que ça fout, ses réactions ! lança Hilly Bijur, qui bondissait presque de joie. C'est sans doute le plus formidable coup de publicité que personne ait jamais eu dans l'histoire du parfum. Merde alors, ça sera dans tous les journaux demain. Dites-moi un peu ma petite Candice, ce que Lauren Hutton, la petite Hemingway, Catherine Deneuve ou Candice Bergen ont fait dans le privé qui puisse être aussi fascinant ? Les magasins vont être pris d'assaut lorsqu'elle ira y présenter nos produits ! Chaque femme des Etats-Unis voudra voir Daisy de ses propres yeux. Elle peut passer à toutes les émissions de télé... Peut-être même avec Carson... Bien sûr, avec Carson aussi... »

Patrick Shannon se leva. « Foutez le camp de mon bureau, Hilly et ne revenez pas », lança-t-il au président d'Elstree, d'un ton vibrant de dégoût.

Shannon avait dit à ses trois secrétaires d'aller déjeuner et il était toujours assis, les coudes sur le bureau, se tenant la tête à deux mains, un exemplaire de *People* ouvert devant lui, quand Daisy ouvrit sans bruit la porte. Elle vit aussitôt ce qu'il regardait, bien que dès l'instant où il l'aperçut, il glissât le magazine dans un tiroir.

« Pas besoin de le cacher », dit Daisy d'une voix sans timbre, comme si elle présentait des excuses à quelqu'un dans un rêve.

Shannon se leva d'un bond et traversa la pièce à grands pas.

Ayant à peine franchi le seuil, elle s'était arrêtée, avec le visage d'une enfant punie et terrifiée. Il la prit dans ses bras. Elle était si froide, si horriblement glacée qu'il ne fit rien d'autre que d'essayer de la réchauffer, l'étreignant de toute sa force et toute sa chaleur, lui pétrissant le dos de ses grandes mains, blottissant contre sa poitrine la tête de la jeune femme en lui murmurant des mots doux comme ceux d'une mère. Lorsqu'il lui toucha les mains et qu'il sentit combien elles étaient gelées, il les prit pour les glisser sous sa veste afin de les réchauffer, Daisy se pressa contre lui comme s'il était le seul refuge qu'elle eût au monde. Petit à petit, elle sentit la douleur qui lui déchirait le cœur se faire moins aiguë, comme si elle se trouvait absorbée en lui, comme si la chaleur qui émanait de sa personne la faisait fondre. C'est alors qu'elle éclata en sanglots.

Au bout d'un long moment, ses longs sanglots s'apaisèrent et elle finit par chercher son mouchoir pour essayer de se sécher les joues.

« Candice m'a dit que tu avais un déjeuner, sinon je serais venu te trouver.

— Elle ne savait pas. On m'a envoyé un exemplaire en service de presse et je l'ai reçu ce matin.

— Daisy, viens t'asseoir. Là. » Il l'installa près de lui sur le canapé, passant un bras protecteur autour de ses épaules. Il trouva dans sa poche un autre mouchoir et lui essuya le visage avec douceur, puis il lui prit simplement les deux mains. Elle poussa un profond soupir et laissa reposer tout le poids de sa tête sur l'épaule de Pat. Ils restèrent assis là de longues minutes avant que Daisy rompît le silence.

« C'est Ram. » Elle avait dit cela d'un ton neutre et dépourvu de toute émotion.

« Ram ?

— Mon demi-frère. C'est la seule personne dont je ne t'ai jamais parlé.

— Je ne comprends pas. Pourquoi ne m'as-tu pas parlé de lui ? Pourquoi te détesterait-il à ce point ? Pourquoi t'a-t-il fait ça ?

— Il a dû aller lui-même à l'institution et emporter la photo, dit Daisy. Elle était sur le mur de la chambre de Dani. Et puis il leur a raconté ces horribles mensonges sur ma mère. Si c'est Ram qui les a racontés, ce sont des mensonges. Et je ne saurai jamais la vérité... Jamais, jamais, je ne la saurai... Tous ceux qui pourraient me renseigner sont morts. Même Annabel m'a dit que mon père ne voulait jamais en parler.

— Mais *pourquoi* ton frère voudrait-il te faire du mal ? insista Shannon. Quel mobile le pousserait ? Il dit que c'est prostituer votre nom... Mais ça, je n'y crois pas, ça ne tient pas debout, pas à notre époque. »

Daisy se dégagea avec douceur des bras de Shannon pour laisser un peu de canapé entre eux. Elle serra fort ses mains et le regarda droit dans les yeux.

« Quand j'étais petite fille, c'était la personne que j'aimais le plus après mon père. Et puis, quand mon père est mort et que j'avais quinze ans, il ne me restait que Ram. Cet été-là... cet été-là ! » Elle secoua la tête, agacée par sa lâcheté, puis poursuivit d'un ton résolu : « Il y a eu une semaine, cet été-là, après la mort de mon père, où nous avons été amants. La première fois, il m'a violée et il a dû me violer la dernière fois aussi. Mais les autres fois, je... je n'ai pas essayé assez fort de l'arrêter. Je l'ai laissé faire. Je ne l'ai pas dit à Annabel. J'avais tellement envie que quelqu'un m'aime... mais ça n'est pas une excuse.

— Fichtre non ! dit Shannon, prenant dans ses deux mains les doigts noués de Daisy et essayant de l'attirer vers lui.

— Non, laisse-moi te raconter le reste, fit Daisy, en se crispant. Depuis lors, depuis lors je l'ai toujours évité, j'ai refusé de répondre à ses lettres. Finalement, je ne voulais même plus les lire... C'est pour ça, je crois, que j'ai perdu tout mon argent. Bien sûr, il n'était pas question que je lui demande un sou. Mais, en fin de compte, quand Annabel est tombée malade, Ram savait que je ne pourrais plus me débrouiller toute seule. A Noël dernier, on m'a tendu un piège pour m'obliger à le revoir. Il m'a dit qu'il s'occuperait de tout le monde, d'Annabel et de Danielle aussi... Tout ce qu'il demandait en échange, c'était que je revienne m'installer en Angleterre. Mais je connais Ram et j'en savais assez pour avoir peur. C'est pour ça que j'ai accepté ton offre, pour être à l'abri de lui. Cette... Cette histoire... C'est sa façon de se venger. Il ne me déteste pas, Pat, il m'aime à sa façon, il me désire comme autrefois, il n'a jamais cessé de me désirer.

— Daisy, c'est un monstre, un fou ! Ça s'est passé quand tu avais *quinze ans ?* »

Daisy acquiesça.

« Tu n'en as pas parlé ? Personne ne pouvait *faire* quelque chose ?

— J'ai fini par le raconter à Annabel, quand tout était fini, et elle a trouvé un moyen de m'envoyer loin de lui. Et maintenant tu sais. Tu es le seul. Je ne l'ai jamais dit à personne d'autre, pas même à Kiki. J'avais trop honte.

— Je vais le tuer, fit Shannon d'un ton tranquille.

— Mais cela ne servirait à rien, protesta Daisy. Le mal est fait. » Elle chercha dans son sac l'exemplaire de *People* et l'ouvrit à la page de la photo qui la représentait avec Danielle. « Je me demande si Dani s'est aperçue de la disparition de cette photo ? C'était sa préférée, parce que c'était celle où nous nous ressemblions le plus, dit Daisy avec consternation. Elle n'a probablement pas remarqué. Oh, j'espère que non. »

Shannon prit le magazine et le mit derrière lui. « Daisy, n'y pense plus.

— N'y pense plus ! Mais tu es fou ! Mon Dieu, c'est *tout* qu'ils vont vouloir savoir maintenant. Je sais comment ils vont s'y prendre, toujours avec tact : " Que pensez-vous de cet article dans *People*, parlez-nous davantage de votre sœur, comment est-elle ? Qu'est-ce que vous trouvez à vous dire toutes les deux ? Quelle impression cela fait-il d'avoir une jumelle identique qui ne peut pas, qui ne peut pas ?... " Oh ! ils trouveront le moyen de poser des questions, ils arriveront à m'accuser d'avoir tenu son existence secrète parce que j'avais honte d'elle, alors qu'il ne s'agit en rien de ça... Et puis, Pat, je ne sais plus. Mon Dieu ! Pat, ces questions... J'ai l'impression qu'on me laboure le visage, l'impression d'être nue devant tout le monde. Tu ne les entends pas toi aussi ? Tu ne crois pas qu'ils vont faire semblant de rien savoir, non ?

— Peu importe ce que les gens aimeraient te demander, dit Shannon. Rien ne pourrait me décider à t'exposer à une plus grande publicité. Candice va annuler toutes tes interviews et toutes tes prestations dans les magasins. Tu n'auras plus jamais affaire à un journaliste.

— Mais le lancement, toute la campagne ? Pat, tu ne peux pas faire ça.

— Ne t'occupe pas des détails. Tout va se passer comme prévu, sauf ta participation personnelle. Laisse-moi régler ça.

— Pat, Pat, pourquoi fais-tu cela ? Je suis dans la publicité depuis trop longtemps pour ne pas savoir. Tu ne peux pas me raconter d'histoires.

— Daisy, tu sais réaliser des films publicitaires, mais tu ne connais pas l'entreprise Supracorp. » Il la reprit dans ses bras et l'embrassa sur les lèvres. « Moi je connais, et je te dis que tu ne feras pas cette campagne.

— Pourquoi es-tu si bon avec moi ? demanda-t-elle, tandis que le soulagement commençait à l'envahir.

— Est-ce qu'une seule raison te suffirait ? » Il l'embrassa encore et elle acquiesça de la tête. « Je t'aime, je suis amoureux de toi, je t'aime absolument et totalement. Cela fait trois raisons, et je pourrais continuer encore et encore... Mais ce serait toujours des variations sur le même thème. Je t'aime. Je crois que j'ai oublié de te le dire à *La Marée*. C'était un sérieux oubli et je vais consacrer beaucoup de temps à le rattraper. » Il brûlait d'envie de lui demander si elle l'aimait, mais il ne trouvait pas cela juste. Elle était trop blessée, trop à vif, trop déchirée encore. Par reconnaissance, elle dirait oui et, si elle ne l'aimait pas vraiment, elle ne le lui avouerait jamais Pour lui, son amour était comme un tatouage, indélébile. Il pouvait attendre.

« Un vrai carnage, dit Luke en s'effondrant dans un fauteuil. Et ça ne fait que commencer. » Kiki lui tendit le cocktail qu'elle venait de préparer et l'observa comme une mère louve pour s'assurer qu'il buvait jusqu'au bout cette potion médicinale. C'était ça, le rôle de la femme !

« J'ai appelé Daisy, dit-elle, lorsqu'il eut vidé son verre. Elle savait déjà, elle avait vu l'article. Je déjeune avec elle demain.

— Seigneur ! Dans quel état est-elle ?

— Bizarre, elle n'a pas voulu que je vienne la voir ce soir. Elle m'a paru étrange, lointaine, détachée, horriblement lasse.

— On devrait peut-être y aller tous les deux quand même.

— Non, je suis persuadée qu'elle a envie d'être seule. Elle ne voulait simplement plus en parler.

— Ça fait six heures que j'en parle... J'ai une vague idée de ce qu'elle doit éprouver. Pourrais-tu me donner encore de ce merveilleux Martini, mon ange ? Sais-tu que, selon une théorie, ça ne fait pas de mal d'ajouter une petite goutte de vermouth ?

— Oh ! » Le père de Kiki, en guise d'ultime conseil paternel, lui avait confié que le secret d'un Martini dry était simplement de verser du gin pur d'excellente qualité. « Dis-moi ce qui s'est passé, demanda Kiki.

— Quand je suis rentré du déjeuner, il y avait un message me demandant de passer tout de suite à Supracorp. Hilly Bijur était là, dans le bureau de Shannon, et puis Candice Bloom et son assistante, et puis une douzaine d'autres gens d'Elstree. Shannon nous a expliqué à tous que, désormais, il fallait laisser Daisy absolument tranquille, que personne ne devait la déranger. Et puis, il a tout bonnement lâché la bombe : pas de ligne Princesse Daisy, pas de lancement, pas de films publicitaires, rien de rien. Fini ! Terminé ! Comme si rien n'avait jamais existé. Tout... Tout le bordel.

— *Mais pourquoi ?* s'écria Kiki, stupéfaite. Bon sang, ils ne peuvent pas continuer sans avoir Daisy en chair et en os ?

— Il a raison, Kiki. Le lancement ne se ferait pas, les magasins ne feraient pas la promotion prévue ; il y a une demi-douzaine d'autres parfums qu'on lance ce mois-ci et qui, de toute façon, étaient de redoutables concurrents. Sans Daisy, nous n'avons que quelques placards publicitaires ; quelques films que nous pourrions maintenir un certain temps, mais après... rien. Zéro. Tu comprends, tout est fondé sur *elle*, sur Daisy, sur son nom, sur son visage et surtout sur sa personnalité. Si Revlon perdait la fille de " Charlie ", ils pourraient la remplacer parce que le parfum ne porte pas son nom et que la plupart des gens ne savent même pas qui elle est...

c'est une cover-girl comme les autres. Si Lauren Hutton perdait toutes ses dents de devant, au lieu d'avoir ce célèbre petit écart entre les deux incisives, Revlon trouverait une autre fille ou l'enverrait chez le dentiste. Avec Estée Lauder, ce n'est pas tant Karen Graham qui est l'image de marque que les fantastiques photos de Skrebenski... Mais avec Daisy, nous n'avions que le côté romanesque de Daisy elle-même sur quoi nous appuyer. Non, mon chou, Shannon sait que le moment est venu de limiter ses pertes. Malgré tout ce que Supracorp a dépensé à ce jour sur la ligne Princesse Daisy — quelque chose comme quarante millions de dollars — il vaut mieux les perdre que de déverser encore des millions pour qu'ils soient fichus eux aussi. Nous avons passé tout l'après-midi à annuler ce qui pouvait encore être annulé. L'argent de toute façon ne représente pas la plus grosse perte... Pas pour Shannon.

— Je pense que c'est une veine que Supracorp soit une aussi grosse affaire, dit Kiki, avançant à pas prudents.

— Aucune affaire n'est assez solide pour pouvoir négliger ce genre de catastrophe. Pas quand il y a des actionnaires ! Shannon va se trouver dans la merde. Il aurait fort bien pu obliger Daisy à respecter son contrat. Mais c'est lui qui a décidé de tout arrêter. Ne t'inquiète pas pour Daisy... D'après son contrat, elle continuera d'être payée. Fais-toi du souci pour Shannon. Oh ! mon chou, fais-toi du souci pour les deux.

— Mais je m'en fais ! murmura Kiki.

— Eh ! oui. Veux-tu que je te console ou veux-tu me consoler, puisque Daisy ne veut pas nous laisser la consoler ? »

Kiki s'assit sur les genoux de Luke, en se frottant le nez contre sa barbe. « Ça me paraît être blanc bonnet et bonnet blanc.

— Essayons quand même. En général il y a toujours une part de vérité dans les vieux dictons. »

26

*L*e lendemain matin, peu après l'apparition de *People* dans les kiosques, Joseph Willowby et Reginald Stein, deux gros actionnaires de Supracorp et deux des neuf membres du conseil d'administration, téléphonèrent à la secrétaire de Patrick pour lui demander un rendez-vous urgent. Dix minutes plus tard, ils étaient là, rouges de colère et de triomphe Shannon leur avait enfin fourni les armes qu'ils attendaient.

« Qu'est-ce que vous comptez faire à propos de ces saletés ? tonna Willowby en brandissant un exemplaire de *People*.

— Je vous ai prévenu il y a un an que la meilleure chose à faire avec Elstree était de vendre. Mais non, comme d'habitude, Patrick Shannon a eu un de ses éclairs de génie et il a fallu en faire à sa tête, dit Reginald Stein d'un ton de satisfaction vengeresse.

— Asseyez-vous, messieurs. Je vais vous dire ce que je compte faire », enchaîna Shannon avec entrain.

Ils s'assirent et il leur expliqua. Lorsqu'il eut terminé, Willowby constata avec fureur : « Autrement dit, Elstree est en perte pour la troisième année de suite ? Et vous appelez ça mener une affaire ? Nous aurons perdu près de cent millions de dollars sur votre petit département préféré : le joujou de Shannon. Vous vous rendez compte, bien sûr, de l'impact sur les bénéfices du groupe ? »

Shannon acquiesça calmement de la tête. Inutile d'interrompre Willowby. En outre, ce qu'il disait était exact.

« Pour ne rien dire de nos actions, renchérit Stein avec amertume. Elles ont monté en prévision du nouveau plan d'activité et du coûteux théâtre que vous avez monté, mais lorsque la Bourse va fermer, aujourd'hui, je ne veux même pas penser jusqu'où elles seront tombées. Et lorsqu'on apprendra que nous arrêtons toute l'opération Princesse Daisy... Merde, Shannon, voudriez-vous parier le nombre de points que va perdre Supracorp ? Hein ? Combien de points à votre avis, Shannon ? rugit-il.

— Je ne sais pas, Reg, mais ce n'est pas quelque chose que je sois disposé à négocier avec vous. Je vous ai dit ce que je compte faire. J'ai pris ma décision et je m'y tiens.

— Ne comptez pas là-dessus, c'est trop facile ! cria Willowby. Je vais réclamer une réunion spéciale du conseil, Shannon, et vous faire foutre à la porte de Supracorp, même si c'est la dernière chose que je fais. J'en ai assez de votre prétendue indépendance, de vos grandes idées et de votre intuition. Nous allons mettre ici quelqu'un qui ne gaspille pas des millions de dollars sur un caprice. Si vous n'aviez pas libéré la petite Valenski de son contrat, nous aurions sans doute pu sauver ce gâchis... En partie, en tout cas. C'est votre faute et je vais vous rendre responsable. Vous avez pris une décision arbitraire de trop, Shannon !

— Convoquez une réunion du conseil, je vous en prie, fit Shannon. Je suis tout à fait disposé à y participer quand vous voudrez. Mais pour l'instant, messieurs, si vous voulez bien m'excuser... Nous avons sept autres départements et j'ai pas mal de problèmes à régler. »

Lorsque les deux hommes, furibonds, eurent quitté son bureau, Patrick Shannon resta quelques minutes songeur. Plusieurs autres membres du conseil partageaient les idées de Joe et de Reg : prudence et conservatisme. Au cours des quelques grisantes années où, comme président de Supracorp, il avait sans cesse eu des problèmes avec ce petit groupe, ils ne le connaissaient pas assez pour être toujours convaincus mais, aussi longtemps qu'il leur faisait gagner de l'argent, ils l'avaient supporté, même s'ils ne l'aimaient pas beaucoup. Supracorp avait les reins assez solides pour résister à la longue, au problème Elstree, ils le savaient aussi bien que lui ; mais c'était une occasion magnifique offerte à Joe, à Reg et à leur petite bande, pour se débarrasser de lui ; sans doute n'en auraient-ils jamais de meilleure à l'avenir. La veille, lorsqu'il avait pris la décision de protéger Daisy de toute la publicité qui aurait entouré le lancement, il n'avait pas réagi en homme d'affaires. Sur le plan des affaires, cela ne se justifiait pas, Shannon se l'avouait. Il avait encaissé des pertes auparavant, mais jamais pour des raisons dépendantes de sa volonté. Il avait déjà risqué l'échec, mais jamais, absolument jamais pour quelqu'un d'autre. Pourtant, il n'allait pas faire d'affaires aux dépens de Daisy, pas tant que lui déciderait. Et s'il ne décidait plus, il ne voulait plus de son poste. Une vraie chance, puisqu'il était fort possible que Shannon se trouvât mis en minorité !

« Bah... On verra bien ! » dit Shannon en souriant, et il se remit au travail.

Au studio de North, l'exemplaire de *People* avait toute la matinée passé de main en main. On tournait un film publicitaire pour une marque de cacahuètes ; il avait fallu faire cinquante-quatre prises consécutives d'une vedette de rugby croquant deux cacahuètes et débitant quatre lignes sur les mérites de « la saveur des cacahuètes fraîchement grillées ». Le sportif devait, en même temps ouvrir une boîte neuve et la brandir devant la caméra. Ce triomphe de la coordination des gestes avait empêché les gens d'échanger leurs réactions jusqu'à la pause du déjeuner. Wingo, Arnie Green,

Nick le Grec et North finirent par avoir l'occasion de se retrouver pour croquer un sandwich dans le bureau de North, la porte bien fermée derrière eux.

« Je n'aurais jamais dû la mettre dans ce merdier, dit Nick, l'air consterné. C'est entièrement ma faute.

— C'est bien de toi, fit Wingo, exaspéré. Tu t'attribuerais le mérite de tout, y compris les pogroms, les inondations et les élections truquées. »

Nick tripotait avec tristesse son couteau à cran d'arrêt. « Sois juste, Wingo, tout a commencé avec ses cheveux, et ça, c'était ma faute. Dis donc, tu te rappelles comme elle était mignonne et comme elle était furieuse le jour où on a essayé de l'embringuer dans la nouvelle société de production ?

— Nick, siffla Wingo, tu pourrais nous épargner tes souvenirs ?

— De quoi parles-tu, Nick ? demanda North, brusquement intéressé.

— Oh, et puis merde, je m'en fous pas mal que tu le saches, fit Nick. Wingo et moi envisagions de nous installer à notre compte si nous pouvions avoir Daisy comme productrice, mais elle nous a sévèrement remis à notre place : la loyauté, ce qu'on te devait et toutes ces foutaises. Dommage que tu ne l'aies pas entendue !

— Je n'ai pas envie d'être toute ma vie un opérateur, North, expliqua Wingo sur la défensive. Je peux être réalisateur... même si Daisy ne le croyait pas.

— Ça s'est passé il y a combien de temps ? interrogea North.

— Peut-être un an, peut-être plus, et elle n'avait rien de mignon ce jour-là, répondit Wingo. Je ne l'ai jamais vue aussi en colère, c'était pire que le jour où les gens du Cinémobile se sont paumés dans l'Arizona et où on a passé toute la journée assis à rôtir sous une tente comme des connards de bédouins.

— Oh ! fit Nick, je crois qu'elle était encore plus en colère le jour où ce singe qu'elle avait repéré à Mexico a emporté dans sa grotte une valise avec laquelle il s'est mis à jouer pendant six heures, alors qu'il devait essayer de la démolir pour qu'on puisse montrer combien c'étaient des bagages résistants. Tu te rappelles ce qu'elle a dit pour essayer de le faire sortir ?

— Aucun de vous n'a jamais entendu Daisy vraiment énervée, dit Arnie, consterné. Parce que vous n'étiez pas là le jour où elle s'est aperçue que le traiteur nous avait compté dix livres de saumon fumé pour le tournage d'un film sur les conserves Mayer et nous ne nous servions que des produits du client. Ce jour-là, elle était folle de rage ! Jamais on ne retrouvera une productrice comme elle.

— Ecoutez, pourquoi ne foutez-vous pas le camp de mon bureau ? lança North. Si j'ai envie d'assister à une veillée funèbre, je

444

connais une ou deux boîtes de pompes funèbres irlandaises... Au moins, la pureté ethnique ne serait pas discutable.

— Ça va, North, fit Wingo. Tu es plus embêté qu'aucun d'entre nous. Tu crois que tu peux nous la faire ? » North le regarda et se tut.

« Je n'ai jamais compris pourquoi elle travaillait aussi dur, dit Arnie, ne pouvant s'empêcher de regarder encore le reportage de *People*. Pas étonnant qu'elle n'ait pas eu l'air d'avoir beaucoup de vie privée ! La pauvre gosse.

— Ecoutez, dit North, je veux qu'on cesse de parler de ça, de façon permanente et définitive. Aucun de nous ne connaissait vraiment Daisy et aucun de nous ne la comprend vraiment maintenant, même avec cet article de magazine, alors voulez-vous tous la boucler et vous remettre au travail ? Et ce n'est pas simplement un conseil. »

Il regarda les trois hommes sortir en file indienne de son bureau et ferma la porte à clé derrière eux. Avec un calme méthodique et systématique, il entreprit alors de démolir un zoom Cooke tout neuf, un petit accessoire de vingt-cinq mille dollars qui venait d'arriver d'Angleterre. Il ne connaissait pas d'autre façon de se lamenter, il ne savait même pas qu'il avait de la peine et il n'était certainement pas près d'avouer pour qui il en avait, mais plus jamais de sa vie Frederick Gordon North n'irait à Venise.

Vanessa Valarian appela Robin au magasin dès l'instant où elle eut refermé *People*.

« Envoie quelqu'un t'en acheter un exemplaire et je te retrouve dans une demi-heure pour déjeuner. Je ne peux pas attendre ce soir pour en parler. Oh, Robin, chéri, j'en ai des frissons ! »

A peine installés sur leur banquette de bistro à la *Côte basque*, sans autre préambule, Vanessa regarda Robin droit dans les yeux. « Maintenant, écoute bien, mon chou, la chose à ne pas oublier, c'est que nous la connaissions *alors*. Nous avons été ses tout premiers amis, ses premiers protecteurs, les premiers à lui tendre la main sans rien savoir, ni comment ni pourquoi elle luttait, cette brave et merveilleuse petite chérie.

— Nous l'avons aidée, les premiers, avant tout le monde, répéta Robin.

— Parce que, poursuivit Vanessa, sans l'écouter, nous avons senti chez elle une âme rare, une noblesse d'esprit que les autres n'avaient pas remarquée. Et nous avons toujours su qu'il y avait quelque chose de merveilleux chez elle : sa sensibilité, Robin, sa délicieuse répugnance à accepter cadeaux ou invitations parce qu'elle ne pouvait pas les rendre... *Comme si ça comptait pour nous !*.. Mais, Dieu merci, nous avons pu l'aider en lui trouvant des

445

commandes, en lui donnant des robes... Je ne sais pas si elle aurait pu s'en tirer sans nous.

— Ce n'aurait pas été possible, chérie, lui assura Robin. Je suis sûr que tous ceux qui nous connaissent s'en rendront compte.

— Je suis si impatiente d'aller à la soirée du Palais d'Hiver... Elle va être si heureuse de voir quelques visages familiers dans cette cohue... Je me sens si protectrice envers elle, Robin. Presque maternelle. Et dire que maintenant je vais pouvoir raconter à tout le monde ce qui s'est vraiment passé sur le yacht... à tous ces gens qui m'ont harcelée de leurs horribles questions... et de leurs sales insinuations. Je vais être enfin libre de révéler la vérité sans trahir Daisy.

— Qu'est-ce qui s'est vraiment passé, Vanessa ?

— Peu importe les détails, très cher. Je trouverai bien quelque chose. »

C'était un matin triste et pluvieux à Woodhill Manor, vilain temps pour le début de septembre, qui d'ordinaire était beau en Angleterre. Ram, en train de prendre son petit déjeuner, n'arrivait à penser qu'à une chose : compte tenu du décalage horaire, le numéro de *People* avec Daisy en couverture serait dans les kiosques américains lorsque lui déjeunerait, ce même jour. Il contemplait avec un total manque d'intérêt les superbes œufs à la coquille bien brune, qui avaient cuit très précisément trois minutes et demie, et qui étaient posés devant lui sur la table. Il sonna le valet de chambre.

« Pourquoi n'y a-t-il pas de confiture de groseille, Thompson ?

— Je vais demander, monsieur. » Il revint quelques secondes plus tard. « L'épicier avait promis d'en livrer hier, mais il n'a pas pu parce que sa camionnette était tombée en panne. La cuisinière est navrée, monsieur.

— Tant pis, Thompson. Aucune importance. » Assis immobile dans la salle à manger de sa belle demeure, une des plus paisibles dans la luxuriante douceur du Devon, Ram se demandait combien de gens de la ville voisine finiraient par lire ce numéro du magazine. Bien sûr, on le trouvait sans mal à Londres, avec à peine un jour de décalage. Et à Paris, à Rome, à Madrid... En une semaine, il serait partout. Laissant son petit déjeuner sans y avoir touché, Ram se leva et sonna de nouveau. « Je sors, Thompson. Dites à la cuisinière de s'assurer que l'épicier livre bien aujourd'hui. S'il ne peut pas, allez en ville et rapportez la commande vous-même. »

Ram s'en alla, son fusil sous le bras, parcourant les hectares amassés par ses ancêtres, ouvrant des clôtures et traversant des prés. Il pensait sans cesse aux photos et à l'interview qu'il avait donnée au correspondant de *People*. Ça allait être une histoire énorme, qui la détruirait. Elle ne s'en remettrait jamais. Il en était sûr.

Alors, on allait utiliser sa photo en couverture ? Vraiment ? Ram contemplait les champs détrempés, imaginant le visage de Daisy, l'imaginant fracassée, broyée, cassée, lacérée, le sang giclant de ses narines, de ses oreilles, de ses yeux. De temps en temps, il arrivait à se consoler avec ces images, et puis il la revoyait encore et encore comme le soir du 14-Juillet, il la revoyait danser dans sa robe de dentelle blanche, volant gaiement de bras en bras, ardente et innocente, les yeux pétillant de la joie de la découverte, les cheveux au vent, emmêlés... et riant, riant, dansant... dansant avec tout le monde sauf avec lui... Cette nuit où il avait fini par comprendre que, si elle n'était pas à lui, il en mourrait.

Il ne rentra pas pour déjeuner en ce jour de pluie, pas plus qu'il ne revint pour le thé. Mᵐᵉ Gibbons, la gouvernante, commença à s'inquiéter de son maître qui était si merveilleusement ponctuel dans ses habitudes.

« Il y a tellement de vent dehors, se plaignit-elle à Sally, la femme de chambre, ce n'est pas un jour pour s'en aller tirer. Il n'y a pas un oiseau dehors. C'est ce que j'ai pensé quand je l'ai vu quitter la maison, mais bien sûr ça n'était pas à moi de dire quoi que ce soit.

— Les messieurs ont besoin de se dépenser, répondit la femme de chambre avec philosophie.

— C'est un temps à attraper une pneumonie, voilà ce que c'est, et dire que la cuisinière avait un si beau steak pour son déjeuner ! marmonna Mᵐᵉ Gibbons.

— On frappe à la porte de l'office, annonça Sally à la gouvernante qui, durant les longues années au service de la famille Woodhill, était devenue de plus en plus sourde. J'y vais.

— Je ne sais pas qui c'est, mais qu'il s'essuie les pieds avant d'entrer dans la cuisine. »

Les hurlements de la femme de chambre arrivèrent à percer la surdité de Mᵐᵉ Gibbons. Ils atteignirent le plus lointain recoin de Woodhill Manor, jusque dans l'aile construite sous le règne d'Elizabeth Iʳᵉ, dans l'aile ajoutée au temps de la reine Anne, et dans l'aile qui datait de l'époque édouardienne. Pendant plusieurs minutes, chaque pièce de la vénérable demeure retentit des hurlements de la femme qui avait ouvert la porte aux fermiers portant le corps de Ram : un coup de feu lui avait arraché la moitié de la tête, mais il n'y avait pas trace de sang, la pluie, en tombant sur son cadavre, l'avait si bien lavé qu'on pouvait voir, à nu, la moitié du cerveau qui restait.

Ce soir-là, alors qu'elles étaient assises toutes les deux devant un verre de cognac, après que les hommes des pompes funèbres eurent fini par emporter le corps, Sally, les yeux rouges, dit hébétée : « Pourquoi les messieurs ne font-ils pas plus attention, madame

Gibbons ? Je n aime jamais ça, je ne suis jamais rassurée quand je vois quelqu'un s'en aller avec un fusil chargé, non, jamais, même si c'est un bon tireur. Je n'aime pas la chasse. Pauvre prince Valenski !

— Il y aura un autre Woodhill pour le remplacer dès que les hommes de loi auront fini leur travail, Sally. Je me demande qui ce sera, dit Mme Gibbons pour la réconforter. On verra bien... »

Personne n'avait étudié la photo de Daisy en couverture avec plus d'attention que l'Honorable Sarah Fane. Personne n'avait lu l'article plus attentivement, apprenant presque chaque mot par cœur, que l'Honorable Sarah Fane.

Elle approcha le magazine de son miroir et se compara à la photo de couverture : une expression de plaisir et, enfin, de satisfaction s'épanouit sur ses traits, sur ce visage au teint de rose que les Anglaises ont mis des siècles à acquérir.

« Elle est très bien, vraiment très bien... si on aime ce genre-là », songea Sarah Fane. En fait, on ne pouvait guère demander plus ravissant. On pouvait considérer que c'était un compliment, un compliment plutôt bizarre... et dont elle ne pourrait jamais parler... qu'elle n'oublierait jamais... mais, quand même... oui, assurément, c'était un compliment.

Elle jeta le magazine dans une corbeille à papier et continua à s'habiller. Elle s'attarda un moment, admirant sa bague de fiançailles avec un diamant de trente-deux carats, beaucoup trop gros pour être vulgaire, songeant à la vie merveilleuse qui l'attendait comme future épouse du plus riche pétrolier de Houston. Il était riche au-delà du concevable. Rien au monde ne serait plus hors d'atteinte. La famille de sa mère à lui venait de Springfield, dans l'Illinois, et comptait deux vice-présidents des Etats-Unis, un sénateur connu et un signataire de la Déclaration d'Indépendance. Comme arrière-grand-père paternel, il avait eu un de ces industriels sans scrupule du XIXe siècle ; un tel arbre généalogique valait, en Amérique, à peu près le Gotha. Sarah Fane s'était toujours juré que tout valait mieux que d'être une jeune débutante non mariée, mais on ne pouvait nier — elle devait bien se l'avouer — qu'elle avait mal conduit son année. Quand même, elle en avait tiré le maximum avant la fin. La vie à Houston où, de toute évidence, elle régnerait en véritable reine, était d'après ce qu'on disait tout à fait civilisée. Ils voyageraient beaucoup. Et son mari l'adorait, se rappela-t-elle. Son adoration était si palpable qu'elle en sentait le parfum dans ses cheveux, qu'elle la voyait tourbillonner autour d'elle comme la fumée de l'encens autour d'une idole. Son adoration lui renvoyait une image d'elle-même qu'elle ne pouvait souhaiter plus parfaite. Et quoi que l'avenir lui réservât, pour un premier mari, il était exceptionnellement bien.

Daisy dormit du profond sommeil de l'épuisement nerveux. Elle s'éveilla de bonne heure le lendemain matin, pleine d'une joie profonde. Elle ne gardait aucun souvenir de ses rêves, à part un fragment, une image lumineuse : elle courait, ravie, dans une vaste prairie pleine de fleurs, la main dans la main avec Danielle, qui gambadait d'un pas aussi léger et aussi rapide qu'elle. Daisy était là, baignant dans un bonheur total. Etait-ce jamais arrivé ? Avaient-elles jamais couru toutes les deux ensemble ? Quel âge pouvaient-elles bien avoir ? Elle ne gardait aucun souvenir de ce genre, mais elle sentait, au fond d'elle-même, qu'il avait dû y avoir une scène de ce genre et, de toute façon, si ce n'était jamais arrivé, le rêve avait pris une telle réalité qu'il était devenu plus vrai que la vie : elle avait désormais, pour souvenir, une sensation de course dans la lumière, de bonheur partagé avec Danielle... et d'égalité.

Lorsque le téléphone se mit à sonner, Daisy se rendit compte qu'elle devait sortir en hâte. Elle passa rapidement un jean, des sandales et un léger chandail de coton bleu marine à col roulé. Elle ramena ses cheveux bien serrés autour de la tête et les assura d'une main ferme et impatiente. Puis elle s'enveloppa dans un grand foulard rouge et bleu ; pas une mèche ne dépassait. Elle prit la plus grosse paire de lunettes de soleil qu'elle possédait et lorsque, après les avoir mises, elle se regarda dans la glace, elle eut la certitude que personne ne la reconnaîtrait. Il était à peine neuf heures et le téléphone sonna encore huit ou neuf fois, puis s'arrêta, puis recommença.

Daisy prit Thésée en laisse et sortit en hâte, pour fuir le téléphone, pour fuir tout contact avec ceux qui essayaient de la joindre. En taxi, elle remonta la circulation de Park Avenue, puis continua vers l'ouest, traversant le parc par la Soixante-douzième Rue. Lorsque le chauffeur arriva au Sheep Meadow, elle descendit, régla la course et laissa Thésée courir. Autour d'elle, c'était un tourbillon de gens qui promenaient leurs chiens, d'enfants qui jouaient à lancer leur soucoupe volante, de perpétuelles parties de volley-ball, de jeunes couples qui se bécotaient au soleil matinal, installés là, sous des couvertures, comme s'ils y avaient passé toute la nuit. Daisy s'assit en tailleur sur l'herbe et contempla les tours de la ville qui l'entouraient.

Au bout de quelques minutes, Daisy perçut une sensation qui montait en vagues, de la pointe des pieds jusqu'à la racine des cheveux, une sensation qu'elle ne connaissait pas et qu'elle n'arrivait pas à identifier bien qu'elle sût que c'était important. Elle essaya d'en saisir l'essence, mais ce n'est que lorsqu'elle vit Thésée courir et gambader, d'un bout à l'autre du vaste champ avec l'énergie bondissante d'un chien généralement tenu en laisse, qu'elle commença à comprendre. *Elle se sentait libre.* Elle avait l'impression qu'un grand amas de débris de son passé avait été balayé, de débris pris dans la boue et la fange comme les objets rapportés par un plongeur sous-marin, de débris qui l'avaient étouffée jusque-là. Toute cette lourde charge avait pris tant de son énergie ! Elle avait dû démanteler son passé avant de pouvoir plonger dans le futur. Et voilà que, d'un seul coup, Ram l'avait libérée de tous ses liens ; si brutalement que ce fût, il l'avait libérée de toute une vie passée ligotée et bâillonnée par des tabous, des craintes et des secrets absurdes. On l'avait entraînée hors du labyrinthe, elle se retrouvait à l'air libre, grâce à un acte conçu pour l'anéantir. Elle revit Ram allongé dans son transat, à *La Marée* ; il lui faisait signe et, cette fois, elle commençait à lui pardonner. En lui pardonnant, elle commençait un peu à l'oublier.

Un petit garçon tout crotté vint trébucher sur les jambes de Daisy et tomba en pleurant sur ses genoux. Elle le réconforta en attendant que sa mère arrive pour le recueillir.

A Londres, elle avait demandé à Shannon comment elle pourrait se débarrasser des sentiments de culpabilité que lui inspirait l'état de Dani. La simple logique lui disait certes que ce n'était pas sa faute, mais c'était insuffisant. Il avait répondu que, peut-être, il fallait remplacer une vérité erronée par une qui fût juste. Mais s'il y avait une troisième voie ? *Et s'il suffisait simplement de laisser courir.* Ce n'était pas son problème de répartir les responsabilités. Pourquoi se laisserait-elle paralyser à jamais par ce que son père et sa mère s'étaient fait l'un à l'autre... ainsi qu'à elle et à Dani ? Quand Ram affirmait que Dani aurait pu avoir une enfance normale, c'était démenti par des douzaines de souvenirs que Daisy avait de Big Sur, des différences qu'elle avait senties entre Dani et elle, aussi loin que remontait sa mémoire.

Le rêve qu'elle avait fait de courir dans un champ de fleurs... Elle savait maintenant que ça n'était jamais arrivé. Dani n'avait jamais pu courir ainsi. On avait imprimé noir sur blanc les mensonges de Ram ; tous les démentis, toutes les explications qui pourraient venir par la suite ne changeraient jamais l'idée que le public se faisait de la vérité. *Mais quelle importance ?* Les intéressés étaient morts maintenant, et elle était la seule survivante à s'en soucier. Et puis, il y avait trop longtemps. En pensant aux vieilles récriminations de Ram, Daisy se rendit compte à quel point elle aussi s'était laissé prendre au piège du passé.

Daisy se trouva soudain dans la ligne de tir de quatre enfants qui se lançaient des frisbees ; elle attendit calmement pendant que les disques en plastique volaient sans danger au-dessus de sa tête. Au bout de quelques minutes, ils se déplacèrent, et les pensées de Daisy revinrent à cette impression contre laquelle elle avait dû si souvent lutter dans sa vie : l'impression d'une imposture, de ne pas être la princesse Valenski, de ne pas avoir droit à ce titre. Tout, soudain, lui parut si clair qu'elle en eut le souffle coupé. Elle n'était pas princesse parce que Dani n'était pas princesse. Tout le temps où Danielle avait été dissimulée aux regards, Daisy l'avait toujours eue près d'elle en pensée. La certitude qu'elle avait d'une Dani condamnée à ne jamais grandir l'avait empêchée de vivre sa propre vie. Elle avait toujours évité de considérer le bonheur comme son dû, toujours estimé qu'elle n'avait pas le *droit* de savourer pleinement les joies qui pourraient lui arriver. Mais maintenant ! Maintenant, Dani et elle étaient réunies. Là, dans *People,* elle tenait par la taille la jumelle qu'on lui avait enlevée voilà si longtemps. Leur séparation était terminée. Leur parenté était reconnue une fois pour toutes. Et Daisy pouvait admettre que Dani était heureuse à sa façon, et que si Daisy se privait, Dani n'en serait pas plus heureuse. Elle ne pouvait pas changer le passé. C'était impossible. Cela avait toujours été impossible.

Et dans le rêve, dans le rêve... elles étaient heureuses toutes les deux. Thésée arriva en bondissant, tenant avec douceur dans sa gueule un pigeon qu'il lui déposa sur les genoux. L'oiseau était indemne mais indigné, et Daisy, qui connaissait l'incroyable audace des pigeons de New York, le regarda sans surprise s'éloigner en clopinant avec dignité.

« Non, Thésée. Vilain chien. » Et pourquoi ? songea-t-elle. Qu'il en attrape un autre, s'il peut. Après tout, il ne les tue pas. « Va, Thésée, cours, cours autant que tu veux. Bon chien. »

Qu'était-ce donc qu'elle avait toujours cru désirer ? La liberté de devenir elle-même ? Eh bien, mon Dieu, elle était devenue elle-même, bon gré mal gré, en couleurs et en noir et blanc, et avec des centaines de lignes de texte. Malgré les inexactitudes du récit de Ram, sa double vie, sa fréquentation des gens de cheval dans l'espoir de gagner l'argent nécessaire à la pension de Dani étaient maintenant de notoriété publique. Et après ? Elle n'avait jamais vendu un portrait dont elle eût à rougir. Qu'est-ce que ça changeait qu'elle ait accepté le contrat Elstree pour se libérer de Ram ? Elle avait le droit de disposer d'elle-même à sa guise, comme n'importe quelle autre femme. Elle n'avait pas à s'inquiéter du nom de Valenski : c'était elle, c'était son nom. Elle pouvait en faire ce que bon lui semblait. Comme Ram avait paru pompeux, stupide ! Daisy savait exactement qui elle était et elle savait pourquoi Supracorp était prêt à payer un million de dollars pour acquérir les droits d'une image de princesse qu'on pouvait photographier. Ce n'était pas vraiment la sienne. Mais puisqu'elle faisait clairement la différence entre les deux, quel mal y avait-il à cela ? Les gens qu'elle aimait connaissaient cette différence : Kiki, Luke, Annabel, même Wingo et Nick le Grec. Et North.

C'est vrai que North avait senti la différence. Peut-être était-ce cela qui l'avait rendu si furieux contre elle ?

Et Patrick Shannon ? Daisy inspecta avec soin la pelouse râpée du Sheep Meadow avant de s'allonger dessus. Patrick Shannon, Patrick Shannon, il l'aimait. Ce n'était pas l'*idée* de princesse Daisy qu'il aimait, il l'aimait, elle, Daisy. Elle était si torturée la veille que les paroles de Patrick Shannon ne l'avaient pas vraiment atteinte, mais maintenant, allongée sur l'herbe de Central Park à regarder le ciel, elle sentait son cœur, qui en avait vraiment trop vu depuis vingt-quatre heures, bondir dans sa poitrine comme un Thésée entouré de gibier. Le nouveau courage qu'elle sentait en elle, cette impression de glorieuse liberté, sa sagesse nouvelle, cette sûre intuition d'un changement définitif venaient certainement en grande part de l'assurance que Patrick Shannon l'aimait. Et comptait sans doute autant l'assurance qu'elle l'aimait comme elle n'avait jamais aimé un homme, comme elle n'aimerait jamais plus.

Daisy se leva d'un bond. Voilà un problème de plus de réglé ! Au diable les calculs, les réflexions, les hésitations. Fini tout ça ! Elle regarda sa montre.

Elle avait encore une demi-heure avant son rendez-vous au zoo avec Kiki. Elle siffla Thésée et esquiva un autre frisbee. En se penchant pour lui remettre sa laisse, elle faillit se prendre les cheveux dans le mousqueton. Daisy se redressa, surprise. Qu'était-il arrivé à son écharpe ? Elle se retourna et l'aperçut qui gisait à la place où elle était assise. De toute évidence... à moins de croire aux fantômes qui s'amusent à dénouer les foulards et à défaire les coiffures, elle avait dû faire ça toute seule. Daisy eut un rire joyeux et chercha dans son sac une petite brosse. Elle brossa ses cheveux blond argent qui ruisselèrent dans son dos comme une cape dansant dans le vent. Elle se regarda dans le miroir de son poudrier, se remit un peu de poudre sur le nez et un peu de rouge aux lèvres. Elle fourra ses lunettes de soleil dans son sac, tira sur son chandail, passa l'écharpe par les boucles de son jean et fit un gros nœud devant.

Daisy et Thésée se dirigèrent à pas lents vers le zoo ; la foule, soudain, se fit plus dense. Le beau temps de l'automne avait fait sortir dans le parc la moitié de New York : les habituelles nurses, les enfants, les chômeurs et les vieillards. Comme Daisy approchait d'un banc, deux femmes d'un certain âge, assises là, se passèrent un exemplaire de *People*.

« Oh, regarde ! Ça doit être elle ! dit une des femmes à l'autre.

— Je crois... Oui, tu as raison. Oh ! ça n'est pas possible, Sophie. Sûrement pas.

— Je vais lui demander un autographe, reprit la première, très excitée.

— Non, tu n'oserais pas, Sophie, non.

— Regarde-moi. » La femme arracha le magazine des mains de son amie et s'approcha de Daisy.

« Excusez-moi, mais vous êtes la princesse Daisy, n'est-ce pas ? » demanda-t-elle.

Daisy s'arrêta. Voilà que ça commençait. Déjà ! Elle sourit à la femme.

« Oui, c'est moi.

— Pourrais-je avoir votre autographe... ça ne vous ennuie pas ?

— Oh, pas du tout... Mais je n'ai rien pour écrire.

— Tenez, voilà un stylo. » Daisy le prit et commença à inscrire son nom sur la couverture.

« Oh, non, protesta la femme, en reprenant le magazine et en l'ouvrant sur la photographie de Daisy et de Danielle. C'est là que je le veux, et pourriez-vous faire la dédicace à Sophie Franklin ? Ça s'écrit S-o-p-h-i-e F-r-a-n-k-l-i-n », précisa-t-elle.

Daisy regarda la grande photo en noir et blanc. Deux jeunes filles ensemble, toutes deux souriantes, toutes deux heureuses. Elle griffonna rapidement, rendit le magazine à la femme et reprit sa marche. « Oh ! regarde, regarde ce qu'elle a écrit, dit Sophie Franklin, ravie, à son amie. Regarde : " Avec les meilleurs vœux pour Sophie Franklin des princesses Daisy et Danielle Valenski. " Eh bien ! Et toi qui ne voulais pas que je l'arrête ! »

Kiki était assise, l'air sombre, à une table de la cafétéria du zoo, cramponnée à une autre chaise et la défendant âprement contre les gens qui voulaient s'asseoir et partager cette table avec elle, selon l'habitude des lieux.

« Vous réservez cette chaise à quelqu'un, madame ?

— Daisy !

— Je suis navrée... je suis en retard, dit Daisy en riant et en prenant la chaise.

— Non... Je suis arrivée ici de bonne heure... Mais, mon Dieu, tu es superbe !

— Alors, à part ça, quoi de neuf ?

— Daisy !

— Kiki, crois-tu que nous pourrions supprimer ces exclamations de " Daisy " à chaque phrase ? Je sais que je suis Daisy, tu sais que je suis Daisy, nous savons toutes les deux que je suis Daisy, alors pourquoi en faire un tel plat ?

— Daisy !

— Vraiment, Kiki, tu ne comprends pas.

— Tu as fichtrement raison, dit Kiki. Je me voyais en saint-bernard, en chevalier dans une armure étincelante ou, du moins, en amie secourable, et qu'est-ce que je trouve ? Quelqu'un d'épanoui, de rayonnant... non, plutôt de délirant... Qu'est-ce qui t'arrive ?

— Il m'arrive moi.

— Je ne te comprends pas

— Eh bien, moi je me comprends, et c'est l'essentiel. Pauvre Kiki chérie, tu as dû te faire tant de mauvais sang ! Je suis désolée de t'avoir causé tant d'ennuis.

— Moi ? Je n'ai eu aucun ennui à côté de ce qu'ont subi tous les autres qui ont été pris dans ce tatouin. Luke est rentré hier soir absolument lessivé. Et tout le service des médias a passé l'après-midi au téléphone pour annuler les films publicitaires à la télévision, les placards... tout ce qui pouvait encore être arrêté...

— *Attends un peu !* Les seules choses que Pat a dit qu'il allait annuler, c'étaient mes interviews, mes visites dans les magasins et peut-être la soirée. De quoi parles-tu ? demanda Daisy, inquiète.

— Seigneur ! Je n'aurais peut-être pas dû te dire... Je ne sais pas... Ils ont eu une réunion hier après-midi à Supracorp et Shannon leur a dit qu'il allait renoncer à toute la ligne Princesse Daisy. Luke est d'accord avec lui et pense que, sans toi, ça ne marcherait pas. Shannon a décidé de réduire la casse avant de dépenser encore plus d'argent. Luke a dit que, selon lui, quarante millions de dollars vont partir en fumée. Ils vont sans doute essayer de vendre Elstree... en admettant que ça vaille quelque chose aujourd'hui.

— Mais, Kiki, je veux faire la publicité, et les magasins. Je veux tout faire... Tout ce que j'ai dit que je ferais.

— Daisy ! » gémit Kiki. Elle aurait voulu voir son amie avec plus de suite dans les idées. Ces changements étaient déconcertants, même pour quelqu'un d'aussi équilibré qu'elle.

« Bon sang, Kiki, où y a-t-il un téléphone ? Et si c'était trop tard ? trop dit Daisy, soudain affolée.

— Ils peuvent annuler les annulations ! cria Kiki à Daisy qui traversait en courant la cafétéria. Ne t'inquiète pas ! » Elle se rassit et regarda Thésée. « Ne me demande pas pourquoi, mon vieux, lui dit-elle, mais je vais aller te chercher huit hot dogs. Non ? Dix ? Oh, alors très bien, disons une douzaine. Nous savons tous les deux que tu es gâté, pas la peine de se cacher ! »

Dans la cabine téléphonique, Daisy fouillait frénétiquement son porte-monnaie. Il était bourré de piécettes exaspérantes et de demi-dollars inutilisables. Pas de pièces de dix cents ! Elle finit par découvrir deux pièces de vingt-cinq. Elle appela Supracorp, fit un faux numéro et entendit avec horreur tomber la première pièce de vingt-cinq cents. La seconde fois, elle composa le numéro avec le soin d'un savant manipulant une dangereuse culture bactérienne.

« Le bureau de M. Shannon, susurra une de ses secrétaires lorsque Daisy fut passée par le standard.

— S'il vous plaît, est-ce que je peux lui parler ? demanda-t-elle, respirant si vite que c'était à peine si elle pouvait s'exprimer.

— Je suis désolée, M. Shannon est en conférence et il a insisté pour ne pas être dérangé, dit la secrétaire avec la suffisance ravie d'un vendeur de chaussures qui vous annonce qu'il n'a rien dans votre taille. Voulez-vous laisser un message ? »

Daisy prit une profonde inspiration et trouva une voix vibrante.

« Ici la princesse Valenski. Je veux parler immédiatement à M. Shannon, ordonna-t-elle.

— Une minute, je vous prie.

— Je suis dans une cabine publique, je n'ai plus de monnaie et si vous ne me le passez pas dans deux secondes, je m'en vais... » Daisy se rendit compte qu'elle parlait dans le vide. La secrétaire l'avait mise en attente.

« Daisy ? dit Shannon, soucieux.

— Pat, est-ce qu'il est trop tard ?

— Trop tard pour quoi ? Ça va ?

— Oui, fit-elle précipitamment. Ça va. Mais est-ce qu'il est trop tard pour remettre en branle l'histoire Elstree, tout, toute la campagne, moi comprise, les médias, les magasins, le grand jeu ?... Est-ce qu'il est trop tard pour en revenir au point où on en était hier avant que je ne t'aie vu ?

— Attends, comment sais-tu ce qui se passe ?

— C'est Kiki qui me l'a dit, mais c'est sans importance. Pat, Pat, c'est trop compliqué à expliquer au téléphone, mais j'ai... Oh ! je me suis trouvée, moi, je ne sais comment te le dire autrement... C'est... »

La voix de la téléphoniste intervint : « Cinq cents pour les cinq minutes suivantes, s'il vous plaît.

— Daisy, où es-tu ? cria Shannon.

— Mademoiselle, demanda Daisy d'une voix suppliante, vous acceptez cinq pièces d'un cent ?

— Daisy, bon sang, à quel numéro es-tu ?

— Oh ! Pat, écoute, j'aurais pu avoir des quintuplées comme sœurs et je serais encore moi, je pourrais me faire couper les cheveux ou me les faire teindre en noir, je pourrais ne plus jamais peindre ni monter à cheval, ou bien je pourrais apprendre la sténo ou la plongée sous-marine, je pourrais devenir décoratrice, vedette de cinéma ou relieuse, je serais toujours moi, lança-t-elle.

— D'où diable m'appelles-tu ?

— Du zoo. Pat, Pat, tu ne comprends pas ? Je suis la personne que tu connais, rien qu'elle, mais je ne suis personne d'autre, je suis moi, Daisy Valenski, de la tête aux pieds, des pieds à la tête et ça me plaît, je me sens bien, pour la première fois vraiment bien, j'existe *réellement*, Pat, réellement, pour le meilleur et pour le pire... Oh ! j'oublie toujours... Ce n'est pas trop tard pour reprendre les projets Princesse Daisy, n'est-ce pas, pour annuler les annulations ?

— Non, bien sûr que non, mais Daisy, où est-ce que ?... »

La voix de Pat fut coupée et remplacée par la tonalité d'un téléphone ne fonctionnant plus.

Daisy regarda avec stupeur la boîte accrochée au mur. Elle, l'organisatrice d'une redoutable efficacité, qui avait fait mille tournages compliqués en extérieur, n'avait pas été capable de suivre les principes de base qu'on exigeait de la dernière des assistantes de production : quand on appelle d'une cabine publique, on donne son numéro et on attend qu'on vous rappelle. Elle raccrocha et sortit pour aller emprunter de la monnaie à Kiki. Elle n'avait pas fini de parler à Patrick Shannon, loin de là !

Si l'on habite Manhattan depuis assez longtemps, on en arrive à accepter le fait qu'il n'y a peut-être, par an, qu'une douzaine de journées parfaites ; durant ces jours, New York retrouve cette lumière de bord de mer qui, jadis, faisait son charme : une brise balaie la ville, sans créer de tourbillon de poussière sur les trottoirs. Il est possible, alors, de se rappeler et de comprendre que la cité était jadis une île champêtre, entre deux rivières au cours rapide, et l'on voit sans peine de l'Hudson à East River. Ces jours-là, les New Yorkais se félicitent d'avoir tenu le coup le reste de l'année.

C'est au soir d'une telle journée qu'eut lieu le bal russe du Palais d'Hiver. Un calme inattendu s'était emparé de Candice Bloom lorsqu'elle s'était éveillée, le matin. Elle regarda par la fenêtre et huma l'air frais. Elle sut tout de suite qu'il n'y aurait pas de maladie de dernière minute parmi les quatre cent cinquante employés de Warner le Roy, à la *Tavern on the Green* ; qu'il ne manquerait pas un seul des six cents invités soigneusement triés parmi le gratin de la haute société, du monde des arts et des corridors du pouvoir à New-York ; qu'on n'aurait pas à craindre de voir les sculptures sur glace fondre avant qu'on ait pu les exhiber ; qu'aucun des chevaux attelés aux troïkas ne partirait au galop avec ses précieux passagers ; que la nuit serait douce, les étoiles bien visibles dans le ciel prune de New York et qu'on n'aurait pas besoin de dresser une tente sur la terrasse du restaurant où, la veille encore, on avait installé sept cents buissons de marguerites arrivés par avion de Californie. Pas de lune, mais qui avait besoin de lune avec deux mille bougies et soixante mille ampoules clignotantes ? Au fond d'elle-même, elle savait que le vendredi 16 septembre 1977 allait être son jour de chance.

Ce même matin, Daisy connut un moment de confusion avant de se rendre compte que, la veille au soir elle s'était mise au lit avec Patrick Shannon, et n'en n'avait pas bougé. C'était la première fois qu'elle passait toute une nuit dans l'appartement de ce dernier et elle en rendait totalement responsable Lucy, la chienne de Shannon : elle avait d'abord flirté avec Thésée, puis repoussé ses avances pendant un temps ridiculement long, allant parfois, la queue

456

résolument entre les pattes, jusqu'à le mordre au museau. Elle avait fini, dans un caprice, par changer d'avis au moment même où Daisy s'apprêtait à ramener chez elle un Thésée dépité mais toujours vaillant. Lucy est une emmerdeuse, avait songé Daisy que le sommeil gagnait, mais si on voulait avoir des chiots pour en offrir un à Kiki, il fallait bien en passer par là. Elle s'assoupit quelques minutes et se réveilla dans les bras de Shannon. Et c'était quelque chose qui dépassait tout ce qu'elle avait connu jusqu'alors, une émotion faite d'une joie profonde et sûre. De la tête aux pieds, son corps dansait de joie. Il n'y avait plus de barrière entre leurs deux peaux, leurs deux esprits et leurs deux cœurs. Enlacés, ils semblaient allongés dans une flaque de lumière dorée, pure, pénétrante, bien que le soleil n'eût pas encore envahi la chambre. Daisy avait l'impression d'être au centre de la terre, comme le noyau d'un gros fruit, et, en même temps, il lui semblait qu'ils voguaient tous les deux en marge du monde, à la lisière d'une expérience toute nouvelle.

« C'est ça, la béatitude ? lui chuchota-t-elle.

— C'est l'amour », répondit-il sur le même ton, et lorsqu'elle lui passa les bras autour du cou, il sentit sur les joues de Daisy des larmes de bonheur.

Les machines à fabriquer la neige s'étaient mises au travail sur l'allée cavalière, à l'entrée du parc, au coin de la Cinquante-neuvième rue. Elles avaient répandu un épais tapis de neige de trente mètres de large, sur tout le trajet, jusqu'à la taverne. A cet endroit, l'allée cavalière passe juste devant la terrasse du restaurant et les techniciens continuèrent à recouvrir l'allée de neige jusqu'à ne plus voir la terrasse. Ils firent alors machine arrière et recouvrirent la cour d'entrée et la rue menant à Central Park West, si bien que les invités, arrivant en limousine ou en troïka, se trouvaient soudain plongés en hiver. Au fin fond de la Floride, du Maine et du Texas, Jenny Antonio avait déniché trente troïkas qu'elle avait fait venir par camions jusqu'à New York, mais elle n'avait quand même pas pu en trouver assez pour les six cents invités. Les troïkas sont assez rares aux Etats-Unis et, malgré les affirmations du dictionnaire prétendant que tout attelage tiré par trois chevaux peut-être raisonnablement qualifié de troïka, Candice avait insisté pour qu'on ne choisît que celles qui avaient un air étranger, sinon purement russe. « Je ne veux pas que ça ait l'air d'une nouvelle version du " Convoi de la Prairie ", dit-elle sèchement à Jenny.

Le département des Parcs et Jardins publics avait donné à Supracorp l'autorisation de rassembler les troïkas, les cochers et les chevaux et d'ériger une plate-forme provisoire pour l'embarquement des passagers. Le chef décorateur de Joseph Papp, inspiré par tout l'argent de Supracorp, avait conçu un décor aux airs résolument capitalistes. Cela donnait une tonnelle en treillage constellée de marguerites. On avait une idée de ce à quoi pourrait ressembler le Kremlin si quelqu'un ayant un peu de goût pouvait mettre la main dessus. D'énormes drapeaux, du bleu lapis-lazuli utilisé pour la ligne Princesse Daisy, avec une marguerite stylisée brodée dessus, flottaient à tous les coins de la tonnelle éclairée par des projecteurs habilement dissimulés parmi les arbres. Un costumier avait trouvé pour les trente cochers de troïkas d'authentiques capotes ainsi que des tricornes, rouges, verts et bleus.

Ce soir-là, tandis que le crépuscule tombait, Candice Bloom et Jenny se rendirent à la *Tavern on the Green* pour une ultime inspection, s'attardant une minute pour regarder les dix sculpteurs sur glace qui terminaient leurs œuvres. Les photographes de presse étaient déjà rassemblés à l'entrée du restaurant. Candice décida qu'elle avait plus de tziganes violonistes que nécessaire, aussi en détacha-t-elle un groupe pour jouer sur la plate-forme d'où les invités d'honneur partiraient, à bord des traîneaux, pour faire leur entrée en troïka.

Alors que des douzaines de serveurs commençaient à allumer les deux mille bougies des candélabres d'argent, Candice et Jenny s'engouffrèrent dans une longue voiture noire de louage pour se faire conduire au pavillon désert. Il restait quelques minutes avant le moment prévu pour l'arrivée de Daisy et de Shannon, elles avaient donc le temps de regagner le restaurant avant la venue des premiers invités. Candice, tremblante d'énervement, se pencha une dernière fois sur sa liste.

> Troïka un : princesse Daisy et Patrick Shannon
> Troïka deux : le maire Koch, le gouverneur Carey, Anne Ford et Bess Myerson.
> Troïka trois : Sinatra, Johnny Carson, Sulzberger et Grace Mirabella, de *Vogue*.
> Troïka quatre : John Fairchild, Woody Allen, Helen Curley Brown, David Brown et Rona Barrett.
> Troïka cinq : Barbra Streisand, Peters, Barbara Walters...

Quelque chose vint troubler sa dévote contemplation, comme un mouvement insolite dans le pavillon empli de fleurs. Non, non, ça ne pouvait tout de même pas être Thésée ! Il n'était PAS SUR SA LISTE. Enorme, velu, et pour une fois, horriblement fringant plutôt que furtif, la bête terrifiante pénétra d'un bond sous la tonnelle, penchant la tête d'un air sinistre et lançant un regard qui de toute évidence précédait une agression. Candice était pétrifiée d'horreur. Le redoutable animal se coula jusqu'à elle, flairant les plis de sa jupe avec un intérêt dont elle ne se doutait pas que c'était un compliment des plus flatteurs. Elle frémit, scandalisée.

« Il t'aime bien », dit Daisy.

Ce fut seulement alors que Candice s'aperçut que Thésée était solidement maintenu par une laisse en tresse argentée dans laquelle on avait glissé un bouquet de marguerites. Elle faillit pousser un gémissement. N'osant toujours pas lever les yeux, elle balbutia d'une voix tremblante : « Daisy, bon sang, mais quelle race de chien est-ce donc ?

— Un noble bâtard », répondit Daisy, réglant définitivement la question.

Comme Daisy avançait, les lumières de la pièce éclatèrent en millions de petites baguettes éblouissantes qui venaient se refléter sur sa robe : celle-ci était ornée de paillettes argent et la taille, mince, était soulignée par des bandes de paillettes or et bronze. Les mêmes bandes formaient un grand nœud au col, très haut, et s'épanouissaient en un large parement. La robe était un symbole de tout ce qu'on pouvait imaginer de plus spectaculaire, personne n'avait osé en porter une semblable depuis cinquante ans : c'était une de ces robes bonnes pour un soir, qu'il faudrait ensuite donner à un musée.

Daisy et Patrick Shannon, avec Thésée entre eux, traversèrent le pavillon et s'avancèrent sur la plate-forme où une troïka laquée argent et pleine de fleurs les attendait. Le robuste cocher leur lança à tous trois un regard affectueux.

« Prévenez-moi quand vous serez prêts, et puis calez-vous bien contre la banquette en tendant les jambes, annonça-t-il.

— S'il vous plaît, dit Daisy, donnez-moi les rênes. Vous pouvez descendre et conduire la troïka suivante.

— Mais, mademoiselle, répondit l'homme, horrifié, vous ne pouvez pas conduire ça.

— Si je ne peux pas ? lança-t-elle en riant, alors c'est que l'atavisme n'existe pas.

— C'est à vos risques et périls, prévint-il.

— Peut-être... Mais ça n'est pas ce qui va m'arrêter. »

Reconnaissant qu'il était battu, le cocher sauta à terre en marmonnant sous cape.

La princesse Daisy Valenski se leva, d'un mouvement souple et tranquille et, répartissant avec soin son poids sur les deux pieds, les bras tendus, elle rassembla les six rênes d'un geste qui alliait force et grâce. Les trois chevaux blancs, aussitôt, se calmèrent et attendirent. Shannon et Thésée, tous deux confortablement assis, la regardaient. Elle était là, vibrante de force mais sans rien perdre de sa souplesse, sereine, joyeuse : c'était son grand moment.

« Alors ? lança-t-elle à Shannon, qu'est-ce que tu dirais de " Taïaut " ?

— Je crois que je préfère " Lafayette nous voici ", répondit-il.

— Pourquoi pas " En avant " ? demanda Daisy, pour faire durer le plaisir.

— Peut-être même qu'un simple claquement de langue suffirait », répondit-il, éprouvant un fugitif sentiment de pitié pour tous les hommes du monde qui n'étaient pas Patrick Shannon.

Les clochettes d'argent des chevaux tintèrent doucement dans la nuit et, d'un geste d'autorité sans effort, si parfait, si décidé qu'elle n'eut même pas à le ponctuer d'un ordre, Daisy fit partir au galop les trois chevaux blancs, lançant la troïka sur la neige vers les lumières qui, elle le savait, clignotaient, là-bas, au loin.

La composition de ce livre
a été effectuée par Bussière à Saint-Amand,
l'impression et le brochage ont été effectués
sur presses CAMERON,
dans les ateliers de la S.E.P.C. à Saint-Amand-Montrond (Cher)
pour les Éditions Albin Michel

AM

Achevé d'imprimer le 20 mai 1980
N° d'édition 6832. N° d'impression 834-336
Dépôt légal 2ᵉ trimestre 1980

Imprimé en France